SCIENCE FICTION

Herausgegeben
von Wolfgang Jeschke

Vom BATTLETECH®-Zyklus erschienen in der Reihe
HEYNE SCIENCE FICTION & FANTASY:

Die Gray Death-Trilogie:

William H. Keith jr.: Entscheidung am Thunder Rift · 06/4628
William H. Keith jr.: Der Söldnerstern · 06/4629
William H. Keith jr.: Der Preis des Ruhms · 06/4630

Ardath Mayhar: Das Schwert und der Dolch · 06/4686

Die Warrior-Trilogie:

Michael A. Stackpole: En Garde · 06/4687
Michael A. Stackpole: Riposte · 06/4688
Michael A. Stackpole: Coupé · 06/4689

Robert N. Charrette: Wölfe an der Grenze · 06/4794
Robert N. Charrette: Ein Erbe für den Drachen · 06/4829

Das Blut der Kerensky-Trilogie:

Michael A. Stackpole: Tödliches Erbe · 06/4870
Michael A. Stackpole: Blutiges Vermächtnis · 06/4871
Michael A. Stackpole: Dunkles Schicksal · 06/4872 (in Vorb.)

Die Phönix-Jade-Trilogie:

Robert Thurston: Der Aufbruch der Clans · 06/4931 (in Vorb.)
Robert Thurston: Blutname · 06/4932 (in Vorb.)
Robert Thurston: Falkenwacht · 06/4933 (in Vorb.)

MICHAEL A. STACKPOLE

Blutiges Vermächtnis

Zweiter Roman
der Trilogie ›Das Blut der Kerensky‹

Zehnter Band
im BATTLETECH®-Zyklus

Deutsche Erstausgabe

WILHELM HEYNE VERLAG
MÜNCHEN

HEYNE SCIENCE FICTION & FANTASY
Band 06/4871

Titel der amerikanischen Originalausgabe
BLOOD LEGACY
Deutsche Übersetzung von Reinhold M. Mai
Das Umschlagbild malte Les Dorscheid
Die Karten auf den Seiten 460—463
zeichnete Mirjam Wehner

Redaktion: Rainer Michael Rahn

Printed in Germany 1992
Umschlaggestaltung: Atelier Ingrid Schütz, München
Satz: Schaber Datentechnik, Wels
Druck und Bindung: Elsnerdruck, Berlin

ISBN 3-453-05397-4

PROLOG

Landungsschiff *Karl Martel*
Terra-Anflugvektor 23917

31. Januar 3051

Als er den kalten Stein berührte, wurde Anastasius Focht klar, daß er auf dem Thron des Archons saß. Im Dunkel seines Traums blieben die massiven Tore am anderen Ende des Thronsaales in finstere Schatten gehüllt. Und doch wußte Focht, daß zwei stumme, mächtige *Greif*-BattleMechs hinter ihm Wacht hielten und die Herrscher des Lyranischen Commonwealth und ihren Thron beschirmten, wie sie es seit über fünf Jahrhunderten taten.

Zunächst glaubte er den riesigen, stillen Saal verlassen, dann sah er eine Bewegung in den Schatten, und langsam löste sich eine Gestalt. Sie humpelte auf ihn zu, und allmählich erkannte Focht ein Gesicht, das er seit zwanzig Jahren nicht mehr gesehen hatte. »Das ist Wahnsinn«, stieß er aus, als könnten die Worte ihn aus diesem Traum aufwecken, der sich rapide in einen Alptraum verwandelte.

Der Schatten blieb gut zehn Meter vor dem Thron stehen und lächelte mit der Selbstgefälligkeit eines geübten Höflings. »Natürlich ist es das, mein Freund. Aber wann hat das je eine Rolle gespielt?«

Fochts rechte Faust schlug auf die Thronlehne. »Es hat ein Ende, und zwar jetzt!« Er stieß einen Finger in Richtung des Mannes, der vor ihm stand. »Ich kenne dich, Aldo Lestrade, aber du bist seit zwanzig Jahren tot.«

Das Phantom zuckte die Schultern, wie um auszudrücken, wie wenig das ausmachte. »Körperlich, ja. Ich starb vor Jahren, vergiftet von einem Welpen, den ich ohne mein Wissen gezeugt hatte.« Er kicherte giftig. »Aber in deinen Gedanken habe ich überlebt, und es ist mir gut gegangen. Ja, ja, ich weiß von dem Training, das dir deine buddhistischen Mönche und ComStar-Adepten haben angedeihen lassen, um deinen Geist von weltlichen Bindungen und Sorgen zu befreien. Aber jetzt kannst du sehen, Präzentor Martialum, daß ich die ganze Zeit über hier gewartet habe, ein Schwamm, der all den Ehrgeiz aufgesogen hat, den du hinter dir zu lassen versucht hast.« Der Schatten breitete die Arme aus, um den ganzen Saal zu umfangen. »Und jetzt hast du es geschafft. Endlich. Du sitzt auf dem Thron des Lyranischen Commonwealth, erfüllst dir den Wunsch, den du dein ganzes Leben gehegt hast.«

Focht hob stolz sein weißbehaartes Haupt und starrte den Schatten mit seinem verbliebenen Auge an. »Du irrst dich, Lestrade. Der Mann, der ich einst war, verlangte nach diesem Thron, aber diesen Mann gibt es nicht mehr.« Er zupfte an der linken Brustseite seiner langen weißen Robe und zeigte seinem Gegenüber den dort eingestickten goldenen Stern.

»Heute diene ich ComStar und den Worten Blakes. Dieser Thron ist der rechtmäßige Platz Archon Melissa Steiner-Davions vom Vereinigten Commonwealth, und ich erkenne ihre gemeinsame Herrschaft mit ihrem Gatten, Prinz Hanse Davion vom Vereinigten Commonwealth, an.«

Lestrade lachte leise, aber es hatte einen bösen Klang. »Streite nur alles ab, alter Freund, ich bin hier, um dir das Gegenteil zu beweisen. Ich kenne dein Innerstes, und das ist der Wunsch nach Macht. Indem ich dir diese Vision schicke, in der du dich selbst auf dem Thron siehst, gestattete ich dir den Blick in eine mögliche Zukunft. Nutze deine Möglichkeiten und erobere den Thron!«

Focht wischte sein Unbehagen beiseite und lachte seinerseits. »Es ist purer Schwachsinn anzunehmen, ich würde den Thron noch wollen oder ihn tatsächlich an mich reißen. Es stimmt, daß ich als Präzentor Martialum der ComStar-Truppen fünfzig Eliteregimenter befehlige. Und es stimmt, daß diese Armee ausreichen würde, Melissa abzusetzen, hätte ich diesen Wunsch, aber ich kann und will es nicht.«

»Pah!« knurrte Lestrade, als die gesunde Farbe seines Gesichts einem gräulichen Schleier wich. »Du brauchtest schon immer einen Anstoß, um zu sehen, was getan werden muß ...«

»Halt!« Focht sprang auf, ragte über dem Geist empor. »Du warst nie ein MechKrieger! Du hast nie den Kodex von Pflicht und Ehre derer verstanden, die diese Vernichtungsmaschinen lenken. Eine derart gewaltige Waffe in die Hände eines einzelnen zu legen, verdient eine entsprechende Vertrauensgeste.« Fochts einziges graues Auge sprühte Funken des Zorns. »Du hast mein Vertrauen mißbraucht, als du noch lebtest. Warum sollte ich dir jetzt trauen?«

Focht drehte sich um und deutete in Richtung der beiden *Greifen* hinter dem Thron. »Seit über sechshundert Jahren hat der BattleMech einen zentralen Platz in der Mythologie, die wir wie einen Kokon um uns herum weben, um ihn anschließend Wirklichkeit zu nennen. Seit dem Zerfall des Sternenbunds sind es BattleMechs, die den Ausgang unserer endlosen Kriege bestimmt haben. Es waren eben diese Kriege, die den Großteil unserer Möglichkeiten zerstört haben, diese hervorragenden Kriegsmaschinen herzustellen. Schlimmer noch, wir haben in diesem langen finsteren Zeitalter soviel Technologie verloren, daß unsere Mechs nicht mehr halb so viele Möglichkeit besitzen wie die, in denen unsere Urgroßväter in die Schlacht zogen. In den Jahrhunderten der Nachfolgekriege haben die Fürsten der Großen Häuser die Vision einer geeinten Menschheit aus den Augen verloren. Sie sahen nur ihre Gier nach den Welten oder der Macht der anderen, und entsprechend haben sie ihre BattleMechs eingesetzt.«

Lestrade setzte zu einer Entgegnung an, aber Focht ließ ihn nicht zu Wort kommen. »Jahrhundertelang haben wir uns eingeredet, daß der BattleMech unbesiegbar sei. Neue Modelle wie der *Tomahawk* oder der *Wolfshund* haben gezeigt, daß Verbesserungen möglich sind, aber ihre Konstruktion basierte auf Technologien, die wir verstehen können. Sie stellten keine *neuartige* Bedrohung dar.

Von den Clans läßt sich das nicht mehr sagen. Auch wenn sie ebenfalls mit Mechs kämpfen, übertreffen diese selbst das, was unsere Vorfahren auf dem Höhepunkt der technischen Entwicklung der Menschheit kannten. Clan-Mechs sind schneller, treffsicherer und haben eine größere Geschützreichweite als unsere Maschinen. Dazu kommt, daß die Clans als Volk ihre ganze Existenz auf die Kriegsmaschinerie eingestellt haben. Die Niederlagen, die sie im letzten Jahr erlitten haben, waren eigentlich nur Unfälle. Das Vereinigte Commonwealth hat sie auf dem kaum befestigten Hinterwäldlerplaneten Twycross angegriffen. Und auch wenn die Clan-Truppen aus Eliteeinheiten bestanden, kann man Kai Allard-Liaos Vernichtung eines ganzen Sternhaufens von Clan-Frontmechs nur als enormen Glückstreffer betrachten.«

Lestrades mechanische linke Hand massierte seinen Unterkiefer. »Und was ist mit der Schlacht um Wolcott? Theodore Kurita hat eine planetare Invasion vereitelt.«

»Stimmt«, gestand Focht nickend ein. »Er hat es geschafft, die militärischen Konventionen der Clans gegen sie auszuspielen, aber die größere Bedeutung der Vorgehensweise der Clans ist bisher allen entgangen. Manche militärischen Vordenker der Inneren Sphäre halten es nur für eine seltsame Eigenheit der Clans, vor dem Angriff auf eine Welt gegeneinander zu bieten, um den Angriff mit dem Minimum an Aufwand einzunehmen.

Tatsächlich ist es ein düsterer Hinweis auf die Zukunft. Wenn die Clans erst aufhören, so großzügig zu bieten, wird ihre technologische Überlegenheit unsere Truppen hinwegfegen. Und dann ist alles verloren.«

Lestrade grinste breit und riß vertrocknete Haut von seinen Lippen. »Um so mehr Grund für dich, die Herrschaft über Tharkad und den Thron an dich zu reißen.«

»Hast du überhaupt etwas von dem mitbekommen, was ich gerade gesagt habe?« In seiner Wut packte Focht den Stoff seines Alptraums; die hoch aufragenden *Greifen* verschwammen, wurden zu den wuchtigen Gestalten der Clan-Mechs, denen er den Namen *Katamaran* gegeben hatte. Ihr Rumpf lag auf nach hinten einknickenden Vogelbeinen, das Cockpit stand drohend vor. Über den Hüftgelenken erhoben sich zwei kantige Langstreckenraketenlafetten, und die Arme endeten in schlanken, rechteckigen Geschützmodulen. Die schiefergrauen Mechs wirkten wie tödliche Raubtiere, bereit, jeden Widerstand zu brechen.

»Das sind die Mechs, denen wir jetzt gegenüberstehen. Sie sind mehr als doppelt so effektiv wie unsere Maschinen.« Wieder packte Focht die Schatten und formte sie zu einer menschengroßen Rüstung um. Der rechte Arm endete in einer Lasermündung, und die linke Hand besaß nur drei dicke Finger. Auf dem Rücken der Rüstung saß eine Raketenlafette, und nur ein V-förmiger Schlitz aus schwarzem Glas gestattete dem Träger den Blick ins Freie.

»Die Clans nennen diese motorisierten Rüstungen und ihre Träger Elementare. Diese gepanzerte Infanterie kann direkte Treffer durch Mechgeschütze überleben. Wenn sie zusammenarbeiten können Elementare einen Mech niederzwingen und zerstören.« Focht fuhr sich mit den schlanken Fingern der linken Hand durch das weiße Haar. »Die einzige Möglichkeit für die Menschheit, die Clans jemals aufhalten zu können, besteht darin, ihre Kräfte im Kampf gegen die Invasoren zu bündeln.«

Lestrade starrte die Rüstung an, schien jedoch wenig beeindruckt. »Um die Clans diesmal zurückzuschlagen, bedurfte es keiner solchen Gemeinschaft, oder?«

Focht stieß ein unartikuliertes Knurren aus, dann formte er den Stoff seiner Träume erneut um. In der Dunkelheit des Thronsaales begannen Lichtpunkte zu leuchten. Über ihnen drehte sich eine Sonne und stieß eine gewaltige Protuberanz aus. Unter ihr, knapp außer Reichweite des peitschenden Sonnenplasmas, materialisierten Dutzende wespenförmiger Sprungschiffe in zwei deutlich erkennbaren Gruppen. Die Rümpfe der kleineren Gruppe, die aus einem gewaltigen und vier kleineren Schiffen bestand, waren mit Geschützen gespickt. Die Schiffe der größeren Gruppe schienen, verglichen mit ihren Gegnern, nur Skelette. Aber sie stießen ein Landungsschiff nach dem anderen und wütende Geschwader von Luft/Raumjägern zum Angriff aus.

Der Präzentor Martialum knirschte mit den Zähnen und konzentrierte den Traum auf einen einzelnen Jäger. Die wie ein Bumerang geformte Maschine schoß im Tiefflug vom Bug zum Heck über das feindliche Flaggschiff, wendete und kehrte zurück. Beim zweiten Angriffsflug wurden der Jäger und sein Flügelmann getroffen. Die Maschine des Flügelmanns driftete ab und verließ das Kampfgeschehen, aber der erste Jäger beschleunigte. In einem langen Sturzflug belastete er die Triebwerke stärker als vorgesehen. Strahlend hell wie eine Nova stürzte sich der *Shilone*-Jäger in die Brücke des Clan-Sprungschiffes.

Focht deutete auf die klaffende Bresche im Rumpf des Sprungschiffes. »Da. Das ist der Grund für den Kampfabbruch der Clans. Dieser Kamikaze-Angriff tötete ihren ilKhan, den Oberbefehlshaber der gesamten Invasion der Inneren Sphäre. Die Clanführer haben sich zurückgezogen, um einen neuen Kriegsfürsten zu wählen, aber die Garnisonen, die sie zurückgelassen haben, können die bereits eroberten Welten leicht halten. Sobald sie einen neuen Anführer haben, werden sie zurückkehren. Das weiß ich von Ulric, dem Khan des Wolfsclans, der mir noch nie Grund gab, an seinen Worten zu zweifeln. Wieder einmal war es pures Glück, das uns in unserem Kampf gegen die Clans geholfen hat. Sich auf solches Glück zu verlassen, das wäre Selbstmord.«

Der Leichnam applaudierte herzlich. Als seine Metallhand auf die andere aus Fleisch und Blut traf, fielen von letzteren Teile der Haut und Finger ab. »Gesprochen wie ein Krieger, Präzentor. Und für einen Krieger ist deine Situationsanalyse makellos. Du hast recht; nur eine Vereinigung der kriegführenden Staaten der Inneren Sphäre könnte die Clans besiegen. Du sprichst als Soldat, aber ich als Politiker sehe die Unmöglichkeit dieser Lösung.«

»Ach ja?« Focht lächelte gelassen. »Jaime Wolf hat die Fürsten aller Großen Häuser auf seinen Basisplaneten Outreach eingeladen, um die Situation zu diskutieren. Er könnte die Bande knüpfen, die alle vereinigen.«

Das lose Klappern der Zähne Lestrades unterstrich seine Worte auf irritierende Weise. »Dazu müßte Wolf ein Zaubermeister sein und kein Söldnerführer. Hanse Davion und Theodore Kurita kommen so gut miteinander aus wie Licht und Dunkelheit. Zweimal in den letzten fünfundzwanzig Jahren sind die Vereinigten Sonnen ins Draconis-Kombinat eingefallen, und zweimal hat Theodore Kurita sie zurückgeschlagen. Davion und Kurita sind wie Kobra und Mungo — beide wissen genau, daß eine falsche Bewegung ihr Ende bedeuten kann.«

Lestrade wollte mit seinem Metallarm ausholen, aber der sank mit einem rasselnden Knirschen nutzlos herab. »Und wir wollen auch die Schwestern Liao nicht vergessen. Der von Candace regierte St.-Ives-Pakt ist wenig mehr als ein Protektorat des Vereinigten Commonwealth. Hätte Davion keine Truppen dort stationiert, hätte Romano die Paktwelten längst für die Konföderation

Capella zurückerobert. Unter den gegebenen Umständen hat sie sich mit mindestens einem Dutzend Anschlägen auf das Leben ihrer Schwester begnügt, und auf die Köpfe von Candaces Freunden und den Verwandten ihres Gatten, Justin Allard, hat sie einen Preis ausgesetzt. Die Vorstellung, irgend jemand könnte mit Romano zusammenarbeiten — wie groß die Bedrohung für die Nachfolgerstaaten auch sein mag —, ist einfach lächerlich.«

Der Kopf des toten Herzogs hob sich, und seine leblosen Augen fixierten Focht. »Was die Liga Freier Welten angeht, erwarte ich auch nicht allzuviel. Wolf mißtraut ComStar ganz offensichtlich, daher hat er ComStar-Mitglieder von seiner Welt und insbesondere von dieser Konferenz ausgeschlossen. Da Thomas Marik ein ComStar-Akoluth war, bevor er den Platz seines Vaters auf dem Thron einnahm, kann ich mir nicht vorstellen, daß Wolf sonderlich viel Zutrauen in seine Worte oder Taten haben wird.

Und da wäre auch noch das Problem mit Thomas' vierjährigem Sohn, der an Leukämie erkrankt ist. Ein schwerer Schlag, aber du weißt, daß er bereits den Erlaß unterzeichnet hat, der Isis, seine sechzehnjährige außereheliche Tochter, als Thronfolgerin bestimmt. Abgesehen von seinen häuslichen Problemen, ist Thomas in einer guten Position, die es ihm gestattet, für seine Unterstützung einen hohen Preis zu fordern, denn die Clans müssen erst durch das Lyranische Commonwealth, bevor sie ihm gefährlich werden können. Hanse und Theodore werden Marik Konzessionen machen müssen, um seine Hilfe zu erhalten. Und trotzdem könnte er sich verweigern, solange die Prima ihm den Rücken stärkt.«

Bei der Erwähnung des Oberhaupts seines Ordens zuckte Focht zusammen, und sein untotes Gegenüber nutzte das Anzeichen von Unsicherheit sofort. »Versuch nicht, dich vor mir zu verstecken, Präzentor Martialum.

Bin ich nicht in deinem Gehirn? Kenne ich nicht jeden deiner Gedanken? Du siehst dich als Krieger, und du bist ein Könner auf deinem Gebiet, aber die Politik ist ein Minenfeld. Deine Prima, Myndo Waterly, ist eine hervorragende Politikerin, nicht wahr? Sie ist überzeugt davon, daß ComStar mit den Clans zusammenarbeiten kann, bis die Invasoren im Kampf ausgeblutet sind, um *dann* anzutreten, sie zu vernichten und die gesamte Menschheit in Blakes Vorstellung von Utopia umzuwandeln. Hat es jemals in der Geschichte eine größere Närrin gegeben?«

Während sie sprachen fiel der Schatten dessen, was einmal Aldo Lestrade gewesen war, langsam auseinander. Sein Fleisch war fast verschwunden, und das Weiß der Knochen schimmerte durch die madenzerfressene Kleidung. Sein Totenschädel beobachtete Focht mit schwarzen Augenhöhlen, aber der knochige Unterkiefer arbeitete ohne Unterlaß, auch wenn kein Laut mehr aus seiner Kehle drang.

Focht lehnte sich auf dem Thron zurück. »Wenn du das Behältnis für die Reste von Ehrgeiz bist, die ich noch in mir habe, freut es mich zu sehen, in welchem Zustand du dich befindest. Ich bin ein Krieger, der andere Krieger befehligt. Ich beteilige mich nicht mehr an politischen Machtspielchen.« Er hob die Hand und rückte die Klappe über seinem rechten Auge gerade. »Ich habe einen teuren Preis gezahlt, um das zu lernen, aber ich habe es überlebt. Das ist mehr, Aldo Lestrade, als man von dir sagen kann.«

Der Ghoul lachte ein letztesmal. »Aber eines hast du nicht gelernt, Anastasius Focht. Du kannst der Politik nicht entkommen. Sie ist überall, und eines Tages wird sie dich zu Boden zwingen, so wie mich ...«

Lestrades Skelett fiel in einer Staubwolke in sich zusammen, aber sein Gelächter hallte durch Fochts Gedanken, bis sich sein Klang allmählich in das ungeduldige Piepsen des Interkoms verwandelte. Focht setzte sich auf und drückte den Leuchtknopf auf der Konsole neben dem Bett.

»Ja?«

Der ComStar-Akoluth auf dem Schirm neigte den Kopf. »Vergib mir die Störung, Präzentor, aber du hast darum gebeten, zwei Stunden vor dem Eintauchen in die Atmosphäre geweckt zu werden. Wir haben diesen Punkt gerade überschritten und dürften in weniger als drei Stunden aufsetzen.«

Focht nickte. »Setz dich mit Sandhurst in Verbindung und sorg dafür, daß für GAZ plus 30 Minuten eine Besprechung des gesamten Stabes angesetzt wird. Ich werde keine Entschuldigungen für eine Abwesenheit akzeptieren.«

Der Akoluth wurde bleich. »Das kann ich nicht, Präzentor.«

Fochts Stimme polterte vor verhaltenem Zorn. »Erklärung.«

»Die Prima hat uns eine Prioritätsanweisung geschickt, während du geschlafen hast. Wir sollen auf Hilton Head niedergehen, und du sollst sie sofort über die Clan-Situation informieren. Anschließend sollst du vor dem Ersten Bereich sprechen.«

»Schick die Botschaft trotzdem ab. Ich werde so schnell wie möglich nach Sandhurst fliegen.«

Die Gesichtsfarbe des Akoluthen erholte sich etwas. »Es wird geschehen, als sei es der Wille Blakes, Präzentor Martialum.«

Mit einem Fingerschnippen unterbrach Focht die Verbindung. »Vielleicht hattest du recht, Aldo. Vielleicht kann keiner von uns der Politik entkommen, aber das bedeutet nicht, daß ich mich ihr unterwerfen muß. Es reicht, daß ich ein Auge an die Politik verloren habe. Ich kann nicht zulassen, daß die Menschheit auf demselben Altar geopfert wird. Elegante Reden mögen Herz und Hirn der Menschen beeinflussen, aber eine Kugel haben sie noch nie aufhalten können.«

1

Hauptquartier Wolfs Dragoner, Outreach
Mark Sarna, Vereinigtes Commonwealth

15. Januar 3051

»Sie sind *was?*«

Victor Ian Steiner-Davion saß starr vor Schreck in seinem Sessel, als Romano Liaos Aufschrei durch die Große Ratskammer der Dragoner gellte. Vor ihm versteifte sich sein Vater sichtlich, und seine Mutter griff instinktiv nach der Hand ihres Gatten. »Bei allen Göttern der Himmel und der Erde, ich glaube es nicht.«

»Madam Kanzlerin, ich dachte, meine Aussage sei klar genug formuliert.« Jaime Wolf stützte sich schwer auf das Rednerpult am Kopf des Saales. Der Söldner war kein großer Mann, was seine Statur betraf, aber Victor konnte die innere Stärke erkennen, die Wolf zu einem legendären Krieger und Kommandeur gemacht hatte. Seine schwarze Uniform und der kurze Umhang verstärkte den grimmigen Ausdruck auf seinem Gesicht noch, besonders jetzt, wo er den Umhang von der linken Schulter geschüttelt hatte, um die Wolfskopfepauletten mit ihren rubinroten Augen freizulegen.

»Lassen Sie es mich wiederholen.« Wolf blickte sich unter den versammelten Fürsten den Inneren Sphäre um, die ihn mit gebannter Aufmerksamkeit betrachteten. »Vor über fünfundvierzig Jahren wurden Wolfs Dragoner von den Clans ausgesandt, um die militärischen Möglichkeiten Ihrer Staaten zu untersuchen, der Überreste des einstigen Sternenbundes. Seither haben wir für und gegen alle Großen Häuser der Inneren Sphäre gearbeitet.«

Valprins Haakon Magnusson aus der Freien Republik Rasalhaag schüttelte wütend die geballte Faust. »Dann tragen Sie die Verantwortung dafür, daß die Clans meine halbe Nation verschlungen haben!« Magnusson, ein weißhaariger Mann, der weder besonders groß noch besonders stark war, legte alle Kraft in seine Worte. »War die Republik Rasalhaag das bevorzugte Ziel für die Invasion, weil wir so eine junge Nation sind, oder war es wegen unserer bekannten Abneigung gegen Söldner?«

Wolf hob die Hände, um weitere Fragen abzuwehren. »Halt! Sie deuten meine Worte falsch.« Der kleingewachsene Söldner wandte sich Magnusson zu. »Die Dragoner haben keine Angriffsziele für die Clans ausgewählt. Sie kehren einfach nur auf demselben Weg zurück in die Innere Sphäre, auf dem sie sie verlassen haben. Die Freie Republik Rasalhaag liegt halt zufällig in diesem Raumsektor.«

Magnusson kehrte auf seinen Platz an dem Tisch zwischen den Repräsentanten des Draconis-Kombinats und dem Mittelgang zurück. Varldherre Tor Miraborg, ein mißmutig dreinblickender Mann mit einer langen, tiefen Narbe entlang der linken Gesichtshälfte, lehnte sich in seinem Rollstuhl vor, um Ragnar, Magnussons Sohn und Kronprinz von Rasalhaag, etwas zuzuflüstern. Es schien Victor offensichtlich, daß Magnussons Erbe Miraborg aufmerksam zuhörte, aber dessen Worte schienen ihn auch zu erschrecken.

Hanse Davion erhob sich mit der Geschmeidigkeit eines weit jüngeren Mannes von seinem Stuhl. Die Jahre hatten den älteren Davion etwas langsamer werden lassen und das Rot aus seinem Haar geblichen, aber Victor wußte, daß sein Vater allerhand tat, um körperlich fit zu bleiben. Der Prinz der Vereinigten Sonnen lächelte seinem Sohn zu, als er den Stuhl etwas zurückschob, um sich Platz zu verschaffen. Wie immer ließ die funkelnde Vitalität in Hanses strahlendblauen Augen bei Victor keinen Zweifel daran aufkommen, daß sein Vater das Problem erfolgreich analysieren und eine Lösung finden würde.

»Oberst Wolf, aus Ihrer Antwort Valprins Magnusson gegenüber schließe ich, daß Ihre Assoziation mit den Clans vorüber ist?«

Wolf nickte. Er war sichtlich erleichtert über die Gelegenheit zu weiteren Erklärungen. »Unsere letzte Kontaktaufnahme mit den Clans fand unmittelbar nach dem Marik-Bürgerkrieg von 3014 statt. Damals hielten unsere Anführer eine Clan-Invasion der Inneren Sphäre für eine realistische, wenn auch ferne Möglichkeit. Trotz allem wurden wir angewiesen, die Übermittlung von Informationen an die Clans abzubrechen. Seither hatten wir bis zu ihrem jüngsten Funkspruch, der uns über den Tod des ilKhan informierte, keinen Kontakt mehr mit ihnen.«

Romano Liao hatte sich von ihrem Schock erholt und stieß ein verächtliches Lachen aus. »Und das sollen wir glauben, Oberst Wolf? Was für Beweise haben Sie dafür anzubieten?«

Candace Liao, Herzogin des St.-Ives-Paktes, erhob sich von ihrem Platz am Tisch rechts vom Kontingent des Vereinigten Commonwealth. Im Gegensatz zu ihrer rothaarigen Schwester hielt Candace ihre Gefühle fest unter Kontrolle, bewahrte ohne Probleme eine Aura fürstlicher Ehre. »Ich möchte darauf hinweisen, Schwesterherz, daß wir, würde Oberst Wolf noch für die Clans arbeiten, wahrscheinlich alle auf dem Weg zu diesem Treffen ums Leben gekommen wären, wenn nicht schon vorher.«

»Ha!« Romano wischte den Einwand ihrer Schwester verächtlich beiseite. »Du hast so lange eine Natter an deinem Busen genährt, daß du Wolf nicht mehr klar beurteilen kannst.«

Die Kanzlerin der Konföderation Capella hätte wahrscheinlich noch einige Zeit gegeifert, aber die Wut in ihrem Gesicht erstarb in dem Augenblick, als ein hinter ihr sitzender junger Mann die Hände auf ihre Schultern legte. Als sie sich umdrehte, um seine Wange zu tätscheln, zwinkerte er ihr zu. Danach hatte sie sich wieder unter Kontrolle. Candace setzte sich langsam wieder hin, wobei sie ihrer Schwester finstere Blicke zuwarf.

Victors blaugraue Augen wurden zu Schlitzen, als er Romanos Sohn Sun-Tzu betrachtete. Der gutgewachsene und hübsche junge Mann hatte nicht den wilden Blick, der seine Mutter und Schwester als ernsthaft geistesgestört auswies. Berichte über paranoide Säuberungen und andere Verirrungen am Hof von Sian waren derart häufig, daß Victor Sun-Tzus schieres Überleben als Beweis für seine Intelligenz und politischen Fähigkeiten ansah. Aus seiner Akte wußte Victor, daß Sun-Tzu nur die Anfänge einer MechKriegerausbildung durchlaufen hatte, aber der Capellaner machte den Eindruck, sich sehr wohl verteidigen zu können.

Victor blickte hinüber zur Delegation des St.-Ives-Paktes. Trotz der Proteste Romanos hatte Wolf dem Pakt die vollen Rechte einer souveränen Nation eingeräumt. Der Dragoneroberst hatte festgestellt, daß Candace Liao die Herrscherin eines unabhängigen Staates der Inneren Sphäre war, auch wenn die Capellaner ihr Reich weiter als ›besetztes Gebiet‹ beanspruchten.

Hinter Candace saßen ihr ältester Sohn Kai und ihre Töchter, die Zwillinge Cassandra und Kuan Yin. Im Vergleich mit seinem Vetter Sun-Tzu schnitt Kai nicht schlecht ab. Er sah ebenso gut aus und war etwas muskulöser gebaut. Er hielt sich kerzengerade, so als laste die ganze Ehre von St. Ives und seiner Familie auf seinen Schultern. Der größte Unterschied zwischen Kai und Sun-Tzu lag für Victor in dem hungrigen Leuchten in Sun-Tzus Augen. Vielleicht lag es daran, daß Kai als älterer der beiden Liao-Söhne einen überzeugenderen Anspruch auf den Thron vorzubringen hatte, den Sun-Tzu so begehrte.

Als Victor sich zu seinem Adjutanten umdrehte, beobachtete der blonde Riese ebenfalls die beiden Thronfolger. Anscheinend beschäftigte er sich mit ganz ähnlichen Vergleichen. »Zwischen denen wird es noch Ärger geben«, stellte der Prinz fest.

Hauptmann Galen Cox nickte, und ein raubtierhaftes Grinsen trat auf seine Züge. »Ich setze auf Kai. Wer würde nach seiner Leistung auf Twycross noch gegen ihn wetten?«

Hanse Davion räusperte sich. »Ich muß Herzogin Liaos Einschätzung der Situation beipflichten.« Hanse deutete auf den Mann neben Candace. »Wie mein Geheimdienstminister bestätigen kann, hat es keine offenen oder geheimen Kontakte zwischen den Clans und Wolfs Dragonern gegeben, seit sie sich vor zwanzig Jahren hier auf Outreach niedergelassen haben.«

Justin Allard, ein schlanker Eurasier, dessen linker Unterarm und Hand aus schwarzem Metall bestanden, nickte stumm. Angesichts des legendären Hasses, den Romano Liao für ihre Schwester und deren Ehemann empfand, hätte es erneut zu Unruhe kommen können, aber eine Stimme aus dem Draconis-Kombinat lenkte das Gespräch in eine weniger gefährliche Richtung.

»Sicherlich hatten die Dragoner unter den gegebenen Umständen mehr als ausreichend Gelegenheit zum Verrat, aber ich hätte eher erwartet, einige von *uns* würden einander umzubringen versuchen.« Theodore Kurita, Kriegsherr des Draconis-Kombinats, legte die Fingerspitzen zusammen, als er sprach. »Wenn jemand versucht hat, uns in die Falle zu locken, ist ihm das gelungen, denn wir sind alle hier in dieser außergewöhnlichen Versammlung. Da bisher nichts Unangenehmes geschehen ist, wäre es vielleicht produktiver, wir würden davon ausgehen, daß wir gar nicht verraten wurden.«

Während Theodore sprach, studierte Victor die Delegation des Draconis-Kombinats. Theodore Kurita, der hochgewachsene, hagere Gunji-no-Kanrei des Kombinats, saß zwischen seiner Gattin und seinem ältesten Sohn Hohiro. Hohiro besaß die wilden, edlen Züge seines Vaters, und Victor fühlte einen Stich, als sich ihre Blicke trafen.

Der jüngere Davion konnte ein Grinsen nicht unterdrücken. Er ist genau wie ich. *Unsere Väter hassen sich, solange sie denken können. Jetzt fällt uns dieses Erbe zu.*

Hinter Hohiro erkannte Victor Narimasa Asano, den Anführer der Genyosha, einer der gefürchtetsten Einheiten des Draconis-Kombinats. Dann bemerkte er eine wunderschöne junge Frau, nach zeremonieller japanischer Tradition gekleidet und zurechtgemacht, die zwischen Hohiro und Theodore stand. Ein Kriegsrat schien kein Ort für eine solche exquisite, erhabene Schönheit, und in Victors Gedanken überschlugen sich die Fragen.

Jaime Wolf sah von seinem Pult auf und blickte hinüber zu einem weiteren Kontingent aus den Fürstenhäusern der Inneren Sphäre. »Sie sind der letzte Redner, Generalhauptmann. Was meinen Sie? Sind Sie in eine Falle gelaufen, oder kann man den Dragonern trauen?«

»Ich denke nicht, daß Ihre Fragen unbedingt zwei Seiten ein und derselben Münze darstellen, Oberst.« Thomas Marik erhob sich nicht, um das Wort zu ergreifen, aber trotzdem war er eine imposante Erscheinung. Die rechte Gesichtshälfte und Hand des hochgewachsenen, schlanken Generalhauptmanns waren stark vernarbt, Erinnerungen an die Verbrennungen durch die Explosion, bei der sein Vater den Tod gefunden hatte. Trotz der entstellenden Narben ließen Mariks feste Züge und seine Haltung jedoch auf eine innere Stärke schließen, die während seiner Zeit bei ComStar gewachsen sein mochte. Er trug eine violette Uniform ohne Rangabzeichen. Auf seinen graumelierten Haaren saß eine Uniformmütze mit kurzem Schirm.

Victor wunderte sich über die Mütze, dann bemerkte er, daß auch Thomas' Frau Sophina eine trug. Und Joshua Simon, ganze fünf Jahre alt, der neben seiner Mutter saß und ihre Hand hielt, trug sie ebenfalls. Die Uniform des Knaben glich der seines Vaters, und die Mütze verbarg seinen Kahlschädel. Durch die dunkle Uniform wirkte Joshuas Haut noch fahler. Seine Augen lagen tief im Schatten. Der Knabe bewegte sich mit einer Langsamkeit, die äußerste Erschöpfung suggerierte, und doch versuchte er offensichtlich, sich so groß wie möglich zu machen.

Galen zog die Luft zwischen den Zähnen ein. »Es stimmt also. Das Kind ist schwerkrank.«

»Justins Informanten berichten von Leukämie.« Victor schüttelte mitleidig den Kopf. »Marik hofft, daß der Junge überlebt, aber die Aussichten sind nicht allzugut. Joshua reagiert sehr empfindlich auf die Medikamente, mit denen er behandelt wird; sie zerstören sein Immunsystem. Sehen Sie sich nur an, wie blau seine Lippen sind. Anämie als Folge der letzten Chemotherapie.«

Neben dem Knaben putzte sich Isis Marik zurecht wie eine Debütantin. Auch sie trug eine paramilitärische Uniform und hatte sogar aus Solidarität mit ihrem Halbbruder eine Mütze aufgesetzt. Ihre Mütze saß jedoch in einem kecken Winkel auf dem Kopf und betonte das volle, kastanienbraune Haar, das Isis über eine Schulter nach vorne auf den Busen fallen ließ.

Victor verzog das Gesicht. »Beinahe, als wolle sie die Krankheit des Jungen verspotten.«

»Wenn er stirbt, wird sie Generalhauptmann, mein Prinz.« Eine Spur von Unbehagen schlich sich in Galens Blick. »Ihr seid an erster Stelle der Thronfolgeliste und denkt daher möglicherweise nicht allzuviel über solche Fragen nach. Aber der Status eines soeben anerkannten fürstlichen Bankerts könnte manchen Leuten Ideen über die Macht und Wege, sie sich zu sichern, in den Kopf setzen.«

»Gut ausgedrückt, Galen. Auch wenn sie hübsch ist, werde ich mich bemühen, ihr aus dem Weg zu gehen.« Noch während er es sagte, warf Victor einen erneuten Blick auf die Frau im Kurita-Kontingent. Tausend Fragen über sie drängten sich in seine Gedanken, aber er schüttelte sich. *Das ist ein Kriegsrat, Victor, kein Picknick.*

Thomas lehnte sich vor und stützte beide Hände auf den der Liga Freier Welten zugewiesenen Tisch. »Ich teile die Ansicht des Gunji-no-Kanrei, daß Sorgen über eine mögliche Falle zum jetzigen Zeitpunkt fehl am Platze sind. Die Dragoner haben uns hierhergeholt, um die Invasion durch die Clans zu erörtern, und was wir tun sollten, um ihrem Vorrücken ein Ende zu machen. Ich finde, eine derartige Diskussion höchst angebracht. Ich für meinen Teil bin nicht zu hundert Prozent geneigt, irgendeiner militärischen Macht zu vertrauen, die zugibt, einmal mit dem Feind verbündet gewesen zu sein. Vergeben Sie mir, Oberst, aber das Volk der Freien Welten erinnert sich noch gut an die Rolle der Dragoner im Krieg zwischen meinem Vater und seinem Bruder Anton.«

»Ihre Vorsicht ist verständlich, Generalhauptmann«, antwortete Wolf. »Übrigens haben wir Ihr Ärzteteam in unserem Krankenrevier untergebracht und ihnen alle Geräte zur Verfügung gestellt, um die Sie gebeten hatten.«

Thomas bestätigte Wolfs Fürsorge mit einem Nicken. Joshua, der keine Ahnung davon hatte, daß er Gegenstand der Diskussion geworden war, ließ derweil die Beine über den Stuhlrand baumeln. Victor lächelte bei diesem Ausdruck kindlicher Unschuld. Es war eine ebenso ungewohnte Note wie die Anwesenheit jener wunderhübschen jungen Frau. Er wußte, daß Jaime Wolfs Bruder Joshua in der Liga Freier Welten ermordet worden war. Er fragte sich, ob Thomas aus reinem Zufall denselben Namen für seinen Sohn gewählt hatte, oder ob dies eine Art Friedensangebot an Wolfs Dragoner darstellte.

Victor sah sich in dem riesigen Saal um, den die Dragoner als ihre Große Ratskammer bezeichneten. Sie hatten ein Amphitheater aus dem Fels von Outreach gehauen und seine Wände mit Eichenholz getäfelt. Zwei Dutzend stufig angeordnete Terrassen boten Sitzplätze für Zuschauer, und ein Geländer aus vergoldetem Eichenholz trennte die Hauptkammer vom Zuschauerraum. Auf dem Boden des Saales waren die Tische der Teilnehmer in einem Halbkreis um das Rednerpult angeordnet. Victor vermutete, daß die Dragoner die Verbindungsteile zwischen den Tischen abgebaut hatten, damit die Fürsten der Großen Häuser einander gleichgestellt waren.

In den Galerien sah Victor eine Reihe Dragoner-Uniformen zwischen den Militärberatern und Staatsministern. Die Höflinge, Begleiter der verschiedenen Fürstenfamilien, waren kaum notwendig, um einen Vernichtungsfeldzug gegen die Clans zu planen, aber sie waren von enormer Bedeutung, wenn es darum ging, die Staaten der Inneren Sphäre funktionstüchtig zu halten. Nie zuvor hatten sich alle Herrscher der Nachfolgerstaaten gleichzeitig an einem Ort versammelt, und die Belastung ihrer Aufgabe, die Staatsgeschäfte reibungslos weiterzuführen, spiegelte sich deutlich auf den Gesichtern der Beamten.

Victor bemerkte Jaimes Sohn MacKenzie Wolf in den hinteren Reihen der Zuschauer. Der großgewachsene, schlanke MechKrieger mit dem dunklen Schnurrbart wirkte in seiner schwarzroten Uniform beinahe draufgängerisch, aber seine Haltung deutete darauf hin, daß er den Verlauf der Debatte keineswegs als unterhaltsam empfand.

Neben MacKenzie standen Morgan und Christian Kell von den Kell Hounds. Ihre roten Uniformen mit den auf Taille geschneiderten Jacken fielen vor allem durch die Motivweste in Form eines schwarzen Wolfskopfes mit dreieckigen roten Augen auf. Die Schnauze des Kopfes war am Gürtel der Jacke befestigt, die beiden Ohren an den Schultern. Auf Morgans Jacke unterbrachen mehrere Feldzugsabzeichen das Schwarz des linken Wolfohrs und kündeten von der langen Laufbahn des älteren Söldners.

Die grimmigen Mienen der drei erinnerten Victor an den Ernst der Lage. Ein kalter Schauer lief ihm über den Rücken, als er an Morgans Sohn Phelan — seinen Vetter — dachte, der als einer der ersten dem Angriff der Clans zum Opfer gefallen war.

Jaime Wolf stieß einen Seufzer aus. »Wir verschwenden wertvolle Zeit. Die Innere Sphäre steht der größten militärischen Bedrohung gegenüber, die je auf die Nachfolgerstaaten zugekommen ist, sowohl auf jeden einzelnen wie auf alle gemeinsam.«

Wolf betätigte einen Knopf auf seinem Rednerpult. Die Saalscheinwerfer wurden schwächer, und in der Mitte des Halbkreises entstand eine holographische Karte der Inneren Sphäre. Sie drehte sich langsam um ihre Achse, damit alle sie gut sehen konnten, bevor sie sich in kleinere Versionen ihrer selbst aufteilte, die vor den Tischen der einzelnen Delegationen in der Luft schwebten. Als Victor sich vorlehnte, um die Karte zu studieren, peitschte die Furcht wie eine Schlange durch seine Magengrube.

Normalerweise formten die Nachfolgerstaaten und die von ihnen beanspruchten Welten annähernd eine Kugel aus Sonnensystemen von etwa 370 Lichtjahren Durchmesser, in deren Mitte Terra lag. Auf dieser Karte jedoch war ein gewaltiges Stück herausgebissen. Aus der Kugel war so ein fetter Halbmond geworden, dessen Hörner zur Saaldecke wiesen. Mitten im eroberten Gebiet lag die Freie Republik Rasalhaag, aber auch der lyranische Sektor des Vereinigten Commonwealth und das Draconis-Kombinat hatten Systeme verloren.

Victor beugte sich zu seinem Vater hinüber. »Mir war nicht klar, daß das Kombinat so schwer getroffen wurde. Sie haben genauso viele Welten verloren wie wir.«

Hanses Lippen waren ein dünner Strich. »Dem Ausdruck auf Theodores Gesicht nach zu schließen, wage ich zu behaupten, daß er auch nicht ahnte, wie schwer wir getroffen worden sind. Wolfs Nachrichtendienst arbeitet ausgezeichnet. Die Lage ist sehr viel schlimmer, als irgendwer hier vermutet hat.«

Wolfs Handbewegung schloß sämtliche Karten ein. »Wie Sie sehen können, ist die Situation äußerst ernst. Die Freie Republik Rasalhaag hat ihre Zentralwelt und mehr als die Hälfte ihrer Systeme verloren. Auch im Lyranischen Commonwealth und Draconis-Kombinat konnten die Invasoren erhebliche Gewinne verbuchen. In weniger als einem Jahr haben sie mehr Welten erobert, als im Vierten Nachfolgekrieg den Besitzer wechselten, und die Versuche, sie aufzuhalten, waren wenig effektiv.

Ich habe Sie hier zusammengerufen, um vorzuschlagen, daß wir uns gegen diese Invasoren zusammenschließen. Nur mit einer entschiedenen gemeinsamen Anstrengung können wir die Clans aufhalten. Anderenfalls steht uns die Beherrschung durch einen unerbittlichen Gegner bevor. Wenn die Nachfolgerstaaten in dieser Stunde nicht zusammenstehen, werden sie einzeln untergehen.«

Romano Liao warf ihrer Schwester einen Blick zu, als wolle sie an deren Hals Maß für den Strick nehmen, dann stand sie auf. »Ich bin nicht sicher, ob ich mich ihrem Drängen anschließen kann, Oberst Wolf. Auch ohne fremde Hilfe haben mein Lord Kurita und selbst Hanse Davion diese Invasoren abgeschmettert. Und ich habe keinen Beweis dafür, daß diese Clans sich irgendwie von anderen mordenden, metzelnden, blutrünstigen Eroberern unterscheiden.«

»Wie Sie meinen, Lady Romano«, erwiderte Wolf mechanisch, aber Victor bemerkte den Unterton kalter Wut in seiner Stimme. »Ich kann Ihnen jedoch versichern, daß sich die Clans grundlegend von jeder Armee unterscheiden, die je zum Angriff marschiert ist oder dies in Zukunft je tun wird. Ja, es stimmt, daß der Vormarsch der Clans gestoppt wurde, nachdem die Truppen des Vereinigten Commonwealth und des Kombinats ihnen auf zwei Welten Niederlagen beigebracht hatten, aber nicht, weil die Truppen der Inneren Sphäre sich überlegen gezeigt hätten. Die Clans haben ihre Invasion abgebrochen, weil ihr Kriegsfürst über Radstadt den Tod fand, und bevor sie den Kampf fortsetzen, müssen sie einen Nachfolger bestimmen. Bis dahin werden ihre Fronttruppen an Ort und Stelle bleiben, während die Clanführer darüber beraten, wer die Invasion in Zukunft leiten soll. Sie dürfen jedoch davon ausgehen, daß die Clans, wenn sie zurückkehren, noch weitere Armeen mitbringen werden, und wenn wir nicht zusammenarbeiten, ist ihr Sieg nicht zu verhindern.«

Thomas Marik stand auf und lehnte sich über den Tisch. »Ich bin beeindruckt, was Sie hier auf Outreach erreicht haben, Oberst Wolf, und auch von Ihrer Fähigkeit, Daten über den derzeitigen Zustand der hier repräsentierten Staaten zu sammeln.« Der Generalhauptmann deutete auf die vor ihm leuchtende Karte. »Diese Karte beispielsweise ist weit vollständiger als diejenige, die mein Geheimdienst anfertigen konnte, und auch vollständiger als die Karten, die wir im Vereinigten Commonwealth und im Draconis-Kombinat gestohlen haben.« Er machte eine kurze Pause, als Hanse Davion und Theodore Kurita ihm anerkennend zunickten. »In Anbetracht dieser Tatsache und im Hinblick auf die bemerkenswerte Karriere der Dragoner gibt es eine Frage, die ich einfach stellen muß. Glauben Sie, Oberst Wolf, daß es überhaupt möglich ist, diese Invasoren aufzuhalten?«

Victor las keine Überraschung auf Wolfs Gesicht. Vielmehr reagierte der Söldner so, als habe er die ganze Zeit darauf gewartet, daß endlich jemand diese Frage stellte. »Ich kann nur aufgrund meiner Erfahrungen bei den Clans antworten, und die stammen aus einer lange vergangenen Zeit. Meine Männer und ich wurden von den Clans ausgebildet, und dadurch waren wir gegenüber den Streitkräften der Inneren Sphäre sehr erfolgreich, aber wir konnten nie für uns in Anspruch nehmen, unbesiegbar zu sein. Die Clans kämpfen entsprechend ihrem eigenen Konzept der Kriegsführung, aber ich glaube, daß die Taktiken der Ryuken oder der Regimentskampfgruppen des Vereinigten Commonwealth diesen Taktiken erfolgreich begegnen und gewinnen können.«

Wolf schaute Marik an. »Um Ihre Frage direkter zu beantworten, Generalhauptmann: Ja, ich glaube, wir können die Clans besiegen. Das Kombinat und das Vereinigte Commonwealth haben für ihre Siege einen hohen Preis zahlen müssen, aber Tatsache ist, sie haben diese Siege errungen. Mit entsprechendem Training und bei Aufbietung all unserer Kräfte gegen die Clans können wir sie bremsen und sogar stoppen.«

Haakon Magnusson schüttelte den Kopf. »Die Clans führen Waffen ins Gefecht, gegen die die unseren wie Kinderspielzeug aussehen.«

Wolf kniff die Augen zusammen. »Wenn Sie sich jetzt von Verzweiflung übermannen lassen, Valprins Magnusson, welche Chance haben Sie dann, Ihr Reich jemals zurückzugewinnen? Ich habe die Baupläne und Daten für die neuen BattleMechs. Hier auf Outreach haben die Dragoner, wenn auch in sehr begrenzter Zahl, bereits BattleMechs produziert, die auf dieser neuen Technologie beruhen. Nach Clanmaßstäben mag sie veraltet sein, aber sie ist allem, was die Innere Sphäre derzeit anzubieten hat, Lichtjahre voraus.«

Eine plötzliche Müdigkeit schien sich wie ein Bleimantel auf Wolfs Schultern zu legen. »Ich hatte gehofft, mehr Zeit zur Vorbereitung zu haben. Meine Dragoner haben Outreach wieder zu dem Ausbildungszentrum gemacht, das es zu Zeiten des Sternenbundes war. Noch haben wir nicht mit der Massenproduktion von OmniMechs begonnen — so nennen die Clans ihre

Frontmaschinen —, aber mit der Hilfe von Oberst Kell, Dr. Banzai und Clovis Holstein haben wir einsatzbereite Prototypen vieler der neuen Waffensysteme herstellen können, die von den Clans eingesetzt werden. Darüber hinaus stehen fünf komplette Regimenter der Dragoner bereit, gegen die Clans ins Feld zu ziehen.«

Wolf schob die Ärmel seiner Jacke zurück. »Das war's. Meine Karten liegen auf dem Tisch. Ich werde gegen die Clans antreten, gleichgültig, wer sich mir anschließt und wer nicht. Aber ich sage es noch einmal: Wenn wir zusammenarbeiten, können wir eine Armee ins Feld führen, der es gelingt, die Clans aufzuhalten.«

Wolfs Worte ließen Victor frösteln. *Er hat recht. Wenn wir uns nicht zusammenschließen, nehmen uns die Clans auseinander.*

Romano lachte bellend. »Warum sollten wir Ihnen glauben, Wolf? Sie haben zugegeben, daß Sie uns schon einmal betrogen haben! Warum sollte es diesmal anders sein.« Sie hob in großer Geste die Schultern und warf ihr rotbraunes Haar nach hinten. »Ich mache mir keine Sorgen. Die Clans werden schon aufgehalten.«

Wolf betrachtete sie stumm und schüttelte den Kopf, als könne er nicht glauben, was er hörte. »Ich bezweifle, daß Ihnen der Ernst unserer Lage bewußt ist, Lady Romano. Wenn wir die Clans nicht aufhalten, wer sollte es dann tun?«

Romano grinste breit und ließ ihren Blick über die Versammlung schweifen, wie um ihre Erleuchtung mit den übrigen Anwesenden zu teilen. »Sie vergessen, Oberst Wolf, daß beim Zusammenbruch des Sternenbundes General Aleksandr Kerensky nahezu die gesamte Sternenbundarmee in den Weltraum jenseits der Peripherie führte. Sie sind da draußen. Sie haben all diese Zeit darauf gewartet, daß die Menschheit ihre Hilfe wieder benötigt. Sie werden kommen und uns vor den Clans retten.«

Wolfs Schultern fielen herab. »Lady Romano, haben

Sie irgend etwas von dem mitbekommen, was ich gesagt habe?« Er sah sich ungläubig um, schüttelte wieder den Kopf. Obwohl seine Stimme kaum mehr als ein Flüstern war, gab es niemanden in der Ratskammer, der in der absoluten Stille nicht jedes Wort verstanden hätte.

»Sind Sie denn blind?« Er beugte sich vor, packte das Rednerpult so fest, daß seine Knöchel weiß wurden. »Kerenskys Truppen *sind* bereits gekommen. Sie sind die Clans.«

2

Sprungschiff *Höhlenwolf*
Jenseits der Peripherie

2. Februar 3051

Schweißgetränkte schwarze Haare flogen brennend in seine Augen, als Phelan Kell Wolf durch die Luft flog. Er rollte sich über die Schulter ab und setzte so die Energie des Wurfes um, der ihn durch den kleinen Raum geschleudert hatte. Seine linke Hand knallte hart auf die Matte, brach den Sturz zusätzlich und half ihm, seinen Körper unter Kontrolle zu bringen. Den verbliebenen Schwung hätte er dazu benutzen können, wieder auf die Füße zu kommen. Statt dessen täuschte er Erschöpfung vor und ließ sich flach auf den Rücken fallen.

Seine Gegnerin schoß durch den Raum hinter ihm her. Ihr roter Zopf zuckte wie eine Schlange. Obwohl sie gut dreißig Zentimeter größer und siebzig Kilo schwerer war als Phelan, bewegte Evantha Fetladral sich schnell und sinnlich. Ein grimmiges Lächeln ließ ihre Miene zu einer Kampfmaske erstarren, aber in ihren braunen Augen brannte die Vorsicht. Sie wurde etwas langsamer, um sich auf eine Falle Phelans vorzubereiten.

Der setzte zu einer Beinsichel an, aber sie sprang über den Tritt hinweg. Phelan warf sich auf den Bauch, wirbelte herum und trat mit dem rechten Bein sofort wieder zu. Diesmal traf er Evantha an den Knöcheln, bevor sie den Boden erreichte. Seine Gegnerin schlug schwer auf die Matte, aber noch bevor Phelan sich auf sie werfen konnte, stand sie wieder auf den Beinen.

Sie ging in die Hocke und winkte ihn zu sich. Ihr ärmelloser grauer Bodysuit endete an den Knien und glich dem Phelans. Die roten Bänder an den Schultern und Oberschenkeln wurden durch einen roten Seitenstreifen verbunden. Schweiß glänzte auf ihrem fast kahlen

Schädel und den wogenden Muskelpaketen. »Na komm, Phelan. Du bist gut, aber du bist kein Elementar.«

Der ehemalige Kell Hound wischte sich mit dem linken Unterarm über die Stirn. »Ich dachte nicht, daß ich einer werden sollte. Ich bin ein MechKrieger.«

Evantha runzelte die Stirn. »Vielleicht wirst du einmal einer, Phelan Wolf, aber nur, wenn du ordentlich trainierst und dich zu benehmen lernst.«

Phelan zuckte zusammen. *Verdammt. Ich vergesse es immer wieder.* Er neigte leicht den Kopf und entschuldigte sich. »Vergib mir. Wenn ich mich aufrege, zieht sich mein ...«

Evanthas Angriff unterbrach in. Er wirbelte nach links, wich ihrer gestreckten Rechten aus und sprang vorwärts. Er hakte sein rechtes Bein hinter ihr rechtes Knie, packte ihre Schulter und warf sie zu Boden. Seine rechte Hand fuhr über ihre Kehle, die Finger zu einer Speerspitze versteift.

Evantha schlug dreimal mit der Linken auf die Matte und beendete damit den Kampf. »Gut gemacht«, stellte sie fest.

Brennender Schweiß tropfte in seine Augen, als Phelan sich ohne Zeremonie fallen ließ. »Na endlich. Du hast mich zwei Stunden lang durch den Raum geschleudert. Dir diesen Gefallen zu erwidern, war das mindeste, was ich tun konnte.«

Die riesige Frau setzte sich auf. Sie wischte sich mit den breiten Händen den Schweiß vom fast völlig kahlrasierten Schädel, um sie anschließend an den Beinen ihres Bodysuits abzutrocknen. »Allerdings, das war das mindeste, was du tun konntest.« Als Phelan stöhnte, lächelte sie. »Aber es freut mich, daß du mir keine Gelegenheit gegeben hast, deine Entschuldigung ausnutzen. Es gab eine Zeit, als du geglaubt hättest, eine solche Formalität bedeute eine Auszeit in unserem Training.«

»Ja, die gab es ...« Phelan kroch zum Rand der Matte

und griff sich ein weißes Handtuch vom Stapel. Er warf es Evantha zu, dann nahm er ein zweites für sich selbst. »Aber du warst freundlich genug, diesen Irrtum aus mir herauszuprügeln.«

Evantha spielte mit ihrem Zopf. »Um so besser. Du darfst nicht vergessen, daß du ständig beobachtet und geprüft wirst. Auch nach dem Ende einer Übung mußt du immer noch bereit für eine weitere Herausforderung sein. So war es schon immer bei den Clans, denn nur ständige Prüfungen und Bereitschaft haben uns gestattet zu überleben. Sie haben uns zu dem gemacht, was wir sind. Jetzt, wo du einer von uns bist, solltest du das begreifen.«

Phelan nickte zustimmend, aber seine Gedanken schweiften ab. *Das weiß ich, seit die Clans mich gefangen haben. Selbst als ich noch ein Leibeigener war, haben sie mich ständig getestet. Khan Ulric hat mich angetrieben, um zu sehen, wie weit ich gegen meine Heimat aktiv werde, und Vlad hat sein Bestes getan, meinen Willen zu brechen. Jetzt, nachdem sie mich in die Kriegerkaste aufgenommen haben, werde ich nicht mehr als Unterlegener geprüft, sondern als Gleicher. Dadurch sind die Prüfungen eher noch härter geworden.*

Evantha legte sich das Handtuch um den Nacken. »Gehen wir jetzt duschen?« Als Phelan zögerte, lachte sie.

»Tut mir leid, Evantha, ich habe mich noch immer nicht an die Vertrautheit zwischen Mitgliedern einer Geschko gewöhnt. Wo ich herkomme, teilen Männer und Frauen zwar die Pflichten im Feld, aber die Duschräume teilen sie nur selten.«

»Es scheint dir nichts auszumachen, mit mir zu duschen.«

Phelan drehte sich zur Tür und lächelte, als Ranna in den Raum trat. Die großgewachsene, schlanke Frau, deren weißes Haar sehr kurz geschnitten war, ging in die Knie, um ihm einen Kuß zu geben. »Ich würde sogar sagen«, stellte sie mit einem tückischen Glitzern in den blauen Augen fest, »daß du enorme Erfahrung darin hast, mit Frauen zu duschen.«

Phelan wurde rot, als Ranna und Evantha laut auflachten. Er faßte Rannas Kinn mit der Linken, hauchte einen Kuß auf ihre Lippen und setzte eine Unschuldsmiene auf. »Aber Liebes, ich bin nur ein guter Schüler mit einer ausgezeichneten Lehrmeisterin.«

Er fühlte, wie ein leises Schaudern durch Ranna ging, als er das Wort ›Liebe‹ benutzte, aber das war er gewohnt. Er wußte, daß die Clanner Liebe, Sex und Fortpflanzung soweit voneinander getrennt hatten, daß sie diese Aspekte nicht mehr als Teil dessen sahen, was Phelan eine ›normale‹ Beziehung genannt hätte. Seine Gleichsetzung von Liebe und sexueller Treue waren für Clanmitglieder unbegreiflich, ebenso wie ihre tiefsitzende Furcht vor einer persönlichen Liebesbeziehung es für ihn war.

Evantha hievte sich hoch. »Ich übergebe dich der Obhut deiner begabtesten Lehrmeisterin, Phelan. Ich erwarte dich in vierundzwanzig Stunden zur nächsten Trainingssitzung wieder hier.«

Phelan ließ sich matt auf den Rücken sinken. »Okay, Sterncommander. Ich werde hier sein, gleich nachdem Carew mich in Flugabwehrtaktik ausgebildet hat.«

Evantha zwinkerte Ranna zu. »Sei nett zu ihm. Heute hat er seine Sache gut gemacht.«

Als Evantha durch die Tür verschwand, streckte Phelan den Arm aus und drückte Rannas Schulter. Auf dem grauen Baumwollstoff ihres Overalls fühlte er den großen, achtzackigen roten Stern, der exakt ihrem linken Ohrring entsprach. Der südlichste Zacken des Sterns war mehr als doppelt so lang wie die übrigen und hatte Phelan dazu bewogen, das Motiv ›Dolchstern‹ zu taufen. Er kennzeichnete sie als MechKriegerin, eine Auszeichnung, um die Phelan sie beneidete.

»Also, was machen wir den Rest des Tages?«

»Wir haben ein Problem.« Ranna verzog das Gesicht

und ballte frustriert die Fäuste. »Wegen des Sprungschiffs, das vor sechs Stunden das System erreicht hat, ist der gesamte Dienstplan geändert worden. Sie haben eine Reihe von Landungsschiffen herüber zur *Höhlenwolf* geschickt, die eine Menge wichtiger Persönlichkeiten an Bord hatten. Dementsprechend wurden alle Dienstpläne umgestellt, um den Leuten Gelegenheit zu geben, ihre Hausführer zu sprechen.«

Phelan setzte sich auf und legte beide Hände auf die ihren, bis ihre Fäuste sich entspannten. »Wieviel Zeit haben wir, bis dein Dienst beginnt?«

»Etwa anderthalb Stunden.« Ein leises Knurren drang aus ihrer Kehle. »Ich hatte die Genehmigung bekommen, einen der Mechs hinaus auf den Schiffsrumpf zu bringen, damit du dir dieses Trinärsystem ansehen kannst, und danach hatte ich für uns etwas Zeit eingeplant, allein ...«

Phelan hob mit der Linken ihren Kopf. »He, anderthalb Stunden sind viel Zeit zum Duschen, frapos? Du willst doch nicht schmutzig zum Dienst erscheinen, oder?«

Sie grinste ihn trocken an. »Nein. Ich schätze, das wäre ungebührlich, frapos?«

»Pos.« Phelan stand auf und zog Ranna hoch. »Äußerst ungebührlich. Ich denke, wir sollten etwas dagegen tun.«

Das Auftauchen einer älteren Frau in der Tür hielt sie davon ab, sich zu umarmen. Sie war etwas kleiner als Ranna und hatte eine rundlichere Figur. Ihre sinnliche Grazie strafte ihr Alter Lügen. Ihre roten Locken waren lang genug, um die Schultern des Overalls zu verbergen. Ihre blauen Augen funkelten vergnügt, als sie die Arme vor der Brust verschränkte und sich an den Türpfosten lehnte.

»Ich bitte um Verzeihung, Kinder. Ich wollte nicht stören.«

Phelan drehte sich zu ihr um und legte einen Arm um

Rannas Taille. »Tag, Major ... ähem, Oberst Kerensky.« Als sie die Stirn runzelte, korrigierte er hastig seinen Fauxpas. »Ich meine, Natascha. Verzeih mir, ich bin immer noch gewohnt, dich so anzusprechen wie während meiner Zeit auf Outreach.«

Natascha Kerensky zuckte die Achseln. »Kein Blut, kein Bericht. Ich habe dir zwei Dinge mitzuteilen. Erstens hat Khan Ulric nach einigem Schachern die Holzköpfe in der Clankonklave davon überzeugen können, daß ich dich in BattleMechtaktik unterrichten sollte.« Sie kniff die Augen zusammen. »Ich weiß nicht, ob ich sonderlich erfreut über seine Argumentation sein soll, daß mich mein ›fortgeschrittenes Alter‹ für den Posten einer Lehrerin geeignet macht, aber ich will nicht gegen den Erfolg argumentieren.«

Ranna zog scharf die Luft ein. Anscheinend bemerkte auch Natascha diese Reaktion. »Tut mir leid, Ranna, aber ich habe fast fünf Jahrzehnte in der Inneren Sphäre zugebracht. Verzeih mir, wenn mein Sprachgebrauch dich beleidigt.«

Ranna lächelte kokett. »Natürlich, Großmutter.«

Phelan sah, wie Natascha schockiert zusammenzuckte, auch wenn sie sich schnell wieder gefangen hatte. Sie neigte kurz den Kopf. »Touché, Ranna. Du bist wirklich eine Kerensky.«

»Blut von deinem Blut. Wie könnte ich weniger sein als meine Vorfahren?«

Phelan fühlte sich plötzlich überfordert von einem Wortwechsel, der weit über seine Kenntnisse von Clangepflogenheiten hinausging. »Verzeiht mir, aber ich bekomme kaum etwas von dem mit, was ihr sagt.«

Natascha blinzelte zweimal, als wachte sie aus einer Trance auf. »Richtig. Das ist nicht der Ort für dieses Thema, außerdem haben wir jetzt keine Zeit dafür.« Sie verlagerte ihre Aufmerksamkeit von Ranna auf Phelan. »Ich fürchte, du mußt mich begleiten.«

Phelan gestattete seiner Enttäuschung, sich auf seinem Gesicht widerzuspiegeln. »Jetzt sofort? Ich habe vier Stunden hintereinander trainiert, und die letzten beiden Stunden hat Evantha mich durch die Gegend geschleudert.«

»Gut für den Charakter.« Natascha sah hinüber zu Ranna. »Cyrilla Ward ist auf der *Waldwolf* herübergekommen. Sie will Phelan sehen.«

Ranna lächelte Phelan zu und nickte. »Geh. Das ist wichtig. Ich werde versuchen, mit jemand den Dienst zu tauschen, damit ich frei bin, wenn du fertig bist.«

»Ich verstehe nicht.«

Ranna küßte ihn. »Geh einfach, und sieh zu, daß du dich gut benimmst.« Sie warf Natascha einen scharfen Blick zu. »Und laß dich nicht durch ihren Einfluß zurückwerfen.«

Natascha schüttelte den Kopf, vesuchte aber nicht, das stolze Lächeln zu unterdrücken. »Undankbares Gör«, murmelte sie, als Ranna den Raum verließ. »Also bitte, Phelan. Mach dich frisch und zieh dir etwas anderes an. Es wird Zeit, daß du lernst, was es bedeutet, zum Wolfsclan und zum Haus Ward zu gehören.«

Als er aus der Dusche trat, saß Natascha auf der Bank neben seinem Spind. Er zuckte zusammen, als er sie sah, aber Natascha lachte nur. »Kümmer dich nicht um mich. Du hast nichts an dir, was ich nicht schon gesehen hätte. Vergiß nicht, daß ich bei deiner Geburt dabei war.«

Phelan, der sein Handtuch als Lendenschurz umgelegt hatte, lächelte schüchtern. »Seither bin ich etwas gewachsen.«

»Stimmt, aber wir sind eigentlich nicht in einer Geschko, und du bist nicht mein Typ.« Sie betrachtete ihn von oben bis unten. »Gute Muskeln, aber schlank und von einer herben Schönheit. Du bist ein Typ, wie man ihn im Lyranischen Commonwealth auf den Rekrutierungsplakaten sieht.« Während sie mit ihm sprach, drehte sich Natascha auf der Bank von ihm weg.

Phelan ließ das Handtuch fallen und zog seine Kleider aus dem Spind. »Ich befürchte, die LCS würden mich kaum als Rekrutierungsmaterial betrachten. Immerhin habe ich es geschafft, aus Nagelring zu fliegen.«

Natascha lachte laut auf. »Und niemand war stolzer als ich, als ich davon hörte.« Sie drehte sich wieder zu ihm, als er in seinen grauen Overall stieg. »Ich wollte dir einen Posten als Lanzenführer in unserem Sternhaufen verschaffen, aber Jaime hat mir diese Idee verdorben. Pflicht und Befehle auseinanderzuhalten und zu wissen, wann man ihnen folgen muß — das ist das Zeichen eines guten MechKriegers.«

Phelan zog den Reißverschluß seines Overalls zu. »Danke für das Vertrauensvotum.« Er warf die Spindtür zu und schlug mit der rechten Faust dagegen. »Verflucht, Ranna hatte recht. Ich brauche mich nur fünf Minuten mit dir zu unterhalten, und schon brechen meine alten Sprachmuster wieder durch.«

»Widersteh der Versuchung, Jungchen. Das baut den Charakter auf.«

»Und warum tust du es nicht?«

Natascha stand seufzend auf. »Wenn du erst einmal soviel Charakter aufgebaut hast wie ich, kannst du solche Kleinigkeiten lockerer behandeln.« Sie legte die linke Hand auf Phelans rechte Schulter und führte ihn aus dem Sportsaal in den Servicekorridor. »Außerdem ist sklavisches Festhalten an den Formalitäten eines Rituals ein Zeichen dafür, daß man nichts Besseres hat, mit dem man seine Gedanken beschäftigen kann.«

Phelan nickte. »Gut; darf ich Fragen stellen, oder muß ich schweigend mitgehen?«

Natascha zuckte die Achseln, als sie den Liftschacht erreichten, der sich durch die gesamte Länge der *Höhlenwolf* zog. »Fragen über Haus Ward solltest du dir für Cyrilla aufheben.«

Phelan drückte den Rufknopf. »Und was ist mit dir und Ranna?«

Natascha hob eine Braue, gab jedoch sonst keine Antwort.

Phelan nahm es als Einladung weiterzuforschen. »Sie hat dich ›Großmutter‹ genannt, und ich hatte nicht den Eindruck, daß sie diesen Begriff rein zeremoniell benutzte. Ich habe natürlich nicht die Geschichte der Dragoner auswendig gelernt, aber ich habe nie gehört, daß du schwanger geworden wärest, geschweige denn ein Kind ausgetragen hast. *Ist* sie deine Enkelin?«

»Oh, was hätten die Skandalvids in den Nachfolgerstaaten für diese Geschichte hingeblättert.« Natascha winkte Phelan in den Aufzug, dann drückte sie einen Knopf, der die Kabine in Richtung eines der oberen Decks in Bewegung setzte. »Du weißt, daß deine Schwester und du in vitro gezeugt wurden. Dragonerärzte haben deiner Mutter Eizellen entnommen, sie mit Sperma deines Vaters befruchtet und anschließend deiner Mutter in etwa einem Jahr Abstand wieder eingepflanzt.«

Phelan nickte. »Eine Verletzung aus dem Jahre 3021 verursachte gewisse Probleme.«

»Korrekt.« Nataschas Gesicht wurde verschlossen. »Begnügen wir uns damit, daß man mir Eizellen entnommen hat, bevor ich die Clans mit Wolfs Dragonern verließ.«

Bevor Phelan eine weitere Frage stellen konnte, hielt der Aufzug, und die Türen öffneten sich in einen engen Gang. Wortlos führte ihn Natascha den Korridor hinunter, bis sie an eine Tür kamen, die einen Schild mit dem Wappen des Wolfsclans trug. Phelan wußte, daß diese Kennzeichnung für alle Wohnquartiere an Bord der *Höhlenwolf* normal war. Was ihn überraschte, waren die fünf roten Dolchsterne unter dem Wappen. Er konnte sehen, daß sie erst kürzlich dort angebracht worden waren.

Fünf Sterne! So viele wie auf Khan Ulrics Tür. Wer immer

Cyrilla Ward sein mag, sie ist eine bedeutende Persönlichkeit bei den Clans! Und auch im Haus Ward muß sie bedeutend sein.

Bevor Natascha klopfen konnte, glitt die Tür mit einem leisen Zischen in die Decke. Hinter ihr kam eine weißhaarige Frau zum Vorschein, die weit die Arme öffnete und Natascha herzlich umarmte. »Mein Gott, Tascha, du hast dich überhaupt nicht verändert.«

Natascha erwiderte die Umarmung und hob Cyrilla Ward vom Boden. »Du auch nicht, Ril.«

Cyrilla schüttelte den Kopf und ließ ihr langes weißes Haar über die Schultern fallen, als sie sich aus der Umarmung löste. »Gut, daß du besser kämpfst als lügst, sonst wärst du schon vor langer Zeit gestorben.«

»Wenn du wüßtest. Ohne die Ärzte und Plastichirurgie hätte ich schon lange aufgehört zu kämpfen und zu lügen.«

Cyrilla winkte Natascha und Phelan in ihre Unterkunft, aber Phelan hatte das Gefühl, daß sie ihn kaum bemerkte. Durch die Art, wie Khan Ulric ihn beständig zu testen schien, vorsichtig gemacht, folgte der junge Krieger Natascha aus dem Vorzimmer in den Hauptraum. Er versuchte sich auf das vorzubereiten, was ihn erwartete, aber mit jedem Schritt wurde er nervöser. Als er die Falle sah, war er froh, sich innerlich auf den Schock vorbereitet zu haben.

Als sie den Raum betraten, erhob sich ein anderes Mitglied des Wolfsclans von seinem Platz und fixierte Phelan mit loderndem Blick. Das schwarze Haar des Mannes war nach hinten gekämmt, um den spitzen Haaransatz zu betonen, und glänzte ölig. Eine Narbe verlief von oberhalb seines linken Auges bis zur Kinnlade und war noch frisch genug, um rot zu leuchten.

Vlad konnte seine Stimme beherrschen. »Es tut gut, dich wiederzusehen, Natascha.« Verachtung spielte in seinen Mundwinkeln, als er Phelan ansprach. »Ich nehme an, deine Beinwunde verheilt gut?«

Du meinst die Wunde, die du mir während meiner Adoptionszeremonie beigebracht hast? »Ja.« Phelan erwiderte Vlads Blick mit ebensolcher Intensität. »Man sagte mir, daß kaum eine Narbe bleiben wird.«

Cyrilla legte eine knochige Hand auf Vlads Schulter. »Du kannst jetzt gehen, Vladimir. Ich fand unsere Unterhaltung höchst interessant.« Sie schob den Clansmann zur Tür, aber einen Moment lang widersetzte er sich ihrem Drängen. Betont lässig steckte er die Daumen in seinen Gürtel, rahmte die Schnalle mit den Händen ein und starrte Phelan weiter an.

Phelan konnte seine Augen nicht von der Gürtelschnalle wenden. Sie war aus Silber getrieben, mit Onyx besetzt und zeigte das Wolfskopfwappen der Kell Hounds, der berühmten Söldnertruppe, deren Mitglied Phelan vor seiner Gefangennahme gewesen war. Tyra Miraborg, die Frau, die sie ihm geschenkt hatte, hatte grünes Malachit für die normalerweise roten Augen des Wolfes gewählt, um sie Phelans Augenfarbe anzugleichen. Nach seiner Gefangennahme hatte Vlad ihm die Gürtelschnalle abgenommen und führte sie seitdem als Zeichen seiner Überlegenheit vor.

Natascha setzte sich auf den nur mit einer niedrigen Rückenlehne ausgestatteten Stuhl, den Vlad freigegeben hatte, aber Phelan blieb stehen. Cyrilla kehrte in das kleine Wohnzimmer zurück und zog ihren Stuhl neben den Nataschas. Sie tätschelte deren linke Hand und lächelte. »Nach all diesen Jahren ohne ein Wort hatte ich gefürchtet, du wärst tot.«

Natascha drehte ihre Hand um und drückte die Cyrillas. »Wie hätte ich das zulassen können?« lachte sie. »Ich habe unseren Kindheitsschwur nicht vergessen, daß wir unsere Tage beschließen würden, indem wir zusammen gegen die Nebelparder kämpfen. Hast du etwa gedacht, ich würde mich drücken?«

»Nein, nein, natürlich nicht. Wir werden später darüber reden«, erwiderte Cyrilla sanft. Sie sah zu Phelan hoch, und ihre braunen Augen schienen ihn auf mehr als eine Weise abzuschätzen. »Also das ist Phelan Wolf. Bist du die Unruhe wert, die du angerichtet hast?«

»Auf diese Frage weiß ich keine Antwort.« Phelan hob den Kopf und verschränkte die Hände hinter dem Rücken. »Ich weiß nicht, wie ich meinen Wert für den Clan messen sollte.«

Cyrilla beobachtete ihn wie eine Wölfin ein fettes Kaninchen. »Du hast auf der Brücke der *Höhlenwolf* Khan Ulric das Leben gerettet, frapos?«

Phelan sah zu Boden. »Ich habe getan, was notwendig war, um nach dem Rammangriff denen zu helfen, die auf der Brücke eingeschlossen waren. Meine Aktion war keine Heldentat. Ich tat nur, was getan werden mußte.«

»Er ist bescheiden, frapos, Tascha?«

Natascha lächelte Phelan stolz an. »Er würde wohl antworten, daß er nur ehrlich ist. Er stammt aus einer guten Erbmasse, Ril. Er wurde sogar für einen Teil seiner Erziehung den Wölfen anvertraut. Aber gelegentlich kann er etwas voreilig und widerspenstig sein.«

»Ohne Zweifel zeichnest du für einen Teil seiner Erziehung verantwortlich, Tascha.« Cyrilla wandte sich wieder Phelan zu. »Viele Leute wollen mehr über den Leibeigenen wissen, der den Khan gerettet hat und das Blut der Ward beansprucht. Du bist eine Kuriosität, die unserem Haus Ehre macht. Ich danke dir.«

Der frühere Kell Hound gestattete sich ein breites Grinsen. »Mögen Sie und Khan Ulric auch in meinen zukünftigen Aktionen Grund finden, stolz zu sein.«

»Sehr gut, wirklich, sehr gut.« Cyrilla legte den Kopf auf die Seite und studierte Phelan. »Aber du hast einen schweren Fehler gemacht, als du Vlad aus den Brükkentrümmern der *Höhlenwolf* gezogen hast, junger Mann.«

Diese Feststellung überraschte Phelan, und unwillkürlich massierte er die Schnittwunde, die Vlad ihm während seiner Adoptionszeremonie beigebracht hatte. Einerseits wurde er gelobt, weil er den Khan gerettet hatte, andererseits dafür getadelt, einen anderen Clan-Krieger gerettet zu haben. »Ich bin verwirrt. Vlad ist ein Krieger des Wolfsclans. Wie hätte ich ihn nicht retten und doch dem Clan dienen können?«

Cyrilla überdachte lächelnd seine Antwort. »Ein wichtiger Punkt. Würdest du den Clan immer über deine persönlichen Interessen stellen?«

»Ich bekomme stets Ärger, wenn ich hypothetische Fragen beantworte.«

»Eine geschickte Parade. Gut.« Cyrilla lächelte wieder und legte die Hände in den Schoß. »Verstehst du, warum ich finde, du hättest Vlad sterben lassen sollen?«

»Nein, aber da ich schon eine Weile bei den Clans lebe, kann ich es erraten.«

»Gut.« Cyrilla lehnte sich zurück. »Versuch es.«

»Je weniger Feinde man hat, desto länger lebt man.« Phelan stieß einen Seufzer aus. »Seit Vlad mich vor anderthalb Jahren auf The Rock gefangennahm, hat er immer wieder zu beweisen versucht, daß er mir und jedem anderen aus den Nachfolgerstaaten überlegen ist. Er steht mit dieser Haltung nicht allein, aber möglicherweise drückt er sie besonders enthusiastisch aus. Ich habe Vlad auf Rasalhaag im Faustkampf besiegt, aber er könnte sagen, daß ich ihn überraschte, als er noch von der Schlacht um den Planeten erschöpft war. Er hat sein Gesicht nicht verloren, aber Vlad ist nicht der Typ, der es sich so leicht macht. Auch die Gelegenheit, mich auf der *Höhlenwolf* auszupeitschen, hat seinen Haß nicht stillen können, weil es ihm nicht gelungen ist, meinen Willen zu brechen.«

Die ältere MechKriegerin beobachtete ihn aufmerksam. »Und daraus ziehst du den Schluß …«

Phelan zuckte die Schultern. »Auf die eine oder andere Weise wird Vlad alles versuchen, um mich zu erledigen. Er betrachtet meine Adoption durch die Clans als persönliche Beleidigung. Hinzu kommt, daß er gezwungen war, mich im Haus Ward willkommen zu heißen, eine Pflicht, die ihm ganz besonders zuwider war.«

Cyrilla stützte das Kinn auf die Fingerspitzen. »All das mußt du auch schon gewußt haben, als du ihn auf der Brücke gefunden hast.«

Der junge Mann nickte. »Ja, aber ich erkannte ihn erst, als ich ihn erreicht hatte. Und zu diesem Zeitpunkt hatte ich keine Wahl mehr.«

»Obwohl du weißt, daß er dich mit ganzem Herzen und ganzer Seele haßt, frapos?«

Phelan mußte einfach grinsen. »Ich habe nie gesagt, daß ich nicht *bedaure,* ihn gerettet zu haben. Ich sagte nur, ich hatte keine andere Wahl.« Er zuckte die Achseln. »Ich bin kein MechKrieger, der flüchtende Mechpiloten abknallt, und ich überlasse auch keine Verwundeten ihrem Schicksal, Freund oder Feind, wenn ich ihnen helfen kann.«

Phelan blickte mit einem reuigen Lächeln von Cyrilla zu Natascha. »Aber eines kann ich von Vlad behaupten. Er ist nachtragender als jeder andere, den ich je getroffen habe. Es ist kaum zu glauben, daß er mich derartig hassen kann, nur weil ich seinen Mech um etwas Panzerung erleichtert habe. Wo er doch meinen *Wolfshund* gleichzeitig in tausend Stücke zerblasen hat.«

»Es *ist* mehr als nur das, Phelan Wolf.« Cyrilla deutete auf einen cremefarbenen Stuhl. »Bitte setz dich. Ich will das Rätsel aufklären. Weißt du, was es bedeutet, einen Blutnamen zu tragen, franeg?«

»Neg.«

»Vor drei Jahrhunderten führte General Aleksandr Kerensky neunzig Prozent der Sternenbundarmee aus dem Bereich des Weltraums, den du Innere Sphäre nennst. Er haßte die Bürgerkriege und nationalistischen Auswüchse, die den Sternenbund zerrütteten, seit Stefan der Usurpator sich zum Ersten Lord ausgerufen hatte. Nachdem er den Usurpator vernichtet hatte, führte

Kerensky seine Truppen fort, in der Hoffnung sie vor der Selbstzerstörung zu retten, auf die sich der Rest der Menschheit mit wachsender Geschwindigkeit zuzubewegen schien.« Sie lehnte sich zurück. Die Geschichtsstunde schien ihr wachsendes Vergnügen zu bereiten. »Kerensky befürchtete, seine Truppen könnten sich untereinander bekämpfen, sobald sie keine gemeinsame Aufgabe mehr hatten. Er reorganisierte die Armeen und lagerte fünfundsiebzig Prozent der BattleMechs und Ausrüstung ein. Er erklärte seinen Soldaten, es würde lange Zeit in Anspruch nehmen, die zur Herstellung von Ersatzteilen notwendige Industrie aufzubauen, daher müßte die Anzahl der eingesetzten Maschinen beschränkt werden. Er errichtete ein System, bei dem die Piloten in Vierergruppen organisiert waren, die jährlichen Tests unterzogen wurden, um den Haupt- und Reservepiloten eines Mechs zu ermitteln. Die beiden anderen Teammitglieder sollten taktische und Nachschubpflichten übernehmen.

Unglücklicherweise zerriß mit General Kerenskys Tod das letzte Band, das die ehemaligen Sternenbund-Truppen zusammengehalten hatte. Innerhalb einer Generation hatten sich die Einheiten, die unter Kerenskys Führung aufgebrochen waren, schlimmer zugerichtet, als es die Nachfolgerstaaten in drei Jahrhunderten vermochten. Die Kolonien überlebten mehr durch Glück als Verstand, und zusammengeflickte BattleMechs stampften auf der Suche nach Ersatzteilen, Munition und Nahrungsmitteln über verwüstete Welten.«

Die weißhaarige Frau lehnte sich vor und stützte die Ellbogen auf die Knie. »Die einzige Ausnahme war Strana Metschty, die Depotwelt. Der Name ist russisch und bedeutet Traumland; er sollte die Bewohner zur Zusammenarbeit ermutigen. Von dort aus führten Nicholas Kerensky und Jennifer Winson etwa sechshundert Kerensky-Loyalisten auf einen Kreuzzug, um die Banditen zu vernichten, die durch die Kolonialwelten streiften, und sie alle unter der Kontrolle von Strana Metschty zu einen. Diesen Loyalisten sprach Nicholas Kerensky die höchste Ehre zu, die er sich in der von ihm aufgebauten neuen Gesellschaft vorstellen konnte. Von dieser Zeit an wurden ihre Familiennamen als Blutnamen geführt. Innerhalb jedes Clans haben nur fünfundzwanzig Einzelpersonen das Recht, einen dieser Blutnamen zu beanspruchen. Und ein solcher Anspruch wird erst anerkannt, nachdem die betreffende Person jeden besiegt hat, der diesen Namen ebenfalls beansprucht.«

Cyrilla betätigte einen Knopf auf der Armlehne ihres Stuhls. Ein Teil der Wand schob sich in die Decke und gab einen Holovidschirm frei. Dann betätigte sie einen anderen Knopf, und der Schirm zeigte eine Säuglingsstation mit Reihen von Babys. Sechs ältere Menschen wanderten zwischen den Kindern umher und kümmerten sich mit der sanften Sorgfalt liebender Großeltern um die Bedürfnisse der Kleinen.

»Nicholas Kerensky arbeitete einen ambitionierten Plan zum Wiederaufbau aus. Unter Einsatz unserer modernsten Techniken begann er, Krieger und ihre Blutlinien aneinander anzupassen. Bei Kindern wurden speziell die Merkmale gezüchtet, die sie zu ultimativen Kämpfern machten. Bei Elementaren sind diese Merkmale Größe und Kraft, wie du bei Evantha gesehen hast. Unsere Piloten sind, wie Carew, körperlich klein, aber mit schnellen Reflexen und ebensolcher Auffassungsgabe ausgestattet, um den Anforderungen des Luft/Raumkampfes gewachsen zu sein.«

»Und andere, wie Vlad und Ranna, werden zu MechKriegern herangezogen?«

Cyrilla nickte. »Was du hier siehst, ist eine Geschko. Einhundert Kinder werden gleichzeitig in Brutkästen ausgetragen und zusammen großgezogen. Natascha und ich stammen aus derselben Geschko, auch wenn wir in der jüngeren Vergangenheit keine Vorfahren gemein haben. Wenn die Kinder heranwachsen, werden sie ausgebildet und getestet, um festzustellen, ob sich die angestrebten Merkmale vererbt haben. Aber noch bevor die erste Geschko fünf Jahre alt ist, wird eine neue aus ähnlichen Paarungen gegründet, und die erste Geschko hat bereits zwanzig Prozent der Kinder durch Unfälle oder Ausschluß wegen schlechter Testergebnisse verloren.«

Phelan zog die Stirn kraus. Er wollte nicht glauben, was er hörte. »Sie meinen, Kinder müssen sterben, wenn sie nicht die erhofften Fähigkeiten entwickeln? Das ist keine natürliche Selektion mehr. Das ist monströs!«

Natascha schüttelte den Kopf. »Nein, Phelan. Du warst auf Outreach eine Weile Teil einer Dragonergeschko. Aus dieser Erfahrung heraus solltest du wissen, daß wir keine Kinder mißhandeln. Wir treffen jede mögliche Vorsorge, aber wenn ein Kind stirbt, dann stirbt es. Wenn ein Kind einen Test nicht schafft, wird es Teil einer anderen Kaste, in deren Schutz es sich zu einem nützlichen Glied der Gesellschaft entwickeln kann. Außerdem zieht nur die Kriegerkaste ihre Kinder in Geschkos groß. Der Rest der Clangesellschaft funktioniert weitgehend so, wie es in der Inneren Sphäre üblich ist.«

Cyrilla deutete wieder auf den Schirm, auf dem jetzt Jugendliche zu sehen waren, die in leichten Mechs das Kriegshandwerk erlernten. »Nicholas wollte eine Armee aufbauen, die auf jede Bedrohung vorbereitet ist, ob sie von außen oder von innen kommt. Das war der Grund für das Zuchtprogramm. Im Alter von zwanzig Jahren ist nur noch ein Viertel einer Geschko Kriegermaterial. Innerhalb von zehn Jahren findet die Hälfte von ihnen den Tod im Kampf, aber das genetische Material derjenigen, die sich als hervorragende Krieger erwiesen haben, geht in das Clanzuchtprogramm ein. Sie werden unsterblich, und für die weitaus meisten ist dies der stolzeste Tag ihres Lebens. Von einigen seltenen Ausnahmen abgesehen, beginnt für sie kurz danach der Abstieg.«

Phelan sah, wie in Nataschas Augen die Wut loderte. »Der Abstieg?« fragte er.

»Ja, der Abstieg.« Natascha schien kurz davor, Feuer zu spucken. »Bei den Clans gilt ein Krieger mit fünfunddreißig Jahren als ein Greis. Wenn er noch keinen Blutnamen errungen hat, wird er aus dem aktiven Dienst zur Kriegerausbildung versetzt. Zehn Jahre später darf er nur noch Säuglinge füttern und trockenlegen.«

»Das ist absurd!« Phelan blickte fragend zu Cyrilla.

»Keineswegs. Im Alter von dreißig Jahren sieht sich ein Krieger der Konkurrenz von Geschkos gegenüber, die eine Generation jünger sind. Mit vierzig Jahren tritt er gegen seine eigenen Nachkommen an. Er ist ganz klar benachteiligt.«

»Aber mein Vater war älter als vierzig, als ich geboren wurde!«

»Und du bist ihm deutlich überlegen, frapos?« Cyrilla sah, um Bestätigung heischend, zu Natascha, aber die Schwarze Witwe lachte leise und schüttelte den Kopf.

Phelan wurde rot. »Eines Tages vielleicht, mit einem steifen Rückenwind und wenn er einen Arm auf dem Rücken hält. Mein Gott, das ist Wahnsinn. Mit dreißig beginnt der Abstieg!« Der junge Mann schloß halb die Augen. »Ich nehme an, wenn ein Krieger einen Blutnamen gewonnen hat, läuft er außer Konkurrenz und bleibt länger oben?«

Cyrilla nickte. »Und sein Platz im Clanzuchtprogramm ist ihm sicher.«

Phelan nickte langsam. »Ah ja, das erklärt einiges. Unter anderem Vlads Reaktion, als ich einen Jal Ward als Vorfahren beansprucht habe. Es erklärt auch, warum er mich während der Adoptionszeremonie im Haus Ward willkommen hieß.« Er lachte. »Es muß eine Folter für ihn gewesen sein, daß ausgerechnet er mich nach meiner Adoption willkommen heißen mußte.«

Cyrilla grinste. »Jal Ward zog während des Exodus an Stelle seines Vaters mit den Sternenbund-Truppen. Er war einer der Loyalisten an der Seite Nicholas Kerenskys. Er, seine Geschwister und all ihre Nachfahren sind berechtigt, einen Anspruch auf die Ward-Blutnamen anzumelden. Wir führen Blutlinien über die mütterliche Seite zurück. Da dein Großvater eine Cousine heiratete, die Ward-Blut besaß, bist du ein Mitglied des Hauses Ward.«

Phelan runzelte die Stirn. »Wenn dem so ist, warum heiße ich dann Phelan Wolf?«

»Aus zwei Gründen.« Natascha zählte sie an den Fingern ab. »Erstens erhält jeder, der in die Kriegerkaste eines Clans adoptiert wird — ein Ereignis, das etwa so selten ist wie ein freundliches Wort zwischen Candace Liao und ihrer Schwester Romano — als Nachnamen den Namen des betreffenden Clans.«

Phelan hob die Hand. »Dann wurden Jaime Wolf und sein Bruder Joshua in die Kriegerkaste des Wolfsclans adoptiert.«

Als er Joshua Wolf erwähnte, sah Phelan, wie ein Ausdruck des Schmerzes in Nataschas Augen trat. »Ja«, antwortete sie, und hatte sich sofort wieder unter Kontrolle. »Ihr Vater ›heiratete‹ außerhalb der Kriegerkaste, und seine Frau gebar ihm zwei Söhne. Er beantragte ihre Adoption in die Kriegerkaste, damit seine Söhne an seiner Seite kämpfen konnten, sofern sie sich dieser Ehre als würdig erwiesen. Und das haben sie getan.

Und nun zum zweiten Grund, warum du nicht mit dem Familiennamen Ward angesprochen wirst: Du hast dir das Recht dazu noch nicht verdient.« Natascha grinste ihn an. »Noch nicht. Und das ist der Hauptgrund für Vlads abgrundtiefen Haß auf dich. Du bist sein größter Konkurrent für den nächsten verfügbaren Ward-Blutnamen.«

»Was? Wie könnten wir Blutnamen gewinnen? Wir sind beide noch zu jung. Es muß Tausende Krieger mit gerechtfertigteren Ansprüchen und den Fähigkeiten, sie durchzusetzen, geben.«

Cyrilla lachte leise und warf der Schwarzen Witwe einen schnellen Blick zu. »Natascha hat ihren Blutnamen mit zweiundzwanzig gewonnen. Es war eine nie dagewesene Leistung, und auch in den Jahrzehnten ihrer Abwesenhcit hat niemand diesen Rekord verbessern können. Ulric Kerensky hat seinen Blutnamen mit dreißig erworben, etwa vor fünfzehn Jahren. Ich habe meinen mit sechsunddreißig gewonnen — Tascha hat immer gesagt, daß ich eine Spätentwicklerin bin —, und halte ihn seit über vierzig Jahren.«

Natascha klopfte Cyrilla auf die Schulter. »Phelan, du und Vlad, ihr seid nicht zu jung, um beim nächsten freiwerdenden Blutnamen an den Wettkämpfen teilzunehmen. Alle Blutnamenhäuser führen ein Liste von Personen, die für diesen Wettbewerb geeignet erscheinen. Der Auswahlprozeß für diese Positionen ist verwickelt und schwer zu erklären, aber ein wichtiger Faktor ist die Nominierung durch die übrigen Blutnamenshalter des Hauses. Sie wählen ihre Kandidaten nach deren Leistung im Dienst, den Ergebnissen der Prüfungen und ihrem Ruf aus. Vlads Leistungen bei der Invasion, einschließlich deiner Gefangennahme, haben seine Position natürlich gestärkt, aber du hast genug Aufmerksamkeit erregt, um möglicherweise ebenfalls auf die Liste zu kommen. Denk daran, daß es angesichts der großen Bedeutung, die die Jugend bei den Clans besitzt, ein kometenhafter Aufstieg ein großer Vorteil ist.«

»Ist die Aufnahme in die Nominierungsliste die einzige Möglichkeit, für einen Blutnamen in Frage zu kommen, frapos?«

Die beiden Frauen sahen sich an. »Neg«, antwortete Cyrilla. »Da gelegentlich würdige Bewerber aus politischen Erwägungen ausgeschlossen bleiben, gibt es eine Regelung, nach der mindestens ein Teilnehmer an jeder Blutnamenswahl durch eine Serie härtester, häufig tödlicher Gefechtsprüfungen ausgewählt wird. Es haben sich schon viele auf diese Art einen Weg auf die Liste gebahnt, aber häufig werden sie schon bei den Vorkämpfen so zerschunden, daß sie im eigentlichen Wettbewerb keine Rolle mehr spielen.«

Phelan kaute auf seiner Unterlippe. »Angesichts der Tatsache, daß mich so viele Clanner als minderwertig betrachten, besteht meine einzige Chance, auf die Liste zu kommen, wahrscheinlich in den Vorkämpfen. Aber es wäre töricht, sich darüber den Kopf zu zerbrechen, frapos? Ich bin noch nicht einmal als Krieger anerkannt.«

Natascha winkte ab. »Das dauert nicht mehr lange. Du darfst nicht vergessen, Vlad haßt und fürchtet dich nicht nur, weil du seine Chance auf einen Blutnamen bedrohst, sondern auch wegen deiner Leistung auf The Rock. Du hast ihn im Gefecht ausgetrickst. Wäre dein Mech dem seinen gleichwertig gewesen, hätte er den Kampf nicht überlebt. Du bist der einzige Ward, bei dem Vlad eines Sieges nicht sicher ist. Sieh dich vor, daß er dich nicht tötet, *bevor* ihr euch im Blutrecht begegnet.«

Sanfte Glockentöne hallten durch das Schiff. Cyrilla lächelte, als die Sprungwarnung verklang. Sie stand auf und betätigte einen Knopf, der ein Sichtfenster an der Außenwand freigab. Dann kehrte sie auf ihren Stuhl zurück und holte mit den anderen die Sicherheitsgurte hinter den Kulissen hervor. Gleich nachdem sie sich angeschnallt hatte, drehte sie ihren Stuhl zum Sichtfenster.

Fünf Glockenschläge klangen auf, dann trat der Kearny-Fuchida-Antrieb der *Höhlenwolf* in Aktion und riß den Weltraum um das Sprungschiff auf. Einen Augenblick lang hatte Phelan das Gefühl, das ganze Universum falte sich tausendfach ineinander, presse ihn zusammen, schrumpfe ihn auf die Größe eines einzelnen Atoms. Das Licht der Sterne außerhalb des Fensters expandierte, bis er nur noch eine einzige weiße Fläche wahrnahm.

Ebenso abrupt entfaltete sich das Universum wieder wie eine gigantische Origamiblume. Das Weiß des Sichtfensters löste sich in zahllose kleine Sterne auf, und Phelan rieb sich die Augen. Innerhalb eines Herzschlags hatte sich die *Höhlenwolf* dreißig Lichtjahre von dem Raumsektor entfernt, den er einmal seine Heimat genannt hatte.

Cyrilla löste ihren Gurt und stellte sich an das Sichtfenster. Sie lächelte, dann drehte sie sich um und deutete auf die blaugrüne, mit weißen Wolkenbahnen marmorierte Kugel, die hinter ihr zu sehen war.

»Da wären wir, Phelan. Willkommen auf Strana Metschty. Willkommen in deinem neuen Zuhause.«

3

**Hauptquartier Wolfs Dragoner, Outreach
Mark Sarna, Vereinigtes Commonwealth**

5. Februar 3051

Hanse Davion sprintete von dem Felsen auf die Trümmer einer Hausmauer zu. Ein weiteres Ziel tauchte auf. Er hechtete vor, rollte sich zusammen. Als er wieder hochschnellen und die Puppe ins Visier nehmen wollte, gab der lose Kies nach und er fiel flach auf das Gesicht. *Zum Teufel, ich werde zu alt für diesen Unsinn,* fluchte er in Gedanken. Er spuckte rostfarbenen Dreck aus und rollte auf den Rücken, als eine Serie von Laserschüssen über ihm die Luft zerteilte.

Hanse riß den Auslöser seines Lasergewehrs durch und erwiderte das Feuer der Puppe. Die rubinrote Lichtlanze seiner Waffe brannte eine Spur quer über sein Ziel, aber dieses hatte seine Waffe schon wieder in Anschlag gebracht. Er fühlte die Gluthitze der drei Laserimpulse an der rechten Seite und im Bein. Sofort versteifte der Mechanismus des Exoskeletts sein Bein.

»Justin, ich bin getroffen!«

Ohne auf eine Antwort von seinem Partner zu warten, robbte Hanse hinter der Wand vor, die er sich als Deckung ausgesucht hatte und stemmte sich hoch. Er verlagerte das Gewicht auf das linke Bein und ließ das Gewehr vom Pistolengriff in seiner Rechten baumeln. »Ich kann mich noch bewegen, wenigstens theoretisch.« Er zwang sich zu einem Lachen. »Mein Königreich für ein Pferd!«

Hanse bewunderte die Leichtigkeit und Flüssigkeit der Bewegungen, mit denen Justin Xiang Allard den Weg bis zur Position des Prinzen zurücklegte. Obwohl er beinahe in Hanses Alter war, besaß der Chef des Geheimdienstministeriums des Vereinigten Commonwealth noch die Grazie und Kraft der Jugend. Er paßte seinen Körper der jeweils verfügbaren Deckung an und gab den Zielpuppen keine Chance, ihn aufs Korn zu nehmen.

Justin blickte zu Hanse hinüber. »Ich habe einen ausgemacht.« Er schätzte die Entfernung zwischen ihnen ab. »Geben Sie mir Deckung. Ich kann ihn auf halber Strecke erwischen.«

Hanse nickte und schob die Mündung des Gewehrs um die Mauerkante. Nach seinem ersten Schuß hob die Puppe das Gewehr. Hanse feuerte noch zwei Schüsse ab, die beide ihr Ziel verfehlten, dann sah er Justins Laser dreimal unmittelbar über der Taille des Roboters treffen.

»Hanse, runter!«

Hanse wirbelte zurück und sah rechts von sich eine neue Puppe aus dem Boden auftauchen. Noch während er sein Gewehr herumriß und sich auf dem steifen rechten Bein ungelenk drehte, wurde ihm klar, daß er Justins Schußlinie blockierte. Das Gewehr der Puppe richtete sich auf seine Brust — er hatte keine Chance, einen Schuß abzugeben, bevor ihn der Tod ereilte.

Wie aus heiterem Himmmel schlugen drei Laserimpulse seitlich in den Kopf des Roboters ein. Die Puppe ließ das Gewehr fallen, ohne einen Schuß abgefeuert zu haben. Hanse sackte an der Mauer zusammen und schloß die Augen. Sein Puls dröhnte in den Ohren, und Schweißbäche strömten durch die rote Staubschicht auf Gesicht und Hals. *So nah möchte ich dem Ende nie wieder kommen.*

»Seid ihr in Ordnung, Hoheit?«

Hanse öffnete die Augen und sah die Besorgnis in Justin Allards Gesicht. »Ich werde es überleben. Ich bin nur müde. Das war eine tolle Leistung.«

Justin deutete mit dem Kopf in Richtung des Ziels, als zwei andere Männer um die Ecke bogen. »Bedanken Sie sich bei denen, nicht bei mir.«

Einer der beiden, klein und mit weißem Haarschopf, lächelte trocken. »Meine Schüsse haben das Ziel verfehlt. Der Kanrei hat Sie gerettet.«

Der größere und schlankere Theodore Kurita reagierte kaum auf seinen Titel. Er überprüfte die Umgebung, und nur eine auf der Stirn pulsierende Ader verriet seine Anspannung. Sie verlief parallel zu einer alten Narbe, die sich von der Stirnmitte hinunter zur linken Braue zog.

Diesen Blick kenne ich, dachte Hanse. *Er ist ein Krieger. Für ihn ist dies kein Spiel.* Er versuchte nicht zu verbergen, daß das Exoskelett erstarrt war, um eine Verwundung zu simulieren, und tat zwei zögernde Schritte vorwärts. Er nahm das Gewehr in die Linke und bot Theodore die Hand. »Danke. Ihre Fähigkeiten sind beeindruckend, Kanrei.«

Halb erwartete der Prinz der Vereinigten Sonnen, Theodore würde ihn ignorieren, aber der Kurita-Kriegsherr nahm seine Hand und drückte sie. »Meine Fähigkeiten mit dem Gewehr mögen beeindruckend sein, aber mein Orientierungssinn ist es ganz und gar nicht.« Er sah sich zu seinem Partner um. »Ich fürchte, Valprins Magnusson und ich haben uns verirrt. Wenn wir nicht auf Ihre Seite des Geländes gedriftet wären, hätte ich das Ziel nie zu Gesicht bekommen.«

Bevor jemand Gelegenheit hatte, darauf zu antworten, kündigte ein statisches Rauschen aus den Lautsprechern der Funkgeräte an den Gürteln Justins und Haakon Magnussons eine Mitteilung des Schießstandleiters an. »Hier Standleitung. Ihre Zeit ist um, Gentlemen. Das Training ist vorüber. Bitte entfernen Sie die Batterien aus Ihren Gewehren. Wir erwarten Sie einen Klick außerhalb in Richtung Null-Vier-Fünnef.«

Justin betätigte den Antwortknopf seines Geräts. »Verstanden, ein Kilometer, Null-Vier-Fünnef Grad. GAZ in einer halben Stunde. Einer von uns ist getroffen.«

»Humpeln Sie in aller Ruhe her. Wir warten. Standleitung aus.«

Theodore zog den Batteriepack aus dem Gewehr und schob ihn in die freie Gürteltasche. »Ich glaube, ich habe noch nie einen Schießstand gesehen, der Gefechtsbedingungen so akkurat simuliert.«

Magnusson stimmte ihm zu. »Unsere Gewehre sind leistungsreduziert, genau wie die der Puppen, aber nicht allzusehr. Ich habe eine Stelle berührt, die von einem Fehlschuß getroffen wurde, und sie war noch heiß.«

Hanse klopfte sich auf die Rippen. »Die Stelle, an der ich getroffen wurde, fühlt sich an, als hätte ich einen schweren Sonnenbrand abbekommen. Ich vermute, die Dragoner wollten uns den Ernst der momentanen Lage deutlich machen.«

»Eine weise Entscheidung«, bemerkte Theodore leise. »Manche unserer Kollegen scheinen nicht wirklich zu begreifen, welche Gefahr die Clans für die Innere Sphäre darstellen.«

Hanse blieb stehen. »Beziehen Sie sich auf Lady Romano, oder ist Ihre Bemerkung an meine Adresse gerichtet?« Er stellte die Frage ohne beleidigende Absicht, aber Magnusson sah ihn an, als habe Hanse Theodore eine Ohrfeige versetzt. Der Kriegsherr des Draconis-Kombinats dagegen schien seine Worte sorgsam abzuwägen, bevor er antwortete.

»Kann ich offen mit Ihnen reden, Prinz Davion?«

»Ich würde es vorziehen, Kanrei.« Hanse humpelte auf einen vom Wind geschliffenen Felsen zu und lehnte sich dagegen. »Worüber machen Sie sich Sorgen?«

Theodore atmete tief durch. »Meine Sorge bezieht sich auf einen Zweifrontenkrieg. Aus Jaime Wolfs Daten wissen wir beide, daß die Clans das Draconis-Kombinat ebenso schwer getroffen haben wie den lyranischen Teil Ihres Reiches.« Theodore neigte den Kopf in Richtung Magnussons. »Natürlich ist keiner von uns annähernd so schwer getroffen wie die Freie Republik Rasalhaag, aber wir spüren die Verluste. Vor zwanzig Jahren habe ich gegen ihre Stellvertreter gekämpft und nicht nur ein paar kleinere Siege genießen können; ich habe auch meinen Teil der Niederlagen auskosten müssen.« Der Kanrei hängte sich das Gewehr über die Schulter. »Vor zehn Jahren trat ich direkt gegen Sie an. In beiden Fällen habe ich einen mehr als würdigen Gegner gefunden, und ohne ein oder zwei Tricks, auf die Sie nicht vorbereitet waren, hätte ich an Stelle der Patts, die ich erzielen konnte, eine totale Niederlage erlebt.«

Hanse kniff die blauen Augen zusammen. »Sie unterschätzen Ihre Leistung. Nach dem Vierten Nachfolgekrieg haben Sie die Vereinigten Soldaten des Draconis-Kombinats zu einer Truppe mit weit mehr Biß und Flexibilität als je zuvor aufgebaut. In nur zehn kurzen Jahren haben sie aus einem Militärapparat, den ich leicht hätte zerschmettern können, eine Armee gemacht, die ich nicht besiegen konnte. Ihr Vorstoß in mein Gebiet im Krieg von '39 hat mich gezwungen, die zweite Angriffswelle abzulenken, um die Mark Draconis zu verteidigen. Es war ein mutiger Schachzug, und er hat funktioniert.«

»Es war ein Vabanquespiel.« Theodore lächelte müde. »Ein Bluff, den Sie leicht hätten aufdecken können. Bei einem entsprechenden Versuch wäre es Ihnen nicht schwergefallen, meine Truppen von ihrem Nachschub abzuschneiden und geradewegs ins Kombinat einzufallen.«

»Aber, Prinz Kurita, ich habe ihn nicht aufgedeckt.« Hanse sah hinüber zu Justin. »Wie Ihnen mein geschätzter Kollege bestätigen wird, haben unsere Geheimdienstberichte nicht darauf schließen lassen, wie überdehnt Ihre Fronten waren. Sie hatten neue Einheiten, neue Taktiken und neue Mechs, auf die wir nicht vorbereitet waren. Die Eroberung von ein paar Welten im Kombinat hat es mir ermöglicht, für die Öffentlichkeit einen Sieg zu proklamieren, aber wir wissen alle, wie knapp wir einem völligen Desaster entronnen sind.«

Theodore verneigte sich in Antwort auf das Kompliment. »Die heutige Situation jedoch ist anders. Ihr Geheimdienstministerium war sehr erfolgreich bei seinen Versuchen, meine neue Befehlsstruktur zu durchlöchern. Heute können Sie sehen, was ich wo habe. Wenn Sie wollen, können Sie es bestreiten, aber ich kann mir den Luxus, ihnen zu glauben, nicht gestatten. Und das, Prinz Davion, bereitet mir Sorge. Als ich durchsickern ließ, daß mein Sohn auf Turtle Bay stationiert wurde — Sie haben damit reagiert, Ihren Sohn Victor nach Trellwan zu schicken —, hatte ich auf eine stillschweigende Übereinkunft gehofft, den nächsten Krieg diesen beiden zu überlassen. Ich habe nicht mit dem Auftauchen einer Bedrohung wie den Clans gerechnet, aber sie läßt unsere Auseinandersetzungen um einen seit dreihundert Jahren leerstehenden Thron reichlich dumm aussehen.«

Hanse nickte zustimmend. »Ich habe meinen Sohn als Antwort auf Ihre Geste nach Trellwan versetzt. Ich stimme auch Ihrer Einschätzung zu, daß die Clans die größte Bedrohung darstellen, der sich unsere Staaten je gegenübergesehen haben.« Er löste sich schwerfällig von dem Felsen und begann, auf den Rendezvouspunkt zuzugehen. »Nun heißt es, gemeinsam stehen oder getrennt fallen.«

Theodore fiel neben Hanse in Gleichschritt, und die beiden anderen übernahmen den Flankenschutz. Gemeinsam marschierten sie den staubigen Weg hinab. Er führte in Windungen am ausgetrockneten Flußbett entlang aus dem breiten Canyon hinaus, in dem sich der Schießstand befand. In der klaren Luft konnte man bis zum Horizont sehen, und das Rot der Felsenlandschaft leuchtete im grellen Sonnenlicht noch intensiver.

»Ich habe schon vermutet, daß Sie dieser Meinung sind, Prinz Davion, aber man rät mir, nicht auf dieser

Annahme aufzubauen. Einerseits haben Sie gleichzeitig Truppen aus dem Dierondistrikt abgezogen und gegen die Clans gesandt wie ich. Das habe ich als Übereinkunft angesehen, die Clans zu stoppen. Aber es hat Ihnen auch eine Chance geboten, die Sie mit fürchterlichem Effekt hätten ausnutzen können. Meine Ratgeber behaupten, daß Sie 3039 angegriffen haben, weil Sie uns für geschwächt hielten. Sie halten Sie für einen skrupellosen Feind, der nur darauf wartet, unsere Schwäche auszunutzen.«

Hanse hob den Kopf. »Wollen Sie mein Wort, daß ich keine Truppen in das Kombinat senden werde, solange die Clans eine Bedrohung darstellen? Würden Sie mir denn vertrauen?«

Einen langen Augenblick sagte Theodore nichts. Die einzigen Geräusche waren das Flüstern des Wüstenwinds und die knirschenden Schritte auf dem Kiesboden. »Wäre es klug, einem Mann zu vertrauen, den man den Fuchs nennt?« fragte Theodore rhetorisch, dann schüttelte er den Kopf. »Ich kann jedoch darauf vertrauen, daß der Fuchs nicht so dumm ist, sich selbst zu schwächen, indem er eine Offensive gegen einen geringeren Feind startet, während die Clans das Überleben der ganzen Inneren Sphäre bedrohen. Wenn ich sonst nichts glaube, muß ich zumindest davon ausgehen, daß Sie den Clans die Gelegenheit geben, meine Truppen durch den Fleischwolf zu drehen, bevor Sie sich mit den Resten schlagen.« Er breitete die Arme aus. »Und genau das ist der Punkt, Hanse. Ich habe keine andere Wahl, als all meine Mittel darauf zu verwenden, das Reich meines Vaters gegen die Clans zu verteidigen. Würde ich mit Morgan Hasek-Davion einen Nichtangriffspakt aushandeln, könnte ich darauf vertrauen, daß er seinen Teil der Abmachung einhält. Bei Ihnen muß ich darauf vertrauen, daß Sie zu klug sind, ihn zu brechen.«

Sie kennen mich gut, Theodore. Vielleicht zu gut. »Ich bin vielleicht schon ziemlich alt, Theodore, aber ich bin noch lernfähig. Ich gebe zu, ich habe mich schon häufig nach einer Chance gesehnt, das Kombinat zu vernichten. Ihr Vater und ich sind alte Feinde, und unsere Rivalität färbt die Beziehung zwischen unseren Häusern ...«

Theodore blieb stehen, und auch die drei anderen kamen zum Stehen. »Verstehen Sie mich richtig, Hanse Davion, mein Vater ist noch immer der Koordinator des Draconis-Kombinats. Von ihm, von Luthien, wird alles, was Sie tun, angefeindet werden. Man wird Sie einen verräterischen Hund schimpfen und mich dafür steinigen, daß ich mich auf einen Pakt mit dem Teufel eingelassen habe. Aber das sind nur Worte. Mein Vater wird mich niemals absichtlich bei der Verteidigung des Kombinats gegen die Clans behindern. Ich bitte Sie deshalb, nicht auf die Stimme des Drachen zu hören, sondern seine Klauen im Auge zu behalten.«

Hanse lächelte. »Ich verstehe.« Er reichte Theodore die Hand. »Ich stimme einem Nichtangriffspakt zwischen unseren Reichen für die Dauer der Clanbedrohung zu, vorausgesetzt, Sie verpflichten sich ebenfalls und werden keinem Ihrer Partner im Bündnis von Kapteyn bei Aggressionen gegen mich beistehen. Ich werde nicht zulassen, daß Sie mir in den Rücken fallen, falls ich Romano Liao für ihre Dummheit bestrafen sollte.«

Theodore erwiderte Hanses Händedruck. »Gut gesprochen. Ohne diese Einschränkung hätte ich mich nie auf diese Absprache eingelassen, denn dann hätte ich Sie für verrückt halten müssen. Ich verspreche, daß Ihr Staat vor meinen Truppen sicher ist, solange die Clans die Innere Sphäre bedrohen.«

Ungefähr 500 Meter vor ihnen wirbelte der Hubschrauber der Dragoner eine dichte Staubwolke auf, als er sich zu Boden senkte. Der Standmeister kletterte aus der Maschine, kam jedoch nicht auf sie zu. »Wahrscheinlich ist der Marsch der letzte Teil unseres Trainings«, scherzte Magnusson.

Ohne Warnung sprang eine Zielpuppe aus dem Flußbett. Hanse richtete das Gewehr auf das Ziel und zog den Abzug durch. Nichts geschah. *Verdammt! Keine Batterie!*

Rechts von ihm zuckte ein grüner Strahl aus kohärentem Licht durch die rote Landschaft. Er schlug mitten im Brustkorb der Puppe ein und brannte ein schwarzes Loch in die laserempfindliche Beschichtung. Funken sprühten aus dem Loch wie Magma aus einem Vulkan, dann explodierte der Roboter. Schrapnelle und brennende Tuchfetzen dekorierten die Wüste in einem Kreis um das geschwärzte, rauchende Skelett.

Hanse und die anderen starrten auf Justin Allard. Er hielt den linken Unterarm parallel zum Boden, und seine mechanische Hand war bis zum Anschlag nach hinten geklappt. Aus dem Handgelenk ragte, umgeben von den qualmenden Überresten der Overallmanschette, der Lauf eines Lasers. Mit einem Ruck ließ Justin die Metallhand wieder in die normale Position fallen. Der Laser glitt in sein Versteck zurück.

Hanse schauderte. »Ich hatte ganz vergessen, daß Sie einen Laser im Arm haben.«

Justin grinste und riß die verbrannte Manschette ab. »Diese neue Version entspricht dem Design, das Aldo Lestrade benutzte. Es ist erheblich effizienter als die alte Ausführung.« Er seufzte. »Gut zu wissen, daß ich nicht sehr viel langsamer geworden bin.«

Magnusson starrte Justin mit weit aufgerissenen Augen an, aber Theodore zeigte sich nicht überrascht. »Der Umbau wurde von dem Zwerg Clovis Holstein vorgenommen? Ist er wirklich Lestrades unehelicher Sohn?«

Justin zuckte die Schultern. »Er hat die Konstruktionsarbeiten ausgeführt, aber wir haben den Arm im New Avalon-Institut der Wissenschaft umgebaut. Was den Rest angeht, ich weiß es nicht. Ich habe ihn nie direkt nach Lestrade gefragt, und meine Agenten im lyranischen Sektor scheinen keine Akte über ihn zu haben. Aber ich glaube, dieser Arm ähnelt dem Lestrades.«

Der Kanrei lächelte. »Dann wollen wir hoffen, daß Sie mehr Glück damit haben. Der Laser hat Lestrade nicht vor einem Attentäter schützen können.«

Justin lachte. »Ich werde üben, damit ich schneller werde.«

Der Standmeister kam mit rotem Gesicht und schwer nach Luft schnappend bei ihnen an. »Sind Sie in Ordnung?«

Der Prinz antwortete für alle. »Kein Problem. Aber außerhalb des Schießstands hatte ich kein Ziel erwartet.«

Der Standmeister nahm die Mütze ab, wischte sich mit dem Ärmel die Stirn und setzte die Mütze wieder auf das blonde Haar. »Natürlich nicht.« Er warf Justin einen schnellen Blick zu. »Muß eine Fehlfunktion gewesen sein. Wir benutzen diese Puppe nur in ganz speziellen Fällen ...«

Hanse sah Theodore an und wußte, daß ihre Gedanken in parallelen Bahnen verliefen. *Die Dragoner kommen von den Clans. Vielleicht ist das die Lektion, die sie uns mit dieser Übung erteilen wollen: Sei immer auf das Unerwartete vorbereitet. Vielleicht wollen sie uns klarmachen, daß wir nur so eine Überlebenschance haben.*

4

Hauptquartier Wolfs Dragoner, Outreach
Mark Sarna, Vereinigtes Commonwealth

5. Februar 3051

Victor Steiner-Davion nahm das Glas Wasser, das ihm Kai Allard-Liao reichte, mit einem stummen Nicken entgegen. Er sah sich im großen, rechteckigen Konferenzraum um und stellte fest, daß die anderen beinahe so gelangweilt wirkten, wie er sich fühlte. Mit Leder gepolsterte Holzstühle standen an den Wänden um den Konferenztisch aufgereiht. Hohiro Kurita und sein Adjutant Shin Yodama hatten sich ans hintere Ende des fensterlosen Raumes gesetzt. Mit dem Rücken zur Wand saß Sun-Tzu Liao Victor und dem Rest des Davion-Kontingents gegenüber, und nur Ragnar Magnusson hatte an dem massiven Eichentisch Platz genommen, der den Kuppelsaal dominierte. Trotz des hellen Gelbs der Wände und des warmen Goldtons des Teppichs war die Atmosphäre des Raumes kalt und gefährlich.

Galen Cox, der links neben Victor saß, kippte auf seinem Stuhl nach hinten an die Wand. »Was halten Sie von meinem Gegenüber im Kurita-Lager?«

Victor zuckte die Schultern. »Ich weiß nicht.« Er gestattete sich ein angedeutetes Lächeln. »Ich meine, er kann nicht Ihre Güte haben, Galen, aber er muß schon einen gewissen Wert besitzen. Theodore kann Speichellecker nicht ausstehen, und ich kann mir nicht vorstellen, daß sein Sohn sich darin von ihm unterscheidet.«

»Er hat mehr als nur einen gewissen Nutzen, Hoheit.« Kai deutete subtil auf den Mann, während er sein Glas an den Mund hob. »Er trägt seinen Dragoner-Overall halboffen, so wie wir, also ist er wahrscheinlich ebenfalls ein MechKrieger. Und wenn Ihr genau hinseht, könnt Ihr seine Tätowierung erkennen.«

Victor sah sich Hohiros dunkelhaarigen Begleiter eingehender an. Als der Kurita-Offizier seinen Stuhl etwas näher an den Hohiros rückte, bemerkte er ein Aufblitzen von Schwarz und Gold an der linken Brustseite des Mannes. »Das ist mehr als nur ein ›I love Mom‹, oder?«

Cassandra beugte sich vor. »Mein Bruder will sagen, daß Yodama ein Yakuza ist.«

»Kann nicht sein.« Galen streckte die linke Hand aus, dann bog er den kleinen Finger. »Er hat noch alle Fingerglieder.«

Kai lächelte vorsichtig. »Das bedeutet nur, daß er gut ist.«

In diesem Augenblick öffneten sich die beiden Türen des Raums; MacKenzie Wolf und Christian Kell traten ein. Wie ihre jungen Schützlinge trugen auch diese beiden schwarze Overalls mit rotem Besatz. Obwohl beide MechKrieger waren, hatten sie ihre Overalls entgegen der momentanen Mode geschlossen. Chris verschränkte die Hände hinter dem Rücken und stellte sich links vom Eingang auf, während MacKenzie Wolf an den Kopf der Tafel trat.

»Wenn sich der Rest zu Prinz Magnusson gesellen würde, können wir beginnen.« Er nickte dem lächelnden Ragnar zu, dann breitete er die Arme aus und deutete auf die freien Stühle am Tisch.

Als Victor Hohiro einen heimlichen Bick zuwarf, stellte er fest, daß der Erbe des Draconis-Kombinats ihn erwiderte. Im selben Augenblick erhob sich Sun-Tzu Liao und setzte sich rechts neben Wolf. Victor wie auch Hohiro hatten den kürzeren gezogen. Er stand auf und bot Cassandra die Hand. »*Après vous.*«

Obwohl sie größer war als der Prinz, akzeptierte Cassandra Victors Angebot und gab ihm mit einem Blick zu verstehen, daß sie mitspielen würde. Gleichzeitig verriet sie ihm mit einem leichten Druck seiner Hand, daß er in ihrer Schuld stand. »*Merci*, mein Prinz.«

Victor zog einen Stuhl für sie zurück und trat an den freien Platz zwischen Galen und Kai, nachdem sie Platz genommen hatte. Dadurch kam er auf den Platz gegenüber Ragnar — der nach Victor der kleinste der Anwesenden war. Dies brachte ihm eine Machtposition ein, die Hohiro seinerseits zu übertreffen versuchte, indem er sich an das entfernte Ende des Tisches setzte. Unglücklicherweise war er dadurch soweit von Wolf und den anderen entfernt, daß es den Eindruck machte, er wolle nichts mit ihnen zu tun haben.

Wolf sah über die Schulter und wechselte einen amüsierten Blick mit Chris Kell. Als er sich wieder umdrehte, schüttelte er leicht den Kopf. »Wie ihr alle wißt, bin ich MacKenzie Wolf. Der Mann hinter mir ist Christian Kell. Chris ist einer der besten MechKrieger der Inneren Sphäre, und ich sollte es wissen.« Wolf grinste. »Ich habe ihm alles beigebracht, was er weiß.« Wolf stützte sich mit beiden Händen auf den Tisch und beugte sich vor. »Jetzt werden wir beide euch unterrichten. Eine Reihe von euch hat schon Gefechtseinsätze hinter sich, aber die Gesamtsumme eurer Erfahrung entspricht nicht dem, was der durchschnittliche Clan-Krieger in seiner Ausbildung sammelt. Hinzu kommt, daß er über weit bessere Ausrüstung verfügt und dies auch weiß. Wir müssen versuchen, die Kluft zwischen euch und dem durchschnittlichen Clansmann zu verkleinern.« Sein Lächeln verblaßte. »Ob es uns gelingen wird, sie ganz zu schließen, steht auf einem anderen Blatt.«

Wolfs Worte riefen Victor die Kämpfe gegen die Clans auf Trellwan und Twycross in Erinnerung. *Es stimmt, diese Clan-Krieger kämpfen wie der Teufel persönlich. Selbst wenn ihre Maschinen den unseren nicht überlegen wären, hätten wir einen verteufelt harten Kampf vor uns. Wir waren den Clantruppen auf Twycross zahlenmäßig überlegen, und trotzdem haben wir bei unserem Sieg sehr viel höhere Verluste hinnehmen müssen als in ähnlichen Gefechten in der Inneren Sphäre.*

»Es wird nicht leicht werden, euch auf den Kampf gegen die Clans vorzubereiten«, sprach Wolf weiter. »Ich vermute, ihr wißt das bereits, aber manche Lektionen lassen sich einfach nicht im Klassenzimmer vermitteln. Vergeßt alles, was ihr über den Krieg oder auch nur über das Leben wißt. Von diesem Moment an seid ihr nicht mehr diejenigen, die ihr einmal wart. Ihr gehört jetzt uns und werdet geformt, wie wir es für richtig halten. Und ich versichere euch, das ist kein Spiel wie die Wahl von Machtpositionen an einem Konferenztisch. Das ist echt, und wer versagt, wird mit hoher Wahrscheinlichkeit mit dem Leben dafür bezahlen. Wenn nicht hier, dann irgendwo dort draußen.« Wolf richtete sich auf. »Eure Ausbildung beginnt sofort. Chris und ich müssen uns noch um ein paar Einzelheiten kümmern, aber wir kommen wieder. Bis dahin solltet ihr die Zeit nutzen, euch kennenzulernen. Ihr werdet lange Zeit zusammenarbeiten.«

MacKenzie und Chris verließen den Raum wieder, und die Türen schlossen sich lautlos hinter ihnen. Mit einem breiten Grinsen lehnte sich der blonde, blauäugige Thronerbe der Freien Republik Rasalhaag über den Tisch und streckte Victor die Hand entgegen. »Hallo, ich bin Ragnar Magnusson. Ich habe Ihr Bild schon einmal gesehen ...«

Victor war von der offenen Unschuld der Geste so überrascht, daß er lange genug zögerte, um die Hand des Knaben einen Augenblick in der Luft hängen zu lassen. In diesen Millisekunden sah er etwas wie Schmerz oder Furcht in Ragnars Augen aufblitzen, aber der Stolz kehrte in seinen Blick zurück, als Victor Ragnars Hand packte. »Ich bin Victor Steiner-Davion. Angenämt, Ragnar.«

Der jüngste der Fürstensöhne strahlte ihn an. »Sie sprechen Schwedisch?«

Bevor Ragnar in seine Muttersprache fallen konnte, hob Victor abwehrend die Hand. »Ich fürchte, mit ›Angenehm‹ ist mein schwedischer Wortschatz auch schon erschöpft.«

»Oh.« Ragnar wirkte enttäuscht, aber er richtete sich schnell wieder auf. »Ich verstehe.«

Hohiro kam um den Tisch und reichte Ragnar die Hand. »Roligt att lära känna Er. Mitt namm är Kurita Hohiro.« Der Prinz des Draconis-Kombinats drehte sich um und deutete mit der linken auf Shin. »Får jag presentera Chu-sa Yodama Shin.«

Ragnar verbeugte sich vor Shin. »Konnichi-wa, Chu-sa Yodama.«

Victor hatte versucht, über die Sprache das Gesicht zurückzugewinnen, das er bei seinem Schock über Ragnars Freundlichkeit verloren hatte, aber nun sah er, daß Hohiro ihm das Heft aus der Hand genommen und ihn weit hinter sich gelassen hatte. Bevor er einen Weg finden konnte, die Initiative zurückzugewinnen und Hohiros Vorsprung wettzumachen, erhob sich Kai von seinem Platz.

»Bitte verzeiht mir die Unterbrechung, aber ich fürchte, weder mein Schwedisch noch mein Japanisch reicht für eine förmliche Vorstellung aus.« Er legte die rechte Hand auf die Lehne des Stuhls seiner Schwester. »Darf ich Cassandra Allard-Liao vorstellen, meine Schwester. Ich bin Kai.«

Als Cassandra aufstand, erhob sich auch Galen. Einen Augenblick später wurde Victor klar, was vor sich ging, und er sprang ebenfalls auf. Als Hohiro Cassandras Hand freigab, streckte Victor ihm seine entgegen. »Victor Steiner-Davion.«

Hohiro reckte sich zu voller Größe und ließ Victors Hand in der seinen verschwinden. »Ich bin Hohiro. Ich freue mich auf unser gemeinsames Training.«

Wenn du als MechKrieger genauso gut bist wie als Lügner, wirst du nicht viel Training brauchen. »Ich auch, Hohiro.«

Bei der gegenseitigen Vorstellung der sieben Trainingsteilnehmer war Sun-Tzus eisiges Schweigen überdeutlich. Als sich ihm alle Augen zuwandten und Ragnar einen Schritt auf ihn zutrat, um ihn in der Gruppe willkommen zu heißen, stand auch Sun-Tzu auf. Er betrachtete sie mit halb geschlossenen Augen und verschränkte die Arme in den Ärmeln seines Overalls. »Ich bin Sun-Tzu Liao, Erbe des Himmelsthrons der Konföderation Capella und all ihrer Welten.«

Victor sah, wie Kai erstarrte und Cassandra die Fäuste ballte. Hohiro senkte die Augen, und Shins Gesicht wurde zu einer Maske. Selbst Ragnars Eifer verflog angesichts der Vehemenz in Sun-Tzus Stimme.

Galen räusperte sich und strich sich eine blonde Haarsträhne aus der Stirn. »Bei allem Respekt vor den hier versammelten Thronerben wüßte ich es sehr zu schätzen, wenn wir auf Titel verzichten könnten.« Er warf einen Blick hinüber zu Shin und wurde mit einem stummen Nicken belohnt. »Zunächst einmal führen mindestens fünf Personen hier den Titel ›Prinz‹. Und zweitens: Wenn ich jedesmal deine gesamten Titel aufzählen muß, wird es reichlich schwierig, dir in einem Feuergefecht rechtzeitig mitzuteilen, daß du den Kopf einziehen sollst.«

»Victor und ich sind uns einig, daß Titel unter den momentanen Umständen überflüssig sind.« Hohiro legte eine Hand auf Ragnars Schulter. »Wenn die Prinzen von Rasalhaag, der Konföderation Capella und des St.-Ives-Paktes ihre Zustimmung geben, lassen wir sie fallen.«

»Sicher«, stimmte Ragnar zu, und eine halbe Sekunde später ertönte Kais ›Einverstanden‹, womit der Schwarze Peter bei Sun-Tzu lag. Mit haßerfülltem Blick starrte dieser seine beiden Verwandten an, dann nickte er steif. Sun-Tzu wäre wohl eher gestorben, als seine Einstimmung zu geben, hätte Hohiro bei seinem Vorschlag den St.-Ives-Pakt vor der Konföderation Capella genannt, grübelte Victor.

Ragnar sah sich zu Cassandra um und wurde rot.

»Übrigens, wenn es nicht zu forsch klingt, möchte ich bemerken, daß dein Parfüm sehr angenehm ist.«

Cassandra runzelte die Stirn. »Aber ich trage kein ...«

Victor schnupperte und bemerkte den blumigen Duft auf der Stelle. Er starrte Kai an. »Das ist doch C-34, oder?«

Augenblicklich stieß Kai seinen Stuhl zurück an die Wand und ließ sich auf den Boden fallen. Er warf sich auf den Rücken und rutschte unter den Tisch, an dessen Unterseite er ein graues Paket fand. »Sieht wie drei Kilo von dem Zeug aus. Der Digitalzünder zeigt noch zehn Minuten bis zur Detonation.«

Victor kroch neben ihn und nickte. »Jemand aus den Clans ist hier eingedrungen und hat die Bombe gelegt.« Der Prinz setzte sich auf. Sein Haar streifte die Unterseite der Tischplatte, als er deren Kante packte und sich ins Freie zog. »Wir haben eine Bombe im Raum. Wir sollten nach draußen gehen und einen Dragonertrupp rufen, der sie entschärft. Sandra ...« Victor deutete zur Tür. »Los. Machen wir, daß wir hier rauskommen.«

Cassandra lief zur Tür, aber noch bevor sie den anderen mitteilen konnte, daß sie verriegelt war, ertönte Sun-Tzus höhnisches Gelächter. »Versucht gar nicht erst zu entkommen. Das ist nicht vorgesehen.« Seine Stimme wurde zu einem eisigen Flüstern. »Jedenfalls nicht, solange wir leben.«

»Was redest du?« Victor betrachtete Sun-Tzu mißtrauisch. *Habe ich mich geirrt, und du bist genauso wahnsinnig wie deine Mutter?* »Es ist eine Bombe im Raum.«

Sun-Tzus Augen wurden zu jadegrünen Schlitzen. »Ich bin keine Davion-Marionette, die du herumkommandieren kannst, Victor!«

»Beantworte seine Frage, Liao!« befahl Hohiro.

»Und ich bin auch keiner deiner Vasallen, Lord Kurita!« Sun-Tzus Rechte kam aus seinem Ärmel, und mit einer weiten Geste schloß er alle in der Kammer Versammelten ein. »Seid ihr alle Narren? Könnt ihr nicht sehen, daß Wolfs Dragoner mit euch spielen? Jaime Wolf hat zugegeben, daß seine Befehle vom Khan der Clans lauteten, uns auf die Probe zu stellen. Das hier ist mit Sicherheit ein weiterer Test. Vielleicht einer, der zum Tod der nächsten Herrschergeneration der Nachfolgerstaaten führen wird.«

Wie sein Vater trug Sun-Tzu die Nägel der letzten drei Finger jeder Hand extrem lang. Die mit Karbonfasern verstärkten Nägel waren mit komplizierten Mustern in schwarzem Lack und Blattgold verziert. Das Licht der Deckenleuchten glitzerte auf dem Gold und glänzte matt auf der messerscharfen Schneide der Nägel. »Die Tür ist verschlossen, und es gibt keinen anderen Weg, den Raum zu verlassen. Die Lüftungsschlitze sind selbst für Ragnar zu schmal«, höhnte Sun-Tzu. »Sogar für dich, kleiner Prinz Victor. Und wenn meine Schätzung auch nur halbwegs korrekt ist, wird die Explosion das gesamte Stockwerk des Dragoner-Hauptquartiers zerstören.«

Victor zwang seinen Zorn angesichts von Sun-Tzus Bemerkung über seine Körpergröße nieder. »Dann laßt uns doch bitte an den Schlußfolgerungen teilhaben, die Ihr aus Euren Beobachtungen zieht, Quell der Weisheit.«

Sun-Tzu nahm wieder Platz und verschränkte die Arme. »Es ist offensichtlich. Wenn es keine Fluchtmöglichkeit gibt, sollen wir nicht fliehen. Wir sollten gar nichts tun.«

Ein Knall unter dem Tisch ließ alle zusammenzucken, dann tauchte Kai auf und rieb sich die Stirn. »Sorry.« Er blickte zu seinem Vetter, dann drehte er sich zu den anderen um. »Also, ich kann nur sagen, das C-34 sieht verflucht echt aus. Wir haben noch ganze neun Minuten, um etwas zu tun.«

Hohiro lächelte selbstsicher. »Dieser Tisch ist mehrteilig und ziemlich solide. Laßt uns die Seitenteile nehmen und als Druckschilde benutzen.« Er winkte die anderen lässig vom Mittelteil des Tisches fort. »Wenn sie diagonal in den Ecken des Raumes aufgestellt werden, sollten jeweils drei in der kleinen Nische dahinter Platz haben. Shin und ich werden versuchen, die Bombe zu entschärfen.«

Sun-Tzu kicherte leise. »Brillant. In den Ecken kauern und zittern. Köstlich.«

»Wartet. Die Idee ist gar nicht schlecht.« Galen deutete auf sich und Shin. »Aber es sollten die Fürsten sein, die in Deckung gehen. Shin und ich können an dem C-34 herumfuhrwerken, bis die Zeit abgelaufen ist.«

Kai hob eine Braue. »Hast du eine Sprengstoffausbildung, Galen?«

Der zögerte. »Ich habe den Kursus besucht, der an der Gefechtsschule Tamar angeboten wurde.«

»Ich fürchte, das reicht hier nicht. Ich habe erst vor zwei Jahren meinen Abschluß in Unterwassersprengungen gemacht, und wir haben mit C-34 gearbeitet.« Er blickte zu Shin hoch. »Kennst du dich mit Sprengstoff aus?«

Der Yakuza-MechKrieger lächelte. »Als ich sieben war, mußte ich für die Kuroi Kiri Päckchen mit C-34 plazieren, um die Commonwealth-Truppen auf Marfik zu ärgern.«

»Es geht doch nichts über praktische Erfahrung.« Kai ließ sich wieder unter den Tisch sinken.

Victor ging in die Hocke, als Shin neben Kai unter den Tisch rutschte. »Kai, kannst du die Bombe irgendwie bewegen?«

»Ich weiß nicht. Ich glaube nicht, daß ein Quecksilberzünder in das Plastik eingelassen ist, sonst könnte schon jemand, der mit der Faust auf den Tisch schlägt, den Kontakt herstellen und die Bombe auslösen. Aber das Ding könnte explodieren, wenn wir den Tisch oder die Bombe bewegen.«

Shin bemerkte, daß der Zünder an einer Seite des quadratischen Sprengstoffpakets befestigt war. »Möglicherweise können wir einen Teil des Materials entfernen, um die Sprengwirkung zu verringern.«

Kai nickte und klopfte die Taschen seines Overalls ab. »Wir brauchen eine Sonde oder ein Messer — aber mit nichtleitender Klinge. Hoheit, stellt bitte fest, ob sich so etwas auftreiben läßt.«

Victor stand auf. Ragnar und Galen hatten das südliche Ende des Tisches abgebaut und hochkant gestellt. Dann hatten sie die Platte in eine Raumecke geschoben und mehrere Stühle davor aufgebaut. Cassandra stand an der anderen Seite des Tisches und wartete darauf, daß ihr Hohiro oder Sun-Tzu halfen. »Wir brauchen etwas Scharfes, aber es darf kein Metall sein.« Victor suchte seine Taschen ab. »Ich habe nichts dabei. Jemand anders?«

Hohiro suchte ebenfalls, fand aber nichts. Ein Ausdruck von Frustration trat auf sein Gesicht, dann drehte er sich um und deutete auf Sun-Tzu. »Deine Nägel.«

Sun-Tzu sprang auf, warf seinen Stuhl um. Hohiro warf sich auf ihn, aber Sun-Tzu wich dem Angriff aus. Mit einem goldenen Glitzern schlug er die Nägel seiner linken Hand quer über Hohiros Seite. Der Kurita-Prinz sog schmerzhaft die Luft zwischen den Zähnen ein, aber bevor Sun-Tzu ihn noch einmal treffen konnte, hatte Cassandra ihren Vetter mit einem Tritt in die linke Kniekehle zu Boden geworfen. Sie packte seinen ausgestreckten rechten Arm und drehte ihn auf den Rücken, so daß Sun-Tzus Stirn auf den Teppichboden gedrückt wurde.

»Wenn ihr einen Nagel wollt, kann ich einen abbrechen.«

»Nein!« rief Ragnar entsetzt.

»Was?« Victor blickte von Ragnar hinüber zu Hohiro, der die rechte Hand auf die Schnittwunden in seiner linken Seite preßte. »Er glaubt vielleicht, wir können es uns sparen, einen Entschärfungsversuch zu unternehmen, aber das ist eine Minderheitenmeinung. Wir brauchen einen seiner Nägel.«

»Nein, brauchen wir nicht. Das Blattgold würde als Leiter fungieren.« Ragnar packte den Reißverschluß seines Overalls und riß ihn los. Als er dreißig Zentimeter frei hatte, biß er durch die Stoffabdeckung und zog sie ganz ab. Mit den Fingernägeln arbeitete er an den Zähnen des Reißverschlusses, bis er ein freies Ende hatte, von dem aus er den Verschluß auseinandernehmen konnte.

»Der Reißverschluß ist aus Nylon. Kai kann den Sprengstoff mit der Nylonschnur abtrennen, so wie ein Töpfer mit einem Faden einen Topf vom Rad trennt.« Ragnar ließ sich auf die Knie fallen und reichte Kai den Nylonfaden. Als er wieder aufgestanden war, packte er eine Ecke des nördlichen Tischteiles. »Was ist? Hilft mir jemand?«

Hohiro und Victor sahen sich an. *Für dich ist es einfach, Ragnar, weil du noch ein Kind bist. Du bekommst nicht alles mit, was sich hier hinter den Kulissen abspielt. Du bist in diese Gruppe aufgenommen worden, um der Freien Republik Rasalhaag denselben Status wie den übrigen anwesenden Staaten zu geben. Eine derartige Kooperation funktioniert hier vielleicht ganz gut, aber das hier ist nicht die Wirklichkeit.*

Hohiro trat an die andere Seite des Tisches, und Victor stellte sich an seinem Kopfende auf. Cassandra ließ Sun-Tzu los, als sich die Tischplatte über ihn hinweg bewegte, und übernahm einen Teil der Last auf Hohiros Seite. Die vier brachten sie in Position, wobei Cassandra und Hohiro die Platte sauber hochkant hievten.

Sun-Tzu richtete sich langsam auf und rieb sich mit der Linken die rechte Schulter. »Wenn du mich noch einmal anfaßt, du Hexe, hat dein letztes Stündlein geschlagen.«

Cassandra bedachte ihn mit einem eisigen Blick. »Mach keine Versprechungen, die du nicht halten kannst, *Vetter!*«

Ragnar trat zwischen die beiden. »Stop! Wir sollten nicht untereinander kämpfen!«

Sun-Tzu stieß Ragnar beiseite und zerfetzte den rechten Ärmel seines Overalls. »Ich brauche keinen Schutz von dir, Bettelprinz. Du bist nur als Teil einer lächerlichen Maskerade hier, die dem schrumpfenden Reich deines Vaters denselben Status einräumt wie den Großen Häusern der Inneren Sphäre. Deine Anwesenheit ist kaum erträglicher als die dieser Amazone und ihres Bruders. Sie sind Banditenzöglinge eines Banditenreiches mit noch weniger Wert als du.«

Hohiro wischte sich die blutige Hand am Brustteil seines Overalls ab. »Starke Worte für einen Bastard.«

»Oh, Ihr trefft mich hart, Sir«, lästerte Sun-Tzu. »Was ist deiner Tradition nach schlimmer, Lord Kurita: unehelich geboren zu werden oder als Nachkomme einer Verbindung, für die eine mythische Abstammung erfunden werden mußte, und die eine solche Schande für alle Beteiligten darstellte, daß sie es nicht wagten, sie bekanntzugeben, bevor ihr ältestes Kind fünf Jahre alt war?«

Hohiro trat einen Schritt vor, aber Victor hielt ihn fest. »Nicht. Er hat Krallen.«

Hohiro riß seinen Arm los und wirbelte herum. Er packte den Overall des Prinzen des Vereinigten Commonwealth mit der rechten Hand und zog ihn auf die Zehenspitzen. »Halt deine Finger im Zaum!« Er stieß den linken Zeigefinger in Richtung Sun-Tzu. »Der da hat meine Eltern beleidigt. Niemand, der das wagt, darf weiterleben.«

Victors linker Arm schoß hoch und führte einen Schwinger aus, der Hohiros Griff brach. Seine rechte Faust traf einen Punkt knapp über der verletzten Seite des Draconiers. Hohiros linke Hand stieß vor und warf Victors Kopf herum.

Vor seinen Augen explodierten Sterne. Victor taumelte gegen die aufgestellte Tischplatte. Er hatte kaum sein

Gleichgewicht wiedergefunden, als Hohiro ihn ansprang und sie beide nach hinten über den Tisch fielen. Victor fühlte, wie Hohiros Hände sich um seinen Hals schlossen und das Blut in seinen Schläfen pochte, aber er weigerte sich aufzugeben. Wieder und wieder hämmerte er mit der rechten Faust auf Hohiros Brustkorb, und gelegentlich schlug er mit der Linken aufwärts gegen dessen Schläfe.

»Genug!« Victor hörte den Befehl kaum. Das Echo seines Herzschlags donnerte ihm in den Ohren.

»Hohiro, fusagu!« Der japanische Befehl beendete den Druck auf Victors Kehle sofort. Er sog röchelnd die Luft ein, dann hustete er schwer, während Hohiro sich über ihm aufrichtete. Er genoß den Anblick Hohiros, der den linken Arm auf die Rippen preßte, und war entschlossen, keine Schwäche zu zeigen, indem er sich den Hals rieb. Mit einem erzwungenen Grinsen kam er auf die Füße.

Das Grinsen erstarb sofort.

Seite an Seite betrachteten Hanse Davion und Theodore Kurita ihre Söhne, als wären diese wahnsinnig geworden. In der Mitte des Raumes waren Galen Cox und Shin Yodama dabei erstarrt, sich gegenseitig am Eingreifen in den Kampf zwischen ihren Schützlingen zu hindern. Ragnar blickte völlig entsetzt, Cassandra deutlich wütend und Sun-Tzu äußerst selbstzufrieden.

MacKenzie Wolf und Christian Kell begleiteten Jaime Wolf, als er den Raum betrat. Jaime sah hinüber zu Kai, der an der Bombe arbeitete, dann musterte er die anderen mit eisigem Blick. »Ist das alles? Sind das die zukünftigen Herrscher der Inneren Sphäre?« Der Zorn in seiner Stimme verklang, und er wandte sich an Hanse und Theodore. »Ich wünsche Ihnen beiden ein langes Leben und mehr Erben als diese.«

»Ihr beide habt mich besonders enttäuscht.« Wolf durchquerte den Raum und blieb vor Hohiro und Victor stehen. Victor versuchte seinem Blick trotzig zu begegnen, aber dann zwang ihn seine Verlegenheit, den Blick zu senken. »Ihr habt beide schon Clantruppen gegenübergestanden und wißt, daß der Sieg eure letzten Reserven in Anspruch genommen hat. Ihr mußtet eure Aktionen koordinieren, eure Strategien planen. Ihr brauchtet die Vision und Flexibilität, euch an veränderte Situationen anzupassen. Und hier laßt ihr euch von kleinlichen Eifersüchteleien unterkriegen, bis ihr euch prügelt wie kleine Kinder im Sandkasten.«

Wolf drehte sich langsam um. »Eines sage ich euch, euch allen: Die Clans werden nicht umfallen und tot spielen, nur weil Ihr es ihnen befehlt.« Er deutete auf Kai. »Es wird mehr nötig sein, als ein einzelner Soldat, der das Ziel, sie zu besiegen, nicht bei der ersten Ablenkung aus den Augen verliert. Ich hatte gehofft, euch, die Erben der Herrscherhäuser der Inneren Sphäre, als Beispiel dafür zu benutzen, wie wir alle zur Abwehr dieser Bedrohung zusammenarbeiten müssen. Ich hatte gehofft, die Zwietracht, die seit dreihundert Jahren die Innere Sphäre zerreißt, hätte in euch noch keine festen Wurzeln geschlagen. Wenn ich mich geirrt haben sollte, muß ich mich bei dir, MacKenzie, und dir, Christian, für den Auftrag entschuldigen, aus diesem Pöbelhaufen eine Einheit zu formen.« Er schaute zu Victor und Hohiro. »Und bildet euch keine Schwachheiten ein. Ihr werdet eine Einheit werden, wie ich es von euch verlange, oder ihr werdet von hier verschwinden. Das ist kein Kampf Haus gegen Haus mehr. Hier heißt es, wir gegen die Clans. Wenn ich mir die Anführer für diesen Krieg selbst zusammenbauen muß, werde ich es tun.«

Wolf marschierte hinaus. Hanse blickte seinen Sohn an und schüttelte traurig den Kopf. Er drehte sich zu Theodore um und legte eine Hand auf Kuritas Schulter. »Ich entschuldige mich für das Verhalten meines Sohnes. Ich weiß nicht, was in ihn gefahren ist.«

Theodore winkte ab. »Es ist nicht sein Fehler. Er ist noch jung. Mein Sohn hätte es besser wissen müssen.«

Zusammen verließen Hanse und Theodore den Raum. Als sich die Türen hinter ihnen geschlossen hatten, klatschte MacKenzie Wolf in die Hände und grinste sie kalt an. »Dieser Bombentest war die leichteste Prüfung, die euch während eurer Zeit bei uns bevorsteht. Wenn ihr kämpfen wollt, werdet ihr genug Gelegenheit dazu bekommen, aber wenn ihr nicht zusammenarbeitet, werdet ihr bei euren Zweikämpfen sterben.«

Er deutete mit dem Daumen zur Tür. »Raus! Bewegung! Ihr habt einen ganzen Tag Training vor euch. Versucht, etwas weniger Mist zu bauen als hier.«

5

Konklavekammer, Halle der Wölfe
Strana Metschty, Jenseits der Peripherie

5. Februar 3051

Obwohl ihm vor lauter Nervosität übel war, ließ sich Phelan Kell nichts anmerken, als er die lange Treppe von den Zuschauerrängen hinunterging. Er trat auf den Boden des riesigen Rundsaals und überquerte ihn schnellen Schritts. Es gelang ihm, nur ein oder zwei Meter vom Zeugenstand, in den er gerufen worden war, auf die sich langsam drehende Plattform zu steigen. Cyrilla hatte ihm vorher erklärt, daß ein solches Timing eine gute Leistung war, die viele der versammelten Clanner beeindrucken würde.

Ein streng blickender Beamter hielt ihm eine Tafel mit dem alten Wappen des Sternenbundes entgegen. Darüber erkannte Phelan die Insignien des Wolfsclans. Auf die Aufforderung des Beamten hin legte Phelan die Rechte auf sein Herz und die Linke auf die kühle Oberfläche der Tafel. »Schwören Sie auf die Ehre des Wolfsclans, die ganze Wahrheit zu sagen und nicht zu rasten, bis dieser Sache Gerechtigkeit widerfahren ist?«

»Ich schwöre es.«

Der Clan-Lehrmeister sah zu ihm herüber. »Bitte nehmen Sie Platz.«

Phelan schob sich auf den Zeugenstuhl und sah auf das versammelte Clankonklave. Das Konklave bestand aus den Clan-Mitgliedern, die Blutnamen erworben hatten, und stellte die Regierung des Wolfsclans dar. Es wählte zwei Khans, die es daraufhin beim Großen Konklave vertraten, wobei es sich jedoch bei der Wahl mehr um eine pro forma Bestätigung der beiden größten Krieger der Wölfe handelte. Das Konklave debattierte und beschloß auch Gesetze, aber die wirkliche Verwaltung der Clans lag bei den Khans. In erster Linie trat das Konklave zusammen, um in Ehrenangelegenheiten ein Urteil zu fällen, die den Clan und die von ihm kontrollierten Abstammungslinien betrafen.

Die den Konklavemitgliedern vorbehaltenen Bänke nahmen die untersten zehn Stufen des Runds ein; die übrigen zwölf Stufen bildeten die Zuschauerränge. Das Mittelpodest des Saales drehte sich langsam um seinen Mittelpunkt, um allen die Gelegenheit zu geben, den Lehrmeister, die Khans und alle sonst von der Angelegenheit betroffenen Personen zu sehen. Ein Ring von Scheinwerfern und Kameras bewegte sich mit der Plattform und lieferte Bilder für große, von der Decke hängende Bildschirme, die jedem Anwesenden den Blick auf die Gesichter der Beteiligten gestatteten.

Jedes Mitglied des Clankonklave verfügte über ein Stimmgerät und ein Kommunikationsterminal. Jede Stimmabgabe ließ eine rote, schwarze oder weiße Lampe aufleuchten und wurde zur gleichen Zeit am Platz des Lehrmeisters als Ja, Nein oder Enthaltung gezählt. Die Komm-Terminals besaßen eine Tastatur, die es ermöglichte, den übrigen Konklavemitgliedern Nachrichten zukommen zu lassen. Sie besaßen auch Kopfhörer, über die man sich an die Allgemeinheit wenden oder während einer Debatte mit anderen Konklavemitgliedern oder dem Lehrmeister sprechen konnte.

»Phelan Wolf, Sie haben geschworen, zu der hier verhandelten Angelegenheit eine volle und umfassende Aussage zu machen.« Der Lehrmeister, dessen schütteres braunes Haar farblich zu seinen Augen paßte, warf Phelan einen aufmunternd gemeinten Blick zu. »Da Sie neu bei den Clans sind und die hier zur Diskussion stehende Frage Ihre Adoption in den Clan ist, zögern Sie nicht nachzufragen, wenn Sie es für notwendig halten, um eine Frage zu beantworten.«

»Danke, Sir.« Phelan blickte hoch und sah Khan Ulric Kerensky und Garth Radick, den anderen Khan des

Wolfsclans, über und hinter dem Lehrmeister sitzen. Auf den ersten Blick wirkte Ulric durch seine weißen Haare und den Bart älter als sein Mitkhan, aber seine hagere Statur und der hungrige Blick seiner Augen verliehen ihm eine Aura der Jugend und Vitalität. Radicks mausbraunes Haar und gesetzte Statur deuteten auf einen passiveren Lebensstil hin, aber Phelan wußte, daß dies täuschen mußte, sonst hätte er nie einen Blutnamen erwerben können. Angesichts der Rastlosigkeit, mit der Radicks Augen die Menge sondierten, kam er zu dem Schluß, daß sich hinter der freundlichen Maske einiges abspielen mußte.

Ein jüngeres Clanmitglied trat hinter einem Tisch auf der anderen Seite der hohen Bank des Lehrmeisters hervor. Die Frau war in einen grauen Overall gekleidet und trug drei achtzackige Silbersterne auf ihren Epauletten. Phelan erkannte die Insignien der Nachschubdivision des Clanmilitärs und schloß, daß sie im Büro des Generaladjutanten arbeitete, auch wenn die Clans sicher eine andere Bezeichnung dafür hatten. Als sie eine Strähne ihres roten Haars hinter das rechte Ohr schob, bemerkte er den Ohrempfänger.

Sie lächelte ihn freundlich an. »Mein Name ist Carol Leroux. Mir fällt bei dieser Untersuchung die Rolle der Inquisitorin zu. Wären Sie ein anerkannter Krieger, hätten Sie das Recht auf einen Verteidiger, aber in einer Verhandlung dieser Art ist das nicht möglich. Sie werden verstehen, daß ich gezwungen bin, die Rolle einer Advocata Diaboli zu spielen. Zusätzlich zu meinen eigenen Fragen ...« — sie berührte den Empfänger in ihrem rechten Ohr — »... werde ich Fragen der Mitglieder des Konklave weitergeben. Bitte nehmen Sie sich die nötige Zeit, sie zu beantworten.«

»Danke, Sterncolonel«, antwortete Phelan und brachte seine Inquisitorin durch die korrekte Anrede zum Lächeln. Er betrachtete dies als gutes Zeichen, aber sein rumorender Magen war davon keineswegs überzeugt.

»Also gut. Phelan Wolf, bitte teilen Sie uns mit, welchen Namen Sie in den Nachfolgerstaaten getragen haben.«

»Ich hieß Phelan Patrick Kell. Nach meiner Gefangennahme und als Leibeigener wurde ich häufig als Phelan Ward Kell angesprochen, wobei der Mädchenname meiner Mutter an die Stelle meines zweiten Vornamens trat.«

Leroux nickte. »Gut. Sie sollten komplette Antworten geben.« Sie hielt die Hand ans Ohr, und ein seltsamer, raubtierhafter Ausdruck trat auf ihr Gesicht, als sie zu Pelan aufblickte. »Welche Art Dienste haben Sie als Leibeigener für Khan Ulric ausgeführt?«

Ist das eine Fangfrage? Phelan runzelte die Stirn. »So wie ich meine Rolle im Wolfsclan verstanden habe, war jede meiner Arbeiten ein Dienst für den Khan.«

»Bitte seien Sie deutlicher.« Eine Spur von Verärgerung schlich sich in ihre Aufforderung. »Welche Aufgaben haben Sie auf seinen Wunsch ausgeführt?«

Phelan begann Leroux' Feindseligkeit zu spüren, und sein Magen versuchte sich nach außen zu stülpen. Cyrilla hatte ihn gewarnt, daß Ehrenhändel häufig in hitzige Diskussionen ausuferten, aber er hatte nicht den Eindruck gehabt, daß die Frage seiner Adoption sich so entwickeln würde. *Toll. Offensichtlich hat irgendwer dem Feind meine Abwurfzone verraten. Das wird kein Fest.*

»Ich wurde von Khan Ulric gebeten, Daten über den Verteidigungszustand der Freien Republik Rasalhaag beizubringen und zu analysieren. Insbesondere habe ich solche Informationen für den Einsatz bei den Angriffen auf Rasalhaag, die Zentralwelt der Republik, ermittelt.«

Leroux' dunkle Augen weiteten sich. »Sie beschreiben sich als Analytiker, aber waren Sie nicht eher ein Ratgeber? Hat sich Ulric Kerensky nicht vor dem Angriff auf Rasalhaag ausführlich mit Ihnen beraten, frapos?«

»Vielleicht konnte man meine Rolle als die eines Ratgebers betrachten, aber ich selbst habe mich nicht so gesehen.« Phelan versuchte sich sein Unbehagen nicht anmerken zu lassen. »Ich weiß nicht, mit wem sonst sich Khan Ulric beraten oder nicht beraten hat. Er hat nie einen seiner Pläne mit mir besprochen.«

»Stimmt es nicht, daß der Khan mit Ihnen eine Übereinkunft bezüglich des Angriffs auf Rasalhaag getroffen hat, frapos?«

»Pos.« Phelans Magen revoltierte zum wiederholten Male. »Es war gut gehandelt und akzeptiert.«

Die Clanredewendung zur Besiegelung eines Handels schockierte Leroux, aber Phelan sah, wie einige Mitglieder des Konklave bei seinen Worten zustimmend nickten. Er begann, daraus Mut zu schöpfen, aber Leroux erholte sich sofort und setzte ihm weiter zu. »Haben Sie nicht auf seinen Befehl ein Mitglied der Kriegerkaste niedergeschlagen, frapos?«

Phelan schüttelte den Kopf. »So war es nicht ...«

»Beantworten Sie die Frage«, knurrte sie. »Haben Sie auf Rasalhaag ein Mitglied der Kriegerkaste vor den Augen des Khans und seiner Begleiter niedergeschlagen oder nicht, frapos?«

»Pos.« Phelan wandte sich sofort zum Lehrmeister und sprach ihn an, noch bevor Leroux die nächste Frage stellen konnte. »Wenn ich meine Antwort erläutern dürfte.«

Der Lehrmeister nickte. »Sterncolonel, lassen Sie ihn reden.«

Phelan räusperte sich. »Meine Sorge bei der Invasion Rasalhaags galt der Bevölkerung des Planeten. Zu diesem Zeitpunkt hatte ich bereits gelernt, daß die Clans normalerweise keinen Krieg gegen die Zivilbevölkerung führen. Da es sich um die Zentralwelt der Republik handelte, fürchtete ich jedoch, daß die Verteidiger sich in die Städte zurückziehen könnten. Ich bat den Khan nur, den Angriff im Hinblick auf zivile Verluste so unblutig wie möglich zu gestalten. Er versprach mir, ich könne ihn nach der Befriedung des Planeten auf dessen Oberfläche begleiten. Er hielt sein Versprechen, aber während unserer Inspektionstour näherte sich ein ausgebombter Mann dem Khan und wollte ihn um Hilfe für seine Familie bitten. Der Mann war alt, aber ein MechKrieger aus der Begleitmannschaft des Khans schlug sofort gnadenlos auf ihn ein.«

Phelan rieb sich mit der Linken über die Knöchel der zur Faust geballten Rechten. »Ich bat den Khan, ihn zu stoppen. Er erwiderte, wenn es mich beträfe, solle ich es selbst tun. Die von mir dafür gewählte Methode bestand darin, den Krieger in einen Zweikampf zu verwikkeln.« Der junge Krieger gestattete sich ein Lächeln. »Ich stoppte ihn.«

»Dann geben Sie also zu, als Leibeigener ein Mitglied der Kriegerkaste angegriffen zu haben, frapos?«

»Wenn Sie einen Faustkampf als Angriff auslegen wollen, lautet meine Antwort ja.« Phelan kniff die Augen zusammen. »Aber soweit ich meinen Eid verstehe, wäre es eine Unterlassung, nicht zuzugeben, daß ich bei jener Gelegenheit zwei Krieger angegriffen habe.«

Bei diesem Eingeständnis zuckte der Kopf der Inquisitorin hoch. Auch bei anderen Konklavemitgliedern zeigten sich einige überraschte Reaktionen. Ganz offensichtlich stellte eine ganze Reihe von ihnen Leroux dieselbe Frage, und nicht minder deutlich war, daß sie unter Zwang stand, als sie ihn aufforderte, seine Aussage zu erklären.

»Während meines Zweikampfs mit dem ersten Krieger versuchte mich eine Elementare ohne Rüstung zu bändigen. In der Hitze des Gefechts erkannte ich nicht, was geschah, und mit einer Reihe von Glückstreffern konnte ich sie niederschlagen. Das ereignete sich unmittelbar bevor ich mit einem Schlag die Nase des ersten Kriegers brach und ihn bewußtlos schlug.« Innerlich krümmte Phelan sich vor Unbehagen, weil Evantha Fetladral in der Konklavekammer anwesend sein mußte, hatte sie ihren Blutnamen doch lange vor der Invasion der Inneren Sphäre erworben. *Ich will sie nicht beschämen, aber es ist die einzige Möglichkeit, die ich sehe, diese Inquisitorin aus dem Konzept zu bringen. Was geht hier vor? Warum werde ich wie ein Angeklagter behandelt?*

»Verzeihung, Lehrmeister.« Garth Radicks leise Stimme schien den Weg zu Phelans Ohren kaum zu finden. »Diese Fragen sind doch wohl kaum von Bedeutung für die Einschätzung, ob Phelan Wolf der Mitgliedschaft im Wolfsclan würdig ist. Wenn wir jemanden in die Kriegerkaste adoptieren, verlangen wir, daß er sich mit Herz, Hirn und Seele als Krieger bewiesen hat. Ich finde, Khan Ulrics Einsatz von Phelan Wolf bei der Eroberung Rasalhaags beweist, daß er den Geist eines Kriegers hat. Seine Wahl der Problemlösung durch einen persönlichen Zweikampf auf Rasalhaag deutet ebenso deutlich auf das Herz eines Kriegers hin.«

Garth sah zu Phelan herab. »Erzählen Sie uns, was Sie im Radstadtsystem auf der Brücke der *Höhlenwolf* getan haben.«

»Meinen Sie, wie ich Khan Ulric gefunden und ihm aus dem Raum geholfen habe?«

»Nein.« Garth schüttelte den Kopf und gestattete sich ein Lächeln. »Diese Geschichte haben wir seitdem wohl alle immer wieder gehört. Ich fürchte, wenn Sie sie jetzt unter Ihrem Wahrheitsschwur wiederholen würden, wäre es eine Enttäuschung für uns alle.«

Gelächter lief durch die Reihen. Garth wartete, bis sich die Belustigung gelegt hatte, bevor er weitersprach. »Ich möchte wissen, was Sie danach auf der Brücke getan haben. Die Techniker hatten Ihnen mitgeteilt, daß die Dichtung des Brückenlecks überlastet war, frapos?«

»Pos. Sie hatten damit begonnen, die wenigen Rettungsteams zu evakuieren, die wir auf der Brücke hatten.« Phelan zuckte die Schultern. »Ich war auf dem Weg zurück, als ich ein Paar Beine sich bewegen sah. Ich ging hinüber und befreite den Krieger ...« Er verstummte, als der Khan die Hand hob.

»Sie haben ein wichtiges Detail ausgelassen.« Garth blickte auf das Konklave hinaus. »Der Krieger, den Sie dort gefunden haben, war der Krieger, der Sie gefangengenommen hatte, frapos?«

»Pos.«

»Er hat an Ihrem Verhör teilgenommen, und bei Ihrer ersten Begegnung hat er Sie angegriffen, frapos? Und später hat er Ihnen, abgesehen von den niedersten Arbeiten, die er für Sie gefunden hat, mit einer Neuropeitsche den Rücken blutig geprügelt, frapos?«

Die Erinnerung an den Schmerz ließ glühende Tentakel über Phelans Rücken zucken. »Pos.«

Garth lächelte. »Und trotzdem haben Sie Ihren Peiniger, als Sie ihn dort auf der Brücke liegen sahen, unmittelbar bevor die Dichtung riß, aus den Trümmern befreit und von der Brücke geholt. Warum?«

»Letztendlich wohl, weil ich noch nicht fertig mit ihm war.« Phelan hob den Kopf und begegnete Garths Blick mit Gleichmut. »Mein Peiniger hatte mich in einem Faustkampf besiegt, und diesen Gefallen habe ich ihm zurückgezahlt. Bei unserer ersten Begegnung hat er mich bei einem Mechduell besiegt. Wenn ich seinen Tod im All zugelassen hätte, hätte ich niemals beweisen können, wer von uns tatsächlich der bessere ist. Ich hätte nie erfahren, ob er mich geschlagen hat, weil er ein überlegener MechKrieger ist oder weil sein Mech sehr viel besser war als der meine.«

Aus seinem Inneren stiegen all der Zorn und die Empörung über die Behandlung, die er von Vlad erfahren hatte, an die Oberfläche. »Ich habe ihn gerettet, weil ich will, daß Vlad von meiner Hand stirbt.«

Empörtes Aufkeuchen, aber auch vereinzelte Zustimmung klangen durch den Saal. Dann stand Garth Radick auf und deutete auf Phelan. »Kann es noch einen Zweifel geben, Mitwölfe, daß dieser Mann die Seele eines Kriegers besitzt? Kann ihm irgend jemand die Aufnahme in die Kriegerkaste des Wolfsclans verweigern?«

Als Garth wieder Platz nahm, erhob sich der Lehrmeister. »Ich bitte um die Abstimmung darüber, ob Phelan Wolf die Rechte und Pflichten eines Kriegers des Wolfsclans zugestanden werden. Da er bereits formell in die Kriegerkaste aufgenommen wurde, wäre eine Zweidrittelmehrheit erforderlich, ihn abzuweisen.« Der Lehrmeister lächelte. »Man nehme zur Kenntnis, daß der Lehrmeister der Nebelparder und der Lehrmeister der Stahlvipern ihr Interesse an diesem Welpen erklärt haben, sollten wir ihn abweisen.«

Er drückte einen Knopf auf seiner Konsole. »Ich bitte jetzt abzustimmen.«

Phelan grinste breit, als Cyrilla und Natascha sich durch die Menge der hinausströmenden Wölfe drängten und zu ihm an die zentrale Empore traten. »Sieht so aus, als hätte ich es geschafft.« Er sah ihre besorgten Gesichter, verstand den Grund jedoch nicht. »Was hat der Lehrmeister gemeint, als er sagte, daß ich bis Ende Juni Zeit habe, mich auf meine endgültige Anerkennung als Krieger vorzubereiten?«

Natascha winkte die Frage fahrig beiseite. »Am siebenundzwanzigsten Juni hast du Geburtstag. Du wirst zwanzig an diesem Tag. Das ist das übliche Alter für die Entlassungsprüfung aus der Geschko. Welche Aufgaben du innerhalb des Clans erhältst, hängt von deiner Leistung bei der Prüfung ab. Keine Sorge, bis dahin hab ich dich in perfekter Verfassung. Die Prüfung wird dir leichter fallen, als aus Nagelring rausgeschmissen zu werden.« Obwohl sie versuchte, die Prüfung zu bagatellisieren, bemerkte Phelan die Besorgnis in ihrer Stimme.

Er runzelte die Stirn, fragte dann aber doch nicht nach. »Wenn das kein Problem ist, warum wirkt ihr dann beide so entmutigt?«

Cyrilla deutete auf den Schirm über ihnen. Phelan

sah hoch und erkannte, daß das Abstimmungsergebnis noch immer angezeigt wurde: Ja 460, Nein 353, Enthaltungen 187. »Ich verstehe nicht. Ich wurde doch angenommen.«

»Sicher, Phelan, und das ist eine beachtliche Leistung.« Cyrilla legte beruhigend eine Hand auf seinen Arm. »Das Problem besteht darin, daß der Vorsprung, mit dem du akzeptiert wurdest, erheblich geringer ist, als ich erhofft hatte. Die Fragen, die dir gestellt wurden, bevor Garth eingriff, sollten deine Aufnahme nicht verhindern. Wie Garth im Anschluß erläuterte, haben sie dich als wahren Krieger bestätigt. Die Aufforderung zur Abstimmung war nur ein Täuschungsmanöver.«

»Ich verstehe noch immer nicht.«

Nataschas blaue Augen funkelten vor Wut. »Es ist einfach, Phelan, sehr einfach sogar. Ulrics Gegner werden einen Vorstoß unternehmen und versuchen, ihn abzusetzen. Die Enthaltungen deuten auf ein ausreichend großes Potential an Unschlüssigen hin. Sie könnten Ulric aus dem Amt werfen. Die Zahlen beweisen, daß es eine Wirkung hatte, wie sie Ulrics Entscheidungen in Frage gestellt haben.«

»Sie?«

»Die Kreuzritter, diejenigen, die diese verfluchte Invasion wollten. Wenn Ulrics Gegner ihr Ziel erreichen und es ihnen gelingt, eine Mehrheit des Konklave für ihren Ersatzkandidaten zu mobilisieren, bedeutet das eine erhebliche Verschiebung des politischen Gewichts innerhalb der Clans.«

Die tiefe Besorgnis in ihrer Stimme ließ einen kalten Schauer über Phelans Rücken laufen und brachte seinen Magen wieder in Bewegung. »Und wenn es so kommt?«

Nataschas Blick schweifte in unbestimmte Fernen. »Dann, Phelan, bist du Weihnachten zu Hause, aber erwarte nicht, Arc-Royal oder irgendeine Welt zwischen hier und dort wiederzuerkennen.«

6

**Hauptquartier Wolfs Dragoner, Outreach
Mark Sarna, Vereinigtes Commonwealth**

5. Februar 3051

Victor Steiner-Davion beobachtete Hohiro Kurita am anderen Ende der dunklen Terrasse. Daß Hohiro ihn bei den Sportübungen des Tages geschlagen hatte, störte ihn nicht so sehr, sondern eher, daß sie seinem Rivalen allem Anschein nach nichts ausgemacht hatten. Victor lehnte sich an die kühle Balustrade und massierte seinen verkrampften Rücken. *Hindernisläufe, Waffengrundausbildung und ein Geländemarsch! Wenn wir mit dem Training die Clans besiegen sollen, haben uns die Dragoner tatsächlich verraten.*

Kai Allard, wie Victor und Galen in der olivfarbenen Feldmontur der Zehnten Lyranischen Garde, trat neben ihn ans Geländer. »Na, Hoheit? Ich finde, du und Hohiro seid heute morgen gut aufeinander zugekommen.«

Victor wandte sich um und starrte Kai böse an, dann mußte er über das Wortspiel grinsen. »Vererbung, schätze ich. Es hat mich ziemlich überrascht, daß MacKenzie uns nach all dem Gerede über Einheit in zwei Gruppen aufgeteilt hat — das Vereinigte Commonwealth und der St.-Ives-Pakt gegen das Draconis-Kombinat und die anderen.«

Kai rieb sich reuig das Kinn. »Ich muß mich dafür entschuldigen, daß ich keine bessere Leistung gebracht habe.«

»Mach dir keine Sorgen.« Victor boxte Kai leicht gegen die Schulter. »Keiner von uns war in Topform. So wie ich die Sache sehe, lagen wir vorne, solange du Sun-Tzu in irgendeiner Disziplin schlagen konntest. Zandra hat Ragnar von vorne bis hinten abserviert, und Galen lag ziemlich gleichauf mit Shin. Aber dieser verfluchte Hohiro hat mich weggeputzt. Deswegen sind wir nur Zweiter geworden.«

Die beiden jungen Männer verstummten, als die übrigen Mitglieder ihrer Klasse und Generation in den Garten traten. In der Empfangshalle wanderten die versammelten Militärattachés und Mächtigen der verschiedenen Reiche umher und plauderten miteinander. Galen Cox und Shin Yodama, die beide militärisch aktiv gewesen waren, bevor man ihnen die beiden Fürstensöhne anvertraute, standen im Zentrum ganzer Trauben junger Offiziere, die sie mit Fragen nach ihren Erlebnissen im Kampf gegen die Clans überschütteten.

Ein Teil von Victors Seele wünschte sich, ebenfalls dort im Saal zu sein und sich mit derselben Leichtigkeit durch die Menge zu bewegen, die sein Adjutant zeigte. Er wußte, daß er viel daraus lernen konnte, was andere zu sagen hatten, aber sein Titel wäre ihm im Weg. Ob sie nun seiner Meinung waren oder nicht, die Offiziere würden seine Entscheidungen akzeptieren und sich ihm unterordnen, weil er der Thronfolger des Vereinigten Commonwealth war. Er blickte wieder über die Terrasse zu Hohiro und dachte bei sich, daß der Erbe des Drachen gleiches fühlen mußte.

Victor deutete in Richtung Ballsaal. »Du solltest da drinnen sein, Kai. Ich wette, sämtliche Offiziere wollen wissen, wie es ist, einer Kompanie von OmniMechs gegenüberzustehen.« Er sagte es beiläufig, bemerkte aber sofort, daß er einen Nerv getroffen hatte. *Er fühlt sich immer noch verantwortlich für den Trupp Männer, die den Tod fanden, nachdem er sie auf Twycross zurück in den Kampf schickte.*

Kai schüttelte den Kopf. »Ich denke nicht.« Er hob die Mundwinkel und kniff die grauen Mandelaugen etwas zusammen. »Und nicht aus dem Grund, den du annimmst. Romano streicht durch die Menge wie ein hungriger Hai, und ich habe kein Interesse, in ihre Nähe zu kommen.« Plötzlich wurde sein Lächeln breiter.

»Hier draußen sind wir sicher, weil sie hier kein Publikum hat.«

Victor lächelte über Kais Witz, sagte aber nichts. Vier weitere Personen kamen auf die Terrasse. Cassandra Allard-Liao und Ragnar lachten, und die beiden Frauen, die ihnen folgten, lächelten höflich. Eine von ihnen erkannte Victor sofort. Abgesehen von ihrem hüftlangen schwarzen Haar war sie ein Ebenbild Cassandras. Victor wußte, daß Kuan Yin die schweigsamere der beiden Schwestern war, und erkannte in ihrer natürlichen Anmut die innere Stärke, die Kai so oft ansprach, wenn er von ihr redete.

Aber so stark und hübsch sie auch war, in Victors Augen verblaßte Kuan Yin neben der anderen Orientalin, die stumm an ihrer Seite ging. Es war die Frau, die er bereits zuvor in der Kurita-Delegation bemerkt hatte, aber heute abend trug sie keine zeremoniellen japanischen Roben. Sie lächelte Hohiro zu, unterhielt sich aber weiter mit Kuan Yin.

»Kai, wer ist die Frau, die sich mit deiner Schwester unterhält?«

»Ich weiß es nicht.« Er studierte die junge Frau mit leichtem Stirnrunzeln. »Ich glaube, sie gehört zur Kurita-Gruppe. Vielleicht ist sie Hohiros Frau. Im Kombinat werden Ehen ziemlich früh arrangiert.«

Victor verzog das Gesicht. *Typisch.* Noch bevor er einen Kommentar abgeben konnte, betraten noch mehr Personen die Terrasse und lenkten ihn ab.

Sun-Tzu und seine Schwester Kali stolzierten auf die Terrasse, als gehöre sie ihnen, aber Victor sah, wie Sun-Tzu sich gerade genug zurückhielt, um den Eindruck zu erwecken, seine Schwester sei es, die alle Aufmerksamkeit auf sich ziehen wollte. Über Kali Liao fiel Victor nichts Gutes ein, abgesehen davon, daß sie durch ihre winzige Gestalt dafür sorgte, daß er nicht mehr der kleinste Fürstenspross war. Im Widerschein der auf die Terrasse blickenden Fenster lag ein goldener Glanz über ihrem kastanienbraunen Haar, aber ihre Miene und der Blick ihrer grünen Augen erinnerten Victor an die wilde Unberechenbarkeit ihrer Mutter.

Der Rückenausschnitt ihres ärmellosen schwarzen Overalls endete weit unterhalb ihres langen Haarschopfs. Auch ihr Dekolleté reichte in einem tiefen V bis hinunter an den breiten Gürtel und betonte ihren kleinen Busen. Obwohl im Halbdunkel nichts davon zu sehen war, erinnerte Victor sich an eine Akte, die eine blasse Narbe zwischen ihren Brüsten erwähnte. Sie behauptete, die Narbe sei das Ergebnis ihrer Initiierung in den Thugeekult, während derer sie sich das eigene Herz herausgeschnitten und wieder eingesetzt hatte — um zu beweisen, daß sie unter dem Schutz ihrer Namenspatronin stand, der Hindugöttin des Todes.

Kali sah sich im Garten um und stockte, als sie Cassandra und Kuan Yin bemerkte.

»Ich denke, ich gehe rüber und versuche herauszufinden, wer deine geheimnisvolle Schöne ist«, erklärte Kai. »Wenn du mich entschuldigst?«

»Ausgezeichneter Gedanke.«

Als Kai sich auf den Weg zu dem Quartett machte, in dem sich seine Schwestern aufhielten, kam plötzlich auch Isis Marik aus dem Ballsaal und schob die rechte Hand in Kais linke Armbeuge. Sie trug auch diesmal eine paramilitärische Kluft, aber ohne Mütze. Sie und Kai wirkten wie ein typisches Militärpärchen, bis sie den Mund aufmachte. Mit einer Lautstärke, die quer über die Terrasse schallte und ihre Stimme möglicherweise bis in den Ballsaal trug, rief Isis Marik: »Endlich! Ich suche schon die ganze Zeit nach dem Erben der Konföderation Capella.«

Sun-Tzu versteifte sich sichtlich. »Ich fürchte, Sie irren sich, Gospodjica Marik.« Er versperrte ihnen den Weg und verschränkte die Arme vor der Brust seiner goldenen Bluse. »Wenn Sie den Erben des Himmlischen Throns suchen, er steht vor ihnen.«

Mit einem Ausdruck der Verwirrung löste Isis ihren Arm von dem Kais und trat zwischen die beiden Vettern. Fragend legte sie den Kopf auf die Seite. »Ist nicht das älteste Kind der ältesten Tochter Maximilian Liaos der rechtmäßige Thronfolger?«

Sun-Tzus Augen wurden zu Jadesplittern, als die Verachtung seine Züge entstellte. »Der einzige Thron, auf den Kai Allard einen Anspruch hat, ist der des Vereinigten Commonwealth. Aber nur als Schoßhund der Davions, wie die Allards es von jeher waren.«

Sun-Tzus Bemerkung traf Victor, aber er beherrschte sich. Kai zwang sich zu einem Lachen. »Der Dienst am Haus Davion ist eine Ehre. Der Dienst am capellanischen Thron ist ein Tanz auf des Messers Schneide.«

»Lieber Vetter, um Milton etwas abzuwandeln: Besser in der Hölle zu herrschen, als am Hof des Schlächters der Nachfolgerstaaten zu dienen. Was ist das für ein Gefühl, Kai, wenn man Menschen in den Tod geschickt hat, um das Reich des größten Aggressors zu bewahren, den die Innere Sphäre je gekannt hat? Hanse Davion hat allein im Vierten Nachfolgekrieg 100 Millionen Menschen ermordet und eine halbe Milliarde verwundet! Und als ob das nicht gereicht hätte, zog er zehn Jahre später wieder in den Krieg!«

Sun-Tzu sah, daß sein Stich ins Ziel getroffen hatte. Er stieß mit dem Finger auf das Band des Sonnenbanners in Diamant auf Kais Brust. »Du ziehst in den Krieg und schickst deine Männer in den Tod, aber du erntest Orden und Belohnungen! Wärest du der Erbe des Himmlischen Throns, was könnte mein Volk von dir erwarten, abgesehen vom Abschlachten seiner jungen Männer und Frauen in einem neuen Kreuzzug, um deinen Blutdurst zu befriedigen? Die Konföderation Capella ist kein Aggressor. Wir waren es 3028 nicht, als die Vereinigten Sonnen ihren Angriff gegen uns starteten, und wir waren es auch 3030 nicht, als Andurien unsere Grenzen verletzte.«

Sun-Tzus Stimme peitschte auf Kai ein. »Und das Perverseste dabei ist, daß du diesen Orden durch Verrat erworben hast. Du hast ehrbare Clankrieger mit dem Versprechen eines Zweikampfes in eine Todesfalle gelockt. Wie nützlich diese Tat auch gewesen sein mag, sie legt deine Verderbtheit deutlich bloß.«

Victor sah, wie sich Kais Miene verdüsterte, und wußte, daß sein Freund nicht antworten würde. *Der Bastard weiß, wie er ihn treffen kann. Wenn Kai nur die geringste Chance dazu erhält, beginnt er an sich selbst zu zweifeln.* Victor wollte seinen Freund retten, aber die Situation veränderte sich, noch bevor er eingreifen konnte.

Kali war wie ein Geier in Kais Richtung gewandert, um ihn ebenfalls anzugreifen, aber Kuan Yin streckte den Arm aus und berührte leicht ihren Arm. Victor hätte schwören können, daß Kuan Yins Fingerspitzen Kalis Haut nur eben gestreift hatten, aber Romanos Tochter zuckte zurück wie nach dem Schlag einer Neuropeitsche. Kalis Augen blitzten, und ihre Hände ballten sich zu Fäusten, aber Kuan Yins unbewegliche braune Augen hielten ihre Cousine in ihrem Bann.

In diesem Augenblick trat die hübsche junge Draconierin vor. »Verzeiht mir, daß ich unterbreche, Herren.« Die Sanftheit ihrer Stimme hatte etwas Beruhigendes. »Vielleicht steht es mir nicht an, mich einzumischen, aber die Intensität der Diskussion hat so schmerzhafte Höhen erreicht, daß ich euch bitten möchte, sie auf einen anderen Zeitpunkt zu verschieben.«

»Sumimasen. Shitsurei shimash'ta.« Kai verneigte sich respektvoll. »Ich war sehr grob. Bitte verzeiht mir.« Er richtete sich auf, drehte sich um, ging in den Saal und überließ das Schlachtfeld Sun-Tzu. Der Erbe der Konföderation Capella nickte der jungen Dame höflich zu und ließ sich von Isis Marik in die Schatten des Gartens führen, der die Terrasse umgab.

Plötzlich sah sich Victor der Draconierin direkt gegenüber. Das Blau ihrer Augen war ein überraschender

Kontrast zum schwarzen Haar, das schimmernd über ihren Rücken hing. Die zarte Schönheit ihrer Züge erinnerte Victor an alte japanische Holzschnitte von Frauen, die ebenso perfekt wie erhaben waren. Obwohl sie fast zwölf Zentimeter größer war als er, lag in ihrem Lächeln kein Spott über seine Größe.

»Danke, daß Sie den Streit beendet haben.« Victor warf einen Blick zurück dorthin, wo er gestanden hatte. »Ich wollte auch eingreifen, aber Sie sind mir zuvorgekommen. Und«, fügte er mit einem schüchternen Grinsen hinzu, »sicherlich sehr viel eleganter, als ich es fertiggebracht hätte.«

»Ich habe gesehen, daß Sie ihrem Freund zu Hilfe kommen wollten.« Sie zögerte, als suche sie nach den richtigen Worten in der englischen Sprache. »Ich befürchtete, Sie würden die Rolle des Aggressors übernehmen. Meine Lösung bestand darin, sie beide zu Aggressoren zu machen. Auf diese Weise mußten sie den Streit beenden, wenn sie nicht als meine Folterer erscheinen wollten. Ihr Freund Kai besitzt Mut und Kraft und darüber hinaus hervorragende Manieren. Sun-Tzu hat Schläue und Kraft. Ich glaube nicht, daß die Fortsetzung dieses Konfliktes angenehm werden wird.«

»Ihre Einschätzung Kais ist sehr treffend, und die seines Vetters ist es nicht minder. Wenn sie wieder zu streiten beginnen, werde ich versuchen, mich an Ihre Lösung der Situation zu erinnern.« Victor lächelte und verneigte sich halb. »Übrigens, mein Name ist ...«

Sie lachte leise. »Ich weiß sehr gut, wer Sie sind, Victor Ian Steiner-Davion, Kronprinz des Vereinigten Commonwealth, Herzog der Mark Sarna und Kommandant der Zehnten Lyranischen Garde.«

Victor entschied, daß ihm der Klang ihres Lachens gefiel. »Ich fürchte, Sie sind im Vorteil.«

»Nennen Sie mich einfach Omi.«

Omi. Der Name klingt vertraut. Ich sollte ihn irgendwoher kennen. Er nahm ihre Hand und hauchte einen Kuß darauf. »Ich bin höchst erfreut, Ihre Bekanntschaft zu machen, Omi. Ich würde es gerne auf japanisch ausdrükken, aber ich befürchte, Sprachen waren noch nie meine Stärke.«

»Do itasimash'ta. Der Ruf Nagelrings, was Sprachen betrifft, ist nicht so, daß es eine Schande für Sie wäre, eine schwierige Fremdsprache nicht gemeistert zu haben.«

Victor gestattete sich ein Stirnrunzeln. »Sie scheinen sehr viel über mich zu wissen, dabei weiß ich kaum etwas von Ihnen. Wenn Sie nichts dagegen haben, könnten wir das bei einem angenehmen Spaziergang durch den Garten zurechtrücken.«

Victor sah, daß sie Anstalten machte, seinen Arm zu akzeptieren, aber das Knallen sich nähernder Stiefelabsätze auf der steinernen Terrasse hielt sie auf. Sie sahen sich um und entdeckten Hohiro, der das Paar mit strenger Miene betrachtete.

»Bitte verzeihen Sie mir, Prinz Victor«, sagte Omi leise, »aber ich muß gehen. Vielleicht findet sich später die Gelegenheit zu einem Spaziergang.«

Sie wandte sich ab und wie ein herabsinkender Vorhang versperrte Hohiro Victor den Blick auf sie. Victor sah zu dem Draconier hoch, ignorierte jedoch die Ablehnung in dessen Miene. »Wer ist sie, Hohiro? Warum mußte sie gehen?«

Die Muskeln an Hohiros Kinn arbeiteten, als er sich bemühte, die Beherrschung zu bewahren. »Sie ist meine Schwester, Victor Davion, und Sie werden nie wieder mit ihr reden.«

7

Konklavekammer, Halle der Wölfe
Strana Metschty, Jenseits der Peripherie

28. Februar 3051

»Ich, Natascha Kerensky, schwöre bei meiner Ehre als Mitglied des Wolfsclans, die ganze Wahrheit zu sagen und nicht zu rasten, bis dieser Sache Gerechtigkeit widerfahren ist.«

Phelan, der hinter Cyrilla saß, lächelte über Nataschas Widerborstigkeit. Alle wußten, wie wütend sie über die Aufforderung war, zu einer ›Befragung unter *Gleichen*‹ zu erscheinen. Die Art, wie sie es aussprach, ließ keinen Zweifel daran, daß sie nur sehr wenige Konklavemitglieder als ihr ebenbürtig betrachtete. Die heutige Sitzung versprach allerhand.

Der Lehrmeister sah zu Natascha hinab, die es sich auf dem Zeugenstuhl bequem machte. »Ihre Kooperation in dieser Angelegenheit verdient Dank, Sterncolonel Kerensky. Die Frage, ob sich die Wolf-Dragoner des Verrats schuldig gemacht haben, wird vom Großen Konklave behandelt. Wir sind hier versammelt, um festzustellen, ob die Beweise ausreichen, um dem Großen Konklave ein Urteil zu empfehlen.«

Natascha sah sich in der Kammer mit einem durchdringenden Blick um, der auch durch die Übertragung auf die großen Monitore über dem Podium um nichts gemildert wurde. »Ich denke, ich verstehe sehr gut, was hier vor sich geht, Lehrmeister.« In ihrem schwarzen Overall, der gerade weit genug geöffnet war, um ein rotes T-Shirt mit dem Bild einer Schwarzen Witwe zu zeigen, wirkte Natascha, zumindest für Phelan, weit mehr wie eine Kriegerin als die übrigen Mitglieder des Konklave.

Carol Leroux stellte sich als Fragerin in Position, aber

Natascha winkte den jüngeren Rotschopf beiseite. »Geh weg, Kind. Ich will nicht, daß sich diese Schakale hinter dir verstecken. Wenn sie Fragen haben, sollen sie diese direkt an mich stellen. Es wird Zeit, sich mit den Puppenspielern zu beschäftigen statt ihrer Marionetten.«

Leroux blickte stumm und hilfesuchend zum Lehrmeister hinauf, aber bevor dieser reagieren konnte, stand in der zweiten Reihe ein Konklavemitglied auf. »Lehrmeister, ich beantrage, Ihr mögt *Sterncolonel* Kerensky dahingehend instruieren, daß wir an diesem Ort unsere Angelegenheiten auf zivilisierte Weise austragen. Sie sollte eine angemessenere Würde wahren.«

Der Lehrmeister starrte den Mann nieder, dann sah er zu Natascha hinab. »Sterncolonel Kerensky, Carol Leroux wurde Ihnen in dieser Angelegenheit als Verteidiger zugeteilt. Burke Carson wird die Rolle Ihres Inquisitors übernehmen.«

Ein schlanker junger Mann kam herunter auf den Boden der Konklavekammer und rückte den Kommunikator an seinem rechten Ohr zurecht. Obwohl sein Kopf nicht rasiert war, um einen besseren Kontakt mit dem Neurohelm zu gewährleisten, zeigten die Statur des Mannes und die Leichtigkeit seiner Bewegungen Phelan, daß er einen MechKrieger vor sich hatte. Und sein Gesichtsausdruck machte seine Verachtung für Natascha deutlich.

Sie lachte. »Na dann komm, Jüngelchen, und zeig, was du kannst. Finde heraus, warum man mich die Schwarze Witwe nennt.«

Phelan sah eine Reihe von Konklavemitgliedern nikken und lachen, aber sehr viel mehr schienen über ihre Bemerkung schockiert und beleidigt. Er lehnte sich zu Cyrilla vor. »Ich nehme an, dies ist eine Fortsetzung der politischen Kämpfe, die eine Überprüfung meiner Adoption erforderlich machten?«

»Auf gewisse Weise, ja.« Sie schloß halb die Augen. »Es ist ein weiterer Angriff auf die politische Philosophie, die Ulric, Natascha und ich vertreten. Es ist ein Kampf zwischen Kreuzrittern und Bewahrern.«

Phelan schüttelte den Kopf. »Kreuzritter? Bewahrer?«

»Es ist eine komplexe Angelegenheit, die unser Volk in zwei Lager gespalten hat, aber ich werde versuchen, es für dich zu vereinfachen. Die Bewahrer wollen sich aus den Angelegenheiten der Inneren Sphäre heraushalten und nur eingreifen, wenn eine fremde Macht die Nachfolgerstaaten bedroht. Die Kreuzritter vertreten die Ansicht, daß der alte Sternenbund ein Paradies war, und die Clans berufen sind, es wiederherzustellen. Auch wenn sie dazu die Nachfolgerstaaten in Schutt und Asche legen müssen.«

Cyrilla kniff die Augen zusammen. »Das Problem besteht darin, daß die Mittel, die sie einsetzen wollen, den Kern dessen bedrohen, was es heißt, ein Clankrieger zu sein.«

Der junge Mann schüttelte den Kopf. »Ich verstehe nicht.«

Die Miene der Wardmatriarchin versteinerte sich. »Mit dem Versuch, Wolfs Dragoner zu Verrätern zu erklären, versuchen die Kreuzritter die DNS der Dragoner für alle Zeiten aus dem Zuchtprogramm zu verbannen!«

Der Blick, den Burke Carson in diesem Moment Natascha zuwarf, erinnerte Phelan an den Blick des Vorsitzenden des Ehrengerichts an dem Tag, an dem man ihn aus Nagelring hinausgeworfen hatte. »Vielleicht könnten Sie uns über die Pflichten informieren, die der Khan den Wolf-Dragonern auferlegte, als er sie auf ihre Mission in die Innere Sphäre schickte.«

»Aber gerne. Eine der beiden damaligen Wolfskhans war Nadia Winson. Sie wies uns an, eine Anstellung als Söldner bei einem der Großen Häuser zu suchen. Dabei handelte sie im Auftrag des Großen Konklave. Unser Einflugvektor in die Nachfolgerstaaten war so gewählt, daß keine Rückschlüsse auf die Lage der Clanwelten daraus gezogen werden konnten, und brachte uns am

11. April 3005 zuerst in Kontakt mit Haus Davion. Wir handelten einen Kontrakt mit Prinz Ian Davion aus und kämpften gegen die Konföderation Capella. Im Verlauf der nächsten fünf Jahre hatten wir Gelegenheit, die Stärken und Schwächen der capellanischen Truppen herauszufinden und zu lernen, wie die Streitkräfte der Vereinigten Sonnen funktionierten.

3009 kehrten wir zurück, um am vom Khan ausgewählten Treffpunkt unseren Bericht abzugeben. Sie wies uns an, nacheinander bei allen Häusern eine Anstellung zu suchen, um weitere Informationen zu sammeln. Dies taten wir und wechselten etwa alle fünf Jahre den Auftraggeber. 3010 traten wir in die Dienste von Haus Liao, 3015 wechselten wir zu Haus Marik, 3020 zu Haus Steiner und 3022 zu Haus Kurita. 3028 traten wir wieder in die Dienste von Haus Davion und erhielten im Jahre 3030 den Planeten Outreach zugesprochen.«

Der schlanke Inquisitor verschränkte die Arme. »Wenn Ihre Mission darin bestand, regelmäßige Berichte über die Kampfbereitschaft der Inneren Sphäre zu liefern, warum gibt es dann keine Unterlagen über die Informationen, die Sie dem Khan zukommen ließen?«

Nataschas blaue Augen glitzerten kalt. »Was wollen Sie genau sagen: daß es keine Unterlagen gibt oder daß Sie keinen Zugang zu ihnen haben?«

Der Lehrmeister schüttelte den Kopf. »Nein, Natascha, diese Antwort ist nicht akzeptabel. Vergessen Sie nicht, daß dies ein Clankonklave ist. Auch wenn Ihnen unser Grund für diese Fragen nicht gefällt, haben wir das Recht sie zu stellen. Bitte antworten Sie.«

Die Schwarze Witwe nickte zögernd. »Wie Ihr wünscht, Lehrmeister. 3015 sandten wir eine kleine Gruppe zurück zum Treffpunkt und übermittelten die Daten, die wir über die Häuser Liao und Marik gesammelt hatten. Wir berichteten auch vom Tod Joshua Wolfs« — ihre Hände ballten sich zu Fäusten — »und seines Mörders.«

Sie zögerte, dann sprach sie in etwas gedrücktem Ton weiter. »Wir erhielten keine weiteren Befehle. Unser letzter Nachschubflug erfolgte 3019. Dabei trafen wir Khan Kerlin Ward, der uns neue Befehle gab.«

Carol Leloux witterte eine Chance für Natascha, sich zu verteidigen, und verlangte Einzelheiten. »Wie lauteten diese Befehle?«

Nataschas Stimme war gleichmütig. »Ich bin nicht befugt, sie weiterzugeben.«

Phelan sah, wie Cyrilla zusamenzuckte, und eine Reihe von Konklavemitgliedern wandten sich einander zu, um das Verhalten der Schwarzen Witwe zu besprechen. Der Lehrmeister kniff wütend die Augen zusammen. »Natascha, Sie können jetzt die Antwort nicht verweigern.«

Cyrilla stand auf und rückte ihr Komset zurecht. »Lehrmeister, wenn es gestattet ist. Ich war zu jener Zeit ebenfalls Khan des Wolfsclans, neben meinem Onkel auf diesen Posten gewählt. Natascha und die übrigen Wölfe der Dragoner erhielten strikte Order, ihre neue Mission allen anderen Clanmitgliedern gegenüber geheimzuhalten.«

Vom Bildschirm unter der Decke blickte das riesige Gesicht des Lehrmeisters auf Cyrilla herab. »Damit hätten wir also eine Pattsituation erreicht.«

»Nicht unbedingt«, erwiderte Cyrilla. »Zwar war ich nicht an dieser Besprechung beteiligt, aber ich erfuhr später, welche Befehle die Dragoner erhalten hatten und brauchte kein Schweigegelöbnis abzulegen. Ja, Kerlin setzte mich speziell für den Fall einer Situation wie der heutigen davon in Kenntnis. Er war stolz auf die Leistung der Dragoner. Ich bin sicher, Kerlin würde Natascha von ihrer Schweigepflicht entbinden, wäre er heute hier. Er würde jedes Mittel rechtfertigen, um das Recht der Dragoner, an den Zuchtprogrammen teilzunehmen, zu verteidigen. Natascha ist weit wortgewaltiger als ich. Vielleicht ist sie nun bereit, diese Befehle zu erläutern.«

Cyrilla neigte den Kopf. »Falls nicht, muß ich aussagen, was ich weiß.«

Natascha nickte, und ein wölfisches Grinsen breitete sich auf ihren Zügen aus. »Khan Kerlin Ward übertrug uns vier Pflichten. Die erste bestand darin, unsere Untersuchung der militärischen Stärke der Nachfolgerstaaten fortzusetzen. Er bat uns, diese Nachforschungen zu beschleunigen, und wir taten es. Die zweite bestand darin, das Problem zu untersuchen, wie man Einheiten der Nachfolgerstaaten bis zu unserer Leistungsstufe in der MechKriegsführung ausbilden konnte.«

Sie hob ihre Stimme und übertönte das in der Halle laut werdende Murmeln. »Drittens sollten wir eine Welt suchen und sichern, auf der wir mit der Herstellung von OmniMechs beginnen konnten. Der Khan lieferte uns dazu die vollständigen technischen Daten der damals verfügbaren OmniMechs sowie Bauteile und Prototypen für einige der moderneren Entwicklungen Ihrer Waffenmeister.«

Ihre Worte gingen in einem vielstimmigen Aufschrei unter, aber Natascha wurde noch lauter. Auch das stakkatohafte Hämmern des Lehrmeisters konnte sie nicht stoppen. »Und sein letzter Befehl bestand darin, jedem anderen Khan als ihm persönlich den Gehorsam zu verweigern. Er wollte, daß wir die Innere Sphäre auf die Invasion vorbereiten, die er für unvermeidlich hielt, und er wollte jede Behinderung von außen ausschließen.«

»Wie können Sie es wagen zu behaupten, Kerlin Ward habe Ihren Verrat befohlen!« Burke Carson schlug sich auf die Brust. »Haben Sie irgendwelche Beweise für diese Befehle?«

Natascha schüttelte den Kopf.

Er wandte sich an Cyrilla. »Und Sie, Cyrilla, haben Sie irgendwelche Beweise für Ihre Aussage?«

»Nein, Burke, die habe ich nicht.«

Burke richtete seine Aufmerksamkeit wieder auf Natascha. »Also haben wir nichts als Ihr Wort und das Ihrer Freundin, daß Ihnen ein Khan befohlen hat, Ihre ursprüngliche Spionagemission aufzugeben und statt dessen die Verteidigung unseres Gegners zu organisieren. Lügen dieser Art in dieser geheiligten Versammlung sind unglaublich!«

Carol Leroux packte Carsons Arm. »Das geht zu weit, Sterncommander! Sie überschreiten Ihre Befugnis!«

Außer sich vor Wut schoß Natascha empor. »Wie können Sie es wagen, mich eine Lügnerin zu nennen! Ich habe geschworen, vor diesem Konklave die Wahrheit zu sagen, und das tue ich. Ich habe meinen Blutnamen erworben, bevor Ihre Eltern die Geschko verlassen haben! Ich mag dieser Versammlung lange Zeit nicht mehr beigewohnt haben, aber ich weiß noch sehr gut, wie wir Ehrenfragen klären. Ich werde Ihnen im Kampf gegenübertreten, Burke Carson.«

Carson hielt den Kopf stolz erhoben. »Ein Ehrenduell steht nur MechKriegern zu, Natascha Kerensky. Wären Sie eine, würde ich Ihre Herausforderung akzeptieren. Wie die Dinge zur Zeit stehen, sehe ich jedoch keine Notwendigkeit, einem Fossil Genugtuung zu leisten.«

»Was!« Nataschas Faust knallte auf das Geländer des Zeugenstands. »Wie können Sie auch nur andeuten, ich sei keine MechKriegerin? Ich habe in den letzten fünfundvierzig Jahren in den Nachfolgerstaaten gekämpft. Ich habe stapelweise Holovids mitgebracht, auf denen die Dragoner in Aktion zu sehen sind.« Sie deutete auf einen kleinen bärtigen Mann, der neben ihrem Konklaveplatz saß. »Dieser Archivar hat die Vorgänge der letzten zwanzig Jahre in der Inneren Sphäre aufgezeichnet, und er kann Ihnen bis ins Detail die Gefechte und Ergebnisse der gesamten Dragonerlaufbahn aufzählen. Ich habe jedes Recht, den Titel einer MechKriegerin zu beanspruchen, ungeachtet meines Alters!«

»Ich bin nicht daran interessiert, welche Fiktionen Ihr persönlicher Apologet verfaßt haben mag, Natascha.« Carson deutete auf den Lehrmeister. »Fragen Sie ihn. Er führt die Liste aller Wolfsclankrieger. Sie wurden zuletzt 3003 geprüft. Diese Prüfung bestätigte zwar Ihre Qualifikation zur Führung einer Galaxis, aber Ihre Galaxis trat nie in Aktion. Daß Sie während Ihrer Zeit in der Inneren Sphäre einen Trinärstern oder gar einen Sternhaufen befehligt haben mögen, hat keinerlei Aussagekraft, da dies von Ihren Vorgesetzten nie genehmigt wurde. Sie haben kein Recht auf den Rang einer Mech-Kriegerin, Natascha Kerensky, und Sie haben die Erlaubnis, diesen Phelan Wolf auszubilden, präzise deshalb erhalten, weil wir nicht wissen, was wir mit Ihnen anfangen sollen. Hätten Sie den Anstand und Verstand anderer Fossilien, wären Sie längst ausgezogen, um einen Ort zu finden, an dem Sie in Ruhe sterben können.«

Im wachsenden Chaos der gegeneinander argumentierenden Konklavemitglieder und des hitzigen Wortwechsel zwischen Carson und Natascha erhob sich Khan Ulric von seinem Sitz. »Genug!« Die Empörung seiner Stimme zerschnitt das Getöse wie ein Laserstrahl eine Rauchwolke. »Sowohl Khan Garth wie ich selbst haben das Material gesichtet, das Natascha und ihr Archivar aus der Inneren Sphäre mitgebracht haben. Angesichts dieser Beweise ist kein Zweifel möglich, daß Natascha Kerensky und die Wolf-Dragoner seit ihrem Erscheinen in der Inneren Sphäre eine Gefechtseinheit von erheblicher Schlagkraft und ebensolchem Einfluß sind. Natascha selbst ist für ihren Mut berühmt. Es ist unglaublich, daß Sie eine derartige Anschuldigung gegen Sie erheben, Burke.«

Ulric nickte dem Lehrmeister zu. »Außerdem haben wir seit langem die Tradition, einem Krieger, der eine Zeitlang außer Aktion war und nicht geprüft werden konnte, einen entsprechenden Status zuzugestehen. Soweit ich mich entsinne, Burke, konnten Sie selbst sechs Monate lang nicht geprüft werden, nachdem Ihr rechtes Bein bei einen Kampf gegen die Jadefalken zerschmettert wurde. Wollen Sie Natascha Kerensky dieselbe Höflichkeit verweigern?«

Phelan sah, wie auf Carsons Gesicht der Konflikt tobte. Der Mann haßte es, Ulric recht geben zu müssen, aber er hatte keine Wahl. »Das ist die Sitte, wie Ihr es sagt, mein Khan, aber sie gilt für MechKrieger jüngeren Alters. Wäre da nicht Nataschas fortgeschrittenes Alter, würde ich mich nicht dagegen aussprechen, ihr diese zeitweise Ehre zuzugestehen, aber wozu? Sie kann unmöglich gegen Krieger gewinnen, die vier Generationen jünger sind als sie, oder auch nur eine Prüfung durch sie überleben. Außerdem weise ich darauf hin, daß ich nicht gezwungen bin, die Herausforderung einer Kriegerin anzunehmen, deren Status nur ehrenhalber besteht.«

»Das ist wahr.« Ulric lächelte Natascha zu. »Sind Sie bereit, sich einer Prüfung zu unterziehen, um Ihren Rang und Status unter den MechKriegern des Wolfsclans festzustellen?«

Die rothaarige MechKriegerin nickte ernst. »Ich werde in weniger als den sechs Monaten, die Carson für sein gebrochenes Bein zugestanden wurden, für eine Prüfung bereit sein. Und«, fügte sie hinzu, und warf ihm einen tückischen Blick zu, »ich bin bereit, Carson als einen meiner Gegner bei dieser Prüfung zu akzeptieren.«

Das Angebot überraschte Carson sichtlich. »Wir werden sehen, ob sich die Gelegenheit bietet.«

»Gut.« Ulric nickte. »Und nun zurück zu der Frage, über die wir ursprünglich beraten wollten: Sollen wir die Zucht mit der DNS der Wolf-Dragoner gestatten?« Ulric sah sich in der Versammlung um. »Ich finde, Nataschas beschworene Aussage, daß die Wolf-Dragoner nur den Befehlen des Khans Folge leisteten, beantwortet die Frage des Verrats durchaus zufriedenstellend. Wie können Sie einen Verrat begangen haben, wenn Verrat als ein Vorgehen gegen den Willen der Clans definiert ist, der Khan jedoch die Verkörperung dieses Willens ist?«

Burke Carson legte die Hand auf seinen Ohrhörer und wiederholte die Frage, die ihm von einem Mitglied des Konklave übermittelt wurde. »Eure Frage ist gerechtfertigt, mein Khan, und eine Antwort muß jedes der anwesenden Mitglieder selbst finden. Meine Frage zielt jedoch in eine andere Richtung. Sterncolonel Kerensky, wenn Sie Befehl hatten, von niemand anderem als Khan Kerlin Ward Befehle entgegenzunehmen, warum sind Sie dann jetzt zu den Clans zurückgekehrt?«

»Ich bin zu den Clans zurückgekehrt, weil wir zum erstenmal seit Beginn unserer Mission eine Sendung empfingen, die alle Mitglieder des Clankonklave aufforderte, zur Vorbereitung der Wahl eines ilKhans zurückzukehren. Als einziges Mitglied der Expedition, das vor unserem Abflug einen Blutnamen erworben hatte, war ich an meine Pflicht dem Wolfsclan gegenüber gebunden. Ich sah meine Anwesenheit hier nicht im Widerspruch zu meinen Befehlen.« Sie lächelte. »Im Gegenteil, ich sehe meine Rückkehr als ein Mittel, den Geist dieser Befehle zu erfüllen.«

Carol Leroux erwiderte ihr Lächeln. »Was wollen Sie damit sagen?«

Natascha beugte sich vor. »Der Khan verpflichtete uns, die Nachfolgerstaaten auf die Invasion vorzubereiten. Als Mitglied des Clankonklave ist es meine Pflicht, den Clan und seine Khans hinsichtlich der Weisheit eines weiteren Ansturms auf die Innere Sphäre zu beraten.«

Mit vor Sarkasmus triefender Stimme drehte sich Carson wieder zu Natascha um. »Und was genau würden Sie raten?«

»Ich würde Ihnen mitteilen, daß Ihre bisherigen Erfolge darauf beruhten, daß Sie die Innere Sphäre überraschen konnten. Die Zeit, die notwendig ist, einen neuen ilKhan zu wählen und den Angriff wiederaufzunehmen, wird diesen Vorteil aufheben. Die Überlegenheit Ihrer Waffen wird mit der wachsenden Indienststellung neuerer Mechmodelle in den Nachfolgerstaaten langsam abnehmen. Wie wir bereits jetzt im Kombinat und im lyranischen Sektor des Vereinigten Commonwealth gesehen haben, lernen die Truppen der Inneren Sphäre schnell und können Ihren Angriffen effektiv entgegentreten.« Natscha lehnte sich zurück. »Schlußendlich würde ich den Clans raten, die Innere Sphäre zu verlassen und niemals zurückzukehren.«

»Und unseren Sternenbund in den Händen seiner Zerstörer zu lassen?«

»Der Sternenbund ist nicht mehr unser, seit wir ihn seinem Schicksal überließen!«

Ein krachender Schlag des Lehrmeisterhammers brachte den Streit zum Stillstand. »Wie Khan Ulric bereits sagte, schweift die Diskussion von der Frage der Disposition des genetischen Materials der Dragoner ab. Wir haben gehört, daß die Dragoner anscheinend in Wort und Geist den Befehlen des Khans Folge geleistet haben. Daß wir mit diesen Befehlen nicht übereinstimmen, ist kein Grund, dem Konklave der Khans ein Urteil in dieser Frage zu empfehlen. Schon vor einigen Minuten wurde dazu ein ausgezeichneter Vorschlag gemacht: Diese Frage muß jedes Konklavemitglied für sich entscheiden.

Ich fordere das Konklave nun zur Abstimmung auf. Da es sich um eine Frage höchster Bedeutung handelt, ist eine Zwei-Drittel-Mehrheit erforderlich, um den Einsatz der Dragoner-DNS in den Zuchtprogrammen abzulehnen. Eine Ja-Stimme befürwortet die Vernichtung aller Spermien und Eizellen, die den Dragonern vor dem Aufbruch zu ihrer Mission entnommen wurden. Eine Nein-Stimme beendet diese Diskussion hier und jetzt und gestattet unseren tapferen Brüdern und Schwestern die Erfüllung ihres Geschicks. Sie haben fünf Minuten, Ihre Entscheidung zu treffen.«

Phelan sah, wie Cyrilla die Hand in Richtung auf den roten Ja-Knopf ihrer Konsole bewegte. »Halt! Was tun Sie da? Wie können Sie Jaime Wolf und seinen Leuten das Recht auf Nachkommen verweigern?«

Cyrilla klopfte ihm aufs Knie. »Phelan, von dem Augenblick an, in dem Natascha und ich von Khan Kerlin Wards Befehl an die Dragoner berichteten, stand die Entscheidung fest. Es ist völlig unmöglich, daß zwei Drittel der Wölfe dafür stimmen, die DNS der Dragoner zu vernichten. Die Berichte, die Natascha mitgebracht hat, enthalten so viele Informationen, daß unsere Wissenschaftler gerade erst begonnen haben, sie zu analysieren. Da sämtliche Bluthäuser Mitglieder bei den Dragonern haben, werden sie sich nicht die Chance versperren, einen genetischen Rohdiamanten zu entdekken. Daher weiß ich, daß der Antrag abgelehnt wird, und entscheide mich dafür, unter den Kreuzrittern Dissens zu säen, indem ich helfe, ihre Stimmenzahl zu erhöhen.«

»Moment, Moment. Wie können Sie so sicher sein, daß die Abstimmung so ausgeht, wie Sie es erwarten?«

Cyrilla seufzte. »Phelan, diejenigen von uns, die ein gewisses Alter erreichen, verfügen über einen großen Vorrat an Verpflichtungen unter Mitgliedern anderer Häuser. Wir haben auch einen erheblichen Einfluß auf unsere Hausmitglieder. Durch den Austausch von Gefälligkeiten mit anderen Häusern konnte ich mir ein ziemlich genaues Bild vom vermutlichen Verlauf der Abstimmung verschaffen und eine Reihe von Meinungen beeinflussen, um unseren Freunden, den Kreuzrittern, ein angenehmes Bild zu vermitteln.«

Phelan kaute auf seiner Unterlippe. »Wie knapp wird es werden?«

Cyrilla zuckte die Achseln. »Knapp genug, um die Kreuzritter glauben zu machen, daß sie bei der nächsten Wahl einen oder beide Khans austauschen können.«

Ah, ich glaube, jetzt verstehe ich. »Wenn die Abstimmung knapper wird, als sie es erwarten, werden sie sich näher am Ziel wähnen, als sie tatsächlich sind, und weniger hart arbeiten, um die nötigen Stimmen zu sammeln.«

»Und diejenigen unter den Bewahrern, die konstant die Bedrohung durch die Kreuzritter unterschätzt haben, werden durch die Situation alarmiert.« Cyrilla lächelte wissend, als sie den Knopf drückte, der ihre Zustimmung registrierte. »Nach der Bekanntgabe des Abstimmungsergebnisses wird einer der Kreuzritter, ein Elementar namens Karl Newski, das Ergebnis anfechten. Evantha Fetladral wird die Herausforderung annehmen.«

Wieder verwirrt runzelte Phelan die Stirn. »Selbst eine faire Abstimmung kann durch eine Herausforderung zum Zweikampf angefochten werden?«

»Selbstverständlich.« Cyrilla legte eine Hand auf Phelans Schulter. »Wir sind die Clans, wir sind Krieger. Unsere höchste Entscheidungsinstanz war schon immer das Schlachtfeld. Wenn Newskis Truppen die von Evantha aufgestellten Truppen besiegen, und dies in den Augen des Lehrmeisters ein überzeugender Sieg ist, wird das Abstimmungsergebnis in sein Gegenteil verkehrt.«

Phelan schüttelte langsam den Kopf. »Das ultimative Recht des Stärkeren.«

»So ist es bei unserem Volk Tradition«, erklärte Cyrilla. Die ältere Ward lächelte und schaute in unbestimmte Weiten. »Siehst du, Phelan, in den Clans endet der Kampf nicht, wenn du das Cockpit deines Mechs verläßt. Es herrscht ständig und überall Konflikt. Wer darauf nicht vorbereitet ist, der kommt darin um.«

8

Sitz des ersten Bereichs ComStars
Hilton Head Island, Nordamerika, Terra

5. März 3051

Präzentor Martialum Focht verneigte sich tief vor Prima Myndo Waterly, als er den Raum betrat. In ihren Gemächern fühlte er sich unwohl und mehr als nur ein wenig eingeschüchtert. Er räusperte sich, bevor er das Wort ergriff. »Ihr wolltet mich sprechen, und ich habe keine Zeit verschwendet.« Er wollte sich für seinen verschwitzten Overall entschuldigen, aber die Prima bedeutete ihm zu schweigen.

Sie stand vor dem großen Fenster zum Hof und drehte sich langsam zu ihm um. Ganz offensichtlich war sie bemüht, ihre Wut im Zaum zu halten. »Ich bin nicht erfreut darüber, daß du ›außer Funkkontakt‹ warst. Hätte ich die Neigung zum Mißtrauen, könnte ich das für einen Versuch halten, mir aus dem Weg zu gehen.« Sie trug noch immer die formelle Robe ihres Amtes, aber ihre lange weiße Mähne hing frei über die Schultern.

Anastasius Focht schloß sein gesundes Auge und schüttelte den Kopf. »Ganz und gar nicht, Prima. Ich war mit einer Gefechtsübung befaßt, die absolute Funkstille verlangte. Wir haben die Auswirkungen längerer Operationen in von den Clans besetztem Gebiet simuliert. Auf diese Weise können wir die Möglichkeiten unserer Truppen bei einem Feldzug gegen die Clans besser beurteilen.«

Die Prima hob eine Braue. »Das ist närrisch. *Unsere* Truppen werden nicht gegen die Clans antreten.«

»Verzeiht, Prima. Mit dem Begriff ›unsere‹ bezog ich mich auf die Truppen der verschiedenen Häuser der Inneren Sphäre. Ich wollte nicht andeuten, daß wir in nächster Zukunft gegen die Clans kämpfen würden.«

Die Prima lächelte mit der Herablassung einer Mutter, die einen fehlgeleiteten Sprößling zurechtweist. »Wir werden überhaupt nicht gegen die Clans kämpfen, solange eine Chance besteht, sie von innen heraus zu übernehmen. Sie sind der Hammer, mit dem die Menschheit neu geschmiedet werden wird, und ComStar ist der Amboß, auf dem der Neue Mensch seine Form annehmen wird.«

»In Euren Worten liegt Wahrheit, Prima. Gesegnet sei der Wille Blakes. Diese Manöver sind jedoch notwendig, um einzuschätzen, welchen Widerstand die Nachfolgerstaaten unseren Verbündeten entgegensetzen werden, sobald der Kampf wieder aufgenommen wird. Die Erfolge der Steiner-Einheiten auf Twycross und der Kurita-Truppen auf Wolcott waren überraschend.«

Myndo nickte und drehte sich um. Sie berührte einen verborgenen Schalter neben dem runden Fenster, und langsam senkte sich ein Vorhang über das Glas. Als der Raum sich verdunkelte, schaltete der Computer die Deckenbeleuchtung ein. Auf den eichenholzgetäfelten Wänden und dem Parkettboden spiegelten sich die Lampen in Glanzlichtern.

»Ich weiß deinen Wunsch zu schätzen, Präzentor Martialum, unsere Truppen als Trumpfkarte für den Fall zu behalten, daß die Clans Schwierigkeiten machen, aber ich finde, deine Zeit wäre besser genutzt, indem du die Stärken und Schwächen der potentiellen Angriffsziele der Clans erkundest.«

Fochts grimmige Miene ließ seine Lippen zu einem Strich werden. »Zur Zeit sind die Clans in der Lage, jede Welt an sich zu reißen, die sie wollen. Wegen des Todes ihres ilKhans haben sie die meisten Fronttruppen an einen unbekannten Punkt jenseits der Peripherie zurückgezogen. Dieser Rückzug erklärt sich dadurch, daß viele der Elitetruppen über Blutnamen verfügen — soweit ich es feststellen konnte, handelt es sich dabei um eine Art erblichen Orden. Diese Blutnamensträger werden einen neuen ilKhan wählen. Die Truppen, die sie als Garnison auf den eroberten Welten zurückgelassen haben, sind zwar keine Offensiveinheiten, sie könnten den Clanbesitz jedoch leicht weiter vergrößern.«

Myndo deutete beiläufig auf den Schreibtisch und das Datenterminal in einer Ecke des Raums. »Ich weiß, Präzentor. Ich habe deine Berichte gelesen und fand sie wie immer informativ und knapp. Ich habe jedoch festgestellt, daß unsere Ansichten darüber, welche Welten sich besonders für die Eroberung durch die Clans eignen, auseinandergehen.«

»Ich bin nicht sicher, ob ich verstehe, was Ihr meint, Prima.« Focht fühlte sich wieder unwohl. »Die Welten werden nach der Garnisonsstärke, dem Wert ihrer Rohstoffe und Industrie und der Größe ihrer Bevölkerung ausgewählt. Wir wählen Welten mit großen Rohstoffvorkommen oder Industrieansammlungen, aber schwachen Verteidigern und niedriger Bevölkerung als Hauptziele. Sie sind viel leichter zu erobern und zu halten.«

»Das mag für das Militär stimmen.« Die blauen Augen der Prima glitzerten wie Eis. »ComStar dagegen hat andere Interessen. Da die Clans bereit sind, uns die Verwaltung der von ihnen eroberten Welten und die Umerziehung der Bevölkerung zu übertragen, sind deine Kriterien fehlerhaft. Indem du vorrangig die Eroberung von Welten mit größerer Bevölkerung empfiehlst, vergrößerst du die Hörerschaft für die heiligen Worte Blakes.«

Der Präzentor Martialum zählte in Gedanken langsam bis zehn. Dann verschränkte er die Hände hinter dem Rücken. »Prima, ich verstehe Euren Wunsch, in den eroberten Gebieten Einfluß auf so viele Menschen wie möglich zu gewinnen. Aber die Eroberung dichtbesiedelter Welten zu empfehlen, erhöht die Gefahr ziviler Schlachtopfer.«

»Wo liegt das Problem?« Myndo riß die Augen auf.

»Blutvergießen ist genau das, was die Menschen brauchen, um aus ihrer Selbstzufriedenheit gerissen zu werden. Wenn Zivilisten sterben, erhöht das nur die Ablehnung den Clans gegenüber und macht es für uns um so leichter, die Rolle des Retters zu spielen, wenn wir als Mittler zwischen Bevölkerung und Clans auftreten. Die Passion der Menschen wird unsere Passion, und durch sie können wir sie erleuchten.«

»Sicher werdet Ihr nicht von mir verlangen, daß ich Greueltaten gegen Zivilisten anstifte, Prima?«

Myndo winkte ab. »Niemals, Präzentor Martialum, würde ich solche Befehle geben. Aber du weißt ebensogut wie ich, daß Welten, auf denen Zivilisten Kriegsfolgen erlitten haben, sich schneller fügen.«

»Ich verstehe.« Focht blickte auf die goldenen ComStar-Insignien hinab, die in den Boden des Raumes eingelassen waren. »Ich schließe daraus, daß die Umerziehungsprogramme Erfolg haben?«

»Nicht den, den ich erhofft hatte, aber der Abzug der Clanführung hat einen Teil des Drucks von den Menschen genommen. Einige von ihnen wagen zu hoffen, daß die Clans ihre Invasion nicht fortsetzen werden, auch wenn unsere Agenten ihnen das Gegenteil versichern. Aber bereits nach wenig mehr als einem Jahr sehen die Menschen auf vielen eroberten Welten ComStar als die einzige Möglichkeit, etwas zu verändern. Wenn wir uns noch zwei, drei Jahre als Vertreter des Volkes gegen ihre Eroberer darstellen, werden wir zum gegebenen Zeitpunkt einen Massenaufstand organisieren können, der die Clanherrschaft hinwegfegt.«

Focht hob den Kopf. »Welche Nachrichten haben wir von den Verhandlungen auf Outreach? Wird Wolf die zerstrittenen Fraktionen der Inneren Sphäre zu einem Heer zusammenschweißen können?«

Die verdrießliche Miene der Prima sagte genug. »Wir haben fast keine Meldungen. Wir haben keine Agenten im Kader von Fremdweltlern, die Wolf auf seinen Planeten gelassen hat. Und selbst wenn wir jemand dort hätten, wäre es ihm unmöglich, einen Bericht abzuschikken, bevor er das System wieder verlassen hätte. Soweit wir es sagen können, reisen zwar Menschen nach Outreach, aber bisher hat den Planeten noch niemand wieder verlassen. Das bedeutet wohl, daß die Verhandlungen nicht ganz so glatt ablaufen, wie Wolf es sich vorgestellt hatte. Es sind auch noch keine Aktionen auf Anweisungen von Outreach hin angelaufen.«

»Andererseits, könnte das auch bedeuten, die Verhandlungen sind sehr glatt abgelaufen und den Aktionen geht eine ausführliche Planung voraus.«

Die Prima zuckte die Achseln. »Wie auch immer, ich glaube nicht daran, daß die Armeen der Großen Häuser jemals eine Bedrohung für die Clans darstellen könnten, selbst wenn sie sich zusammenschließen. Warst du es nicht selbst, der immer wieder den technologischen Vorsprung betont hat, den die Clans allen Kräften der Inneren Sphäre gegenüber besitzen? Beim Lesen deiner Berichte kam ich darauf, daß eine Kooperation zwischen den Großen Häusern die Clans zu einem Verzicht auf die lächerliche Gewohnheit bringen würde, ihre Stärke freiwillig zu begrenzen. Nur wir können sie aufhalten, und wir werden es von innen heraus tun.«

»Mir ist klar, daß Ihr nichts davon haltet, hypothetische Situationen zu untersuchen, Prima, aber der momentane Stand der Dinge erfordert eine gewisse Spekulation.« Focht rieb sich mit der linken Hand die weißen Bartstoppeln. »Vor zwanzig Jahren fiel ein Sternenbund-Kernspeicher in die Hände Hanse Davions. Trotz eines geheimen Angriffs auf das New Avalon-Institut der Wissenschaften konnten wir ihn weder erbeuten noch zerstören. Seither sind auf den Gebieten der Medizin, Planetologie, Astrophysik und anderer Wissenschaften eine Reihe technologischer Fortschritte erzielt worden. Ganz offensichtlich hat dieser Kernspeicher zu Durchbrüchen bei der Wiederentdeckung großer Teile des nach dem Ersten Nachfolgekrieg verlorengegangenen Wissens geführt.«

»Sicher, aber wir haben keine neuen Entwicklungen in der Waffen- oder Mechtechnologie gesehen.«

»Ihr habt recht, Prima, aber es wäre nicht das erste Mal, daß uns die Nachfolgerstaaten Informationen vorenthalten. Vielleicht hüten sie das Geheimnis ihrer Fortschritte. Ihr erinnert euch, daß das Haus Davion vor zwanzig Jahren eine neue Myomerfaser präsentierte, durch die Mechs stärker und schneller wurden als je zuvor.«

Myndo kniff die Augen zusammen. »Aber diese Myomerfaser ging beim Kontakt mit einem von Davion-Wissenschaftlern entwickelten Gas in Flammen auf. Aus diesem Grund hat Davion seine Mechs nicht selbst mit diesen Pseudomuskeln ausgestattet, sondern dafür gesorgt, daß das Haus Liao das Geheimnis erbeutete und er es gegen sie benutzen konnte. Ich erinnere mich sehr gut an den Überfall auf Sian, Präzentor Martialum. Ich weiß auch, daß Liaos Wissenschaftler in zwei Jahrzehnten Arbeit keine Möglichkeit gefunden haben, die Fasern gegen das Gas zu imprägnieren.«

»Ich erwähne dies nicht, um Euch zu ärgern, Prima.« Focht breitete in einer Friedensgeste die Hände aus. »Ich möchte jedoch darauf hinweisen, daß diese dreifach verstärkten Myomere auch nicht für den Einsatz in IndustrieMechs freigegeben wurden, die normalerweise keinen Kontakt mit dem Gas zu erwarten haben. Es erscheint mir wahrscheinlich, daß die Myomere das Objekt weitergehender geheimer Forschungen sind. Selbst wenn die Davion-Wissenschaftler auch keine Möglichkeit gefunden haben, die Myomere gegen das Gas zu immunisieren, könnten sie ihre Mechs trotzdem mit den stärkeren Muskeln ausstatten, wie das Haus Liao es bei KundschafterMechs wie dem *Heuschreck* und *Rabe* getan hat. Diese Mechs könnten auf Vakuumwelten oder konstant von Stürmen gepeitschten Planeten eingesetzt werden und den Clans eine böse Überraschung bereiten.«

»Wir werden die Clans über das Gas und seine Einsatzmöglichkeiten unterrichten.«

Focht nickte. »Ich habe es bereits getan, Prima. Das ist nicht der Punkt. Ich erkläre Euch all das, um zu betonen, daß wir nicht einmal den Stand der Davion-Waffenforschung im Hinblick auf ein zwanzig Jahre altes Geheimnis kennen. Wie können wir sicher sein, ob Davion oder Kurita oder sogar Thomas Marik nicht bereits ein Waffenentwicklungsprogramm in Gang gesetzt hat, das die technologische Kluft zu den Clans schließt?«

Die Prima zuckte entsetzt zurück. »Das die Kluft schließt? Ist das innerhalb von zwanzig Jahren möglich?«

Der Präzentor Martialum seufzte schwer. »Wahrscheinlich nicht, aber sie könnten den Abstand verkleinern. Wenn der Kernspeicher ihnen den Weg gezeigt hat, Mechs auf Sternenbundniveau zu heben, verringert sich der Vorsprung der Clans gewaltig.«

Nur das Rascheln von Seide drang durch die Stille, als Myndo in ihrer Kammer auf und ab ging. »Ich verstehe. Du mußt irgendwie die Möglichkeiten solcher Sternenbundwaffen in den Händen heutiger MechKrieger durchdenken. Wir müssen die Clans vor möglichen Schwierigkeiten warnen können.«

Der Präzentor Martialum schaffte es nur knapp, ein selbstzufriedenes Grinsen zu unterdrücken. »Indem ich einige unserer Sternenbund-Mechs in meinem Manöver einsetzte, versuchte ich, eben diese Daten zu sammeln.«

Verärgerung zuckte durch die Augen der Prima. »Werde nicht aufmüpfig, Anastasius Focht. Ich weiß, wer und was du wirklich bist. Vergißt du, daß ich es war, die dich aus einem Leben von geisttötender Langeweile gerettet und an die Spitze meiner Armeen gestellt hat? Du hast mir gute Dienste geleistet, aber du solltest dein Glück nicht über Gebühr strapazieren.«

»Verzeiht mir, Prima. Ich wollte Euch nicht beleidigen.« Focht neigte reumütig den Kopf, aber innerlich freute er sich darüber, sie getroffen zu haben. Als er den Kopf wieder hob, rückte er die Klappe über dem rechten Auge zurecht. »Habt Ihr bereits eine Entscheidung über die Frage einer Nachricht an Morgan Kell getroffen? Ich habe Phelan Kell versprochen, seinem Vater mitzuteilen, daß sein Sohn lebt.«

»Ja, das habe ich. Ich verbiete dir, irgendeine Nachricht über Phelan Kell an dessen Verwandte weiterzuleiten.« Myndos Gesicht wurde zu einer unbeweglichen Maske. »Wenn Morgan Kell oder irgend jemand auf Outreach auch nur einen Hinweis auf Phelans Überleben erhält, würde das nicht nur unsere Beziehungen zu den Clans offenbaren, es könnte sie auf den Gedanken bringen, mit den Clans in Verhandlungen zu treten. Das darf niemals geschehen.«

»Wie Ihr wünscht, Prima.«

»Blick nicht so trübe drein, Anastasius. Du weißt, daß es keine andere Möglichkeit gibt.« Ihr Blick schweifte in die Ferne, und Focht wußte, daß sie ihn nicht mehr wahrnahm. »So schwierig diese Zeit für die Menschheit auch ist, nur durch das reinigende Feuer der Claninvasion kann sich der Mensch dessen würdig erweisen, was wir, die Erben der Worte Blakes, ihm eines Tages anbieten werden.«

9

Hauptquartier Wolfs Dragoner, Outreach
Mark Sarna, Vereinigtes Commonwealth

15. März 3051

Im Metallkokon des Mechsimulators fluchte Victor Steiner-Davion. »Verdammt! Galen, kannst du rüberkommen? Ich hab ein Problem ...«

Der vom Computer projizierte feindliche *Centurion* — ein humanoider BattleMech, dessen rechter Arm in der Mündung einer Autokanone endete — trat aus seinem Versteck im engen Canyon. Der rechte Arm kam hoch und richtete sich auf die Brustpartie des Victor. Der Prinz warf einen Blick auf seinen Sekundärmonitor und beschloß, nicht zurück in Deckung zu gehen. *Ich kann einstecken, was seine Autokanone liefert, und es ihm mit gleichem Kaliber heimzahlen.*

Als Victor den Waffenarm seines Mechs hob, eröffnete der *Centurion* das Feuer. Das Simulatorcockpit wurde erschüttert und vor Victors Augen verschwamm die computergenerierte Landschaft. Er wurde erst in die Sicherheitsgurte der Pilotenliege geworfen, als das Cockpit abrupt stoppte, dann hart durchgeschüttelt, als spezielle Reaktionskissen in der Liege gegen seinen Rücken hämmerten.

Die Sichtschirme zeigten nur Himmel.

»Herr im Himmel, was war das?« Nach Angaben des Panzerdiagramms war die gesamte Panzerung der rechten Torsoseite seines *Victor* verloren. Die Munitionszuführung der Autokanone in der rechten Schulter war zerfetzt. Die bloße Einschlagswucht des Angriffs hatte ausgereicht, um den Computer zu überzeugen, daß der *Victor* am Boden lag, was dem Prinzen einen erheblichen Nachteil lieferte.

Victor zwang den BattleMech in eine sitzende Position und feuerte die beiden Laser am linken Unterarm ab. Das scharlachrote Feuer brannte in gerader Linie durch den Canyon und überschüttete das Sedimentgestein mit roten Glanzlichtern, aber den *Centurion* verfehlte es. Immerhin zwangen die hastigen Schüsse den *Centurion*-Piloten in Deckung und lieferten Victor gerade genug Zeit, um wieder auf die Füße zu kommen. Der Computer benutzte *Victors* durch den schweren Neurohelm übertragenen Gleichgewichtssinn, um den BattleMech wieder hochzubringen.

»Galen, wo steckst du?«

»Ich komme hinter dir näher, Boss. Wie sieht's denn aus?«

»Für ihn sehr gut, für mich bescheiden. Ein *Centurion* hat doch eine Luxor D-Autokanone, oder?«

»Im rechten Arm, ja.« Galen zögerte. »Das heißt, mit Ausnahme eines, von dem ich weiß. Der hat eine Pontiac 100, genau wie dein *Victor.*«

Victor schlug mit der Faust auf die Lehne seiner Kommandoliege. »Verflucht! *Yen-lo-wang* hat eine Pontiac. Das muß Kai gewesen sein.« Es lief ihm kalt über den Rücken. »Und wenn das Kai war, kann der Rest seiner Lanze nicht weit sein.«

»Verstanden. Ich hab dich in der Optik.«

Der Computer zeigte ein Bild der gesamten 360°-Umgebung des Mechs in einem Winkel von 160°. In der Mitte des Bildes waren zwei Fadenkreuze zu erkennen, die mit den Steuerknüppeln an den Armlehnen der Pilotenliege bewegt werden konnten. Am rechten Rand der Anzeige, hinter den goldgelben Streifen, die den Rand der Schußwinkel anzeigten, sah Victor die Computerprojektion des *Kreuzritter,* in dem Galen Cox den Canyon heraufstapfte.

»Von hinten sieht Euer Mech ganz in Ordnung aus, Hoheit.«

»Das täuscht.« Victor rief den Schadensbericht auf. »Die Panzerung an der rechten Flanke ist völlig dahin.

Die Autokanone ist wertlos, weil die Munitionszuführung getroffen ist. Ich kann froh sein, daß Kai keinen Glückstreffer im Magazin gelandet hat.«

Die LSR-Lafetten an den Armen des *Kreuzritter* klappten auf. »Wo steckt er?«

»Keine Ahnung. Wo ist die andere Hälfte unserer Lanze?«

Hohiros Stimme dröhnte die Antwort auf seine Frage durch den Neurohelm des Prinzen. »Ich bin hier, hinter Hauptmann Cox. Hat dein *unbesiegbarer* überschwerer Mech etwa Probleme?«

Victor knirschte mit den Zähnen. »So könnte man es ausdrücken, Sho-sa. Wir haben Kai Allard gefunden, und er führt einen modifizierten *Centurion*.«

»Wenn ein *Centurion* zuviel für dich ist, Kommandant Davion, bin ich bereit, den Befehl über die Lanze zu übernehmen.«

»Wenn du und Yodama so nett wären, mit Galen und mir Schritt zu halten, könnte es uns gelingen, Kais Leute einzukreisen und die Sache auszutragen.« Hinter Galens *Kreuzritter* sah Victor die kantige Gestalt von Hohiros *Großdracon* auftauchen. Die LSR-Lafette im Torso der Maschine ragte wie die Schnauze eines Raubtiers nach vorne. Der rechte Arm besaß keine Hand, weil der Unterarm eine PPK beherbergte, und unter dem linken Unterarm bemerkte Victor einen mittelschweren Laser. Der *Großdracon* war ein harter Gegner, und er hätte es vorgezogen, sich mit Hohiro zu schlagen, statt ihn auf seiner Seite zu haben.

Galens Stimme drang über die Funkverbindung. »Ich glaube, ihr beide solltet euch daran erinnern, daß wir gegen Kai und die anderen kämpfen, nicht gegeneinander. Victor, du weißt genau, daß wir zusammenarbeiten müssen, um Kai zu schlagen. Sho-sa Kurita, wenn du bis jetzt noch nicht gelernt hast, Kai ernst zu nehmen, wirst du es tun, bevor diese Simulatorstunde zu Ende ist.«

Shin Yodama, dessen *Feuerfalke* hinter dem *Großdracon* marschierte, unterbrach. »Auseinander. Raketen!«

Über dem Computerhorizont erschienen drei Schwärme Langstreckenraketen. Der enge Canyon fing ein paar von ihnen ab, die in seine Hänge einschlugen oder gegen Felsvorsprünge prallten und als leuchtende Kugeln aus Computergrafikfeuer detonierten. Eine Serie von Explosionen schüttelte Victor durch, als die Raketen das linke Bein seiner Maschine trafen und digitalisierte Panzerung zerschmetterten. Der *Victor* geriet wieder ins Wanken, aber der Prinz klemmte die nutzlose Autokanone unter einen Felsvorsprung und hielt sich aufrecht.

Der Raketenhagel hämmerte auf die beiden Kurita-Mechs ein. Die Geschosse zerfetzten die Panzerung am Torso und rechten Bein des *Großdracon.* Ein Stakkato von Detonationen riß die Panzerung von Shins *Feuerfalke* und übersäte die rechte Seite seiner Brustpartie mit Einschlagskratern. Eine zweite Raketenwelle, die unmittelbar nachfolgte, kostete Hohiros Maschine weitere Panzerung und fraß Panzerstücke vom Torso und linken Arm des *Feuerfalke.*

Victor konnte der zweiten Welle entgehen, aber Galen hatte weniger Glück. Fünf Raketen senkten sich auf das rechte Knie des *Kreuzritter.* Große Brocken halbgeschmolzener Eisenkeramikpanzerung flogen aus dem Feuerball, der das Gelenk einhüllte. Eine neue Serie von Raketen traf ihn voll in die Brustpartie, der *Kreuzritter* stolperte und fiel auf ein Knie. Der Aufprall warf den Mech zur Seite, aber Galen fing sich mit einer Hand ab und verhinderte, daß sein Kampfkoloß ganz zu Boden ging.

Das Ende des Raketenbeschusses war noch nicht das Ende der Schwierigkeiten der Maschine. Weitere Explosionen verwüsteten den humanoiden *Kreuzritter,* der wie bei einem fürchterlichen Schluckauf bockte. Flammen stiegen aus dem Loch in seiner Brustpartie und entlang des Rückgrats, dann pulverisierte eine gewaltige Detonation seinen Torso und schleuderte Arme und Beine durch das Tal.

»Galen ist draußen. Bewegung!« Victor ließ seinen Mech den Canyon hinunter auf die Stelle zurennen, an der er Kais *Centurion* gesehen hatte. »Die Raketen müssen die Panzerung durchschlagen und die Kurzstreckenraketen im Munitionsvorrat gezündet haben. Vorwärts, sonst werden wir von der nächsten LSR-Salve weichgeklopft.« Victor unterdrückte ein Schaudern, als er daran dachte, wie leicht sein Mech von innen heraus hätte zerrissen werden können, wenn Kais Angriff seine Autokanonenmunition getroffen hätte. »Kai hat den vorgeschobenen Beobachter für den Rest seiner Lanze gespielt.«

Victor bog um die Ecke in ein weiteres Tal und sah nach kurzer Strecke, daß es sich zu einem breiteren Canyon mit ebenem Boden weitete. Noch besser, in diesem Tal wartete ein Mech. »Bewegung, Jungs. Ich habe sie gefunden.«

Sein Computer identifizierte den BattleMech als *Cataphract,* aber Victor kannte ihn unter einem anderen Namen. Weil die plumpe Maschine den Eindruck machte, sie sei aus Bauteilen verschiedenster anderer Typen zusammengeschustert, nannten die meisten MechKrieger des Vereinigten Commonwealth den Liao-Mech ›Frankensteins Monster‹. Ein Autokanonenlauf ragte wie eine Lanze mitten aus der Brustpartie des Kolosses. Sein rechter Arm war identisch mit dem eines *Marodeur,* bis hin zur PPK und zum mittelschweren Laser in der wuchtigen Waffenkapsel an Stelle der rechten Hand. Der linke Arm war dem rechten Arm des *Dunkelfalke* nachempfunden, allerdings war der mittelschwere Laser nicht unter dem Arm montiert, sondern an dessen Oberseite. Die meisten Waffenexperten schlossen daraus, daß das gesamte Armsystem mit einer Umstellung von Ellbogen und Hand transplantiert worden war. Der rundliche Torso und die vogelähnlichen Beine erinnerten wieder an den *Marodeur,* aber irgendwie ging vom *Cataphract* nicht dieselbe Bedrohung aus wie von seinem Vorläufer.

Victor senkte das Fadenkreuz auf die Silhouette des *Cataphract* und preßte den Feuerknopf unter seinem linken Daumen. Zwei Lanzen aus Laserlicht schossen auf den ungelenken Mech zu. Der erste Schuß kochte Panzerung von der linken Flanke des *Cataphract,* die in großen Rinnsalen auf den Talboden tropfte. Der zweite schnitt eine glühende Bresche in die Kopfpanzerung der Maschine. Der Mech gehorchte der intuitiven Bewegung seines Piloten und hüpfte nach links, hielt sich jedoch aufrecht und richtete seine Waffen auf den Gegner.

Ein blauer Blitzstrahl zuckte aus der PPK und tätschelte den rechten Arm des *Victor.* Geschmolzene Panzerung rann wie Blut aus einer offenen Wunde den Arm hinab. Die beiden mittelschweren Laser nahmen den überschweren Mech in die Zange und bohrten sich in die Panzerung seiner Arme. Der Granathagel der Autokanone zog eine schräge Spur über den Torso des *Victor,* aber keiner der Schüsse durchschlug die Panzerung und richtete interne Schäden an.

Da seine Autokanone außer Gefecht war, ließ Victor seinen Mech auf den *Cataphract* zurennen, um mit der nutzlosen Waffe auf seinen Gegner einzuschlagen. Ein schneller Schlag konnte die Autokanone ausschalten, und im Nahkampf war die PPK sehr viel schwerer effektiv einzusetzen. Victor lächelte, als er den rechten Arm seines Kampfkolosses hob. »Das war's, Sun-Tzu.«

Aus dem Augenwinkel sah er eine Bewegung. Am äußersten rechten Rand der Sichtanzeige trat Kais *Centurion* aus seinem Versteck am Taleingang. Die Autokanone kam hoch, und noch während Victor auszuweichen versuchte, spie die Waffe einen Hagel aus Metall.

Die Urangranaten trafen das ohnehin schon beschädigte linke Bein des *Victor.* Die Geschosse sprengten die zerschlagenen Panzerungsreste davon, die sich an dem Bein gehalten hatten, dann schlugen sie durch die gebündelten Myomermuskeln im Oberschenkel der Maschine. Funken flogen, als die Granaten auf den Titanstahlknochen einhämmerten und ihn schließlich zerschmetterten.

Als die untere Hälfte des linken Mechbeins zu Boden fiel, bemühte Victor sich vergeblich, das Gleichgewicht zu halten. Der Mech drehte sich im Sturz und prallte mit dem Rücken gegen die Felswand. Die Spezialkissen der Pilotenliege schlugen in Victors Rücken und preßten ihn in die Sicherheitsgurte. Der Schlag machte ihn einen Augenblick so benommen, daß er nur untätig zusehen konnte, wie Hohiro und Shin den Canyon betraten.

Von seiner Position aus sah Victor die beiden anderen Mitglieder von Kais Lanze, einen *Orion* und einen *Katapult.* Beide Mechs besaßen LSR-Lafetten in den Armen. Der *Katapult* feuerte beide Fünfzehner-Salven auf den *Feuerfalke* ab, während der *Orion* sich auf den *Großdracon* konzentrierte. Der *Cataphract* richtete seine Geschütze auf Hohiro, und Kai schwenkte seine Autokanone, um den *Feuerfalke* unter Beschuß zu nehmen.

Die Raketen legten einen Flammenvorhang vor den Canyoneingang. Die Explosionen fetzten die Panzerung von den Armen des *Feuerfalke,* und eine Sekundärexplosion schaltete den mittelschweren Laser aus, der an der Unterseite seines rechten Unterarms montiert war. Noch schlimmer wüteten die Raketen an seinem linken Arm. Sie zerrissen die Myomermuskulatur, und der Arm baumelte nutzlos herab. Weitere Einschläge schleuderten ganze Panzerplatten von der linken Flanke und dem linken Bein des Mechs, und zwei Raketen trafen den Kopf des *Feuerfalke.*

Der *Großdracon* überstand den Angriff besser, da die meisten Raketen über ihr Ziel hinausflogen. Dennoch konnten sie die Panzerung auf der Brustpartie und dem linken Bein des stählernen Riesen beschädigen und dem *Cataphract* ein Ziel für seinen Angriff liefern. Aber noch während sich die Flammen zu schwarzem Rauch verdichteten, hatte der *Großdracon* den *Cataphract* gesichtet, und die beiden Mechs tauschten ihr Feuer aus.

Der azurblaue Blitzschlag aus der PPK des *Großdracon* peitschte große Brocken Panzerung vom linken Arm des *Cataphract*, konnte aber nicht bis ins Innere vordringen. Der mittelschwere Laser im linken Torso zerschmolz weitere Panzerung über der linken Flanke, die auch Victor schon attackiert hatte, aber wieder blieb der Schaden auf die Panzerung beschränkt. Im Gegenzug schälte die Autokanone des *Cataphract* die Panzerung von der linken Flanke des *Großdracon*. Die mittelschweren Laser des Liao-Mechs verfehlten ihr Ziel, aber die PPK glich diese Fehlschüsse mehr als aus.

Die Energie des künstlichen Blitzes peitschte den letzten Panzerrest vom linken Bein des *Großdracon*. Anschließend schnitt der Partikelstrahl wie ein Skalpell in die Myomerfasern des Oberschenkels und zerschmolz sie wie Wachs. Der *Großdracon* verlor die Kontrolle über das linke Bein und kippte zur Seite, aber Hohiro verlagerte das Gewicht der Maschine nach rechts und hielt seinen Mech aufrecht.

Kais *Centurion* feuerte aus nächster Nähe auf den *Feuerfalke*. Die Autokanonensalve traf den Mech in der rechten Schulter und wirbelte ihn herum wie ein Spielzeug. Im Funkenregen eines Kurzschlusses fiel der schwere Laser aus, und in einem Stakkato von Detonationen explodierte die MG-Munition. Der *Feuerfalke* schlug vornüber gegen die Felswand, prallte ab und stürzte der Länge nach auf den steinigen Talboden.

Eine weitere konzentrierte Raketenbreitseite ließ auch Hohiro zu Boden gehen. Er versuchte sich wieder aufzurichten, aber Kai sprengte den rechten Arm des *Großdracon* mit einem Schuß ab, der ebenso leicht das Cockpit hätte treffen können. Der die Übung überwachende

Computer fragte Victor, ob er sich ergeben wolle, und er sah keine andere Wahl, als dies zu bestätigen.

Als die Schirme dunkel wurden und die Luke in der Rückwand des Simulators aufklappte, schnallte sich Victor los. Er stellte den Neurohelm zurück auf das Bord über seinem Kopf und rieb sich mit beiden Händen die Augen. »Was für ein Desaster. Das werde ich mein Leben lang aufs Brot bekommen.« Er gestattete sich ein paar Sekunden, um eine Entschuldigung dafür zu finden, wie er es geschafft hatte, eine ganze Einheit aus kampferfahrenen Veteranen von Kai und ein paar Neulingen besiegen zu lassen, aber ihm fiel nichts ein, was auch nur entfernt glaubwürdig geklungen hätte.

Victor war der letzte, der den Aufenthaltsraum erreichte. Kai war schon da, flankiert von seiner Schwester Cassandra auf der einen und Ragnar Magnusson auf der anderen Seite. Hohiro und Shin standen in seiner Nähe, während Sun-Tzu die Versammlung düster anstierte. Galen richtete sich vom Trinkwasserspender neben der Tür auf und schüttelte den Kopf.

Victor seufzte schwer, als er zu Kai hinübertrat. Er reichte ihm die Hand. »Verdammt gute Arbeit, die du da draußen geleistet hast. Ich bin noch nie so eiskalt erwischt worden.«

Hohiro stimmte ihm zu. »Vier schwere BattleMechs ausgeschaltet, und nur ein Mech deiner Einheit ist beschädigt. Das ist bemerkenswert.«

Ragnar strahlte. »Sun-Tzu wäre *nicht* beschädigt worden, wenn er sich an Kais Anweisungen gehalten hätte.«

Sun-Tzu wirbelte Ragnar mit einer Hand herum. »Ich bin kein kleiner Weichling, der sich von einem minderwertigen Wicht herumkommandieren läßt.«

Galen trat zwischen Sun-Tzu und Ragnar, während Hohiro lachte. »Einen MechKrieger, der heute drei Abschüsse erzielt hat, kannst du kaum als minderwertig bezeichnen, Sun-Tzu. Dein Mech ist ebenso wie der

Orion, den Ragnar steuerte, und Zandras *Katapult* gut für Langstreckengefechte geeignet, während *Yen-lo-wang* für den Nahkampf ausgelegt ist.«

»Kai hat uns alle nach hinten befohlen«, knurrte Romanos Sohn, »um sich den ganzen Ruhm für die Abschüsse allein zu sichern.«

Victor schüttelte den Kopf. »Nein, Sun-Tzu. Kai hat sich in extreme Gefahr begeben, um den Köder für eine ausgezeichnete Falle zu spielen. Ich hätte es besser wissen müssen und meine Lanze nicht geradewegs hineinführen dürfen. Kai hat seine Leute auf die bestmögliche Weise eingesetzt und selbst die gefährlichste Aufgabe übernommen. Wäre Kai nicht gewesen, wärst du von meiner Hand gestorben.«

Shin neigte den Kopf in Kais Richtung. »Ich möchte noch bemerken, daß Kai sich in *Yen-lo-wang* bewegt, als sei der Mech ein Teil seiner selbst. Als ich den *Victor* stürzen sah, wußte ich, daß der *Centurion* an der rechten Seite des Canyons lauern mußte. Trotzdem konnte ich seinen Bewegungen mit meinen Waffen nicht gut genug folgen, um ihn zu erfassen.« Er grinste Kai zu. »Ich bin sehr froh, daß ich dir nur in Simulatorgefechten entgegenzutreten brauche.«

Sun-Tzu schnaufte abfällig, drehte sich auf dem Absatz um und stolzierte davon. Kai wurde rot, dann hob er die Schultern. »Danke für die netten Worte, Jungs, aber wir wollen nicht vergessen, daß es eine Einheitsübung war. Meine Lanze hat euch geschlagen, nicht ich allein. Wenn Zandra, Ragnar und Sun-Tzu euch nicht weichgeklopft ...«

»Oder ausgeschaltet«, warf Galen hastig ein.

»... hätten, wäre ich wie ein Insekt zerquetscht worden.« Kai sah die Mitglieder der gegnerischen Lanze der Reihe nach an. »Ihr wart alle wirklich gut. Wir hatten nur Glück.«

Victor stemmte die Fäuste in die Hüften. »Gib endlich auf, Kai. Warum gibst du nicht endlich zu, daß du verteufelt gut bist?« Er sah hinüber zu Hohiro, der mißmutig nickte. »Du hast uns eingesargt, basta. Ende der Vorstellung.«

»Nein.« Kai hob abwehrend die Arme. »So gut bin ich nicht. So gut war ich nie. In Simulatorgefechten zu Hause auf Kestrel oder St. Ives werde ich regelmäßig auseinandergenommen.«

Cassandra lachte. »Zu Hause bin ich die einzige, die er besiegen kann, und das hält er nicht für ausreichend, um damit anzugeben.« Sie boxte Kai spielerisch in die Rippen, und er wurde rot.

Victor schüttelte den Kopf. *Zu seiner Zeit hat sich Justin Allard als bester MechKrieger der Nachfolgerstaaten erwiesen, indem er Champion der Spiele auf Solaris wurde. Und Candace Liao hatte eine brillante Laufbahn in der Armee hinter sich, als sie in den Regierungsdienst trat. Es liegt nicht an deiner Leistung hier, Kai, nur bist du zu Hause gegen so hervorragende Gegner angetreten, daß du jedes Gefühl dafür verloren hast, wie gut du tatsächlich bist.*

Victor legte die Arme um Kais Schultern. »Wenn ich einen Moment lang für den Rest der Inneren Sphäre sprechen darf: Willkommen in der Welt außerhalb der Allard-Familienliga. Wir sind verdammt froh, dich auf unserer Seite zu haben.«

10

Strana Metschty
Jenseits der Peripherie

2. April 3051

Nachdem er die Kühlweste festgeschnallt hatte, legte Phelan Wolf den Pistolengurt an. Er ließ das Halfter auf die rechte Hüfte sinken und die Schnüre auf den Stiefelschaft baumeln. Unfähig, ein Grinsen zu unterdrücken, verließ er den Umkleideraum. Ein kurzes Stück den Gang abwärts traf er auf Natascha Kerensky.

Sie hob eine Braue. »Du siehst aus wie ein Nagelring-Kadett, der eine Ladung Bier in seinen Schlafraum geschmuggelt hat.«

Phelan zuckte die Achseln. »Genauso fühle ich mich auch. Ich bin jetzt fast zwei Monate auf Strana Metschty und habe die ganze Zeit wie ein Hund trainiert.« Er streckte die Arme. »Ich bin in besserer Form als je zuvor, aber es ist fast zwei Jahre her, daß ich zum letztenmal einen Mech gesteuert habe. Es fühlt sich an, als wäre ich die ganze Zeit nicht vollständig dagewesen.«

Natascha steckte die Hände in die kleinen Taschen ihrer Kühlweste. »Das versteh ich gut.« Sie warf einen Blick auf den Pistolengurt. »Du bist also einer dieser Raumranger, die eine Schußwaffe im Cockpit tragen?«

Der jüngere MechKrieger wurde rot. »Ja. In dem Bewußtsein, daß Romano Liao alles tun würde, um die Kell Hounds zu erwischen, habe ich mich bewaffnet immer sicherer gefühlt. Es ist vielleicht dumm, die Waffe für ein Simulatortraining anzulegen, aber wenn ich sie im Cockpit trage, trage ich sie auch in der Simkapsel.«

Natascha schüttelte den Kopf. »Keine Simulatoren.«

»Verdammt.« Phelan verzog das Gesicht, in seiner Stimme klang Verärgerung mit. »Ich habe mich auf ein

Mechtraining gefreut. Ich dachte, jetzt wäre es endlich soweit.«

Die rothaarige MechKriegerin lachte leise. »Nein. Du hast mich mißverstanden. Simulatoren sind etwas für Kinder. Wir benutzen sie nicht. Du wirst einen echten Mech benutzen, einen OmniMech. Das wird anders als alles, was du je erlebt hast.« Sie legte die Hand auf seinen Rücken und gab ihm einen leichten Schubs. »Bewegung. Dein Cockpit wartet.«

Natascha führte Phelan in den Mechhangar, aber nachdem er den ersten Schritt in die riesige Halle getan hatte, blieb er wie angewurzelt stehen. Fremdartig und furchteinflößend ragten Legionen von BattleMechs vor ihnen auf. Die zehn Meter hohen und bis zu hundert Tonnen schweren Kriegsmaschinen standen in Reih und Glied aufgebaut, so weit er sehen konnte. Die im Wolfsclan bevorzugte graue Lackierung herrschte vor, aber Phelan sah auch Maschinen in verschiedenen Tarnbemalungen für Dschungel, Arktis und Stadtkampf.

Phelan lächelte Natascha an. »Ich hatte vergessen, wie beeindruckend der Anblick sein kann.«

Die ältere MechKriegerin klopfte ihm auf die Schultern. »Es sind die Kerle, denen dieser Anblick nicht den Atem raubt, die mir Sorgen machen.«

Phelan studierte die Mechs eingehender. »Ich glaube nicht, daß ich schon einmal irgendwelche Maschinen wie diese hier gesehen habe. Ich erkenne keinen Typ wieder.«

»Das liegt daran, daß es OmniMechs sind. Die Konstruktion wird je nach Mission verändert.« Sie deutete auf einen der kleineren, nichthumanoiden Mechs mit zylindrischem Rumpf und wie bei einem Vogel nach hinten geneigten Beinen. Seine dünnen Arme endeten in je zwei Geschützläufen. »Dieser *Rotfuchs* gehört für den ersten Trainingslauf dir. Ab ins Cockpit, und schalt das Funkgerät auf Kanal Siebzehn. Ich werde dich unterwegs einweisen.«

Phelan nahm zwei Stufen des Mechkokons auf einmal, als er hinaufrannte, und ließ sich durch die Dachluke des *Rotfuchs* gleiten. Im Innern des Cockpits schloß er die Luke und suchte nach dem Reaktorschalter. Er legte beide Hände um den roten Hebel, zog ihn nach unten in die ›Ein‹-Stellung. Unter sich im Herzen des Mechs fühlte er das Summen des Reaktors. Die Lichter im Cockpit erwachten zum Leben und die Computer begannen mit dem üblichen Check, aber Phelan fühlte, daß an diesem Mech etwas Ungewöhnliches war.

Er ließ sich in die Pilotenliege fallen und legte einen Schalter auf der Konsole zu seiner Rechten um, mit dem er den Funkkontakt zu Natascha öffnete. »Irgendwas stimmt hier nicht, Natascha. Dieser Mech sieht aus, als wiege er vielleicht dreißig Tonnen, aber die Vibrationen sind die einer Monstermaschine.«

Er hörte ein leises Lachen in den Lautsprechern krachen. »Du sitzt über einem Starfire XL-Reaktor. Er wiegt nur ungefähr die Hälfte eines normalen Reaktors, liefert aber dieselbe Energie. Außerdem hast du ein Endostahlskelett und Fiberstahlpanzerung, beides stärker als normal, aber auch etwas sperriger.«

»Mit anderen Worten, dieser Kasten, in dem ich hier sitze, ist robuster, kompakter und leichter als alles, was ich je zuvor gesteuert habe.«

»So ist es. Warte ab, bis du die Waffen scharf machst.«

Bevor er das jedoch tun konnte, mußte er dem Computer seine Identität beweisen. Das war der letzte Schritt in einer Folge von Aktionen, mit denen er sich darauf vorbereitete, den BattleMech ins Feld zu führen. Er legte sich in die Pilotenliege zurück und ermahnte sich, nichts zu überhasten, um nach der langen Pause nichts zu vergessen. Er atmete tief durch, rief sich die Litanei der Pilotencheckliste in Erinnerung und begann mit dem ersten Schritt.

Phelan fand die medizinischen Sensoren und Kabel in

einem Fach in der rechten Armstütze der Pilotenliege. Er zog die Schutzfolie ab und befestigte die Pflaster an seinen Oberschenkeln und Schultern. Dann nahm er die Kabel, befestigte sie an den Ösen der Sensorpflaster und führte sie dann durch die Schlaufen seiner Kühlweste. Er ließ die Kabelenden an seinem Hals baumeln.

Als nächstes holte er das Kabel der Kühlweste aus der kleinen Tasche an der rechten Seite. Als er es in den Anschluß an der Seite der Pilotenliege steckte, fühlte er die eisige Liebkosung der durch die Weste zirkulierenden Kühlflüssigkeit. Zwischen einer Schicht Goretex an der Innen- und ballistischem Tuch an der Außenseite führte die Kühlflüssigkeit während des Einsatzes Abwärme von seinem Körper fort. Das war wichtig, weil der Fusionsreaktor und die verschiedenen Waffensysteme soviel Hitze produzierten, daß es für den Piloten ohne diese Hilfe verdammt ungemütlich geworden wäre.

Phelan schaltete wieder das Funkgerät ein. »Natascha, ich glaube, diese Kühlweste ist defekt. Die Zirkulation scheint okay, aber es fühlt sich nicht kalt genug an. Wahrscheinlich alte Kühlflüssigkeit.«

»Negativ, Phelan. Deine Weste ist in Ordnung. Die Clans benutzen Wärmetauscher in ihren Mechs, die etwa das Doppelte der Kapazität haben, an die du gewöhnt bist. Dadurch ist die Hitzeentwicklung geringer. Außerdem funktioniert das Kühlmittel in deiner Weste besser, und obendrein ist es entgiftet, falls es in eine Wunde geraten sollte.«

Phelan pfiff durch die Zähne. Mit Maschinen, die mehr Energie lieferten und dabei noch kühler liefen, war es kein Wunder, daß die Clans bei der Invasion der Inneren Sphäre so erfolgreich gewesen waren. Das geringere Gewicht von Rumpf, Reaktor und Panzerung bedeutete, daß diese OmniMechs mehr Waffen tragen konnten. *Mit all diesen Besonderheiten kann ich es kaum erwarten zu sehen, was für Waffen ich habe.*

Von einem Bord über sich holte Phelan den Neurohelm herab. Der zumindest war genauso groß und schwer, wie er ihn in Erinnerung hatte, und er senkte ihn auf den gepolsterten Kragen der Kühlweste. Er rückte ihn zurecht, bis die Neurosensoren an den korrekten Punkten seiner Kopfhaut auflagen, dann befestigte er ihn mit den dafür vorgesehenen Velcrostreifen an der Weste. Schließlich schob er die medizinischen Sensorkabel in die Anschlüsse an der Kehlplatte und zog den Kinngurt fest.

Phelan drückte einen Knopf auf der rechten Seite der Kommandokonsole, um die Identifizierungssequenz zu starten. Eine Computerstimme drang aus den Lautsprechern des Neurohelms. »*Rotfuchs* 349287XL3341 aktiv. Stimmabgleichung.«

»Ich bin Phelan Wolf.«

»Stimmabgleichung erfolgt. Warten ...«

Panik schnürte Phelan die Kehle zu. Der Computer würde ihn gleich auffordern, die Identifizierung mit einem Kennwort abzuschließen. Da ein Mech mit spezifischen Daten über den Piloten vollgepackt war, der ihn besaß und exklusiv benutzte, war dieses Kennwort meist sehr persönlich und fast nicht zu erraten. In Trainingskadern waren die Kennworte dagegen allgemein gehalten, so daß jeder einen TrainingsMech benutzen konnte. Da niemand Phelan das Kennwort für den *Rotfuchs* gegeben hatte, nahm er an, daß es sich um ein generelles handeln mußte.

Was noch schlimmer war: Während der Identifikation konnte er das Funkgerät nicht benutzen und Natascha nicht nach dem korrekten Code fragen. *Wenn sie die Sache hier genauso handhaben wie bei den Kell Hounds, wird der Mech einfrieren, und ich sitze hier drin fest, bis jemand die Sicherheitsschaltung abschaltet. Bei meinem Glück holt mich wahrscheinlich Vlad hier raus.* Er legte die rechte Hand auf den Pistolengriff. *Na, ich kann immer noch was gegen die Peinlichkeit unternehmen, obwohl es schon etwas drastisch wäre, Vlad zu erschießen.*

Der Computer meldete sich wieder. Seine Stimme war so tonlos wie zuvor, aber Melodie und Wortwahl waren zu einhundert Prozent Nataschas. »Du kriegst nur eine Chance, die Identifikation abzuschließen, Jungchen: Wie hieß die härteste Mechkompanie der gesamten Inneren Sphäre?«

»Die Schwarze Witwen-Kompanie.«

»Positiv. Willkommen an Bord, Phelan Wolf. Es wird Zeit, daß du dir dein MechKriegergehalt verdienst.«

Phelan lachte laut und klatschte in die Hände. Der Computer lenkte die Energie in die Waffensysteme. Die Haupt- und Hilfsmonitore füllten sich mit Daten, als der Computer alle Systeme mehrfach überprüfte. Phelan sah eine Weile zu, dann öffnete er eine Funkverbindung zu Natascha. »Was bedeutet es, wenn das Waffeninstallationsprogramm erklärt ›Verifiziere Konfiguration‹? Die ist doch festverdrahtet, frapos?«

»Neg. Das sind Omnis, Phelan. Die Geschütze dieser Maschinen sind austauschbare Module. Der *Rotfuchs* verfügt standardmäßig über Laser, eine Autokanone und eine Kurzstreckenraketenlafette, aber der, in dem du sitzt, ist abgewandelt. Ich habe heute morgen entsprechende Arme ansetzen lassen, weil du früher in einem *Wolfshund* rumgerannt bist. Ich dachte mir, diese Konfiguration ist dir am vertrautesten.«

Phelan warf einen Blick auf den Hilfsmonitor. Die Arme endeten in einem schweren Laser, gepaart mit einem mittelschweren, oder zumindest machte es diesen Eindruck. »Schwere Strahler mit mittelschweren im Beiwagen, korrekt?«

»Mehr oder weniger.«

Phelan wurde klar, daß sie ihm nicht alles gesagt hatte. Natascha genoß jede Minute seines Erstaunens über die Möglichkeiten des OmniMechs. Er packte die Steuerknüppel an den Enden der Armstützen und benutzte das Pedal, um den *Rotfuchs* in Bewegung zu setzen. »Ich bin soweit. Nach dir.« Durch entsprechende Konzentration schaffte es Phelan, mit dem linken Arm in einer flüssigen Geste auf das entfernte Ende des Mechhangars zu deuten.

»Nicht schlecht. Bist du hundert Prozent einsatzbereit?«

»Fast.« Phelan drückte einen Knopf an der linken Seite der Befehlskonsole. Augenblicklich erschien zwischen ihm und dem rechteckigen Sichtschirm eine Zielanzeige. Die vollständig computergenerierte Anzeige lieferte eine 360°-Ansicht seiner Umgebung in einem 160°-Winkel. Goldene Linien unterteilten die Anzeige in drei Felder, deren mittleres sein Schußfeld darstellte. Zwei goldgelbe Fadenkreuze schwebten in der Anzeige und folgten den Bewegungen der Steuerknüppel.

Nataschas Mech marschierte durch den Mechhangar voraus ins Freie und dann in südlicher Richtung auf das Testgelände zu. Ihr Mech hatte Ähnlichkeit mit seinem *Rotfuchs,* aber der Rumpf war erheblich größer und wirkte schwerer. Seine Arme endeten in Geschützmanschetten, wie er sie vom *Marodeur* kannte, und gaben der Maschine ihr typisches Aussehen. Phelan hätte sie als *Marodeur*-Variante eingestuft, wären da nicht die LSR-Lafetten auf beiden Schultern gewesen. Die erinnerten mehr an einen *Katapult.*

Plötzlich hatte er einen Gedanken. »Natascha, das sieht ganz nach dem Mechtyp aus, den Vlad führte, als er mich gefangennahm.«

»Du hast einen sicheren Blick. Es ist dieselbe Maschine. Repariert natürlich.«

Phelan keuchte überrascht auf. »Du hast ihn entrechtet?«

»Ein hoher Rang bringt so seine Privilegien mit sich.« Nataschas kehliges Lachen hallte durch seinen Neurohelm. »Vlad hatte den *Waldwolf* ohnehin nur für den einen Einsatz. In den regulären Kämpfen benutzt er einen anderen Omni, der besser zum Aufbau seines Sterns paßt.«

Sie brachte ihren Mech an der Feuerlinie des Schießstands zum Stehen. Phelan trat mit dem *Rotfuchs* neben sie und studierte das Gelände. Er schaltete seine Optik auf zweifache Vergrößerung. »Ich habe Ziele in 300 Metern Entfernung. Ich weiß, die Waffen schaffen das, weil ich gesehen habe, wie Vlad Ziele über diese und noch größere Entfernung abgeschossen hat.«

»Ich habe sein Kampfrom gesehen, ich weiß was er getan hat. Ich möchte, daß du auf das nächste Ziel feuerst. Benutz die mittelschweren Laser. Du hast noch nicht alles gesehen, was ein Omni zu bieten hat.«

Phelan senkte beide Fadenkreuze über den scharfkantigen Betonfindling, den der Computer in 305 Metern Entfernung zeigte. Als der Computer das Ziel erfaßt hatte, blinkte in der Mitte der Fadenkreuze ein goldener Punkt. Mit einem Blick auf die Armaturen informierte sich Phelan, daß die mittelschweren Laser vom vorderen Auslöser der Steuerknüppel betätigt wurden. Er drückte sie durch.

Da er Laser gewohnt war, die einen anhaltenden Strahl aus kohärentem Licht produzierten, wurde er von den Waffen des OmniMechs überrascht. Die mittelschweren Laser spien eine Serie kurzer Lichtblitze aus, die das Ziel mit einem Laserhagel eindeckten. Während normale Laser häufig eine lange Bresche in die Panzerung eines sich bewegenden Ziels fraßen, bohrten sich diese Waffen an einem einzigen Punkt in ihr Ziel. Der Computer sorgte mit kleinen Korrekturen dafür, daß die Lichtblitze einander exakt folgten.

»Tod und Teufel! Was, zur Hölle, ist das?«

Natascha lachte herzhaft. »Deine mittelschweren Laser sind Kolibri-Impulslaser. Strahllaser haben ein ganz spezielles Problem: Das von ihnen verdampfte Material streut die Energie des Strahls und reduziert so den Schaden. Die Impulse gestatten dem verdampften Material, sich zu verteilen, und erhöhen so die Schadenswirkung. Durch den schnellen Feuerzyklus läuft die

Waffe heißer, aber das erhöhte Schadenspotential macht es wett.«

»Das kannst du laut sagen.« Phelan lächelte stolz. »Teufel, ist das schön, wieder in einem Mech zu sitzen. Ich wünschte, Ranna könnte mich so sehen.«

»Sie kann.«

Gleichzeitig mit Nataschas Bemerkung trat ein zweiter *Rotfuchs* etwa 450 Meter rechts von Phelan hinter einem Hügel hervor. Er tauchte knapp hinter dem Strich auf, der den Rand seines Schußfeldes markierte, und hob einen Arm, der in einer Autokanone endete. Phelan sah ein Aufblitzen, dann erbebte seine Maschine unter dem Einschlag der Salve. Er kämpfte um die Kontrolle des Mechs und hielt ihn mit Mühe aufrecht. Aber noch bevor er seine Maschine herumreißen konnte, war der andere *Rotfuchs* verschwunden.

»Mein Gott, sie benutzt scharfe Munition! Ist sie verrückt geworden?«

Nataschas Stimme verlor jeden Humor. »Nein, sie tut nur ihre Arbeit. Ich habe es dir vorhin schon gesagt, Simulatoren sind was für Kinder. Ihre Granaten sind leistungsgemindert, genau wie deine Laser. Dasselbe gilt für die beiden anderen *Füchse,* die dich hier draußen jagen.«

Phelan schluckte, als der Computer den Schaden an seiner Panzerung zeigte. »Das Zeug mag ja leistungsgemindert sein, aber es hat mich trotzdem Panzerung gekostet. Das ist bloß eine Übung.«

»Du mußt dich vorsehen, denn da draußen kannst du sterben. Das ist das Problem bei Simulatorgefechten. Selbst wenn du Mist baust, bekommst du noch eine Chance. In einem echten Gefecht gibt es diese Art Gnade nicht.«

»Aber Natascha, das ist verrückt. Wie viele absolut brauchbare MechKrieger müßt ihr bei diesen Übungen verlieren!«

Der Ton ihrer Antwort war kalt, aber Phelan spürte,

daß ihr Zorn sich nicht gegen ihn richtete. »Brauchbar vielleicht, aber nicht perfekt. Und das ist es, wonach wir streben. Hör zu, Sohn, eine Geschko beginnt mit hundert oder mehr Kindern, aber wenn die Mehrzahl von ihnen volljährig wird, sind es nur noch dreißig oder noch weniger. Manche sterben, andere verlassen die Geschko auch einfach. Ich weiß nicht, ob das richtig ist, aber so ist es nun mal.«

Sie sprach weiter, und eine Spur von Besorgnis schien ihren Worten Schärfe zu verleihen. »Das Brutprogramm produziert immer bessere Krieger, aber manchmal frage ich mich, ob es wirklich soviel Unterschied macht. Wenn du für die Prüfung bereit bist, werden wir wohl beide die Antwort auf diese Frage wissen.«

Phelan schüttelte den Kopf. »Die einzige akzeptable Antwort lautet: Nein, es macht keinen großen Unterschied.«

»Vielleicht ist es genau das, Phelan. Wir müssen beweisen, daß jemand, der in einem anderen System ausgebildet wurde, den Besten der Clans gleichkommen kann, und daß eine der Besten früherer Jahre noch immer verdammt gut ist.«

»Ich nehm eine Hälfte der Mission, wenn du die andere packst.«

»Gut gehandelt und akzeptiert.« In Nataschas Stimme kehrte das Feuer zurück. »Und paß auf deine Wortwahl auf. In deinem Alter solltest du dich wirklich einer besseren Sprache befleißigen.«

»Ich höre und gehorche.« Phelan wendete seinen Mech. »Kämpfst du bei dieser Übung mit, oder bist du nur zur Unterhaltung hier?«

»Heute bin ich nur Beobachter.«

»Dann geh mir aus dem Weg.« Phelan wischte sich die feuchten Hände an der Kühlweste ab und packte die Steuerknüppel. »Das Kräfteverhältnis entspricht nicht gerade meinen Vorstellungen, aber ich habe mich noch nie vor einem Kampf gedrückt. Dann wollen wir mal sehen, ob deine Leute wirklich so heiß sind, wie sie sich einbilden.«

Natascha betrachtete die mechanischen Gestalten, die sich über die vier Schirme bewegten, ohne sie wirklich wahrzunehmen. *Mein Gott, sie bewegen sich alle so fehlerlos. Sind die Geschkos während meiner Abwesenheit wirklich so weit gekommen?* Ein leichter Schauer lief ihren Rücken entlang, und plötzlich fühlte sie ihr wahres Alter. Die langen Jahrzehnte der Kämpfe, des Todes und der Zerstörung senkten sich mit dem Gewicht eines Landungsschiffes auf sie.

»Natascha?«

Ulrics Stimme riß sie aus ihren düsteren Gedanken. »Mein Khan.« Sie blinzelte, dann streckte sie die Hand aus und fror die vier Monitorbilder mit einem Knopfdruck ein. Mit Hilfe eines Drehreglers fuhr sie die Raumbeleuchtung hoch, aber nicht zu hell. »Ich habe mir die Kampfroms von Phelans erstem Übungslauf angesehen.«

Der Khan strich sich nachdenklich über den Kinnbart. »Und?«

»Und ich finde, die Geschkos haben hervorragende Arbeit geleistet und gut trainierte, disziplinierte MechKrieger hervorgebracht.«

»In der Tat.« Ulric lächelte ihr verhalten zu, als wolle er ihr zu verstehen geben, daß er mit dieser Antwort gerechnet hatte. »Was meinst du, wie hält sich Phelan Wolf gegen sie?«

Natascha gestattete sich ein trockenes Grinsen. »Er ist noch etwas ungeschliffen, aber das rührt wohl mehr von seiner langen Untätigkeit her als von einem Mangel an Fähigkeiten oder Ausbildung. Im Moment sind ihm unsere MechKrieger im Waffeneinsatz überlegen, aber der Vorteil wird sich nicht lange halten, wenn er sich erst an die neuen Geschütze gewöhnt hat. Wenn Phelan auf The Rock einen Vlads *Waldwolf* ebenbürtigen Mech gehabt hätte, wäre er nie in Gefangenschaft geraten. Das wissen wir beide.«

Ulric wischte ihre Aussage mit einer schnellen Geste beiseite. »Hypothetisch. Ist er in vier Monaten bereit zur Prüfung, frapos?«

»Ich glaube, ja.«

»Und du?«

Ulrics Frage ließ Nataschas Herz stocken. »Verzeihung?«

»Du brauchtest diese Kampfroms nur ein einziges Mal zu sehen, um dir eine Einschätzung über Phelans Leistung zu bilden, frapos? Ich habe sein Talent sofort bemerkt, genau wie Cyrilla, daher muß ich annehmen, daß diese Wiederholungen dazu dienen, die Fähigkeiten seiner Gegner einzuschätzen. Ich nehme auch an, daß du sie an deinem eigenen Können mißt.«

»Ich weiß deine Besorgnis zu schätzen, Ulric, aber wie kann das Schicksal einer einzelnen MechKriegerin für dich so von Bedeutung sein?«

»Du wärest überrascht, Natascha, welche Bedeutung ich dir und Phelan zumesse.« Er verschränkte die Arme vor der Brust. »In deinem Fall sind meine politischen Gegner schon dagegen, dich bei deinem Alter auch nur zur Kriegerprüfung zuzulassen. Wenn du versagst, werde ich ihnen natürlich erklären, es sei ein reines Gebot der Höflichkeit gewesen, dir den Versuch zuzugestehen.«

»Wie bequem.«

»Dein Sieg würde mir helfen, ihre erbärmliche Kurzsichtigkeit bloßzustellen. Wenn du die Prüfung tatsächlich bestehst, muß ich das bereits vorher wissen, um die Gelegenheit auf bestmögliche Art ausnutzen zu können.«

Ulrics Stimme verlor an Aggressivität, als er seine Position erklärte, aber Natascha hatte noch immer das Gefühl, unter einem Elektronenmikroskop zu liegen. »Du trägst die Maske des Khans gut, Ulric. Das Haus Kerensky kann stolz auf dich sein.«

»Aus deinem Mund ist mir dieses Lob viel wert.« Er drehte sich den Monitoren zu. »Also, ist die Schwarze Witwe noch so tödlich wie eh und je?«

Nataschas blaue Augen wurden kalt und mörderisch, aber Ulric bemerkte es nicht. »Wie du weißt«, stellte sie fest, »tötet die Schwarze Witwe nur ihr Männchen, nicht ihre Nachkommen.« Sie deutete auf den Bildschirm, der Rannas Kampf-ROM-Bild zeigte. »Ranna ist sehr gut. Die anderen sind annehmbar, also besser als der Durchschnitt der Nachfolgerstaaten.«

»Du weichst meiner Frage aus«, rügte Ulric.

Immer auf der Suche, immer fragend. Du bist wirklich ein Khan. Natascha schüttelte den Kopf. »Ich weiche nicht aus, mein Khan, ich überdenke meine Antwort. Von ihrer Leistung in einem Trainingslauf ausgehend, kann ich sie nur als Beobachter bewerten. Ich weiß nicht, wie sie im Gefecht gegen mich abschneiden würden, und genau das fragst du mich. Könnte ich das Gefecht kontrollieren und sie zu Dummheiten zwingen? Wenn ja, würde ihnen alles Training der Welt nicht helfen. Ich hätte sie in der Hand.«

»Du brauchst also mehr Input, bevor du antworten kannst, frapos?«

»Pos.« Natascha fühlte, wie sich ihr Magen verkrampfte. *Eine MechKriegerin zu sein, ist mehr als eine Frage von Reflexen und Jugend. Erfahrung ist wichtiger, als die Clans sich je eingestanden haben. Ich weiß, daß es so ist.*

Sie blickte auf und sah Ulric, der sie anstarrte. Sie mußte sich zu einem dünnen Lächeln zwingen. »Keine Angst, mein Khan. Ich werde bestehen.«

Oder dabei umkommen.

11

Hauptquartier Wolfs Dragoner, Outreach
Mark Sarna, Vereinigtes Commonwealth

6. April 3051

Kai Allard-Liao lächelte, als seine Mutter mit einer liebevollen Geste die Schulter seiner Uniformjacke glattstrich. »Keine Sorge, Mutter. Es kann nichts schiefgehen.«

Candace nahm die Hand von seinem Arm, und eine flüchtige Traurigkeit zeigte sich in ihren grauen Augen. »Du sagst das so leicht dahin, aber deine Tante kann dir mehr als nur Schwierigkeiten machen. Sie war es, die auf deiner Aussage vor diesem Fürstenrat bestanden hast. Ich kann mir nicht vorstellen, daß sie nichts Bösartiges vorhat.«

Justin legte seine gesunde rechte Hand auf die Schulter seiner Frau und drückte sie. »Liebes, man sollte nicht als Bösartigkeit auslegen, was sich ebensogut als pure Dummheit erklären läßt.«

Das Lachen aller drei Allards füllte den Raum. Kai war froh, seine Eltern zusammen und einigermaßen entspannt zu sehen. In dem gigantischen Druckkochtopf, zu dem sich Outreach entwickelt zu haben schien, kam es selten genug vor, daß sie Zeit hatten, einander zu sehen.

Kai nahm die Hände seiner Mutter. »Mach dir keine Sorgen. Ich bin auf alles vorbereitet, was Romano gegen mich vorbringen könnte.« *Und ich werde euch nicht bloßstellen.* »Ich vertraue darauf, daß Oberst Wolf die Dinge im Zaum hält.«

Mit einem Blick auf seinen Vater fügte er hinzu: »Außerdem kann Vater sie jederzeit einfach erschießen!«

Justin schnaufte belustigt, dann schüttelte er den Kopf. »Jetzt weißt du, warum ich bei diesen Ratssitzungen immer links von deiner Mutter sitze. Damit sie nicht an meinen linken Arm kann.«

»Das ist so komisch nicht, wie du zu finden scheinst.« Candaces Miene wurde ernst, und ihre Augen sprühten Feuer. »Vom militärischen Standpunkt aus ist Romano vielleicht machtlos, aber das heißt noch lange nicht, daß man sie ignorieren darf. Im Gegenteil, ich halte sie für eine der gefährlichsten Frauen unserer Zeit.«

Ihre grauen Augen zuckten zu Justins stahlschwarzer Hand. »Und das gegen Romano einsetzen, nein, das würde ich nicht. Nicht hier, nicht jetzt. Aber wenn sie jemals etwas gegen einen von euch oder die Zwillinge oder Quint unternimmt, wird der Tod höchstpersönlich mich nicht davon abhalten können, euch zu rächen.«

Kai fühlte einen abrupten Wandel in der Stimmung seines Vaters. »Wie bei allem anderen, Geliebte, schließe ich mich auch diesem Schwur von Herzen an.« Er drückte Candace an sich, dann führte er sie zur Tür. »Wir sehen dich in der Ratssitzung, Kai. Sei einfach du selbst, dann kann nichts schiefgehen. Wir lieben dich, und ich bezweifle, daß es irgendwo in den Nachfolgerstaaten stolzere Eltern gibt.«

Kai zupfte am Saum seiner grauen Ausgehuniformjakke, als er an einer Seite des Podiums Platz nahm. Er blickte nach links und warf seinen Eltern ein nervöses Lächeln zu. Hinter ihnen und in einem Halbkreis ringsum saßen die Fürstenfamilien des Vereinigten Commonwealth, der Liga Freier Welten, der Freien Republik Rasalhaag, des Draconis-Kombinats und der Konföderation Capella. Sie waren zusammengekommen, um ihm zuzuhören, aber er bemerkte, daß keiner aus seiner Generation erschienen war. Er konnte ihnen nicht verdenken, daß sie ihre Freizeit anders verbringen wollten.

Jaime Wolf nickte Kai zu. »Ich bedaure, Ihren freien Vormittag in Beschlag nehmen zu müssen, Lieutenant Allard-Liao. Wir haben alle Ihren Bericht über den Zwischenfall auf Twycross gelesen. Ich persönlich fand ihn einsichtig, präzise und klar. Aber diese Beurteilung wird nicht von allen der hier Versammelten geteilt, und aus diesem Grund bitten wir Sie, ein paar Fragen zu beantworten, die einigen von uns weiterhelfen könnten.«

Wolf machte keinen Hehl aus seiner Verärgerung darüber, mit dieser Versammlung Zeit verschwenden zu müssen, wenn so viele andere Probleme wichtiger waren. Von seinen Eltern wußte Kai, daß Romano diesen ganzen Zirkus angezettelt hatte. Er blickte zu seiner Tante und fühlte, wie sein Inneres zu Eis erstarrte. Ihr boshafter Blick machte ihm klar, daß er keine Gnade zu erwarten hatte.

»Danke, Oberst Wolf.« Kai neigte höflich den Kopf. »Ich stehe gerne zur Verfügung.«

»Gut.« Wolf wandte sich an die Fürstenfamilien. »Also dann, Lieutenant, vielleicht beginnen wir mit den Ereignissen auf dem Planet Twycross am 10. September des letzten Jahres.«

Kai nickte, und seine Gedanken kehrten in die Vergangenheit zurück. Zunächst kamen die Worte stokkend. »Die Zehnte Lyranische Garde war an der Befreiung des Planeten Twycross beteiligt. Wir nahmen an, daß die Clans — in diesem Fall die Jadefalken — alle Fronteinheiten von der Welt abgezogen hatten. Wir dachten, bei einem Angriff auf einen Planeten hinter ihren Linien hätten wir es nur mit Garnisonstruppen zu tun. Bei einer erfolgreichen Eroberung des Planeten hätten wir ihren Vormarsch bremsen können, weil sie gezwungen gewesen wären, Fronttruppen abzuziehen und uns zu jagen.

Wir errichteten unsere Stellungen an einem Ort, der uns maximale Deckung bot und die Schlacht auf kurze Distanzen begrenzte, was uns den Clans gegenüber einen Vorteil verschaffte. Die Schwachstelle dieser Position war ein als Großer Spalt bekannter Gebirgspaß. Unsere Truppen legten am höchsten Punkt des Passes

Sprengladungen, und an seinem westlichen Ausgang postierten wir eine Kompanie BattleMechs. Wir gingen nicht davon aus, daß der Gegner genug Truppen für einen Vorstoß durch den Spalt besaß, aber wir wollten kein Risiko eingehen. Wegen eines Sturms im betreffenden Gebiet war der Funkkontakt jedoch gestört, so daß wir keinen genauen Überblick darüber hatten, was sich auf der anderen Seite des Spalts abspielte, als unsere Truppen den Clans auf dem von uns gewählten Schlachtfeld entgegentraten.«

»Schön, Lieutenant. Zu einem relativ frühen Zeitpunkt gab Victor Steiner-Davion Ihrer Lanze den Auftrag, den Spalt zu überprüfen?« Wolfs ermutigendes Lächeln löste etwas von der Verspannung in Kais Brust.

»Ja, Sir. Er wies mich an, Sektor 0227 aufzusuchen. Wir besaßen eine Kabelverbindung zum dort errichteten Lazarett. Victor wies mich an, ihm über diese Verbindung einen Lagebericht zu liefern. Ich ...«

Kai stockte. Am hinteren Ende des Saales führte ein Soldat in Dragoneruniform eine Besucherin zu einem Platz im Zuschauerraum. Ihre Uniform ähnelte der Kais, wies jedoch keine Rangabzeichen auf. Er registrierte ihr kurzes schwarzes Haar, und obwohl er die Farbe ihrer Augen über die Entfernung nicht erkennen konnte, wußte er, daß sie eisblau waren. *Was macht sie hier?*

Nach einer kurzen Pause nahm er den Faden wieder auf. »Ich stellte fest, daß Sektor 0227 von Kröten — äh, den gepanzerten Infanterietruppen der Clans, die Sie Elementare nennen — angegriffen wurde. Ich eliminierte die sechs im Canyon anwesenden Gegner und befahl die Evakuierung des Lazaretts und Personals.«

»Verzeihung«, säuselte Romano, »aber haben Sie nicht auch eine Reihe von Männern zurück in den Spalt beordert, um die Sprengladungen auszulösen?«

Es kostete Kai Mühe, seine Stimme gleichmütig zu halten. »Ja.«

»Bei Ihrem Wissen über die Fähigkeiten der Kröten

haben Sie natürlich nur Männer losgeschickt, deren Bewaffnung es ihn möglich machte, sich gegen einen Angriff der Kröten zur Wehr zu setzen.« Romanos Worte bohrten sich wie ein Dolch in sein Herz. »Alles andere wäre einem Todesurteil für diese Männer gleichgekommen. Eine solche Handlungsweise wäre absolut unverantwortlich gewesen, nicht wahr, Lieutenant?«

Kai schluckte. »Ja, Madam Kanzler, das wäre unverantwortlich gewesen.« Er hob den Kopf und versuchte, ihrem versteinernden Blick ruhig zu begegnen. »Ich akzeptiere, daß ihr Blut an meinen Händen klebt. Ich habe einen Fehler begangen, der nicht wiedergutzumachen ist. Ich kann nur schwören, einen solchen Fehler nicht noch einmal zu begehen.«

Romanos Augenlider senkten sich wie die einer Tigerin, die geduldig im Unterholz liegt und auf den richtigen Moment für den Angriff wartet. »Sie haben einen Fehler gemacht? Nennen Sie das so, wenn Sie Männer in den Tod schicken? Einen Fehler? Was für eine perverse Philosophie vertritt das Militär des Vereinigten Commonwealth, daß eine derartige Aussage möglich ist?«

»Madam Kanzlerin«, unterbrach Wolf sie mit scharfer Stimme, »Ihre Fragen weichen weit vom Thema unserer Untersuchung ab.«

»Ich werde nicht ...«

»Genug!« bellte Wolf. Die Wut wich aus seiner Miene, als der Oberst sich wieder zu Kai umdrehte. »Nach dem Beginn der Evakuierung trafen Sie auf weitere Kröten. Was geschah im Verlauf dieses Kampfes?«

»Ich kämpfte mit den Kröten — mit mindestens zwei Dutzend von ihnen — und zwang sie durch den Spalt zurück bis an den höchsten Punkt des Passes. Dort angekommen, sah ich ein verstärktes Bataillon Clan-Mechs. Es handelte sich um Elitetruppen — die von Ihnen OmniMechs genannten Einheiten —, von denen wir angenommen hatten, sie hätten den Planet verlassen. Da eine Funkverbindung unmöglich war, gab es nur einen Weg, sie daran zu hindern, durch den Spalt zu stoßen und unseren Truppen in den Rücken zu fallen: Wir mußten den Paß blockieren.«

Kais Blick wanderte hinauf zu der Frau auf den Zuschauerrängen. »Ich forderte die Clanner zum Zweikampf heraus und befahl Dr. Deirdre Lear — meiner unfreiwilligen Passagierin —, die Platinen aus ihren Halterungen zu ziehen, über die die Magnetflaschen des Fusionsreaktors kontrolliert wurden. Als der erste Mech mich angriff, stieg ich aus. Die Explosion des Fusionsreaktors löste das Pentaglyzerin aus, mit dem wir den Spalt vermint hatten.«

Kai stockte, als er sich daran erinnerte, wie eine riesige Lawine die feindlichen Mechs begraben hatte. »Die Rettungskapsel des *Tomahawk* trug den Doktor und mich in Sicherheit, während die Clan-Mechs vernichtet wurden.« Kai ballte die Fäuste, dann öffnete er sie wieder. »Ich hatte keine andere Wahl.«

Romano sprang auf. »Sie hatten keine andere Wahl? Das hört sich an, als hätten Sie einen tollwütigen Hund getötet — nicht wie eine Begegnung mit anderen Mech-Kriegern. Sie hatten die Ehre des Zweikampfes verdient, die Sie ihnen angeboten haben. Sie hätten sich ihnen stellen und sie im ehrlichen Kampf besiegen können, aber statt dessen nahmen Sie Zuflucht zu Verrat! Haben Sie überhaupt keine Ehre?«

Hanse Davion schlug mit der Faust auf den Tisch. »Oberst Wolf, wieder einmal muß ich zusehen, wie meine *ehrenwerte Kollegin* aus der Konföderation Capella eine unserer Ratssitzungen zu einer persönlichen Vendetta gegen ihre Schwester benutzt. Diesmal aber richtet sie ihre Angriffe gegen einen Sündenbock, der diese Behandlung nicht verdient. Ich fordere Sie auf, Sie erneut zu ermahnen, beim Thema zu bleiben. Wir sind nicht hier, um einen Mann für seine Entscheidung in der Hitze des Gefechts — die ich im übrigen für richtig halte — zu verurteilen.«

Romanos grüne Augen sprühten Funken. »Ich finde, daß Kai Allards Vorgehen sehr wohl zum Thema gehört. Oberst Wolf hat uns gebeten, angesichts dieser gemeinsamen Bedrohung unsere Kräfte zu bündeln, oder etwa nicht? Aber Allards Vorgehen läßt jede Achtung vor dem Leben der seinem Befehl unterstellten Soldaten vermissen, und er scheint kein Gefühl für seine Position oder Ehre zu besitzen. Soll ich meine Truppen in Einsätze schicken, wo sie unter VCS-Kommandeuren dienen müssen? Es wäre für diese Kommandeure viel zu bequem, meine Truppen als verzichtbar einzustufen und sie in eine ähnliche Selbstmordsituation zu beordern, nur um die Truppen des VC zu schonen.« Sie lächelte grausam. »Bei Hanse Davions Hunger nach meinem Reich, könnte er mich dazu verführen, meine Truppen gegen diese sogenannte Clan-Bedrohung zu schicken, damit er eine weitere Invasion starten kann. Wie könnte ich die Sicherheit meines Reiches Männern wie Allard anvertrauen?« Romano drehte sich zu Kai um. »Ihre Handlungsweise ist nicht zu rechtfertigen, Lieutenant.«

Kai bebte vor Wut, aber seine Selbstzweifel hinderten ihn daran, ihr eine wütende Absage entgegenzuschleudern. *Sie hat recht. Du weißt, daß sie recht hat,* flüsterte eine Stimme in seinen Gedanken. *Du bist kein Krieger, sondern ein Schlächter.*

Er zwang sich, die Fäuste zu öffnen und blickte Romano geradewegs in die Augen. »Sie haben recht, Madam Kanzlerin. Ich kann meine Aktionen nicht anders als mit persönlicher Habsucht erklären. Ich konnte mir angesichts der Gefahr, Freunde und Kameraden in der Schlacht zu verlieren, Kameraden, die mir über alles gehen, den Luxus ehrbaren Handelns nicht erlauben. Und ich kann Ihnen nicht versichern, daß ich, sollte ich Teil einer Operation sein, in denen ihre Truppen oder Ihr Sohn kämpfen, diese Truppen nicht anweisen würde, eine Lücke zu füllen, und daß dieser Befehl nicht einem Todeskommando gleichkommen könnte ...«

»Ha!« rief sie triumphierend.

Kais gleichmütige Stimme übertönte ihren Siegesschrei. »... aber ich kann garantieren, daß ich in einer solchen Situation an ihrer Spitze marschieren würde.«

Kai schloß die Augen und beugte den Kopf. »Ich muß mit den Alpträumen von den Ereignissen auf Twycross leben. Und das einzige, was mir dies ermöglicht, ist der Entschluß, niemals andere in eine Gefahr zu bringen, die ich nicht selbst einzugehen bereit bin. Wenn ich gezwungen sein sollte, meine Männer in den Tod zu schikken, werde ich sie begleiten. Das ist letztendlich die Bürde eines Offiziers. Und ich bin bereit, diese Bürde auf mich zu nehmen. Vielleicht entspricht es nicht dem, was Sie unter Ehre verstehen, aber für mich ist es Ehre genug.«

Kai ließ die Tür der Ratskammer hinter sich zufallen und sackte gegen die Wand. Noch während er den Zeugenstand verließ, hatte Wolf Deirdre Lear aufgerufen. Kai wußte, daß der Rat die gesamten Geschehnisse auf Twycross bis in die kleinste Einzelheit untersuchen würde und daß diese Untersuchung in der Hauptsache aus Romanos Versuchen bestehen würde, bei ihrem endlosen Kleinkrieg gegen ihre Schwester Punkte zu machen. *Ich danke Gott, daß ich mit meinen Geschwistern besser auskomme.*

»He, Allard.« Hohiro Kurita blockierte mit in die Hüfte gestemmten Fäusten den schmalen Korridor.

Kai richtete sich auf. »Ja, Sho-sa?«

Die wütende Miene Hohiros entsprach dem Ton seiner Stimme. »Ich suche Victor Davion. Wo steckt er?«

»Weiß ich nicht.« Kai hob müde die Schultern. »Spielt das eine Rolle?«

Angesichts Kais Apathie ließ Hohiros Zorn nach. Der Kurita-Prinz zögerte eine Sekunde, dann zwang er sich zu einem ernsten Tonfall. »Für mich spielt das eine Rolle. Ich glaube, er ist bei meiner Schwester.«

Kai unterdrückte ein Lächeln. »Meine Frage bleibt bestehen. Was spielt das für eine Rolle?«

»Was für eine Rolle?« Hohiro reagierte, als wären Kais Worte eine Autokanonensalve gewesen, die ihn mitten zwischen die Augen getroffen hatte. »Er ist bei meiner Schwester, und ich weiß nicht, wo sie sind. So etwas gibt es im Draconis-Kombinat nicht.«

»Wir sind nicht im Draconis-Kombinat.«

»Das Verhalten meiner Familie und unseres Volkes wird von unseren Traditionen bestimmt, wo immer wir uns aufhalten. Es ist unehrenhaft für eine unverheiratete Frau, sich in der Gesellschaft eines Mannes aufzuhalten, mit dem sie nicht blutsverwandt ist.«

Kai schob das Kinn vor. »Wenn du damit andeuten willst, daß sich Victor Steiner-Davion nicht als Gentleman benehmen könnte, würde ich dich einen Narren nennen.« Der junge Offizier kniff die grauen Augen zusammen. »Aber dir geht es gar nicht um die Ehre deiner Schwester, nicht wahr? Du hast Victor verboten, deine Schwester wiederzusehen, und du bist wütend darüber, daß er sich möglicherweise über deinen Befehl hinweggesetzt hat. Das ist eine Sache zwischen dir und ihm, obwohl es eigentlich eine Sache zwischen ihm und deiner Schwester Omi sein sollte.«

Hohiro erstarrte. »Es ist eine Frage der Familienehre.«

»Ha!« Kai schnaufte und warf Hohiro einen zurechtweisenden Blick zu. »Es ist eine Frage deines Egos und deines Wettkampfes mit Victor um die Dominanz in unserer kleinen Gemeinschaft hier auf Outreach. Du hast nichts von dem mitbekommen, was Jaime und MacKenzie Wolf hier erreichen wollen. Wenn ich es nicht besser wüßte, würde ich glauben, daß du jeden Abend lange Gespräche mit meiner Tante führst ...«

»Vielleicht verstehen Sie das nicht, Lieutenant Allard ...«

»Oh, ich verstehe schon, was hier vorgeht. Vielleicht besser als du.« Plötzlich stieg sein ganzer Zorn auf Romano in ihm hoch, und dieses eine Mal konnte er ihn nicht zurückhalten. »Du und Victor, ihr seht euch als Erben einer Kriegertradition, die so ehrenhaft ist, daß ihr sie regelrecht vergöttert. Ihr ignoriert alle beide die Tatsache, daß eure Väter übereingekommen sind, für die Dauer der Clankrise einen Waffenstillstand zu schließen. Ihr benutzt unsere Trainingseinsätze dazu, miteinander zu wetteifern, und dabei prügelt ihr euch gegenseitig zu Tode. Ihr seid beide gute MechKrieger. Ihr versteht als einzelne zu kämpfen, ihr habt ein erstaunliches Talent für Strategie und Taktik. Und ihr besitzt beide Wissen über die Clans, das durch eine Zusammenarbeit noch verbessert werden könnte. Das Vertrauen, das eure Väter in euch setzen, ist mehr als berechtigt, aber nicht, wenn ihr darauf besteht, euch wie kleine Kinder zu benehmen.«

Hohiro versuchte, sich hinter einer unbeweglichen Maske zu verstecken, aber Kai ließ nicht locker. Er konnte in Hohiros dunklen Augen sehen, daß viele seiner Attacken ihr Ziel trafen. »Und jetzt dieser Unsinn, daß Omi und Victor sich nicht sehen dürfen. Victor und Omi sind Adlige, genau wie wir beide. Sie haben wahrscheinlich nicht den Hauch einer Chance, Glück oder Liebe im üblichen Sinn zu erleben. Sie haben keine Gleichgestellten in dieser Welt, in deren Umgebung sie sich entspannen und sie selbst sein könnten. Ihre Ehen werden arrangiert werden, ihre Partner für sie ausgewählt, und selbst außereheliche Affären werden politisch ungefährlich sein müssen, damit kein Skandal das Reich erschüttern kann.

Wir wissen beide, wie minimal die Chance ist, daß deine Schwester und Victor sich ineinander verlieben. Und die Chance, daß sie eine *wie auch immer* geartete Beziehung aufbauen, ist noch weit geringer. Das macht die Chance einer Heirat praktisch nicht existent. Aber das verhindert nicht, daß sie Freunde sein können und durch ihre Freundschaft das Reich des anderen besser verstehen lernen. Deine Schwester wird wahrscheinlich Constances Platz als Wahrerin der Ehre des Hauses einnehmen. In dieser Eigenschaft wird sie dich bremsen, wenn du die Macht übernimmst. Und als Freundin Victors könnte sie leicht auch für ihn als Bremse dienen.«

Kai schüttelte den Kopf und winkte Hohiro fort. »Aber ich erwarte nicht, daß du mir zuhörst, weil das Samuraiblut durch deinen Schädel dröhnt und deinen Verstand ersäuft. Schade. Als Freunde wären du und Victor sehr viel effektiver.«

Als Kai an ihm vorübergehen wollte, streckte Hohiro den Arm aus und packte seine Schulter. Kai wirbelte herum, unterdrückte jedoch den Instinkt, die Fäuste zu heben, da Hohiro nicht zum Schlag ausholte. »Sumimasen, Allard-san.« Hohiro neigte den Kopf. »Ich war in der Tat dumm, und du hattest recht, mich zurechtzuweisen. Deine Erklärung ist nicht völlig korrekt, aber sie kommt der Wahrheit nahe genug, um mir viel zu denken zu geben.«

Der Kurita-Prinz lächelte Kai verhalten zu. »Ich mache mir Sorgen um meine Schwester, aber deine Einwände sind nicht von der Hand zu weisen. Vielleicht könntest du Victor meine Besorgnis mitteilen. Im Kombinat wird aus Schein mit überraschender Schnelligkeit Wirklichkeit, und ich will nur verhindern, daß der Ehre meiner Schwester Schaden entsteht.«

Kai nickte. »Das kann ich tun.«

»Und ich kann und werde über Victor Steiner-Davion noch einmal unvoreingenommen nachdenken. Vielleicht wird Outreach der Ort, an dem die alte Tradition der Rivalität einer praktischeren Platz macht.«

Kai lächelte, mußte sogar leise lachen. »Hoffentlich.« *Und wenn ihr zwei es schafft, euch zu versöhnen, kann ich dich möglicherweise dazu bringen, mal mit Romano zu reden.*

12

Konklavekammer, Halle der Wölfe
Strana Metschty, Jenseits der Peripherie

25. April 3051

Phelan Wolf sah Cyrilla fragend an. Sie lachte. »Es wird gefährlich. Wie können Sie lachen?«

Sie zuckte die Schultern. »Ich sehe immer wieder gerne, wie Conal einen Narren aus sich macht.«

Rechts von ihnen stand eine Clanfrau und redete auf ihre Mitwölfe ein. »Wir stehen vor der wichtigsten Clanwahl, seit wir die Innere Sphäre verlassen haben. Bald müssen wir einen neuen ilKhan wählen, und die Khane, die wir heute wählen, werden den Ausgang dieser Wahl beeinflussen. Einer von ihnen könnte sogar zum nächsten ilKhan werden. Allein schon aus diesem Grund müssen wir Ulric Kerensky ablösen.«

Der junge MechKrieger runzelte die Stirn. »Ich weiß nicht, Cyrilla. Die Redner haben ziemlich hart auf Ulric eingeschlagen. Sie waren offensichtlich alle Kreuzritter, deren Hauptablehnungsgrund darin besteht, daß er ein Bewahrer ist. Für mich sieht das nicht gut aus.«

»So könnte man es sehen.« Ein amüsierter Funke ließ Cyrillas braune Augen aufleuchten, aber ihre Stimme nahm einen Ton ein, der Phelan eine weitere Lektion ankündigte. »Wenn man weiß, daß sich ein Sturm nähert, verschließt man alle Fenster und Türen und wartet, bis der Sturm vorüber ist, bevor man die Schäden repariert. Die Argumente, die wir gehört haben, schienen aufeinander aufzubauen und an Kraft zu gewinnen. Aber sie sind auf Treibsand gebaut.«

»Wirklich?« Phelans grüne Augen wurden zu Schlitzen. »Die Redner behaupten, Ulric habe seine Verpflichtungen vernachlässigt, weil er den bei der Planung der Invasion getroffenen Kompromiß nicht eingehalten hat.

Sie haben ihm von Dummheit bis zu regelrechtem Verrat alles vorgeworfen.«

Phelan deutete mit einer Kopfbewegung in Richtung eines gutaussehenden, schwarzhaarigen Mannes, der knapp unter ihnen saß. »Und sie wollen Conal Ward zum Nachfolger Ulrics machen. Wenn auch nur die Hälfte dessen stimmt, was die Redner über ihn sagen, wäre Conal ein guter Anführer.«

Cyrilla verschränkte die Arme vor der Brust. »Er mag in der Tat ein guter Anführer sein, aber ich bin ziemlich sicher, daß er sich diesmal übernommen hat. Conal hat Newkis Anfechtung der DNS-Abstimmung unterstützt, und trotzdem ist dieser Versuch an Evanthas Überredungskünsten gescheitert. Du kennst unsere Sitten gut genug, um zu wissen, daß wir Effizienz und Überlegenheit in militärischen Fragen über alles andere stellen. Ein Khan benötigt einen starken Rückhalt innerhalb des Clans. Die Clanmitglieder wissen, daß er ihnen mit dem geringsten Aufwand Siege beschafft. Conal zeigt sich heute als Meister der Politik und Rhetorik, aber all seine Worte haben nicht eine einzige Schlacht in der Inneren Sphäre gewonnen. Ulric ist weder in der Politik *noch* im Krieg ein Neuling. Er wird wiedergewählt werden.«

Der jüngere Mann betrachtete Cyrilla mißtrauisch. »Haben Sie wieder hinter den Kulissen die Fäden gezogen?«

»Ich wäre keine Anführerin des Hauses Ward, wenn ich mich nicht um die Angelegenheiten aller Wards kümmern würde, franeg?« Ihre braunen Augen glitzerten. »Ich habe Conal gewarnt, sich nicht als Herausforderer Ulrics aufstellen zu lassen. Ich habe ihm gesagt, ich würde öffentlich Ulric unterstützen, wenn er es doch täte. Das würde Conal als Spalter innerhalb von Haus Ward darstellen — etwas, das Clanner immer mit Unbehagen erfüllt.«

Sie lächelte Phelan an. »Wir Clanner mögen Menschen, die Befehle ausführen können.«

Phelan schüttelte den Kopf. »Das erklärt, warum sie mich mit soviel Zweifel betrachten.«

»Nicht annähernd so ausgeprägt, wie du glaubst.« Cyrilla lehnte sich zurück. »Wenn die Berichte von deinen Mechübungen stimmen, ist es in der Tat so, daß du auf eine unorthodoxe Weise kämpfst. Aber du erzielst Resultate. Als Volk schätzen und respektieren wir auch das. Unsere Gesellschaft fördert die Individualität nicht gerade, aber wir sind in der Lage, ihren Wert zu erkennen und zu verstehen.«

Phelan blickte hinunter zu Ranna, die neben Natascha saß. »Ich wünschte, meine unorthodoxen Methoden würden bei Ranna besser funktionieren. Sie ist mein Fluch.«

»Da sie auch deine Geliebte ist, kennt sie dich besser als die anderen, gegen die du antreten mußt.« Cyrilla klopfte mit dem linken Zeigefinger gegen ihre Lippen, als sie nachdachte. »In einem Kampf gegen eine dreifache Übermacht würde ein MechKrieger normalerweise eine Verteidigungsposition beziehen und versuchen, jedem Angreifer möglichst hohen Schaden zuzufügen. Er weiß, daß die andere Seite zunächst ihren unerfahrensten MechKrieger vorschicken wird, dann den nächstbesseren und schließlich ihren besten Kämpfer. Deine Bereitschaft, den Part des Jägers zu übernehmen, war ein Schock, ebenso wie deine Bereitschaft, auf mehrere Gegner gleichzeitig zu feuern.«

Der jüngere MechKrieger zuckte die Schultern. »So kämpfen wir zu Hause. Abgesehen von ein paar sehr ungewöhnlichen Kämpfen mit Kriegern des Draconis-Kombinats sind die meisten Schlachten ein nur halbwegs organisiertes Gefecht nach dem Motto: jeder gegen jeden. Bis jetzt haben es die Clans noch nicht allzu häufig mit unserer Kampfweise zu tun gehabt, weil eure Mechs so viel besser sind. Jetzt, wo ich in einem gleichstarken Mech sitze, sind die Kampfregeln der Clans weniger effektiv.«

Er gestattete sich ein Grinsen. »Und ich weiß auch nicht, ob Ranna ein so ausgezeichneter Gegner ist, nur weil sie meine Geliebte ist. Sie ist nicht nur eine gute MechKriegerin, sie hat auch Geduld. Das scheint bei euch eine recht seltene Eigenschaft zu sein. Wenn alle fünf Jahre eine neue Generation in den Labors geboren wird und der Abstieg eines Kriegers ins Vergessen bereits mit fünfundvierzig Jahren beginnt, gibt es nicht viel Grund, längerfristig zu planen.«

»Ah ja, die berühmte Kerensky-Vision.« Cyrilla nickte. »Ulric hat sie, genau wie Ranna und alle Kerenskys seit Aleksandr. Es ist eine Besonderheit der Kerensky-Linie. Freigeboren! Ich habe versucht, die Wahrer unserer Linie dazu zu bringen, eine Vermischung mit der Kerensky-Linie zu arrangieren, aber die Kerenskys scheinen nicht interessiert daran, uns das gewünschte genetische Material zu überlassen.«

Cyrilla lachte laut auf. »Natascha fehlt die Kerensky-Vision übrigens. Sie bevorzugte es schon immer, sofort zu handeln, statt auf einen besseren Zeitpunkt zu warten.« Sie deutete hinunter zu Nataschas Platz. »Sie ist die einzige Kerensky mit einer Adjutantin ohne Blutnamen. Daß eine Kerensky jemand wie Ranna zu einem Konklave mitbringt, ist beinahe ein ebenso schwerer Bruch der Hausehre wie Nataschas Verhalten und Sprache.«

An Cyrillas Lächeln erkannte Phelan, daß sie Nataschas Verhalten nicht sonderlich schockierend oder verwerflich fand. »Was hat das mit diesen Adjutanten ohne Blutnamen auf sich? Vlad sitzt da drüben bei Conal, und ich sehe noch andere junge Leute, von denen ich annehme, sie besitzen keinen Blutnamen, bei Personen sitzen, von denen Sie mir erklärt haben, daß sie zum Haus Ward gehören. Ich weiß genug von den Clans, um das als wichtig zu erkennen, aber die wahre Bedeutung ist mir noch ein Rätsel.«

»Du erinnerst dich daran, daß ich dir erklärt habe, die

Kandidaten für einen Blutnamen würden durch Nominierung innerhalb des Hauses bestimmt, frapos?«

»Pos. Oder durch Kampf.«

»Nun, einen Adjutanten ohne Blutnamen zum Konklave mitzubringen, insbesondere zu einem Konklave, das einberufen wurde, um die Khans und den Lehrmeister zu wählen, ist eine Art Nominierung. Conal favorisiert Vlad, und ich favorisiere dich.«

Phelan neigte den Kopf. »Ich bin geehrt.«

»Und wenn sich die Gelegenheit ergibt, wirst du mich ehren, indem du einen Blutnamen erwirbst.«

»Ich hoffe, ich kann mich Ihrer Unterstützung würdig erweisen.« Phelan kaute auf seiner Unterlippe. »Warum ist es ein Ehrbruch, wenn eine Kerensky eine Adjutantin ohne Blutnamen zum Konklave mitbringt, wenn es alle anderen auch tun?«

Cyrilla zuckte die Achseln. »Man erwartet von den Kerenskys, daß sie über diesen politischen Händeln stehen. Die Tradition begann mit Nicholas, aber sie scheint mit Natascha zu enden. Die Jahre in den Nachfolgerstaaten haben sie verändert, haben ihr eine Schärfe verliehen, die ins Herz der Clans schneiden wird.«

»Wenn sie sich als Kriegerin erweist, wird das einige Aufregung verursachen, frapos?«

»Pos, und was für eine. Wenn Natascha den Status einer Kriegerin wiedergewinnen kann, sind wir gezwungen, die Tradition in Frage zu stellen, Krieger in einem Alter in Ruhe zu schicken, in dem sie ihren Höhepunkt vielleicht noch gar nicht erreicht haben. Und wenn du die Prüfung bestehst, sind wir gezwungen, die Überlegenheit unserer Methoden über die in Frage zu stellen, von denen du geformt wurdest.«

»Ich werde mein Bestes tun, Sie stolz auf mich zu machen.«

Cyrilla nickte. »Ich sehe keine Schwierigkeiten voraus. Ich habe mehr Vertrauen in deine Fähigkeit zu gewinnen, als in meine Fähigkeit herauszubekommen, was Conal vorhat. Ich beginne zu glauben, daß er einen Plan hat.«

Phelan runzelte die Stirn. »Das scheint mir ziemlich offenkundig. Er will Ulric besiegen und selbst Khan werden. Sein Ehrgeiz muß Ihre Warnung besiegt haben.«

»Vielleicht sollen wir das nur glauben. Es gefällt mir nicht, daß keiner der Sprecher, die Ulric angegriffen und Conal unterstützt haben, zum harten Kern der Kreuzrittergruppe in unserem Clan gehört. Diejenigen, von denen ich erwartet hatte, daß sie Conal unterstützen würden, waren in dieser Debatte äußerst zurückhaltend.«

»Vielleicht hebt sich Conal seine schweren Geschütze für später auf. Vielleicht bietet er auf diese Weise seine Unterstützer, damit die Auseinandersetzung nicht bis zu einer Ebene eskaliert, auf der er nicht mehr gewinnen kann.«

»Eine interessante Analyse.« Die alte Frau kniff mißtrauisch die Augen zusammen. »Wir bieten zwar Truppen fort, wenn wir eine Schlacht vorbereiten, aber unsere politischen Streitigkeiten haben noch nie so funktioniert. Er muß etwas planen.«

Cyrilla verstummte, als sich ihr Blick auf einen Punkt hinter Phelans Rücken richtete. Er wirbelte herum und sah, wie Conal Ward sich erhob, um das Wort zu ergreifen.

»Lehrmeister, meine Khane, Kollegen. Ich habe viele Redner gehört, die Khan Ulric für sein Verhalten in der ersten Phase unserer Invasion der Inneren Sphäre angegriffen haben. Sie stellen fest, daß er eine Übereinkunft verletzt hat, die vor der Invasion getroffen wurde, indem er mehr Welten eroberte als irgendeiner der anderen Clans. Sie deuten an, er habe uns beschämt und entehrt, indem er weiter in die Nachfolgerstaaten vorgestoßen ist als irgendein anderer Clan. Sie sagen, durch den vorgezogenen Start unserer Angriffswellen habe er die anderen Clans zu verheerenden Fehlschlüssen verlockt, die schwere Niederlagen für die Jadefalken und Nebelparder zur Folge hatten.«

Conals Stimme war stark, und er verstand es, Ton und Geschwindigkeit so einzusetzen, daß er die Zuhörer in seinen Rhythmus zog. Er war ein hervorragender Redner und hatte die gesetzte Haltung eines Kriegers, die betonte, daß seine Substanz seinem Stil entsprach.

»Ich habe auch gehört, wie dieselben Redner meine Vorzüge priesen und mich als den Mann aufbauten, der Khan Ulrics Platz einnehmen sollte. Sie betonten meine Erfahrung bei der Führung unserer Schweren Kavalleriegalaxis und meine früheren Erfolge bei Feldzügen gegen die Schneeraben und Geisterbären. Sie erinnerten daran, daß ich meinen Blutnamen mit siebenundzwanzig Jahren erwarb und vier Clans Angebote gemacht haben, mein Genmaterial zu erwerben. Sie haben darauf hingewiesen, daß meine Nachkommen, auch wenn sie erst zehn und fünfzehn Jahre alt sind, bereits ihre Geschkos dominieren. Ich habe all dies gehört und muß mich der Eitelkeit für schuldig bekennen, dadurch mit Stolz erfüllt worden zu sein. Ich werde jedoch nicht zulassen, daß irgend jemand die Behauptung aufstellt, meine Aktionen machten mich würdig, die Stelle Khan Ulrics einzunehmen. Es gibt andere hier — Cyrilla Ward, Natascha Kerensky und Anton Fetladral, um nur drei zu nennen —, die weit besser als ich für die Position des Khans geeignet sind. Tatsächlich haben sowohl Cyrilla wie auch Anton bereits in dieser Funktion gedient und sollten wieder dafür in Erwägung gezogen werden.«

Phelan hörte Cyrilla kichern. »Oh, er ist gut, meinst du nicht, Phelan?«

»Scheint so ...« Phelan sah sie streng an. »Wissen Sie, was er vorhat?«

Sie schüttelte den Kopf. »Nein, aber wenn er so weitermacht, wird es ihm höchstwahrscheinlich gelingen.«

Conal stemmte die Hände in die Hüften. »Natürlich

impliziert meine Aussage, daß ich Ulrics Abwahl befürworte. Das tue ich jedoch keineswegs!«

Diese Aussage hatte schockierte Äußerungen einiger Konklavemitglieder und beschämtes Schweigen anderer zur Folge. Phelan sah mehr als einem Mitglied, das Conal in den höchsten Tönen gepriesen hatte, tiefe Schamröte ins Gesicht steigen, während andere vor Wut violett anliefen. Die ganze Zeit über lächelte Conal, ebenso wie Vlad, und wartete darauf, daß unter den Hammerschlägen des Lehrmeisters wieder Ruhe einkehrte.

»Ich unterstütze die Abwahl Khan Ulrics nicht, weil die Argumente, die gegen ihn vorgebracht wurden, jeder Grundlage entbehren. Wie können wir einen Mann abwählen, der unseren Clan näher an das Ziel dieser Invasion herangebracht hat als irgendein anderer? Können wir ihm vorwerfen, einen unfairen Vorteil ausgenutzt zu haben, wenn der Angriff der Wölfe auf einen dichtbesiedelten und gut verteidigten Sektor der Nachfolgerstaaten gerichtet war? Können wir den Beschwerden anderer Clans lauschen, deren Versuche, uns in Fesseln zu legen, fehlgeschlagen sind, franeg?«

Conal sah sich im Saal um, und seine dunklen Augen strahlten vor Begeisterung. »Ihr wollt ihn zurechtweisen, aber ich sage, wir sollten ihn preisen. Er *ist* ein Visionär, und er sieht über das Ziel der Invasion hinaus in die Zeit danach. Er schaut in die Zukunft, und er sieht eine Zeit, in der die Wölfe ihren rechtmäßigen Platz in der Geschichte nicht nur der Clans, sondern der ganzen Menschheit einnehmen. Sich gegen ihn zu stellen, gegen ihn zu stimmen, sollte als Hochverrat gegen den Clan gelten.

Politik ist notwendig, aber darf sie uns blind machen? Ulric und ich hatten in der Vergangenheit unsere Meinungsverschiedenheiten, aber ich erkenne ihn als ausgezeichneten Anführer an. Dies ist eine Zeit für die Wölfe, sich zusammenzuschließen, damit uns die anderen Clans nicht am Vorabend unseres Sieges vernichten.

Laßt uns nicht unseren Feinden willfährig ins Messer laufen. Laßt uns eine feste Front bieten, die sie nicht anzugehen wagen.«

Donnernder Applaus belohnte Conals Rede, und einige seiner engsten Anhänger erhoben sich von ihren Sitzen. Als Phelan sich umdrehte, um Cyrillas Reaktion zu sehen, schüttelte die weißhaarige Frau den Kopf.

»Er ist erstaunlich, frapos, Phelan?«

Der junge Mann nickte. »Wenn er seine Kandidatur für den Posten des Khans nicht abgelehnt hätte, hätte er mit dieser Rede seine Wahl gesichert. Selbst einige von denen, die er beschämt hat, haben sich erholt und applaudieren ihm wie besessen. Wenn er nur auf kurze Sicht spekuliert und Bewunderung ernten wollte, hat er seinen Wunsch erfüllt bekommen.«

»Ja, aber ist das wirklich alles?«

Als der Applaus langsam verhallte, erhob sich Carol Leroux. »Lehrmeister, auch wenn der Antrag unhöflich erscheinen mag, habe ich keine andere Wahl. Nach dieser Rede hat Conal Ward uns allen bewiesen, daß er unser Vertrauen wert ist. Da er eine Nominierung zum Khan ablehnt, beantrage ich, daß er als Lehrmeister des Wolfsclans nominiert wird.«

Hundert Stimmen erhoben sich und unterstützen die Nominierung. Sie wurden unterstrichen durch Cyrilla, die mit der Faust auf die Bank vor ihrem Platz einschlug. »Dieser gerissene Hund! Conal, ich habe dich unterschätzt.«

Phelan fühlte sich verwirrt. »Irgend etwas läuft hier an mir vorbei. Ist das nicht das Ende der Bedrohung für Ulric?«

Cyrilla schüttelte entschieden den Kopf. »Ganz und gar nicht. Es bedeutet nur, daß sich der Kampf vom Konklave des Wolfsclans ins Große Konklave verlagert hat. Dort können sie Ulric für sein Verhalten rügen und ihm innerhalb ihres Rahmens alle Macht entziehen. Er wäre noch immer ein Khan der Wölfe, aber der Lehrmeister würde all seine Pflichten übernehmen, einschließlich der Abstimmung.«

»Dann müssen Sie ihn aufhalten.«

»Das kann ich nicht.« Cyrilla nickte Conal anerkennend zu. »Da er diesmal meine Drohung umgehen konnte, wäre es ein schlechter Zug. Außerdem wird er nach dieser Rede ohnehin gewinnen, was ich auch versuche.«

Phelan knirschte mit den Zähnen. »Aber das bedeutet, die Kreuzritter haben gewonnen. Nach dem, was Sie und Natascha mir erzählt haben, bedeutet das auch das Ende der Nachfolgerstaaten.«

Cyrilla legte die Linke auf Phelans Schulter. »Verlier noch nicht den Mut, Phelan. Die Auseinandersetzung im Großen Konklave ist noch nicht vorbei. Wie du nur zu gut weißt, ist Ulric jederzeit fähig, mit seinen Feinden fertig zu werden.«

13

DuKirk-Gebäude, Dragonerunterkünfte, Outreach
Mark Sarna, Vereinigtes Commonwealth

17. Mai 3051

Shin Yodama öffnete die Tür und betrat die kleine Empfangsnische. Die Kargheit der Einrichtung erschien ihm vertraut, weil sie ihn an sein eigenes Quartier auf dem fernen Luthien erinnerte. Tatsächlich vermittelte die straffe Einfachheit des Mobiliars ein Gefühl der Heimat, denn der Aufbau der Möbelstücke entsprach den Regeln des Zen. Als er sich daran erinnerte, daß hier ein Gaijin lebte, war das wie ein Schock.

Neben der Tür lag ein kleines Teppichstück, auf dem ein Paar Stiefel und ein Paar Hausschuhe standen. Ohne nachzudenken zog Shin die Stiefel aus und legte die Hausschuhe an. Er stellte seine Stiefel neben die des Hausherrn, ging über den polierten Holzfußboden auf ihn zu und verneigte sich.

»Konnichi-wa, Kommandanthauptmann Kell. Ich danke Ihnen für die Einladung.« Shin sah sich um und lächelte. »Ich beneide Sie um diese Umgebung.«

Der schwarzhaarige Söldner erwiderte die Verneigung. »Danke, Yodama-san.« Er deutete auf einen Stapel Kissen auf dem Boden. Der draconische MechKrieger bemerkte, daß Christian Kell ebenso wie er selbst über einer normalen Hose einen kurzen Kimono trug. Der Unterschied bestand im fehlenden Mon auf Christians Kimono. Shin, der stolz darauf war, den Kurita-Drachen auf Brust, Rücken und Ärmeln seines Kimono zu tragen, wurde durch das Fehlen eines Symbols an die Gerüchte, die über Chris in der Kurita-Gemeinschaft auf Outreach im Umlauf waren, erinnert.

»Bitte verzeihen Sie meine Grobheit, aber ich möchte sofort auf den Grund zu sprechen kommen, aus dem ich

Sie zu diesem Gespräch gebeten habe.« In der kleinen Küche ertönte eine Glocke. »Ich habe etwas Sake warmgestellt«, erklärte Kell. »Bitte machen Sie es sich bequem.«

Als Chris aus der Küche zurückkam, betrachtete Shin eine an der Wand hängende Reispapierzeichnung. Die mit dem Pinsel ausgeführte Tuschezeichnung zeigte einen mit schnellen Strichen dargestellten Mech, der eine Frau vor einer zusammengerollten Schlange schützte. Die Einfachheit der Arbeit stand in scharfem Gegensatz zur Kraft der Pinselstriche. An der Seite der Zeichnung sah Shin eine Anzahl japanischer Kommentare, die dasselbe zum Ausdruck brachten.

»Sie sind ein begabter Künstler.«

»Danke.« Chris stellte das Tablett mit einer Sake-Karaffe und zwei kleinen Tassen auf den Boden, bevor er sich auf eines der Kissen niederließ. »Mein geringes Talent entspringt meinem Erbe.«

Shin setzte sich und lächelte. »Wenn Sie auch nur die Hälfte dieser Begabung von Ihrem Vater geerbt haben, begrüße ich die Allianz, die Wolf zu schmieden sucht, mit ganzer Kraft. Ich habe kein Interesse, dem Sohn Patrick Kells auf dem Schlachtfeld gegenübertreten zu müssen.«

Chris stockte einen Augenblick, und Shin hatte den Eindruck, die jadegrünen Augen seines Gegenübers schnitten durch seine Seele. Dann beugte Chris den Kopf und lächelte. »Sie sind auch begabt, Yodama-san. Sie stellen Fragen, ohne sie auszusprechen. Hätte die ISA diese Besprechung schon vorher arrangiert, hätte vieles früher bereinigt werden können.«

Shin runzelte die Stirn. »Die Bedeutung Ihrer Worte entgeht mir. Ich will nicht tratschen, aber es sind Geschichten über Sie im Umlauf. Bei unserem Training habe ich Sie als ausgezeichneten Anführer und Lehrmeister kennengelernt. Wäre es menschlich, wenn ich kein Interesse daran zeigte, was meinen Sensei geformt hat?«

»Nein, nein, ich gestehe es ein.« Chris schenkte den Reiswein ein und hob seine Tasse. »Auf den Erfolg unserer Vorhaben.«

Shin erwiderte die Geste, und die beiden Männer tranken den warmen Wein. Shin fühlte, wie sich der Alkohol den Weg durch seine Kehle brannte, aber er genoß das Gefühl. »Ich muß Ihnen ein Kompliment machen, Kommandanthauptmann. Der Sake hat exakt die richtige Temperatur.«

»Keinerlei angeborenes Talent, nur Jahre der Übung, wie viele Sekunden der Mikrowellenherd dafür benötigt.«

Beide lachten und nahmen noch einen Schluck. »Ich hatte zwei Gründe, Sie zu diesem Gespräch einzuladen. Der erste dieser Gründe betrifft die Trainingsgruppe. Im Verlauf der letzten fünf Wochen habe ich bemerkt, daß die Spannungen zwischen Victor Steiner-Davion und Hohiro Kurita nachlassen. Beide haben als Ergebnis dieser Entwicklung eine deutliche Verbesserung in ihren Leistungen gezeigt.«

»Hai. Ich glaube, Kai Allard sprach mit Hohiro, und Omi-sama hat ebenfalls eine Zusammenarbeit mit Victor ermutigt.«

»Ich weiß.« Chris lächelte, und Shin fühlte Sympathie zu dem Mann in sich aufsteigen. »Ich habe mit Galen Cox darüber gesprochen, Victor zu einer Zusammenarbeit mit Hohiro anzuregen. Ich möchte Sie bitten, dasselbe zu tun. Nicht offen oder direkt, sondern subtil und dadurch effektiver.«

»Wakarimas, Chris-san.«

»Domo. Ihre Fähigkeit zusammenzuarbeiten ist für unsere Bemühungen von entscheidender Bedeutung. Wenn sie nicht miteinander auskommen, werden ihre Truppen versuchen, ihnen nachzueifern. Sie können beide ein Beispiel geben, und ein solches Beispiel wird unsere Koalition daran hindern, an internen Zwistigkeiten zu zerbrechen.«

»Ich stimme Ihnen zu. Ich glaube, die ausgedehnte Feldoperation, die Sie für das Ende des Monats angesetzt haben, wird Ihnen ein für allemal die Notwendigkeit der Kooperation verdeutlichen. Wenn Sie gestatten, werde ich persönlich mit Galen Cox sprechen, um unsere Bemühungen besser koordinieren zu können.«

»Ausgezeichnet.« Chris füllte die Tassen auf. »Der andere Grund, aus dem ich mit Ihnen sprechen wollte, sind die Untersuchungen der Agenten Ihrer Internen Sicherheitsagentur über mich.«

Shin schüttelte den Kopf. »Die ISA war noch nie sonderlich diskret.«

»Allerdings nicht, und ich fürchte, einige meiner Kameraden bei den Dragonern haben Ihre Jungs mit enormen Hirngespinsten unterhalten. Ich denke, ich sollte die Dinge zurechtrücken.«

Shin versteifte sich. »Kommandanthauptmann, ich sehe an Ihrem Quartier und Ihrem Verhalten, daß Sie die Lebensart des Kombinats verstehen. Sie sollten wissen, daß ich Ihre Privatsphäre respektiere und nicht von Ihnen erwarte, ein Geständnis abzulegen wie in einem billigen Holodrama. Es ehrt mich, daß Sie mit mir sprechen möchten, aber ich fürchte, ich bin als Bote an die ISA höchst ungeeignet.«

In Christians Augen blitzte der Schalk. »Das glaube ich nicht, Shin Yodama von der Kuroi Kiri. Ich glaube, ich kann darauf vertrauen, daß Sie falschen Gerüchten entgegenwirken.«

Während er das sagte, öffnete Chris den Gürtel seines Kimonos und zog den linken Arm aus dem Ärmel. Er legte die linke Seite seines Oberkörpers frei und ließ eine leuchtend eingefärbte Tätowierung sehen, die vom Schlüsselbein bis zum Nabel und zur Mitte des Unterarms reichte. Die sehr stilisierte, aber noch immer erkennbare und wunderschön ausgeführte Zeichnung zeigte einen schwarzroten Wolfshund im tödlichen Zweikampf mit einem blaugrünen Drachen. Beide Tiere hatten in einem Yin-Yang-Motiv, das die Gleichheit und Notwendigkeit der Gegensätze ausdrückte, ihre Zähne in die Kehle des anderen geschlagen. Aus ihren Wunden tropfte Blut und formte die Umrisse eines Mannes. Er war von Sternen umgeben, und in seinen Händen hielt er ein Schwert und eine Pistole.

»Ich bin Christian Kell von der Ryu-no-Inu-Gumi von Murchison. Ich glaube als Yakuza können wir einander vertrauen.«

Yakuza? Ein Kell? Shin erwischte sich dabei, wie er seinen Gastgeber anstarrte, und senkte auf der Stelle den Blick. »Sumimasen, Keiru-san. Vergebt mein Starren. Ich hatte keine Ahnung, da ich Sie in einer Kühlweste gesehen habe.«

»Sie brauchen sich nicht zu entschuldigen, Yodama-san. Ich weiß, daß es ein Schock für Sie sein muß.« Chris grinste breit. »Sie wirkten kaum weniger überrascht als mein Onkel Morgan, als er meine Tätowierung vor fast zehn Jahren zum erstenmal sah.«

Shin schüttelte den Kopf, um seine Gedanken zu ordnen. »Die Gerüchte, nach denen Sie im Kombinat aufwuchsen, stimmen also?«

Chris zuckte die Schultern und nippte an seinem Sake. »Mehr oder weniger. Mein Vater war Patrick Kell, und ich wurde etwa sechs Monate vor seinem Tod auf Murchison geboren. Soweit ich weiß, hat er nie etwas von mir gewußt. Ich glaube, meine Mutter wollte es ihm bei seinem letzten Besuch sagen, aber sie befürchtete, er könne sich zur Ruhe setzen, wenn er von seinem Kind erfuhr. Sie glaubte, das hätte ihn langsam aber sicher umgebracht und sie gefangengehalten, also sagte sie ihm nichts davon.

Meine Mutter verdiente sich ihren Lebensunterhalt als Künstlerin, hatte aber Verbindungen zur Yakuza-Gemeinschaft in Akumashima. Wenn sie den Planeten verließ, blieb ich in der Obhut einer Yakuza-Familie. Als ich älter wurde, begleitete ich sie auf ihren Reisen, aber nach dem Krieg von 3039 sind wir nicht weit gekommen.«

Shin kniff die braunen Augen zusammen. »Murchison wurde in diesem Krieg vom Vereinigten Commonwealth eingenommen.«

»Ja, und die Besatzungstruppen schnitten alle Routen ab, die meine Mutter benutzt hatte, um zu kommen und gehen, wie es ihr beliebte. Ich habe keinen Zweifel daran, daß dieser Verlust der Freiheit sie schließlich umbrachte. Tatsächlich wurde sie nicht lange nach der Eroberung Murchisons krank. Aber ohne die Besatzer hätte ich meinen Heimatplaneten nie verlassen. Sehen Sie, Mutter erzählte mir nichts über die wahre Identität meines Vaters. Sie glaubte, wenn Patrick von mir gewußt hätte, hätte er sich zur Ruhe gesetzt und wäre nicht auf Styx ums Leben gekommen. Als Murchison Teil des Commonwealth wurde, gehörten zur Indoktrination der Bevölkerung auch zahllose Dokumentarholos und Dokudramas, die das Steiner-Davion-Erbe glorifizierten. Das, und die Tatsache, daß ich mehr und mehr meinem Vater zu ähneln begann, brachte sie dazu, mich fortzuschicken. Dann starb sie.«

Shin sah bedrückt zu Boden. »Ihr Verlust schmerzt mich.«

»Domo arigato.« Chris kaute einen Moment auf seiner Unterlippe. »So sehr mich ihr Tod auch schmerzte, ich verüble ihr nicht, daß sie mich fortsandte. Als ich ihre Sachen durchsah, entdeckte ich ihre Tagebücher, und so erfuhr ich endlich von meinem Vater. Ich brauchte nicht lange zu suchen. Nach meiner Abreise formulierte sie alle Einträge als Briefe an ihn.

Ich entschied mich, Morgan Kell zu suchen. Die Ryuno-Inu-Gumi konnten mich ins All schmuggeln. Ich fand meinen Onkel auf Arboris, hier in der Mark Sarna. Unter den Sachen meiner Mutter war auch eine Verigraphbotschaft bezüglich meiner Abstammung an Morgan Kell. Morgan hat mich sofort anerkannt, Urlaub von den Hounds genommen und mich hierher nach Outreach zur Ausbildung gebracht. Das war 3042.«

»Ihre Ausbildung muß sehr positiv verlaufen sein.« Shin erwiderte Christians Lächeln. »Ich hörte zum erstenmal '45 bei der Ambergrist-Krise von Ihnen. Gerüchteweise sollten Sie ein Klon Patrick Kells sein, den Hanse Davion in einem biomedizinischen Labor des New Avalon-Instituts der Wissenschaften aufgezogen hatte. Daß Sie mit nicht mehr als einer Kompanie ein ganzes Liao-Bataillon aufgerieben haben, erregte Aufmerksamkeit.«

»Und es ist unvergessen, sofern man Lady Romanos frostige Reaktion auf mein Erscheinen als Indiz gelten lassen kann.« Chris füllte die Tassen wieder auf. »Ich denke, das sollte Ihnen genug Informationen liefern, um die ISA zufriedenzustellen und dafür zu sorgen, daß sie die Dragoner nicht weiter mit Fragen belästigen.«

Shin stimmte ihm zu. »Da bleibt immer noch das Rätsel des angeblichen Todes und der Auferstehung Kali Liaos während einer Thugee-Zeremonie.«

Chris lachte. »Das ist kein Rätsel. Psychotropische Drogen wirken Wunder, besonders wenn die Person, die sie einnimmt, ohnehin nur eine sehr lockere Bekanntschaft mit der Wirklichkeit hat. Ein winziger Hautritzer und genug Drogen, um sie high zu halten, bis sich eine Narbe gebildet hat, genügen. Nein, wenn Ihre ISA-Jungs ein Rätsel brauchen, habe ich ein ComStar-Rätsel, das sie für uns lösen können.«

»ComStar?«

»Ja. Der Präzentor Martialum hat meinem Onkel Morgan vor kurzem eine Botschaft zukommen lassen. Sie bestand nur aus einer Zeile, und die war ein berühmtes Zitat des terranischen Autors Mark Twain: ›Die Berichte von meinem Tod sind stark übertrieben.‹«

14

Montayanaberge, Outreach
Mark Sarna, Vereinigtes Commonwealth

1. Juni 3051

Als der letzte rote Schimmer der untergehenden Sonne hinter dem zerklüfteten Horizont verschwunden war, streifte Kai Allard den Tornister ab. Er lehnte sich gegen einen der Felsen, die um die kreisrunde Lichtung standen, welche Victor als Lagerplatz für die Nacht ausgesucht hatte. Nach seinem Kompaß und seiner Karte waren sie nur noch eine halbe Stunde Fußmarsch von ihrem Ziel entfernt. Die überhängende Klippe und das unwegsame Gelände um den Lagerplatz schützte sie vor Suchflugzeugen und patrouillierenden Mechs.

Zu seiner Linken legten auch Victor und Galen ihre Tornister ab und ließen sich zu Boden sinken. Ihnen gegenüber befreiten sich Hohiro und Shin von ihrer Ausrüstung. Cassandra und Ragnar legten ihre Sache neben die Kais, während Sun-Tzu wie ein gefangenes Tier über die Lichtung tigerte.

Kai blickte auf seine Uhr. »Wir sind ein paar Stunden früher hier als geplant. Wir sollten etwas essen und dann versuchen zu schlafen.«

Sun-Tzu starrte Ragnar verächtlich an. »Du, hol Feuerholz.«

Kai widersprach dem Befehl. »Nein.«

Sun-Tzus Miene verhärtete sich. »Dann schick du jemand los. Cox oder den Yakuza.«

»Ich sagte, nein.«

Ragnar stand auf. Er war entschlossen, jede Auseinandersetzung zwischen Kai und seinem Vetter zu verhindern. »Keine Sorge, Kai. Ich hol welches. Es macht mir nichts aus.«

Kai legte die rechte Hand auf Ragnars Schulter. »Ich

sagte nein, weil wir kein Feuer machen.« Er zeigte in Richtung ihres Ziels. »Victor hat diesen Platz ausgesucht, weil er uns maximale Deckung bietet. Wenn wir Feuer machen, verraten wir damit unsere Anwesenheit. Das Überraschungsmoment ist unser einziger Vorteil bei diesem Unternehmen, und ich will es nicht verlieren.«

Victor kicherte, während er in seinem Rucksack wühlte. »Außerdem wollt ihr diese Rationen doch nicht etwa wirklich aufwärmen. Kalt läßt sich das geronnene Fett abkratzen. Dieses Zeug muß noch aus dem Zweiten Nachfolgekrieg stammen.«

Sun-Tzu verzog das Gesicht. »Typisch für den Aggressor, so übervorbereitet auf den Krieg zu sein.«

Victor schnaufte verächtlich. »He, wenn ihr Capellaner vor zwanzig Jahren wenigstens einen Schimmer von Gegenwehr geleistet hättet, wär dieses Zeug längst verbraucht, und wir hätten frische Rationen.«

Sun-Tzu tat einen Schritt in Victors Richtung, aber augenblicklich stand Galen warnend auf. Wütend warf Sun-Tzu seinen Tornister zu Boden. Er ließ sich fallen und stützte die Ellbogen auf die Knie. Sein Gesicht hatte er schmollend in den Händen vergraben.

Kai sah zu ihm hinüber und schüttelte den Kopf. *Er ist genausowenig ein MechKrieger wie Ragnar, aber der Junge versucht es wenigstens.* Kai wurde klar, daß mit sinkender Spannung zwischen den Davion- und Kurita-Fraktionen der Gruppe Sun-Tzu erfolgreich alle Spalttendenzen auf sich zog. Er zuckte die Schultern, fühlte sich außerstande, etwas zu ändern, und suchte in seinem Rucksack nach einer Dose.

Er hielt seinen Fund hoch, damit alle ihn sehen konnten. »Ich habe eine Dose Rindfleisch, die ich bereit bin, gegen nahezu alles einzutauschen. Es ist sogar ein Zwieback dabei.«

Galen schüttelte den Kopf. »Nein danke. Ich habe kein Interesse an steinaltem Brot und Knorpelstücken.«

Ragnar hielt ihm eine Dose entgegen: »Huhn in Naranjisoße und Nudeln.«

Kai konnte seine Überraschung nicht unterdrücken. »Und das willst du tauschen? Das ist das einzig Eßbare auf diesem Treck.«

Shin hob zwei Dosen hoch. »Ragnar, ich biete zwei Dosen Schweinefleisch mit Bohnen.«

Victor wühlte hastig in seinem Tornister. »Ich halte deine zwei Dosen Bohnen und leg einen halben Riegel Schokolade dazu.«

»Da kann ich nicht mehr mitbieten.« Kai lächelte Ragnar an. »Dir scheint ein ernsthaftes Gebot vom Prinzen des Vereinigten Commonwealth vorzuliegen. Zier dich etwas, und du wirst noch mehr bekommen. Vielleicht sogar einen Planet.«

»Aber sieh dich vor«, warnte Cassandra. »Das letzte Mal, als ein Davion anfing, Welten aufzugeben, verschenkte er die halbe Konföderation Capella.«

Allgemeines Gelächter, Sun-Tzu ausgenommen, beantwortete ihren Witz. Aber so müde sie auch waren, Sun-Tzus Verbitterung ließ das Lachen schnell wieder ersterben.

Ragnar zuckte die Schultern. »Ich habe es Victor nicht angeboten. Wenn du es willst, gehört es dir, Kai. Sonst eß ich es selber.« Für die anderen fügte er hinzu: »Ich bin vielleicht der Jüngste, aber das heißt nicht, daß ich blöd bin. Das ist mindestens drei Dosen Bohnen, einen ganzen Riegel Schokolade und die Übernahme meiner Nachtwache wert.«

»Behalt es, Ragnar. Genieß dein Abendessen, morgen wird es hart.« Er öffnete seine Dose mit Rindfleisch und zuckte zurück, als ihm der Geruch in die Nase stieg. Plötzlich gar nicht mehr hungrig, stellte er die Dose auf den Felsen. »Ach ja, noch was. Wegen der Wachen. An Stelle der üblichen einen Stunde sind es heute zwei. Sun-Tzu übernimmt die erste Wache, gefolgt von Ragnar, Cassandra und mir, in dieser Reihenfolge. Wir werden uns lange vor Sonnenaufgang in Bewegung setzen, damit wir den Gegner angreifen können, bevor er aus dem Schlafsack kriecht.«

Sun-Tzu sah auf. »Nein. Ich bin müde. Ich will die erste Wache nicht.«

Kai seufzte schwer. »Ich habe die Wachen danach eingeteilt, wer den müdesten Eindruck macht. Ich bin nicht nur der Ansicht, daß du ausdauernder bist als Ragnar oder meine Schwester, es ist auch sehr schwer, dich zu wecken, wenn du an der Reihe bist. Ich ziehe es vor, mir diesen Ärger zu ersparen. Du hast die erste Wache.«

Sun-Tzu blickte auf Victor und Hohiro. »Und sie brauchen keine Wache zu halten? Ich weiß, warum du für den Davion eine Ausnahme machst, aber warum für Kurita? Bist du genauso zum Verräter geworden wie dein Vater?«

Cassandra sprang mit geballten Fäusten auf, aber Kai trat vor und hielt sie wortlos auf. Er nahm die Wut in ihren braunen Auge zur Kenntnis und gab ihr mit einem kurzen Nicken seinen Segen, aber dann schickte er sie mit einem Blick zurück zu Ragnar. Sie fügte sich, aber nur zögernd, und Kai wußte, daß ihr Zorn dicht unter Oberfläche weiterbrodelte.

»Ich will versuchen, es allen zu erklären, damit es hier keine Unklarheiten gibt. Victor, Galen, Shin und Hohiro sind unsere Hauptangriffstruppe. Ihre Aufgabe ist es, die feindlichen Mechs zu erreichen und uns eine Lanze zu besorgen. Dazu müssen sie gut ausgeruht und hellwach sein. Ich glaube kaum, daß es dabei helfen würde, wenn wir ihren Schlaf unterbrechen, und deshalb habe ich sie für heute von der Wache entbunden.«

Kai breitete die Arme aus. »Wir übrigen sind die Ablenkungseinheiten. Unser Aufgabe ist es, soviel Verwirrung wie möglich zu stiften, um den anderen auf dem Weg zu den Mechs Deckung zu geben. Weil unsere Aufgabe nicht annähernd so schwierig ist, wie inmitten eines Überfalls die Kennmodule eines Mechs auszutauschen, denke ich, daß wir mit weniger Schlaf auskommen. Außerdem kannst du, weil du die erste Wache hast, durchschlafen. Klar?«

»Ich sehe, was klar ist.« Sun-Tzu kratzte an seinen geschnittenen Fingernägeln, dann stand er unvermittelt auf. »Ich sehe alles glasklar. Das ist eine Verschwörung.«

Ragnar setzte sein Essen ab. »Schon gut, ich übernehme die ersten beiden Wachen. Ich kann vier Stunden durchhalten. Ich brauche nicht viel Schlaf.«

Sun-Tzu starrte ihn säuerlich an. »Weg, Welpe. Ich brauche deinen Schutz nicht. Es ist offensichtlich, daß dies alles ein Komplott ist, mit dem Ziel, die Konföderation Capella zu beschämen und zu erniedrigen. Warum sonst sollten sie dir das Kommando übergeben und deine Amazonenschwester mitschicken? Dich bei dieser Übung in die Position eines Kommandeurs zu hieven, ist eine Beleidigung für alle legitimen Nationen, und daß Davion und Kurita das zulassen, beweist ihre Komplizenschaft.«

Kai hielt seine Stimme gleichmütig. »Setz dich, Sun-Tzu.«

Sun-Tzus Stimme troff vor Hohn. »Ich nehme keine Befehle von dir entgegen. In deinen Adern fließt Verrat, und daß Haus Davion sich auf die Allards verläßt, macht es verachtenswürdig.«

Er drehte sich um und blickte Ragnar an. »Du andererseits, bist einfach nur lächerlich. Die Freie Republik Rasalhaag war nie mehr als ein Witz des Draconis-Kombinats. Eure Freiheit basiert ausschließlich auf einem Versprechen eurer ehemaligen Herren. Wenn das Kombinat sich entschlösse, eure Unabhängigkeit aufzuheben — glaubst du, irgend etwas könnte sie aufhalten? Und jetzt habt ihr eure Zentralwelt und über die Hälfte eurer Systeme verloren.«

Ragnar schoß hoch. »Dann sollte dir klar sein, wie sehr wir uns ähneln, Sun-Tzu. Beide haben wir die

Hälfte unseres Reiches an Fremde verloren. Wir sollten Brüder in dem Entschluß sein, den Rest unserer Systeme zu halten.«

Ragnar hatte versucht, Sun-Tzu mit seinen Worten zu beruhigen, aber er bewirkte genau das Gegenteil. Sun-Tzus Stimme wurde schrill, als er den Prinzen von Rasalhaag anschrie. »Wage es nicht, dich mit mir gleichzustellen, du kleiner Junge. Es ist ganz richtig, daß du dich bei Kai und Cassandra anbiederst. Ihr kommt alle drei aus Banditennationen, die kein Existenzrecht besitzen.«

Er wirbelte herum. »Und wie passend, daß ein Yakuza einen Kurita bedient, und ein Lyraner einem Davion die Stiefel leckt. Ihr seid alle Huren, die Hanse Davion und Jaime Wolf in die Hände spielen. Ihr wißt, daß die Dragoner den Clans angehören. Wolf hat es selbst zugegeben. Und trotzdem stehen wir hier und vollführen sinnlose Übungen, die uns an einer echten Planung hindern, während die Clans sich wieder sammeln.«

Ragnar streckte die Hand aus und berührte Sun-Tzus Arm. Der Capellaner wirbelte herum, und seine rechte Faust wurde zu einem Schemen, als sie auf Ragnar zuschoß. Aber bevor sein Schlag landen konnte, war Kai vorgesprungen und hatte das Handgelenk seines Vetters gepackt.

Sun-Tzu kreischte wie ein Tier, als er seine Hand aus Kais Griff befreite. Eine halbe Sekunde lang blickte Kai in die grünen Augen seines Vetters und sah die wilden Emotionen, die ihn beherrschten. Dann explodierten grelle Lichter vor seinen Augen und nahmen ihm die Sicht. Sun-Tzu hatte ihm mit dem rechten Bein einen Tritt gegen den Kopf versetzt, der Kai zu Boden schmetterte.

In allen Farben des Regenbogens schimmernde Lichtbälle tanzten vor seinen Augen, und zwischen seinen Zähnen knirschte der Sand. Die linke Seite seines Kopfes fühlte sich an, als habe ihm jemand einen Schlag mit einem Hammer versetzt, aber das Klingeln in seinen

Ohren konnte Sun-Tzus wütenden Triumph nicht übertönen.

»Faß mich nicht an, du Quislingwelpe! Das war ein Vorgeschmack darauf, was du erleben wirst, wenn du zu vollenden versuchst, was deine Eltern begonnen haben. Die Konföderation Capella gehört dir nicht. Sie ist mein. Du wirst sie nie in deine Hände bekommen — das schwöre ich —, gleichgültig wie sehr du dich auch anstrengst, mich zu beschämen.«

Nun brach sich auch Kais Zorn Bahn. Er griff zu und zog Sun-Tzu die Füße weg. Als sein Vetter zu Boden ging, warf sich Kai auf ihn und zwang seine Arme nieder, indem er die Knie auf Sun-Tzus Bizeps preßte. Er packte den Overall des Capellaners mit der Linken und versetzte ihm zwei schallende Ohrfeigen.

Kais Stimme fiel in ein drohendes Grollen. »Ich hoffe, das dringt endlich bis in deinen Schädel durch, denn bis jetzt scheint das ja nicht funktioniert zu haben. Ich will die Konföderation Capella nicht, und ich habe sie nie gewollt. Der Himmlische Thron ist dein, und du kannst ihn gerne behalten. Wenn Victor mich bitten würde, eine Invasion der Konföderation zu leiten, würde ich ihm abraten. Wenn ich nie mehr von Kämpfen zwischen unseren Reichen höre, werde ich glücklich sterben können.«

Ohne den Overall seines Vetters loszulassen, stand Kai auf und zerrte Sun-Tzu auf die Füße. »Du übernimmst die erste Wache.«

Sun-Tzu stolperte zurück, sagte aber nichts, als Kai ihn freigab. In Kais Ohren pochte das Blut. Er drehte sich um und verließ den Steinkreis, der das Lager umgab. Er wanderte um einen kleinen Hügel, außer Sicht der anderen. Dann setzte er sich auf einen Stein und legte die Arme um seinen Körper.

Wie konnte ich nur so dumm sein? Er wußte, daß es keine Lösung war, Sun-Tzu zu verprügeln. Wahrscheinlich würde es keine vierundzwanzig Stunden dauern, bis der Fürstenrat ihn erneut vorlud und eine Rechtfertigung für sein Verhalten forderte. Kais Wangen glühten, als er sich das Mißfallen seiner Eltern vorstellte.

Hinter sich hörte er den Kies unter Stiefelschritten knirschen. Er wußte sofort, daß es nicht Sun-Tzu sein konnte. Das Knirschen war nicht laut genug. »Schon gut, Zandra. Ich bin okay.«

»Verzeihen Sie, Lieutenant Allard«, sagte Hohiro. »Ich wollte nicht stören.«

Kai drehte sich langsam um. Trotz des Halbmonds und der zwölf kleineren Satelliten verschiedener Farben, die über ihnen am Himmel standen, konnte er nicht mehr als die Umrisse des Draconiers erkennen. »Du störst nicht, Hohiro. Ich bin es, der sich bei allen für sein Verhalten entschuldigen sollte, und ich kann gerne bei dir den Anfang machen. Es tut mir leid, daß du Zeuge geworden bist, wie ich ...«

»Die Beherrschung verloren hast?« Hohiro schüttelte den Kopf. »Keine Entschuldigung vonnöten, Kai. Ich bin gekommen, um dir zu sagen, wie sehr ich deine Selbstbeherrschung bewundere. Ich an deiner Stelle hätte ihm das letzte bißchen Verstand aus dem Schädel geprügelt.«

»Genau das ist das Problem. Sun-Tzu hat auch kein bißchen Verstand mehr. Ihn zu verprügeln, würde für ihn nur das bestätigen, was er sein ganzes Leben gekannt hat. Und so sehr du auch finden magst, daß ich mich beherrscht habe, es muß eine andere Möglichkeit geben.«

Der Kurita-Prinz lehnte sich gegen einen schwarzen Findling. »Es gibt Momente, in denen Gewalt die einzige Lösung ist.«

»Hohiro, wir sind beide Krieger. Wir haben keine Probleme damit, Gewalt als Lösung für Schwierigkeiten anzuwenden, und ich muß zugeben, daß sie gelegentlich der einzige Ausweg zu sein scheint.« Das Bild von unter Steinmassen begrabenen Clanmechs trat vor sein inneres Auge. »Aber Sun-Tzu umzubringen, ist keine realistische Option, und ihn zu prügeln, vertieft nur noch seine Angst.«

»Seine Angst?« Hohiro kratzte sich die Bartstoppeln. »Ich habe in ihm noch nie etwas anderes als Haß gesehen.«

Kai verschränkte die Hände im Nacken und preßte die Unterarme gegen den Kopf. »Sie ist da, glaub es mir. Ich sah sie in seinen Augen, bevor er mich erwischte. Überleg doch mal. Er ist in einem einzigen Alptraum aufgewachsen. Er hat gelernt, mich zu hassen und zu fürchten, wie Romano meine Mutter haßt und fürchtet. Er war kaum fünf, als sein Großvater angeblich Selbstmord beging, also ist er mit den Gerüchten groß geworden, daß seine Mutter ihn ermorden ließ. So sehr er Romano liebt, irgendwie muß er das liebende Antlitz, das sie ihm zeigt, mit der dämonischen Fratze versöhnen, die sie anderen gegenüber zur Schau stellt. Mit derselben Spontaneität, mit der sie ihm aus heiterem Himmel ein Geschenk macht, kann sie den Tod Tausender befehlen. Sie hat die Folter als Test der Loyalität institutionalisiert, und so sehr er es auch bestreiten mag, er muß Angst davor haben, daß sie eines Tages von ihm verlangt, seine Loyalität auf diese Art zu beweisen.« Kai schluckte schwer. »Irgendwie hat er in diesem Irrenhaus überlebt. Er hat lange und hart daran gearbeitet, seine Mutter zu beruhigen und ihre mörderischen Wutausbrüche zu lindern. Er hat darum gekämpft, ein Reich zusammenzuhalten, das seine Mutter mit Leichtigkeit zerfetzen könnte, und wofür? Er schaut auf den St.-Ives-Pakt und das Vereinigte Commonwealth und weiß, daß wir die Capellaner jederzeit überwältigen könnten. Er weiß, daß seine Truppen uns nicht einmal bremsen könnten. Die einzige Methode, uns zahlen zu lassen, bestünde darin, sein Volk in einen selbstmörderischen Blutrausch zu hetzen, der alles vernichten würde, um dessen Bestand er sich bemüht hat.«

»Aber du hast ihm gesagt, daß du kein Interesse am capellanischen Thron hast.«

Kai hob erschöpft die Schultern. »Jeder Versuch, ihm das zu sagen, scheint ihn nur noch mehr davon zu überzeugen, daß ich ihn in falscher Sicherheit wiegen will, um ihn leichter erdrücken zu können.«

Hohiro hob den Kopf. »Vielleicht liegt es daran, daß er die Wahrheit hinter deinen Worten hört.«

»Was?«

»Du hast es vorhin selbst gesagt. Wir sind beide Krieger. Wir wissen, daß manche Probleme nur mit Gewalt zu lösen sind, und wir haben die Verantwortung für die uns gegebene Macht akzeptiert. Du streitest ab, die Konföderation Capella regieren zu wollen, und das mag auch stimmen, aber wir wissen beide, daß es nicht die ganze Wahrheit ist. Sollte Sun-Tzu sich als ebenso wahnsinnig erweisen wie seine Mutter oder dein Großvater, wenn er ganze Menschenmassen zu seinem Vergnügen abschlachten oder in einer völkermordenden Gier nach Rassenreinheit Minderheiten vernichten ließe, bin ich sicher, daß du ihn angreifen würdest. Und du würdest alles tun, ihn zu vernichten.«

»Nein.«

»Doch.« Hohiro verschränkte die Arme vor der Brust. »Ich habe dich beobachtet, Kai, und ich habe auch die Berichte sorgfältig gelesen, die ich von der ISA über dich bekommen habe. Unsere Analytiker bezeichnen dich als Feigling. Sie behaupten, du hast Angst vor dem Krieg und bist nur ein MechKrieger geworden, um deinen Eltern keine Schande zu machen. Sie interpretieren deine Neigung zur übertriebenen Planung als exzessive Ängstlichkeit. Sie bestehen darauf, daß dein Sieg auf Twycross ein purer Glückstreffer war und die Raketen deiner Rettungskapsel durch eine Fehlfunktion die Abschirmung des Fusionsreaktors durchschlugen.«

»Glaubst du das auch?«

Hohiro schüttelte den Kopf. »Ich glaube, unsere ISA-

Agenten sind Narren. Du hast keine Angst vor dem Krieg. Du hast Angst, was geschehen könnte, wenn du dich gehenläßt. Du hast Angst, nicht wieder aufhören zu können, nicht zu wissen, wo die Grenzen liegen. Auf Twycross hast du sechs Männern befohlen, auf ihre Posten zurückzukehren und den Spalt zu sprengen. Du mußtest diesen Befehl geben — es war die richtige Order im richtigen Augenblick —, weil du keine Ahnung hattest, ob du es selbst schnell genug schaffen konntest. Wären ihre Mechs nur dreißig Sekunden schneller gewesen, wärst du zu spät gekommen. Was du fürchtest, ist deine Fähigkeit, Männer ohne nachzudenken in den Tod zu senden.

Ich komme aus einer Tradition, die das Leben nicht so hoch einschätzt. Anstatt meine Männer in den Kampf gegen den Feind zu treiben, kann ich sie ›einladen vorzutreten‹. Eine hübsche Umschreibung dafür, jemanden in den Tod zu schicken, nicht wahr? Auch ich habe diese Art der Macht über Leben und Tod aller Menschen meines Reiches. Und aus diesem Grund teile ich deine Furcht.« Hohiro zögerte einen Augenblick, dann sprach er weiter. »Ich weiß, wie es ist, in den Spiegel zu schauen und mich zu fragen, was für ein Monster ich werden könnte. Es ist nur natürlich, und was noch wichtiger ist, es muß so sein. Mein Vater hat mir beigebracht, daß wir den Einsatz unserer Macht hinterfragen müssen, weil wir die Grenze zwischen ihrem begründeten Einsatz und purer Despotie erst bemerken würden, wenn wir sie schon Lichtjahre hinter uns gelassen haben. Ohne diese Selbstzweifel hätten wir keinen Hinweis darauf, daß wir zu weit gegangen sind, bevor wir im Blut unserer Opfer ertrinken.«

Kai zuckte zusammen, als Hohiros Worte den Kern seines Wesens berührten. »Nein, nein, du irrst dich.«

»Er hat recht, Kai.« Victor trat mit einem Nicken in Hohiros Richtung zu ihnen. »Ich habe gehört, was Hohiro gesagt hat, und ich stimme ihm voll und ganz zu.

Es war Morgan Kell, der mir diesen Punkt zum erstenmal klargemacht hat, als wir im Januar hier ankamen. Er sagte, du seist einer der seltenen Krieger, die sich hart an die Kandare nehmen, aus Angst, was sonst geschehen könnte. ›Danke dem Himmel, daß er auf deiner Seite steht‹, sagte Morgan damals. ›Wenn er jemals richtig losschlägt, gibt es kaum jemand in der Inneren Sphäre, der ihn aufhalten könnte.‹«

Hohiro neigte anerkennend den Kopf. »Oberst Kell ist ein ausgezeichneter Menschenkenner und ein erfahrener und hochdekorierter Krieger. Es überrascht mich nicht, daß er das so klar erkannt hat.«

Der Kurita-Prinz trat ein paar Schritte vor und legte die Hände auf Kais Schultern. »Kai, die Macht, die wir besitzen, wird nur wenigen gegeben. Der Grund dafür ist die enorme Verantwortung, die mit ihr einhergeht. Wir sind die Entscheidungsträger, die manchmal darüber beschließen müssen, eine kleine Gruppe Menschen zu opfern, um das Leid einer größeren Menge zu verhindern. Selbst zum günstigsten Zeitpunkt, in den deutlichsten Fällen, ist dies keine leichte Entscheidung. Du mußt dir und deinem Verstand einfach vertrauen. Du hast beschlossen, richtig zu handeln, und du wirst es schaffen.«

Kai wandte sich ab. »Mit diesem Dämon ringe ich seit Twycross, nein, schon länger. Ich dachte, meine ursprüngliche Entscheidung sei richtig gewesen, aber Tywcross bewies mir das Gegenteil.«

Er drehte sich wieder um und ließ die Arme hängen. »Ich bin zu der Entscheidung gekommen, daß die Gefahr, solche Macht falsch einzusetzen, zu hoch ist. Wenn ich jemals in der Zukunft gezwungen sein sollte, ein Selbstmordkommando loszuschicken, werde ich es tun. Aber ich werde sie persönlich anführen.«

Ein leichtes Grinsen breitete sich auf seinem Gesicht aus. »Vielleicht hatten deine ISA-Agenten recht, Hohiro. Vielleicht bin ich ein Feigling. Ich glaube, es wäre sehr viel schwerer, mit dem Wissen zu leben, daß ich Menschen in eine Situation gezwungen habe, die ihren Tod bedeutete, als selbst mit draufzugehen. Ich weigere mich, das Leben als billige Ware zu behandeln, für welche Sache und mit welcher Berechtigung auch immer. Und wenn das mein Grabspruch wird, werde ich damit in Frieden ruhen können.«

15

Kerensky-Sportzentrum
Strana Metschty, Jenseits der Peripherie

1. Juni 3051

»Als du deinen Mech in die Hocke gesenkt und den Torso nach hinten gebeugt hast, um die Reichweite der Armwaffen zu erhöhen, mußte ich mich zurückziehen. Es war ein guter Schachzug.«

»Danke, Carew.« Phelan Wolf nickte ernst, als sein Begleiter die Erklärung des soeben beendeten Trainingslaufs abschloß. Carew war ein kleiner, schlanker Mann von der Art, wie sie bei Clan-Piloten häufig war. Seine wilde blonde Mähne ließ seinen Kopf noch größer erscheinen, und seine großen grünen Augen verliehen ihm einen Hauch kindlicher Unschuld. Aber nach den langen Stunden der Flugabwehrmanöver hatte Phelan erkannt, daß sein Freund nichts Kindliches oder Unschuldiges an sich hatte.

Carew zuckte die Schultern. »Nach deinem Training mit Natascha, Ranna, Evantha und mir ist die einzige Frage, ob du dich als MechKrieger, Pilot oder Elementar testen lassen solltest.«

Die beiden Männer trugen Shorts und T-Shirts und wanderten über einen Grashang zu einer riesigen Hochebene hinauf. Die Ebene war in zwanzig Spielfelder aufgeteilt. Jedes der Felder war in der Mitte durch eine Linie zweigeteilt und besaß an den Enden ein von einem Kreis eingeschlossenes Tor, das etwa zwei Meter im Quadrat maß und vier Meter von der Endlinie entfernt war.

Die Spieler trugen Helme mit einem Metallgitter als Gesichtsschutz, gepolsterte Handschuhe, Armschützer und gepolsterte Schutzwesten, die in der Mitte einen roten oder blauen Kreis trugen. Sie trugen Stöcke, deren

Länge je nach der Spielposition variierte, aber sie alle besaßen an ihrem Ende ein dreieckiges Netz. Phelan bemerkte, daß die Stöcke der Verteidiger ebenso lang waren wie die Spieler. Da die meisten Elementare waren, bedeutete dies, daß es sich um äußerst lange Stöcke handelte. Die Stürmer, meistens Piloten wie Carew, hatten kurze Stöcke, die schnell herumgerissen werden konnten. Mittelfeldspieler trugen etwa anderthalb Meter lange Stöcke, ebenso wie der Torwart, aber das Netz an ihrem Ende war viermal so groß wie das der anderen Spieler.

Phelan grinste. »He, Lacrosse. Das haben wir auf Outreach auch gespielt, und während meiner Zeit am Nagelring war ich in der Akademiemannschaft.«

Carew nickte. »Das Spiel unterscheidet sich etwas von dem, das du auf Outreach gespielt hast.« Er wehrte Phelans Frage ab. »Ich habe mit Nataschas Archivar über die Unterschiede zwischen unserem und dem dortigen Spiel gesprochen. Wenn du hier auf das Feld gehst und meinst, das Spiel wäre identisch, wird das dein Tod.«

Phelan schaute eine Weile zu, wie die Spieler dem Ball nachjagten. Das rote Team fing den kleinen weißen Ball, und die Spieler arbeiteten sich langsam auf das blaue Tor zu, wobei sie ihn einander ständig zuwarfen. Einer der Mittelfeldspieler lief quer übers Feld, nahm den Paß eines Stürmers an und schleuderte den Ball pfeifend auf das Tor. Der Torwart fing ihn auf und schleuderte ihn zurück.

»Ich höre zwar, was du mir sagst, Carew, aber abgesehen von einer Menge Endstöße sieht es nicht sonderlich anders aus.«

»Endstöße?«

»Wenn jemand einem anderen Spieler mit dem Stockende einen Schlag versetzt. Ein *Foul.*«

»Foul?«

Auf dem Feld stieß ein blauer Spieler seinen Stock in

die Rippen eines roten Spielers, so daß dieser zu Boden ging. »Ja, so etwas, ein Speerstoß. Das ist ein Foul. Illegal. Ein Regelverstoß.«

»Phelan, bei uns gibt es keine Fouls. So etwas bringt Punkte.«

»Oh.« Phelan sah dem Spiel noch eine Weile zu und zuckte zusammen, als ein zweiter Spieler hart angegangen wurde. Dann zuckte er die Schultern. »Na ja, das ist beinahe die Art, wie wir es am Nagelring gespielt haben. *So* groß sind die Unterschiede nicht.«

Der kleine Mann lächelte. »Ah, aber es gibt einen entscheidenden Unterschied. Der Spieler, der den Ball hat, gilt als ›frei‹. Das bedeutet, jeder Schlag, den dir jemand mit dem Stockende in den Kreis versetzt, kostet deine Mannschaft einen Punkt. Du kannst zurückschlagen, aber solange du den Ball hast, ist das im allgemeinen kein guter Zug. Jedes Tor ist fünfzig Punkte wert. Das Spiel dauert eine Stunde, oder bis eine Mannschaft in die negativen Zahlen kommt. Beide Teams starten mit jeweils einhundert Punkten, aber es ist weniger schwierig, eine Mannschaft aus dem Spiel zu werfen, als du vielleicht denkst.«

»Hmmm. Interessante Variante.« Phelan warf einen weiteren Blick auf das Spiel. »Im Gegensatz zu allen anderen Aktivitäten hier ist das Spiel nicht gemischt.«

Carew schauderte. »Gegen Frauen spielen? Nein danke. Die sind gnadenlos. Beim Sport gegen eine Frau anzutreten, ist fast so schlimm, wie um einen Blutnamen gegen eine zu kämpfen, zumindest nach allem, was ich gehört habe.«

»Ach so.« Phelan deutete auf das nächste der laufenden Spiele. »Meinst du, sie könnten ein paar neue Spieler gebrauchen?«

»Könnte sein, aber in das Spiel könntest nur du einsteigen. Die rote Mannschaft ist Haus Ward, die blaue Haus Demos. Die Spieler sind alle blutnamenlos, also *sollten* sie dich akzeptieren.«

»Sie sollten?«

»Der Kerl, der vorhin versucht hat, ein Tor zu machen, war Vlad. Soweit ich mich erinnere, seid ihr beide nur in dem einen Punkt einer Meinung, daß einer von euch irgendwann den anderen umbringen wird.«

»Stimmt.« Phelan runzelte die Stirn. »Was ist dein Haus?«

Carew zuckte die Schultern. »Ich wurde in Haus Nygren geboren.«

Phelan hörte Verärgerung und Niedergeschlagenheit in der Stimme seines Freundes. »Du sagst das, als wäre es ein Fluch.«

»In gewissem Sinne ist es das auch. Nygren hatte noch nie ein starkes Jagdpilotenkontingent. Vor fünfundzwanzig Jahren haben die Wölfe die Jadefalken in einer Schlacht besiegt, und Nygren bekam genetisches Material von Haus Malthus, von dem man annahm, daß es die DNS enthielt, die den Malthus-Piloten ihre große Kampfstärke gibt. Ich bin ein Produkt dieser Linie.«

»Warum bist du dann so niedergeschlagen? Du hast den anderen etwas voraus, wenn es um den Blutnamen geht. Du hast es.«

Carew schüttelte den Kopf. »Kurz nachdem die zweite Generation aus dem Siegespreis erzeugt worden war, erfuhren wir, daß das Genmaterial aus einem Kadettenzweig der Familie stammte. Die Wolf-Wissenschaftler erklärten zwar, die Gene seien mit denen identisch, auf die wir aus gewesen waren, aber das Täuschungsmanöver beschämte einige der Nygren-Ältesten. Das hat denen von uns, die aus diesem Sieg geboren wurden, einen Makel eingetragen, der unsere Chance, für einen Blutnamen nominiert zu werden, praktisch gleich Null macht.«

»Und sich durch den offenen Kampf zu qualifizieren, ist relativ wertlos.« Phelan drückte Carews Schulter. »Es tut mir leid, mein Freund. Vielleicht erreichst du bei unserer Rückkehr in die Innere Sphäre etwas, das sie zwingt, dich zu nominieren.«

»Wer weiß.« Carew deutete auf das Spielfeld. »Halbzeit. Das ist deine Chance, ins Spiel zu kommen.«

Phelan grinste. »Es macht dir nichts aus zuzusehen?«

»Geh ruhig. Nataschas Archivar hat mir ein paar Informationen über dich gegeben. Haus Demos hat ein schlechtes Gen. Sie spielen zu gerne.« Er grinste. »Wenn du den Gerüchten gerecht wirst, kann ich mir ein paar Gefallen verdienen.«

Lachend drehte Phelan sich um und trat zu den verschwitzten Männern am Spielfeldrand. Er ging zu einem kahl werdenden, braunhaarigen Mann. Als dieser aufsah, erkannte Phelan ihn als einen seiner Gegner in einem Mechübungslauf. »Du bist Emilio, frapos?«

Der Mann leerte seinen Becher Wasser und füllte ihn am Spender wieder auf. »Pos, und du bist Phelan.«

»Richtig. Braucht ihr noch einen Spieler?«

Emilio zuckte die Achseln. »Vlad, willst du noch Frischfleisch auf dem Feld? Ich habe Atemschwierigkeiten. Wahrscheinlich hat Carter mir beim letzten Punktstoß eine Rippe gebrochen.«

»Phelan?« In Vlads Stimme mischten sich Unglauben und Verachtung. »Erlaubt dir Cyrilla jetzt auch grobe Pöbelspiele?«

Phelan drehte sich langsam um und sah Vlad, um den sich die anderen Mitglieder des Teams gruppierten. Die Hälfte von ihnen teilte Vlads verächtliche Miene, aber die anderen — zum größten Teil Elementare — schienen nur auf seine Antwort zu warten. Phelan lächelte freundlich. »Ich weiß nicht, ob Brutalität das Spiel bestimmt, Vlad. Wenn ich Tore erziele, ist es ziemlich uninteressant, wie oft ich jemanden stoße, frapos?«

Vlad runzelte die Stirn. »Du wirst feststellen, daß das Stoßen weniger grob ist als das Gestoßen werden.« Er beäugte Phelan mißtrauisch, dann nickte er langsam. »Du kannst mitspielen.«

Phelan hüpfte über die Bank und wühlte in einem Haufen mit Ausrüstungsteilen. Vlad klopfte mit dem Stock gegen die Bank, und Phelan kam mit abwehrend erhobenen Händen hoch. »He, ich will eine Ausrüstung.«

»Und die sollst du bekommen.« Vlad deutete mit dem Stock auf Emilio. »Gib ihm deine. Du wirst mein rechter Flügelmann, Phelan.«

»Nein! Er braucht mir sein Zeug nicht zu geben. Hier liegt genug.«

Vlad nahm Phelans Protest nicht einmal zur Kenntnis. »Emilio, gib Phelan deine Ausrüstung.«

»Wie Sie wünschen, Sterncommander.«

Emilio zog die Schutzweste aus und reichte sie Phelan. »Ich hoffe, sie schützt dich besser als mich.«

Phelans grüne Augen loderten. »Warum tust du das? Warum widersetzt du dich nicht?«

Emilio schüttelte den Kopf. »Sieh mich an. Ich bin zweiunddreißig Jahre alt und habe keinen Blutnamen. Meine Laufbahn ist bald zu Ende. Es ist ein Wunder, daß Vlad und die anderen mich überhaupt mitspielen lassen. Ich bin klug genug, der nächsten Generation Platz zu machen.«

In Emilios Worten las Phelan die steigende Verärgerung über Nataschas Insistenz, die Kriegerprüfung abzulegen. »Aber mit dem Alter kommt erst die Erfahrung. Zählt die überhaupt nichts?«

Emilio sah Phelan an, dann schüttelte er den Kopf. »Du hast noch viel zu lernen, Phelan Wolf. Erfahrung gebe ich an die weiter, die ich unterrichte. Hier, nimm die Weste und lerne von meiner Erfahrung mit diesem Spiel. Denke daran, du bist frei, sobald du den Ball hast, und bleibst es, bis jemand anderes ihn nimmt. Die Demos-Spieler werden dich angreifen, wann immer sie können. Die Schaltkreise in deiner Weste werden ihnen dafür keine Punkte anrechnen, aber die Schmerzen werden dadurch nicht geringer.«

»Verstanden.« Als Emilio die Armschützer löste, führte Phelan die beiden Riemen der Torsoweste zwischen den Beinen hindurch und befestigte sie an den Hüften. Er rückte den Plastikschutz zurecht, dann legte er die Armschützer an. Sie bestanden aus Schaumpolstern über leichtem Plastik und fühlten sich an wie ein leichtes Exoskelett. Die Handschuhe waren noch feucht von Emilios Schweiß, ebenso wie der Kinngurt des Helms.

Emilio kniete nieder und öffnete einen grünen Ausrüstungskasten. Er zog ein U-förmiges Stück Plastik heraus. Nachdem er es mit einer Spraydose bearbeitet hatte, reichte er es Phelan. »Hier, in den Mund damit, zubeißen und zehn Sekunden die Kiefer anspannen. Es ist ein Mundschutz. Das Spray erwärmt das Plastik, so daß es sich der Form deiner Zähne anpassen kann.«

»Danke.«

»Schieß ein paar Tore. Wir liegen 67 zu 75 zurück. Siehst du den rechten Verteidiger, frapos? Das ist Carter. Er hat mich angegriffen.«

Phelan nickte und lief aufs Feld. *Diese Gesellschaft ist so verwirrt, daß gute Krieger in einem Alter ausgemustert werden, in dem sie in den Nachfolgerstaaten gerade Anstalten machen, den Höhepunkt ihrer Laufbahn zu erreichen. Macht ihr Brutprogramm sie wirklich soviel besser?* Er sah sich seine Gegner an und biß auf den Mundschutz. *Ich werde es gleich wissen.*

Vlad und der Mittelmann der Demos trafen sich am Anspielpunkt und beugten sich vor. Sie preßten die Rückseite ihrer Netze gegeneinander, und ein Schiedsrichter legte den Ball zwischen die beiden Stöcke. Auf sein Signal begannen die beiden Männer, um den Ball zu kämpfen. Vlad warf sich vor und wirbelte nach links. Der Ball sprang hoch, er hatte ihn im Netz.

Phelan rannte in Richtung Tor. Er deutete mit dem Kopf eine Bewegung in Carters Richtung an, dann lief er an ihm vorbei. Er hob den Stock, um Vlads Aufmerksamkeit zu eregen, aber Vlad warf den Ball dem Außenstürmer zu. Als Phelan sich auf eine angemessenere Position zurückzog, folgte ein Paß zum Mittelstürmer, aber der Torwart fing ihn ab, und Carter bekam den Ball.

»Blöder Affe.« Phelan sah zu, wie Carter den Ball wie ein Ei vor sich herbalancierte. Die meisten Spieler bewegten die Spitze des Stocks in einer halbkreisförmigen Bewegung vor und zurück, um den Ball im Netz zu ›wiegen‹ und durch die Fliehkraft unter Kontrolle zu halten. Carter unternahm keinen Versuch, den Ball zu stabilisieren. Statt dessen wurde er langsamer, als der nächste der Ward-Angreifer in seine Nähe kam, dann schlug er mit dem hinteren Ende seines Stocks zu und speerte ihn in den rechten Kreis.

Der Angreifer schlang die Arme um die Brust und ging zu Boden. Phelan sah rot. Anstatt seinen Gegenspieler im Demos-Team zu decken, sprintete er auf Carter zu. Er hielt seinen Stock mit dem hinteren Ende in der rechten Hand und zog ihn als offensichtliche Vorbereitung eines Abwehrhiebs nach hinten. Mit soviel Vorwarnung wiegte Carter den Ball kurz, dann zog er ihn zurück und aus Phelans Richtung.

Ich hoffe, das funktioniert! Phelan warf sich absichtlich weit nach links, so als hätte Carters lächerlicher Zug ihn irgendwie zu einem Fehltritt veranlaßt. Er hob den Stock, noch immer in einer Hand, über Carters Kopf, dann ließ er ihn hart nach unten peitschen. Phelan traf Carters Stock kurz hinter dem Kopf und schlug den Ball los. Mit einer schnellen Bewegung nach rechts hatte er ihn im eigenen Netz. Zwei Schritte später folgte ein Ausfallschritt nach links, dann nahm er den Stock für den Schuß in die linke Hand.

Er schlug den Stock nach unten und zielte weniger als einen Meter vor dem Tor auf den Boden. Der Ball traf in spitzem Winkel auf das Gras und rutschte etwas, bevor er wieder in die Luft stieg. Die Rettungsaktion des Torwarts kam um Haaresbreite zu spät. Die vulkanisierte Gummikugel hüpfte knapp neben dem Posten ins Tor.

Phelan hob triumphierend den Stock. Auch einige der anderen Spieler jubelten, aber als er sich umdrehte, schienen Carter und Vlad ihn um die Wette niederstarren zu wollen. Phelan trabte zu Vlad hinüber. »Das hätte ich schon fünf Sekunden früher tun können, wenn du mir den Ball zugespielt hättest, als ich vorne war.«

»Carter hat dich gedeckt.«

»Auf deinem Wunschzettel und in deinen Träumen vielleicht.«

»Du hattest einfach nur Glück, Phelan.«

»Als Glück bezeichnet man Talent, wenn man selbst keines hat, Vlad.«

Vlads braune Augen glühten vor Haß. »Wir werden ja sehen, ob du wirklich so gut bist, wie du dir einbildest. Zurück auf deinen Platz.«

Phelan nahm seine Position für den Einwurf ein. *Wenn ich Vlad wäre, was würde ich dann tun?* Phelan grinste. *Ich würde den Ball einem meiner Kumpel zuspielen.*

Blau gewann den Einwurf und brachte den Ball in die Ward-Abwehrzone. Mehrere schnelle Paßwürfe führten zu einem Schuß aufs Tor, aber der Torwart fing den Ball ab. Er gab ihn an einen Verteidiger weiter, der den Ball über die linke Flanke nach vorne brachte. Als er ins Mittelfeld kam, warf der linke Flügelmann den Ball Vlad zu. Vlad wiegte die Kugel ein paar Sekunden lang, dann schleuderte er sie in Phelans Richtung.

Der hohe Paß dauerte seine Zeit, so daß Phelan keine andere Wahl hatte, als zu warten. Er warf einen schnellen Blick über die Schulter und sah Carter auf sich zurasen. *Herzlichen Dank, Vlad.* Phelan biß auf den Mundschutz und bereitete sich auf den Aufprall vor.

Als er den Ball fing, hatte er Carter den Rücken zugewandt. Er wußte, Carter würde alles umrennen, was schwächer als eine Backsteinmauer war, und er hatte keine Zeit zum Ausweichen. Entschlossen, aus seiner unangenehmen Lage das beste zu machen, fuhr der MechKrieger mit den Händen den Schaft des Stocks hoch und klemmte ihn unter den rechten Arm. Als Carters riesige Gestalt die Sonne verdunkelte, stieß Phelan den Stock, so fest er konnte, schräg aufwärts nach hinten.

Carter rannte geradewegs in Phelans Stock hinein. In seinem Brustkorb krachten die Knochen, und die Handschuhe flogen davon, als seine Arme nach vorne geschleudert wurden. Er hing ein, zwei Sekunden lang in der Luft, dann stürzte er zu Boden. Der Riese lag keuchend am Boden, die Hände auf den blauen Punkt auf seiner Brust gepreßt, und rang nach Atem.

Der Aufprall warf Phelan nach vorne. Er preßte den Ball an die Brust, rollte ab und hatte ihn noch immer im Netz, als er wieder stand. Vlad schoß nach vorne, und Phelan feuerte den Ball auf seinen Kopf ab. Der Clansmann fing ihn aus der Luft, dann peitschte sein Stock in einem Vorhandschlag nach unten. Der Ball schoß über die rechte Schulter des Torwarts in die Ecke des Tors.

»He, Vlad«, rief Phelan. »Hübscher Schuß. Wir sind ein gutes Team.«

Vlad wirbelte herum und stieß mit dem Stock in Phelans Richtung. »Verrecke!«

Phelan wehrte den Stoß sauber ab. »Weißt du, unser Kleinkrieg macht etwa soviel Sinn wie der Haß der Freien Rasalhaager auf Söldner. Wir brauchen einander ja nicht zu mögen, aber warum können wir nicht für ein gemeinsames Ziel zusammenarbeiten?«

»Ein gemeinsames Ziel?« Vlad lachte ihn aus. »Daß du überhaupt hier bist, verdankst du nur deinem Glück. Daß du ein Krieger ist, ist mein Pech, aber bilde dir ja nicht ein, du hättest das Recht, dich als Mitglied unserer Gruppe zu betrachten. Du bist nur hier, bis die Prüfungen beweisen, was ich von Anfang an gewußt habe: Ihr seid der Abschaum einer verkommenen Gesellschaft. Wenn du bei deiner Prüfung versagst, wirst du fallengelassen.«

»Und wenn ich bestehe?«

»Das wirst du nicht. Ob in sechs Wochen oder in hundert, du wirst nicht bestehen.« Vlads Grinsen, von der Narbe auf seinem Gesicht verzerrt, zeugte von keinerlei Humor. »Ich garantiere es dir, weil ich einer der Piloten sein werde, die gegen dich antreten. Und du kannst mir glauben, daß ich deine Scharade beenden werde.«

Phelan schnaufte verächtlich und deutete auf Carter. »Sorg aber dafür, daß du es beim ersten Anlauf schaffst, Vlad. Ich versichere dir, eine zweite Chance wirst du nicht bekommen.«

16

Winddancer-Hochebene, Outreach
Mark Sarna, Vereinigtes Commonwealth

2. Juni 3051

Victor Steiner-Davion zog die Nachtsichtbrille von seinem Gesicht ab und ließ die kühle Luft seine Haut umfächeln. Dann setzte er die Brille wieder auf und blickte zum zwanzigsten Mal, seit er in Position gegangen war, auf die Uhr. *Noch fünfzehn Sekunden. Ich hoffe, die anderen sind in Position.*

Vor ihm, am nördlichen Rand des Lagers, standen vier BattleMechs. Sie hatten den zylindrischen Rumpf und die nach hinten abgeknickten Beine eines *Marodeur,* aber die unter dem Rumpf hervorragenden Arme endeten in einer für Victors Augen einzigartigen Konfiguration. Da er insgesamt in den Ausmaßen reduziert war, schien dieser Mechtyp auch leichter als ein *Marodeur.* Er wußte, daß Wolfs Dragoner in den Mechfabriken von Outreach mit der Produktion eigener Mechs begonnen hatten, aber dies war seine erste Gelegenheit, einen Blick auf die Maschinen zu werfen.

Zwei Wachtposten marschierten müde am Lagerrand entlang. Ihre Wache näherte sich dem Ende, und die ersten rosigen Ausläufer des aufziehenden Morgens schienen ihnen die letzte Kraft und Vorsicht geraubt zu haben. Die beiden unterhielten sich offenbar lieber und stampften mit den Füßen, um sich warm zu halten, als die Umgebung zu überwachen.

Victor hob sein Lasergewehr und visierte sie an. Wie alle Mitglieder des Kommandoteams trugen auch sie Harnische und Helme mit Infrarotsensoren. Wenn sie von einem der leistungsreduzierten Laser getroffen wurden, löste das ein Signal aus, das dem Träger einen Treffer und seinen ›Tod‹ signalisierte. Victor hielt diese

Ausrüstung für weniger effektiv als die Exoskelette, die man am Nagelring benutzte, aber sie war leichter und dadurch für diese lange Expedition viel besser geeignet.

Wolf hatte die Kompanie auf die Ebene geschickt und sie nur angewiesen, alle notwendigen Schutzmaßnahmen gegen einen möglichen Überfall zu treffen. Wie die meisten Feldeinheiten hatte auch diese Kompanie die Einheit in ihre drei Lanzen aufgeteilt und sie an drei verschiedenen Punkten des Lagers aufgestellt. Dadurch wurde es schwieriger, die Einheit durch einen Luftangriff auszuschalten. Zusätzlich blieben die Fusionsreaktoren in Betrieb, um den Mechpiloten ein sofortiges Eingreifen zu ermöglichen.

Als auf seiner Uhr die letzte Sekunde verstrich, senkte Victor das Fadenkreuz seines Gewehrs auf den südlichen der beiden Posten und zog den Abzug zweimal kurz hintereinander durch. Er sah die Monitorlampen auf dem Harnisch aufleuchten und hörte das ferne Heulen, noch bevor er den zweiten Schuß abgegeben hatte. Victor lächelte. Er und Hohiro würden beide versuchen, diesen Abschuß für sich zu beanspruchen. Dann sprintete er auf die wartenden Mechs zu.

Seine Gefährten brachen ebenfalls aus ihren Verstekken und rannten zu ihren Kampfkolossen. Victors Maschine hatte den Rumpf eines *Uller,* aber Arme mit Zwillingsläufen. Er schwang das Gewehr über die Schulter, sprang auf einen der flachen Mechfüße, packte den Lauf des schweren Lasers und schwang sich auf den Unterarmaktivator. Wie ein Hochseilartist balancierte er zum Ellbogen des Mechs, dann krabbelte er auf die Schulter und den Rumpf. Er ließ sich durch die Luke fallen und zog sie hinter sich zu.

Victor warf das Lasergewehr auf den Klappsitz, dann setzte er sich auf die Pilotenliege. Er griff unter die Konsole und öffnete eine Wartungsklappe. Er zog eine Platine heraus und legte sie sich auf den Schoß. Nachdem er einen Chip abgezogen hatte, holte er einen anderen Chip aus seiner Kühlweste und setzte ihn an die freie Stelle. Anschließend schob er die Platine zurück und schnallte sich an.

Als er die medizinischen Sensoren an seinem Körper befestigt und mit dem Neurohelm verbunden hatte, den er in der Zwischenzeit aufgesetzt hatte, schaltete er die Sprechverbindung zum Borcomputer ein. »Initiierungssequenz-Überbrückung ein.«

Nach einem kurzen Zögern meldete sich der Computer. »Autorisierungscode?«

»Alpha Tango Xanthippe Foxtrott.«

»Autorisierung bestätigt. Willkommen an Bord von *Rotfuchs* 0038W.«

Victor atmete erleichtert auf. Die Haupt- und Hilfsbildschirme erwachten zum Leben. Waffendaten strömten über sie hinweg. Auf der Anzeige war zu sehen, daß die schweren und mittelschweren Laser in den Armen für diese Übung in ihrer Leistung reduziert waren, aber ein konzentrierter Feuerstoß reichte trotzdem aus, um einen Mech zu beschädigen und möglicherweise den Piloten zu töten.

Das ist vielleicht nur eine Übung, aber es könnte trotzdem jemand zu Schaden kommen. Victor warf einen Schalter um und stellte das Funkgerät auf die vorher bestimmte taktische Frequenz ein. »Korsar Zwo, fertig zum Einsatz.«

»Korsar Eins bereit«, rief Galen.

»Korsaren Drei und Vier einsatzbereit.«

Galens Mech schwankte vor und marschierte zurück ins Hauptlager. Victor schlug einen parallel dazu verlaufenden Weg ein und rief mit einem Knopfdruck die Gefechtsprojektion auf. Auf Vergrößerung sah er die Laserblitze eines Feuergefechts im Zentrum des Camps. Er schaltete schnell auf den magnetischen Anomaliedetektor um und stellte fest, welche der Gestalten durch ein X gekennzeichnet waren. Hastig legte er Computer-

ID-Nunmmern für sie fest und gab die Daten an die anderen Mechs weiter.

»Ich habe unsere Bodentruppen auf MAD-Scanner. Die ID-Nummern sind überspielt. Die Aluminiumfolie auf den Harnischen funktioniert. Beginne mit Geschützfeuer.«

Victor packte die Steuerknüppel an den Armlehnen seiner Pilotenliege und senkte die Fadenkreuze über die Ziele. Er betätigte einen Schalter am linken Rand der Konsole, der die Leistung der Laser weiter senkte, dann schwenkte er den rechten Kolibri-Impulslaser über die Reihe der Verteidiger.

Die anderen Mechs kümmerten sich um die übrigen gegnerischen Bodentruppen. Die X-Gestalten auf Victors MAD-Scanner rannten auf die Mechlanze im Norden des Lagers zu. Galen bewegte seinen Mech nach Süden und forderte Shin mit einer Armbewegung auf, ihn zu begleiten.

»Korsaren Drei und As überprüfen die dritte Lanze. Paßt ihr zwei auf unsere Kumpel auf.«

»Verstanden, As.«

Victor brachte die Waffen wieder auf Mechabwehrstärke und schaltete die Ortung auf normale Optik. Die Sonne zeigte sich eben hinter dem Horizont, und er hatte genug Licht, um zu sehen, wie Kai Ragnar auf den Mecharm hievte. Cassandra und Sun-Tzu hatte ihre Cockpits bereits erreicht. Und als er Kai zu seiner Maschine rennen und mit der Kletterpartie beginnen sah, konnte Victor ein Lächeln nicht unterdrücken.

Victors Freude erstarb abrupt, als er aufsah und bemerkte, wie der rechte Arm von Sun-Tzus Mech sich auf Kai richtete. Die Bewegung hätte eine zufällige Geste sein können, wie jeder Pilot sie durchführte, wenn er sich an einen ihm nicht vertrauten Mech gewöhnen mußte, aber irgend etwas schien ihm daran nicht geheuer. Victor konnte sich seiner Sache nicht sicher sein, aber trotzdem lief es ihm eiskalt über den Rücken.

Er sprang vor und schob seine Laser über Sun-Tzus linke Mechschulter. Das Kreischen der Panzerung war so laut, daß Victor es noch in seiner Kanzel hörte, und das Krachen, mit dem der Laserlauf auf das Cockpit prallte, war keineswegs sanft zu nennen. Schweiß brannte in seinen Augen, als er einen Richtfunkkanal zu Sun-Tzu öffnete.

»Wage nicht einmal, daran zu denken. Wenn du schießt, werde ich dich nicht nur töten; ich verspreche dir, Sian in deinem Namen in eine Schlackekugel zu verwandeln.«

In seinem Neurohelm ertönte krachend der Überschlag einer zweiten Sendung: »... bereit, die Linie Liao-Shang aus den Annalen der Menschheit zu tilgen.« Hohiros Stimme drang laut und zornig durch die Statik. Victor blickte an den Rand der Anzeige und sah Korsar Vier, dessen Laser ebenfalls auf die Kanzel des *Rotfuchs* gerichtet waren.

Sun-Tzu senkte den Arm seiner Maschine. »In euren Herzen ist der Verrat so verwurzelt, daß ihr völlig harmlose Gesten als mutwilligen Verrat auslegt. Ihr seid es, die perfide Gedanken hegt, nicht ich.«

Victor ließ seine Stimme zu einem dumpfen Grollen werden. »Mag sein, du Wurm, aber laß es dir eine Warnung sein. Von jetzt an solltest du dich vorsehen, bei allem was du tust. Auch ein harmloser Fehler deinerseits könnte zu einer ›Waffenfehlfunktion‹ bei Hohiro oder mir führen. In deiner Grabrede wirst du sehr viel sympathischer erscheinen, als du es derzeit bist, und ich bin gerne bereit, sie zu halten.«

Victor unterbrach die Verbindung und öffnete einen Kanal zu Hohiro. »Große Geister denken ähnlich, was?«

Victor konnte Hohiro lachen hören. »Wenn kleine Geister überhand nehmen, bleibt ihnen nichts anderes übrig.«

»Danke für deine Hilfe.«

»Ich kümmere mich immer um meine Verbündeten.«

»So wie ich.« Victor wendete seinen Mech. »Anscheinend haben die Korsaren Drei und As ein Team gebildet. Brauchst du einen Flügelmann?«

Victor lehnte an der Gartenmauer und zwang sich zu einem Lächeln, als ihm Galen einen Bierkrug reichte. Sun-Tzu und seine Schwester saßen auf einer Steinbank in einer der hinteren Ecken des Gartens und unterhielten sich im Flüsterton. Ihre Worte waren nicht zu verstehen, und außerdem beherrschte Victor kein Chinesisch, aber er war sich ziemlich sicher, daß ihm übel geworden wäre, hätte er das Gespräch belauschen können.

»Bodenkontrolle an Victor.«

Victor sah auf. »Tut mir leid, mein Freund, ich dachte an einen Teil der Übung.«

»Ich habe das Gefühl, daß zwischen dir und Sun-Tzu etwas vorgefallen ist, während Shin und ich damit beschäftigt waren, die dritte Lanze auszuschalten.«

»Es war nichts.«

»Nichts?« Galens blaue Augen glitzerten. »Ich komme wieder und muß feststellen, daß du und Hohiro die besten Freunde seid, und da behauptest du, es war nichts? Teufel, ComStar könnte Sun-Tzu einen Friedenspreis dafür überreichen, daß er euch beide zusammengebracht hat.«

»Einen Friedenspreis?« Victor kicherte und trank von seinem Bier. »Da kannst du lange warten. Die kleine Ratte hat etwas getan, auf das Hohiro und ich wahrscheinlich überreagiert haben. Und was die besten Freunde angeht, was blieb uns übrig? Du und Shin seid verschworen, und Cassandra hat sich zu Suns Babysitter ernannt. Kai und Ragnar sind ein geborenes Team, also mußten Hohiro und ich zusammenarbeiten.«

Der ältere MechKrieger schüttelte den Kopf. »Jetzt versuchst du, einen Preis für Untertreibung zu bekommen. Shin und ich sind in Stücke geschossen worden, als uns die verstärkte Kompanie überrascht hat. Sun-

Tzu war ungefähr so hilfreich wie der Lachschlager von Rückenpanzerung eines *Kampfschütze,* und Cassandra allein konnte auch nicht viel ausrichten. Du und Hohiro, ihr wart ein ausgezeichnetes Team. Ihr habt den Gegner wirklich zerschlagen.«

Victor fuhr sich mit den Fingern durch das blonde Haar. In der trockenen Luft von Outreach war es nach seiner Dusche bereits wieder so gut wie trocken. »Wir haben einen gewissen Schaden angerichtet, aber es waren Kai und Ragnar, die sie in die Flucht geschlagen haben.«

In diesem Moment traten Kai, Cassandra und Ragnar aus dem Ballsaal, und Victor richtete sich auf. Er setzte sein Bier auf die Mauer und zog eine Goldmünze aus der Tasche. »Kai«, rief er, dann warf er die Münze seinem Freund zu, der sie geschickt in einer Hand fing.

»Fünfzig Kronen?« Kai runzelte die Stirn. »Wofür?«

»Erinnerst du dich an unsere kleine Wette wegen der Übung? Zehn Kronen pro Kopf für den Sieger?«

Kai wollte die Münze zurückwerfen. »Ich habe nur vier erwischt.«

Victor hob abwehrend die Hand. »Behalt sie. Du und Ragnar, ihr habt mir da draußen das Fell gerettet. Ich müßte euch das Tausendfache zahlen.«

Kai lächelte verlegen und wurde rot. »Es war mir Pflicht und Ehre.« Er klopfte Ragnar auf den Rücken. »Ohne einen zuverlässigen Piloten als Rückendeckung hätte ich es nicht gekonnt.«

Jetzt war es an Ragnar, rot zu werden, und die Farbe wurde noch intensiver, als Cassandra sagte: »Ich hätte auch nichts dagegen, mal einen anständigen Flügelmann zu haben. Bei der nächsten Übung übernehme ich Ragnar.«

In seiner Ecke brummte Sun-Tzu etwas, aber Victor bemerkte es kaum; Hohiro und seine Schwester traten Arm in Arm ins Freie. Ihre Blicke begegneten denen Victors, und sie erwiderte sein freudiges Lächeln. Hohiro las den Ausdruck auf dem Gesicht seiner Schwester und starrrte Victor wütend an.

Soviel zu unserem Bündnis. Victor wandte sich ab und griff sich sein Bier. Nur Galens Begrüßung warnte ihn, daß die beiden herüberkamen.

»Guten Abend, Hohiro. Wie schön, Sie wiederzusehen, Lady Omi.«

»Guten Abend, meine Herren.« Hohiro lächelte höflich, und Omi nickte ihnen schweigend zu. »Ich habe meiner Schwester gerade von der heutigen Übung erzählt. Ich muß mich noch einmal bei dir für die Hilfe bedanken, als die Lanze meine Stellung überrannte, Victor.«

Victor zuckte die Schultern. »Das ist die Aufgabe eines Flügelmannes.«

»Stimmt, aber die meisten Flügelmänner, die ihren Partner vor einem dummen Manöver gewarnt hatten, hätten ihn sterben lassen.« Hohiro schluckte schwer. »Besonders, wenn ihr Partner ihnen ausdrücklich verboten hatte, ihm zu Hilfe zu kommen.«

Galen zwinkerte Victor zu. »Da hast du dein Problem, Hohiro. Victor ist so störrisch — wenn du ihn in eine Schwerkraftsenke wirfst, steigt er nach oben. Ich kenne nur eine Methode, ihn zur Ausführung eines solchen Befehls zu bringen.«

Victor rieb sich das Kinn. »Ja, du kannst einen wirklich überzeugen.«

Omi löste sich von ihrem Bruder und legte die Hände zusammen. »Ich glaube, Hohiro hat Ihre Aktion als mutig und heldenhaft bezeichnet.«

Das hat er gesagt? Victor blinzelte. »Wahrscheinlich weiß er, daß in den Vereinigten Commonwealthstreitkräften der ein mutiger MechKrieger ist, der es schafft, seine eigene Dummheit zu überleben, und ein Held dementsprechend ein mutiger MechKrieger, der einen anderen mutigen MechKrieger vor einer noch größeren Dummheit rettet und auch das noch überlebt.« Sein

Blick wanderte hinüber zu Kai. »Glücklicherweise gibt es auch von dieser Regel Ausnahmen.«

Omi lächelte. »Und ich denke, die Anwesenden sind solche Ausnahmen.« Sie verließ ihren Bruder und trat zwischen ihn und Victor. »Wenn Sie möchten, Prinz Victor, wäre ich jetzt gerne bereit, den Spaziergang mit Ihnen zu machen, den Sie mir vor Monaten angeboten haben.«

Victor musterte Hohiro. Dieser war sich zweifellos im klaren, daß er und Omi seit dieser Einladung schon mehr als einen Spaziergang hinter sich hatten. »Wenn Ihr Bruder nichts dagegen hat.«

Hohiro lächelte ernst. »Ich habe dir heute mein Leben anvertraut, und du hast es besser geschützt, als ich selbst es tat. Ich glaube, ich kann dir auch etwas anvertrauen, das mir mehr bedeutet als das Leben.«

»Arigato gozaimas, Hohiro-sama.« Victor bot Omi den linken Arm, und sie hakte sich bei ihm ein. »Ich nehme die Last deines Vertrauens an und fühle mich geehrt.«

»Das ist gut, Victor Steiner-Davion.« Hohiros Augen wurden zu schwarzen Schlitzen. »Unser Leben ist zu kurz, und unsere Verpflichtungen sind zu groß, um dem jahrhundertealten Feuer noch zusätzlichen Brennstoff zu liefern. Vielleicht werden auch wir zwei eines Tages als Freunde miteinander spazierengehen können.«

17

Große Konklavekammer, Halle der Khane
Strana Metschty, Jenseits der Peripherie

19. Juni 3051

Flankiert von zwei Elementaren in schwarzer Rüstung marschierte Phelan Wolf zu dem kleinen Podest unmittelbar neben dem hohen Thron. Auf dem schwarzen Marmor schien er mindestens einen Kopf größer, aber er war immer noch kleiner als die beiden gepanzerten Gestalten an seinen Seiten. Ihn fröstelte, als er zu den Khanen hinausblickte, die sich im schummrig beleuchteten Halbrund versammelt hatten.

Obwohl er nicht annähernd so groß war wie die Konklavekammer des Wolfsclans, kam man sich in diesem dunklen Raum noch verlorener vor. Die Sitzplätze der Khane waren aus Granit gehauen, mit roten Samtkissen auf Sitzfläche und Rückenlehne. Sie waren in fünf Achterreihen angeordnet, die von einem Mittelgang geteilt wurden. Der schwarze Stein der Tische war von einem weißen Muster durchzogen, das Phelan an die leuchtenden Sterne und Gasnebel erinnerte, die man vom Beobachtungsdeck eines Sprungschiffes aus sehen konnte.

Die Schieferwände und die versenkten Beleuchtungskörper verstärkten die düstere Atmosphäre und seine Furcht noch. Nicht einmal die siebzehn farbigen Banner, die von der Decke hingen, konnten die Begräbnisstimmung lockern, die in diesem Raum herrschte. Drei offensichtliche Lücken in der Fahnenreihe und sechs leere Plätze in den Reihen der Khane deuteten darauf hin, daß drei der ursprünglich zwanzig Clans nicht mehr existierten. Phelan erschrak, als ihm klar wurde, daß ein Volk, das sich nicht scheute, Teile seiner eigenen Gesellschaft auszulöschen, keinerlei Bedenken haben würde, die Staaten der Inneren Sphäre zu vernichten.

Noch beunruhigender war die Bekleidung der Khane hier im Großen Konklave. Außer Phelan befand sich nur eine einzige Person in diesem Raum, deren Gesicht nicht hinter einer Maske verborgen war, Conal Ward. Die Khane trugen exquisite Vollmasken, die sie von einem Menschen in eine anthropomorphe Repräsentation ihres Clans verwandelten. Die Masken der Nebelparder, Jadefalken, Geisterbären und Wölfe hatte Phelan während seiner Adoption in die Kriegerkaste des Wolfsclans bereits gesehen, aber in dieser Kammer war er mit dreizehn ihm bisher unbekannten Gestalten konfrontiert. Es erinnerte ihn wieder einmal daran, daß weit mehr als nur räumliche Entfernung die Clans von den Nachfolgerstaaten trennte.

Phelan blickte zu Conal Ward und nickte ihm leise zu.

Ward, den die Versammlung für die Wahl des ilKhans zum Lehrmeister bestimmt hatte, erwiderte das Nicken, dann wandte er sich an die versammelten Khane. »Versiegelt die Kammer, auf daß nichts von dieser Debatte aus ihren Mauern dringe. Falls die Anschuldigungen sich als grundlos erweisen, werden die Fragen, die wir stellen, davongeweht wie Asche und vergessen. Falls nicht, wird der Beschuldigte dreißig Tage haben, seine Verteidigung vorzubereiten.«

Im Chor antworteten die versammelten Khane: »Seyla.«

Die beiden Elementare trennten sich und ließen Phelan allein. Einer von ihnen bezog Posten an der Seitentür, durch die der Lehrmeister und Phelan eingetreten waren. Der andere ging die Stufen des Mittelgangs hinauf und stellte sich vor die Doppeltüren der Kammer.

Die Selbstherrlichkeit in Conals Stimme half Phelans Geisteshaltung nicht im mindesten. »Phelan Wolf, weißt du, warum du hierher vor die Khane geladen wurdest?«

Der Ausdruck auf Conals Gesicht sagte Phelan, daß der Lehrmeister etwas plante. Aber Phelan antwortete so, wie Natascha es ihm beigebracht hatte. »Es ist mir nicht gegeben, den Willen der Khane zu erkennen, Lehrmeister, ich kann nur alles in meiner Macht Stehende tun, ihre Wünsche zu erfüllen.«

Conals Gesicht wurde zu einer Maske der Überlegenheit. »Die Clans sind in dieser höchst bedeutenden Zeit ohne ilKhan. Der ilKhan ist der Kriegsherr der Clans und wird vom Konklave der Khans als Instrument ihres gemeinsamen Willens gewählt. Er hat den Auftrag, diesen Willen zur Erfüllung zu bringen. Wichtiger noch, er regiert bis zu seiner Ablösung oder seinem Tod, um die Clans vor der Dummheit zu schützen, die den Sternenbund zerstörte.«

»Das verstehe ich, Lehrmeister.«

»Gut, dann haben deine Lehrer dich gut unterrichtet.« Conal nickte ihm herablassend zu. »Alle Khane sind für dieses Amt wahlberechtigt, aber bevor die Wahl stattfinden kann, müssen alle Anschuldigungen gegen einen der Khane abgehandelt oder zur späteren Entscheidung vertagt sein. In diesem Falle wurdest du hierher gerufen, um zu einer ernsten Anklage gegen Khan Ulric von den Wölfen auszusagen.«

Phelan kniff die Augen zusammen. *Wie erwartet. Cyrilla hatte recht. Der Kampf hat sich verlagert.* »Ich schwöre, nicht zu ruhen, bis dieser Sache Gerechtigkeit widerfahren ist.« Phelan sah Ulric nicken, als seine Antwort der nächsten Frage des Lehrmeisters zuvorkam.

Conal brauchte nur einen Herzschlag lang, sich von seiner Überraschung zu erholen. »Sehr gut, wirklich, sehr gut. Die Anklage gegen Ulric lautet wie folgt: Er habe mutwillig den Tod des letzten ilKhans, Leo Showers von den Nebelpardern, verursacht. Ist diese Anschuldigung deines Wissens nach in irgendeiner Weise wahr?«

Die unverhüllte Beleidigung der Frage schockierte Phelan. Er schüttelte vehement den Kopf. »Diese Anschuldigung ist nicht nur grundlos, sie ist darüber hinaus lächerlich.« Er fühlte, wie sein Blut in Wallung geriet, und kämpfte um seine Beherrschung.

Ein Khan des Stahlviperclans stand auf. »Aber du bestreitest nicht, daß der ilKhan starb, während Khan Ulric überlebte?«

»Nein, natürlich bestreite ich das nicht.« Phelan schluckte schwer und zwang sich, die Hände weiter auf dem Rücken verschränkt zu halten. »Ich war dort. Ich war die erste Person, die auf die Brücke kam, nachdem der Rasalhaag-Jäger einschlug. Der Rumpf hatte ein Loch, größer als dieses Podest, und alles, was nicht festgezurrt war, war ins All hinausgeschleudert worden. Trümmer flogen wie Schrapnelle durch den Saal. Es war ein Wunder, daß es überhaupt Überlebende gab.«

Er atmete tief durch und versuchte, sein wild pochendes Herz zu beruhigen. »Als ich Khan Ulric fand, war er unter den Wänden des Holotanks begraben. Er war bewußtlos und unfähig, die Brücke ohne meine Hilfe zu verlassen.«

Ein Khan der Nebelparder stand unter dem Banner seines Clans auf. »Ein solcher Zustand läßt sich vortäuschen.«

Phelans Nervosität und Ungläubigkeit verstärkten seinen Zorn. »Cyanose läßt sich nicht vortäuschen. Seine Haut und Lippen waren blau vom Sauerstoffmangel, und er erwachte erst aus der Ohnmacht, nachdem ich ihm eine Sauerstoffmaske angelegt hatte.«

Conals verächtliche Miene brachte Phelans Wut zum Überschäumen. Er atmete tief ein. »Aber das ist weit weniger von Bedeutung als die pure Idiotie, die mit dieser Beschuldigung einhergeht. Ein Jäger rammte den Rumpf des Schiffes und durchbrach ihn. Fünfzehn Meter höher und er hätte die Schottwand der Brücke durchschlagen und eine explosive Dekompression ausgelöst. Wenn Khan Ulric eine derart riskante Methode gewählt hätte, den ilKhan zu töten, wäre es mehr als dumm von ihm gewesen, selbst an Bord zu bleiben, frapos? Warum sollte er die *Höhlenwolf* überhaupt in Gefahr bringen, wenn ein angeblicher Heckenschütze der Rasalhaager Widerstandskämpfer den ilKhan am Boden hätte niederstrecken können?«

Der Khan der Nebelparder schlug mit der Faust auf seinen Marmortisch. »Ich lasse mich nicht von einem freigeborenen Welpen belehren!«

»Zeig Respekt!« bellte Conal Phelan an.

Phelans Nüstern blähten sich. »Erst verlangt ihr von mir einen Schwur, daß ich nicht ruhe im Streben nach Gerechtigkeit, dann werft ihr mir Knüppel zwischen die Beine. Ich wage einzuwenden, Khan, daß ihr keine Belehrung von einem freigeborenen Welpen nötig hättet, wenn ihr die Gehirnkapazität eines durchschnittlichen Surat besäßet!«

Bei diesem Vergleich mit dem Flugaffen einer der Clanwelten zitterte der Kahn vor Empörung. Außer sich vor Wut fing er an zu stottern, aber Phelan ließ ihm keine Chance, das Wort zu ergreifen. »Gesteht es ein. Diese Anschuldigung rührt ganz allein daher, weil Khan Ulric und die Wölfe eine der dichtbesiedeltsten Regionen der Inneren Sphäre durchstoßen haben wie ein Messer die Butter, während der Rest von Euch sich mit der ganzen Schnelligkeit einer lahmen Schnecke bewegt hat. Und aus beleidigter Eitelkeit wollt ihr den Wölfen nun ihren besten Anführer nehmen. Statt dessen solltet ihr Ulric zum neuen ilKhan wählen. Er ist der einzige Khan, der bei der Invasion der Inneren Sphäre etwas ausgerichtet hat, und jeder hier, der ein *stravag* Hirn im Schädel hat, kann das sehen!«

Conals Augen sprühten vor Wut. »Das ist das Konklave der Khane! Du bist nur ein Gast hier. Passe dich in Sprache und Tonfall dieser Tatsache an!«

Phelan verschränkte die Arme vor der Brust. »Ich will niemanden beleidigen, aber ich kann den Eid, meinem Khan und den Clans zu dienen, nicht erfüllen, ohne gegen diese Idiotie zu protestieren, frapos?« Er wandte sich an die Khane. »Was meine Sprache angeht, so erklärte mir Natascha Kerensky einmal: ›Sklavisches Festhalten an den Formalitäten eines Rituals ist ein Zeichen dafür, daß man nichts Besseres hat, mit dem man seinen Geist beschäftigen kann.‹ Ich möchte anmerken, daß in dieser Kriegergesellschaft dasselbe für jene gilt, die mit politischen Mitteln kämpfen, wenn die Fähigkeiten eines Kriegers gefordert sind.«

Einige Khane lachten herzhaft, aber ihr Gelächter machte Conal noch wütender. »Dieses Verhalten wäre auch einem Krieger nicht gestattet, noch viel weniger einem ungeprüften Findelkind.« Mit einer knappen Geste winkte er den nächsten der Elementare heran. »Fort mit ihm.«

Phelan spießte den Elementar mit durchdringendem Blick auf. »Sieh dich vor. Ich habe schon zwei Elementare ausgeschaltet in meiner Laufbahn. Du sollst nicht der Dritte werden.« Er hielt den Kopf erhoben und setzte eine grimmige Miene auf. »Ich bin vielleicht *noch* nicht geprüft, aber das ändert nichts am Wert meiner Aussage. Allmählich verstehe ich euch, aber bisher habe ich nicht den Eindruck gehabt, daß Ungerechtigkeit eine der wichtigsten Eigenschaften dieser Gesellschaft ist. Sollte es doch so sein, sollte ich mich vielleicht wieder zum Leibeigenen machen lassen.«

Er trat vom Podest und marschierte an dem Elementar vorbei. Er ging durch die Seitentür und ließ sie hinter sich zufallen. Dann lehnte er sich gegen die Korridorwand. Er ballte die rechte Faust und schlug sich auf den Oberschenkel. *Du Narr! Das ist genau die Art von Benehmen, wegen dem du vom Nagelring geflogen bist. Irgendwann wirst du lernen müssen, wie man mit anderen auskommt, Phelan. Ein Glück, daß Cyrilla diese Vorstellung nicht mitbekommen hat. Hätte sie das gesehen, wären meine Chancen auf einen Blutnamen dahin.*

Er stemmte sich von der Wand ab und lief an Natascha Archivar vorbei, der im Gang wartete, viel zu abgelenkt, um den Mann zu bemerken oder seinen Gruß zur Kenntnis zu nehmen. Weiter unten blieb er vor einer Tür stehen, die das Wolfskopfwappen des Wolfsclans trug. Er klopfte zweimal, dann öffnete er die Tür und betrat das kleine Büro. Durch die Tür in der hinteren Ecke gelangte er in Ulrics Privatbüro.

Natascha erhob sich aus dem Sessel hinter dem großen Schreibtisch und applaudierte. »Einen Moment lang dachte ich, wir hätten dich verloren. Du warst großartig.« Cyrilla, die ihr gegenüber saß, nickte zustimmend.

Phelan blinzelte. »Was? Die Verhandlung war doch ...« Er blickte hinter die halboffene Tür. Ein Monitor zeigte die Große Konklavekammer. »Ihr habt es gesehen?«

Cyrilla nickte und deutete mit der Fernbedienung auf den Monitor. Der Ton wurde lauter. »Alle Khane haben Zugriff auf diesen geschlossenen Übertragungskreis. Der Scharade zuzusehen, verletzt natürlich den Geist der Konklaveregeln, aber da ohnehin nur eine Handvoll Khane fähig sind, ein Geheimnis für sich zu behalten, richtet es keinen Schaden an.«

Wie Khan Ulrics Kabine an Bord der *Höhlenwolf* enthielt auch sein Büro nur das absolute Minimum an Einrichtung. Die gepolsterten Ledersessel schienen die einzige Konzession an den Luxus. Die breite Oberfläche des Schreibtischs war mit Generalstabskarten ausgelegt. Die anderen Tische aus Stahl und Glas waren bis auf ein paar Holovidalben und kleine Steinarbeiten leer.

»Ich dachte, Conal trifft der Schlag, als du den Elementar zurückgescheucht hast.« Natascha schüttelte den Kopf. »Das war brillant.«

Phelan zuckte verlegen die Schultern. »So etwas passiert, wenn man mit den Adrenalindrüsen denkt.«

»Wenn du das alles in Panik geschafft hast, will ich dich in meiner Einheit.«

Cyrilla hob die Hand. »Ruhig. Sie stimmen ab.«

Als die Khane ihre Stimmen abgaben, richtete sich die Kamera auf die Banner. Eine Zeile am unteren Ende des Schirms meldete die Ergebnisse. Von Anfang an zeigte sich ein deutliches Muster, und am Ende der Abstimmung war Ulric mit überwältigender Mehrheit freigesprochen. Cyrilla klatschte, und Natascha fluchte erleichtert. Phelan lächelte nur.

»Und jetzt zum Eingemachten. Was meinst du, Ril?«

Die weißhaarige Frau legte nachdenklich die Stirn in Falten. »Die Kreuzritter müssen einen der ihren als il-Khan vorschlagen. Ich hätte Kincaid Furey erwartet, aber Phelan hat ihn ziemlich bloßgestellt. Er hat tatsächlich nicht das Hirn eines durchschnittlichen Surat, und alle wissen es.«

»Wenn man vom Teufel spricht.« Phelan deutete auf den Monitor. Die Kamera richtete sich auf den Nebelparderkhan.

Kincaid hatte sich wieder in der Gewalt und stand stocksteif an seinem Platz. »Ich habe mich erhoben, um mich bei Khan Ulric für die Verdächtigung der Komplizenschaft beim Tode von Leo Showers zu entschuldigen. Mein Verdacht wurde von meiner Wut über seine Erfolge angeheizt. Vielleicht ist eine Konfrontation mit der anonymen Wahrheit wirklich notwendig, um seine Grenzen zu erkennen. Vielleicht ist die erste Grenze die Einsicht, wie leicht man sich irren kann.«

Cyrillas Unterkiefer klappte herunter, und sie wurde bleich. »Oh, freigeboren! Nein, das können sie nicht!«

»Was?« Phelan blickte von Cyrilla zu Natascha, dann zurück auf den Monitor.

»Nachdem ich so abrupt mit meiner Dummheit konfrontiert wurde, suche ich sie jetzt zu beheben. Ich, Kincaid Furey, nominiere für die Position des ilKhans Khan Ulric von den Wölfen.«

Verwirrung furchte Phelans Stirn. »Was ist los? Ihr reagiert, als sei die Welt untergegangen. Ist es denn nicht gut, wenn Ulric ilKhan wird?«

Natascha schüttelte den Kopf. »Nein, das ist ganz und gar nicht gut. Erinnerst du dich daran, wie Conal dir erklärt hat, daß der ilKhan gemäß dem Willen des Großen Konklave regieren muß? Das bedeutet, wenn Ulric bestätigt wird, muß er die Pläne der Kreuzritter ausführen. Nach dem, was Ril mir erzählt, gibt es genug Stimmen im Konklave, um eine Wiederaufnahme der Invasion zu beschließen.«

Cyrilla nickte. Phelan sah die Farbe in ihr Gesicht zurückkehren, und in ihren braunen Augen tanzten wütende Lichter. »Es wird noch schlimmer. Nicht nur legen sie Ulric damit in Fesseln, er muß seinen Nachfolger als Khan der Wölfe aus dem Konklave des Wolfsclans bestimmen.«

Phelan fühlte eine große Leere in der Magengrube. »Laßt mich raten. Traditionell wird in einem solchen Fall der Lehrmeister auf den Posten den Khans gehoben, frapos?«

»Gut gehandelt und akzeptiert.« Natascha bündelte ihre langen roten Haare mit beiden Händen und legte den Kopf zurück, bis sie an die Decke starrte. »Sie haben uns perfekt eingekesselt, was, Ril? Ulric ist aus dem Rennen, und sie bekommen einen Kreuzritter als Wolfskhan.«

Als Cyrilla resigniert nickte und kein anderer Kandidat als ilKhan nominiert wurde, fühlte sich Phelan plötzlich auf unerklärliche Weise heiter. »Ich glaube, ihr unterschätzt Ulric.«

Cyrilla hob fragend eine Braue. »Siehst du einen Ausweg aus dieser Falle?«

Phelan zuckte die Schultern. »Nein, aber das heißt nicht, daß Ulric keinen findet. Ich habe ihn während der Invasion in einer Menge verzwickter Situationen erlebt. Er hat es geschafft, ComStar nach seiner Pfeife tanzen zu lassen und auch noch die Kosten zu tragen. Die Kreuzritter mögen ja gut sein, aber Ulric ist besser.«

Am unteren Rand des Schirms erschienen die Abstimmungsergebnisse. Ulric wurde ohne Opposition gewählt. Eine Anzahl Khane enthielten sich der Stimme, und Phelan nahm an, daß es sich um Bewahrer handelte, die auf diese Weise gegen die Einvernahme ihres erfolgreichsten Kameraden protestierten.

Aus dem Monitor erklang das Donnern der Fäuste auf den Steintischen, mit dem die Khane ihre Zustimmung ausdrückten. Conal Ward machte einen großen Auftritt daraus, den Platz des ilKhans aufzugeben. Er reichte Ulric die Hand, dann wanderte er hinauf in die Ränge. Mit breitem Grinsen ließ er sich auf Ulrics altem Platz nieder.

Die Kamera kehrte zu Ulric auf dem Thron des ilKhans zurück. Der ilKhan nahm langsam die Maske ab und legte sie vor sich. Er lächelte, strich sich nachdenklich über den Kinnbart, dann winkte er einen der Elementare zu sich. »Bitte begleiten Sie Lehrmeister Ward hinaus.«

Kincaid Furey erhob sich. »Ist das notwendig, ilKhan? Eure erste Handlung als ilKhan besteht darin, Euren Nachfolger als Wolfskhan zu bestimmen. Ihr könntet ihm gestatten zu bleiben.«

Ulric blinzelte unschuldig. »Warum sollte ich das?«

»Nun, weil ...« Kincaid verstummte.

Der Elementar nahm Conal Ward am Arm und ging mit ihm den Mittelgang hinauf. Noch bevor Conal den Saal verlassen hatte, gab Ulric jedoch eine Erklärung ab. »Als meine Nachfolgerin bestimme ich Natascha Kerensky.«

Conal riß sich los. »Was! Das geht nicht!«

»Bitte, Conal, achten Sie auf Ihre Worte. Bedenken Sie, wo Sie sind.«

Phelan drehte sich zu Natascha um. Die berühmte Schwarze Witwe starrte mit bleichem Gesicht auf den Schirm. »Sag mir, daß ich mich verhört habe, Ril.«

Cyrilla lachte. »Du hast dich nicht verhört, Tascha. Du bist es.«

»Lieber wäre ich Romano Liaos Schwester.«

Conal stemmte die Fäuste in die Hüften. »Ihr kennt die Tradition. Der Lehrmeister wird ausgewählt, an die Stelle eines Khans zu treten, der erhöht wird oder anderwärtig unfähig ist, seine Aufgaben zu erfüllen.«

Ulric legte die Fingerspitzen aufeinander. »Nicht immer, Conal. Es ist noch nie vorgekommen, daß ein Lehrmeister diesen Posten abgelehnt hat.«

»Aber ich habe nicht abgelehnt.«

Ulric grinste wölfisch. »Nicht? Hast du nicht während der Wahlen des Wolfsclans erklärt, du seist nicht würdig, meinen Platz einzunehmen? Ich glaube mich sogar zu erinnern, daß du selbst Natascha Kerensky als mögliche Kandidatin für das Amt des Khans angeführt hast. Wie kannst du dich beschweren, wenn ich doch nur die Weisheit deiner eigenen Empfehlung bestätige?«

»Peng!« Phelan lachte. »Mit den eigenen Waffen geschlagen, Conal!« Er lächelte Natascha an. »Soviel zu dem Protest.«

Natascha kniff die Augen zusammen. »Das kriegst du nicht durch, Ulric.« Ihr Grinsen wurde breiter. »Ich bin noch nicht als MechKriegerin bestätigt, deswegen werden sie nicht zulassen, daß ich diese Position einnehme.«

Kincaid wirkte absolut verloren, als der Elementar Conal aus der Kammer stieß. Er versteifte sich. »IlKhan, Ihr könnt Natascha Kerensky nicht bestimmen. Sie ist noch nicht als MechKriegerin bestätigt. Da sie keinen aktiven Dienststatus besitzt, kann sie nicht Khan werden.«

»Ihr irrt euch, Khan Kincaid.« Ulric nickte dem Elementar an der Seitentür zu. »Bringen Sie den Zeugen herein.«

Der Elementar öffnete die Tür und führte Nataschas Archivar auf das Steinpodest, auf dem zuvor Phelan gestanden hatte. Der kleine Mann wirkte etwas nervös, aber ein teuflisches Licht spielte in seinen Augen. Er strich sich nervös den schwarzen Bart glatt, dann lächelte er und nickte dem ilKhan zu.

»Für diejenigen unter euch, die ihn nicht kennen, dies ist Gustavus Michaels. Er hat Natascha Kerensky aus der Inneren Sphäre begleitet und uns eine detaillierte Geschichte der Wolf-Dragoner seit ihrem Aufbruch von den Clans geliefert. Er kennt Nataschas Laufbahn genau und kann euch versichern, daß sie eine MechKriegerin ist.«

Kincaid verschränkte die Arme vor der Brust. »Hier hat er keine Funktion. Seine Berichte über ihre Taten in der Inneren Sphäre bedeuten nichts.«

Mit einem Wink gestattete Ulric Michaels zu sprechen. »Wenn Ihr gestattet, Khan Kincaid. Der ilKhan hat mich nicht hergebeten, um irgendwelche der von mir gesammelten Daten vorzutragen. Statt dessen bat er mich, den Hintergrund all derer zu untersuchen, die durch die Wahl eines ilKhans oder eine Tragödie, die eine Nachfolge notwendig machte, zu Khans bestimmt wurden. Ich fand vier Gelegenheiten, bei denen der Khan einen Blutnamensträger wählte, obwohl dessen aktiver Status widerrufen oder fraglich war. In zweien dieser Fälle befand sich der neubestimmte Khan im Koma.«

Michaels grinste. »Ich kann Ihnen versichern, daß Natascha Kerensky definitiv nicht im Koma liegt.«

Bei dieser Bemerkung mußte Natascha grinsen, ihre saure Miene lockerte sich auf. »Er hatte das von vornherein geplant. Wenn ich ihn in die Finger kriege, bringe ich ihn um.«

»Wen, Tascha, Ulric oder Gus?«

Die Kamera richtete sich wieder auf Ulric. »Das dürfte alle Fragen beantworten, die Ihr habt, Khan Kincaid. Ich weiß Eure Besorgnis zu schätzen, alles in den korrekten Bahnen zu halten, aber ich möchte Euch daran erinnern, daß ich der ilKhan bin. Ich brauche meine Entscheidungen nicht vor Euch zu rechtfertigen. Ihr könnt mich stürzen, wenn ihr wollt, und wenn ihr es *könnt*. Ihr habt euch die Abwurfzone ausgesucht, jetzt kämpft in ihr.

Natascha Kerensky ist der neue Khan der Wölfe. Was sagt ihr?«

»Seyla.« Ein paar der Stimmen waren gedrückt, aber die Bestätigung der Wahl Ulrics war von Vertrauen geprägt.

Ulric stand auf und lehnte sich, auf die Fäuste gestützt, vor. »Wir haben bereits zuviel Zeit verloren, meine Khane. Wir stehen vor wichtigen Entscheidungen. Je eher wir unsere Differenzen beilegen, desto schneller können wir die Eroberung der Inneren Sphäre abschließen.«

18

**Hauptquartier Wolfs Dragoner, Outreach
Mark Sarna, Vereinigtes Commonwealth**

3. Juli 3051

Hanse Davion schoß hoch. Auf seinem Gesicht war deutlich die Wut abzulesen. »Es interessiert mich einen Dreck, was Kai Allard oder mein Sohn gestern mit Sun-Tzu gemacht hat, geschweige denn vor einem Monat. Ihre ständigen Unterbrechungen und Wutausbrüche sind eine konstante Behinderung unserer Arbeit. Die Unfähigkeit Ihres Sohnes, mit irgend jemand zu kooperieren, ist nicht der zentrale Punkt dieser Diskussion!«

»Sie irren sich, Hanse Davion.« Romano starrte ihn wie eine Tigerin an. »Wie ich bereits erklärt habe — und ich denke nicht daran, meine Meinung zu ändern —, stellt der Mikrokosmos der Trainingseinheit, in der sich mein Sohn aufhält, ein Spiegelbild des Universums dar. Wir wollen die gewaltigen Protokollverletzungen und die Versuche, ihn der Lächerlichkeit preiszugeben, gar nicht ansprechen. Wir wollen uns beschränken auf die körperliche Bedrohung, der er von seiten eines Spekulanten auf meinen Thron ausgesetzt war, und auf die Morddrohungen Ihres Sohnes.«

Als Hanse sich wieder setzte, stand Justin Allard langsam auf. »Bei allem Respekt, Madame Kanzlerin ...«

»Setzen Sie sich, Allard. Ich sehe zwar nicht, daß sich Davions Lippen bewegen, aber ich höre seine Stimme aus Ihrem Mund. Sie haben hier keinerlei Funktion, keinerlei Legitimation.«

Hanse bemerkte, wie Candace Liao die Linke auf den rechten Unterarm ihres Mannes legte, bevor sie sich neben ihn stellte. »Mich wirst du nicht so leicht abtun,

Schwesterherz. In Worten, die auch du verstehen kannst, versuchte Prinz Davion zu erklären, daß das Problem nicht bei unseren Söhnen liegt, sondern bei *deinem* Sohn. Geradeso wie die Probleme zwischen unseren und deinen Truppen Probleme mit dir sind. Wir stehen kriegslüsternen Horden aus den unerforschten Tiefen des Alls gegenüber. Das ist eine Bedrohung für uns alle. Wir müssen uns zusammentun, um dieser Gefahr zu begegnen.«

Romano warf den Kopf zurück und brach in hysterisches Gelächter aus. »Ha! Uns zusammentun! Damit kennst du dich ja auch gut genug aus, nicht wahr, liebe Candace? Vor zwanzig Jahren hast du dich mit unseren Feinden zusammengetan. Willst du, daß wir dieser Bedrohung genauso begegnen? Soll ich tun, was du getan hast? Soll ich meine Truppen Hanse Davion ausliefern, damit er sie ebenso vernichten kann, wie er es mit den deinen tun wird? Für wie dumm hältst du mich?«

Candace' graue Augen sprühten Feuer. »Ich habe schon längst jeden Versuch aufgegeben, die Tiefen deiner Dummheit auszuloten, Romano.«

»Ladies, bitte!« Am Tisch links neben Davion stand Thomas Marik auf. »Wir wollen uns nicht von persönlichen Animositäten entzweien lassen, wenn wir bei unserem Versuch, den Clans Widerstand zu leisten, sehr viel fundamentaleren Problemen gegenüberstehen.«

In Hanses Augen wirkte Thomas Marik verhärmt. Hanse wußte, daß der junge Joshua Marik nicht auf Outreachs medizinische Versorgung ansprach und die Dragoner-Ärzte Zweifel an seinem Überleben hegten. *Aber man sagt, der Junge sei eine Kämpfernatur. Vielleicht überlebt er uns noch alle.*

Thomas sah sich mit der ruhigen Autorität, die er als ComStar-Adept gewonnen hatte, im Raum um. »Lady Romanos Einwand gegen den Einsatz ihrer Truppen in solcher Entfernung von ihrer Heimat ist wohlbegründet. Ihre Nation hat von allen hier vertretenen am meisten unter Angriffen ihrer Nachbarn gelitten.« Er neigte den Kopf in Richtung Valprins Magnussons. »Ihr Reich im Rahmen der momentanen Krise ausgenommen.«

Thomas fuhr fort. »In Anbetracht der Geschichte und ihres Wunsches, eine Wiederholung zu vermeiden, ist ihre Vorsicht klug zu nennen.«

»Bah.« Hanse winkte ab. »Ich gebe ihr mein Wort, daß keiner meiner Soldaten einen Fuß in ihr Reich setzen wird, bevor die Niederlage der Clans nicht zwanzig Jahre zurückliegt.«

Thomas' Lächeln war nicht allzu freundlich. »Ich bin sicher, Sie bieten dieses Wort im Geist der Zusammenarbeit an, aber ich glaube nicht, daß Lady Romano so leicht zu beruhigen ist. Bitte erinnern Sie sich daran: Die jüngsten Gefechte ihrer Truppen fanden gegen meine Liga Freier Welten statt.«

Hanse grinste wölfisch. »Dann geben Sie ihr auch ein Nichtangriffsversprechen, damit wir endlich weiterkommen.«

»Touché, Prinz Davion.« Der Generalhauptmann faltete die Hände wie zum Gebet. »Angesichts der berüchtigten Instabilität meiner Nation und Ihrer Bereitschaft, selbst am Tag Ihrer Hochzeit einen Krieg zu beginnen, dürften all unsere Garantien als suspekt gelten. Schon die Wortwahl Ihres Angebots impliziert, daß Ihre Truppen *sehr wohl* in ihrem Reich einmarschieren würden, sobald der Waffenstillstand beendet wäre.«

Hanse deutete auf Theodore Kurita. »Der Kanrei und ich haben einen Nichtangriffspakt geschlossen. Wenn wir beide einander vertrauen können, warum kann Lady Romano Ihnen und mir nicht trauen?« *Weil sie wahnsinnig ist, deswegen.* Im selben Augenblick, als ihm dieser Gedanke kam, sah ihn Hanse auch in Thomas Mariks Augen.

»Das ist eine Frage, die nur sie selbst beantworten kann.« Marik senkte kurz den Kopf. »Ich bin jedoch nicht aufgestanden, um für sie zu antworten oder Ihren

Streit zu schlichten. Mich beschäftigen meine eigenen Zweifel über den Einsatz von Truppen. Von meiner Grenze bis zur Front sind es zwischen 260 und 320 Lichtjahre. Das bedeutet neun bis elf Sprünge. Einfacher ausgedrückt, ich habe nicht die notwendigen Ressourcen, um über eine derartige Entfernung ausreichend Truppen einzusetzen und eine wirkliche Hilfe darzustellen.«

»Unsinn«, knurrte Hanse verärgert. »Wir anderen sind bereit, alles aufzubieten.«

»Wenn ich die dafür notwendige Anzahl Schiffe einsetze, ruiniere ich meine Wirtschaft. Im Gegensatz zu Ihnen anderen bin ich kein Diktator, der mit göttlicher Machtbefugnis regiert.« Die Brandnarben in der rechten Gesichtshälfte Mariks ließen ihn noch grimmiger erscheinen. »Wenn ich die Wirtschaft zugrunde richte, um eine feindliche Bedrohung auszuschalten, wird das Parlament mich abwählen. Und ich bin nicht sicher, ob das nicht zu Recht geschähe.«

Magnusson schlug mit der Faust auf den Tisch. »Wie können Sie an Politik denken, wenn diese Bedrohung über uns allen hängt? Wir singen uns nicht im Dunkeln Mut an. Die Gefahr ist echt. Wenn die Clans im Herbst zurückkehren, stehen sie bei ihrem bisherigen Tempo innerhalb von zwei Jahren vor Atreus. Wenn Sie das Vereinigte Commonwealth teilen, stehen sie sogar noch eher vor Sian. Wenn Sie nichts unternehmen, werden Sie im selben Grab enden wie die Hälfte meines Volkes.«

Thomas schüttelte den Kopf. »Bei allem Respekt, Prinz Magnusson ...«

»Nein, Generalhauptmann, es besteht kein Bedarf, Ihre Entschuldigungen in Floskeln zu hüllen, um Ihre Verachtung für meine Nation zu verbergen. In Ihren Augen verdiene ich keinen Respekt. Ich finde Sie etwas akzeptabler als Lady Romano, weil Sie sich mehr zurückhalten, aber keiner von Ihnen beiden versteht den wahren Schrecken, der von dieser Clan-Invasion ausgeht.«

Der weißhaarige Valprins deutete auf Morgan Kell, der hinter Melissa Steiner saß. »Fragen Sie Oberst Kell, was es für ein Gefühl ist, seinen Sohn bei einem Clan-Angriff zu verlieren.« Er drehte sich um und deutete auf einen im Rollstuhl sitzenden Offizier hinter sich. »Fragen Sie Tor Miraborg, was es für ein Gefühl ist, eine Tochter bei einem Clan-Angriff zu verlieren. Fragen Sie mich, was es für ein Gefühl ist, jemand wie Tyra Miraborg als Kamikaze am Rumpf eines Clan-Sprungschiffs explodieren zu sehen. Fragen Sie mein Volk, was es für ein Gefühl ist, aus ihren Häusern, von ihren Welten vertrieben zu werden! Und wenn Ihnen das noch nichts sagt, dann erinnern Sie sich an die Kriege vor zehn Jahren und erinnern Sie sich an das leere Gefühl in Ihrer Seele, wenn der Feind alles bedroht, das Ihnen etwas bedeutet.

Wenn Sie jetzt nicht handeln, werden Sie es bald wieder spüren.«

Melissa Steiner erhob sich. »Ich kenne dieses Gefühl nur zu gut, ebenso wie andere in diesem Raum. Oberst Wolf und Oberst Kell haben beide ihre Söldnereinheiten auf diesen Kampf eingeschworen. Hanse und ich sind entschlossen, unsere Truppen gegen die Clans zu führen. Candace Liao hat ihre Elitetruppen versprochen, und wir wissen, daß Valprins Magnusson und der Kanrei alles aufbieten werden, was in ihrer Macht steht, um den Gegner zu besiegen. Ich bin keine Freundin des Krieges, aber es gibt offenbar Zeiten, die ihn unvermeidbar machen.«

Sie wandte sich um und hielt Romano die Hand entgegen. »Madam Kanzlerin, *ich* verspreche Ihnen, daß keine Truppen des Vereinigten Commonwealths Ihre Souveränität verletzen werden. *Ich* verspreche Ihnen, daß Ihre Truppen gegen die Clans nicht als Kanonenfutter eingesetzt werden. Dieselben Garantien gebe ich auch Ihnen, Thomas Marik. Schließen Sie sich uns an.«

Als Melissa sich wieder gesetzt hatte, schob sie ihre Linke in Hanses Rechte. Er fühlte, wie sie zitterte, und drückte sie. Als sie zu ihm aufsah, nickte er beruhigend. »Ja, Melissa. Wenn es sein muß, wenn wir diese Versprechungen geben müssen, werde ich mich daran halten«, flüsterte er leise.

Romano erhob sich langsam. Ihre trägen Bewegungen deuteten große Müdigkeit an. Mit dem rechten Handrücken unterdrückte sie ein Gähnen, dann legte sie ihre Fassade mit einem Ausdruck des Abscheus ab. »Sparen Sie sich Ihre Versprechungen, Archon Steiner. Als Hanse Davions Zuchtmähre sind Sie recht amüsant, aber ich hege keinen Zweifel, daß er Ihre Garantien ebenso schnell verwerfen würde wie seine eigenen. Ich werde mein Volk nicht auf einem Altar aus hohlen Versprechungen opfern, die allein auf Ihrer Eitelkeit basieren.«

Die Kanzlerin der Konföderation Capella richtete ihren eisigen Blick auf Valprins Magnusson. »Was Sie angeht, mein lieber Prinz, Ihre Nation ist ebenso alt wie Ihr Sohn. Nach dem, was ich von seinen Leistungen in einem Mech höre, haben sie auch dieselbe Lebenserwartung. Ihre Nation ist nichts weiter als eine Kombinats-Präfektur mit der Illusion der Freiheit. Wenn Sie bis heute nicht begriffen haben, wie lächerlich Sie sind, um so schlimmer.«

Sie salutierte spöttisch vor ihm. »Wie seltsam, Valprins Magnusson, daß der Haß Ihres Volkes auf Söldner sich jetzt in Bewunderung für sie verwandelt. Die Bürger von Rasalhaag können sich aufgrund heutiger Probleme entscheiden, die Ereignisse der Vergangenheit zu vergessen, aber ich kann mir diesen Luxus nicht leisten. Jeden Morgen sehe ich von meinem Fenster aus die überwucherten Trümmer einer Mechkompanie, die Hanse Davion in meiner Hauptstadt vernichtete. Ich werde mich nicht von ihm hinters Licht führen lassen, und es wird auch niemand gelingen, mich dazu zu überreden. Ich glaube nicht, daß der Fuchs sich geändert hat, seine alte Art hat sich vielmehr auf seine Brut vererbt.«

Die Narbe über Magnussons rechtem Auge hob sich in grellem Weiß von seinem rot angelaufenen Gesicht ab. »Ich hoffe, Sie werden diesen verrosteten Schrotthaufen auch noch sehen, wenn die Clans Ihnen Ihre Hauptstadt nehmen. Dann können Sie darüber wehklagen, daß Sie dem Fuchs nicht geglaubt haben, als er die Wahrheit sprach. Es gibt nur einen Ausweg, Romano: uns zu vertrauen. Tun Sie das nicht, sitzen Sie in einer Falle, die Sie selbst konstruiert haben. Denken Sie daran, wenn sie zuschnappt.«

Thomas Marik stand wieder auf, aber Hanse hörte ihm kaum zu. *Unsere einzige Chance, die Clans zu besiegen, besteht darin, uns zusammenzutun. »Gemeinsam siegen oder getrennt sterben.«* Er starrte Romano zornig an. *Unser Hals steckt in der Schlinge, und sie spielt mit dem Hebel der Falltür. Ich bete, daß die Clans ebenso zerstritten sind wie wir. Wenn nicht, sind die Tage der Inneren Sphäre gezählt, und die Zahl ist verflucht klein.*

19

Kriegerprüfungszentrum
Strana Metschty, Jenseits der Peripherie

21. Juli 3051

Phelan Wolf legte den Pistolengurt an und band sich das Halfter ans rechte Bein. Als er sich zu Natascha umdrehte, versuchte er, ein selbstsicheres Lächeln aufzusetzen. »Okay. Fix und fertig.«

Sie erwiderte das Lächeln, aber mit einem Kopfschütteln. »Himmel, deine Sprache hat sich wirklich verschlechtert.«

»Macht die Gesellschaft, in der ich mich aufhalte.«

Natascha legte den Arm um seine Schultern und lotste ihn zum Mechhangar. »Keine Sorge, Jungchen, du wirst es schaffen. Ich hab deinen Mech so konfiguriert, daß er maximalen Schaden anrichtet. Er ist einzigartig, genau wie meiner. Ich hab ihm den Namen *Einsamer Wolf* gegeben.«

Trotz des breiten Grinsens auf Nataschas Gesicht fühlte der junge MechKrieger, daß etwas nicht stimmte. Er nickte grimmig. »Hoffentlich ist der Name kein böses Omen. Ich weiß, daß es nicht der Tradition entspricht, aber arbeiten wir da draußen zusammen?«

Natascha klopfte ihm mit dem Handrücken auf den Bauch. »Und ob. In der Sekunde, in der ich eines deiner Ziele angreife, wird das Ganze zu einem Gefecht jeder gegen jeden.« Ihre Stimme verlor etwas von ihrer Leichtigkeit und wurde kälter. »Mir bleibt nichts anderes übrig, weil ich mein Trio abschießen und einen von deinen töten muß, damit diese Idioten mich zur Kenntnis nehmen. Ich hoffe, es macht dir nichts aus, wenn ich dir ein Ziel stehle.«

»Nimm sie alle drei. Sie sind eh so klein.«

Ihr Lachen kam nur halbherzig. »Das geht nicht. Du

mußt mindestens einen erledigen, um in den aktiven Dienst übernommen zu werden. Nur so kannst du in meine Einheit kommen.« Wieder ernst, atmete sie langsam durch. »Andererseits bekomme ich nur dann den Befehl über einen Sternhaufen, wenn ich vier Mechs erledige. Aber wenn das nötig ist, um mein Alter vergessen zu machen, soll es halt sein.«

»Ich habe keinen Zweifel daran, daß Sie es schaffen, Sterncolonel«, erklärte Phelan, obwohl Natascha sich so anhörte, als versuche sie noch immer, sich selbst davon zu überzeugen.

»Bist du dir da so sicher?«

Der junge Mann nickte zuversichtlich. »Ich erinnere mich, wie du einmal gesagt hast, Alter und Tücke würden Jugend und Schönheit immer schlagen. Sicher, unsere Gegner sind jünger und schneller als du, aber keiner von ihnen wird uns ernst nehmen.«

»Mit Ausnahme von Vlad.«

»Ja.« Phelan spürte einen bitteren Geschmack im Mund. »Mit Ausnahme von Vlad. Das wird nicht leicht, aber wenn es jemand schaffen kann, dann du.«

Natascha lächelte Phelan zu. »Ja. Dich will ich definitiv in meiner Einheit.«

Als sie die Reihe der BattleMechs im Hangar zur Hälfte abgeschnitten hatten, gab Natascha Phelan einen leichten Stoß in Richtung seiner Maschine. »Da wären wir, Kid. Wärm ihn auf und check die Waffen durch. Ich bin auf Tak 29. Sobald die Prüfung begonnen hat, können wir nicht mehr miteinander reden, aber bis das Zeichen kommt, können wir Daten austauschen.«

»Verstanden.«

»Phelan, denk daran, wir haben ein paar Vorteile auf unserer Seite. Sie kennen die Konfiguration unserer Mechs nicht, aber wir steuern überschwere Mechs, die jedem einzelnen der ihren überlegen sind. Andererseits haben sie auch keine standardmäßigen schweren Maschinen, daher können auch wir nicht sicher sein, womit wir es zu tun haben. Der wichtigste Punkt aber ist: Diesmal ist es bitterer Ernst! Die Tester sind Freiwillige, die bereit sind, ihr Leben zu opfern. Das heißt nicht, daß du sie unbedingt umlegen sollst, aber wenn es passiert, dann passiert es eben.«

»Ich weiß. Aber da Vlad auch da draußen wartet, wird er sich vermutlich sofort auf mich stürzen.«

Natascha zuckte die Schultern. »Er wird den anderen erst Gelegenheit geben, dich weichzuklopfen, bevor er angreift. Halt dich bedeckt und warte auf ihn.«

»Danke. Viel Glück.«

»Spar dir das Glück für die anderen auf. Mir genügen Alter und Tücke.« Sie zwinkerte ihm zu und marschierte zu ihrem Mech.

Phelan blieb einen Augenblick stehen und schaute an seinem wartenden BattleMech empor. Die Maschine war sechsmal so groß wie er und bis auf zwei Stellen schwarzlackiert. An der rechten Hüfte sah er den roten Wolfskopf der Kell Hounds, der Söldnereinheit seiner Familie. Im aufgerissenen Maul des Mechkopfes blitzten scharfe weiße Zähne, eine Kriegsbemalung, die an den Mech erinnerte, den er vor zwei Jahren bei seiner Gefangennahme verloren hatte.

Aus dem Äußeren der Maschine zog Phelan eine Reihe von Rückschlüssen auf ihre Bewaffnung. Die kantigen Schultern waren mit Raketenabschußöffnungen gespickt. Der rechte Arm endete in einer wuchtigen Manschette, aus der wie kurze Finger drei Lasermündungen ragten. Auch der linke Arm endete in einer Geschützmündung, aber sie besaß keine der verräterischen Schaltkreise, die er bei einer PPK oder einem Laser erwartet hätte, und sie unterschied sich deutlich von der Autokanone, die in einer Geschützkapsel unter dem Torso hing.

Über dem Cockpit, unmittelbar hinter der Luke, war eine kastenförmige Sechser-Raketenlafette montiert. Als er in den Mech stieg, sah Phelan sie sich genauer an und entschied, daß es sich um einen Einmal-Pack handelte. *Ein Schuß, das war's.* Die Kodierung an der Seite der Lafette zeigte an, daß es sich um Kurzstreckenraketen handelte. *Wenn ich die brauche, geht es mir ganz und gar nicht gut. Aber ist beruhigend, etwas für Notfälle in der Hinterhand zu haben, etwa so wie meine Pistole.*

Phelan ließ sich ins Cockpit hinab, verschloß es und fuhr den Mech hoch. Nachdem er sich dem Computer zu erkennen gegeben hatte, lieferte dieser ihm eine Aufstellung der Offensivfähigkeiten seines BattleMechs. Er sah einiges, was ihn verwirrte, und schaltet das Funkgerät auf Tak 29.

»Natascha, ich habe ein paar Fragen.«

»Bitte.«

»Die LSR-Lafette in der linken Schulter hat in den ersten zwölf Packs Schwarmraketen?«

»Schwärmer sind LSR, die ein Gebiet mit Mehrfachsprengköpfen eindecken. Zu Beginn des Unternehmens werden unsere Gegner wie siamesische Drillinge zusammenstehen. Das Standardverfahren sieht vor, daß sie sich uns einer nach dem anderen stellen. Du hast bereits gezeigt, daß du sie schwer durcheinanderbringen kannst, wenn du auf alles und jedes feuerst. Die Schwärmer teilen großzügig aus.«

»Aber werden sie uns dann nicht alle gleichzeitig angreifen?«

Nataschas Lachen überstand die Computermodulation. »Natürlich. Wäre dir eine Strategie lieber, die ihnen liegt?«

»Das überzeugt. Die LBX-Autokanone feuert Haufenladungen.«

»Schrotflintenmunition. Das scheuert die Panzerung deines Gegners ab. Nachdem du ihn damit vorbereitet hast, können deine Laser ihn in Scheibchen schneiden.«

Phelan nickte und studierte den Hilfsmonitor. »Gaußgeschütz im linken Arm?«

»Eine tolle Waffe. Sie benutzt Magnetfelder, um eine

Stahlkugel etwa von der Größe einer Melone abzufeuern. Erzeugt fast keine Abwärme und hat eine höllische Durchschlagskraft. Das einzige Problem ist der ziemlich hohe Stromverbrauch. Wenn du gleichzeitig die Laser abfeuerst, muß der Computer mit der Energiezuteilung jonglieren, und das Ganze verzögert sich.«

Phelan sah hoch und bemerkte Nataschas BattleMech, der in sein Blickfeld marschierte. Er hatte dieselben Vogelbeine wie seine Maschine, und einen zylindrischen Rumpf, der an der Schulter ausgebaut war, um Raketenlafetten aufzunehmen. An der rechten Seite des Mechs sah Phelan die kurze Mündung einer Autokanone und im Torso ein Dreieck aus Lasern. Beide Arme endeten in schlanken, übereinander angeordneten Zwillingsläufen. Nataschas Mech war schwarz, und auf der unteren Torsohälfte prangte das blutrote Stundenglassymbol einer Schwarzen Witwe.

Phelan lächelte, als er den Namen der Maschine von seinem Monitor ablas. »Witwenmacher? Klingt treffend. Sie scheinen voll aufgerüstet, Sterncolonel.«

»Für eine Wölfin, Phelan. Ich weiß, daß dein Mech nicht das Farbschema der Kell Hounds hat, aber du bist kein Hound mehr. Du bist jetzt ein Wolf — wie ich.«

Phelan setzte seinen BattleMech in Bewegung. »Bleibt uns nur noch, es zu beweisen.«

Zwei Gruppen zu je drei BattleMechs warteten darauf, die Krieger zu prüfen. Sie trugen alle Tarnbemalung, so daß ihre Umrisse vor den roten Felsen und dem Sandboden verschwammen, aber diese optischen Spielereien konnten Phelans Gefechtscomputer nicht täuschen. »Ich habe meine drei Ziele links. Ich frage mich, wer von ihnen Vlad ist?«

»Das ist ziemlich egal, oder?« Nataschas Mech trat etwas vor. »Paß auf. Ich markiere den Mech aus deiner Gruppe, der meinen am nächsten steht.« Sie klang unsicher, dann schien sie es zu bemerken und fluchte leise.

»Verdammt, ich werd mich von den grünen Welpen nicht kleinkriegen lassen.«

Phelan sagte nichts.

»Tut mir leid, Phelan. Es gefällt mir nicht, aber nur so kommen wir zu was. Wenn wir grünes Licht bekommen, setz ihm mit den Langstreckenwaffen zu. Ich jage eine Raketensalve auf den *Bluthund*, aber mit den Strahlern kümmere ich mich um eins von meinen Zielen.«

»Bestätigt.«

Ulrics Stimme dröhnte aus den Lautsprechern in Phelans Neurohelm. »Natascha Kerensky und Phelan von den Wölfen, die Zeit eurer Prüfung ist gekommen. Jeder Aspekt eurer Leistung wird untersucht und bewertet. Die dabei zustande kommende Note legt eure Pflichten bis zur nächsten Prüfung fest. Besiegt ihr keinen Gegner, verliert ihr den Status des MechKriegers. Besiegt ihr einen, bekommt ihr einen Mech zugeteilt. Der Sieg über zwei gibt euch den Rang eines Sterncommanders, drei Abschüsse den eines Sterncaptains. Habt ihr das verstanden, frapos?«

»Pos.«

»Sehr schön. Natascha, deine Ziele sind auf deiner Ortung durch rote Dreiecke gekennzeichnet. Phelan, deine Ziele tragen blaue Quadrate. Eure Gegner wissen bereits, daß eine Niederlage hier sich nicht negativ für sie auswirken wird. Natascha, einer deiner Gegner ist Burke Carson, und Vladimir von den Wölfen steht Phelan gegenüber. Wie ihr beide wißt, ist dies von größter Bedeutung. Fair Play zählt nicht. Ihr habt gewonnen, wenn ihr einsatzbereit seid, aber eure Gegner nicht mehr. Selbst wenn ihr euch mit den Armen vom Schlachtfeld ziehen müßt, habt ihr gewonnen.«

Ulrics Stimme wurde leiser, als er die Verbindung zu allen Maschinen auf dem Schlachtfeld öffnete. »Möge die Prüfung beginnen!«

Phelan senkte das Fadenkreuz seiner Gefechtsanzeige über den Torso des Mechs, der zwischen seiner und

Nataschas Gruppe stand. Er preßte beide Feuerknöpfe an der Oberseite der Steuerknüppel ein und zog den Auslöser unter dem linken Zeigefinger durch. Eine Hitzewelle schlug über ihm zusammen, als der Mech durch den Rückschlag erschüttert wurde.

Nataschas Raketensalve erreichte den *Bluthund* zuerst, und Phelans Raketen stießen in den tosenden Feuerball hinein, der den Mech bereits verschlang. LSR hagelten auf den Torso und den Kopf, zerbliesen die Panzerung in Stahlkeramiksplitter. Phelan sah den Mech etwas schwanken, dann schlug das silbrige Projektil des Gaußgeschützes in seine linke Schulter. Der Aufprall zerquetschte die Panzerung und schleuderte die schwere Kampfmaschine zu Boden. Sie rollte auf einen Teamgefährten zu, aber deren Pilot brachte sich geschickt aus der Gefahrenzone.

Phelan zog seinen Mech zurück und ging hinter einem flachen Hügel in Deckung. Ein Blick auf seinen Zweitmonitor, der einen Statusbericht des gegnerischen Mechs lieferte, und Phelan erschauerte. »Der Computer meldet einen Cockpittreffer. Er ist tot oder verwundet, und das nur wegen einer *Prüfung.*«

Phelan wanderte nach links und löste sich von Natascha, um sich seinen eigenen Gegnern zu widmen. Als er die Deckung des Hügels verließ, sah er, daß eines seiner Ziele über dem beschädigten Mech stand, während der andere geradewegs auf ihn zumarschierte. Der Computer identifizierte diesen OmniMech als *Kampffalke.*

Phelan stieg auf die Hügelkuppe, brachte das Fadenkreuz auf den Gegner und löste eine zweite Breitseite aus. Die beiden Raketensalven nahmen den anrückenden Clan-Mech in die Zange. Die Raketen sprengten Panzerung von den Armen und Beinen der Maschine, und zwei abgefälschte Sprengköpfe sorgten für leichten Schaden an seiner rechten Flanke. Die Kugel des Gaußgeschützes traf den Lauf der PPK im linken Arm, hüpfte an dessen Oberseite entlang und prallte in die Ellbogenbeuge des *Kampffalke,* aber sie konnte das Geschütz nicht mehr beschädigen, bevor es seinen Partikelstrahl ausspie.

Beide Arme des *Kampffalke* endeten in Geschützmanschetten, die Partikelprojektorkanonen und Impulslaser beherbergten. Die azurblauen Blitze der PPKs bohrten sich in Phelans *Einsamen Wolf.* Einer peitschte über den rechten Arm des Mechs und kostete ihn Panzerung von Schulter bis Ellbogen. Der andere brannte eine unregelmäßige Bresche in den rechten Oberschenkel des Omnis, von der dampfende Panzerplatten auf den Hügel fielen.

Phelan wurde nach rechts geworfen. Er kämpfte um das Gleichgewicht seiner Maschine. Er senkte die Fadenkreuze wieder auf sein Ziel, noch während der *Einsame Wolf* sich unter dem Schaden schüttelte. Er ließ den *Kampffalke* vierzig Meter näher kommen und senkte den rechten Arm seiner Maschine, als hätte er mehr als nur Panzerungsschäden erlitten. *Wie sehr verachtest du mich?*

Der Pilot des *Kampffalke* rückte immer weiter vor und hob die Geschützmanschetten zum Angriff. Ein PPK-Strahl ging über den Kopf des *Einsamen Wolfes,* aber der andere traf ihn wie eine blaue Geißel, verdampfte die Panzerung und das Kanzeldach. Ein stechender Nebel versengte seine nackten Gliedmaßen, aber der Überdruck in der Kanzel blies den größten Teil des geschmolzenen Glases davon. Aus zwei oder drei Wartungsluken flogen Funken; einer der Zweitmonitore spuckte eine dunkle Qualmwolke und hauchte sein Leben aus.

Der Bordcomputer meldete gleichmütig die Zerstörung der Lebenserhaltungssysteme, aber auf einer Welt wie Strana Metschty hatte das keine weitere Bedeutung. Der Impulslaserangriff auf den linken Arm des *Einsamen Wolfes* hatte nur Panzerung zerschmolzen. *Es wird Zeit, daß ich die Sache beende, bevor ich ernsthaft verletzt werde.* Er zwang sich, die Schmerzen in Armen und Beinen zu ignorieren, und feuerte alle Waffensysteme aus kürzester Distanz auf den *Kampffalke* ab.

Eine Raketensalve verfehlte ihr Ziel, aber die zweite sprengte Panzerung von beiden Armen, legte die Myomerfasern und das Innenleben der Geschütze im linken Arm des *Kampffalke* bloß. Einer der drei Impulslaser im rechten Arm des *Einsamen Wolfes* schoß weit am Rumpf des *Kampffalke* vorbei. Die beiden restlichen rubinroten Lichtstrahlen schälten die Panzerung von der Torsomitte und rechten Flanke des Mechs und hinterließen parallele, qualmende Narben.

Das Mündungsfeuer der Autokanone warf stroboskopartige Lichtblitze in das Cockpit des *Einsamen Wolfes,* und der stechende Geruch von Sprengstoff stieg Phelan in die Nase. Der Hagel aus heißem Metall fraß sich in die rechte Seite des *Kampffalke* und sprengte eine riesige Panzermenge vom rechten Arm des Omni. Die Kugel des Gaußgeschützes schoß pfeifend aus der Mündung und traf den *Kampffalke* am rechten Arm. Der erzitterte unter dem Aufprall, und seine Panzerung zerbarst wie Glas.

Phelans linker Ringfinger schloß sich um den Auslöser der KSR-Lafette. Die sechs Raketen schossen aus ihrem Kasten und senkten sich wie blutgierige Muränen auf den schwer angeschlagenen *Kampffalke.* Drei von ihnen verfehlten den Omni, aber die drei, die ihn trafen, richteten ernsten Schaden an. Eine bohrte sich in den linken Arm und explodierte, wobei sie Fetzen des Mechskeletts in alle Winde verstreute. Folgedetonationen zerrissen Teile der PPK und des Impulslasers. Das Geschoß, das den rechten Arm traf, schlug weiter oben ein. Es beschädigte zwar den Titanstahlknochen, nicht jedoch die Geschütze.

Die letzte der Raketen flog geradewegs auf die Torsomitte des *Kampffalke* zu, detonierte jedoch verfrüht. Eine kochende Wolke aus flüssigem Feuer hüllte den Mech ein und legte sich wie eine flammende Decke über ihn. Der Pilot wollte vor den Flammen zurückweichen, aber sein *Kampffalke* war in kürzester Zeit derart hart getroffen, daß er völlig außer Balance geraten war. Bei dem verzweifelten, aber sinnlosen Versuch, sich auf den Beinen zu halten, wirbelte der Kampfkoloß riesige Staubwolken auf. Mit einem Kreischen überforderten Metalls und dem Stakkato zerberstender Panzerplatten krachte der *Kampffalke* zu Boden, und der linke Arm brach ab.

Jetzt sah Phelan sich nach dem Mech um, den sein Computer als *Henker* identifiziert hatte. Er konnte ihn weder auf dem Schirm entdecken noch selbst irgendwo sehen. Sofort war ihm klar, daß diese Maschine von Vlad gesteuert wurde. *Verdammt! Ich sitze hier nackt und weiß nicht, wo er steckt.*

Der junge MechKrieger rückte mit seinem *Einsamen Wolf* vor. Er stampfte hart auf das rechte Knie des *Kampffalke* und zertrümmerte das Gelenk. Dann pumpte er einen Gaußschuß in die rechte Schulter des Mechs und schleuderte dessen rechten Arm in einem Funkenregen davon. »Du gehst nirgendwo mehr hin.«

Als ihm klar wurde, daß sein tödlichster Gegner noch auf ihn wartete, revoltierten Phelans Eingeweide. Wie von Natascha vorhergesagt, hatte Vlad die anderen vorgeschickt, um den *Einsamen Wolf* mürbe zu machen, bevor er selbst gegen ihn antrat. Aber wenn er seine Beweglichkeit behielt und einem Nahkampf aus dem Wege gehen konnte, blieb Phelan trotz allem im Vorteil. Er marschierte den Hügel hinab und auf die Trümmer des *Bluthund* zu.

Plötzlich bemerkte er auf seiner Gefechtsanzeige eine Bewegung. Adrenalin schoß durch seine Adern. Der *Henker* tauchte hinter ihn auf. Phelan verfluchte den Verlust seines Zweitmonitors und lenkte einen Datenfluß auf den Hilfsschirm um. Sofort füllte der Computer diesen mit Informationen über den gegnerischen OmniMech. Er sah, daß der *Henker* an beiden Armen je ein

Gaußgeschütz führte und dazu an den Torsoseiten je einen schweren und zwei mittelschwere Laser.

Phelan konnte keines seiner Geschütze einsetzen. Statt dessen sprang er so plötzlich nach rechts, daß ihm die Haltegurte der Pilotenliege ins Fleisch schnitten. Eine silberne Kugel zwitscherte dort durch die Luft, wo er gerade zuvor noch gestanden hatte. Sie hüpfte über die Felsenlandschaft, prallte von Felsvorsprüngen ab und schlug bei jedem Aufprall Funken. Eine Sekunde später jagte ein weiteres Gaußgeschoß über den Kopf des *Einsamen Wolfes.*

»Scheiße!« Phelan schoß nach vorne und verlangte seinem Mech alles ab, was der an Geschwindigkeit aufzubieten hatte. Er warf sich nach links, dann nach rechts. Dadurch erschwerte er seinem Gegner das Zielen, aber sonderlich beruhigend fand er das nicht. *Dieselbe Taktik habe ich angewandt, als ich zum ersten Mal gegen Vlad gekämpft habe. Er war außer sich, weil ich nicht stehengeblieben bin, um wie ein ›zivilisierter‹ Krieger zu kämpfen.*

In dem Wissen, wie sehr Vlad ihn haßte, mußte Phelan dessen Beherrschung bewundern. Als Vlad seinen ersten Schuß abgab, hatte sich der *Einsame Wolf* in der optimalen Geschützreichweite befunden. Anstatt alles einzusetzen, was ihm zur Verfügung stand, hatte der Clansmann sorgfältig erst ein Gaußgeschütz, dann das zweite ausgelöst. *Er hat sich den Namen seines Mechs zu Herzen genommen. Das soll kein Schlachtfest werden, sondern eine Hinrichtung.*

Phelan stoppte den *Einsamen Wolf* hinter einer kleinen Erhebung und machte alle Waffensysteme klar. Mit all seinen Raketen und der Munition für die Autokanone konnte er in Teufels Küche kommen, wenn es Vlad gelang, die Panzerung zu durchschlagen. Wenn einer der Raketenpacks oder die eingelagerte Autokanonenmunition explodierte, hatte das letzte Stündlein seine Mechs geschlagen. Vlad, der nur Energiewaffen und Gaußgeschütze führte, brauchte sich solche Sorgen nicht zu machen.

Plötzlich drängte sich eine Information in Phelans Bewußtsein und schien ihm abrupt die Augen zu öffnen. »Vlad kann gar nicht viel machen. Natascha hat mich vor dem Energieverbrauch des Gaußgeschützes gewarnt. Vlad hat bei seinem ersten Schuß auf sämtliche Auslöser gedrückt. Weil die Gaußgeschütze als seine Primärwaffen festgelegt sind, hatten sie Priorität bei der Energiezuteilung!«

Phelan richtete den *Einsamen Wolf* zu voller Größe auf und bemerkte den *Henker* in einem halben Kilometer Entfernung in schneller Bewegung. Als Vlad den Omni herumdrehte, feuerte Phelan zwei Raketensalven ab. Goldene Detonationen von fünf Geschossen rissen die Panzerung am rechten Bein des *Henker* auf. Über die Hälfte der anderen Salve bohrte sich in den rechten Arm des Mechs und versprühte Panzersplitter.

Der Aufprall riß das Gaußgeschütz zur Seite und ließ dessen Kugel weit am *Einsamen Wolf* vorbeischießen. Eine Sekunde später jedoch verschoß das rechte Armgeschütz des *Henker* mit einer krachenden elektrischen Entladung sein Projektil. Der *Einsame Wolf* wurde nach links geworfen, als die Kugel die linke Hüfte des Stahlriesen traf. Panzerfetzen flogen durch die Luft, und der Mech legte sich auf die Seite.

Phelan drehte sich zurück auf die Pilotenliege und ging mit dem *Einsamen Wolf* in die Hocke. »Jesus, Maria und Josef!« Sein Hauptschirm zeigte ihm, daß die obere Beinpanzerung der linken Seite völlig dahin war. »Noch so ein Treffer, und ich bin das Bein los!«

Er wußte, daß Vlad es ihm schwer machen würde, aber die Bestätigung seiner Energieprobleme ließen Phelan hoffen.

Er zog den *Einsamen Wolf* von der Ebene zurück und arbeitete sich nach links vor. Er fand eine Lücke zwischen zwei aufragenden Felsformationen und schlüpfte hinein. Der Computer zeigte den *Henker* in einer Entfernung von 300 Metern, und Phelan senkte beide Fadenkreuze über ihn. In der gleichen Sekunde, in der ein blinkender Punkt in der Mitte der Kreuze die Zielerfassung bestätigte, feuerte Phelan zwei Raketensalven und ein Gaußprojektil auf Vlad ab und duckte sich sofort wieder. Durch das offene Kanzeldach hörte er, wie die Raketen explodierten.

Plötzlich erzitterte unter den Füßen des *Einsamen Wolfes* der Boden. Staub und Kiesel regneten in die Kanzel, als eine silberne Kugel ein Stück der Deckung mitriß. Ein scharlachroter Energiestrahl bohrte sich unmittelbar dahinter durch die Luft, aber keine der beiden Attacken konnten den *Einsamen Wolf* beschädigen.

»Er hat gemerkt, was ich über seinen Mech erkannt habe. Er ist ein Hundesohn, aber dumm ist er nicht.« Eine halbe Sekunde fragte sich Phelan, warum er kein Leibeigener geblieben war. Wütend vertrieb er den Gedanken. *Weil ich ein Krieger bin, deswegen. Und jetzt heißt es Köpfchen zeigen, zuschlagen und rennen.*

Noch zweimal konnte Phelan das Gelände und seine größere Beweglichkeit ausnutzen und den *Henker* überraschen. Indem er sich im Kreis bewegte, gelang es ihm, die rechte Flanke der Maschine Vlads im Visier zu behalten. Die Raketen peitschten die Panzerung vom rechten Arm, Bein und Torso des *Henker,* bis nur noch Fetzen der Fiberstahlpanzerung blieben. Aber den größten Schaden richtete das Gaußgeschütz an. Es durchschlug die geschwächte Panzerung auf der rechten Brustpartie des *Henker* und zerstörte den schweren Laser. Der fiel herab und zermalmte seinerseits einen der mittelschweren Impulslaser.

Als dunkler Rauch aus dem Loch im Torso des *Henker* zum Himmel stieg, sprang Phelan in seinem Mech auf den Felskamm, den er als Deckung benutzt hatte, um die Autokanone ins Spiel zu bringen. Vlad wendete seinen Mech und begegnete Phelan frontal. Augenblicklich richteten sich alle Geschütze auf ihr Ziel. Auf eine Entfernung von 200 Metern feuerten beide Krieger eine Breitseite.

Phelans Raketensalven schossen aus den Schultern des *Einsamen Wolfes* und zogen graue Dunstbahnen hinter sich her. Die Raketen fraßen sich in die Panzerung über dem Herzstück des *Henker* und sprengten Panzerstücke von dessen rechtem Bein. Andere Raketen stießen durch das Loch in seiner linken Flanke und wieder andere senkten sich in die Panzerung an der linken Schulter der Maschine.

Zwischen den Raketenbahnen fanden die drei Impulslaser problemlos ihr Ziel. Einer bohrte ein Loch durch den rechten Arm des *Henker* und verdampfte dessen letzte Panzerung. Der zweite zerschmolz die Keramikpanzerung, die wie ein Sturzbach am linken Bein des Mechs hinabfloß. Der letzte sprengte eine Kraterkette quer über den Kopf des Mechs, die wie eine grobe Parodie auf Vlads eigene Narbe wirkte.

Phelans Autokanone war nicht allzu zielgenau und kostete den *Henker* nur Panzerung am rechten Bein. Die silberne Kugel des Gaußgeschützes zertrümmerte die Panzerung am linken Arm der Maschine und sandte sie in großen Platten in den Sand. Das Geschützfeuer häutete den Arm zwar zum größten Teil, zerstörte jedoch nicht das Gaußgeschütz des *Henker.*

Vlads Gegenfeuer schüttelte den *Einsamen Wolf* derart durch, daß sich Phelan wie ein Kieselstein fühlte, der in einer Blechbüchse hin und her geworfen wurde. Die erste Gaußkugel schlug in den linken Arm des *Einsamen Wolfes* ein, riß ihn am Ellbogen ab und warf den Mech herum. Phelans Gaußgeschütz flog taumelnd davon und explodierte in dem Graben, den er zuvor als Dekkung benutzt hatte.

Entsprechend den veränderten Geschützprioritäten setzte der Gefechtscomputer des *Henker* zuerst die Laser ein, bevor das zweite Gaußgeschütz zum Einsatz kam.

Der verbliebene Impulslaser im verwüsteten rechten Torso brannte ein halbes Dutzend dampfender Löcher in die rechte Flanke von Phelans Maschine. Der schwere Laser des *Henker* stieß mit seinem feuerroten Strahl durch die linke Torsoseite des *Einsamen Wolfes,* als Phelan seine Maschine wieder unter Kontrolle brachte und Vlad zuwandte.

Das rechte Gaußgeschütz des *Henker* spie eine Metallkugel von etwa dreißig Zentimetern Durchmesser aus. Als silberner Strich schoß sie mitten in die Brustpartie des *Einsamen Wolfes.* Phelans Kiefer schlugen zusammen, als der gesamte Torso angehoben und er in die Polster der Pilotenliege gepreßt wurde. Vlad verschwand aus seinem Blickwinkel, und das Bild eines wolkenlosen blauen Himmels trat an seine Stelle. Phelan krallte sich in die Armstützen der Kommandoliege und versuchte, den Mech mit ein paar Schritten zu stabilisieren, aber der Felskamm bot ihm keinen Halt.

Der Sturz des BattleMechs erschien ihm wie eine Ewigkeit.

Der *Einsame Wolf* schlug mit all der Grazie und Geschmeidigkeit eines tonnenschweren Felsbrockens auf. Der Aufprall warf Phelan hart in die Pilotenliege und seinen Kopf gegen eine der Cockpitstreben. Der Neurohelm verhinderte einen Schädelbruch, aber Phelan sah eine Myriade von Sternen. Sein linker Ellbogen war gegen die Kante einer Konsole geprallt und bis zum Handgelenk betäubt. Er biß sich auf die Zunge, schmeckte das Blut dieses Bisses und der Risse in seinen Lippen, wo der Neurohelm sie gegen die Zähne gedrückt hatte.

Funken flogen durch das Cockpit, die Monitore und Kontrollen fielen aus. Warnsirenen heulten auf und erstarben mit einem Knall und einer Rauchwolke. Durch das Skelett des Kanzeldaches regneten Schmutz und Steine, prallten von den zerstörten Armaturen und Phelans zerschlagenem Körper ab. Ein großer Stein prallte von der Rückwand des Cockpits und zertrümmerte die Sichtscheibe seines Neurohelms.

Dann hörte er nur noch das Rasseln der Trümmer und das leise, flüsternde Summen des Fusionsreaktors. Sein linker Arm schien in Flammen zu stehen, als das Gefühl zurückkehrte, aber ein besorgter Blick zeigte nur einen kleinen Schnitt am Unterarm. Er bürstete den Schmutz fort, der sich an seiner Kehle gesammelt hatte und löste die Haltegurte.

Ein bizarres und erschreckendes Geräusch, das von draußen hereindrang, ließ ihn stoppen. Krach, krnsch, krach, krnsch. Es dröhnte laut durch den Boden und in seinen Mech. Für Phelan war es das Geräusch des wahnsinnigen einbeinigen Mörders, der die Gruselgeschichten seiner Kindheit heimgesucht hatte. So schnell er die wiedererwachenden Kinderängste unterdrückt hatte, so schnell stieg ein neuer, hartnäckigerer Schrekken in ihm auf. *Das ist Vlad. Er kommt, um mich fertigzumachen.*

Phelan wurde aktiv. Er riß den rechten Steuerknüppel herum, betätigte die Pedale des Mechs und stellte fest, daß die Gliedmaßen seines Kolosses noch reagierten. Der völlige Ausfall der Monitore bedeutete, daß er keinen Schimmer hatte, welche seiner Waffen noch einsatzbereit waren. Ohne Gefechtsanzeige konnte er nur raten, welche Waffe auf ein Ziel gerichtet war, andererseits aber war ein Mech auf kürzeste Distanz kaum zu verfehlen.

Ein Punkt, den auch Vlad nicht übersehen wird.

Mit Hilfe des rechten Mecharms stemmte Phelan sich hoch. Der *Einsame Wolf* begann sich nach rechts zu bewegen, blieb aber nach einer Drehung von nur wenigen Grad stecken. Phelan drückte fester, aber als er hörte, wie die Panzerung nachgab, hielt er inne. Der *Einsame Wolf* sank wieder in die ursprüngliche Position zurück.

Verzweiflung bohrte ihre Krallen in sein Herz. *Ich sit-*

ze fest. Ich habe keine Waffen. Ich kann nichts tun. Ich werde sterben!

Irgendwo in seinem Innern hörte er eine Stimme, die nur ihm selbst gehören konnte. *Wenn du sterben mußt, Phelan Kell, dann stirbst du als Mann.*

Er biß die Zähne zusammen und schluckte. Er bewegte seinen linken Arm, um etwas gegen die Taubheit zu unternehmen, und wartete.

Krach, krnsch, krach, krnsch. Sein Pulsschlag paßte sich der donnernden Kadenz an, mit der Vlad herankam. Tausend verschiedene Fluchtpläne blitzten durch Phelans Gehirn und wurden verworfen. Er wußte, daß er nicht fliehen konnte, weil Vlad ihn hetzen und töten würde, ob er in einem Mech saß oder nicht. Natascha zu Hilfe zu rufen, war zwecklos. Soweit er es feststellen konnte, war sein Funkgerät zerstört, und außerdem wurde der Funkverkehr für die Dauer der Prüfung gestört.

Vlad ließ ihn nicht lange warten. Der *Henker* erschien auf dem Kamm und starrte auf den *Einsamen Wolf* herab. Von der Schulter bis zum Fuß war die gesamte rechte Seite des Mechs von aller Panzerung entblößt. Einschlagskrater und Laserspuren überzogen den Rest des Mechrumpfes wie Pockennarben. Qualm stieg aus der zertrümmerten Hälfte der Brustpartie und legte sich wie ein hauchdünner Umhang über den Torso.

Aus den Außenlautsprechern der Maschine hallte Vlads Gelächter. »Ist das schon das Ende? Von so einem großen *Krieger* hätte ich einen härteren Kampf erwartet.«

Phelan öffnete das Visier seines Helms. »Wenn du ein ebenbürtiger Gegner wärst, hätte ich mich vielleicht mehr angestrengt.«

»Dein Fehler, Phelan. Leider kann ich dir nicht den Luxus bieten, daraus zu lernen. Ich hätte dich in der Schande deines Versagens brüten lassen, aber diese Wahl habe ich nicht mehr.« Der linke Arm des *Henker* richtete das Gaußgeschütz auf Phelans Cockpit. »Du hast Conal im großen Konklave lächerlich gemacht, und dafür hat er deinen Tod befohlen.«

Phelan schnaufte verächtlich. »Wenn du den Mut hättest, den Gott einem Sandfloh gegeben hat, kämst du herunter und würdest mir die Kehle durchschneiden.«

»Glücklicherweise habe ich das Gehirn, das Gott einem Menschen gegeben hat, und nicht vergessen, daß du eine Pistole trägst. Aber es war ein guter Versuch.«

»Den Versuch war es wert.«

»Ein passender Grabspruch. Zu schade, daß er zu lang für den Fingerhut ist, den man für deine Überreste wird benutzen müssen. Adieu, Phelan.«

Phelan riß den rechten Arm seines Mechs hoch und schlug die breite Geschützmanschette als Abdeckung über das offene Cockpit. Gleichzeitig preßte er beide Pedale bis zum Anschlag durch.

Der rechte Arm des *Einsamen Wolfes* wurde wie ein Dampfhammer in die Pilotenkanzel getrieben. Das Kanzelskelett zersplitterte, und scharfe Metallstreben peitschten durch den Raum. Eine von ihnen zerschnitt die Außenhaut von Phelans Kühlweste und füllte die Luft mit dem beißenden Geruch von Kühlmittel. Faustgroße Panzerbrocken regneten von den Waffen herab. Ihre scharfen Kanten zerschnitten Phelan Arme und Beine.

Als der Hagel von Panzersplittern sich gelegt hatte, lieferte nur der Fusionsreaktor einen dumpfen Unterton zur gespenstischen Stille. Er hörte Vlad weder fluchen noch ihn verspotten. Er hörte nichts davon, daß Vlads Mech eine andere Position suchte. *Kann es sein, daß meine Mechtritte den Boden genug erschüttert haben, um ihn umzuwerfen?*

Phelan zog den Arm des *Einsamen Wolfes* von seinem Gesicht. Er stemmte ihn auf den Boden, und diesmal schien sich der OmniMech sehr viel freier zu bewegen. Er rollte nach links und zog die Beine unter den Rumpf.

Langsam und vorsichtig hob er den Mech zur vollen Größe und blickte über den Rand des Grabens.

Der *Henker* lag flach auf der Bauchseite. Von seinem rechten Arm und Bein waren nur noch glühende Stümpfe und die brodelnden Enden der Myomermuskeln vorhanden. Das Loch in der rechte Torsoseite des Mechs war bis zur Torsomitte und darüber hinaus erweitert. Eine dichte Säule grauen Rauchs stieg daraus hervor, und der Geruch machte ihm klar, daß der Kreiselstabilisator des *Henker* nur noch Schrottwert besaß.

Statik krachte durch die Lautsprecher seines Neurohelms, gefolgt von Nataschas fröhlichem Lachen. »Es ist offiziell, Phelan. Der Test ist vorbei. Vielen Dank, daß du Vlad ins Freie gelockt und lange genug beschäftigt hast, um mir einen Angriff zu ermöglichen.«

Phelan schauderte. »Na, ja, Vlad auf Trab zu halten, scheint meine Spezialität zu sein.« Er fühlte, wie aus einer Schnittwunde an seinem rechten Arm Blut tropfte. »Ich bin heilfroh, daß du aufgetaucht bist.«

»Phelan Wolf, ich glaube, du bist der erste Nicht-Dragoner, der das je zu mir gesagt hat.«

»Und niemand hat es je ehrlicher gemeint, das garantiere ich dir.« Phelans *Einsamer Wolf* kletterte langsam aus dem Graben. »Ich freue mich, daß du deine vier Mechs erwischt hast, aber ich hoffe du verstehst, daß ich kein Bedürfnis habe, das je wieder mitzumachen.«

20

**Tetsuhara Manövergelände, Outreach
Mark Sarna, Vereinigtes Commonwealth**

22. Juli 3051

Kai Allard wischte sich die verschwitzten Hände an der Kühlweste ab. »Ich höre, Victor. Ich weiß deinen Rat zu schätzen. Wie könnte ich je hoffen, da draußen deine Leistung zu erreichen.«

Victors Stimme war voller Zuversicht. »Kai, Hohiro hat das Ziel übertroffen, das ich mir gesteckt hatte, und du kannst mehr erreichen als er. Ich zähle darauf. Die Ehre des Vereinigten Commonwealths ruht auf deinen Schultern.«

Kai schauderte. »Du hattest es leicht. Shin war dein Flügelmann. Ich habe Sun-Tzu da draußen; das bedeutet, ich werde von vier Mann gejagt.«

»Er wird genug zu tun haben mit der Truppe, die gegen ihn antritt. Solange du auf keines seiner Ziele feuerst, werden seine Gegner dich in Ruhe lassen. Denk daran, du hast einen Omni, und sie haben nur ganz normale Mechs. Die hast du im Handumdrehen erledigt.«

»Verwette nicht dein Geld auf mich.«

»Geht nicht«, lachte Victor. »Niemand ist bereit, eine Wette anzunehmen.«

Eine zweite Stimme, die Kai augenblicklich als die Jaime Wolfs erkannte, erklang in den Lautsprechern. »Sun-Tzu Liao und Kai Allard-Liao, dies ist eure Prüfung. Alle Energiewaffen sind leistungsgemindert, und alle Projektilwaffen verschießen Phantomgeschosse, aber die Computer, die diese Übung überwachen, werden die Schäden in voller Höhe anrechnen. Trotz allem ist Vorsicht geboten, denn die Mechs können beschädigt werden. Wenn ihr von einer Mesa stürzt und auf dem

Cockpit landet, seid ihr nicht minder tot wie nach einem Kopftreffer im Gefecht. Habt ihr das verstanden?«

»Verstanden, Oberst.« Einen Moment später vernahm Kai das Echo von Sun-Tzus Antwort.

»Eure Mission besteht darin, die gegen euch angetretenen Feinde zu besiegen. Ihr könnt zusammenarbeiten, aber der Funkverkehr wird auf dem gesamten Schlachtfeld gestört. Ihr könnt auf Gegner feuern, die euch nicht zugeteilt sind, aber dadurch steht es euren Gegnern frei, euren Partner anzugreifen — und umgekehrt. Diese Übungen sind im allgemeinen schon komplex genug, um auf solche zusätzliche Schwierigkeiten verzichten zu können. Eure Bewertung richtet sich nach der Anzahl der abgeschossenen Gegner und dem angerichteten Schaden. Viel Glück. Die Übung beginnt in dreißig Sekunden.«

Kai warf einen letzten Blick auf den Primärschirm. Er meldete die Gefechtsbereitschaft aller Waffensysteme, und Kai lächelte, als er das ihm zur Verfügung stehende Arsenal betrachtete. Die LSR, der schwere Extremweitenlaser und das Gaußgeschütz konnten alle auf große Entfernungen treffen und gestatteten ihm, einen Gegner auseinanderzunehmen, während er anrückte. Auf geringere Entfernung konnten seine schwere Autokanone und die Batterie von Impulslasern ernsthaften Schaden anrichten. Dieser *Daishi,* übersetzt Großer Tod, schien seinem Namen alle Ehre zu machen.

Auf der anderen Seite des Schlachtfelds sah er eine angsteinjagende Truppe feindlicher Kampfkolosse. Ihm standen ein *Schütze,* ein *Totschläger* und ein *Kampftitan* gegenüber. Er schätzte die Maschinen hinsichtlich ihrer Gefährlichkeit ein und formulierte einen Schlachtplan. Der *Totschläger* hatte die dünnste Panzerung seiner drei Gegner. Ein konzentrierter Angriff mit Raketen, schweren Laser und Gaußgeschütz konnte ihn fast augenblicklich aus dem Geschehen entfernen. Der *Schütze* mit seinen zwei LSR-Lafetten war für Gefechte über große

Entfernung ausgelegt, so daß er dicht an ihn herankommen mußte, wenn er keinen längeren Schlagabtausch wollte.

Kai entschied sich für den *Kampftitan* als zweites Ziel. Der überschwere Mech war stark gepanzert, aber etwas unterbewaffnet, insbesondere für ein Langstreckenduell. Ein früher Angriff gab Kai eine größere Chance, ihn mit allen Waffen angreifen zu können. Wenn er den *Schütze* bis zuletzt aufsparte, konnte er ihn mit seinen Nahbereichswaffen ausschalten.

Er warf einen Blick auf den zweiten *Daishi,* der 250 Meter links von ihm stand. Wie sein eigener Mech stand auch diese kantige Kriegsmaschine auf zurückgeknickten Beinen. Die kurzen, zylindrischen Arme endeten in Waffenläufen, einem Gaußgeschütz links und einem schweren Laser rechts. Hoch auf der linken Schulter ritt eine Autokone, und ihr gegenüber auf der rechten Schulter erhob sich wie ein Buckel die LSR-Lafette. Die drei Impulslaser waren unmittelbar unter dem Kinn des *Daishi* auf der rechten Torsoseite montiert.

Kai schnaufte, als er sah, daß Sun-Tzus Waffen auf die ihm zugeteilten Gegner gerichtet waren. Als er von dieser Paarung erfahren hatte, hatte Kai sich geschworen, Sun-Tzu aus dem Weg zu gehen. Selbst wenn einer von Sun-Tzus Gegnern Kai die Gelegenheit zu einem sauberen Rückentreffer bot, würde er sie nicht nutzen. *Es ist mir gleich, was das für meine Wertung bedeutet. Wenn ich auch nur das geringste unternehme, was seine Leistung beeinflussen könnte, wird mich das bis ins Grab hinein verfolgen.*

Die Digitalanzeige erreichte blinkend 00:00, und Kais Gefechtsanzeige baute sich auf. Sofort senkte er die Fadenkreuze seiner Geschütze über die Silhouette des *Totschläger.* Sein rechter Daumen preßte den Auslöser in der Kuppe des rechten Steuerknüppels und schleuderte eine Salve von zwanzig Raketen auf den gegnerischen Mech. Seine linke Hand betätigte den entsprechenden

Knopf und den Auslöser unter dem linken Zeigefinger, brachte Gaußgeschütz und schweren Laser ins Spiel.

Raketeneinschläge bedeckten Kopf, Brustpartie und linke Flanke des *Totschläger* mit computersimulierten Feuerbällen. Der schwere Laser schnitt wie das Skalpell eines Chirurgen durch den linken Oberschenkel des Mechs und hinterließ eine tiefe, häßliche Bresche auf dem Computerbild. Die Phantomkugel des Gaußgeschützes schoß durch die Landschaft und schlug ins Knie des *Totschläger* ein. Der Aufprall sprengte den größten Teil der Panzerung vom Bein und warf den BattleMech zu Boden.

Kai warf seinen *Daishi* zwanzig Meter halbrechts nach vorne, weil er sicher war, daß seine Gegner einen Rückzug erwarteten. Die beiden Raketensalven des *Schütze* donnerten vorbei. Der künstliche Blitz aus der pistolenähnlichen Partikelprojektorkanone des *Kampftitan* verfehlte sein Ziel ebenfalls. Kai grinste. *Wenn ich sie weiter im Ungewissen halten kann …*

Plötzlich hüllten Raketenexplosionen die Arme des Kampftitan in Feuer. »Sun-Tzu, du Trottel! Du hast das falsche Ziel getroffen!« Kai las auf dem Sekundärmonitor die Schadensmeldung für den *Kampftitan* ab, konnte daraus aber keine Befriedigung ziehen. »Was für ein dummer Unfall, und jetzt habe ich alle, die an ihm vorbeikommen, am Hals. Warum mußte ich ausgerechnet mit ihm antreten?«

Obwohl die Schlacht erst ein paar Sekunden alt war, kam plötzlich alles zum Stehen, als um Sun-Tzus Kanzeldach ein Ring aus Feuer aufbrach. Die Duraplastkuppel flog unter der Detonation der Explosivbolzen davon. Im Innern des dunklen Cockpits blitzte ein greller Lichtschein, dann erhob sich Sun-Tzus Pilotenliege auf einer Rakete in den Himmel. Ohne abzubremsen schoß die Liege über die Hügel hinter den feindlichen Mechs und verschwand.

Es dauerte einige Sekunden, bis Kai klar wurde, was

Sun-Tzu getan hatte. Der Capellaner hatte den *Kampftitan* nicht versehentlich angegriffen. Er hatte ihn mit voller Absicht ausgewählt. Mit seinem Angriff hatte er dafür gesorgt, daß alle feindlichen BattleMechs — ein halbes Dutzend — einen oder beide jungen MechKrieger angreifen konnten. Nachdem er so sichergestellt hatte, daß die Schlacht zu einem chaotischen Gemetzel wurde, war er ausgestiegen und hatte das Schlachtfeld seinem verhaßten Vetter überlassen.

Ein Teil von Kai wollte sich lauthals beschweren, daß die Prüfung nicht mehr fair war, aber dann dachte er daran, wie die Männer, die er auf Twycross gegen die Elementare ins Feld geschickt hatte, ihn ebenso verflucht haben mußten, wie er nun Sun-Tzu. *Sie hatten keine Wahl. Ebensowenig wie du.*

Diese eisige Wahrheit legte sich wie ein schwerer Mantel um seine Schultern, aber er überwand seine Hoffnungslosigkeit und seinen Haß und formte sie zu Kampfeslust. Statt der Leere in seinem Innern fühlte er nun einen Glutofen der Gefühle. Mit klarem Kopf nahm Kai den Fehdehandschuh auf, den ihm Sun-Tzu hingeworfen hatte.

Er richtete seine Geschütze erneut auf den beschädigten *Totschläger.* Mit Hilfe des *Kampftitan* kam dieser gerade wieder auf die Füße, aber fünf Raketen und der leuchtende rote Lichtspeer des schweren Lasers trennten sein rechtes Bein in Kniehöhe ab. Gleichzeitig hämmerte sich die silberne Kugel des Gaußgeschützes durch die Panzerung an der linken Mechflanke und zerquetschte die linke Torsoseite. Der Mech wand sich im Griff des *Kampftitan,* dann sackte er zu Boden.

Kai legte den höchsten Gang ein und sprang zurück nach links. Er drehte sich scharf zur Seite und bot dabei dem *Schütze* den Rücken. Dieser feuerte zwei Dutzend LSR ab, von denen mehr als die Hälfte ihr Ziel erreichten und Panzerplatten von Kopf, Rücken, rechter Flanke und rechtem Arm des *Daishi* sprengten. Der Computer simulierte den Schaden und warf das Gyroskop für mehrere Sekunden aus der Phase, aber Kai kämpfte mit den Kontrollen und konnte den *Daishi* aufrecht halten.

Noch bevor der *Schütze* ihn wieder angreifen konnte, brachte Kai einen Hügel zwischen sich und die feindliche Truppe. Eine schnelle Überprüfung der Schäden erbrachte, daß er über die Hälfte der Rückenpanzerung verloren hatte, aber dieses Problem tat er fast augenblicklich ab. *Wenn ich einem Gegner gestatte, in meinen Rücken zu kommen, verdiene ich den Tod. Verflucht sollst du sein, Sun-Tzu. Es muß doch eine Möglichkeit geben.*

Die Funkanlage. Er wußte, daß die Dragoner während der Prüfungen Störsender einsetzten, aber er fragte sich, ob sie die Sender jetzt, da Kai allein war, abschalten würden. Er schaltete das Funkgerät auf die taktische Frequenz, über die sich die Schüler vor dem Kampf unterhalten hatten. Ein bis ins Mark dringendes Kreischen schnitt durch die Lautsprecher des Neurohelms, brach dann jedoch abrupt ab.

Er lächelte, als er den *Daishi* ans Ende eines kleinen Tales bewegte und zurück nach Norden, in Richtung seiner Gegner, marschierte. Schnell gab er einen Frequenzbefehl in den Computer und strahlte einen Standardcode ab. *Wenn sie nicht alles stören, könnte das funktionieren.* Er betätigte die Eingabetaste.

Der Sekundärmonitor blitzte zweimal auf. Beim erstenmal verschwanden die Umrisse des *Totschläger,* beim zweitenmal traten die Satellitendaten der seismischen Sensoren des Gebietes auf den Schirm. Kai vergrößerte das Bild mehrmals, bis er ein etwa zwei Kilometer durchmessendes Gebiet sah, das mehr oder weniger auf ihn zentriert war. Er wies den Computer an, seismische Aktivität anzuzeigen und stellte den Schwellenwert auf 0,01 der Richterskala ein. Er lachte laut auf, als der Computer sechs Quadrate auf den Schirm zeichnete und mit ihren Richterwerten versah.

Er arbeitete sich weiter nach Norden vor. Soweit er es aus den Richterwerten erkennen konnte, waren der *Kampftitan* und einer von Sun-Tzus Gegnern direkt hinter ihm hermarschiert. Sun-Tzus andere Gegner waren langsam nähergekommen, aber sie schienen interessierter daran, Sun-Tzus Mech als Deckung gegen einen Angriff Kais von Südwesten zu nutzen als auf ihn Jagd zu machen. Der *Kampftitan* und sein Flügelmann schritten nach Westen, als sie die Hügel passiert hatten, und wollten ihn offensichtlich nach Norden treiben.

Der *Schütze* schien sich kaum zu bewegen. Dies führte dazu, daß sein Symbol immer wieder vom Schirm verschwand. Kai wußte, daß der Pilot verschlagen war. Das hatten ihm seine Treffer ebenso bestätigt wie sein momentanes Warten. Das beunruhigte ihn. Die einzige Möglichkeit für ihn, dieses Gefecht zu überleben, bestand darin, daß seine Gegner ihn unterschätzten und auf eine Strategie ganz verzichteten.

Ich wünschte, ich wüßte die Zugangskennungen für ein paar von Wolfs Spionagesatelliten. Die Daten wären mir lieber als das Material von diesem Felsenschnüffler. Kai kniff die Augen zusammen und warf einen letzten Blick auf den Wetterbericht. »Jetzt oder nie«, sagte er sich. »Allards letztes Gefecht, erster Teil.«

Er ging nach Osten und brachte den *Daishi* etwas mehr als 250 Meter vom *Schütze* und fast doppelt so weit von Sun-Tzus aufgegebenem Mech entfernt über den Kamm. Zu beiden Seiten der reglosen Maschine standen ein *Marodeur II* — der böse große Bruder eines der gefährlichsten Mechs aller Zeiten — und ein *Donnerkeil.* Der *Marodeur II* besaß den gedrungenen Rumpf des *Daishi,* und seine dürren Arme endeten in zangenähnlichen Geschützmanschetten. Die Flugstabilisatoren kennzeichneten ihn als sprungfähig, ließen ihn aber dadurch nicht eleganter erscheinen.

Ein verzweifelter Plan keimte in Kai. Einen Sekundenbruchteil studierte er den Hauptmonitor und die

Daten seiner Maschine, dann entschloß er sich, den Versuch zu wagen. Noch während der *Schütze* seinen Torso nach links drehte und zwei Raketensalven abfeuerte, senkte Kai seine Geschütze auf die leere Hülle von Sun-Tzus *Daishi.* »Jetzt zeig mal, was für ein großer Killer du bist.«

Die Raketen des *Schütze* hämmerten gnadenlos auf den *Daishi* ein. Rote Glanzlichter füllten die rechte Flanke der Computersilhouette wie die Flecken eines Leoparden. Der Computer meldete um 40 Prozent reduzierte Panzerung am rechten Arm, und ein blutroter Kreis zeigte, wo die Raketen Panzerung am Fuß der Maschine vernichtet hatten. Wieder wurde der Stabilisator gestört, aber Kai zwang den *Daishi* nach einem kurzen Stolpern wieder hoch und hielt die Waffen auf ihr Ziel gerichtet.

Die Raketen aus Kais LSR-Lafette sprengten Panzerbrocken von den Flanken der Maschine. Der schwere Laser in seinem rechten Arm zerschmolz zusätzliche Panzerung an der rechten Torsoseite. Kai korrigierte die Position des linken Fadenkreuzes um einen Millimeter, wartete auf das Pulsieren der Zielerfassung, preßte den Auslöser, schickte ein Stoßgebet zum Himmel.

Der Computer verfolgte die Kugel des Gaußgeschützes geradewegs zu dem schwarzen Loch, das einmal das Cockpit des *Daishi* gewesen war und mitten hindurch. Eine halbe Sekunde lang geschah nichts, dann hatte der Computer die wahrscheinlichen Folgen eines solchen Treffers kalkuliert. Der Torso des *Daishi* beulte sich aus wie bei einer Schwangerschaft, dann explodierte er.

Auf dem Computerschirm flog der linke Arm herum und traf den *Donnerkeil* mit dem Gaußgeschütz. Die Kapazitoren der Waffe detonierten, dann überschüttete eine Sekundärexplosion im Innern des *Daishi* den *Donnerkeil* mit Schrapnellen und Gaußkugeln. Der Rumpf des *Daishi* reagierte auf die Wucht der Explosion an seiner linken Flanke, indem er nach rechts ausbrach und mit dem *Marodeur II* kollidierte.

Kai erkannte, daß die Computer die Stromzufuhr zum Gyroskop und zu den Beinen des *Marodeur II* abgeschnitten haben mußten, denn er fiel lang unter die Silhouette des *Daishi.* Auch der *Donnerkeil* stürzte zu Boden, und der Computer korrigierte hastig seine Statusanzeige. Er meldete einen kompletten Verlust der Panzerung an der rechten Flanke. Als er näher hinsah, bemerkte Kai, daß nach Ansicht des Computers auch der Kopf des Mechs zerstört war.

Aus reinem Instinkt ließ er den *Daishi* nach vorne stürzen. Zwei Salven des *Schütze* verfehlten ihr Ziel, und Kai hielt seine Waffen weiter auf das wüste Gewirr von Mechs direkt vor ihm. Als er auf 90 Meter heran war, attackierte Kai den *Marodeur II* mit einer Autokanonensalve, und der Computer zeigte, daß der Angriff das rechte Bein des Stahlriesen amputiert hatte.

Mit einem Blick auf die Seismographanzeige sah Kai, daß weder der *Kampftitan* noch sein Begleiter irgendeine Vorstellung davon haben konnten, was gerade geschehen war. Der Begleiter des *Kampftitan* lag fast 200 Meter vor dem schwereren Mech und rannte nahezu parallel zu Kais Position nach Westen. Kai bog nach Süden, um einen Hügel zwischen sich und den *Schütze* zu bringen, dann stürzte er sich in den Kampf mit der Vorhut des *Kampftitan.*

Ein Hoplit! Kai lachte grausam, als er den Mech mit seiner charakteristischen Tonnenbrust aus kürzester Distanz abfing. Der für Scout- und Hilfsmissionen ausgelegte *Hoplit* hatte weder die Panzerung noch die Bewaffnung, die für einen ausgedehnten Kampf gegen einen Omni wie den *Daishi* nötig waren. Der Pilot riß seine Autokanone hoch und zerfetzte mit deren Metallhagel die Panzerung an Kais rechtem Bein, konnte den *Daishi* damit aber nicht einmal verlangsamen.

Als Antwort feuerte Kai bis auf seine Raketen alles

auf den *Hoplit* ab, was er hatte. Die Autokanone fetzte die Panzerung von der rechten Flanke des Mechs, und der Computer meldete weitere innere Schäden. Das Gaußgeschütz kostete das linke Bein seine Panzerung, die Laser entblößten das rechte Bein und den linken Arm.

In einer Wolke aus rotem Staub schlug der *Hoplit* vornüber auf den Boden und rutschte quer über Kais Weg. Zur Linken sah Kai den *Kampftitan* den Canyon betreten, den der *Hoplit* gerade durchquert hatte. Ohne einen Moment zu zögern, senkte er das linke Fadenkreuz auf die gigantische Silhouette dieses neuen Gegners und schwenkte den rechten Arm, um den am Boden liegenden *Hoplit* mit den Lasern auszuschalten.

Der rubinrote Lichtstrahl des schweren Lasers bohrte sich in den Torso des *Hoplit.* Auf der Computerprojektion schmolz er dessen Skelett. Als einer der drei Impulslaser einen Energiestoß nach dem anderen in die Bresche jagte, meldete der Computer Schäden an Reaktor und Gyroskop des *Hoplit.* Die beiden anderen Impulslaser vervollständigten die Vernichtung der Panzerung am rechten Bein des Mechs.

Kai wartete, bis der *Kampftitan* seine PPK gehoben hatte, bevor er das Gaußgeschütz auslöste. Der elektrisch blaue Blitzschlag sprang durch das Tal und brannte eine unregelmäßige Bresche in die Panzerung über dem linken Oberschenkel des *Daishi.* Das Gaußgeschoß seinerseits schlug in die linke Faust des *Kampftitan* ein, zerschmetterte Panzerung und sprengte einen Finger ab.

Kai wendete den *Daishi,* um alle Waffen auf den *Kampftitan* zu richten, und dessen Pilot erkannte plötzlich, daß sein Mech für ein Gefecht über größere Entfernungen nicht sonderlich geeignet war. Kai wartete ab, ob der Krieger sich zurückziehen oder sein Schicksal hinnehmen und einen Sturmangriff versuchen würde.

Er stürmte.

Die PPK traf den *Daishi* ein zweitesmal. Der blaue Partikelstrahl schmolz eine diagonale Bresche über den Lauf des Gaußgeschützes, beschädigte dessen Mechanismus jedoch nicht. Kai feuerte seine Langstreckenwaffen auf den *Kampftitan* ab.

Fünf Raketen senkten sich in die Brustpartie des *Kampftitan* und fegten computergenerierte Panzerplatten davon. Die Kugel des Gaußgeschützes schlug mitten durch den Feuerball. Der Computer entfernte eine Schicht Panzerung nach der anderen über dem Herzen des *Kampftitan*, zeigte aber noch immer einigen Schutz an.

Gegen den linken Arm des Mechs waren die Raketen und der schwere Laser effektiver. Der Computer zeigte, daß Kais Angriffe die gesamte Panzerung des Arms abgesprengt hatten, als der Strahl des schweren Lasers sich in die Myomermuskeln bohrte. Die künstlichen Muskelfasern zerrissen, und der Arm hing, nur noch totes Gewicht, herab.

Der überschwere Mech kam bis auf 100 Meter heran und brachte nun zusätzlich zu seiner PPK auch andere Waffen zum Einsatz. Kai beobachtete, wie der Computer neue Schäden an seinem *Daishi* anzeigte, und gestand sich grimmig ein, daß der Pilot des *Kampftitan* sein Handwerk verstand. Die PPK brannte weitere Panzerung vom Gaußgeschütz, konnte dessen Schutz jedoch noch immer nicht durchbrechen. Die vier mittelschweren Laser, je zwei an der linken und rechten Flanke des *Kampftitan*, kochten die Panzerung von der Brustpartie und rechten Flanke des *Daishi*. Ein scharlachroter Strahl bewegte sich über das linke Bein und formte in Verbindung mit den Spuren des PPK-Treffers ein eingebranntes X.

Kais Augen waren nur noch Schlitze, als er die Fadenkreuze auf den *Kampftitan* konzentrierte. *Ich muß der Sache jetzt ein Ende machen.* Der goldene Punkt im Zentrum der Fadenkreuze pulsierte als Synkope zu seinem

Herzschlag, als er sämtliche Waffen auslöste. Die Hitzewelle, die durch die Kanzel brandete, drohte ihn zu überwältigen, aber er hielt die Waffen im Ziel.

Raketen schlugen die Panzerung von der linken Flanke des Mechs, vom linken Arm und rechten Bein, aber nur zwei der drei Impulslaser trafen ihr Ziel. Der erste hinterließ eine Spur von sechs dampfenden Löchern in der Panzerung oberhalb der Taille des *Kampftitan.* Der zweite pulverisierte den Titanstahlknochen des linken Arms, woraufhin dieser von der Gefechtsanzeige verschwand.

Der blutrote Speer des schweren Lasers stieß aus der rechten Armmündung des *Daishi* und bohrte sich geradewegs in die kantige Brustpartie des *Kampftitan.* Der Computer zeichnete einen Glutschein über den Schaden, und Kai grinste. *Das bedeutet Reaktorschaden. Das Monster läuft heiß.*

Die Autokanone an der rechten Torsoseite des *Daishi* stieß einen Strom von Phantomurangranaten aus und zerfetzte, was am rechten Arm des Gegners an Panzerung noch verblieben war. Auf dem Computerschirm löste sich die PPK unter dem Hagel der Einschläge in ihre Bestandteile auf. Myomermuskeln zersprangen und hingen wie zerfranste Tauenden vom Skelett des BattleMechs.

Als das Gaußgeschütz feuerte, wurden die Lichter im Cockpit schwächer. Die Kugel traf den *Kampftitan* am Schultergelenk und prallte in den Torso ab. Die mittelschweren Laser explodierten, ihre Läufe sackten nach unten. Der Computer zeichnete eine Serie von Sekundärdetonationen über die Mechsilhouette, die den letzten Rest der internen Struktur an der linken Flanke des Mechs zerstörten. In einem Feuerball verglühte die kastenförmige LSR-Lafette auf der Schulter des *Kampftitan.* Die gesamte linke Seite des Mechs fiel in sich zusammen, und hinter der Computerprojektion stürzte die reale Maschine zu Boden.

»Ja!« Kai schlug mit der rechten Faust auf die Lehne seiner Pilotenliege. »Fünf erledigt, bleibt nur noch einer.«

Eine innere Stimme warnte ihn vor allzu großem Übermut. Er wollte sie ignorieren, seinen Emotionen freien Lauf lassen, aber je mehr er den Gedanken zu verdrängen versuchte, desto stärker wurde er. *Noch ist es nur ein Spiel, Kai, aber irgendwann wird es blutiger Ernst sein!*

Kai grunzte und blickte auf seinen Sekundärmonitor. Der Sturz des *Kampftitan* löste eine so große seismische Störung aus, daß der Satellit die Position des *Schütze* nicht ausmachen konnte, bis er den letzten Schritt in den Canyon hinter dem *Kampftitan* tat. Als er aufblickte, sah Kai sofort seine gedrungene Gestalt. In etwas über 200 Metern Entfernung befand er sich im optimalen Gefechtsabstand und öffnete die gepanzerten Luken der LSR-Lafetten an beiden Schultern.

Kai warf einen schnellen Blick auf die Gefechtsanzeige, dann auf seinen Hauptschirm. *Ich habe zuviel einstekken müssen, um mich ihm direkt zu stellen. Wenn ich fliehe … Nein, das kann ich nicht. Aber wenn ich auf ihn zustürme …* Während er noch nach einer Lösung suchte, jagten schon die Raketen des *Schütze* heran. Die beiden Salven hämmerten auf die zylindrische Brustpartie und die rechte Flanke des *Daishi* ein, rissen tiefere Löcher in die schon mit Kratern übersäte Panzerung. Fünf Raketen vollendeten die Vernichtung des Schutzpanzers um das Gaußgeschütz, mit der die PPK des *Kampftitan* begonnen hatte, und fünf sprengten die Panzerplatten von der linken Wade des *Daishi*.

Der Computer schaltete für eine halbe Sekunde den Kreiselstabilisator aus und riß Kai aus seinen Überlegungen. Er hielt den Mech aufrecht, dann stürmte er den Canyon hinab auf den *Schütze* zu. Trotz des holprigen Ritts und des Sprungs über den gestürzten *Kampftitan* senkte Kai beide Fadenkreuze auf den *Schütze*, löste jedoch nur zwei Waffen aus, um die Hitzeentwicklung in Grenzen zu halten.

Die LSR detonierten wie Knallfrösche auf der Brustpartie des *Schütze* und hinterließen eine unregelmäßige Kraterspur auf dem Computerbild. Weitere Raketen hämmerten auf die Panzerung der linken Schulter ein, konnten sie aber letztlich nur einbeulen. Das Projektil des Gaußgeschützes knallte in den rechten Arm des gegnerischen BattleMechs, und die Erschütterung genügte, den größten Teil der Panzerung zu Boden stürzen zu lassen. Der Treffer richtete jedoch keinen ernsthaften Schaden an.

Diese Schäden hätten ausreichen müssen, das Gyroskop seines Gegners aus der Phase zu werfen, aber wenn das geschehen war, dann besaß der feindliche Pilot ein ungeheures Geschick an den Kontrollen, denn es war kein Anzeichen dafür zu bemerken. *Warum habe ich mir den besten Piloten bis zum Schluß aufgehoben?*

Seine innere Stimme antwortete ihm. *Weil du wußtest, daß er dich töten würde.*

Kai knirschte mit den Zähnen. »Noch bin ich nicht tot.«

Doch. Du willst es dir nur noch nicht eingestehen.

Der Raketenhagel des *Schütze* rüttelte ihn durch. Wieder flog Panzerung von der Brustpartie seines *Daishi,* und seine rechte Flanke lag offen. Die Raketen schlugen in das Gaußgeschütz ein. Kai zuckte zusammen, als er die Waffe verschwinden sah. Schlimmer noch, der ganze linke Arm löste sich auf, und an den Skelettumrissen seiner Maschine zeigten sich Schäden.

Gegen das revoltierende Gyroskop ankämpfend, ließ Kai den *Daishi* weiter auf den *Schütze* zustürmen. Verzweifelt zerrte er das Fadenkreuz über den *Schütze* und feuerte, noch bevor er eine Bestätigung der Zielerfassung hatte. Die Autokanone riß große Fetzen Panzerung aus dem Bein des *Schütze,* aber der Mech ging nicht zu Boden. Die drei Impulslaser trafen ihr Ziel, einer von ihnen zerschmolz Panzerung an der rechten Flanke des Schütze. Die beiden anderen beendeten das vom Gauß-geschütz begonnene Vernichtungswerk am rechten Arm. Myomerbündel verflogen wie Rauch unter der Berührung der Laser. Der Arm hing wie ein nasser Lappen herab, der mittelschwere Laser war nur noch Schrott.

Kai lächelte. »Erwischt!«

Du weißt, daß ihn das nicht annähernd aufhalten wird.

Auf kürzere Distanz war der *Schütze* nur noch gefährlicher. Seine Raketen stürzten sich wie Piranhas auf den *Daishi.* Sie fraßen die letzten Panzerreste am rechten Arm des Omni ab und rächten sich für den Verlust des mittelschweren Lasers mit der Zerstörung der Hauptwaffe des *Daishi.* Schlimmer aber war, daß die Raketen sein rechtes Bein verzehrten. Muskeln und Skelett waren jetzt derart geschwächt, daß schon der nächste Schritt genügen konnte, das Bein wie einen verrotteten Ast zerbrechen zu lassen.

Kai spürte einen Kloß in der Kehle, als der Computer das Gyroskop abschaltete. Vergeblich kämpfte er gegen den Zug der Schwerkraft an. Sein Schwung riß den *Daishi* weiter nach vorn, so daß er vornüber stürzte, einmal aufprallte und dann den Canyonboden entlangrutschte.

Funken stoben durch die Kanzel, und Kai wurde schmerzhaft in die Haltegurte geschleudert. Die Warnleuchten des Computers machten ihm klar, daß er nicht mehr aussteigen konnte, aber das machte ihm nichts. *Wenn ich hier sowieso nie wieder rauskomme, ist es noch zu früh. Wie konnte ich so dumm sein? Ein Sturmangriff auf einen* Schütze. *Ich hätte warten sollen, ihn irgendwie in einen Hinterhalt locken.*

Ich habe versagt. Versagt, weil ich eine Pause gemacht und nachgedacht habe, und mich von meinem Triumphgefühl habe überwältigen lassen. In dem Moment, in dem ich mich als Sieger gesehen habe, habe ich meine Niederlage besiegelt.

»Wenn ich handle, schaffe ich es irgendwie, das Richtige zu tun. Wenn ich zögere, wenn ich warte und das Problem überdenke, baue ich Mist. Das war's. Das war das letzte Mal.«

Ich habe mir und meiner Familie durch diese Niederlage furchtbare Schande gemacht. Nie wieder! Ich werde eher sterben, als das noch einmal zuzulassen.

21

Konklavekammer, Halle der Wölfe
Strana Metschty, Jenseits der Peripherie

22. Juli 3051

Phelan Wolf stellte eine Miene zur Schau, die nicht minder regungslos war als die Masken der anderen, die sich in dem kleinen Vorraum versammelt hatten. Er trug die enganliegende graue Lederhose und das ärmellose Hemd, das sie ihm gegeben hatten, mit dem langen, an beiden Schultern befestigten Umhang. Auf seinen Schultern und an der Außenseite des Umhangs trug er Wolfsfell. Das silberne Messer, das er bei der Aufnahme in die Kriegerkaste erhalten hatte, steckte in der Stiefelscheide.

In dem halbdunklen Raum hatten sich vierzig Personen versammelt. Alle waren in die formelle Lederkluft gekleidet, die einem Clan-Konklave angemessen war. Außerdem trug jeder von ihnen eine exquisit gearbeitete Wolfskopfmaske, unter der sich die Züge des Trägers nicht ausmachen ließen. Vor nicht allzulanger Zeit wäre ihm diese Versammlung äußerst feindselig erschienen, dachte Phelan. *Jetzt bin ich einer von ihnen.*

Er konnte keinen der Anwesenden sicher identifizieren, auch wenn er davon ausging, daß unter den Elementaren, die sich am hinteren Ende des Saales versammelt hatten, Evantha war. Wahrscheinlich handelte es sich bei den beiden Wolf-MechKriegerinnen, die er beieinander stehen sah, um Cyrilla und Ranna, und er nahm an, daß der steife Mann vor ihnen Vlad war. Er suchte nach Carew, konnte ihn aber unter den Luft/Raumpiloten, die sich weiter vorn drängten, nicht ausmachen.

Als einer der Wölfe vortrat, flammte ein Deckenlicht auf und beleuchtete ein kristallines Podest auf dem Podium am Ende des Raumes. Erst als der Wolf auf dem Podium seine Maske abnahm, erkannte Phelan ihn.

Ulric packte den Rand des Podestes und begann zu sprechen. »Ich, Khan Ulric Kerensky, bin der Eidmeister! Alle sollen gebunden sein durch dieses Konklave, bis sie Staub sind und Legende, und darüber hinaus bis zu aller Dinge Ende.«

Von den vierzig Menschen, die sich versammelt hatten, hörte Phelan eine gemeinsame Antwort. »Seyla.«

»In dieser Nacht ist es unsere Freude und Ehre, in die Ränge der aktiven MechKrieger einen weiteren aufzunehmen, der Nicholas Kerenskys Traum erfüllt, einen, der ein Findling war, aber ein Findling mit starkem Herz und lebendigem Geist. Wir nahmen ihn als Leibeigenen in den Wolfsclan auf und hießen ihn als Krieger willkommen. Nun soll er unter uns als MechKrieger stehen.«

Ulric hob die rechte Hand. »Phelan Wolf, das Konklave heißt dich vortreten.«

Phelan hielt das Haupt erhoben, als er den Mittelgang hinunterschritt. Das Leder lag wie eine zweite Haut an seinem Körper, und er fühlte, wie er etwas rot wurde. Obwohl ihn die Blicke zu durchbohren schienen. bewegte er den Kopf nicht. Sie schätzten ihn ab, denn er war nun ein Bruder, auf den sie sich verlassen mußten.

Ulric nickte ihm kaum merklich zu, als Phelan rechts neben dem Podest stehenblieb. »Phelan Wolf, hast du die Ausbildung und die Prüfung abgeschlossen, die von jedem verlangt werden, der den Status eines MechKriegers im Wolfsclan anstrebt?«

»Wie ich angewiesen wurde, so habe ich es getan, mein Khan.«

»Verstehst du die Rechte und Pflichten eines MechKriegers im Wolfsclan?«

»Mit Herz und Seele, mein Khan.«

Ulric sah auf. »Sind diese Bestätigungen dem Konklave genehm?«

»Seyla«, flüsterten die Wölfe.

»Gut.« Ulric nickte jemand zu, der hinter Phelan stand. »Von diesem Tage an, Phelan Wolf, hast du alle Rechte und Pflichten, Ehren und Verantwortungen deines Status. Da du während deiner Prüfung zwei Mechs abgeschossen hast, kannst du im Rang eines Sterncommanders in eine Einheit eintreten. Die Kommandeurin einer Fronteinheit hat bereits einen Platz für dich festgelegt. Meinen Glückwunsch.«

»Es ist mir Ehre und Pflicht, zum Besten meiner Fähigkeiten zu dienen.«

An Phelans linker Schulter erschien ein Wolf, der ein silbernes Tablett hielt. Von diesem Tablett nahm Ulric eine kleine Anstecknadel mit einem Symbol, das der junge MechKrieger sofort erkannte. Es war ein achteckiger Stern, dessen südlichster Zacken unverhältnismäßig lang war. Phelan nannte ihn Dolchstern. Es war das Kennzeichen des MechKriegers.

Ulric heftete den Stern an Phelans Brust. »Dieses Symbol soll aller Welt verkünden, was wir in deinem Herzen, deinem Geist und deiner Seele fanden.«

Der ilKhan hob den zweiten Gegenstand vom Tablett, und dessen Träger zog sich zurück. Die in Metall getriebene und mit Emailarbeit verzierte Maske schien von einem ungezähmten wölfischen Geist beseelt. Ihre weißen Zähne kontrastierten scharf mit dem glasigen Grau der Schnauze, und die aufgerichteten Ohren erweckten einen aufmerksamen Eindruck. Einen Augenblick lang schien es Phelan, als blicke er in einen Spiegel, dann setzte ihm Ulric die Maske auf den Kopf.

Ulric wandte sich an die versammelten Wölfe. »Ich gebe euch Phelan von den Wölfen und verlange von euch, ihn als MechKrieger anzuerkennen.«

»Seyla.«

In der schützenden Anonymität der Maske fühlte sich Phelan eins mit dem Clan. Ein Teil von ihm erinnerte sich noch daran, wer er einmal gewesen war, aber das spielte keine Rolle mehr. Phelan Kell war bei der Verwandlung vom Leibeigenen zum Krieger gestorben, und Phelan Wolf hatte seinen Platz eingenommen. Trotzdem, bis jetzt war Phelan Wolf ein Geschöpf zweier Welten gewesen. Jetzt, mit seiner Annahme durch die Wölfe, begann die Integration seiner Vergangenheit und Zukunft.

»Seyla«, sagte er leise.

Ulrics Adjutant nahm Phelans Ellbogen und führte ihn zurück ins Halbdunkel. Ohne nachzudenken, hob Phelan die linke Hand an das kühle Metall der Nadel. Es war ein gutes Gefühl, als wäre sein ganzes Leben in diesem Symbol konzentriert. *Ich bin wieder ein MechKrieger, und das wird mir niemand mehr nehmen.*

Ulric lehnte sich noch einmal über das Podest. »Das Konklave heißt eine Kriegerin vortreten, deren Taten bei den Clans ebenso legendär sind wie in den Nachfolgerstaaten. Sie verließ uns vor fast fünfzig Jahren, doch sie kehrte noch fähiger als zuvor zurück. Bei ihrer Prüfung gelang ihr, was niemand zuvor vollbracht hat: Sie zerstörte vier Gegner und tötete dabei Burke Carson. Sollte irgend jemand die Berichte über ihre Laufbahn in der Inneren Sphäre angezweifelt haben, bestätigt ihre Leistung deren Wahrheit. Natascha Kerensky, tritt vor.«

Phelan staunte über die Frau, die nun durch den Mittelgang zum Podest schritt. Aus der Geschichte der Clans und der Dragoner wußte er, daß sie mindestens siebzig Jahre alt sein mußte, aber ihr in Leder gehüllter Körper wirkte keinen Tag älter als vierzig. Noch jugendlicher als ihre Gestalt war die Leichtigkeit ihrer Bewegungen und das Selbstvertrauen in ihrer Haltung. Ihr Geist war so rege, daß er sie jung hielt, entschied Phelan. *Jung und ungeheuer gefährlich.*

Nataschas Lederanzug war schwarz und rot, ein Überbleibsel ihrer Zeit bei Wolfs Dragonern. Auf ihrer rechten Brust trug sie den roten Dolchstern, den sie sich schon verdient hatte, bevor Phelans Vater im Nagelring aufgenommen wurde. An der Taille ihres Hemds prangte ein rotes Stundenglassymbol. *Das Zeichen der Schwarzen Witwe.* Er lächelte. *Natascha wird sich nie ändern.*

Der ilKhan nahm die Wolfsmaske, die ihm sein Adjutant reichte. Sie unterschied sich von der Phelans nur durch ihre schwarze Farbe. Ulric senkte die Maske über Nataschas Schultern und drehte sie zu den versammelten Wölfen um. »Ich gebe euch Natascha Kerensky und verlange von euch, sie erneut als MechKriegerin anzuerkennen.«

Phelan stimmte in den Chor der Zustimmung ein. »Seyla.«

Als Natascha sich an Phelans Seite zurückzog, wandte Ulric sich an seine Zuhörerschaft. »Es ist meine Pflicht, dieses Konklave davon in Kenntnis zu setzen, daß Natascha Kerenskys Leistung bei der Prüfung eine Neueinschätzung einiger der Kriterien erzwungen hat, nach denen wir Pflichten vergeben. Eine Person ihres Alters erhält normalerweise den Auftrag, eine Geschko heranzuziehen und den Kindern ihre Weisheit zu vermitteln. So war es seit der Entstehung der Clans, und wir halten die Tradition in Ehren.

Und doch ist es eine Vorgehensweise, die nicht alle gleichermaßen leicht annehmen konnten. Krieger haben darauf hingewiesen, daß in der Kaste der Wissenschaftler und anderen niedrigeren Kasten unserer Gesellschaft die nützliche Lebensdauer eines Menschen in Zeiträumen gemessen wird, neben denen die Karriere eines Kriegers an das Leben einer Eintagsfliege erinnert. Manche argumentieren, diese anderen Betätigungen verlangten eine weniger weitgehende Integration von Geist und Körper als unsere Pflichten. Bis zu Nataschas erneuter Prüfung gab es jedoch nie einen ernsthaften Angriff auf diese Tradition.

Wegen ihrer außergewöhnlichen Leistung hat ihr der ilKhan eine außergewöhnliche Bitte gewährt. Er stimmt mit ihrer Einschätzung überein, daß sie zu lange als

MechKriegerin gelebt hat, um sich mit dem ›Hüten von Krabbelkommandos‹ abzufinden. Sie hat den Befehl über einen Sternhaufen erhalten, den sie aus Wolfskriegern ihrer Wahl bilden wird. Sie hat den Rang eines Sterncolonels erhalten und wird den Befehl über ihre Einheit behalten, bis sie oder der ilKhan entscheidet, daß der Sternhaufen nicht mehr einsatzfähig ist.«

Ulric richtete sich zu voller Größe auf. »Alle haben sich diesem Spruch zu beugen. So sei es, bis wir alle fallen.«

»So sei es, bis wir alle fallen«, wiederholten die versammelten Wölfe. Ihr Applaus am Ende der Zeremonie ließ Phelan erröten, aber er verklang recht schnell, als sich der Raum leerte. Cyrilla und Ranna hatten ihre Masken abgenommen und kämpften sich durch die Menge zu Phelan vor, während Ulric den neuen Kriegern die Hände schüttelte.

»Meinen Glückwunsch, Natascha, Phelan.« Der ilKhan lächelte sie freundschaftlich an. »Ihr habt euch bei der Prüfung gestern ausgezeichnet geschlagen. Du hast mit deinen vier Abschüssen für einiges Aufsehen gesorgt, Natascha. Und Phelan, dein Ansehen ist gestiegen, weil du Natascha den vierten Abschuß erlaubt hast.«

Phelan nahm die Maske ab und zuckte die Schultern. »Erlaubt? Ich hatte wirklich keine Wahl. Wenn sie Vlad nicht erledigt hätte, hätte er mich getötet.«

Natascha schob die Maske unter den rechten Arm und wandte sich ihm zu. »Nein, Phelan, Ulric meint nicht ›erlauben‹ in dem Sinne, daß du mir eine Gelegenheit gegeben hast, sondern ›erlauben‹ im Sinne deiner Zustimmung, daß ich einen deiner Gegner abschießen durfte. Hättest du unserer Zusammenarbeit nicht zugestimmt, hätte ich nicht auf Vlad geschossen. Auch wenn das dein Tod gewesen wäre, hätte ich dich nicht entehrt, indem ich dir den Abschuß genommen hätte. Das, nicht der Mangel an Fähigkeit, ist der Grund, daß noch niemand zuvor in einer Prüfung vier Mechs erledigt hat.«

Cyrilla schüttelte den Kopf. »Du unterschätzt deine Leistung, Tascha. Schon viele andere haben versucht, ein Quartett zu schießen. Zwei Piloten kommen überein, einander den Angriff auf ihre gegenseitigen Ziele zu gestatten, damit beide die Chance haben, einen vierten Gegner zu töten. Das Problem besteht darin, daß sie versuchen, alle Gegner im Blick zu halten und dabei ihr eigentliches Ziel aus dem Auge verlieren. Sie werden schon von ihren eigenen drei ausgeschaltet, wenn nicht gar getötet, und kommen nicht einmal in die Nähe von vier Abschüssen.«

»Vielleicht«, erklärte Natascha, dann sah sie Ulric an. »Ich möchte mich für den Sternhaufen bedanken. Ich weiß, du hast gesagt, es sei mein ›Lösegeld‹, aber das ist weit mehr als ich verdiene.«

Phelan runzelte die Stirn. »Lösegeld?«

Ulric lächelte. »Es ist Sitte bei unserem Volk, einem Krieger ein Geschenk zu überreichen, wenn er den aktiven Status erreicht. Wir nennen es sein ›Lösegeld‹, nach der alten Tradition, daß ein Sieger einen gefangenen Krieger gegen eine bestimmte Bezahlung freigibt.« Er sah Natascha an. »Auch wenn Natascha protestiert, mein Geschenk sei zu großzügig. Der ilKhan ist sehr reich und kann sein Vermögen verteilen, wie es ihm beliebt. Und wenn sie einen Mechsternhaufen befehligt, ist sie damit hoffentlich zu beschäftigt, um mir auf die Nerven zu gehen.«

Der ältere Mann drehte sich etwas zur Seite, um sich an Phelan zu wenden. »Ich habe auch für dich ein ›Lösegeld‹, Phelan. Es drückt meinen großen Stolz über deine Qualifikation zum MechKrieger aus. Gleichzeitig ist es ein unzureichendes Zeichen meiner Wertschätzung für deine Dienste. Ich kann die Schuld, die ich dir gegenüber habe, seit du mein Leben gerettet hast, nicht voll zurückzahlen, aber ich schätze, dieses Geschenk senkt sie etwas. Ranna?«

Ranna hakte sich bei Phelan unter und führte ihn hinaus. Als er fragen wollte, wohin sie gingen, legte sie den Finger auf seine Lippen. »Das soll eine Überraschung werden, Geliebter, und deshalb werde ich keine Fragen beantworten.«

Sie führte ihn die Treppe hinab zum Südende des Gebäudes. Als sie sich dem Mechhangar näherten, faßte sie seinen Ellbogen. »Schließ die Augen.«

»Wenn ich das mache, seh ich nichts mehr.«

»Ich werde dir sagen, wann du sie wieder öffnen kannst.«

Er schloß die Augen und fühlte, wie sie einen Kuß auf seine Lider hauchte. Dem Druck an seinem Arm nachgebend, ließ er sich durch die Gänge führen. Er wußte, daß sie den Mechhangar betreten hatten, als ihre Schritte in der Ferne verhallten. Der scharfe Geruch von Kühlflüssigkeit und das süßliche Aroma von Autokanonensprengstoff waren weitere Hinweise auf ihre Umgebung, aber er konnte nicht sagen, wie weit sie gekommen waren oder wo sie standen, als Ranna ihn anhielt.

Sie drückte seinen Arm, dann ließ sie los. »Mach die Augen auf, Phelan.«

Es dauerte ein, zwei Sekunden, bis seine Augen sich an das Halbdunkel der riesigen Halle gewöhnt hatten, dann raubte ihm der Anblick den Atem und brachte tausend Erinnerungen zurück. Vor Staunen blieb ihm der Mund offenstehen, und er sank auf die Knie.

Der vor ihm aufragende BattleMech hatte fünfmal Phelans Größe. Seine schlanke, humanoide Gestalt ließ Geschwindigkeit und Beweglichkeit ahnen. Der linke Arm endete in einer vollmodellierten Hand, aber am rechten Arm war eine Lasermündung, wo man die Hand erwartet hätte. Der schwarze Mech verfügte über drei Lasermündungen im Torso, zwei an den Schultern und eine genau in der Mitte der Brustpartie.

Der Kopf des Mechs ähnelte keinem anderen im Innern des Hangars. Seine vorspringende Schnauze, die großen, spitzen Ohren und die dunklen Augenschlitze der Sichtfenster vereinigten sich zu einem perfekten Wolfskopf, wie bei Phelans Zeremonienmaske. Zusammen verwandelten sie den Mech von einem übergroßen Zinnsoldaten zur mechanischen Offenbarung eines uralten Kriegsgottes.

Nur an drei Stellen durchbrachen helle Farben das Schwarz des Anstrichs. Auf der rechten Schulter des Mechs sah Phelan in schwarz auf einem roten Feld den Hundekopf der Kell Hounds. Die Augen des Hundes waren grün, wie die Phelans. Dem gegenüber auf der rechten Schulter sah Phelan ein rotes Stundenglas und erkannte sofort seine Bedeutung: Natascha hatte ihn für ihre neue Einheit ausgewählt.

Phelan lächelte, als er zum Maul des Mechkopfes hinaufsah, das lange weiße Fänge in einem knurrenden Gesicht trug. Es entsprach exakt der Bemalung, mit der er seinen letzten Mech geschmückt hatte. *Das war vor über drei Jahren, als ich aus Nagelring geworfen wurde und mich den Kell Hounds anschloß.*

Er schluckte den riesigen Kloß in seinem Hals hinunter und drehte sich zu Ranna um. »Das ist *Grinser.* Das ist mein *Wolfshund.* Wie ist das möglich? Vlad hat ihn auf Sisyphus' Klage in tausend Stücke zerblasen, als er mich gefangennahm.«

Ranna trat hinter ihn und legte die Hände auf seine Schultern. »Der Kopf war deine Fluchtkapsel. Er enthielt alle Computerdateien, die wir brauchten, um die Konstruktion nachzubauen. Natürlich haben wir sie etwas modifiziert.«

Phelan runzelte die Stirn. »Modifiziert? Das ist eine der modernsten Konstruktionen der Nachfolgerstaaten.«

Ranna klopfte ihm auf die rechte Schulter. »Sicher, aber die Technologie, auf der sie beruht, war schon alt, als der Sternenbund auseinanderbrach. Wir haben das Skelett aus einer Endostahllegierung gebaut. Es ist etwas kräftiger, um es gegen Brucheinwirkungen zu schützen, und dadurch auch sperriger, aber es ist dabei sehr viel leichter als die ursprüngliche interne Struktur. Der Fusionsreaktor ist brandneu und liefert bei halbem Gewicht dieselbe Leistung und Geschwindigkeit. Die Wärmetauscher sind etwa doppelt so leistungsstark wie die ursprünglichen.«

Sie hockte sich hinter ihn und deutete über seine Schulter. »Die Panzerung besteht aus einer geschichteten und gehärteten Fiberstahlverbindung, die bei geringerem Gewicht größeren Schutz bietet. Dadurch hat *Grinser* etwa 50 Prozent mehr Panzerung als zuvor. Deine vorderen mittelschweren Laser sind gegen die neuesten Impulslaser ausgetauscht worden. Sowohl der schwere Laser im Arm wie auch der mittelschwere im Rücken sind Extremweitengeschütze, so daß du deine Gegner auf größere Distanz treffen kannst. Und das Zielerfassungssystem ist entsprechend angepaßt.«

Sie richtete seine Aufmerksamkeit wieder auf den Kopf und die Ohren des Mechs. »Der Rand der Ohren ist Teil eines elektronischen Störsystems. Dadurch ist *Grinser* schwerer zu orten, und obendrein kann er viele der heute benutzten fortgeschrittenen Zielerfassungssysteme stören. Wir wollten noch ein Raketenabwehrsystem installieren, aber die Ingenieure fanden, daß es die ursprüngliche Designüberlegung eines Mechs ohne Munitionsbedarf verletzen würde. Wenn sie irgendwann ein auf Laserbasis arbeitendes System entwikkeln, werden sie es allerdings mit Freuden einbauen.«

Phelan starrte die Maschine an wie einen Geist. »Du ahnst nicht, was das für mich bedeutet, Ranna. Es erinnert mich daran, wie sehr ich mich verändert und wieviel ich verloren habe. Dieser Mech war ein Teil von Phelan Kell. Ihn jetzt hier vor mir zu sehen, zu wissen, daß der ilKhan das für mich getan hat, überwältigt mich. Und ich muß mich fragen, ob ich mein Volk nicht verraten habe, als ich es aufgab.«

Ranna legte die Arme um seine Brust und drückte ihn. »Phelan, es gibt zwei Dinge, die du über den ilKhan wissen solltest. Erstens hat er dieses Rekonstruktionsprojekt gestartet, noch bevor du das Training für deine Prüfung aufgenommen hast. So überzeugt war er von dir, und die Tatsache, daß du sein Urteil bestätigt hast, hat ihn mit großem Stolz erfüllt.

Was aber noch wichtiger ist, er wußte, daß *Grinser* in dir Erinnerungen an die Innere Sphäre wecken würde. Und er ist froh darüber, weil er nicht *will*, daß du deine Vergangenheit vergißt. Der Phelan Kell, den wir gefangen haben, ist das Fundament von Phelan Wolf, MechKrieger der Clans. Weil du das Leben in der Inneren Sphäre kennst und dadurch geformt wurdest, findet Ulric, daß du stärker bist als Krieger, die nur die Clans kennen.«

Phelan nickte. »Vielleicht hat er recht. Die Erinnerung daran, wer und was ich war, wird mich stärker machen.« Er packte ihre Arme. »Und starke Krieger wird er brauchen. Ulric der Bewahrer wird zu Ulric dem Kreuzritter, der uns wieder gegen die Nachfolgerstaaten führt.«

»Das stimmt, Phelan, aber verwechsele nicht Weg und Ziel.« Sie legte das Kinn auf seine Schulter. »Die einzige Methode, wie Ulric die Kreuzritter besiegen kann, besteht darin, sie bei ihrem eigenen Spiel zu schlagen. So lange er die Führung in unserem Streben nach dem großen Ziel hat, kann er Regeln und Bedingungen diktieren. Er braucht dich und Natascha und uns andere, um diese Führung zu behalten. Wir müssen dafür sorgen, daß der Drang zu siegen nicht die zermalmt, deren einziges Vergehen darin besteht, auf den Welten in unserem Weg zu leben.«

Phelan richtete sich auf, drehte sich um und hob Ranna vom Boden. »Danke, daß du mich hergebracht hast. Das ist unglaublich. Ich muß gehen und dem ilKhan danken.«

Er setzte sich in Bewegung, aber sie hielt ihn fest. »Das kannst du morgen tun.«

»Morgen?«

»Ja, morgen«, erklärte sie entschieden. Ranna legte seinen Arm um ihre Taille und küßte ihn auf die Wange. »Heut nacht, Geliebter, will ich dir ein zweites Lösegeld geben.« Sie knabberte an seinem Ohrläppchen. »Ich glaube, es wird dir Spaß machen, dein Geschenk auszupacken. Du willst bestimmt nicht länger als nötig darauf verzichten.«

22

Hauptquartier Wolfs Dragoner, Outreach
Mark Sarna, Vereinigtes Commonwealth

5. August 3051

Kai Allard kroch in sich hinein, als seine Mutter aufsprang und die Tiraden ihrer Schwester unterbrach. »Ich habe deine Lügen satt, Romano. Dein ganzes Leben lang bist du verhätschelt und verwöhnt worden. Selbst hier springt jedermann, um dir gefällig zu sein. Für deine erbarmungswürdigen Truppen haben wir dich in Watte gewickelt und dich behandelt, als hättest du eine Bedeutung, von der du nur träumst. Ich werde nicht ruhig hier sitzen und zuhören, wie du meinen Sohn verleumdest.«

Romanos Blicke hätten töten können. »Die Bärin erhebt sich, ihr Junges zu verteidigen. Kann sich dein Sohn nicht selbst verteidigen?«

Candace bebte vor Wut. »Er kann sich verteidigen, gegen seine eigenen Gegner nicht weniger als gegen die deines Sprößlings. Deine Geschichte ist absurd. Daß Sun-Tzu ausgestiegen ist, nachdem er einen der Gegner meines Sohnes angegriffen hat, soll ein Unfall gewesen sein? Romano, nicht einmal du warst im Cockpit eines BattleMechs derart inkompetent. Entweder dein Sohn ist ein erbärmlicher Feigling, oder er ist ein Intrigant, der versucht hat, meinem Sohn eine schmähliche Niederlage beizubringen. Hätte Kai sich nicht so glänzend geschlagen, hättest du ihn als Versager beschimpft. Weil er trotz der schmutzigen Tricks deines Sohnes gewonnen hat, argumentierst du, er würde deine Truppen in unhaltbare Situationen führen, weil er sich einbildet, unbesiegbar zu sein.«

Candace wandte sich an Jaime Wolf. »Sie waren dabei, Oberst. Ihr *Schütze* zerstörte Kais *Daishi.* Fanden Sie ihn unbesiegbar?«

Romanos abfälliges Gelächter schnitt Wolf das Wort ab. »Wagst du dir einzubilden, Candace, dein Sohn hätte gegen den größten Krieger der Inneren Sphäre bestehen können? Selbst mit seinen Betrügereien ist er so gut nicht, und selbst du kannst nicht derart arrogant sein.«

»Lady Romano, ich bin mehr als fähig, an mich gerichtete Fragen selbst zu beantworten«, bellte Wolf verärgert. »Kai Allard-Liaos Aktionen sprechen für sich. Der Einsatz des geologischen Forschungssatelliten war kein Betrug — es war unglaublich findig. Der erste Mech, den er ausschaltete, wurde von seinem Vater gesteuert, einst der uneingeschränkte Champion von Solaris VII. Der *Kampftitan,* den er besiegte, wurde von Hanse Davion gesteuert. Mein Sohn MacKenzie und Christian Kell lenkten den *Marodeur II* und den *Donnerkeil.* Sven Ngov, einer meiner besten Dragoner, steuerte den *Hoplit.* Kai Allard-Liao hat im Alleingang fünf der besten MechKrieger ausgeschaltet, die es in den Nachfolgerstaaten je gegeben hat.«

Wolf nickte Kai zu. »Und es ist durchaus nicht sicher, ob ich nicht sein sechstes Opfer geworden wäre. Ein weiterer Schußwechsel, und ich hätte darüber nachdenken müssen, die Dragoner seinem Kommando zu übergeben.«

Kai fühlte, daß alle Augen auf ihm ruhten. Er sah sich verlegen um. Sein Vater und Hanse Davion lächelten stolz. Theodore Kurita und Hohiro bestätigten seine Fähigkeiten mit einem kurzen Nicken. Victor, Cassandra und Ragnar grinsten übers ganze Gesicht, und Valprins Magnusson schien sich zu wünschen, er könne ihn hundertmal klonen. Thomas Marik andererseits schien ihn mißtrauisch zu beobachten, und Romanos haßerfüllter Blick drohte ihn zu durchbohren.

Sun-Tzu war der einzige, der Kai nicht ins Gesicht sah.

Romano richtete sich kerzengerade auf. »Kommt es also soweit? Ihr alle vereinigt euch gegen mich! Nun gut, ich werde mich mit den Clans befassen, wenn sie mein Reich betreten, und keinen Tag eher.« Damit drehte sie sich auf dem Absatz um und verließ den Saal. Schockiert folgte der Rest ihrer Delegation. Kai bemerkte, daß Isis Marik Sun-Tzu intensiv beobachtete und sah, wie sein Vetter ihr zunickte, als er an ihr vorbeiging.

Wolf wartete, bis Romano die Ratskammer verlassen hatte, dann wandte er sich an Thomas Marik. »Nun, Generalhauptmann? Ich möchte Sie nicht als Romano Liaos Verbündeten bezeichnen, aber Sie standen ihr näher als irgendein anderer hier. Werden Sie uns auch verlassen?«

Thomas Marik erhob sich langsam und gab den Blick auf seinen hinter ihm sitzenden schwächlichen Sohn frei. Die dunklen Ringe unter den Augen des Knaben spiegelten den verhärmten Gesichtsausdruck seines Vaters wider. »Oberst, ich streite die Tapferkeit Kai Allards weder ab noch stelle ich sie in Frage. Ich teile Lady Romanos Widerstände gegen den vorgeschlagenen Plan nicht, habe aber meine eigenen Bedenken. Ich kann nicht umhin, die uns allen gemeinsame Bedrohung zu erkennen, aber es erfüllt mich mit Unbehagen, daß ich Ihre neuen Mechwaffen in der Liga Freier Welten produzieren soll. Sie verlangen, daß ich neunzig Prozent unserer Produktion in das Vereinigte Commonwealth und das Draconis-Kombinat exportiere.«

Wolf runzelte die Stirn. »Wieso ist das auf einmal ein Problem? Ich dachte, wir hätten uns geeinigt ...«

»Im Prinzip, ja.« Marik seufzte matt. »Aber meine Berater haben mir zu verstehen gegeben, daß die Zahlungen für diese Lieferungen langfristig erfolgen sollen, bis ins Jahr 3110 hinein. Wie kann ich von meinem Volk verlangen, eine solche Übereinkunft zu ratifizieren, wenn Zweifel daran bestehen müssen, ob das Vereinigte

Commonwealth und das Draconis-Kombinat überhaupt noch so lange existieren?«

Theodore Kurita warf Marik einen vernichtenden Blick zu. »Generalhauptmann, wenn wir die Modifikationssets nicht erhalten, schaufeln Sie unser Grab. Mit ihnen können wir die Clans zurückwerfen.«

Thomas hob die Arme. »Kanrei, auf die Gefahr eines Zirkelschlusses hin: Ich weiß nicht, ob unsere Opposition das auch so sieht. Bei uns herrscht Demokratie, keine Diktatur. Ich kann nicht ...«

»Bah!« bellte Hanse Davion. »Sie könnten diese Produktionsquoten mit Hilfe der Notstandsgesetze durchsetzen, die nach der Ermordung Ihres Vaters beschlossen wurden. Verstecken Sie Ihre Weigerung nicht hinter dem Mantel der Politik. Sie wollen nur den Preis in die Höhe treiben.«

Der Generalhauptmann schien die Unschuld in Person. »Es liegt mir fern, diese Krise als Druckmittel einzusetzen. Aber sofortige und materielle Vorteile für die Liga Freier Welten würden es mir erleichtern, diese Übereinkunft vor meinem Volk zu vertreten.«

Hanse sprang auf. »Kein langes Herumreden, Thomas. Sie sind bereit, unsere Ausrüstung zu liefern, wenn wir Ihnen genug dafür bezahlen, korrekt?«

»Wenn Sie es so ausdrücken wollen.«

»Allerdings.« Hanse kehrte Kai den Rücken zu, aber der junge MechKrieger konnte sich die Miene des Prinzen gut ausmalen, als der sich, auf beide Arme gestützt, vorbeugte. »Na schön, Generalhauptmann, dann werde ich Ihnen etwas anbieten, was Ihnen niemand sonst bieten kann. Das Leben Ihres Sohnes.«

Mariks Gesicht verlor jede Farbe. »Was?«

»Sie haben mich schon verstanden. Das New Avalon-Institut der Wissenschaften nimmt im Hinblick auf die medizinische Forschung in der Inneren Sphäre unangefochten die Spitzenstellung ein. Candace Liao hat vor sechs Jahren im NAIW erfolgreich einen Brustkrebs ausgeheilt. Seitdem haben unsere onkologischen Forschungen auf dem Gebiet der Leukämie beachtliche Fortschritte erzielt, selbst in fortgeschrittenen Fällen wie dem Ihres Sohnes. Geben Sie mir — uns — unsere Waffen, und ich gebe Ihnen Ihren Sohn.«

Der Generalhauptmann der Liga Freier Welten stützte sich schwer auf den Tisch, dann blickte er sich zu seinem Sohn um. Der Knabe lächelte seinen Vater mutig an, aber schon diese Anstrengung schien ihn zu erschöpfen. Thomas strich ihm väterlich über den kahlen Kopf.

Er drehte sich wieder zu Hanse Davion um, und Kai sah, daß Tränen über sein Gesicht liefen. »Sie würden das Leben eines kranken Kindes gegen mich ausspielen? Sie würden meinen Sohn zum Tode verurteilen, wenn ich meine Zustimmung verweigere?«

Hanse nickte ernst. »Ja! Gerade so, wie Sie unsere Söhne zum Tod verurteilen, wenn Sie Ihnen diese Mechs vorenthalten. Ich habe nicht das Bedürfnis, einen Friedenspreis zu erhalten, und es ist mir gleichgültig, wie sich zukünftige Generationen an mich erinnern. Ich will heute nur sicherstellen, daß es zukünftige Generationen *geben* wird, die sich an uns erinnern können. Vielleicht sind unsere Anstrengungen vergebens, aber es wäre verbrecherische Feigheit, darauf zu verzichten.«

Hanses Stimme wurde milder. »Wenn es denn so ist, und die einzige Möglichkeit, Ihnen den Ernst und die Dringlichkeit unserer Lage klarzumachen, darin besteht, mit der Gesundheit Ihres Sohnes zu pokern, so sei es. Ich bedaure, daß es soweit kommen mußte.«

Erschüttert sank Thomas Marik auf seinen Stuhl. »Wie schnell kann die Behandlung beginnen?«

»Ich habe eine Kommandostrecke von hier nach New Avalon. Es dauert drei Tage, Joshua an Bord zu bringen, und anschließend weniger als eine Woche, bis er auf New Avalon ist. Ihre Frau kann ihn ebenso begleiten wie Ihre Ärzte. Wir garantieren ihnen Unterkünfte, Sicherheit und komplette Anonymität.«

»Dann sollen Sie Ihre Maschinen haben.« Thomas fixierte Hanse mit einem gnadenlosen Blick. »Ich vertraue Ihnen meinen Sohn an, weil ich ihm diese Chance nicht verweigern kann. Ich werde Ihnen Ihr Kriegsspielzeug liefern, denn es stimmt, Ihr Sohn hat dieselbe Chance verdient, die Sie meinem geben. Aber glauben Sie nicht, daß wir dadurch zu Freunden oder Verbündeten werden. Eines ist mir klar, und ich werde es nie vergessen: Sie sind eine Inkarnation des Teufels.«

Hanse erwiderte nichts, als er sich setzte, aber Kai las einen Ausdruck grimmiger Zufriedenheit auf seinem Gesicht. Melissa ergriff die Hand ihres Gatten. »Können wir Joshua retten?« flüsterte sie.

Der Prinz des Vereinigten Commonwealths zuckte unmerklich die Achseln. »Sie werden alles versuchen ... genau wie ich.« Seine blauen Augen verdunkelten sich. »Das wird genügen müssen.«

Hanses Worte machten Kai nachdenklich. *Könnte ich je diese Selbstsicherheit finden?* fragte er sich. *Andererseits, wenn ich dafür meine Menschlichkeit aufgeben muß, will ich dann eine solche Selbstsicherheit noch?*

Jaime Wolf sprach langsam und leise, wie es zur gedrückten Stimmung paßte, die sich über die Versammlung gelegt hatte. »Es ist gut, daß wir zu einer Vereinbarung über die OmniMechs gefunden haben, denn die Ergebnisse der Prüfungen des Trainingskaders liegen jetzt vor. Da mit einer Ausnahme alle Mitglieder hier anwesend sind, werde ich die Gelegenheit ergreifen und die Wertungen verlesen. Ein perfektes Ergebnis lag bei 300 und konnte durch hundertprozentige Vernichtung der drei Gegner ohne Schäden am Mech des Testpiloten erzielt werden.«

Wolf lächelte geheimnisvoll. »Es dürfte niemanden überraschen, daß Kai Allard-Liao den höchsten Punktwert erzielte. Er erreichte 445 Punkte, basierend auf 520

Punkten für den angerichteten Schaden, abzüglich der 75prozentigen Zerstörung seiner Maschine. Meines Wissens wurde ein so hoher Wert noch nie erreicht, weder bei den Clans noch hier auf Outreach. Daß er ihn gegen so fähige Gegner erzielte, macht das Ergebnis noch beeindruckender.

Hohiro Kurita erreichte einen Punktwert von 255 und liegt damit auf dem zweiten Platz. Victor Steiner-Davion erreichte 235 Punkte. Galen Cox und Shin Yodama erzielten 195, respektive 193 Punkte. Cassandra Allard-Liao erreichte 189 Punkte, Ragnar Magnusson 157.«

Wolf runzelte die Stirn. »Und da ich mit entsprechenden Fragen rechne: Sun-Tzu Liaos Bewertung liegt bei minus 62 Punkten.

Aufgrund ihrer Prüfungsergebnisse erhalten Kai und Hohiro je einen *Daishi*-OmniMech zur Konfiguration nach ihrer Wahl. Wir waren alle übereingekommen, wie wichtig es ist, daß die Söhne und Töchter der Fürstenhäuser der Inneren Sphäre eine einige Front bilden, und diese Punktwertungen und Leistungen scheinen ein gutes Omen für die Chancen einer Allianz, die auch die Clans besiegen kann.«

Kai fühlte, wie sein Mund staubtrocken wurde, als er aufstand. »Verzeihung, Oberst Wolf.«

»Ja?«

Er schluckte schwer. »Ich fühle mich geehrt, einen OmniMech zu erhalten, aber ich muß die Annahme verweigern.«

Victor schüttelte den Kopf. »Nein, Kai, das brauchst du nicht. Du hast ihn dir redlich verdient, und Hohiro hat meine Leistung überboten.«

Kai zwang sich zu einem Lächeln. »Victor, wir sind Freunde, aber ich würde keinen *Daishi* aufgeben, nur um deine Gefühle zu schonen. Die Maschine ist zu gut, um sie ohne weiteres aufzugeben.« Kai sah wieder zu Wolf. »Oberst, ich habe bereits einen Mech, den ich im Kampf zu führen plane. Er gehörte meinem Vater, brachte ihn auf den höchsten Rang der Spielwelt und im letzten Krieg aus einigen harten Schlachten sicher nach Hause. In diesem Mech holte er meine Mutter von Sian.«

Er sah zu Boden, mied Wolfs prüfenden Blick. »Aus diesem Grund bitte ich Sie, den OmniMech, den Sie mir zugesprochen haben, einem anderen Piloten zuzuteilen. *Yen-lo-wang* hat meinen Vater und meine Mutter in gefährlichen Zeiten geschützt. Er wird dies auch für mich tun.«

Jaime Wolf nickte langsam. »Wie Sie wünschen, Lieutenant Allard. Ihr *Daishi* wird Victor Steiner-Davion zugesprochen. Was auch immer ich von Ihrer Entscheidung halten mag, kein Krieger könnte sie abschlagen.«

Wolf richtete den Blick auf Hanses Sohn. »Victor Steiner-Davion, Sie haben einen Freund, der wertvoller ist als alle Welten der Inneren Sphäre. Indem er sich zurückzieht, gestattet er Ihnen und Hohiro Kurita eine ebenbürtige Position. Nehmen Sie diese Selbstlosigkeit als Beispiel für die Taten, die noch notwendig werden, wenn diese Allianz bestehen und siegreich sein soll.«

23

Sitz des Ersten Bereichs ComStars, Hilton Head Island Nordamerika, Terra

17. September 3051

Prima Myndo Waterly mußte lächeln, als Präzentor Tharkad immer wütender wurde. »Beruhige dich, Ulthan. Wir sind hier nicht im Ersten Bereich. Ich habe keinen Bedarf für deine Hysterie, noch bin ich gezwungen, sie hier in meinen Gemächern zu dulden.« Sie deutete über seine Schulter zur Präzentorin aus dem Draconis-Kombinat. »Warum kannst du dich nicht beherrschen, so wie Sharilar?«

Der rotviolette Gesichtston Ulthan Eversons wirkte alles andere als gesund, aber als er zuerst Myndo, dann Sharilar Mori ansah, normalisierte sich die Farbe seines fleischigen Gesichts. »Warum ich nicht mehr wie sie sein kann? Weil ich nicht in der repressiven Samuraigesellschaft aufgewachsen bin, die sie und Euch, Prima, hervorgebracht hat. Präzentorin Dieron mag in der Lage sein, ihre Emotionen zu verbergen, aber wie könnte sie umhin, dieselbe Empörung zu fühlen?«

Dichte weiße Brauen hingen wie Wolken über seinen blauen Augen. »Seit wann genau wußtet Ihr, daß die Clans einen neuerlichen Feldzug gegen die Innere Sphäre planten?«

Myndo zuckte die Achseln, dann zupfte sie die goldenen Falten ihrer Seidenrobe wieder in die korrekte Position. »Ich habe immer gewußt, daß sie den Krieg fortführen würden, Ulthan. Wir alle wußten es. Was den genauen Zeitpunkt angeht, wurde es mir Anfang Juli zur Gewißheit, als ich von der Wahl eines neuen il-Khans erfuhr. Es schien offensichtlich, daß sie kurz darauf ihre Rückkehr in die Wege leiten würden.«

Ulthan Everson blinzelte überrascht. »Ihr wußtet es

seit zwei Monaten, und es ist Euch nicht vorher in den Sinn gekommen, uns davon zu unterrichten?«

Myndos dunkle Augen glitzerten wie schwarze Perlen. »Bis zu ihrer tatsächlichen Rückkehr hielt ich es für unnötig, euch damit zu belasten. Ihr habt genug Probleme, die bereits von den Clans eroberten Gebiete zu verwalten. Der Präzentor Martialum ist bereits auf dem Weg zu ihnen und wird mir nach Bedarf Bericht erstatten. Übrigens, Ulthan, ich war sehr erfreut über die positive Entwicklung in der Einschätzung unseres Heiligen Ordens auf den besetzten Welten des Vereinigten Commonwealth. Du hast gute Arbeit geleistet.«

Sharilar legte ihre zarten Hände zusammen. »Prima, ich glaube, Präzentor Tharkad wollte von der Rückkehr so früh wie möglich erfahren, um unsere Politik den Vorstellungen der Clans anpassen zu können. Ich teile seine Besorgnis. Ein neuer ilKhan könnte leicht entscheiden, die Verbindung zu uns abzubrechen und uns der Chance zu berauben, die Worte Blakes unter den Massen zu verbreiten.«

Ein kluges Mädchen. Ich war in ihrem Alter genauso. Myndo lächelte die junge Frau, die auf den Präzentorenposten nachgerückt war, den sie selbst einst bekleidet hatte, mütterlich an. »Dieses Problem habe ich schon lange vorhergesehen. Der neue ilKhan ist jedoch Ulric von den Wölfen. In der Vergangenheit war er ausgesprochen begierig darauf, unsere Leute zur Befriedung und Verwaltung der von ihm eroberten Welten einzusetzen, daher nehme ich an, daß er sich über die Vorteile einer Allianz mit uns im klaren ist.«

Die Prima lächelte kalt, während sie Präzentor Tharkad zusah, wie er unruhig im Raum umhertigerte. »Ich glaube, Ulthan hat einen anderen Einwand gegen mein Zögern, ihn über die Rückkehr der Clans zu informieren, Sharilar. Du hältst noch immer nichts von meiner Politik, mit den Clans zusammenzuarbeiten, nicht wahr, Ulthan?«

Der Präzentor von Tharkad blieb stehen und schüttelte den Kopf. »Absolut gar nichts. Wir wissen praktisch nichts von diesen Clans. Sie behaupten, die Nachkommen der Sternenbundarmee General Kerenskys zu sein, aber wir haben keinen einzigen Beweis dafür.«

»Wir haben auch keinen Grund, ihre Abstammung anzuzweifeln.«

»Wirklich nicht, Prima? Kerensky verließ die Innere Sphäre, um einen Krieg zu verhindern. Wenn sie philosophisch ebenso seine Erben wären wie abstammungstechnisch, warum kehren sie auf eine derart aggressive Weise zurück? Sie scheinen eher die Erben zahlloser Peripheriebanditen als eines Mannes vom Edelmut Kerenskys.«

»Ein interessantes Argument, Ulthan, aber vollkommen nebensächlich.« Myndo ließ sich auf den U-förmigen Hocker neben dem halbrunden Fenster nieder und breitete die Rockschöße ihrer Robe wie einen goldenen Fächer um die Beine aus. »Die Clans kehren zurück. Wir gestatten ihnen, die sich anbahnende Renaissance zu zerschlagen, so daß wir der Menschheit die wahre Ordnung bringen können, wie Jerome Blake es uns vor dreihundert Jahren auftrug. Wenn die Clan-Invasoren ihre Kraft erschöpft haben, werden wir eine Revolution anführen, die ihre Opfer befreit. Ein einfacher Plan, aber er wird funktionieren.«

Ulthan hob den Kopf. »Aber Ihr gestattet uns nicht, die Völker der Inneren Sphäre zu warnen, daß ihr Friedensjahr zu Ende geht?«

Myndo wischte seinen Einwand weg wie eine lästige Fliege. »Warum sollte ich? Sie haben eigene Agenten auf den eroberten Planeten, die es ihnen irgendwie mitteilen können.«

»Aber Prima«, wandte Sharilar ein, »falls ComStar diese Botschaften nicht übermittelt, werden die Fürsten erst von der Rückkehr erfahren, wenn weitere Welten vor dem neuen Ansturm der Clans fallen.«

»Das ist wahr, Präzentorin Dieron. Sehr wahr sogar.« Myndo atmete tief durch. »Schade, daß sie auf Outreach ihre Zeit verplappern, statt ihre Grenzen zu bewachen, nicht wahr? Ende nächsten Monats dürften sie von der Rückkehr wissen. Ich kann es kaum erwarten, ihre Reaktion zu sehen.«

»Ich auch nicht.« Ulthan verschränkte die Hände auf dem Rücken und starrte aus dem Fenster. »Eines weiß ich über ihre Reaktion: Es wird die beste und verschlagenste sein, die wir uns vorstellen können. Es gibt eine kleine Chance, Prima, daß Ihr auf das falsche Pferd gesetzt habt. Sollte es so sein, könnt Ihr von Hanse Davion und Theodore Kurita ebensoviel Hilfe erwarten, wie Ihr ihnen gewährt.«

Myndo warf den Kopf zurück und brach in schallendes Gelächter aus. »Präzentor Tharkad, ich werde mich mit Freuden daran erinnern, wenn ich auf ihren Gräbern tanze.«

24

**Hauptquartier Wolfs Dragoner, Outreach
Mark Sarna, Vereinigtes Commonwealth**

21. September 3051

Kai lief ein kalter Schauer über den Rücken, als ihn sein Vater wortlos durch die dunklen Gänge zum Mechhangar der Dragoner führte. »Stimmt etwas nicht, Vater?«

Justin blieb stehen und legte beide Hände auf die Schultern seines Sohnes. »Nein, Kai, alles ist in Ordnung. Wenn ich still bin, liegt das nur daran, daß mich die Geschehnisse stark in Anspruch nehmen. Ich fürchte, meine Gedanken befassen sich hauptsächlich mit dem Kurita-Schiff, das hier im System aufgetaucht ist, und mit der Botschaft, die es nach Outreach geschickt hat. Wir haben sie natürlich abgefangen, aber unsere Kryptosektion kann den Code nicht knacken.«

Kai fühlte das Gewicht der mechanischen linken Hand seines Vaters auf der Schulter. »Ich hatte schon Angst, ich hätte dich irgendwie verärgert.«

Justin lachte und zog seinen Sohn an sich. »Ich weiß wirklich nicht, wie du darauf kommst. Nichts liegt mir ferner als das. Du hast mir und deiner Mutter nur Freude gemacht. Vielleicht sage ich es nicht häufig genug, aber ich liebe dich, und jeder Vater, der behauptet, er sei stolzer auf seinen Sohn, ist ein Lügner.«

Kai wollte eine Million Dinge antworten, aber der Kloß in seinem Hals hinderte ihn daran. Er drückte seinen Vater an sich und genoß verzweifelt das kindliche Gefühl der Sicherheit. Er schluckte schwer und unterdrückte ein Zittern in seiner Stimme. »Du weißt, daß ich nie etwas tun würde, das dir oder Mutter Schande bereitet?«

Justin hielt Kai mit ausgestreckten Armen vor sich. »Selbst wenn ich Buch über so etwas führte, würde ich einen Eintrag auf der negativen Seite übersehen. Kai, du bist alles, was deine Mutter und ich sein wollten, als wir MechKrieger wurden. Du bist ein bedachter Anführer und ein verdammt guter Krieger. Wenn ich erst einmal das Alter deines Großvaters habe, werde ich all meinen Freunden erzählen, daß ich dich vor langer Zeit einmal bei den Simulatorkämpfen schlagen konnte.«

Kai sah die Fröhlichkeit in den Augen seines Vaters und hörte das Lachen in seiner Stimme, aber er konnte es noch immer nicht ganz glauben. »Dann bist du nicht böse auf mich, weil ich dich bei der Prüfung zuerst angegriffen habe?«

Hanse Davions Geheimdienstminister warf den Kopf zurück und lachte. »Böse? Himmel, nein. Ich wußte, daß ich dein logisches erstes Ziel war, und ich habe Hanse und Jaime vorausgesagt, daß ich als erster abgeschossen werden würde.« Er zwinkerte seinem Sohn zu. »Hanse meinte, ich hätte wichtigere Arbeit außerhalb des Prüfungsgeländes, deshalb hat er mir nicht erlaubt, mich hinter seinem *Kampftitan* zu verstecken.«

»Und du warst auch nicht böse, als ich mich geweigert habe, den OmniMech anzunehmen?«

»Nein.« Justin machte eine Pause und rieb sich die Augen. »Um ehrlich zu sein, daß du *Yen-lo-wang* gewählt hast, hat mich mehr geehrt, als du ahnst. Dieser Mech war auf Solaris, auf Bethel und auf Sian mein Rettungsanker. Es gibt keinen anderen Piloten in der Inneren Sphäre, dem ich *Yen-lo-wang* lieber — dem ich ihn überhaupt — anvertrauen würde.«

Er deutete mit der künstlichen Hand in Richtung Mechhangar. »Heute mehr als je zuvor.«

Kai runzelte die Stirn. »Wie meinst du das?«

Justin sagte nichts und führte seinen Sohn in den Hangar. Dieser Teil der riesigen Halle war mit dicken Vorhängen abgeteilt, die von den Deckenträgern herabhingen. Kai wußte, daß in diesem Hangarteil Mechs repariert und umgebaut wurden, aber er hatte keine Ahnung, was *Yen-lo-wang* hier sollte. Soweit er wußte, hatte niemand den modifizierten *Centurion* benutzt, seit er auf Outreach eingetroffen war, geschweige denn ihn beschädigt.

Als er unter den Gerüsten hindurchtrat, bemerkte Kai Hanse Davion, der sich mit einem anderen Mann unterhielt. Dieser reichte dem Prinzen nur bis zur Taille und trug das graumelierte Haar bis auf die Schultern. Seine kleinen Hände waren mit Waldogeräten ausgestattet, die seine Reichweite vergrößerten und die Griffstärke erhöhten. Als Kai auf den freien Platz vor den Füßen des *Centurion* trat, schätzte der kleine Mann ihn mit einem schnellen Blick ab, dann grinste er schelmisch.

»Also du bist der Grund dafür, daß ich mich so beeilen mußte, was?« Seine braunen Augen funkelten belustigt. »Bist du es wert?«

Hanse Davion antwortete an Kais Stelle. »Das ist er, Clovis. Das und noch mehr.«

Der Prinz blickte Kai an. »Lieutenant Kai Allard-Liao, das ist Clovis Holstein. Clovis, das ist der beste MechKrieger seiner Generation. Vielleicht sogar der beste MechKrieger, seit Aleksandr Kerensky die Innere Sphäre verließ.«

Der Zwerg hob eine Braue und stieß einen langen, tiefen Pfiff aus. »Keine schlechte Vorstellung, aber sie paßt zu dem, was ich sonst gehört habe.«

Kai wurde puterrot. »Der Prinz schmeichelt mir.«

»Das will ich nicht hoffen. Ich habe eine Menge Arbeit in deinen Blechkameraden hier gesteckt, und ich will sicher sein können, daß er in gute Hände kommt.«

Kai blickte zu der hoch aufragenden Kriegsmaschine empor. Sie war von humanoider Gestalt, mit einer Geschützmündung am Ende des rechten Arms, aber Kai wußte, daß dort eine andere Waffe als die ursprüngliche schwere Autokanone ruhte. Der linke Arm endete in einer Hand, aber Kai bemerkte zwei Laserläufe am Unterarm, die vorher nicht dagewesen waren. Ein Blick auf die glatte Panzerung der Brustpartie verriet ihm, daß einer von ihnen aus der alten Position in der Torsomitte entfernt worden war. Der Kopf war unverändert, und der an römische Helme erinnernde Sensorensatz, der dem Mech seinen Namen gab, war intakt.

Clovis grinste. »Okay, Jungchen, die beiden Laser am linken Arm hast du bemerkt. Das sind Spitfire-Impulslaser. Wir haben den einen aus der Torsomitte an den Arm verlegt, einen zweiten dazugepackt, und drei Wärmetauscher dazugegeben, um die zusätzliche Hitze abzuleiten.«

»Habe ich den Laser am Rücken noch?«

»Der ist noch da, aber wir haben ihn ebenfalls gegen einen Spitfire ausgewechselt.« Clovis deutete auf den rechten Arm des *Centurion.* »Wir haben die Pontiac 100-Autokanone entfernt und durch ein Von Ryan-Magnetgeschütz ersetzt. Die Munition wird rechts im Torso der Maschine gelagert und rein magnetisch nachgeladen. Wenn die Stromzufuhr für das Ladesystem unterbrochen wird, kannst du wahrscheinlich durch bloße Schwerkraftwirkung eine Kugel in die Kammer laden, indem du dich mit Schwung zur Seite wirfst, aber da bin ich nicht hundertprozentig sicher.«

Kai kaute auf der Unterlippe. »Kann ich es von vorne laden?«

Clovis wirkte überrascht. »Ja, wenn dir die Munition aus dem Torso kullert, kannst du das Geschütz auch als Vorderlader benutzen. Es verschießt alles, was sich durch Magnetwirkung beschleunigen läßt, aber der durchschnittliche Stahlträger hat eine lausige Aerodynamik und beschädigt wahrscheinlich auch noch den Lauf. Der Einsatz improvisierter Munition ist nur im Notfall zu empfehlen.«

»Verstanden.«

Mit einem metallischen Krachen schlug der Zwerg die Hände zusammen. »Der echte Knüller sitzt im Innern. Wir haben den alten Reaktor ausgebaut und durch einen extraleichten Miata 2000 ersetzt. Der liefert die gleiche Energiemenge, die du gewohnst bist, ist dabei aber leichter. Wir brauchten die Gewichtseinsparungen, weil dein Mech mit experimentellen Myomerfasern ausgerüstet ist. Sie sind sehr viel stärker als normale — etwa dreimal so leistungsfähig —, haben aber ein paar ungewöhnliche Eigenschaften.«

Kai sah seinen Vater an. »Sind das dieselben, die du Haus Liao untergeschoben hast? Fangen sie immer noch in Gegenwart einer bestimmten Chemikalie Feuer?«

»Nein.« Justin verschränkte die Arme vor der Brust. »Die Formel wurde in den letzten zwanzig Jahren erheblich modifiziert. Wir besitzen jetzt eine 3X-Faser, die sich nicht mehr selbst entzündet. Dafür hat sie jedoch nur einen engen Operationsrahmen.«

Clovis setzte seine Erklärungen fort. »Diese Muskeln entwickeln ihre größere Kraft nur, wenn sie aufgeheizt werden. Ihr Operationsrahmen beginnt erst im gelben Bereich der Wärmeskala. Darunter arbeiten sie ganz normal. Im gelben Bereich erhöhen sie deine Stärke und Geschwindigkeit.«

Kai verzog das Gesicht. »Aber eine derartige Hitze beeinträchtigt die Zielerfassung.«

»Die Prozessoren laufen heiß«, gab Clovis zu. Er deutete wieder auf die Laser am linken Arm. »Im Cockpit findest du einen Schalter, der diese drei Wärmetauscher abschaltet. Das hilft dir, die Temperatur fast augenblicklich hochzujagen. Um es noch weiter zu beschleunigen, kannst du noch mehr abschalten, und wenn du willst, kann ich dir dafür einen Schalter einbauen. Die größere Kraftentwicklung kann im Nahkampf die Entscheidung bringen.«

Kai musterte nacheinander Clovis, seinen Vater und Hanse Davion. Alle drei grinsten breit, als sie sahen, wie überwältigt er war. »Ich weiß nicht, was ich sagen soll. All diese Modifikationen habt ihr nur für mich vorgenommen?«

Justin zuckte die Schultern. »Mehr oder weniger. Clovis wollte die Dreifachmyomere vorführen, und durch seine Vergangenheit auf Solaris hat *Yen-lo-wang* bereits alle diagnostischen Systeme. Als du dann *Yen-lo-wang* an Stelle eines Omni gewählt hast, hat der Prinz die übrigen Modifikationen angeordnet.«

Hanse nickte. »Du verdienst den besten Mech, den du bekommen kannst, wenn du da draußen in der Einheit meines Sohnes zum Einsatz kommst. Victor neigt zum Wagemut, und auch wenn Hauptmann Cox ausgezeichnet auf ihn aufpaßt, möchte ich noch jemand in der Nähe haben, dem ich sein Leben anvertrauen kann.«

»Kai Allard-Liao ist eine weise Wahl für diese Aufgabe, Prinz Davion.«

Kai wirbelte herum, als er den Klang der Männerstimme hinter sich vernahm, und seine Hände flogen in einer Reflexbewegung hoch, um einen Angriff abzuwehren und einen Gegenschlag auszuführen. Aber er beherrschte und verneigte sich. »Konnichi-wa, Gunji-no-Kanrei.«

Theodore Kurita erwiderte die Verbeugung ernst. »Ihnen auch, Lieutenant. Meine Agenten haben mir von Ihrem neuen Mech berichtet, und ich beneide Sie.«

Hanse kniff die blauen Augen zusammen. »Kann ich irgend etwas für Sie tun, Theodore?«

Der Kanrei griff in die Manteltasche und zog ein Blatt Papier heraus. »Die Nachricht dürfte Sie interessieren, Hanse. Die Clans kehren zurück.« Er reichte Justin den Bogen. »Dies ist eine Zusammenfassung der Mitteilung, die mein Schiff heute morgen geschickt hat. Sie ist nicht wörtlich genug, um ein Knacken unseres Codes zu ermöglichen, enthält aber alle notwendigen Daten. Die Clans haben einen neuen ilKhan gewählt. Es scheint sich um den Anführer der Wölfe zu handeln. Da sie bisher der militärisch erfolgreichste Clan waren, dürfte das eine Wiederaufnahme des Kriegs bedeuten.«

Hanse sah zu Justin. »Bestätigung oder Verneinung?«

»Ich kann Euch weder das eine noch das andere geben, Hoheit. Unsere Agenten auf den Grenzwelten melden keine Angriffe. Und Agenten, die wir möglicherweise noch auf den besetzten Planeten haben, konnten keinen Kontakt mit uns aufnehmen. Ich weiß nicht, ob sie nicht mehr leben oder ComStar nur ihre Berichte abfängt. Auch unsere in diese Raumsektoren vorgestoßenen Scoutschiffe konnten noch keine detaillierteren Auskünfte liefern.«

Hanse preßte die Lippen zu einem Strich zusammen. »Das kommt früher, als ich befürchtet hatte. Es wird noch ein volles Jahr dauern, bis Thomas Marik seine Fabriken umgestellt hat.«

Theodore nickte. »Ich habe eine Reihe von Fabriken angewiesen, ebenfalls Feldmodifikationspakete herzustellen. So können wir bei Reparaturen und Umbauten schon neue Bauteile einsetzen.«

»Einverstanden.« Hanse grinste Theodore auf eine Weise an, die Kai an seinen alten Spitznamen ›der Fuchs‹ erinnerte. »Meine Gratulation zu dieser hervorragenden Aufklärungsarbeit.«

Der Kanrei erwiderte das Grinsen. »Ich werde Ihr Lob an das Netzwerk weitergeben. Wir erwarten, daß die Angriffe gegen Ende Oktober wieder einsetzen. Damit haben wir noch sechs Wochen für die Vorbereitung.«

»Der neue ilKhan wird uns kaum mehr Zeit lassen.« Hanse stützte die Hände in die Hüften. »Noch einmal meinen Dank für die Information.«

»Es gibt noch etwas, worüber wir uns unterhalten sollten«, erklärte Theodore leise. »Es betrifft Victor und Omi.« Hanse blickte auf Clovis und Kai, aber Theodore machte mit einer knappen Geste deutlich, daß sie bleiben konnten. »Den ISA-Akten zufolge kann Clovis Holstein ein Geheimnis bewahren, und Kai kennt die Situation bereits. Ich möchte mit Ihnen sprechen, weil er mit meinem Sohn darüber redete.«

Clovis lächelte verständnisvoll. »Ein Geheimnis zu

bewahren, ist am leichtsten, wenn man es nicht kennt. Ich muß eh fort. Ich hätte schon vor einer Viertelstunde meine Frau abholen sollen.«

Hanse nickte Clovis zu, dann schüttelte er ungläubig den Kopf. »Ihre Tochter und mein Sohn freunden sich an. Wer hätte das für möglich gehalten?«

»Shakespeare?« fragte Justin beiläufig.

Einen Moment lang mußte sie alle lachen, dann wurden sie wieder ernst. »Ich habe mit Omi über ihre Freundschaft zu Ihrem Sohn gesprochen. Es scheint, daß sie bisher nur Freunde sind und kein Liebespaar. Sie hat mir als gehorsame Tochter angeboten, alle Verbindungen zu Victor abzubrechen und für jeden Ehrverlust zu büßen, den ihre Aktionen Haus Kurita zugefügt haben könnten.«

Theodores blaue Augen richteten sich kurz auf Kai. »Genau das hätte ich auch von ihr verlangt, wenn Hohiro mir nicht von einem Gespräch mit Kai erzählt hätte. Kai glaubt, daß meine Tochter und Ihr Sohn einander die ansonsten nicht existente Möglichkeit bieten, ihre freie Zeit mit einem Gleichgestellten zu verbringen. Es stimmt, in Gesellschaft der meisten Menschen können sie nicht einfach sie selbst sein. Ich konnte es, aber nur, weil mein Vater mich mehr oder weniger verstoßen hatte. Das gestattete mir, eine Frau zu finden, zu der ich eine tiefe Liebe entwickelte.«

Hanses Blicke schweiften in die Ferne und ein Lächeln zuckte um seine Mundwinkel, dann kehrte er wieder ins Hier und Jetzt zurück. »Ich habe meine Braut zwar unter anderen Umständen kennengelernt, aber auch ich habe mit ihr eine tiefe Gemeinsamkeit gefunden, die über Titel und Blutlinien hinausgeht. Es gab Tausende von Frauen, die mehr als bereit waren, Davion-Erben zu gebären, aber nur eine, die ich wollte.«

»Allerdings.« Theodore schien sich nicht so recht wohl in seiner Haut zu fühlen. »Und wenn Ihre Frau auch nur entfernt meiner ähnelt, werden Sie teuer dafür bezahlen müssen, wenn wir uns in diese knospende Beziehung einmischen.«

Hanse seufzte schwer. »Ich würde lieber einen Tag mit Romano Liao verbringen als eine Minute mit Melissa, wenn sie erfährt, daß ich auch nur das geringste unternommen habe, um Victor und Omi zu trennen. Solange Victor glücklich ist, ist sie es auch.«

»Aber wir sind uns einig: Sollten sie sich ineinander verlieben, käme das einer Katastrophe gleich. Wir könnten nie einen Vollzug oder eine Legitimisierung ihrer Beziehung gestatten.«

»Auf gar keinen Fall!« Hanse massierte sich die Stirn. »In der Mark Draconis würden sofort Gerüchte losbrechen, ich wollte die ganze Region als Victors Brautpreis an Sie übergeben, und die religiösen Verwicklungen einer solchen Heirat wären mein Ende.«

»Es gibt einen Silberstreif bei der ganzen Sache«, bot Kai an. Hanse und Theodore blickten ihn überrascht an. »Angesichts der Tatsache, was bei der letzten großen Fürstenhochzeit geschehen ist, könnt ihr sicher sein, daß Romano Liao nicht zur Feier erscheinen würde.«

Hanse und Theodore blickten sich an, dann prusteten sie los. Auch Justin mußte kichern, aber er schüttelte gleichzeitig den Kopf und warf seinem Sohn einen zurechtweisenden Blick zu. Kai wartete, bis sich das Gelächter gelegt hatte. »Ich will nicht für Victor sprechen, aber ich kenne ihn ganz gut. Ich kann Euch versichern, Kanrei, daß er Omi gegenüber äußersten Respekt empfindet. Er könnte sich in sie verlieben, wenn er die Gelegenheit dazu erhält, aber es ist keine sonderlich realistische Vorstellung. Eine Verbindung der beiden würde die gemeinsame Front gegen die Clans zwar stärken, aber ich muß zustimmen, daß sie intern eher spaltend wirken würde. Der entscheidende Punkt aber ist, sie werden sich ohnehin nicht mehr sehen, sobald wir diesen Planeten verlassen haben. Wahrscheinlich werden sie Holodisks und private Geheimnisse austauschen, wenn es ihnen gestattet wird, aber ich denke, sie wissen beide um die Hoffnungslosigkeit ihrer Situation.«

Hanse überdachte Kais Worte. »Du meinst, sie wollen das Beste aus ihrer Situation machen, und ihre Freundschaft hier soll nicht durch die Hoffnungslosigkeit ihrer Lage getrübt werden?«

»Genau das denke ich. Wann werden sie sich je wieder von Angesicht zu Angesicht gegenübertreten?«

Theodore schüttelte den Kopf. »Aller Wahrscheinlichkeit nach nie.« Er blickte Hanse an. »Ich hätte nichts dagegen, unseren Kindern zu erlauben, ihre Bekanntschaft zu pflegen. Sollen wir ihnen den Briefwechsel gestatten?«

»Da ich weiß, was es für ein Gefühl ist, an der Front Post zu erhalten, würde es mich sehr freuen, wenn Omi die Verbindung zu meinem Sohn aufrechterhalten möchte. Ich sehe keine Probleme.« Hanse verstummte, und seine Blicke schienen in eine andere Zeit zu wandern, in die ferne Vergangenheit oder Zukunft. »Ach, Theodore«, sagte er schließlich, »könnten Sie sich das vorstellen, eine Davion-Kurita-Hochzeit?«

»Es wäre eine Kurita-Davion-Hochzeit, Prinz Davion«, lachte Theodore. »Ihre Mark Draconis würde sich für unabhängig erklären, und mein Vater würde mich umbringen lassen.« Sein Lächeln wurde traurig. »Aber wer weiß, wenn die Clans genug Schaden anrichten, könnte es sein, daß wir dem Schicksal seinen Lauf und unsere Kinder die Bruchstücke auflesen lassen müssen.«

25

Hauptquartier Wolfs Dragoner, Outreach
Mark Sarna, Vereinigtes Commonwealth

23. September 3051

Victor Steiner-Davion freute sich von ganzem Herzen, als er sie in den nachtverhangenen Garten treten sah. »Komban-wa, Omiko-san.«

»Arigato gozaimas, Victor-san.« Sie senkte den Blick und verneigte sich vor ihm. »Dein Japanisch ist viel besser geworden.«

»Ich hatte eine ausgezeichnete Lehrerin und noch mehr Motivation, hart an mir zu arbeiten.« Sie begann rot zu werden und wandte sich ab, aber er streckte die rechte Hand aus und nahm sanft ihr Kinn. »Ich sage das nicht, um dir zu schmeicheln, sondern weil es die Wahrheit ist.«

Sie nahm seine Hand und küßte die Handfläche. »Ich hatte einen sehr eifrigen Schüler.« Omi blickte plötzlich auf, als ein fernes Donnern in die Stille des Gartens einbrach und das Zirpen der Grillen übertönte. Dann flammte der Nachthimmel auf, als sich eine große Metallkugel auf einer grellen Flammenfackel langsam ins All erhob. Die Triebwerksflammen des Landungsschiffes warfen goldene Glanzlichter auf Omis glatte Haut und Haare.

»Ich konnte nur unbegleitet in den Garten kommen, weil meine ISA-Anstandsdame glaubt, du wärst an Bord dieses Schiffes. Bis ich deinen Brief erhielt, dachte ich, wir würden keine Gelegenheit erhalten, uns voneinander zu verabschieden.« Sie sah Victor vorsichtig an. »Von deinem Vater hast du die Schläue des Fuchses geerbt, und von deinem Vetter Morgan den Mut des Löwen. Wird es keine Schwierigkeiten geben, wenn sie herausfinden, daß du nicht an Bord bist?«

Victor schüttelte den Kopf. »Nein, Kai hat den Piloten überzeugt, daß wir zu einer letzten Besprechung mußten. Er verabschiedet sich gerade von seiner Familie, und ich bin hier bei dir. Wir werden eine Raumfähre nehmen und das Schiff in einem halben Tag eingeholt haben.«

»Wie erfreulich, daß du einen so findigen Freund hast.«

»Er ist nicht der einzige Freund, über den ich mich freue.« Victor seufzte schwer. »Ich nehme an, dein Vater hat mit dir über uns gesprochen, so wie meiner mit mir?«

Sie nickte ernst, und Victor war froh, daß ihr langes schwarzes Haar über die Schultern ihres grünen Kimonos fiel. »Mein Vater hat sich sehr angestrengt, vernünftig zu sein. Er sagte mir, wir können in Briefkontakt bleiben, aber ich vermute, er hat uns das nur zugestanden, weil er es ohnehin nicht hätte verhindern können. Er scheint große Angst davor zu haben, daß wir uns ineinander verlieben könnten.«

Victor grinste. »Ungefähr dasselbe habe ich von meinem Vater gehört. Kai erzählte, sie hätten über eine Romanze und mögliche Heirat zwischen uns gewitzelt. Aber er sagte auch, daß sich beide trotz ihres Horrors vor den politischen Problemen eher den Arm abhacken würden, als ihre Kinder unglücklich zu machen.«

Omis Augen waren halb geschlossen. »So, Victor Steiner-Davion, haben wir uns ineinander verliebt?«

Victor setzte zu einer Antwort an, dann schloß er den Mund. Omi faszinierte ihn, wie keine andere Frau zuvor, und er fand sie unermeßlich erstrebenswert. *Aber ist es Liebe, oder ich bin ich nur so versessen auf sie, weil sie unerreichbar ist?* Er blickte zu Boden. »Omi-san«, reizte er sie, »möglicherweise werde ich das als letzter erfahren.«

Er sah auf und begegnete ihrem Blick. »Ich mag dich, ich mag dich sehr. Ein Teil von mir will dir sagen, daß ich dich liebe, aber ich weiß nicht, ob ich die Kraft habe, alle damit verbundenen Konsequenzen auf mich zu nehmen. Ich fürchte auch, dich als Freundin zu verlieren, wenn ich mit Ja antworte und wir ein Liebespaar werden.«

Omi lächelte ihn zärtlich an. »Deine Verwirrung gleicht der meinen. Ich weiß, daß ein Teil deiner Faszination der Reiz des Verbotenen ist. Aber du besitzt auch ein großes Herz und einen wachen Verstand. Du hast keine Angst davor, zu sagen was du denkst, und gibst dich nicht mit Narren ab, die nur deinen Titel sehen. Diese Qualitäten sehe ich im Draconis-Kombinat nur selten außerhalb meiner Familie, daher würde ich dich sehr gern als Freund oder Geliebten kennenlernen. Aber wie du schon sagtest: Sollten wir uns verlieben, würde dies eine Lawine von Problemen auslösen.«

»Dein Großvater würde sich weigern, zur Hochzeit zu kommen, und meiner würde in seinem Grab rotieren! Ryan Steiner würde mich beschuldigen, Skye an das Kombinat zu verschachern, und die Mark Draconis würde versuchen, sich ans Freie Rasalhaag anzuschließen, damit ich nicht die Hälfte ihres Gebiets an deinen Vater abtreten kann.«

Ihr Lachen hob Victors Stimmung immens. Es war so leicht, sich mit ihr auf eine Weise zu unterhalten, die andere schockiert hätte, die diese Angelegenheiten so ernst nahmen. In der Öffentlichkeit hätte er mit der Bemerkung, daß er Sun-Tzu Liao für einen Esel hielt, einen Krieg riskiert, aber in Omis Gesellschaft riskierte er keinen interstellaren Zwischenfall. Und ohne sie hätte er es nie geschafft, Hohiro auch nur annähernd zu verstehen.

Omi drehte eine schwarze Locke um den Finger. »Ich dürfte nur Zwillinge gebären, und wir müßten erklären, daß sie gleichzeitig geboren wurden, oder wir würden einen Krieg wegen der Thronfolge riskieren. Es wäre ein Alptraum.«

»Wahrlich kein Pfad, den man leichthin einschlagen sollte.«

Bevor sie antworten konnte, drang eine andere Stimme durch die Nacht. »Omi?«

Victor erkannte sie sofort als die Hohiros und zog sich in die Schatten zurück. Die Lichter des Gebäudes zeichneten Hohiros Silhouette nach, als seine Schwester sich zu ihm umdrehte. »Hai, Hohiro-san?«

»Oh, du bist allein.« Hohiro sah sich um, ließ aber durch nichts erkennen, daß er irgend etwas Ungewöhnliches bemerkte. »Ich habe nach dir gesucht, weil ich am Raumfährenhangar Kai Allard begegnet bin. Er durfte das Hafengelände nicht verlassen, deshalb hat er mich gebeten, nach einem seiner Freunde zu suchen. Kai sagte, sie seien ›aufgeflogen‹ und hätten mit strenger Bestrafung zu rechnen, wenn sie sich nicht sofort an Bord ihres Schiffes begäben.«

Victor wußte, daß Hohiro seine Schwester seinetwegen in Englisch ansprach. Omi verstand dies offensichtlich auch, denn sie erwiderte: »Ich denke, wenn er hier wäre, würde Kais Freund dir sehr dankbar sein. Wenn ich ihn sehen sollte, werde ich ihm die Nachricht geben.«

»Gut, ich möchte nicht, daß er Schwierigkeiten bekommt. Wenn du möchtest, kannst du noch hinzufügen: Ich, Hohiro Kurita, wette mit ihm um zehn Unzen Gold pro feindlichem Mech, daß ich mehr Abschüsse erzielen werde als er.«

Beinahe wäre Victor aus der Deckung getreten, um die Wette anzunehmen, aber Omi hob die Hand und wies ihren Bruder zurecht. »Und ich wäre sehr betrübt, sollte einer von euch beiden wegen einer solchen Wette den Tod finden. Ihr setzt in diesem Krieg gegen die Clans weit mehr als nur Gold aufs Spiel. Es ist die Zukunft der Inneren Sphäre, um die ihr kämpft. Arbeitet zusammen, wie ihr es hier getan habt, und wir alle werden gewinnen.«

Hohiro verneigte sich respektvoll vor seiner Schwester, dann zog er sich aus dem Garten zurück. Omi wartete, bis der Klang seiner Schritte verhallt war, dann drehte sie sich zu Victor um. »Du hast ihn gehört?«

Victor trat aus seinem schattigen Versteck. »Ja. Ich muß gehen.«

»Warte.« Omi zog einen Lederriemen über den Kopf, an dem ein ovales Bronzestück hing. Sie hielt es Victor hin. Im Halbdunkel sah er japanische Symbole und erkannte einen Drachen, der sich in den Schwanz biß. In der Mitte des Bronzestücks befand sich ein quadratisches Loch, durch das der Riemen geschlungen war, so daß man es wie ein Amulett um den Hals tragen konnte, aber Omi löste ihn, bevor sie das Metallstück in Victors Hände legte.

»Das ist ein Stichblatt, nicht wahr?«

»Hai.« Omi nickte. »Das und sein Können als Schwertkämpfer sind alles, was den Samurai vor dem Gegner schützt. Du hast das Können eines Kriegers, aber ich möchte, daß du auch dies hast.«

»Domo arigato.« Victor lächelte und steckte es in die Tasche. »Ich werde es immer bei mir tragen.« Er zuckte hilflos die Schultern. »Ich habe nichts, was ich dir geben könnte.«

Sie streckte die Hand aus und streichelte seine rechte Wange. »Gib mir dein Versprechen, daß dir nichts geschehen wird.«

»Das ist das einzige, was ich dir *nicht* versprechen kann.«

Ihre Stimme wurde energischer. »Gib mir dein Versprechen, und es wird so sein.«

Victor trat näher heran und legte die Hände um ihre schlanke Taille. »Ja, Omi, ich verspreche es.«

Seine Lippen fanden die ihren, und auch wenn ihr Kuß nur von kurzer Dauer war, blieb seine Wärme bei Victor, auch lange nachdem er den Garten, Outreach und Omi hinter sich gelassen hatte.

26

Sprungschiff *Höhlenwolf,* Nadirsprungpunkt Engadin, Wolfsclan-Besatzungszone

15. Oktober 3051

Phelan Wolf hörte ein Zischen, als sich die Luke der ComStar-Raumfähre öffnete. Das kastenförmige gelbe Raumfahrzeug hatte in einem von gepanzerten Elementaren bewachten Hangar aufgesetzt. Nachdem das Hangarschott der *Höhlenwolf* gesichert war, hatten die Techs eine atembare Atmosphäre in den Hangar gepumpt, und Phelan war durch ein Luk in Bodenhöhe eingetreten.

Die Luke der Fähre drehte sich zur Seite und schob sich ins Schiffsinnere. Eine kurze Rampe fuhr aus und senkte sich, aber noch bevor sie das Deck erreichte, erschien bereits der Präzentor Martialum in der Lukenöffnung. Er war so groß, daß er den weißbemähnten Kopf einziehen mußte, dann hielt er sich am Rahmen der Öffnung fest. Seine lange weiße Robe war mit einem weißen Seil locker um die Taille geschnürt. Der einzige Farbfleck war das Schwarz der Klappe über seiner leeren rechten Augenhöhle.

Bei Phelans Anblick lächelte der Präzentor Martialum. Der MechKrieger erwiderte das Lächeln mit großer Herzlichkeit. Er traf den alten Mann am Fuß der Gangway und bot ihm die rechte Hand. Anastasius Focht ergriff sie mit beiden Händen und schüttelte sie kräftig.

»Es scheint, daß es Ihnen nicht schlecht ergangen ist, seit wir auf diesem Deck auseinandergingen, Phelan Kell.«

»So ist es, Präzentor Martialum.« Phelan wies die beiden Leibeigenen an, Fochts Gepäck in dessen Kabine zu schaffen. »Ich wurde unmittelbar nach Ihrem Abflug in die Kriegerkaste des Wolfsclans aufgenommen. Ich heiße jetzt Phelan Wolf.«

Focht neigte den Kopf. »Bitte verzeihen Sie mein Unwissen und nehmen Sie meine Glückwünsche an. Wenn ich mich korrekt an die Symbolik erinnere, bedeutet der rote Stern an Ihrer Schulter, daß Sie auch ein MechKrieger sind?«

Der jüngere Mann nickte. »Seit etwa drei Monaten. Der schwarzrote Overall ist die Uniform meines Regiments. Offiziell heißen wir die Dreizehnte Wolfsgarde, aber wir nennen uns die Wolfsspinnen.«

»Und stehen unter dem Befehl Natascha Kerenskys.«

Phelan lachte. »Ihnen entgeht wohl auch nichts.«

»ComStar weiß alles.« Focht deutete ein Lächeln und damit einen Witz an, aber der junge MechKrieger vermutete, daß die Bemerkung nicht allzuweit von der Wahrheit entfernt war. »Nataschas Abflug von Outreach wurde von mehreren unserer Wegstationen bemerkt; wir vermuteten daher, sie habe Kontakt mit den Clans aufgenommen. Wir nahmen das als Bestätigung der Vermutung, daß die Dragoner einmal Teil der Clans waren, auch wenn diese Verbindung derzeit nicht mehr zu bestehen scheint.«

»Geschichtlich gesehen ist diese Vermutung korrekt, aber ich kann nichts über den momentanen Status der Dragoner sagen.« Phelan bat den Präzentor Martialum zum Ausgang. »So sehr es mir Spaß macht, mich mit Ihnen zu unterhalten — und ich freue mich schon auf die nächste Gelegenheit dazu —, der ilKhan hat mir aufgetragen, Sie sofort nach Ihrer Ankunft zu ihm zu bringen. Wenn es Ihnen nichts ausmacht.«

»Aber keineswegs.« Focht rückte seine Augenklappe zurecht. »Ich bin hocherfreut, daß Sie es bis zum MechKrieger geschafft haben.« Seine Stimme sank zu einem Flüstern herab. »Das dürfte es sehr viel leichter machen, Informationen zu sammeln, wie wir es vor einem Jahr besprochen haben.«

Phelan kaute auf seiner Unterlippe. »Ich weiß, ich habe zugesagt, für Sie zu spionieren, aber das ist lange her. Seitdem ist viel geschehen. Ich fürchte, ich kann die Clans nicht verraten.«

Focht wirkte überrascht. »Sie können es nicht? Phelan, diese Leute greifen noch immer Ihre Heimat an.«

Der MechKrieger schüttelte den Kopf. »Diese Leute sind jetzt meine Leute, und dies ist meine Heimat.«

»Ich verstehe.« Focht blickte Phelan prüfend an, und der hatte das Gefühl, durchleuchtet zu werden. »Ich hätte damit rechnen müssen. Bekehrte sind immer eifriger als jene, die für den Dienst an einer Sache geboren wurden.«

»Sie werden wissen, wovon Sie reden, Präzentor.« Phelans Miene wurde verschlossen. »Bis ich vom Nagelring gefeuert wurde, gab es meines Wissens keine ComStar-Initiaten dort. Das heißt, Sie hatten auch ein Leben vor ComStar, und sind selber ein Bekehrter.«

Sie wanderten schweigend den Gang hinab, bis sie einen Aufzugsschacht erreichten. Focht durchbrach das Schweigen. »Selbst als bekehrtes ComStar-Mitglied war ich bereit, für einen *Freund* die Regeln zu beugen.«

Phelan warf den Kopf herum. »Sie haben meinen Eltern eine Nachricht zukommen lassen?« Er fühlte seinen Puls hämmern, als die Bilder seiner Familie und Freunde vor sein inneres Auge traten. In diesem Augenblick erkannte er, daß er die Menschen, die er früher gekannt hatte, nicht vergessen konnte, gleichgültig, wie sehr er die Clans als neue Familie und Freunde angenommen hatte. *Es ist genau diese Sorge um beide Seiten, die der ilKhan von mir erwartet. Natascha und ich haben Loyalität den Clans und der Inneren Sphäre gegenüber. Sind wir hier, um die Gewalt der Clans zu mildern?*

Focht wartete, bis sie den Lift betreten hatten und unterwegs zur Brücke waren. »Die Prima hat mir verboten, Ihrer Familie etwas über sie mitzuteilen, also habe ich versucht, das Verbot zu umgehen, indem ich Ihrem Vater eine verschlüsselte Botschaft gesandt habe. Ich benutzte ein berühmtes Zitat des antiken Schriftstellers

Mark Twain über die übertriebenen Berichte von seinem Tod, in der Hoffnung, daß er irgendwann die Bedeutung erkennt. Mehr konnte ich nicht tun.«

»Danke.« Phelan fingerte abwesend an einem Fingernagel herum. »Aber ich weiß nichts von Bedeutung, das ich Ihnen erzählen könnte, Präzentor. Natascha ist Khan der Wölfe, und Ulrics Wahl zum ilKhan lief nicht ohne Überraschungen ab. Seine Feinde einigten sich darauf, ihn zum ilKhan zu machen, weil sie glaubten, sie könnten ihn manipulieren, aber es hat sie schnell eines Besseren belehrt. Was seine Invasionspläne angeht, die hat er mir nicht anvertraut.«

»Ulric ist ein weiser Mann. Ich zweifle nicht daran, daß seine Pläne eine große Herausforderung für die Innere Sphäre darstellen.«

Der Lift kam zum Stehen, und die Tür öffnete sich. Sie traten auf einen abgedunkelten Korridor. Phelan ging zur Brücke voraus. Er erinnerte sich an dieselbe Szene vor etwa einem Jahr, als das Schiff in der Schlacht beschädigt worden war. Er blickte sich zum Präzentor Martialum um. »Wissen Sie, als wir nach dem Aufprall des Rasalhaag-Jägers zur Brücke rannten, hätte ich nicht gedacht, noch jemanden lebend vorzufinden.«

Focht schloß sein gesundes Auge halb. »Ohne Ihren schnellen Verstand und diesen elektronischen Dietrich hätte auch niemand überlebt.«

»Es ist schon seltsam, wie das Leben uns mitspielt, nicht wahr?«

»Die Ironie des Universums ist mir nicht entgangen.«

Die beiden Elementare neben der Luke zur Brücke ließen mit keinem Muskel erkennen, daß sie Phelan und den Präzentor Martialum bemerkten. An den verschiedenen Stationen der Brücke saßen vierzig Besatzungsmitglieder. Trotz der brandneuen Ausrüstung und der Routine, mit der sie ihre Aufgaben erledigten, lief es Phelan kalt über den Rücken. Seine Blicke richteten sich an die Stelle, wo das katastrophale Loch im Rumpf geklafft hatte, aber es war gar nichts mehr davon zu sehen.

Er führte Focht in die Mitte der Brücke zu einem in schwarze Stellwände eingeschlossenen Bereich. Als sie durch eine der vier Öffnungen in den Holotank traten, befanden sie sich augenblicklich inmitten einer holographischen Sternkarte. Kleine und große Sterne leuchteten hell rings um sie, und viele von ihnen waren durch schwebende Namenszüge gekennzeichnet.

Im Herzen der Milchstraße stand Ulric und unterhielt sich mit Natascha Kerensky. Er sah auf und lächelte Focht zu, wartete aber, bis Natascha verstummt war, bevor er auf seinen Gast zutrat. Der freudige Ausdruck auf Ulrics Gesicht war ein krasser Gegensatz zu Nataschas düsterer Miene.

Der ilKhan reichte dem Präzentor Martialum die Hand. »Ich bin hocherfreut, daß die Prima Sie wieder zu uns geschickt hat.«

Focht schüttelte Ulrics Hand herzlich. »Und ich freue mich, wieder hier zu sein. Die Prima hat mich gebeten, ihnen mitzuteilen, daß ComStar Ihnen jede mögliche Hilfe anbietet.«

»Ausgezeichnet.« Ulric drehte sich halb um und winkte Natascha zu sich. »Das ist Natascha Kerensky, ehemals Mitglied der Wolf-Dragoner.«

»Und nun Kommandeurin der Dreizehnten Wolfsgarde.« Focht ergriff ihre rechte Hand und küßte sie. »Sie sind noch schöner, als ich Sie in Erinnerung habe, Sterncolonel Kerensky.«

Nataschas Miene wurde ein Gletscher des Mißtrauens. »Sind wir uns schon einmal begegnet?«

Der Präzentor Martialum zuckte die Achseln. »In einem früheren Leben. Sie werden sich nicht an mich erinnern, doch ich war einer von vielen Kriegern, die sich fürchteten, gegen die Schwarzen Witwen anzutreten, aber davon träumten, neben Ihnen zu kämpfen.«

Natascha zog die Hand zurück. »Und ich dachte, ComStars Präzentor Martialum wäre nicht mehr als ein Eunuch im Seraglio. Sie besitzen Charme und Witz und sind dabei noch bescheiden. Eine höchst gefährliche Kombination.«

Focht hob protestierend die Arme. »Ich bin nicht als Gegner hier, Sterncolonel. Ich bin gekommen, um zu helfen.«

»Das ist gut so, Präzentor«, erklärte Ulric und übernahm die Kontrolle des Gesprächs, »denn unsere Strategie hat sich geändert.« Der ilKhan berührte den Leuchtpunkt am Ende eines Namenszugs. Augenblicklich verwandelte sich das Namensschild in ein Datenfenster. Von Phelans Position aus konnte er die Buchstaben nur spiegelbildlich sehen, aber das machte wenig aus. Er hatte genügend Weltberichte studiert, um zu wissen, daß sie die neuesten Informationen lieferten, die den Clans über die Verteidiger der betreffenden Systemhauptwelt vorlagen.

»Sie müssen uns höchst akkurate und aktuelle Informationen über die Planeten liefern, die wir angreifen wollen. Anstatt weiter wie eine Woge alles zu überschwemmen, werden wir uns einzelne Welten herauspicken. Wir werden die am besten verteidigten Welten eines Sektors auswählen und weniger wichtige Planeten umgehen und abschneiden. Wir hoffen, der Verlust der Schlüsselwelten sorgt dafür, daß die rebellischen Elemente der übergangenen Welten die Flucht ergreifen und es uns gestatten, diese Planeten ohne Schwierigkeiten zu nehmen.«

Focht nickte nachdenklich. »Ihnen diese Daten zu besorgen, dürfte kein Problem darstellen, sofern Sie mir eine Liste der betreffenden Welten zwei Wochen vor dem Angriff zukommen lassen. Ich brauche diese Zeit nicht, um die Informationen zu sammeln, aber sie gibt meinen Leuten die benötigte Vorbereitungszeit für die Befriedungsarbeit nach der Invasion.«

»Gut.« Ulric legte die Hand unter den unteren Rand des Fensters und schob es hoch. Der Computer zog das Datenfenster wieder bis auf den Namenszug ein. »Wir wollen die Militärs der Inneren Sphäre zwingen, ihre Kräfte zu konzentrieren. Das dürfte ihre Angriffe auf Welten hinter den Linien zum Erliegen bringen. Außerdem stellt es eine größere Herausforderung für unsere Truppen dar. Da drei zusätzliche Clans diejenigen verstärken, die weniger Erfolg hatten als die Wölfe, müssen wir genug Gelegenheiten bieten, Schlachtenruhm zu ernten.«

»Dann könnte der Vorschlag, den ich machen wollte, Ihnen unwillkommen sein.«

»Sprechen Sie ruhig. Bis jetzt ist nichts in Titanstahl geschmiedet.«

Der Präzentor Martialum deutete auf ein relativ unwichtiges System. »Ich dachte, es könnte möglich sein, mit ComStars Vermittlung eine Übergabe der Planeten auszuhandeln, die Sie nicht angreifen wollen. Das gibt uns die Rolle eines Puffers zwischen Ihnen und der Bevölkerung und macht die Durchführung des Befriedungsprogramms sehr viel leichter. Wenn die Verhandlungen mißglücken, steht es ihnen immer noch frei, die Welt anzugreifen.«

»Eine Art ›Karotte und PPK‹-Methode der Welteroberung, was, Präzentor?«

»Eine sehr interessante Wortwahl, Sterncolonel Kerensky.« Focht verschränkte die Hände hinter dem Rükken. »Ich mache diesen Vorschlag nur, um die Absicherung des Hinterlands zu beschleunigen. Politiker sind keine Krieger. Sie geben häufig gerne freiwillig auf, was ein Heer in tausend Jahren nicht erobern könnte.«

Ulric lachte höflich. »Ein gutes Argument, Präzentor. Sie sprechen wie ein Krieger. Einen Politiker unzuverlässig zu nennen, ist eine unnötige Wiederholung, und ihn als ehrbar zu bezeichnen, ein Widerspruch in sich. Jemand, der weiß, wie die politischen Zusammenhänge einer Situation sich für ihn darstellen, kann die Hindernisse jedoch elegant umschiffen.«

»Gute Karten, ein stabiles Schiff und ein Sextant machen es möglich, mehr als einen Sturm zu überstehen«, bemerkte Focht freundlich. »Wenn es Ihnen nichts ausmacht, würde ich eine Gelegenheit begrüßen, mich auszuruhen, bevor wir weitermachen.«

»Eine großartige Idee. Natascha und ich haben noch einiges zu bereden, bevor wir unsere potentiellen Ziele festlegen.« Ulric begleitete den Präzentor Martialum zum Rand des Holotanks. »Phelan wird Sie in Ihre Kabine bringen. Wir können später miteinander essen. Sagen wir in vier Stunden. Bis dahin dürften wir in der Lage sein, Ihnen die Namen einiger Welten zu nennen.«

Focht neigte den Kopf. »Ich bin Ihr ergebener Diener, ilKhan Ulric. Der Friede Blakes sei mit Ihnen.«

27

Palast der Einheit, Imperial City, Luthien
Präfektur Kagoshima, Draconis-Kombinat

30. Oktober 3051

Shin Yodama war so auf die holographische Anzeige der Gefechtsdaten konzentriert, daß er sie den Raum nicht betreten hörte. Der erste Hinweis auf ihre Anwesenheit war ein weißes Blitzen, das er aus dem Augenwinkel wahrnahm. Er hielt sie für einen Boten und drehte sich mit verärgerter Miene um, neigte jedoch schnell den Kopf.

»Sumimasen, Kurita Omi-san. Verzeiht mir. Ich hatte nicht erwartet, Euch hier zu sehen.«

Omi lächelte ihm verständnisvoll zu. »Ich bin es, die sich dafür entschuldigen muß, Sie zu stören, Yodama-san.«

Shin blickte hinüber zu Hohiros Schreibtisch. »Euer Bruder ist momentan nicht hier. Die Ärzte wollten sein Bein untersuchen, um sicherzugehen, daß die Knochenmarksentzündung durch seine Verletzung auf Turtle Bay nicht wieder aufgeflammt ist. Sie sagen, es sei reine Routine.«

»Ich weiß.« Sie zog den Stuhl unter dem Schreibtisch ihres Bruders vor und stellte ihn neben Shin. »Ich bin gekommen, um mit Ihnen zu sprechen. Niemand sonst kann meine Fragen beantworten. Mein Vater ist viel zu beschäftigt, und Hohiro weigert sich, mein Interesse an militärischen Fragen zur Kenntnis zu nehmen. Es ist aufdringlich von mir, aber ich bin sicher, weder mein Vater noch mein Bruder haben etwas dagegen, wenn ich mich an Sie wende.«

Shin wurde es unbehaglich. »Ich kann mir nicht vorstellen, eine von Euch kommende Bitte abzuschlagen,

Lady Omi, aber ich möchte mich nicht dem Zorn Eures Vaters oder Bruders aussetzen.«

»Ich versichere Ihnen, Yodama-san, daß sie meine Fragen nicht verboten haben. Vielmehr haben sie weder die Zeit noch die Neigung, sich damit zu beschäftigen.« Die Hologrammanzeige bedeckte die rechte Hälfte ihres Gesichts mit leuchtend grünen und roten Linien und Symbolen. »Ich benötige nur ein paar generelle Informationen, um den Gerüchten begegnen zu können.«

Shin richtete sich auf. »Was wünscht Ihr zu wissen?«

Omi kam direkt zur Sache. »Haben die Clans ihre Angriffe wieder aufgenommen?«

Shins Finger huschten über die Tastatur und riefen eine Karte des Draconis-Kombinats auf. Ein nicht unbeträchtlicher Teil war an der linken Seite des grob dreiekkigen Sternenreiches herausgebrochen worden. Die eroberten Welten formten eine grüne Zone, während der Rest des Kombinats rot gefärbt war. Dort wo die beiden Farben aufeinander trafen, leuchtete eine Welt in goldenem Licht.

»Das ist Marshdale. Bisher ist es die einzige Welt, die von den Clans seit Wiederaufnahme der Invasion angegriffen wurde. Es ist reichlich seltsam, weil Marshdale die am stärksten verteidigte Welt in diesem Teil des Kombinats ist. Hyner, Byersville und LaBrea sind, militärisch gesehen, entblößt.«

Omi runzelten die Stirn. »Könnte es sein, daß sie sich nach der Niederlage auf Wolcott vorsichtiger verhalten?«

Shin akzeptierte den Einwand mit einem knappen Nicken. »Möglicherweise, aber etwas daran erscheint mir merkwürdig. Auf Turtle Bay haben die Clans nichts unternommen, was ich als vorsichtig bezeichnen würde. Hinzu kommt, daß wir nun nicht mehr allein dem Clan der Nebelparder gegenüberstehen, sondern zusätzlich einem zweiten Clan, der sich Novakatzen nennt. Mit einer solchen Verstärkung hätte ich eine Ausdehnung der Feindseligkeiten erwartet, keine Konzentration.«

»Arbeiten die Nebelparder und die Novakatzen zusammen, oder gehen sie unabhängig voneinander vor, so wie die Nebelparder und die Geisterbären bei der ursprünglichen Invasion?«

»Ich bin mir nicht sicher.« Shin gab einen Befehl in den Computer ein, und die Sternenkarte wurde gegen eine Weltkarte Marshdales ausgetauscht. Der Planet erschien zunächst als Kugel, die sich dann jedoch teilte und zu einer Fläche ausbreitete. Eine Anzahl roter Punkte auf den sechs Kontinenten markierte Schlachtfelder, meistens in der Nähe der in Gelb dargestellen Städte.

»Die Nebelparder sind auf drei der Kontinente gelandet und die Novakatzen auf den anderen drei. Unsere Informanten melden zwar einen Austausch von Funkinformationen zwischen den beiden Kommandozentralen, aber sie haben nichts bemerkt, was einer kombinierten Aktion auch nur nahekäme. Die Novakatzen haben zwei von unseren Regimentern sogar gestattet, sich auf Nebelparder-Gebiet zurückzuziehen, und haben, soweit wir es feststellen konnten, nicht nachgesetzt. Allerdings sind unsere Informationen fast drei Tage alt.«

»ComStar gestattet unseren Truppen nicht, Nachrichten zu senden?«

»Nein.«

Omi zog den Kimono an ihrem Hals zu. »Das heißt, unsere einzigen Informationen stammen von diesen mysteriösen schwarzen Kästen, von denen Hanse Davion nicht ahnt, daß wir sie haben?«

Es gelang ihm nicht, die Überraschung auf seinem Gesicht zu verbergen. »Ich fürchte, Ihr habt mir etwas voraus, Lady Omi.«

»Vergeben Sie mir, Yodama-san.« Sie senkte die Lider in einem Ausdruck der Unschuld, von dem Shin wußte, daß er hundertprozentig gespielt war. »Ich nahm an, Sie wüßten Bescheid. Gegen Ende des Vierten Nachfolgekrieges haben wir eine sogenannte Black Box erbeutet. Wir benutzten die Informationen, die sie uns lieferte, im Krieg von '39 mit großem Erfolg und konnten durch die Kopien, die wir hergestellt haben, einen Großteil der Aktionen des Vereinigten Commonwealth gegen die Clans überwachen. Ich wußte jedoch nicht, daß mein Vater die Verteilung der Maschinen autorisiert hatte.«

Shin schluckte. »Ich kann Euch nur sagen, daß unsere Informationen sehr viel langsamer eintreffen als bei einer Übermittlung durch ComStar. Ihr scheint in dieser Sache sehr viel besser informiert als ich.« Shin gab sich mit einem Schulterzucken geschlagen. »Vielleicht habt Ihr recht, aber ich weiß es nicht.«

Omi lächelte kurz, dann faltete sie die Hände im Schoß. »Zumindest senden unsere schwarzen Kästen mit einem Richtstrahl, so daß wir unsere Informationen nicht ins ganze Universum abstrahlen.« Sie deutete auf die Anzeige. »Können Sie mir Daten aufrufen, die wir aus dem Vereinigten Commonwealth abgefangen haben?«

Shin nickte. »Das geht.« Er gab einen entsprechenden Befehl in den Computer. »Ich habe die Informationen über eine bestimmte Einheit aufgerufen, nur um zu sehen, wie die anderen von Outreach postiert sind. Hier sind die Daten der Zehnten Lyranischen Garde.«

Für einen kurzen Augenblick sah Shin intensives Interesse über Omis Gesicht huschen, aber er ließ sich nicht anmerken, daß ihm etwas aufgefallen war. »Das ist die Einheit, der Hanse Davions Erbe zugeteilt ist, nicht wahr?«

»Ja, Omi-san. Victor ist ein Kommandant, Galen Cox ist ein Hauptmann, und Kai Allard ist ein Lieutenant. Soweit wir es feststellen konnten, ist ihre Regimentskampfgruppe nach Alyina in Marsch gesetzt worden. Da die Übertragungsdauer für solche Daten allerdings recht lang ist, kann sich das bereits wieder geändert haben. Möglicherweise wird die Garde zum Schutz einer von den Clans bedrohten Welt verschoben.«

Omi beobachtete Shin wie ein Falke. »Sagen Sie mir, was Sie von Victor Davion halten, Yodama-san.«

Ihre Direktheit überraschte Shin. Es war nicht nur äußerst ungewöhnlich, daß sie Wert auf seine Meinung legte, ihr Tonfall deutete an, daß sie seiner Einschätzung einiges Gewicht beimaß. »Ich kann ihn nur vom Standpunkt eines Kriegers beurteilen, Lady Omi.«

»Und vom Standpunkt eines Yakuza, nicht wahr?«

»Hai.« Shin zog den linken Ärmel seines Hemds nach unten, um die schwarzgoldene Tätowierung zu verbergen. »Ich finde, Victor ist ein sehr fähiger Krieger. Er ist ein ausgezeichneter Einzelkämpfer und kann auch koordiniert mit anderen Kriegern zusammenarbeiten. Er und Galen Cox scheinen zuweilen wie eine Person zu handeln. Außerdem besitzt Victor taktische und strategische Gaben. Abgesehen von seiner Körpergröße könnte er als Vorbild eines Kriegers gelten.«

Sie lächelte. »Und seine Fehler?«

»Ich würde sie weniger Fehler als Leidenschaften nennen. Er ist seinen Freunden gegenüber absolut loyal und handelt gelegentlich impulsiv, um ihnen zu helfen. Aber bei der Ausbildung auf Outreach hat er aus seinen Fehlern gelernt, und mit der Zeit ist seine Neigung, sich selbst in Gefahr zu bringen, zurückgegangen.«

Shin grinste, als ihm etwas anderes über Victor einfiel. »Er hat eine Abneigung gegen Höflinge. Ich glaube, Prinz Davion würde eher mit Freunden, die ihm ehrlich zugetan sind, durch den Schlamm stiefeln, als unter Leuten zu sein, die ihn nur auf Grund seiner Abstammung ehren. Das könnte sein Leben schwierig machen, aber es gibt ihm zugleich eine entwaffnende Direktheit und wird dafür sorgen, daß er auch in Zukunft von Gefährten umgeben ist, deren Wert außer Frage steht.«

»Und Ihre Einschätzung aus der Sicht eines Yakuza?«

»Wenn er ein Oyabun wäre, hätte er die Welt in seiner

Tasche. Als Polizeimagistrat wäre er die Inkarnation des Todes.«

Omi erhob sich langsam und schob den Stuhl zurück an den Schreibtisch ihres Bruders. »Ich bedanke mich für Ihre Zeit, Yodama-san. Noch eine Frage, dann werde ich gehen.«

»Wenn Ihr glaubt, gehen zu müssen ...«

»Ich darf Sie nicht länger von Ihrer Arbeit abhalten.« Ihre Miene ließ eine Andeutung von Furcht erkennen, aber ihre Stimme war ruhig und gefaßt. »Sie sagen, Victor sei seinen Freunden gegenüber loyal. Aber was ist mit dem Bündnis, das mein Vater eingegangen ist? Werden die Davions uns einen Dolch in den Rücken stoßen, sobald wir ihnen die Gelegenheit dazu geben?«

Shin stieß langsam den Atem aus. »Ginge es nur um Victor, würde ich sagen, wir haben nichts zu fürchten. Das soll jedoch nicht heißen, daß ich dem Urteil Eures Vaters mißtraue. Aber wir alle sind mit Geschichten über die Tücke des Fuchses groß geworden. Die Versprechungen Hanse Davions dürfen den Drachen nicht in den Schlaf wiegen; ich hätte sonst Angst, daß er nie mehr erwacht.«

28

**Landungsschiff *Barbarossa,* auf dem Flug ins Systeminnere
Alyina, Mark Tamar, Vereinigtes Commonwealth**

16. November 3051

Kai Allard blieb in der Luke stehen und drehte sich um. »Ihr hattet noch einen Wunsch, Hoheit?« Die anderen Offiziere schoben sich einzeln an Kai vorbei und ließen ihn schließlich mit Victor allein im Besprechungsraum zurück.

»Mach die Luke zu.«

Kai bemerkte die Anspannung in Victors Stimme, aber er kannte ihn gut genug, um darin etwas Persönliches zu erkennen. »Was ist los?«

Victor sah zu ihm auf und blinzelte. »Tut mir leid, Kai. Ich muß mich anhören, als stünde der Hitzetod des Universums unmittelbar bevor oder dergleichen.« Er grinste. »Ich versichere dir, es ist nichts derart Furchtbares. Ich wollte nur alleine mit dir sprechen, um dir ein paar persönliche Informationen zu geben, die mit unserer Order eingetroffen sind. Niemand sonst erhält persönliche Informationen, weil wir ComStar boykottieren ...«

»Schon kapiert.« Kai setzte sich auf die Kante des Konferenztisches. »Wie sieht's aus?«

Victor ließ sich in einen gutgepolsterten Lehnstuhl fallen und legte die Beine auf den Tisch. »Unsere Eltern haben New Avalon ohne Zwischenfall erreicht. Mein Bruder Peter hat seine NAIW-Kompanie während eines Manövers unerlaubt verlassen, damit er sie begrüßen konnte. Er will sofort hierher versetzt werden.«

Kai kicherte. »Peter war schon immer etwas eigenwillig. Er war der einzige Kadett, der den Jährlingen während seiner Einführung mehr Ärger gemacht hat als sie ihm. Wie ist er auf den Gedanken gekommen, daß er hier draußen sein sollte?«

»Ich bin mir nicht sicher.« Victor hob die Schultern. »Ich glaube, er hat gehört, daß Ragnar Magnusson jünger als er ist, und ich denke, seine Zensuren sind erstklassig.«

»Mein Vater hat mir erzählt, daß Quint auch nicht gerade erfreut darüber war, an der Sakhara-Akademie bleiben zu müssen, während wir auf Wolfs Welt trainierten.« Kai drehte die Faust, um den Unterarm zu lokkern. »Ich vermute, Cassandra und Kuan Yin haben ihn zum Bleiben überredet.«

»Das war noch nicht alles«, stellte Victor düster fest. »Unsere Agenten auf Sian melden, daß Romano deine Eltern in absentia zum Tode verurteilt hat. Es tut mir leid.«

»Schon wieder?« Kai zwang sich, die Bedrohung auf die leichte Schulter zu nehmen. »Das ist mindestens die zehnte Meldung dieser Art. Bis jetzt waren alle derartigen Attentatsversuche ein komplettes Fiasko. Diejenigen, die wir nicht vorhergesehen haben, kamen dem Gelingen näher, aber Romanos Agenten haben es immer wieder geschafft, sie scheitern zu lassen. Sie wurden alle schon im Anflug auf St. Ives oder Loris abgefangen.«

»Trotzdem werden wir die Sicherheitsvorkehrungen hier verschärfen, nur für den Fall, daß Romano wahnsinnig genug ist, *dich* zu verfolgen.«

Kai nickte. »Ich weiß die Warnung zu schätzen, aber der Liao-Attentäter wird sich hinten anstellen müssen. Nachdem die Clans mit mir fertig sind, kann er es gerne versuchen.«

»Ja, da hast du wohl recht.«

Kai bemerkte einen plötzlichen Umschwung in Victors Stimmung. »Da ist noch etwas anderes. Ärgerst du dich immer noch, daß wir nach Alyina geschickt wurden, obwohl die Clans diesen Planeten übersprungen und sich auf Devon und Pasig gestürzt haben?«

»Nein. Ich bin keineswegs froh darüber, aber es könnte schlimmer sein. Alyina bietet gute Defensivstellungen.« Victor blickte auf seine Hände. »Mein Vater hat mir mitgeteilt, daß ihn einige Leute in der Mark Draconis an ihre Loyalität erinnert haben und nicht hoffen, vor die Wahl gestellt zu werden, im Vereinigten Commonwealth zu bleiben oder sich mit einem anderen Staat zu verbünden.«

»Was?« Kai traute seinen Ohren nicht. »Aber das ist Verrat.«

»So kann man es nennen. Soweit ich es sagen kann, haben Liao-Agenten in der Mark Sarna Geschichten über eine heiße Liebesaffäre zwischen Omi Kurita und mir verbreitet. Natürlich erreichten diese Gerüchte schließlich auch die Mark Draconis, und da hat man, um es milde auszudrücken, ungehalten reagiert. Es hat keine Zwischenfälle gegeben, aber ich bin nicht gerade erfreut über dieses rege Interesse an meinem Privatleben.«

»Aha.« Kai kniff die Augen zusammen. »Ich hatte keineswegs den Eindruck, daß du und Omi Kurita eine große Romanze erlebt habt. Hat sich irgendwas geändert, von dem ich nichts weiß?«

»Nein, es sei denn, du bezeichnest einen Abschiedskuß als große Romanze.« Victor schlug mit der Faust auf den Tisch. »Ich kenne sie kaum, und jetzt gibt es lautstarke Proteste gegen eine eingebildete Beziehung. Wie können sie es wagen?«

Kai stand auf und ging im Zimmer umher. »Victor, ist dir eigentlich klar, für wie viele Menschen du die Zukunft repräsentierst? Du bist im April einundzwanzig geworden, und wenn du nicht in der Ausbildung gesteckt hättest, wärst du mit Sicherheit offiziell als Thronfolger der Vereinigten Sonnen und des Lyranischen Commonwealth bestätigt worden. Teufel, dein

Vater wäre möglicherweise zu deinen Gunsten zurückgetreten, einige Stimmen haben es vorhergesagt — Krieg oder kein Krieg.«

»Was hat das damit zu tun?« fragte Victor wütend.

»Es hat damit zu tun, wie andere auf dein Verhalten reagieren. Die Bewohner der Mark Draconis fühlen sich nur so lange sicher, wie sie glauben, daß du die Dracos genauso erbittert haßt wie sie es tun. Du und dein Vater stärken die Mark Draconis, um zu verhindern, daß die Kuritas sie sich einverleiben. Das gefällt ihnen. Es beruhigt sie, läßt sie glauben, du trittst in die Fußstapfen deines Vaters.

Und jetzt hören sie, daß du mit Theodore Kuritas Tochter ein Verhältnis eingehst.« Kai schüttelte den Kopf. »Sie nehmen an, sie hat dich irgendwie um den Finger gewickelt, und jetzt wirst du anfangen, Entschuldigungen für die Dracos zu finden. Und dann eines Tages — puff! Und sie sind Theodores Vasallen.«

»Das ist lächerlich.«

»Für dich und für mich, aber nicht für sie.« Kai blieb stehen und stützte sich auf den Konferenztisch. »Hör zu, ich vertraue dir, ich weiß, daß du die richtige Entscheidung treffen wirst. Du kannst eine Romanze beginnen, mit wem du willst — Kali Liao ausgenommen —, ich werde dich unterstützen. Aber du mußt Rücksicht darauf nehmen, wie andere so etwas auslegen könnten.«

Victor seufzte und ließ den Kopf hängen. »In letzter Zeit denke ich genauso. Selbst wenn mir die Situation nicht gefällt, du hast recht, und ich muß mich vorsehen. Aber, Kai, du bist der einzige, der mir helfen kann.«

»Was immer du brauchst.«

»Vor allem brauche ich jemand, der die Gerüchte und den dadurch angerichteten Schaden in Grenzen hält. Versuch zu verbreiten, daß diese ›Romanze‹ nur in der Einbildung einiger Leute existiert. Solange du, Galen und mein Vetter Morgan hinter mir stehen, wie könnte jemand daran zweifeln, daß ich klar denken kann? Was übrigens durchaus der Fall ist.«

Kai lachte. »Da stimme ich dir zu. Immerhin hast du die interessanteste Frau gefunden, die Outreach zu bieten hatte.«

»Unsere Mütter ausgenommen.«

»Natürlich.« Kai öffnete die Luke. »Keine Sorge, Victor. Es wird nicht lange dauern, dann haben wir alle ganz andere Sorgen, als wer mit wem ...« Er warf seinem Freund einen freundlichen Gruß zu. »Bis später.«

Kai schaute auf die Uhr. Wenn er sich beeilte, hatte er noch eine Chance, vor Schichtwechsel das Krankenrevier zu erreichen. Er benutzte eine Wartungsleiter, um zwei Etagen nach unten zu kommen, dann kürzte er den Weg durch ein Labyrinth von engen Korridoren und Schottwänden ab. Als er durch die Luke trat, zupfte er die Hemdsärmel gerade und grinste die Ordonnanz am Empfangstisch an.

»Ist Dr. Lear da?«

Die Ordonnanz blickte auf die Uhr. »Ihre Schicht dauert noch ein paar Minuten. Name?«

Kai deutete mit dem Daumen auf die Sprechzimmertür. »Ich melde mich selbst an.«

Der Mann nickte, und Kai ging durch das Sprechzimmer zum kleinen Büro des wachhabenden Bordarztes. Er klopfte an die Tür und stählte sich für ihre Reaktion.

Er hatte beinahe den Eindruck, daß sie froh war, ihn zu sehen, aber ihre Miene wurde augenblicklich zu der düsteren Maske aus Wut und Haß, die sie speziell für ihn reserviert hatte, auch wenn er immer noch nicht wußte warum.

»Guten Tag, Lieutenant Allard. Kann ich etwas für Sie tun?«

Kai tat sein Bestes, ihren eisigen Tonfall zu ignorieren. »Ich habe die Einteilung für unsere Landung auf

Alyina gesehen. Ihr Feldlazarett wird im Sektor 2750 aufgeschlagen.«

Sie nickte, und in ihren blauen Augen stand offenes Mißtrauen. »Wir sollen ein Veterinärhospital des Tassa-Agrokomplexes übernehmen.«

»Ich weiß. Meine Kompanie ist demselben Gebiet zugeteilt.« Er blickte auf seine Füße. »Tassa ist nah genug an der möglichen Frontlinie, um in Gefahr zu kommen. Ich werde mein Bestes tun, Sie informiert zu halten, damit Sie ausreichend Zeit haben, Ihre Patienten gegebenenfalls für eine Evakuierung vorzubereiten.«

»Sehr freundlich, Lieutenant.« Deirdre Lear schloß den Ordner auf ihrem Computerschirm und rief einen anderen auf. »Wenn sonst nichts anliegt, ich habe zu arbeiten.«

»Da wäre doch noch etwas. Ich möchte mich bedanken.«

»Dafür, daß ich auf Twycross Ihre Beine behandelt habe?« Sie winkte ab. »Ich habe nur meine Arbeit getan, Lieutenant, so wie Sie, als sie mich entführten und jene Soldaten töteten.« Zorn erklang in ihren Worten, aber ihr normalerweise schneidender Tonfall hatte etwas von seiner Schärfe verloren.

Er schüttelte den Kopf. »Nein, ich meine ... ich weiß das natürlich zu schätzen, aber bedanken möchte ich mich für das, was Sie auf Outreach getan haben, im Fürstenrat.« Er lächelte ihr schüchtern zu. »Romano hat Sie ziemlich gelöchert.«

Weißglühende Wut blitzte in Deirdres Augen auf. »Woher nimmt sie ihren Haß? Sie hat alles Menschenmögliche versucht, um mich zu der Aussage zu zwingen, daß ich Sie für den schlechtesten Offizier halte.«

»Aber Sie haben es nicht gesagt.«

»Eine ziemliche Leistung. Der schlechteste Offizier, der je gelebt hat, war anwesend, und er hieß Davion. Verglichen mit ihm sind Sie ein Beispiel für Tugendhaftigkeit.« Sie musterte ihn mit einer Mischung aus Mitleid und Verwunderung. »Auch wenn wir unsere Differenzen haben, ist es mir nicht entgangen, daß sie sehr viel besorgter scheinen als die meisten Offiziere in diesem Heer. Ich habe in meinem Leben schon zuviel gehaßt. Ich habe nicht vor, Romano noch mehr Stoff für ihren Zorn zu liefern.«

»Meine Eltern haben mich gebeten, Ihnen auch ihren Dank zu übermitteln. Sie wollten Sie kennenlernen, aber Sie haben den Planeten zu schnell wieder verlassen.«

Kai bemerkte, wie sie bei der Erwähnung seiner Eltern erstarrte und diese Reaktion dann sichtlich unterdrückte. Soweit das möglich war, wurden ihr Ton noch förmlicher und ihre Haltung noch abweisender, aber trotzdem reichte dies nicht an die Ablehnung heran, die er bei ihr schon gesehen hatte. »Ich hatte vor Dienstantritt auf der *Barbarossa* noch einiges zu erledigen«, erklärte sie. »Es war offensichtlich, wie stolz sie auf Sie waren, und wie froh, daß jemand bereit war, ihren Glauben zu bestätigen. Ich habe jedoch keinen Bedarf für ihren Dank.«

Deirdre Lear wandte sich wieder ihrem Computer zu, und Kai verstand: Er war entlassen. »Na, jedenfalls noch einmal danke für Ihre Unterstützung«, erklärte er lahm.

Als er sich umdrehte, hielt ihn ihre Stimme auf. »Kai ... Lieutenant ... danke für das Angebot, mich auf Alyina informiert zu halten. Und für das Organisieren der Evakuierung meines Feldlazaretts auf Twycross. Wir haben ein paar Patienten verloren, aber wenn die Clans durchgebrochen wären, wären noch sehr viele mehr gestorben.«

Kai nickte ihr zu, dann trat er in den Gang. Draußen lehnte er die Stirn gegen eine kalte Schottwand und schloß die Augen. *Die Clans kamen auf Twycross dem Durchbruch näher, als ich es bei Ihnen geschafft habe, Deirdre Lear.*

Er lächelte und bewegte die Finger. »Nachdem Sektor 2750 meiner Kompanie zugeteilt wurde«, sprach er zu sich selbst, »sollte ich mich mit dem Hintergrund der dort eingesetzten Offiziere und Mannschaften vertraut machen. Mal sehen, was Ihre Akten über dieses Geheimnis zu sagen haben, Dr. Lear. Ich werde nicht ruhen, bis ich weiß, warum Sie meine Familie hassen, und was ich dagegen tun kann.«

29

Sprungschiff *Höhlenwolf,* Angriffsorbit Memmingen, Freie Republik Rasalhaag

20. November 3051

Phelan Wolf beobachtete, wie Natascha Kerensky im Holotank der Brücke Sterncolonel Marcos die Hand schüttelte. Als sie sich umdrehte, sah er das raubtierhafte Grinsen auf ihrem Gesicht. Erhobenen Hauptes und mit stolz federndem Schritt kehrte Natascha an ihre Gebotsstation zurück.

Phelan räumte den Platz vor der Computertastatur und trat an ein allgemeines Terminal. »Was denken Sie, wie das Gebot verlaufen wird?« fragte er.

Sie zwinkerte ihm zu; Phelan und Ranna mußten lachen. »Paßt gut auf, ihr zwei Welpen. Marcos wird gar nicht mitbekommen, was ihn trifft. Mir wegen meines Alters das erste Gebot zu überlassen!«

Phelan schüttelte den Kopf. Er hatte schon mindestens ein dutzendmal gesehen, wie Sternhaufenkommandeure bei der Vorbereitung einer planetaren Invasion Männer und Material fortboten, aber er konnte sich noch immer nicht daran gewöhnen. Er kannte die Regeln. Ein Kommandeur griff mit den Kräften an, die er zuletzt geboten hatte, konnte aber ohne Schwierigkeiten Verstärkungen bis zur Höhe des letzten Gebots seines Rivalen einsetzen. Letztendlich konnte er seine Kräfte bis zur Höhe des Eröffnungsgebots für den betreffenden Planeten verstärken, aber das war nur mit der Erlaubnis seines Rivalen möglich, was Konzessionen an diesen bedeutete. Phelan gab zu, daß dieses Bieten die Kommandeure zwang, ihre Truppen so effektiv wie möglich einzusetzen, aber die Idee einer künstlichen Obergrenze für die bei der Eroberung einer Welt eingesetzten Kräfte schockierte ihn nichtsdestotrotz.

Er blickte auf den riesigen Wandschirm auf der anderen Seite der Brücke, auf dem die Gebote und Gegengebote angezeigt werden würden. Wenn Natascha sich dazu entschloß, konnte sie mit einem Gebot eröffnen, das ihre gesamte Streitmacht umschloß. Der Computer würde in diesem Fall ein Symbol für die *Höhlenwolf* anzeigen, drei für Luft/Raumjäger, drei für Elementare und neun für MechKrieger. Phelan wußte, daß Natascha zu schlau für ein solches Gebot war, aber er hatte keine Vorstellung, wieviel sie schon in der Eröffnung aufzugeben plante.

»Phelan, wie schätzt du die Dritten Drakøner ein?«

Der junge MechKrieger legte die Stirn in Falten. »Sie sind eine gute Einheit, aber nach den Informationen des Präzentors Martialum befinden sie sich auf Skondia. Auf Memmingen stehen nur die Miliz und eine Einheit zur Verteidigung bereit, die aus den Söldnereinheiten Black Omen und Outlaws zusammengeschustert worden ist. Sie sind zäh, aber es sind nicht viele.«

Nataschas Augen ähnelten kleinen Halbmonden. »Aber wenn sie hier wären, würden sie ein, zwei Dreier binden, frapos?«

»Pos.«

»Gut.« Natascha betätigte ein paar Tasten und brachte ihr Gebot auf den Schirm. Phelan war froh, kein Symbol für die *Höhlenwolf* zu sehen. Dadurch bestand keine Gefahr, daß die gewaltige Feuerkraft des Schiffes zum Einsatz kam, um den Planeten in Schutt und Asche zu legen. Nur ein fünfzackiger blauer Stern mit weißem Rand erschien, um Nataschas Luft/Raumunterstützung zu repräsentieren. Natascha erlaubte sich auch nur einen vierzackigen grünen Dolchstern mit silbernem Rand, der die Elementare darstellte. Sie verzichtete sogar auf drei ihrer neun MechKriegersterne.

Phelan blickte auf das kleine Kästchen an seinem Gürtel. Die rote Leuchtdiode blieb dunkel, ebenso wie bei Rannas Gerät. Damit wußte er, daß Natascha die

Sterne, denen sie angehörten, weggeboten hatte. Selbst wenn Natascha das Bieten gewann, würden weder Phelan noch Ranna in Aktion treten. Er drehte sich um und wollte sich bei der Schwarzen Witwe beschweren, aber er sah, daß auch die Diode an ihrem Infogerät dunkel war.

Er staunte nicht schlecht. *Natascha will gar nicht gewinnen. Weiß sie etwas? Sind die Dritten Drakøner auf Memmingen?*

Sterncolonel Marcos reagierte mit einem Gebot, das zwei MechKriegersterne von der Anzeige strich, aber je einen Stern Elementare und Luft/Raumjäger hinzufügte. Er lächelte zuversichtlich über den Holotank herüber, in dem eine Vektorgrafik des Planeten langsam um ihre Achse rotierte. Hinter ihm klopfte Conal Ward Vlad auf die Schulter, während dieser am Gebotscomputer hantierte.

Natascha schloß kurz die Augen. »Zwei Sterne Jäger geben ihm zwanzig Maschinen. Die beiden Elementarsterne kümmern sich um die Miliz, was ihm vier Sterne Mechs zum Einsatz gegen die Black Outlaws läßt.« Sie sah hinüber zu Phelan. »Wie klingt das?«

Phelan hob eine Sekunde die linke Hand, dann hatte er seine Datenanfrage eingegeben. Eine Datei rollte über den Schirm, und er hielt sie an, als er die gesuchte Information gefunden hatte. »ComStar meldet, daß die Black Outlaws ein kombiniertes Geschwader von vierzehn Luft/Raumjägern besitzen. Die Dritten Drakøner haben ebenfalls zwanzig Luft/Raumjäger, eine überbesetzte Flugkompanie. Was aber am wichtigsten ist«, fügte er grinsend hinzu, »Memmingen ist die Heimatbasis der Vandalischen Luftwaffe. Das ist eine Gruppe pensionierter Piloten mit einem Schwarm von sechs MechKiller-Jägern. Weder die Maschinen noch die Piloten sind seit 3030 im Einsatz gewesen, aber sie könnten trotzdem eine tödliche Gefahr sein.«

Natascha nickte zufrieden. »Gute Arbeit, Sterncommander Wolf. Hat ComStar die Informationen geliefert?«

»Von wegen. Als die Hounds auf Günzburg festhingen, kamen die Vandalen rüber und haben eine Schau abgezogen, auf Einladung Tor Miraborgs.« Die Wut machte es Phelan fast unmöglich, den Namen auszusprechen, aber er zwang sich dazu. »Ich habe es nicht vergessen, habe mich aber dagegen entschieden, es mit Marcos zu teilen. Warum sollten wir es ihm leichter machen.«

»Warum — in der Tat. Würdest du den Kampf momentan als ausgewogen ansehen?«

»Wie kommen Sie darauf, daß die Drakøner da unten sind?« Phelan kniff die grünen Augen zusammen. »Wenn die Drakøner sich auf Memmingen aufhalten, ist das Freie Rasalhaag im Vorteil.«

Natascha sah Phelan abschätzend an, bevor sie ihm Antwort gab. »Ich habe erfahren, daß die Kell Hounds und Wolfs Dragoner zur Verstärkung nach Rasalhaag unterwegs sind. Unter diesen Umständen macht es Sinn, daß die Drakøner unter Miraborgs Befehl gestellt werden. Miraborg wird uns überraschen wollen und die Hälfte des Regiments heimlich einschleusen, während er ComStar durch Scheinmanöver glauben macht, daß sie noch auf Skondia stehen. Er wird die gesamten Luft/Raumeinheiten mitschicken, damit die Überlebenden flüchten und sich nach Günzburg zurückziehen können.«

Phelan sah hinüber zum ilKhan und Präzentor Martialum, die auf Nataschas nächstes Gebot warteten. »Mit etwas weniger Luftunterstützung wird Marcos schwer gebeutelt werden.«

»Genau das denke ich auch.« Nataschas gab ihr nächstes Gebot in den Computer. Auf dem Schirm erschienen ihre neuen Kräfte. Sie hatte nur auf einen der blauweißen Luft/Raumsterne verzichtet.

Marcos lachte laut auf. Er hatte ihre Reaktionen erwartet. Augenblicklich erschien sein Gegengebot auf dem Schirm. Er gab einen der Elementarsterne auf und hatte nun noch vier Mechsterne, einen Stern Jäger und einen Stern Elementare. Als Natascha die Arme hob und aufgab, stieß Marcos triumphierend die Faust in die Höhe.

Das breite Grinsen auf Vlads Gesicht ließ Phelan die Galle hochkommen, aber er zwang sich zur Ruhe. »Versprechen Sie mir eines, Natascha.«

»Sie haben eine Bitte, Sterncommander?«

Er nickte ernst. »Was auch geschieht, wir müssen Günzburg nehmen. Ich habe noch eine alte Rechnung zu begleichen.«

Natascha verschränkte die Arme vor der Brust ihres schwarzen Overalls. »Eine Blutfehde kann gefährlich werden, Phelan. Ich habe schon mehrere durchgestanden und weiß, wovon ich rede. Sie macht dich blind.«

Phelan schüttelte den Kopf. »Nein, Natascha, das ist es nicht. Tor Miraborg hat mich gedemütigt, als er die Hounds auf Günzburg festhielt.« Er sah sich zu Ranna um, der er die Geschichte schon erzählt hatte, und sie lächelte ihn aufmunternd an. »Ich war mit seiner Tochter Tyra befreundet, und er ließ mich zusammenschlagen, damit ich sie aufgebe. Mehr noch, er wollte mich auf Günzburg einkerkern und die Hounds zwingen, mich zurückzulassen. Deswegen will ich dabeisein, wenn er sich ergeben muß. Um ihm heimzuzahlen, was er mir angetan hat.«

»Das dürfte sich einrichten lassen.« Natascha drehte sich um und begrüßte die beiden Männer, die zu ihnen herüberkamen. »Präzentor Martialum, ilKhan, ich entschuldige mich für meine schlechte Leistung im Gebot.«

»Gut verhandelt, aber verloren. Du brauchst dich nicht zu entschuldigen, Natascha.«

Der Präzentor Martialum stimmte Ulric zu. »Marcos hat mutig geboten. Es scheint, daß er die zehn Prozent

Fehlerquote, auf die ich ihn hingewiesen habe, ignoriert hat. Sie haben ihn gezwungen, seine Kräfte stark zu kürzen. So wie ich Ihr System verstehe, wird er Ihnen einige Zugeständnisse machen müssen, um diese Welt zu erobern.«

Natascha blickte hinüber zu Marcos und grüßte Conal Ward. »Ich hoffe, Sie haben recht, Präzentor Martialum. Wie die Lage steht, möchte ich die Zeit darauf verwenden, mein Gebot für unser nächstes Ziel vorzubereiten.« Sie blickte Ulric fragend an. »Darf ich es ihm sagen?«

»Ich bitte darum.«

»Als nächstes greifen wir Günzburg an.«

Der Präzentor Martialum rückte seine schwarze Augenklappe zurecht. »Tor Miraborg wird die Günzburg-Adler kommandieren. Es wird nicht leicht werden, diese Welt zu nehmen.«

Ulric nickte. »Aber die Eroberung einer Welt sollte nie leicht sein, franeg?«

»Gut gegeben, ilKhan.« Der Präzentor Martialum lächelte wissend. »Die einzigen Welten, die mir je als leichte Beute beschrieben wurden, erwiesen sich im nachhinein allesamt als ganz besonders zäh. Ich werde die Anfrage über die Daten Günzburgs sofort abschikken.«

Phelan berührte den linken Arm des Präzentors Martialum. »Wenn es geht, fragen Sie bitte an, ob Hanson Kuusik noch immer Adjutant Tor Miraborgs ist, oder welcher Einheit er zugeteilt wurde.«

Focht neigte den Kopf. »Ich werde nachfragen.«

»Präzentor Martialum, vielleicht könnten Sie in Ihrer Sendung auch die Daten einer weiteren Welt abfragen?« Ulric gestattete sich das harte Lächeln, das Phelan von früheren Gelegenheiten her kannte, bei denen Ulric ihn anscheinend auf die Probe gestellt hatte. Diesmal bemerkte er zu seiner Erleichterung, daß Ulrics Blick Focht galt.

»Mit Vergnügen, ilKhan. Um welche Welt handelt es sich?«

»Es ist ein Ziel für die Nebelparder und Novakatzen. Es liegt im Draconis-Kombinat. Nach dem, was man sich erzählt, könnte es eine Welt von gewisser Bedeutung sein.« Ulric runzelte die Stirn. »Der Name ist mir entfallen.«

Fochts gesundes Auge schloß sich, als er die Namen der Planeten in diesem Operationsgebiet durchging. »Irece? Teniente?« Der ComStar-Krieger zögerte, als ein anderer Name sich in seine Überlegungen drängte. »Pesht? Wollen Sie etwa Pesht erobern? Pesht ist die Zentralwelt eines Militärdistrikts.«

»Nein, nein, keine dieser Welten, Präzentor, aber trotzdem, danke. Ah, ja«, erklärte Ulric, »jetzt erinnere ich mich.« Als sein Lächeln zurückkehrte, kam Phelan eine plötzliche, furchtbare Vorahnung. »Der Name ist Luthien«, stellte der ilKhan fest, erfreut darüber, daß er sich so schnell erinnert hatte. »Die Welt, über die wir Informationen wünschen, heißt Luthien.«

30

Sitz des Ersten Bereichs ComStars
Hilton Head Island, Nordamerika, Terra

21. November 3051

Myndo Waterly verbarg ihr Vergnügen über den schokkierten Gesichtsausdruck auf Ulthan Eversons rotem Gesicht mit Erfolg. »Ja, Präzentor Tharkad, ich sagte Luthien. Überrascht dich das?« Sie blickte die übrigen Mitglieder des Ersten Bereichs an. »Habe ich euch nicht gesagt, daß diese Clans mutig sind?«

Gardner Riis, der silberhaarige Präzentor von Rasalhaag, sah die Präzentorin Dieron an, dann die Prima. »Verzeiht mir, Prima, aber werden wir die angeforderten Informationen für den Angriff auf die draconische Zentralwelt liefern?«

Myndo strich sich das lange Haar von den Schultern und trat von ihrem Podium in die Mitte der kreisrunden Kammer, geradewegs auf den im Boden eingelegten goldenen Stern. »Gibt es irgendeinen Grund, das nicht zu tun, Präzentor Rasalhaag? Bis zum vorgesehenen Termin sind es noch sechs Wochen. Die Zeit reicht doch wohl gut aus, die angeforderten Informationen zu besorgen, meinst du nicht?«

Riis nickte und wand sich unbehaglich unter ihrem Blick. »Natürlich, Prima, aber diese Schlacht dürfte erbittert werden. Theodore Kurita wird nie zulassen, daß Luthien fällt. Es könnte zum letzten Gefecht des Kombinats werden.«

»Sehen Sie darin ein Problem?«

Ulthan Everson hatte seine Beherrschung soweit wiedererlangt, um sich einzumischen. »Prima, ich denke, mein Kollege fürchtet ComStars Assoziation mit einer möglichen schweren Niederlage für die Nebelparder und Novakatzen. Wenn der Präzentor Martialum die

Clanpolitik richtig einschätzt, könnten wir zusammen mit dem ilKhan diskreditiert werden. Und sollte es dazu kommen, würden wir mit Sicherheit unsere Stellung als Verwalter der von den Clans besetzten Welten einbüßen.«

Myndo ignorierte Eversons Protest und konzentrierte ihre Aufmerksamkeit auf Sharilar Mori. »Präzentorin Dieron, was hältst du von den Chancen des Kombinats, Luthien erfolgreich zu verteidigen?«

»Das ist schwer zu sagen, Prima.« Sharilar verschränkte die Arme und steckte die Hände in die Ärmel ihrer roten Robe. »Soweit ich weiß, ist Luthien die Heimatbasis des Ersten Schwert des Lichts, der Otomo, der Zweiten Legion Wega und beider Genyosha-Regimenter. Der Kanrei könnte zusätzlich ein oder zwei Geisterregimenter zur Verstärkung rufen. Das hängt natürlich alles davon ab, wieviel Vorbereitungszeit Theodore Kurita hat und wie seine Pläne aussehen.«

Huthrin Vandel, Präzentor New Avalon, lehnte sich über sein kristallines Pult. »Daws entspricht allen Berichten, die ich über Luthien gesehen habe. Ich frage mich allerdings, ob Theodore nicht auch ein paar der Ryuken-Regimenter rufen würde. Sie befinden sich zur Zeit im Militärdistrikt Pesht.«

Sharilar schaute die Prima an. »Wenn es Euch beliebt, Prima, könnte ich mit einer Kartenprojektion die Lage erklären.« Myndo nickte, und Sharilar rief im Computer eine Karte des Kombinats auf. »Wie deutlich zu erkennen ist, verläuft die Frontlinie von Tamby an der Peripherie abwärts auf Pesht zu. Die Clans waren nicht so freundlich, uns darüber in Kenntnis zu setzen, warum sie nicht in einem Schub durch den Hinterhof des Kombinats vorstoßen. Trotzdem denke ich, daß der Präzentor Martialum recht hat, wenn er darauf hinweist, daß ihre momentane Angriffsachse kürzere Nachschublinien ermöglicht als bei einer allgemeinen Offensive.«

Sie deutete auf Pesht. »Die Ryuken benutzen Pesht

als Basis für eine Serie von Angriffen gegen von den Clans besetzte Welten. Dabei handelt es sich um eine Variante der Davion-Strategie. Selbst wenn Theodore diese Einheiten als Hilfe bei der Verteidigung Luthiens zurückrufen könnte, glaube ich nicht, daß er dies täte. Er ist ein mutiger Krieger, aber er wird die Angriffe ins Hinterland des Gegners fortsetzen, um ihn abzulenken. Natürlich wird er die Ryuken einsetzen, wenn die Lage sich verschlimmern sollte.«

Myndo lächelte Riis und Everson an. »Du sagst also voraus, daß die Clans Luthien erobern könnten?«

Präzentorin Dieron wartete mit ihrer Antwort gerade lange genug, um Myndo leicht zu verärgern. »Prima, die Clans können alle Einheiten besiegen, die sich ihnen auf Luthien entgegenstellen. Ich habe jedoch nicht den Wunsch, den Planeten während der Kämpfe oder danach zu besuchen.«

Myndo belohnte Sharilars charakteristische Direktheit mit einem Lächeln. »Deine Vorhersage erbitterter Gefechte ist sicher korrekt, Präzentorin Dieron. Ich teile auch deine Meinung, was den Sieg der Clans angeht. Ich sehe keinen Grund, den Clans die gewünschten Informationen zu verweigern.«

Ulthan Everson fauchte wie eine Katze. »Prima, jetzt ist Vorsicht geboten. Erinnert Euch daran, daß die Liga freier Welten sich bereit erklärt hat, Mechs und Ersatzteile für das Kombinat und das Vereinigte Commonwealth zu produzieren. Diese Verstärkungen könnten zu einem entscheidenden Faktor im Ausgang der Gefechte werden.«

»Wie nett von dir, mich an Nebensächlichkeiten zu erinnern.« Myndo kehrte langsam auf ihre Empore zurück und weigerte sich stolz, zu erkennen zu geben, daß sie sich vor Eversons Angriff zurückzog. »Du weißt ebensogut wie ich, daß Präzentor Atreus unterwegs nach Atreus ist, um mit Thomas Marik über eben dieses Thema zu sprechen. Thomas war einmal einer von uns.

Wir können ihn überreden, den Kräften der Inneren Sphäre keine Hilfe zu leisten.«

»Aber noch steht die Vereinbarung, oder?« Everson ließ nicht locker. »Thomas hat sich, seit er ComStar verlassen und die Generalhauptmannschaft der Freien Welten übernommen hat, als ausgesprochen unabhängig erwiesen. Präzentor New Avalon hat mir zu verstehen gegeben, daß Joshua auf die Behandlung im NAIW anspricht, auch wenn er noch immer sehr krank ist. Glaubt ihr wirklich, Thomas würde das Geschäft platzen lassen, solange das Leben seines Sohnes auf dem Spiel steht?«

Warum habe ich dies bis heute toleriert? »Ich möchte dich daran erinnern, Präzentor Tharkad, daß ComStar in der Tugend der Geduld ungeschlagen ist. Die Mechs, die Marik Hanse Davion und Theodore Kurita zu liefern versprochen hat, wären ohnehin erst in etwa einem Jahr verfügbar. Das gibt uns reichlich Zeit, eigene Pläne zu formulieren, wenn es sein muß auch einen, der zu einem Personenwechsel auf dem Thron der Liga führt.«

Everson schüttelte den Kopf. »Jeder derart offensichtliche Zug würde allen klar machen, daß wir mit den Clans zusammenarbeiten — und das halte ich für eine Entwicklung, die wir auf jeden Fall vermeiden sollten.«

»Deine ständigen Einwände gegen unser Bündnis sind mir nicht entgangen, auch wenn ich deiner Sorge zustimmen muß. Deshalb bitte ich euch alle, für eine Unterredung mit den Fürsten der Inneren Sphäre auf eure Stationen zurückzukehren.« Myndo lächelte grausam. »Sagt ihnen, daß ComStar über die Invasion tief besorgt ist und wir daher unsere Gebühren für militärische Nachrichten um neunzig Prozent senken und die sofortige Übermittlung von Daten ihrer Geheimagenten hinter den Clanlinien garantieren.«

»Was?« Gardner Riis blinzelte Myndo verwirrt an. »Wenn die Clans davon erfahren, ist das unser Ende!«

Myndo lachte. »Eines Tages, Präzentor Rasalhaag,

wirst du lernen, daß es mehrere Ebenen der Politik gibt. Ihr werdet den Fürsten der Nachfolgerstaaten meine Botschaft mitteilen. Wir werden sämtliche Informationen, die sie über uns weitergeben, auf ihre Authentizität hin prüfen und den Clans zukommen lassen. Ihr werdet den Herrschern der Großen Häuser weiterhin mitteilen, daß ich, die Prima ComStars, zum ilKhan der Clans unterwegs bin, in der Hoffnung, eine friedliche Lösung des Konflikts auszuhandeln.«

Das einzige Geräusch in der Kammer war der Applaus des Präzentors New Avalon. »Meisterhaft, Myndo. Ihr werdet gerade rechtzeitig bei den Clans eintreffen, um die Nachricht vom Fall Luthiens zu überbringen.«

»Genau das ist meine Absicht.« Myndos Miene war eiskalt. »Und wenn ich zurückkehre, werde ich die Forderungen der Clans für die bedingungslose Übergabe der restlichen Inneren Sphäre mitbringen.«

31

Palast der Einheit, Imperial City, Luthien
Militärdistrikt Pesht, Draconis-Kombinat

22. November 3051

Die Grabesstille des Konferenzraums, in dem Hohiro Kurita und sein Vater ihn erwarteten, war ein Schock für Shin Yodama. Als er bei seinem Eintreten weder zur Kenntnis genommen noch begrüßt wurde, wußte der Yakuza-MechKrieger, wie ernst die Lage war. Ohne ein Wort nahm er seine übliche Position links neben Hohiro ein und meldete sich im Computer an.

Hinter ihm kamen die Kommandeure der auf Luthien stationierten Militäreinheiten in den Raum und nahmen ihre Plätze um den schwarzen Tisch ein. Als er Narimasa Asano, den Anführer der Genyosha, auf dem Platz ihm gegenüber bemerkte, zog Shin Kraft aus dessen Ruhe. Die übrigen Militärs zeigten größere Besorgnis und Verärgerung über den plötzlichen Alarm. Manche rieben sich noch den Schlaf aus den Augen. Wahrscheinlich hatten sie sich ein paar zusätzliche Minuten Ruhe gegönnt, während ihre Adjutanten sie mitten in der Nacht zum Palast fuhren.

Theodore zeigte mit keiner Geste, daß er ihre Anwesenheit bemerkte, aber er trat an den Kopf des Tisches, sobald der letzte General Platz genommen hatte und die Türen sich schlossen. Der Kanrei betätigte mehrere Knöpfe auf der Konsole unter seiner rechten Hand und schaltete die Abschirmung des Raumes ein. Obwohl Shin sich daran gewöhnt hatte, erschien ihm Theodores langsame, methodische Art, der Reihe nach jeden der Knöpfe einzudrücken — wie ein Henker, der mechanisch einen Kopf nach dem anderen abhackte —, als äußerst schlechtes Zeichen.

Theodores Stimme war leise und gefaßt. Er artikulierte jedes Wort sorgfältig, als könne diese Präzision die furchtbare Botschaft, die er zum Ausdruck brachte, irgendwie mildern. »Ich habe durch eine absolut verläßliche Quelle erfahren, daß die Clans ihr nächstes Ziel in unserem Raumsektor gewählt haben, und dieses Ziel heißt Luthien.«

Übelkeit zog Shins Magen zusammen wie eine Python, die ein Kaninchen erdrückte. *Luthien! Sie wollen das Kombinat enthaupten, so wie sie es mit der Freien Republik Rasalhaag getan haben.* Seine Hände verkrampften sich zu Fäusten, als er die schockierten Gesichter der anderen Militärs betrachtete. Nur Narimasa Asano schaffte es, seine Reaktion auf diese Nachricht zu verbergen, aber auch seine Ruhe war nicht perfekt.

»Seid Ihr sicher?« fragte jemand weiter unten am Tisch.

»Hai.« Theodore atmete tief und langsam durch. »Ich habe erst vor einer Stunde von dem bevorstehenden Angriff erfahren und Sie augenblicklich alle hierhergerufen. Wir haben fünf Regimenter auf Luthien und können weitere drei Regimenter Miliz und Pensionäre ausheben, aber unsere Ausrüstung läßt zu wünschen übrig.«

Tai-sa Oda Hideyoshi, Anführer der fanatischen Otomo, preßte die Handflächen auf die Tischplatte. »Wir müssen Luthien verteidigen. Wenn wir Luthien verlieren, verlieren wir alles.«

Hideyoshi gegenüber saß ein greiser alter Mann, dessen kurzgeschorenes schwarzes Haar und große Ohren ihm in Shins Augen das Aussehen eines Affengeistes gaben. Er nickte zustimmend. »Kanrei, das Erste Schwert des Lichts steht bereit, die Invasoren zurückzuschlagen, aber wir sind nicht in der Lage, dies allein zu tun. Ich erkenne den Kampfgeist der Otomo, der Genyosha und der Zweiten Legion Wega an, möchte jedoch vorschlagen, die Ryuken-Regimenter zur Verstärkung von Pesht hierherzuverlegen.«

Theodore blickte zum Anführer der Genyosha. »Stimmen Sie dem zu, Tai-sa?«

Asano lehnte sich auf seinem Stuhl zurück. Seine dunklen Augen ließen nichts von seinen Gedanken erahnen. »Vergebt mir, Kanrei, aber wir verfügen nicht über ausreichende Informationen, um dieses Urteil zu fällen. Wir verfügen über fünf Regimenter, was in etwa einer Clan-Streitmacht von der halben Größe entspricht. Wir haben bisher keinen Clanangriff mit mehr als zwei Regimentern erlebt, abgesehen von den Gerüchten über die Truppen, die zur Eroberung Rasalhaags eingesetzt wurden. Nach dem Muster der bisherigen Angriffe werden uns wohl die Nebelparder und Novakatzen angreifen, während die Geisterbären und ihre neuen Verbündeten, die Stahlvipern, tiefer in unser Territorium vorstoßen.«

Theodore nickte. »Ich habe keine Informationen über einen Angriff der Geisterbären oder Stahlvipern erhalten, aber ich habe keinen Grund, an Ihrer Einschätzung zu zweifeln.«

»Dann stimme ich zu, daß eine Verstärkung unbedingt notwendig ist, aber wir sollten die gesamte Linie verstärken. Luthien mag die Zentralwelt sein, aber die ist nicht das Kombinat.«

Die anderen Offiziere starrten Asano an, als habe er den Verstand verloren, aber Shin begann zu sehen, was der alte Mann andeutete. Die Ryuken waren darauf vorbereitet, Vorstöße ins Clangebiet zu unternehmen, und sie hatten auf Wolcott eine Zuflucht, die von den Clans nicht angegriffen werden würde. Mit einem Rückzug der Ryuken wäre das Kombinat in die Defensive gezwungen, während es die Clans zu größerer Vorsicht zwingen würde, wenn sie losgelassen wurden.

Theodore beugte sich vor und preßte die Fingerspitzen auf die Tischplatte. »Immer wieder mußten wir den Schlüssel zur modernen Kriegsführung neu entdecken. Wir haben keine Fronten mehr, und der Besitz von Planeten ist bedeutungslos. Einen Feind kann man nur besiegen, indem man ihm die Fähigkeit zur Kriegsführung nimmt. Dies geschieht, indem man seine Truppen und seine Nachschublinien vernichtet. Wir alle wissen das, aber häufig lassen wir uns von unserem Stolz blenden. Vor zwanzig Jahren sahen wir zwei deutliche Beispiele für diese Wahrheit. Liaos Angriff auf die Kathil-Raumschiffwerften war fehlgeleitet und erfolglos, aber bei einem Sieg hätte er Hanse Davion einen entscheidenden Schlag versetzt. Das zweite Beispiel war Katrina Steiners Angriff auf meine Sprungschiffe, mit dem sie unsere Invasion der Isle of Skye verhindert hat, ohne mehr als eine Handvoll Agenten zu verlieren.«

Der Kommandeur des Ersten Schwerts, Yoshida, hatte einen Einwand. »Was Ihr vorbringt ist wahr, aber wie könnt Ihr abtun, was der Verlust Luthiens für unsere Bevölkerung bedeuten würde? Die Schande ...«

»Zum Teufel mit der Schande! Ja, der Verlust Luthiens wäre ein Schlag, aber die erfolgreiche Verteidigung anderer Welten würde ihn mildern, ebenso wie die Rückeroberung von Welten, die bereits an die Clans gefallen sind.« Theodores blaue Augen loderten wie der Blitzstrahl einer PPK. »Bisher haben wir nur auf die Angriffe der Clans reagiert. Aber wenn sie ihre Truppen gegen Luthien werfen, haben sie keine Truppen frei, um andere Welten zu halten. Es bedeutet, sie setzen zuviel Munition und Ersatzteile für die Eroberung einer Welt ein, und werden dadurch an anderer Stelle verwundbar. Diese Verwundbarkeit beabsichtige ich auszunutzen.«

Der Kanrei blickte Shin an. »Sho-sa Yodama, bitte rufen Sie Fall Tako auf.«

Fall Krake? Shin gab den Befehl in den Computer ein und sah eine Karte des Kombinats in der Luft über dem Tisch entstehen. Auf allen Welten, auf denen das Kombinat Truppen unterhielt, leuchteten goldene Lichtpunkte. Dünne goldene Fäden, die Nachschublinien darstellten, verbanden die Welten und formten ein zartes Netz.

Ohne daß er irgend etwas getan hätte, veränderte sich das Bild allmählich. Neunzig Prozent der Fronteinheiten an der Grenze zum Vereinigten Commonwealth — sowohl entlang der Mark Draconis wie der Isle of Skye — drifteten in Richtung der Clanlinien, und das Nachschubnetz führte diese Bewegung mit aus. Die Nachschublinien zu den Frontwelten wurden dicker und lieferten den dortigen Einheiten genug Material, um gegen den Feind aktiv zu werden. Shin wurde klar, selbst wenn die Kombinatsangriffe wenig mehr als Überfälle darstellten, mußten die Clans darauf reagieren, und bis dahin konnten die im Gegenzug von den Clans attackierten Welten durch Einheiten verstärkt werden, die von der Davion-Grenze abgezogen wurden.

»Das wär's, meine Lords. Wir verlegen unsere Truppen so, daß wir weit mehr Widerstand leisten, als die Clans sich vorstellen können. Die Feldmodifikationssets werden an die Einheiten verschifft, die ich für unsere Angriffe einsetzen will, so daß sich die Clans Mechs gegenübersehen, die den ihren fast gleichwertig sind. Wir werden die Ryuken in ihrem Rücken angreifen und einen Stoß in Richtung Peripherie fingieren lassen, als wollten wir die Clans zurückverfolgen und ihre Heimat angreifen.«

Asano zeigte die leise Andeutung eines Lächelns. »Ein wagemutiger Plan. Werdet Ihr Euch bei der Verstärkung und Versorgung auf Einheiten mit starken Luft/Raumabteilungen konzentrieren, nachdem dies das einzige Kampfgebiet ist, auf dem wir den Clans gleichstark gegenüberzutreten scheinen?«

»Selbstverständlich.« Theodore richtete sich auf. »Wir verstärken auch die konventionellen Luftwaffen, um bei der Mechabwehr zu helfen. Die Kosten im Personalbereich werden hoch, aber es wird den Clan-Jagdpiloten noch mehr Sorgen machen und ihre Mechpiloten überraschen.«

Der Anführer der Otomo schüttelte den Kopf. »Dieser Plan scheint tatsächlich eine Lösung für das Problem mit den Clans anzubieten, aber ich befürchte, wir verbrennen das Dach über unserem Kopf zum Schutz gegen die Kälte der Nacht. Truppen von der Davion-Grenze abzuziehen ist Wahnsinn. Davion wird sich auf uns stürzen wie ein Hai auf einen verwundeten Fisch.«

»Hanse Davion hat mir sein Wort gegeben, daß er uns nicht angreift.«

»Und Ihr glaubt ihm?« Hideyoshi konnte seinen Unglauben kaum verbergen. »Das ist ein schwerer Fehler, ein Fehler, den Euer Vater nie gemacht hat.«

Shin sah, wie Theodore bei der Erwähnung Takashi Kuritas erstarrte. Seinem Vater, immer noch Koordinator des Draconis-Kombinats, gehörte die Loyalität vieler alter Militärs, nach deren Meinung Theodores Reformen das Kombinat entmannt und entehrt hatten. Der Gedanke ließ ihn rot werden, ob aus Zorn oder Scham, war ihm nicht ganz klar.

»Tai-sa Hideyoshi, ich möchte Sie daran erinnern, daß mein Vater uns vor zwanzig Jahren beinahe in Hanse Davions Hände getrieben hätte. Es ist ihm auch gelungen, mit seinem ›Tod allen Söldnern!‹-Befehl die stärksten Söldnereinheiten der Nachfolgerstaaten zu unseren Gegnern zu machen. Hätte mein Vater vor nur zehn Jahren die Verteidigung des Kombinats gegen Hanse Davion geleitet, hätten wir den Dieron-Distrikt und den halben Distrikt Galedon obendrein verloren.«

Theodores Worte kamen leise, aber der Zorn, der in ihnen lag, genügte, seine Zuhörer augenblicklich zurechtzuweisen. »Der Haß und das Mißtrauen meines Vaters Hanse Davion gegenüber ist aus Vorurteilen und Verachtung geboren. Takashi hat Davion als minderwertig abgetan und den Prinz des Vereinigten Commonwealth gefährlich unterschätzt. Ich mache diesen

Fehler nicht. Ich sehe in Hanse Davion durchaus den tödlichen Gegner, der er ist. Deswegen verstehe ich, daß er uns *nicht* angreifen wird, weil es nicht in seinem Interesse liegt.«

Mit der Verbissenheit eines Pitbullterriers weigerte sich Hideyoshi, die Davion-Bedrohung auf sich beruhen zu lassen. »Vielleicht findet Ihr es nicht seltsam, Hanse Davions Interessen zu berücksichtigen, aber ich war von Anfang an gegen diese Allianz, die Ihr eingegangen seid.«

»Haben Sie mehr als reine Tradition, um Ihr Mißtrauen zu begründen, oder sind Sie nur unfähig, neue Gedanken zu akzeptieren?«

»Wir wollen annehmen, alles sei so, wie Ihr es sagt. Wir wollen annehmen, daß uns Hanse Davion nicht sofort angreift. Aber sobald er von Luthiens Verwundbarkeit erfährt, muß er uns angreifen. Das ist seine große Chance, uns als Bedrohung auszuschalten. Und wenn Luthien fällt, kann er gar nicht anders, er muß zuschlagen. Es wäre nicht nur in seinem Interesse, er könnte ohne weiteres behaupten, nur Euer zerfallendes Reich zu retten. Dann verheiratet Ihr Eure Tochter mit seinem Sohn, und Hanse Davion wird der Erste Lord des neuen Sternenbunds.«

Theodore beobachtete Hideyoshi durch seine halb geschlossenen Lider und rieb sich die Bartstoppeln. »Ich sehe, Sie lauschen angestrengt der Gerüchteküche des Hofes, Tai-sa. Obwohl wir hier sind, um Militärfragen zu erörtern, scheinen Sie entschlossen, die Diskussion zu einem Dialog über politische Themen zu machen. Ich habe nicht die Absicht, auf diesen Vorstoß einzugehen. Unsere Probleme sind viel zu ernst, um uns von Märchen, Gerüchten, Tratsch und anderen Dummheiten ablenken zu lassen.«

Der Kanrei verschränkte die Hände auf dem Rücken. »Ich weise auch Ihr Mißtrauen Hanse Davion gegenüber zurück. Ich habe mit ihm gesprochen, habe ihm in die

Augen gesehen. Er ist ein mächtiger Mann unserer Tage, und wir wissen, daß er nie vorschnell aufgeben und immer versuchen wird, seine Macht zu vergrößern. Wir sahen Habsucht in seinem Angriff auf die Konföderation Capella vor zwanzig Jahren und ebenso in seinem Angriff auf uns vor zehn Jahren. Hanse Davion jedoch sah etwas anderes. Er sah seine Kriege als Vorstoß für Freiheit und Menschlichkeit.

So verfehlt diese Einschätzung auch sein mag, das ist seine Motivation. Das ist die Kraft, die ihn treibt. Ich wäre der letzte, der abstreitet, daß er zu Heimtücke und Verrat fähig ist, aber ich glaube, er tut das alles nur im Namen seines Ideals, seiner persönlichen Vision. Außerdem müssen wir Hanse Davion vertrauen. Uns bleibt gar keine andere Wahl.«

Hideyoshi seufzte schwer, und Shin hörte die Resignation in seiner Stimme. »Dann laßt Hanse Davion nichts vom Angriff auf Luthien wissen, bis wir ihn von unserem Sieg über die Invasoren unterrichten können.«

Theodore schüttelte langsam den Kopf. »Zu spät. Die Nachricht, die Davion vom bevorstehenden Schlag gegen Luthien unterrichtet, ist bereits unterwegs.«

Der Anführer der Otomo hob verzweifelt die Hände. »Wir sind verloren.«

»Nein, Hideyoshi, das sind wir nicht.« Theodore lächelte. »Sie haben recht, daß Hanse Davion uns angreifen muß, wenn wir Luthien verlieren. Aber genau da liegt die Lösung unseres Problems. Was die Clans auch gegen uns ins Feld führen, wir werden Luthien niemals aufgeben.«

32

Avalon City, New Avalon
Mark Crucis, Vereinigtes Commonwealth

27. November 3051

Hanse Davion beobachtete das Spiel des gedämpften Konferenzraumlichts auf den silbernen Narben an Justin Allards metallener linker Hand. »Ich hätte nie erwartet, das von dir zu hören, Justin.«

Der Geheimdienstminister zuckte hilflos die Achseln. »Es schmerzt mich, Euch enttäuschen zu müssen, Hoheit, aber unser beiderseitiges Mißbehagen ändert nichts an der Lage. Der Aufbau der Fax-Botschaft — von der Syntax bis hin zur Pinselführung — deutet auf einen Ursprung im Draconis-Kombinat hin. Meine Experten haben sie bis Luthien zurückverfolgt und meinen sogar, sie könne aus dem Pinsel Theodore Kuritas höchstpersönlich stammen. Ich habe keine Möglichkeit, sie noch weiter zu verifizieren.«

Der Prinz sah hinüber zu Alex Mallory. »Haben Sie etwas hinzuzufügen, Staatssekretär?«

Der schlanke Blondschopf schüttelte den Kopf. »Ich kann nur wiederholen, was Justin bereits sagte, Hoheit. Das Fax scheint aus dem Kombinat zu kommen.«

Hanse fühlte Furcht in sich aufsteigen. »Ist euch klar, was Ihr da sagt? Wenn das Kombinat irgendwie eine unserer Fax-Maschinen in die Hände bekommen hat, konnte es die letzten zwanzig Jahre über unsere Kommunikation abhören!« Er schüttelte traurig den Kopf. »Kein Wunder, daß wir vor zehn Jahren den Krieg verloren haben. Es überrascht mich, daß Theodore Kurita noch nicht mit seiner Armee vor unserer Haustür aufgetaucht ist.«

»Ihr übertreibt die Gefahr, mein Prinz.« Justins Miene zeigte die nachdenkliche Ruhe, auf die sich Hanse im

Laufe der Jahre zu verlassen gelernt hatte. »Am Ende des Liao-Krieges war der Verbleib aller Black Box-Geräte gesichert. Wir haben Beweise dafür, daß sie sämtlich vernichtet wurden oder in unserer Hand verblieben sind, auch wenn man natürlich die Möglichkeit eines Täuschungsmanövers nicht ausschließen kann. Für den Krieg von 3039 gelten andere Maßstäbe, und möglicherweise hat Theodore damals ein Gerät erbeutet. Eben diese Gefahr war der Grund, aus dem wir in den letzten Jahren alle militärischen Botschaften kodiert haben. Außerdem haben wir die Geschwindigkeit unserer Maschinen erhöht. Eine unserer Maschinen fing die Nachricht auf Murchison auf und gab sie nach New Avalon weiter. Die Originalbotschaft wird uns erst Anfang des nächsten Monats erreichen.«

Melissa verschränkte die Finger und legte die Hände auf den Hartholztisch. »Sie glauben also, daß die Gefahr für unsere Sicherheit minimal ist?‹

»Ich würde keine Bedrohung des Vereinigten Commonwealth als minimal bezeichnen, Archon, aber die Gefahr liegt innerhalb des normalen Rahmens und wird entsprechend behandelt. Wir gehen grundsätzlich davon aus, daß Faxe von anderer Seite abgefangen werden könnten und fügen immer einzelne Fehlinformationen bei, um es der ISA oder ComStar schwieriger zu machen, falls sie unsere Nachrichten abfangen.«

Justin hielt den Bogen Papier hoch. »Das hier bestätigt nur unseren Verdacht, daß das Kombinat eine unserer Maschinen erbeuten konnte.«

»Na gut«, stellte Hanse fest, der von den umständlichen Erklärungen allmählich genug hatte. »Was ist mit dem Inhalt der Botschaft?« Hanse studierte seine Kopie noch einmal. »Können wir Theodore glauben, daß die Clans unterwegs sind, um Luthien anzugreifen?«

Alex tippte eine Datenanfrage in die Tastatur an seinem Platz. »Die Berichte, die wir von unseren Agenten an den Grenzen der Mark Draconis und Isle of Skye erhalten haben, berichten von massiven Truppenbewegungen. Das Kombinat hat auf einigen wenigen Welten Mecheinheiten an Ort und Stelle belassen, aber meistens handelt es sich nur um eine Kompanie eines Eliteregiments mit Verstärkungen, die aus Miliz- und Yakuza-Truppen zusammengezogen sind. Insbesondere Lufwaffen- und Luft/Raumeinheiten werden abgezogen. Für mich ist das eine definitive Anstrengung, die Clanfront zu verstärken.«

»Kurita verlegt die Truppen an die Front und stellt andere Truppen zur Verteidigung Luthiens frei.« Melissa kaute auf ihrer Unterlippe. »Ein Schlag gegen Luthien könnte die Kampfbereitschaft des Kombinats ernsthaft gefährden. Die Draconier sind so an das Konzept der Ehre gebunden, daß sie aus Schande über den Verlust Luthiens scharenweise Seppuku begehen könnten.«

Hanse nickte. »Schlimmer noch, wir hätten eine Wiederholung der Ronin-Kriege. Ganze Einheiten würden sich einschiffen, um für Luthien Rache zu nehmen, ohne Plan oder Nachschub. Die Front wäre ein einziges Chaos, und letztendlich würde sie zusammenbrechen. Das ist übel.« *Mein Puffer zu den Clans droht auseinanderzufallen.*

Er hob den Kopf. »Einschätzung der Gefahr für Luthien, Justin?«

»Ernst.« Justin ballte die Fäuste, dann öffnete er die Hände wieder in einer langsamen, rhythmischen Geste der Frustration. »Bestenfalls stehen vier Frontregimenter, ein politisches Regiment und weitere drei schwache Reserveregimenter zur Verfügung. Die Truppen gehören zu den besten des Kombinats, aber wir wissen nicht, was die Clans gegen sie aufbieten werden. Die Wölfe setzten drei Regimenter ein, um Rasalhaag zu befrieden, aber das war nur ein Bruchteil der verfügbaren Einheiten. Mit der neuen Clan-Strategie, gut verteidigte Welten anzugreifen und andere zu übergehen, werden sie ohne Zweifel einsetzen, was immer notwendig ist, um den Planeten zu erobern. Und nachdem in diesem Gebiet zwei Clans operieren, habe ich keinen Zweifel, daß sie über die notwendigen Mittel verfügen.«

Aber Theodore ist schlau. »Was, wenn Theodore die Clans erfolgreich unterbietet, wie er es auf Wolcott geschafft hat?«

Der Geheimdienstminister nickte. »Ein guter Einwand, aber ich bezweifle, daß die Nebelparder sich noch einmal demütigen lassen. Nach ihrer Niederlage auf Wolcott dürften sie Luthien speziell dazu ausgewählt haben, sich zu beweisen.«

»Luthien.« Hanse fühlte, wie eine Gänsehaut seine Arme überzog. »Seit Jahren träume ich davon, Kuritas Schwarze Perle einzunehmen, aber nun erfüllt mich der Gedanke ihres Falls mit Furcht.« *Oder hasse ich nur den Gedanken, irgend jemand anderer könnte mir zuvorkommen?*

»Die Implikationen eines Falls von Luthien sind alles andere als angenehm.« Alex' flinkes Fingerspiel auf der Tastatur ließ über dem Tisch eine Hologrammkarte entstehen. »Bei einem Verlust Luthiens wäre Pesht isoliert. Wenn er ebenfalls fällt, folgt ihm der gesamte Militärdistrikt.«

Die obere Hälfte des roten Kombinatsdreiecks wurde schwarz. »Sollte Theodore überleben, müßte er sich bis nach Benjamin zurückziehen, um eine sichere Zentralwelt zu finden. Benjamin ist für die Bevölkerung des Kombinats von einiger Bedeutung, so daß der Gesichtsverlust nicht überwältigend wäre. Er könnte von dort aus die Verteidigung organisieren und mit einer geringeren Anzahl zu verteidigender Systeme eine Weile aushalten. Er hätte jedoch nicht die notwendige industrielle Kapazität, um die Clans zu besiegen und die verlorenen Welten zurückzuerobern. Der Militärdistrikt Galedon ginge mit Sicherheit ebenfalls verloren, und Theodore blieben nur die Distrikte Benjamin und Dieron, aber keine Hoffnung, jemals wieder eine Großmachtstellung zu erreichen.«

Der Verlust des Galedon-Distrikts reduzierte die Karte des einst stolzen Draconis-Kombinats auf einen kleinen, quaderförmigen Raumsektor von etwa der anderthalbfachen Größe der Konföderation Capella. Die Eroberung des Militärdistrikts Galedon durch die Clans brachte sie bis an die Grenze der Mark Draconis und führte zur direkten Bedrohung der Vereinigten Sonnen.

»Alex, Ihre Projektionen sind ausgezeichnet, aber berücksichtigen sie, wie lange es dauern würde, die von den Grenzen abgezogenen Truppen wieder in praktikable Verteidigungspositionen zu bringen?« Hanse studierte die Karte eingehend. »Viele von Theodores Truppen könnten ohne Transportmöglichkeit oder Nachschub überrascht werden. Das würde die Geschwindigkeit der Eroberung erhöhen, nicht wahr?«

»Allerdings, Hoheit, das würde es.«

»Damit wollen Sie meinem Gatten und mir sagen, der Fall Luthiens wäre das Ende des Kombinats?«

Justin nickte. »Darauf läuft es hinaus.« Er unterbrach den Blickkontakt mit Hanse und sah zu Boden. »Verzeiht mir, mein Prinz, aber in meiner Eigenschaft als Euer Geheimdienstminister fühle ich mich verpflichtet, den folgenden Vorschlag zu machen. Wir haben fünfzehn Regimenter in Position, die eine Eroberung des Dieron-Distrikts möglich machen. Wenn Theodores Vorhersage für den Angriff auf Luthien stimmt, könnten wir auf Benjamin und Galedon stehen, wenn die Clans zuschlagen.«

Hanse fühlte ein Brennen in der Magengrube. »Ich soll mein Versprechen an Theodore brechen? Das Kombinat angreifen?«

Justin nickte mit steinerner Miene. »Sie könnten uns nicht aufhalten. Das Kombinat wäre unser.«

Das Ende des Kurita-Fluchs! Er deutete auf die Karte. »Zeigen Sie mir, wo unsere Einheiten stehen.«

Kleine gelbe Lichtpunkte erwachten wie Mündungsfeuer an den Grenzen der gesamten Mark Draconis und Isle of Skye zum Leben. Die Linie setzte sich die Rasalhaag-Grenze hinauf fort, mit zwei Einheiten tief im Rasalhaag-Gebiet, und zeichnete die Grenze des Jadefalken-Vorstoßes in das Lyranische Commonwealth nach. Seinen Kräften gegenüber sah Hanse im Militärdistrikt Dieron nur eine bemitleidenswert dürftige Ansammlung roter Pünktchen.

»Der Fall Luthiens bedeutet das Ende des Kombinats?«

Justin nickte mit der Endgültigkeit des Todes. »Wie könnte der Körper des Drachen ohne Kopf existieren?«

Der Fuchs schloß die Augen. »Die Befehle werden innerhalb der nächsten Stunde mit meiner Unterschrift abgeschickt.«

Melissa umklammerte seinen linken Arm. »Hanse, was hast du vor?«

»Ich werde tun, was ich tun muß, Liebes, genau wie bei Thomas Marik.« Er starrte auf die goldenen Lichter, die über der Tischplatte funkelten. »Ich werde sie in Marsch setzen.«

33

Sprungschiff *Höhlenwolf,* Angriffsorbit Günzburg, Freie Republik Rasalhaag

10. Dezember 3051

Phelan Wolf konnte das Blut donnernd durch seine Adern pulsieren hören. Im Holotank unterhielt sich Natascha mit Marcos, gegen den sie um das Recht, Günzburg zu erobern, bieten würde. Der junge MechKrieger sah Marcos' Wut darüber, wie er beim Bieten um Memmingen ausgetrickst worden war, und fürchtete das Schlimmste. Die beiden schüttelten sich flüchtig die Hand und kehrten an ihren Platz zurück.

»Sie haben ihm doch nicht das erste Gebot überlassen, franeg?« An dem zornigen Zucken ihrer Augenlider erkannte Phelan, daß er zu schnell und harsch gesprochen hatte.

»Geht Sie das aus irgendeinem Grund etwas an, Sterncommander?« Natascha spießte ihn mit einem harten Blick auf, während sie sich an die Gebotskonsole stellte. »Keine Sorge. Wir werden das Gebot gewinnen. Du bekommst deine Rache.«

Phelan wußte, daß er sich besser zurückhalten sollte, aber die Besorgnis war stärker als seine Vernunft. »Verdammt, Natascha, du weißt, daß ich mir um mehr Sorgen mache als darum, Tor Miraborg ausräuchern zu können. Ich habe die Verlustschätzungen von Memmingen gesehen, und ich meine nicht die unserer Leute. Marcos hat da unten in einem Wutanfall zwei ganze Dörfer ausgelöscht, um ein Exempel zu statuieren. Ich weiß, daß er das Gebot bis hart an die Grenze treiben wird, und ich will nicht, daß wir genauso an die Wand getrieben werden wie er. Ich will keine Wölfe sterben sehen und ganz besonders keine Zivilisten.«

Nataschas Stimme war so leise, daß niemand außer

Phelan sie hören konnte. »Ich teile deine Besorgnis, Phelan«, antwortete sie in knappen Worten, »aber es ist nicht dein Gebot. Waren deine Schätzungen über Tor Miraborg und seine Möglichkeiten korrekt?«

»Heute morgen waren sie es, und seitdem habe ich sie viermal mit KND-Daten aus dem Funkverkehr aktualisiert.«

»Du bleibst dabei, daß zwei Sternhaufen zu wenig sind, um den Planeten zu nehmen, frapos?«

Phelan schlug auf das Podest mit seinem Terminal. »Ja. Miraborg hat die halben Dritten Drakøner da unten, den größten Teil ihrer Luft/Raumstaffel, die Günzburg-Adler und ein Reserve-Regiment. Er hat alles, was fliegen kann, bewaffnet, und jeder Bürger hat ein Gewehr. Sie haben Einweg-Infernowerfer verteilt, mit denen sie sämtliche Städte auf diesem Drecksball da unten um unsere Truppen herum niederbrennen werden. Die einzige Methode, den Eisernen Jarl zu besiegen, besteht darin, soviel Material einzusetzen, daß ihm keine andere Wahl bleibt, als aufzugeben. Das ist die einzige Möglichkeit.«

Natascha nickte grimmig. »Dann werden wir genau das tun.«

Phelan fühlte, wie sich eine Last von seiner Brust hob. »Dann hast du das erste Gebot?«

»Nein, er hat das erste Gebot.«

»Warum?«

Natascha lächelte kalt. »Weil ich ihn schwitzen sehen will.«

Und mir willst du einen Herzanfall verpassen. Er hatte das Gefühl, unsichtbare Ketten würden seine Brust in einem Stahlkokon einschließen. Er blickte auf seine Truppenschätzungen, dann sah er Marcos' erstes Gebot auf dem Schirm aufleuchten. *Verdammt! Er ist ein Narr, der sein Gesicht wiedergewinnen will, das er verloren hat, als er Natascha um zusätzliche Truppen bitten mußte.*

Der riesige Anzeigeschirm zeigte an oberster Position

die *Höhlenwolf.* Ein großer, achtzackiger roter Mechstern darunter verkündete Marcos' Wunsch, einen vollen Sternhaufen BattleMechs einzusetzen. Phelan wußte, daß dies ausreichen würde, den Adlern und Drakønern am Boden zu begegnen. Sechs grüne Elementarsterne und drei Sterne Luft/Raumunterstützung rundeten das Gebot ab.

Als Phelan die Einheitsaufstellung der Symbole betrachtete, erkannte er, daß Marcos etwas weniger als zwei volle Sternhaufen geboten hatte.

Phelan deutete auf die Luft/Raumeinheiten. »Natascha, das ist zuwenig Luft/Raumunterstützung. Und die Elementare bringen nichts. Er hat zu viele davon, und bei Stadtkämpfen sind sie wertlos. Er hat sein Gebot zu knapp gehalten.«

»Wirklich?« Phelan sah mit Schrecken, wie Natascha die Elementare in Marcos' Gebot um zwei Drittel reduzierte und einen ganzen Trinärstern Luft/Raumjäger eliminierte. Soweit Phelan es beurteilen konnte, wählte Natascha die Einheiten zufällig aus. Sie schien faszinierter vom Muster der Eliminierung auf ihrer Konsole als von irgendwelchen strategischen Überlegungen. Bevor er noch protestieren konnte, hatte sie ihr Gebot eingegeben, und es erschien unter dem ihres Gegners auf dem Anzeigeschirm.

Das einzige, was Phelans Laune daran hinderte, ins Bodenlose zu sinken, war die schockierte Reaktion auf den Gesichtern von Marcos, Conal Ward und Vlad, als sie Nataschas Gegengebot studierten. Vlad hämmerte auf die Tastatur seines Datenterminals und wischte sich mit dem Ärmel seines grauen Overalls den Schweiß von der Stirn. Seine Miene hellte sich auf, als er eine bestimmte Information las, aber Phelan konnte beim hastigen Überfliegen der neuesten Daten von Günzburg nichts entdecken, das seine düsteren Ahnungen vertreiben mochte.

Er sah zu Natascha auf. »Was machst du? Vlad hatte

die Truppen schon so knapp gehalten, daß ich nicht weiß, wie er hätte gewinnen können, und du schnippelst sie immer noch weiter zusammen wie ein wahnsinnig gewordener Schneidermeister. Ich dachte, du teilst meine Sorge um die Menschen auf Günzburg.«

Natascha flog herum wie ein Tier, das man mit einem spitzen Stock aufgescheucht hatte. »Ich teile deine Sorgen, aber ich bin nicht gezwungen, dir jeden kleinen Gedanken zu offenbaren, den ich habe. Hier geht es um mehr als nur die Eroberung eines Planeten und die Frage, ob ein paar Unschuldige sterben müssen, weil sie sich den falschen Wohnort ausgesucht haben. Das ist mehr als ein Wettkampf zwischen mir und Marcos. Das ist ein Kampf zwischen den Bewahrern und den Kreuzrittern. Wir haben sie auf Memmingen getroffen, sie haben Ansehen und Material verloren. Ein paar von ihren Blutlinien stehen gar nicht gut da. Wenn das Zivilistenleben auf Memmingen gekostet hat, ist das zwar schade, aber besser sie sterben, um vielen anderen das Leben zu retten.«

Die Dringlichkeit in ihrer Stimme überzeugte Phelan, daß sie an die äußerste Wichtigkeit ihrer Aufgabe glaubte, aber er konnte ihr Ziel noch immer nicht erkennen. »Ich verstehe nicht, Natascha. Ich dachte, du und Ulric als Bewahrer würdet ein Ende der Angriffe anstreben. Statt dessen versucht ihr, die Kreuzritter noch zu übertreffen. Was ergibt das für einen Sinn?«

»Man kann eine Gruppe nur anführen, wenn man an ihrer Spitze steht und auch weiß, daß man diese Position halten kann.« Ihre Miene wurde düster, als hätte sich ein Schleier über ihr Gesicht gelegt. »Es ist ein gefährliches Spiel, Phelan, aber wir müssen es spielen, und zwar nach *ihren* Regeln.«

Marcos' Gegengebot füllte die Zeile unter Nataschas Gebot. Die *Höhlenwolf* blieb verfügbar, aber die Mechtruppen erschienen nun in Gestalt von vierzehn kleineren Dolchsternen. Das Gebot hatte die Elementare auf

Trinärsternpaare reduziert, aber die Luft/Raumeinheiten blieben so, wie auf der Zeile unmittelbar darüber.

Phelan zitterte. Der Verzicht auf eine einzelne Mechkompanie schien keine allzu gewaltige Veränderung, aber er wußte, daß das alle Chancen auf einen sauberen, klaren Mechsieg zunichte machte. Mit den Luft/Raum- und konventionellen Jägern, die Miraborg in seinem Arsenal hatte, würden die Adler schon nach wenigen Gefechten den Luftraum regieren, und das konnte den Kampf am Boden nur erschweren.

Plötzlich und unerwartet trat die Erinnerung an Tyra Miraborg in seine Gedanken. Er sah sie als die Schönheit mit dem goldgesponnenen Haar, die ihn erwartet hatte, als er aus Miraborgs Gefängnis entlassen wurde. Stark und doch mitfühlend hatte sie einem Wärter befohlen, Phelan seine Jacke zu überlassen, und dann hatte sie ihm die Gürtelschnalle gegeben, die sie für ihn gemacht hatte, die Schnalle, die Vlad jetzt als Beweis seines Sieges über Phelan trug. Sie war sogar so weit gegangen, sich gegen ihren Vater zu stellen, als der Phelan auf Günzburg gefangenhalten wollte. Tyra hatte Phelan seine Freiheit gegeben.

Tyra war Kapten bei den Luft/Raumkräften der Adler gewesen, als er sie getroffen hatte, und sie hatte eine Kommission bei den Kell Hounds abgelehnt, als die Söldner ihren Planeten verlassen hatten. *Sie war zu sehr die Tochter ihres Vaters, um Günzburg zu verlassen. Jetzt wird sie da unten den Kampf gegen uns organisieren.*

Nataschas Stimme zerrte ihn zurück in die Wirklichkeit. »Verzeihung, Sterncolonel Marcos, aber ich habe eine Frage. Ist das Ihr bestes Gebot?«

Marcos machte den Eindruck, als habe ihn jemand gezwungen, ein ganzes Glas Essig zu trinken.

»Was?«

»Ich fragte, ob das Ihr bestes Gebot ist.«

»Ich würde vorschlagen, Kameradin Sterncolonel, Sie machen ein Gegengebot und finden es heraus.«

Natascha stemmte die Fäuste in die Hüften. »Hör zu, Marcos, ich werde schlagen, was immer du bietest. Wenn du ein Gegengebot willst, werde ich einfach die Augen schließen und etwas wegstreichen.«

Ihre Hand hing über der Tastatur, und Marcos wurde bleich. Er schaute auf Vlad, der völlig entgeistert schien. Conal verschränkte die Arme vor der Brust und sagte nichts, schaute nur mißtrauisch zu. Marcos zog Vlads Terminal zu sich und gab seine eigene Datenanfrage ein. Er betrachtete die Informationen auf dem Bildschirm mit verkniffenen Augen und angestrengt gerunzelter Stirn.

Er richtete sich auf. »Wenn Sie wollen, werde ich mein Gebot überarbeiten.«

Nataschas Finger löschte einen Elementarstern. »Machen Sie einfach ein Gegengebot.«

Mit einem Gefühl der Leere sah Phelan fasziniert zu, wie Natascha Marcos quälte. Wenn ihr Gegner ihre Prahlerei, alles zu schlagen, was er anbieten konnte, ernst nahm, konnte er bis auf einen einzelnen Mechstern alles streichen. Jedes Gebot, das dieser Höhe auch nur nahekam, konnte geschlagen werden und garantierte dem Kommandeur, der es tat, eine Niederlage. Phelan wußte, daß die Hauptschwierigkeit eines solchen Gebots in der Möglichkeit bestand, daß Natascha es ablehnte und Marcos am eigenen Rockzipfel zum Trocknen aufhängte.

Das hieß, Marcos mußte sein Gebot bis hart an den von ihm kalkulierten Rand des Machbaren reduzieren, vielleicht sogar noch etwas darüber hinaus, um jeden Versuch Nataschas erfolgreich zum Scheitern zu verurteilen. Nach Phelans Meinung waren die Gebote bereits weit unter dem, was für die Truppen und Bewohner Günzburgs als sicher bezeichnet werden konnte, aber Marcos teilte seine Skrupel bezüglich ziviler Opfer natürlich nicht. Marcos letztes Gebot hatte noch einen gewissen Spielraum besessen, vermutlich in Form je eines

Mech- und Elementarsterns. Natascha hatte die Hälfte dieses Sicherheitsnetzes gestrichen, jetzt war es am Sterncolonel, die andere Hälfte aufzugeben. Als Marcos' Gebot auf dem Schirm erschien, erkannte Phelan, daß er genau das getan hatte.

Natascha lächelte vorsichtig. »Ist es das? Ist das Ihr bestes Gebot?«

Marcos richtete sich zur vollen Größe auf. »Ich bin nicht bereit, niedriger zu gehen.«

»Sie meinen, wenn ich nur einen Stern Elementare weniger biete, gewinne ich das Recht, den Planeten Günzburg einzunehmen? Sie glauben nicht, daß es mit weniger als den jetzt von Ihnen gebotenen Truppen möglich ist?«

Marcos zögerte. »Nein, Sterncolonel, das ist mein letztes Wort. Sie werden alles benötigen, was ich geboten habe, um diese Welt zu erobern.«

»Sind Sie sicher?«

Conal schob Marcos vorsichtig beiseite. »Krieger kämpfen mit Mechs, nicht mit Worten. Hat das hier einen Sinn, Natascha, oder schinden Sie nur Zeit, um den Mut für Ihr Gebot zu finden?«

Natascha trat zwei Schritte auf Conal zu. Phelan konnte ihren Gesichtsausdruck nicht erkennen, aber ihre stocksteife Haltung machte ihre Wut deutlich. »Nein, Conal, ich habe es nicht nötig, Zeit zu schinden. Ich wußte von Anfang an, was ich biete. Ich wollte nur sehen, wie weit Marcos geht.«

Sie deutete auf den Schirm. »Ich kann das Ding für mein Gebot nicht benutzen, weil es das nicht anzeigt. Ich biete einen.«

Marcos lehnte sich wartend vor. »Einen was?«

»Nur einen.« Natascha ballte die Fäuste. »Ich biete einen Krieger.«

Marcos starrte sie fassungslos an. »Nur einen Krieger?«

»Einen Krieger«, flüsterte Phelan.

»Einen Krieger«, bestätigte Natascha entschieden.

Sie drehte den Kreuzrittern den Rücken zu und schenkte Phelan ein grausames Lächeln. »Du wolltest Günzburg? Die Welt gehört dir, Phelan Wolf. Du brauchst sie nur zu nehmen.«

34

Palast der Einheit, Imperial City, Luthien
Militärdistrikt Pesht, Draconis-Kombinat

25. Dezember 3051

Die Ironie der Lage ließ in Shin Yodama beinahe den Wunsch aufkommen, ein Haiku darüber zu verfassen. Oben auf der Planetenoberfläche hatte die christliche Minderheit die Straßen Imperial Citys mit immergrünen Girlanden und leuchtendroten Bändern verziert. In kleinen Gruppen waren sie durch Luthiens größte Stadt gezogen und hatten getan, was sie konnten, um sie zu verschönern und sich auf die Ankunft ihres Erlösers vorzubereiten. In christlichem Delirium hatten sie für ihren geliebten Besucher den Willkommensgruß bereitet.

Unten, in den Felsen unter der Stadt, bildete Theodore Kuritas Gefechtszentrale einen krassen Kontrast zur Fröhlichkeit der Straßen. KommTechs waren über Ortungsschirme gebeugt, die jeden Kubikzentimeter des Sonnensystems abtasteten. Andere Männer, eine kleine Gruppe Auserwählter, zu denen auch Shin gehörte, assistierten dem Kanrei — oder, in Shins Fall, seinem Sohn — beim Studium verschiedener computergenerierter Gefechtssimulationen und realer Spionagemeldungen.

Tai-sa Hideyoshi konnte seine Wut kaum im Zaum halten. »Aber, Kanrei, wie könnt Ihr diese Berichte aus der Mark Draconis und der Isle of Skye ignorieren? Wir erhalten immer neue Bestätigungen, daß Hanse Davion 90 Prozent seiner Truppen an diesen Grenzen in Bewegung gesetzt hat.«

Theodores blaue Augen waren beinahe heller als die gedämpften Lichter der Kommandozentrale. »Ich habe seine Aktionen nicht ignoriert, Tai-sa. Ich habe mich nur entschlossen, die sinistren Motive zu ignorieren, die Sie ihm unterstellen. Hanse Davion hat mir sein Wort gegeben, daß er seine Truppen nicht in das Kombinat schickt. Wir haben keinen Beweis dafür, daß er es doch getan hat.«

»Nehmt doch Vernunft an, Kanrei!« Hideyoshi versuchte erfolglos, seine Stimme zu kontrollieren. »Ihr wißt so gut wie ich, wieviel tausend unbewohnter Systeme er zum Aufladen seiner Sprungschifftriebwerke benutzen könnte. Wir würden ihn nie entdecken, und seine Truppen könnten ohne Vorwarnung hier erscheinen.«

»Wollen Sie, daß ich mich vor Gespenstern ängstige, Tai-sa?« Theodore zuckte beredt mit den Schultern, auch wenn seine Müdigkeit der Geste etwas von ihrer Aussagekraft nahm. »Wir haben die Computerprojektionen gesehen. Selbst wenn Davion seine Truppen hierher geschickt hätte, würden sie nicht vor Februar hier eintreffen. Bis dahin haben wir die Clans entweder besiegt, oder wir sind alle tot.«

Glanzlichter spielten auf den drei goldenen Balken an Tai-sa Yoshidas Kragen. »Kanrei, unsere Projektionen haben die Möglichkeit nicht berücksichtigt, daß Davion schon Sprungschiffe in Position gebracht haben könnte, um seine Truppen schneller zu bewegen.«

Hohiro lachte auf. »Weil das eine dermaßen absurde Idee ist, Tai-sa, daß wir es vorgezogen haben, die Computerzeit für die Vorbereitung der Schlacht um Luthien zu nutzen.«

Theodore nickte seinem Sohn zu. »Ich habe Hanse Davions Versprechen. Keine VC-Truppen werden unsere Grenzen überschreiten. Ende der Debatte.«

Der unartikulierte Schreckensschrei eines Komm-Techs hallte durch den Raum. »Mehrere Sprungschiffkontakte im System. Sie haben innerhalb der Umlaufbahn unseres äußersten Mondes materialisiert!«

»Bestätigt«, schrie ein anderer Tech. »Alarmstart der

Jäger auf Mondbasis Orientalis. Erwarten visuelle Bestätigung in Zwo-Null Minuten.«

»Anflug! Mehrere Landungsschiffe mit Jägereskorte!«

Ohne auf einen Befehl zu warten, gab Shin eine Reihe von Anweisungen in sein Computerterminal ein. Über dem Konferenztisch, um den sich die Strategen versammelt hatten, erschien ein dreidimensionales Modell Luthiens und seiner Satelliten. Der Planet und seine vier Monde hingen wie blaugrüne Murmeln in der Luft. Um sie herum wirbelten zahllose geometrische Formen, die Orbitalfabriken darstellten. Leuchtendrot wie die Holunderbeeren an christlichen Adventskränzen drängten sich die Sprung- und Landungsschiffe an einem Punkt knapp innerhalb der Umlaufbahn des äußersten Mondes.

Shin wußte, daß diese Umlaufbahn den nächstmöglichen Anflugpunkt des Planeten darstellte. Die meisten Sprungschiffe materialisierten über oder unter den Sonnenpolen, aber einzelne wagemutige Piloten wagten es, ›Piratenpunkte‹ zu benutzen, die sehr viel näher am Systeminneren lagen. Die Bahn des Mondes war frei von Raummüll, und seine pockennarbige Oberfläche legte Zeugnis davon ab, was damit geschehen war. Dadurch brauchten sich die Schiffskapitäne keine Sorgen über die Gefahr zu machen, mitten in einem Asteroidengürtel aufzutauchen.

»Die Clans sind schon da?«

Hohiros Frage ließ Shins Herz flattern, aber er schüttelte den Kopf. »Negativ, Hohiro-sama. Die Ausrüstung entspricht nicht dem Clanprofil. Es handelt sich um Material der Inneren Sphäre.«

Die Stimme des ersten KommTechs hatte sich wieder gefangen. Konzentration war an die Stelle der Panik getreten. »Landungsschiffe beschleunigen mit voller Kraft. GAZ in eins-eins Stunden, ich wiederhole, elf Stunden bis Ankunft. Flugvektor zeigt auf Luthien.«

Hideyoshi stieß den Finger in Theodores Gesicht.

»Verflucht sollen Sie sein mit Ihrer Vertrauensseligkeit! Hanse Davion greift uns an. Ich verspreche Ihnen, ich bringe Sie um, bevor ich Luthien in den Händen Davions sehe!«

Theodores Stimme und Miene blieben ausdruckslos. »Heben Sie sich Ihre Drohungen für echte Gefahren auf.«

Die Ortungsgeräte auf der Oberfläche Luthiens und an Bord der Satelliten richteten sich auf die Invasoren. Allmählich lösten sich die roten Kugeln in Formen auf, die den verschiedenen bekannten Landungsschiffklassen entsprachen. Kleine Lichtpunkte repräsentierten die Jäger, die zum Schutz der auf den Planeten zustürzenden Schiffe formiert waren.

Narimasa Asanos Augen verengten sich, als er die Schiffe betrachtete. »Hauptsächlich *Union* und *Overlord.* Das sind eine Menge Truppen. Ich würde auf sieben bis acht Regimentskampfgruppen schließen.«

Hohiro lächelte dünn. »Zu wenig, um Luthien zu erobern.«

Theodores Gesichtsausdruck verhärtete sich. »Wenn sie ihn wollen, können sie ihn haben. Sieben können ihn nicht erobern, und sieben können ihn nicht gegen die Clans halten.«

»IFF-Transponder negativ«, meldete Shin, »aber ich habe ein paar unbestätigte Korrelationen mit uns bekannten Schiffen. Soll ich sie markieren?«

Theodore nickte einmal entschlossen, und Shin gab die Daten in die Projektion. Als die Landungsschiffformation sich in drei Elemente aufteilte, erschienen hie und da kleine Schriftzüge aus Hiragana und Katakana an einzelnen Schiffen. Plötzlich war selbst Shin überrascht, als mit neuen Datenberichten immer mehr Schiffe identifiziert wurden.

Hohiro stand der Schreck ins Gesicht geschrieben. »*Fitzlyon, Chieftain, Lugh, Mananann MacLir?*« Er wandte sich an seinen Vater. »Die Schiffe gehören Wolfs Dragonern und den Kell Hounds! Die Söldner sind gekommen, uns anzugreifen.«

Hideyoshi lachte krächzend und haßerfüllt auf. »Da habt Ihr die Ehre Eures Verbündeten, Kanrei! Er schickt nicht seine eigenen Truppen, statt dessen schickt er *Söldner!*« Hideyoshi gelang es, das Wort mit äußerster Verachtung zu erfüllen. »Hanse Davion läßt sich noch nicht einmal herab, sich die eigenen Hände an uns schmutzig zu machen. Was für ein Narr wart Ihr.«

Theodore sagte nichts, sondern betrachtete nur aufmerksam das Hologramm. Shin konnte die roten Lichtpunkte in Theodores Augen tanzen sehen, aber er konnte nichts von den Gedanken oder Gefühlen des Kriegsherren lesen. Hideyoshi und Yoshida interpretierten Theodores Schweigen offensichtlich als Schwäche und Zögern, aber Shin hatte gerade den entgegengesetzten Eindruck.

Auf Shins Konsole begann ein Lämpchen zu blinken. »Sumimasen, Kanrei. Vom Landungsschiff *Chieftain* geht ein Funkspruch ein. Soll ich ihn einblenden?«

»Ja. Danke, Shin.«

Mit ein paar gekonnten Bewegungen ersetzte Shin die Planetenkarte mit dem Hologrammbild Jaime Wolfs. »Komban-wa, Kurita Theodore-sama.«

»Komban-wa, Tai-sa Wolf-sama.« Theodore richtete sich auf. »Ihnen ist bewußt, daß Sie in gesperrtes Gebiet eingedrungen sind und sich auf Angriffsvektor nach Imperial City befinden?«

Wolf grinste fröhlich, und Shin fühlte, wie eine Zentnerlast von ihm wich. »Hai, Theodore, das ist mir bewußt. Verzeihen Sie uns, daß wir Sie beunruhigt haben.«

»Vielleicht, Oberst.« Theodores Miene entspannte sich. »Dürfte ich fragen, was Sie hier wollen?«

»Wir erbitten Landeerlaubnis«, erklärte Wolf sachlich. »Hanse Davion hat uns unterrichtet, daß Sie in Kürze einen Kampf erwarten. Das Vergnügen konnten wir Ihnen doch nicht ganz allein überlassen.«

35

Hauptquartier Zehnte Lyranische Garde, Alyina Trellshire, Mark Tamar, Vereinigtes Commonwealth

25. Dezember 3051

Kai Allard sah die Überraschung auf Victors Gesicht, als er an die offene Tür seines Büros klopfte. »Hast du eine Minute Zeit?«

Victor lächelte. »Sicher.« Er stand auf und kam hinter seinem Schreibtisch vor. Dabei verdeckte er den kleinen Weihnachtsbaum in der Zimmerecke. »Was machst du denn noch hier? Ich dachte, du wärst über Weihnachten zum Tauchen ans Mar Negro gefahren?«

Kai nickte verlegen. »Das hatte ich eigentlich geplant, aber eine Sturmfront bedroht die Halbinsel. Lieutenant Kimbal stammt von Alyina, also habe ich ihr freigegeben, um ihre Familie zu besuchen. Außerdem befürchte ich, daß wir noch genug vom Mar Negro zu sehen bekommen, wenn die Jadefalken sich entschließen, uns von diesem Felsenball zu vertreiben.« Kai zog die linke Hand hinter dem Rücken vor. »Und obendrein wollte ich sichergehen, daß du das hier bekommst. Fröhliche Weihnachten.«

Victor nahm die Schachtel und entfernte mit wenigen Handgriffen das rote Band und das grüne Geschenkpapier. Er öffnete sie und lege den Deckel zusammen mit der Schutzlage aus Baumwolle auf den Schreibtisch. Dann hob er ein sorgfältig geschnitztes Stück dunkler Jade heraus. Es hatte die Gestalt eines Affen, und eine Einlegearbeit in Kaneelstein gab dem Tier rote Augen. In der rechten Hand hielt es einen Stab, und die linke Hand umfaßte den Lederriemen, an dem das Amulett hing.

Victor sah hoch. »Ein Affe?«

»Ja, aber kein normaler Affe.« An Victors Tonfall erkannte Kai, daß er sich über das Geschenk freute, aber auch verwirrt und neugierig war. »Das ist Sun Hou-Tzu, der König der Affen in der chinesischen Mythologie. Ich habe ihn dir nicht besorgt, weil du mich an einen Affen erinnerst, sondern weil Steinaffe und du euch sehr ähnelt.«

»Ach, du nennst mich einen Affen, ja?« Auf Victors Gesicht trat ein schiefes Grinsen. »Du gräbst dir dein eigenes Grab, Kai.«

Kai hob die Hände. »Ich glaube nicht. Steinaffe war ein König, der alle haßte, die ihm leere Titel verliehen und ihn wegen seiner Position ehrten. Er war ein mächtiger Krieger, der nicht einmal von den grausamsten Göttern besiegt werden konnte. Er war dabei auch schlau genug, Yen-lo-wang und dessen Volk die Freiheit zu verschaffen. Seinetwegen unterliegen Affen nicht dem Tod, wie wir ihn kennen. Und Sun Hou-Tzu selbst wurde unsterblich.«

Er zuckte die Achseln. »Für jemanden wie dich, der die Welten zweier Nationen erben wird, ist es nicht gerade leicht, ein Geschenk zu finden. Dieses Totem soll dich daran erinnern, immer du selbst zu bleiben, was auch geschieht. Und wenn es eine Gerechtigkeit gibt, wird der Steinaffe etwas von seinem unglaublichen Glück mit dir teilen. Er wird dich beschützen.«

Victor stellte die Schachtel lächelnd auf den Tisch. »So lange du in der Nähe bist, brauche ich seinen Schutz nicht, oder war es Sun Hou-Tzu, der auf Twycross eingegriffen hat?«

Ferne Echos dieses Kampfes hallten durch Kais Gedanken, aber die Dankbarkeit in Victors Stimme hielt Kais Bedauern im Zaum. »Ich weiß es nicht, aber ich sehe keinen Grund, ein Risiko einzugehen.«

»Ich auch nicht.« Victor ging hinüber in die Ecke des Zimmers und zog ein Päckchen unter dem dürftigen Baum hervor. »Ich hatte nicht erwartet, dir das geben zu können, bevor du zurückkommst.« Er hielt Kai das

Päckchen entgegen. »Fröhliche Weihnachten, mein Freund.«

Kai nahm das Paket wortlos entgegen. Das rotweiß gestreifte Papier lag steif und sauber unter seinen Fingern, und das Päckchen fühlte sich schwer an. Er kippte es und löste das Klebeband an der Schmalseite. Langsam und vorsichtig packte er es aus.

Victor schaute schmollend zu. »So macht man kein Geschenk auf. Du sollst das Papier abreißen.«

Kai runzelte die Stirn. »Das Gesetz muß ich verpaßt haben.«

»Bis jetzt ist es noch kein Gesetz«, lachte Kai, »aber warte, bis ich erst auf dem Thron sitze.«

Kai kicherte, als er die Schachtel aus der Papierhülle zog. Er nahm den Deckel ab und setzte die Schachtel hinein. »Victor«, rief er, »das ist großartig.«

Victor strahlte, als Kai das Edelstahl-Überlebensmesser mit seiner Plastikscheide aus der Schachtel nahm. »Man hat mir gesagt, es sei so bearbeitet, daß es auch unter den Bedingungen, die auf diesem Felsbrocken als Ozean durchgehen, nicht rostet. Der Griff ist hohl und enthält Streichhölzer, Erste Hilfe-Materialien und eine Schnursäge. Du kannst die Scheide an den Stiefel schnallen und mit in deinen Mech nehmen.«

»Ich wette, dieses Baby könnte sogar Mechpanzerung durchsägen«, gestand Kai ein, als er mit dem Finger die gezähnte Schneide prüfte. »Aber ich denke nicht, daß ich so dicht ran will.«

»Das weiß ich, aber du warst es, der auf Twycross eine alternative Beförderungsmöglichkeit gebraucht hat, nicht ich.« Victor grinste Kai schelmisch an. »Ich habe Sun Hou-Tzu als Schutz, und du hast das Messer.«

Zum erstenmal, seit sie auf Alyina gelandet waren, begann das Gefühl drohenden Unheils, das auf Kai lastete, sich zu lichten. »Sicher ist sicher, aber wir brauchen uns nicht allzu große Sorgen zu machen. Ich halte mein Wort.«

Victor zog verwirrt die Brauen zusammen. »Wie?«

»Erinnerst du dich nicht? Als du gesagt hast, du würdest mir einen Mech besorgen, damit ich auf Twycross kämpfen kann, habe ich gefragt, ob ich zwanzig Jahre warten muß, um dir für diese Gelegenheit zu danken. Du hast mit Ja geantwortet, weil wir dann in zwanzig Jahren beide noch am Leben sein müssen. Auf Twycross hat's funktioniert, und wir haben nur noch neunzehn Jahre vor uns.«

Der Prinz nickte langsam. »Natürlich, Kai, jetzt erinnere ich mich wieder. Und dank dir werde ich mein Wort auch halten können.«

»Gleichfalls.« Kai schloß die Schachtel wieder. »Na, dann laß ich dich wohl besser weitermachen, was immer du für heute vorhast.«

»Warte, Kai. Wie lange hast du noch bis zum Dienst?«

»Etwa sechs Stunden.« Er hob die Schachtel. »Ich werde das hier in *Yen-lo-wang* verstauen und etwas lesen, bevor meine Wache beginnt. Oder wenn die Gerüchte wahr sind und sie ein Holovid von Ken Toms neuester Entdeckung, Jake Lonestar, haben, wie er sich auf Solaris den Titel holt, seh' ich mir das vielleicht an.«

»Von wegen.« Victor nahm den Steinaffen und legte sich den Lederriemen um den Hals. »Du kommst mit zu Herzog Kuchel zum Weihnachtsessen. Ich will wenigstens einen Menschen dabeihaben, mit dem zu unterhalten mir Spaß macht.«

»Aber sein Haus ist eine Stunde mit dem Helikopter von hier entfernt. Wenn ich rechtzeitig zurück sein will, bleiben uns nur …«

»… vier Stunden dort.« Victors Grinsen ähnelte der spöttischen Fratze des Steinaffen. »Du ersparst mir, Galen zu suchen und ihn zu zwingen, mich wegen ›dringender Angelegenheiten‹ zurückzurufen. Mein ursprünglicher Plan hätte mich gezwungen, sechs Stunden zu bleiben.«

Kai zuckte geschlagen die Schultern, aber er fühlte

sich wohl dabei. »Na gut, ich komm gerne mit. Vier Stunden mit der Creme der Aristokratie Alyinas?«

Victor verzog das Gesicht. »Ja. Wenn es zu schlimm wird, basteln wir uns eine Krise und kommen eher zurück.«

Obwohl die Party weder schlimmer noch angenehmer war als erwartet, brauchten die beiden Freunde keine Krise zu basteln, um sich zu retten. Nur zwei Stunden nach ihrer Ankunft saßen Kai und Victor bereits wieder in einem Helikopter auf dem Weg zurück zum Hauptquartier. Die Nachrichten waren nicht sehr angenehm.

Die Clans waren im System aufgetaucht und würden in elf Tagen den Planeten erreicht haben. Und mit dieser Nachricht kehrte Kais unheilvolle Ahnung mit voller Wucht zurück.

36

Palast der Einheit, Imperial City, Luthien
Militärdistrikt Pesht, Draconis-Kombinat

26. Dezember 3051

Theodore Kuritas Entscheidung, auf eine formelle Begrüßungszeremonie für die Söldner zu verzichten, gefiel Shin Yodama. Nach seiner Zeit auf Outreach war er anderer Ansicht als die Protokollbeamten des Hofes, die erklärt hatten, eine solche Ehrverletzung würde jede Hoffnung auf eine produktive Zusammenarbeit zwischen dem Kombinat und den Söldnereinheiten vernichten. Theodore hatte argumentiert, und Shin stimmte ihm zu, daß eine formelle Begrüßungszeremonie nur vielen Mitgliedern des Oberkommandos, die noch immer Verachtung für Söldner fühlten, Gelegenheit geboten hätte, ihre kontraproduktive Haltung zur Schau zu stellen.

Shin wartete zusammen mit Theodore, Hohiro und den Kommandeuren der Kombinatseinheiten in der mit Zedernholz getäfelten Empfangshalle unter dem Helipad des Palastes. Er fühlte ein leises Beben im Boden, als der Helikopter aufsetzte und ein Strahl Sonnenlicht das Treppenhaus herabfiel. Das Rauschen der Rotorblätter übertönte die Schritte der Söldner auf der steinernen Wendeltreppe.

Jaime Wolf erschien zuerst. Er verbeugte sich vor Theodore, dann trat er heran und reichte ihm die Hand. »Konnichi-wa, Kanrei-sama. Ich wünschte, die Umstände, unter denen wir unsere Bekanntschaft erneuern, wären besser.«

Theodore, der die Verbeugung ebenso tief und lang erwidert hatte, schüttelte dem Söldner herzlich die Hand. »Ich stimme mit Ihnen überein, daß dies nicht die angenehmste denkbare Situation ist, aber Ihre Anwesenheit macht sie bereits weniger bedrückend. Trotzdem vermute ich, daß wegen Ihrer Ankunft hier auf Luthien ein, zwei christliche Höllen zugefroren sein müssen.«

Morgan Kell grinste, als er den Händedruck erwiderte. »Wir haben uns schon überlegt, daß man Dantes Inferno jetzt wohl in Funkenflug umtaufen müßte.«

Der Prinz des Kombinats lachte höflich über diesen Witz, und Shin lächelte, auch wenn er die Anspielung nicht verstanden hatte. Theodore reichte MacKenzie Wolf die Hand, dann zögerte er, als er den vierten Neuankömmling sah.

Der große, breitschultrige Mann trug wie Oberst Kell die Motivweste der Kell Hounds-Ausgehuniform. Nach seinen Augen zu schließen, mußte der Mann orientalischer Herkunft sein, und seine ehrerbietige Haltung Theodore gegenüber deutete auf einen ehemaligen Bewohner des Kombinats hin. Der Bronzeton seines Haars und die hellen Augen bewogen Shin zu der Annahme, daß er aus dem Distrikt Rasalhaag stammte. Die Gefechtsbänder auf dem linken Ohr des Wolfskopfes deuteten auf eine lange Mitgliedschaft bei den Hounds hin. Aber selbst mit all diesen Hinweisen hatte Shin keine Ahnung, wer der Mann war.

Der Söldner verneigte sich tief vor Theodore. »Konnichi-wa, Kurita Theodore-sama. Es ist die Erfüllung eines lebenslangen Wunsches, wieder an Eurer Seite zu stehen, und das als Verbündeter.«

»Ich bin geehrt, Sie wieder im Kombinat begrüßen zu dürfen.« Theodore verneigte sich respektvoll, dann richtete er sich zur vollen Größe auf. »Seit Ihrer Zeit in der Zweiten Legion Wega haben Sie einiges erlebt, Akira Brahe.«

Als er den Namen hörte, rief sich Shin wieder ins Gedächtnis, was er über den Mann wußte. Akira war der Sohn eines der größten MechKrieger des Kombinats,

Yorinaga Kurita. Im Jahre 3013 hatte Yorinaga als Kommandeur des Zweiten Schwerts des Lichts Prinz Ian Davion getötet, Hanses älteren Bruder. Dreizehn Jahre später tötete er Patrick Kell, Morgans Kells jüngeren Bruder. Noch einmal drei Jahre später fochten Yorinaga und Morgan auf Nusakan ein Duell aus, das mit dem Seppuku Yorinagas endete. Nach dem Selbstmord seines Vaters sagte sich Akira vom Kombinat los, verließ die Genyosha und trat den Kell Hounds bei.

Shin warf Narimasa Asano einen schnellen Blick zu. Der grauhaarige Mann lächelte, als Akira sich vor ihm verneigte, und erwiderte die Verbeugung. »Ich entsinne mich an unseren Abschied vor zwanzig Jahren. Wir freuten uns nicht auf unser Wiedersehen, weil wir wußten, daß wir uns auf dem Schlachtfeld begegnen würden. Aber das Leben hat unsere Annahme widerlegt. Ist das nicht schön?«

»Höchst erfreulich, Asano-sama.«

Theodore stellte die übrigen Mitglieder der beiden Gruppen einander vor. Hideyoshi und Yoshida vom Ersten Schwert wirkten wenig erfreut, Söldner auf Luthien zu sehen, aber Shin wußte, daß ihr Ärger noch tiefere Wurzeln hatte. Beide Männer hatten sich für eine formelle Begrüßungszeremonie ausgesprochen, weniger um die Ankömmlinge zu ehren, als um Theodores Vater fernzuhalten.

Eine unglaubliche Vorstellung, dachte Shin, als er sich eine Begegnung zwischen Jaime Wolf und Takashi Kurita vorstellte. Die letzte Gelegenheit, bei der die beiden einander gegenübergestanden hatten, war vor über zwanzig Jahren auf Hanse Davions Hochzeit gewesen und so etwas wie eine Legende. Jaime Wolf, den der Koordinator versucht hatte, umbringen zu lassen, hatte Takashi für seine Ehrlosigkeit zur Rechenschaft gezogen. Etwas später im selben Jahr hatte Takashi nach einem leichten Herzanfall seinen berüchtigten Befehl ›Tod allen Söldnern‹ gegeben, der ihm so viele Offiziere entfremdet hatte, darunter auch Akira Brahe. Soweit Shin wußte, wartete Takashi noch immer auf den Tag, an dem ihm jemand Jaime Wolfs Kopf brachte.

Der Kanrei führte sein Gefolge zu einem Aufzug, der sie hinab in ein Besprechungszimmer neben dem Kommandozentrum brachte. Shin und Hohiro meldeten sich an zwei Terminals an und riefen Daten auf. Mit einer einzigen Fingerbewegung konnten sie die Daten in holographisch über dem Konferenztisch projizierte Tabellen umsetzen.

Theodore stand mit dem Rücken zu den doppelten Türen der schwarzen Kammer. Jaime Wolf und Morgan Kell standen ihm am entgegengesetzten Ende des Tisches gegenüber. Die anderen Offiziere nahmen den Raum zwischem dem Kanrei und den Söldnern ein, wobei Akira Brahe und Narimasa Asano rechts von Theodore standen. In der Mitte der Gruppe bildeten Shin und Hohiro eine Art Puffer zwischen den Kombinatsoffizieren und den Söldnern.

Theodore verlor keine Zeit. »Vor Ihrer Ankunft hatten wir fünf Elite-Mechregimenter zur Verfügung: das Erste Schwert des Lichts, die Otomo, beide Genyosha-Regimenter und die Zweite Legion Wega. Dazu kamen drei Miliz-Regimenter. Zwei davon sollten für Feldoperationen gegen die Elementare eingesetzt werden und ähnliche Kampfanzüge tragen, wie wir sie auf Wolcott erbeutet haben. Das dritte ist ein Omega-Regiment, das dem Feind alles abverlangen wird, falls es zum Häuserkampf in Imperial City kommt.«

Auf ein Nicken von Theodore rief Shin graphische Darstellungen der Organisationsstruktur und Ausrüstung der einzelnen Regimenter auf. Yoshida verzog schmerzhaft das Gesicht, als er die Geheimnisse seiner Einheit Männern offengelegt sah, die er zeitlebends als Feinde betrachtet hatte, aber Wolfs anerkennendes Grunzen und Nicken erfüllte ihn gleichzeitig mit Stolz. Morgan Kells dunkle Augen saugten alle Informationen auf, aber im Gegensatz zu Jaime ließ er sich seine Gedanken nicht anmerken.

MacKenzie blickte Theodore an. »Mit einem Regiment in Imperial City müssen Sie planen, ganz in der Nähe zu kämpfen. Welche Position haben Sie gewählt?«

Der Kanrei gab seinem Sohn ein Zeichen, eine Karte aufzurufen. Eine topographische Vektrographik von Imperial City und Umgebung in grünen Leuchtlinien schwebte über der Tischplatte. Kleine rote Rechtecke repräsentierten die Verteidiger der Hauptstadt.

»Logistische Anforderungen zwingen uns, in einem Radius von fünfzig Klicks um Imperial City zu bleiben. Luthien ist so stark industrialisiert, daß es praktisch kein anderes Schlachtfeld gibt, das nicht unberechenbare zivile Opfer mit sich bringen würde, vom industriellen Schaden ganz zu schweigen. Wir können froh sein, daß die Clans — abgesehen von Turtle Bay — einen sauberen Krieg geführt haben. Selbst wenn sie die Schlacht verlören, aber unsere Industrie zerstörten, wären wir schwer angeschlagen. Wie die Dinge derzeit stehen, werden wir Imperial City evakuieren, sobald die Clans in diesem System auftauchen.«

Theodore deutete auf eine Ebene jenseits der Berge, die Imperial City wie ein Festungswall einschlossen. »Das ist die Tairakana-Ebene. Dort werden wir uns zum Kampf stellen und die Berge für Hinhaltegefechte verwenden, während wir uns in die Stadt zurückziehen. Durch das bergige Gelände wird die Waffenreichweite reduziert, was den Vorteil der Clans verringert. Diejenigen unserer Kompanien, deren Maschinen bereits modifiziert sind, werden Störangriffe durchführen, um den Gegnern an einer einzigen Front festzuhalten. Wenn die Clantruppen sich auseinanderziehen wollen, um die Stadt einzukesseln, ist das für uns von Vorteil, aber wir können nicht zulassen, daß sie unsere Truppen umgehen und von der Stadt abschneiden.«

»Allerdings nicht.« Morgan Kell strich sich den

schneeweißen Bart. »Mit uns kommen sieben Regimenter hinzu, von denen drei — mein erstes und zwei von Jamies Einheiten — mit Clanwaffen bestückt sind. Wollen Sie den Plan angesichts dieser Verstärkung abändern?«

Theodore verschränkte die Arme vor der Brust. »Nicht sonderlich. Ich hoffe, Ihre Regimenter in Reserve halten zu können, um unsere Linien zu verstärken.« Er nickte Hohiro zu, und an einigen Positionen in den Hügeln erschienen Symbole für die Söldner-Einheiten. »Wir werden die einzige schnelle Zugangsroute durch die Berge blockieren. Wenn die Clans unsere Linien durchbrechen, steht ihnen der Weg in die Hauptstadt offen. Wenn wir versagen, liegt das Schicksal Luthiens in Ihrer Hand.«

»Iie!«

Die Angst und Wut, die in diesem einen Wort lagen, schockierten Shin. Als sein Kopf herumflog, sah er Takashi Kurita durch die Tür treten. Im Gegenlicht des offenen Eingangs schien der Koordinator des Draconis-Kombinats Entrüstung auszustrahlen wie ein Fusionsreaktor Abwärme. Er blieb vor Jaime Wolf stehen und starrte den Söldner mit einem an eine Kobra erinnernden Blick an. »Die Gerüchte sind also wahr. Mein Sohn bringt seinen Verrat mit nach Hause.«

Takashi herrschte seinen Sohn an. »Es reicht nicht, daß du Luthien für neun Monate verläßt, um dich mit unserem Feind zu beraten, jetzt bringst du ihn auch noch hierher! Ich muß hören, wie du ihm die Verantwortung für die Sicherheit Imperial Citys überläßt!« Takashi sackte zusammen. »Maximilian Liao hatte mehr Glück mit seinen Nachkommen. Romano war zumindest gnädig genug, ihn zu ermorden, bevor sie seine Nation zerstörte.«

»Wenn das dein Ernst ist: Soll ich eine Pistole holen und dich erschießen?«

Bei Theodores Antwort blickten Yoshida und Hideyoshi den Koordinator erschrocken an, der jedoch von den Worten seines Sohnes nicht erschlagen, sondern vielmehr gestärkt schien. Takashis Kopf kam wieder hoch, und seine dunklen Augen funkelten ominös. »Dein Gehorsam kommt zu spät, um mich zu trösten. Ich habe dir das Recht zugesprochen, das Militär des Draconis-Kombinats zu befehligen, und ich werde dich nicht entmannen, indem ich dich jetzt deines Amtes enthebe.« Er kämpfte gegen den Schmerz in seinem Gesicht an. »Bring keine Schande über deine eigene Nation, indem du das Schicksal Imperial Citys in die Hände von Yohei-Einheiten legst.«

Theodore deutete auf die Karte. »Wie du sehen kannst, Vater, sind es unsere Truppen, die der Gewalt des Angriffs entgegentreten werden. Wir werden tun, was wir können, um zu gewährleisten, daß wir die Hilfe der Söldner nicht benötigen. Es sind die VSDK, die unsere Hauptstadt verteidigen; die Söldner sind nur hier, um uns ihre Unterstützung anzubieten.« Der Kanrei verstummte, die Muskeln in seinem Gesicht arbeiteten; er rang mit seinen Emotionen. »Außerdem, Vater, welche Einheit könnten wir abziehen, um die Hauptstadt zu verteidigen? Wir haben keine übrig.«

Takashi schüttelte den Kopf, als müsse er ein dummes Kind zurechtweisen. »Du hast noch eine Einheit, Kanrei.« Seine Stimme troff vor Hohn. »Es ist die Einheit meiner persönlichen Leibwachen und MechKrieger, die schon auf dem Schlachtfeld Mut und Können bewiesen, bevor du geboren wurdest. Sie sind bekannt als die Klauen des Drachen.« Der Koordinator hob den Kopf und begegnete dem starren Blick seines Sohnes, ohne einen Millimeter nachzugeben. »Wir werden die Linie ziehen, und mit mir an ihrer Spitze wird nicht ein Clansmann sie überschreiten.«

37

Stortalar City, Günzburg
Provinz Radstadt, Freie Republik Rasalhaag

31. Dezember 3051

Es war kaum zu fassen. Er setzte wieder den Fuß ins Vorzimmer des Eisernen Jarl, und Phelan Wolf lief es kalt das Rückgrat hinunter. Dank der zeremoniellen Wolfsmaske, die sein Gesicht verbarg, erriet niemand von denen, die ihn zu Tor Miraborgs Büro geführt hatten, wer er war oder daß er mit diesem Ort unangenehme Erinnerungen verband. Seine jetzigen Führer waren nicht dabei gewesen, als Phelan zweieinhalb Jahre zuvor von Jarlwards halbnackt und zerschlagen zu ihrem Meister gebracht worden war.

Und sie können auch nicht wissen, daß ich in diesem Büro Tyra zum letztenmal gesehen habe. Phelan erinnerte sich an die wenigen Minuten, die sie auf dem roten Ledersofa in diesem Zimmer für sich gehabt hatten. *Hier hat sie mir die Gürtelschnalle gegeben.* Seine Wut auf Vlad weckte den Haß auf Tor Miraborg. Ihr Vater war an allem schuld. Wenn er nicht gewesen wäre, wäre Tyra mit ihm und den Kell Hounds gegangen, und es wäre nie zu seiner Odyssee mit den Clans gekommen.

Der dunkelgraue Kapuzenumhang Phelans war nur eine Schattierung dunkler als seine Ledersachen und die Emailmaske. Durch den Wolfspelzbesatz wirkten seine Schultern breiter, und das gab ihm ein imposanteres Aussehen. Die Maske, deren vorstehende Schnauze mit den entblößten Zähnen an den Kopf seines *Wolfshund* erinnerte, verlieh ihm eine wahrhaft wilde Ausstrahlung. Keiner seiner Begleiter kam ihm zu nahe, und niemand wagte es, ihn ohne Grund anzusprechen.

Phelan sagte kein Wort.

Er hatte sich entsprechend Nataschas Vorschlag kostümiert, weil ihm der Gedanke zusagte, Tor Miraborg zu täuschen. Aber auf dem Weg hinab zur Oberfläche und nach seinen Begegnungen mit niedrigeren Beamten änderte er seine Einstellung. Wäre er nur gekommen, um sich an Miraborg zu rächen, hätte er alles getan, um ihn zu vernichten.

Ich hätte ihn behandelt, wie Vlad mich behandelt hat.

Das war die Erkenntnis, die Phelan überfiel, als er aus der von Carew auf die Oberfläche Günzburgs gelenkten Fähre stieg. Als er Miraborgs Gesandte begrüßte, sah er ihre unverhüllte Angst. Alle bemühten sich, ihr Ehrerbietung zu zeigen, und versuchten sich schon im voraus für die befürchtete feindselige Reaktion Tor Miraborgs zu entschuldigen. Einer von ihnen erklärte: »Der Varldherre ist ein Militär, ja? Sie verstehen ihn und sein Wesen, ja?«

Plötzlich wurde Phelans kleines Spiel wichtig. Er mußte nicht nur für die Ehre der Wölfe Günzburgs Übergabe erreichen, sondern auch für die Menschen Günzburgs. Sollte er versagen und Marcos die Mission zufallen, würde der Kreuzritter für einen schnellen Sieg über Leichen gehen. Marcos wäre zu jeder Brutalität fähig, um seine Position zu festigen.

Zuerst gewinne ich die Freiheit für diesen Planeten, dann wird der Eiserne Jarl bezahlen!

Als eine zivile Beamtin die Tür zum Büro des Eisernen Jarl öffnete, hatte Phelan das Gefühl, sein letzter Besuch läge erst Stunden zurück, nicht Jahre. In seinem Rollstuhl hinter dem massiven Mahagonischreibtisch wirkte Tor Miraborg bis in jede Einzelheit wie der starke Regierungschef, den eine Welt wie Günzburg benötigte. Sein silbernes Haar war kurzgeschoren und an den Schläfen ausrasiert, so als wolle er sich in einen Mechpilotensitz schnallen, wenn die Invasion begann. Die dunklen Strähnen im weißen Bart zogen die Mundwinkel nach unten und erinnerten Phelan an das gestreifte Fell eines Dachses.

Noch mehr Erinnerungen weckte die Narbe, die Miraborgs Gesicht auf der linken Seite von der Braue bis zum Bart teilte. Phelan rief sich ins Gedächtnis, wie die Rasalhaager Söldner gehaßt hatten, nachdem Vinsons Vigilantes Miraborg verkrüppelt und entstellt hatten. Eine identische Narbe im Gesicht des blonden Adjutanten machte Phelan klar, wie fanatisch die Verehrung für Miraborg unter den Bürgern Günzburgs geworden war. Sie ging so weit, daß sich viele von ihnen freiwillig selbst entstellten. Die Narbe erinnerte ihn auch an Vlad und an den Haß des Clansmannes auf ihn.

Die Beamtin, die die Tür geöffnet und Phelan hereingeführt hatte, setzte zur Begrüßung an, aber Miraborg winkte ab. »Ich denke, der Gesandte des ilKhan weiß, wer ich bin. Mein Adjutant ist Hanson Kuuslik, ein Kapten im Luft/Raumregiment der Günzburg-Adler.«

Kuusik trat einen Schritt vor und streckte die Hand aus, aber Phelans stumme Gleichgültigkeit brachte ihn zum Stehen. Sein Gesicht rötete sich, als er die Hand senkte und seine Position wieder einnahm. Miraborgs rastlose Augen nahmen alles auf, und ein seltsamer Ausdruck von Respekt trat auf sein Gesicht.

Die Beamtin zog sich zurück und ließ die drei Krieger allein. Hinter Miraborg bot eine Glaswand Phelan einen ausgezeichneten Blick auf Stortalar City. Die Stadt unterschied sich grundlegend von ihrem Aussehen im Hochsommer, als er zum letztenmal hier gestanden hatte, und Phelan entschied, daß er das prächtige Grün der Bäume und Blumen der weißen Decke des Winterschnees vorzog. Nach dem, was er in der Abenddämmerung sehen konnte, verlief das Leben in der Stadt nicht anders als an jedem anderen Tag auch.

Miraborg verschränkte die Finger und legte die Hände auf die lederne Schreibtischunterlage. »Daß Sie herkommen, überrascht mich. Ich dachte, sämtliche Verhandlungen würden über Funk geführt. Seit wann verhandeln die Wölfe persönlich?«

»Ich bin nicht gekommen, um zu verhandeln.« Die hohle Schnauze der Maske warf Phelans Stimme zurück und verlieh ihr eine körperlose Qualität. »Ich bin gekommen, um Ihre Kapitulation zu akzeptieren.«

Kuusik kniff die Augen zusammen. Kampfeslust stand ihm deutlich ins Gesicht geschrieben. Miraborg starrte Phelan nur an, als ob sein Blick die Maske durchdringen und den Mann darunter enthüllen könnte. »Unsere Kapitulation?« Er sprach das Wort nicht wie eine lächerliche Vorstellung aus, sondern wie eine Möglichkeit, die er schon lange verworfen hatte. »Läßt sich über die Bedingungen verhandeln?«

»Wie ich bereits sagte, bin ich nicht gekommen, um zu verhandeln. Wir erwarten Ihre bedingungslose Kapitulation, oder Ihre Welt stirbt.«

Der Varldherre lehnte sich zurück und strich sich über den Bart. Auch Kuusik versuchte seine Gefühle zu verbergen, aber es gelang ihm nicht annähernd. Als er das Wort ergriff, blähten sich seine Nüstern, und Verachtung schwang in seiner Stimme mit. »Vielleicht sollten wir Bedingungen für Ihre Kapitulation stellen. Wir haben eine beachtliche Streitmacht auf diesem Planeten, und wir wissen, wie wir gegen Sie kämpfen müssen. Auf Memmingen hätten wir Sie beinahe geschlagen.«

Phelan wartete einen Moment, bis er sicher war, daß Kuusik seine Drohung abgeschlossen hatte, dann schüttelte er den Kopf. »Sie haben es nicht mit dem Kommandeur zu tun, der die Truppen auf Memmingen führte. So beachtlich Ihre Truppen auch sind, wir haben die Mittel und Menschen, sie zu vernichten. Wir wissen beispielsweise, daß die Hälfte der Jäger der Dritten Drakøner Günzburg erreicht haben, aber auch, daß weniger als vierzig Prozent davon einsatzbereit sind. Luftangriffe auf Danzig, Felskinka und Kosparris würden Ihre Möglichkeiten, die Jäger zu warten und zu bestücken, vernichten. Sie hätten möglicherweise für ein, zwei Stunden die Lufthoheit, aber die Vernichtung Ihrer drei

Basen wird uns nichts kosten, weil wir das durch ein planetares Bombardement erreichen können.«

»Sie bluffen!«

Phelan ignorierte Kuusik und musterte Miraborg. »Sie sind ein Krieger mit einer langen und ruhmreichen Laufbahn. Sie haben zu Ihrer Zeit schon mehrmals gegen eine große Übermacht gekämpft, aber niemals waren Sie so unterlegen wie jetzt. Was ich Ihnen über Ihre Truppen gesagt habe, sollte Ihnen klar machen, über wie viele weitere Informationen wir verfügen. Wenn Sie sich entschließen, gegen uns zu kämpfen, wird es sehr viele Tote geben.«

Der Eiserne Jarl verzog das Gesicht. »Ich gebe zu, daß Ihre Informationen stimmen, aber das beantwortet noch nicht die Anschuldigung des Kapten, daß Sie bluffen.«

»Ja«, mischte sich Kuusik ein. »Wir hätten Sie auf Memmingen beinahe geschlagen. Sie haben nicht die Mittel, gegen uns zu kämpfen. Wir werden uns nicht auf Ihren bloßen Wunsch hin totstellen.«

»Denken Sie daran, Kapten, daß Krieg mehr ist als Ruhm und Glorienschein.« Phelans drohender Ton wischte etwas von Kuusiks Grinsen von dessen Gesicht. »Sie sind vielleicht bereit, für Ihre Welt zu sterben, aber was ist mit Ihrer Familie? Wie steht es mit Ihren Freunden?«

Er starrte Miraborg an. »Sie wissen, daß ich nicht bluffe.«

»Wirklich?«

Der Clansmann nickte langsam. »Allerdings. Wir verlangen nichts Unmögliches, und im Gegenzug lassen wir Sie und Ihre Leute an der Macht. ComStar wird als Verbindungstelle fungieren und uns darüber informieren, was Ihre Regierung tut. Der Orden wird uns auch über die Transporterfordernisse für den Import/Export-Handel mit Ihren normalen Handelspartnern informieren. Ihre Truppen werden natürlich entwaffnet, aber nicht entrechtet.«

»Was nützt ein kastrierter Mech?« knurrte Kuusik bitter.

»Ist es besser, im ausgebrannten Wrack eines bewaffneten Mechs zu sterben?« Phelan zog die behandschuhten Arme unter dem Umhang hervor und schob diesen hinter die Schultern. »Ich biete Ihnen das Leben und eine Welt ohne die Verwüstungen eines Vernichtungsfeldzugs. Die Wahl liegt bei Ihnen, Varldherre. Das Volk wird Ihnen folgen. Wir verlangen nicht von Ihnen, daß Sie uns als Verbündete oder Freunde in die Arme schließen, nur, daß Sie uns als Herren akzeptieren. Ist das bißchen Stolz all die Leiden wert, die es bringt?«

Kuusik sank auf die Knie und ergriff Miraborgs Rechte, die auf der Lehne seines Rollstuhls ruhte. »Jagen Sie dieses Tier davon. Sie sind der Eiserne Jarl. Sie sind der Champion der Freiheit Rasalhaags. Wenn Sie auf seine Forderungen eingehen, war alles umsonst. Der Tod Ihrer Tochter hätte keine Bedeutung!«

»Was?« Phelans Schock schlug durch die Maske. »Tyra ist tot?«

Er und Tyra hatten drei Monate der Leidenschaft geteilt, bevor sie auseinandergerissen wurden, als die Kell Hounds an die Peripherie abreisten. Sie hatten sich verabschiedet, hatten ihre Beziehung förmlich beendet. Aber seit er von den Clans gefangen worden war, hatte er keine Gelegenheit gehabt, seine Gefühle zur Ruhe zu betten. So sehr er Ranna auch liebte, er hatte gehofft, Tyra noch einmal sehen zu können, wenn auch nur, um zu erfahren, wie es ihr ergangen war.

Tor Miraborg riß die Hand aus Kuusiks Griff. »Erzählen Sie mir nicht, was ich zu tun habe, Kapten.« Eine Träne rann an seiner Narbe hinab. Er blickte mit gebrochenen Augen zu Phelan empor. »Ja, meine Tochter ist tot. Sie stürzte sich mit ihrem Jäger auf Ihr Flaggschiff. Jaime Wolf hat gesagt, ihre Aktion habe Ihren Kriegsherren getötet und uns ein Jahr der Ruhe vor Ihren Angriffen geschenkt. Selbst wenn das stimmt, war es nicht das Leben meiner Tochter wert.«

Kuusik sank mit bleichem Gesicht zurück auf die Fersen. »Was sagen Sie da?«

»Ich sage, daß ich endlich die Lektion gelernt habe, die meine Tochter hätte retten können. Ein Herrscher muß mehr sein als nur die Verkörperung der Ambitionen und Wünsche seines Volkes. Ich bin ein Soldat, aber meine Verantwortung für diese Welt geht weit über reine Militärfragen hinaus. Früher konnte ich unserem Volk seine Sicherheit garantieren, weil die Adler jeden Gegner vernichten konnten. Jetzt kann ich ihnen diese Garantie nicht mehr geben.

Die Zeit ist gekommen, als wahrer Herrscher zu agieren. Vielleicht wäre Tyra nicht davongeflogen, um sich den Rasallhaag-Drakønern anzuschließen, wenn ich es schon früher getan hätte. Ich gebe mir die Schuld an ihrem Tod.«

Der Kapten sprang auf die Füße. »Sie hatten keine Schuld an ihrer Desertion! Dieser Söldner hat sie verführt. Er hat sich einen Weg in ihr Herz erschlichen und sie mit Geschichten über den Ruhm verwirrt, den man auf fernen Planeten ernten kann.« Kuusik schlug mit einem lauten Knall die rechte Faust in die linke Handfläche. »Ich wünschte nur, ich hätte ihn damals erschlagen.«

»Es reichte, daß Sie ihn im Zweikampf besiegt haben ...«

»Ha!« Phelan ballte wütend die Fäuste. »Im Zweikampf? Vielleicht waren Sie der letzte, der noch auf den Beinen war, aber nur, weil Ihre Helfer am Boden lagen.«

Verwirrung furchte Miraborgs Stirn, und durch Kuusiks Augen zuckte die Angst. Noch während Kuusik auf ihn zuschoß, wurde Phelan klar, daß der Kapten dem Varldherre nie erzählt hatte, daß er Phelan in jener lange vergangenen Nacht mit einem ganzen Trupp Männer aufgelauert hatte. *Natürlich nicht, der Varldherre hätte das als Feigheit ausgelegt!* Kuusik war es gelungen, die Wahrheit zu verbergen, weil alle dachten, Phelans Proteste über die Anzahl seiner Angreifer wäre eine Lüge, mit der er die Schande seiner Niederlage vertuschen wollte.

Der Kapten war schnell, aber das machte wenig aus. Nach seinem monatelangen Training mit Evantha erschien Kuusik in Phelans Augen träge und unbeholfen. Wie ein betrunkener Raufbold brachte sich der Kapten durch seinen Schlag selbst aus dem Gleichgewicht. Seine Faust zischte durch die Luft, wo Phelans Kopf gewesen war. Der Mann stolperte nach vorne.

Phelan legte seine ganze Kraft in den Schlag. Er donnerte die rechte Faust in Kuusiks Brustkorb. Mit einem hohlen Krachen landete der Schlag auf dem Solar Plexus und raubte dem Rasalhaager den Atem. Die Hände an die Brust gepreßt fiel Kuusik nach vorne und schnappte verzweifelt nach Luft. Phelans Linke traf ihn hinter dem Ohr und beschleunigte seinen Fall.

Ein plötzliches Feuer loderte in Miraborgs Augen auf. »Wer, zum Teufel, sind Sie?«

Phelan wünschte sich nichts so sehr, wie die Maske abzureißen, um den Eisernen Jarl verhöhnen zu können. Er hob die Arme, aber eine kalte Losgelöstheit verdrängte das Verlangen, und er rückte nur den Umhang gerade. *Phelan Kell hätte Rache gefordert, aber ich bin nicht mehr Phelan Kell.*

Es war Phelan Wolf, der antwortete. »Sie kennen mich nicht. Wir haben Phelan Kell in der Peripherie gefangengenommen. Ich weiß aus seinem Verhör etwas von seinen letzten Tagen auf Günzburg. Er sprach mit Zuneigung von Ihrer Tochter, und ich weiß, daß er um sie getrauert hätte.«

»Er ist tot?«

»Er war an Bord des Flaggschiffs, das Tyra rammte. Kurze Zeit später gab es ihn nicht mehr.«

Der Eiserne Jarl sah langsam auf. »Ich verstehe.«

»Vielleicht.« Phelan schaute an ihm vorbei und sah zu, wie die Lichter der Stadt im Dunkel leuchteten. »Sie haben eine wunderschöne Welt, und Sie tragen die Verantwortung für ihren Schutz. Ich brauche Ihre Entscheidung.«

Miraborg saß so still und regungslos da, daß Phelan sich fragte, ob er katatonisch geworden war. Das Büro verdunkelte sich, und Kuusiks Stöhnen wurde leiser, als er das Bewußtsein verlor. Auch Phelan, der kaum zu atmen wagte, regte sich nicht, während er auf die Entscheidung des Varldherre wartete.

Schließlich hob Miraborg den Kopf. »Ich akzeptiere Ihre Bedingungen für die Übergabe Günzburgs. Ich werde ComStar davon unterrichten, welchen Nachfolger ich bestimmt habe, und mich anschließend vom öffentlichen Leben zurückziehen.«

Phelan schüttelte den Kopf. »Tun Sie das nicht.«

»Was?« Miraborg schien an der Grenze seiner Belastbarkeit angelangt. »Alles, was ich getan habe, war, mein Leben und das der Menschen um mich herum zu vergiften. Kuusik da ist nur einer von Tausenden fehlgeleiteter Männer und Frauen auf dieser Welt. Von Tausenden, die ich getäuscht habe. Ich kann meine Position nicht länger behalten.«

»Doch, das können Sie.« Der Clansmann zeigte zum Fenster. »Mit Ihrem Einverständnis zur Übergabe sind Sie von einem Symbol Ihres Volkes zu seinem Herrscher geworden. Ihre Disziplin, Ihre Liebe für Günzburg und Ihre feste Hand sind noch immer wichtig und notwendig. Und nun kommt dazu die Weisheit und das Wissen, wann eine Veränderung notwendig ist.«

Miraborg schien jedes von Phelans Worten abzuwägen, auf seinen Wahrheitsgehalt abzuklopfen. »Ja«, gab er schließlich zu, »ich habe das Problem geschaffen. Es liegt an mir, es zu lösen.«

Phelan nickte. »Ich werde auf mein Schiff zurückkehren und dem ilKhan Ihre Entscheidung mitteilen.« Er drehte sich um, aber Miraborgs Stimme hielt ihn fest. »Moment!«

Der Clansmann drehte sich zu dem behinderten Krieger um. Miraborg zog eine Schublade seines Schreibtisches auf und holte eine verspiegelte Sonnenbrille heraus. Phelan erkannte sie sofort als seine und erinnerte sich an sein Versprechen Miraborg gegenüber, sie eines Tages abholen zu kommen.

Der Eiserne Jarl schob sie in seine Richtung. »Ich glaube, die gehört Ihnen.« Die Unterlippe des alten Mannes zitterte. »Dem Sieger die Beute.«

Phelan machte keine Anstalten, sie aufzunehmen. »In dem Fall gehört Sie Ihrem Volk, denn heute hat es triumphiert.«

Als Phelan und Carew aus der Fähre traten, fanden sie sich in einem Gewimmel von Leibeigenen, die durch den ganzen Hangar liefen. Sie wateten durch ein Meer von Arbeitern, die ihre Fähre auf dem Deck sicherten, und fanden Natascha an der Schleuse. Sie grinste breit und reichte Phelan die Hand.

»Gut gemacht, Sterncommander. Der ilKhan schickt seine besten Glückwünsche.«

Phelan zog den rechten Handschuh aus und schüttelte ihre Hand. Mit einem Blick auf die furiose Aktivität im Hangar und das Fehlen einer Begrüßungstruppe fragte er: »Was ist hier los?«

Natascha setzte eine gewichtige Miene auf, und ihm war klar, daß ihr ein weiterer Coup gelungen war. »Während du echte Schwerkraft genossen hast, habe ich gearbeitet. Ich habe Marcos eine weitere Lektion in kreativem Bieten erteilt und das Recht zur Eroberung Satalices gewonnen.«

Phelan blinzelte überrascht. »Noch ein Angriff?«

Sie nickte. »Wir haben vor dem Sprung nur noch auf dich gewartet. Die Neuen Schwarzen Witwen treten in einer Woche zu ihrem ersten Gefecht an.« Sie kicherte. »Du hast doch wohl nicht gedacht, wir überlassen dir das ganze Vergnügen?«

38

Vorgeschobener Beobachtungsposten, Tairakana-Ebene, Luthien Militärdistrikt Pesht, Draconis-Kombinat

5. Januar 3052

Die völlige Abwesenheit jeder Aktivität auf den Sensorschirmen des *Skulker* bereitete Shin Yodama Unbehagen. Die Clan-Truppen waren fünfzig Kilometer östlich von Luthien gelandet, dort, wo die Tairakana-Ebene sich über einen sanften Hang zum Basinsee senkte. Die Verhandlungen zwischen den planetaren Verteidigern und den anfliegenden Clans hatten nicht viel über die Zahl der Angreifer aussagen können, so daß im Schutz der Dunkelheit Scoutwagen wie der Shins losgeschickt worden waren, um soviel wie möglich über den Feind in Erfahrung zu bringen.

Shin blickte auf die Digitaluhr im Heckteil des Wagens. Bis zur Morgendämmerung blieb noch eine Stunde. Dann erwarteten sie den Angriff. Er duckte sich ins Fahrerhaus und klopfte dem Fahrer auf die Schulter. »Noch einen Klick weiter. Wir müssen etwas finden.«

Der Fahrer sah sich ängstlich zu Shin um. »Bitte um Verzeihung, Sir, aber ich glaube wirklich nicht, daß wir unbedingt das Weiße in ihren Augen sehen müssen.«

Shin zuckte die Achseln. »Mir gefällt das genausowenig wie Ihnen, aber wenn wir unserer Luftunterstützung ein paar Ziele liefern können, brauchen unsere Mechs weniger zu feuern.« Er drehte sich zu den beiden Techs an den Ortungsgeräten um. »Wir fahren einen Kilometer weiter vor. Haltet die Augen offen. Ich habe so ein Gefühl, als könnten wir Kontakt bekommen.«

Er schlug mit der Hand auf die baumelnden Beine des Bordschützen. »Für Sie gilt das doppelt. Sobald Sie was sehen, draufhalten!«

»Hai!«

Der Fahrer setzte den Wagen in Bewegung und ließ ihn mit gemächlichen 10 km/h vorwärtsrollen. Bei dieser Geschwindigkeit glitt der dreiachsige Scoutwagen dahin wie eine Luxuslimousine. Das erleichterte nicht nur die Dateninterpretation; auch die Elektronik des Wagens wurde nicht unnötig durchgeschüttelt. Ohne die empfindlichen Geräte war der *Skulker* nicht viel mehr als ein blinder Fisch in einem großen Haifischbassin.

»Kontakt. Ich habe eine Gruppe unsteter Blips bei zwölf Uhr.«

Shin beugte sich über die Schulter des Techs. »Schütze, Geschützturm auf Null-Neunzig Grad in fünfhundert Meter. Periskop auf den Monitor, Vergrößerung einhundert Prozent.«

Auf dem Monitor neben Shins Kopf erschien unter leichtem Flackern ein Bild, dessen Kontrast er sorgfältig erhöhte. Die Restlichtoptik zeigte eine Reihe übergroßer humanoider Gestalten. Die 2,3 Meter großen Gegner trugen metallene Anzüge mit einer Lasermündung an Stelle der rechten Hand. Am anderen Arm war ein Laser mit einer Greifhand kombiniert. Auf dem Rücken trugen die Kampfanzüge eine kastenförmige Raketenlafette, von der Shin aus eigener Erfahrung wußte, daß sie nach Abfeuern von zwei KSR abgeworfen wurde.

Dahinter sah er noch weitere Schattengestalten durch die Nacht schreiten. »Sechs, sieben, acht, neun. Ich sehe neun Elementare.«

Der Tech am Radarschirm fluchte leise. »Sie müssen uns irgendwie stören. Ich habe nur fünf oder sechs auf dem Schirm.«

Eine Explosion erschütterte den *Skulker* und kippte ihn auf die Räder der Beifahrerseite. Shin wurde gegen den zweiten Tech geschleudert und rammte dessen Kopf gegen den MAD-Monitor. Als der Tech bewußtlos zu Boden rutschte, sprang Shin über ihn hinweg und rannte zur Fahrerkabine. »Bewegung! Bringen Sie uns hier raus. Bordschütze, Feuer frei!«

Als der Fahrer das Steuer herumriß, schwenkte der *Skulker* nach Norden, und seine Scheinwerfer schnitten durch die Nacht. Ein rubinroter Lichtstrahl schoß aus der Kuppel in der Mitte des Daches. In der Ferne erleuchtete er die schwarze Gestalt eines Elementars und löste ein kleines Buschfeuer aus. Ein zweiter Strahl schoß durch die Düsternis und brannte eine Narbe in die Landschaft, aber durch die schnelle Kehrtwende des Wagens verschwand das Ziel aus dem Blickfeld.

Der Fahrer trat das Gaspedal durch und raste mit Höchstgeschwindigkeit durch die Landschaft. Shin blickte sich zu dem noch einsatzfähigen Tech um und stellte mit Erleichterung fest, daß der Mann geistesgegenwärtig genug gewesen war, ihre Position und die Entdeckung der Elementare weiterzugeben. Als der *Skulker* über einen kleinen Hügel hüpfte, griff Shin nach einem Halt. Durch den Aufprall erbebte das Fahrzeug wie ein Amboß unter dem Schmiedehammer. Shin ging in die Knie.

Der Fahrer fluchte, als im Scheinwerferkegel ein Elementar mitten auf dem ungepflasterten Weg auftauchte, den sie entlangrasten. Er machte Anstalten, auf die Bremse zu steigen, aber Shin trat zu und preßte den Fuß des Fahrers aufs Gaspedal.

»Vollgas! Draufhalten! Auf keinen Fall stoppen!«

Der Elementar feuerte aus der Lafette auf seinem Rücken eine Rakete ab. Sie schoß direkt auf den Bug des *Skulker* zu und explodierte mit einem höllischen Lichtblitz und dem beißenden Gestank von Sprengstoff, ohne jedoch die Panzerung des Fahrzeugs zu durchschlagen. Der Fahrer des Scouts zuckte instinktiv zurück, hielt die Hände jedoch am Lenkrad und den Wagen auf Kurs. Der *Skulker* brach durch Feuer und Rauch, ohne seine Geschwindigkeit zu verringern. Dann bockte und hüpfte er über den Elementar hinweg.

Durch den Rückschirm sah Shin den halb im Boden steckenden Leichnam des Elementars und eine Reihe sehr lebendiger Kollegen des Toten. Als sie Aufstellung nahmen, packte er das Steuer und riß es rechts. Schweres KSR-Feuer schlug dort ein, wo der Scoutwagen hätte sein müssen.

»Bordschütze, Feuer frei nach hinten.« Shin sah sich zum RadarTech um. »HQ erreicht?«

»Hilfe ist unterwegs. Wir sollen die Koordinaten A2536 ansteuern.«

»Verstanden. Bordschütze, feuern! Diese Elementare sind schnell.«

Ein Schrei und das laute Heulen des Windes beantworteten seinen Befehl. Als er hochblickte, sah Shin die zuckenden Beine des Bordschützen nach oben verschwinden. Der Wind wurde lauter, als der Schrei in der Ferne verklang. An seine Stelle trat das Kreischen verbogenen Metalls und das Krachen zerberstender Keramikpanzerung.

Shin löste die Sicherheitsgurte des Fahrers und hielt das Steuer fest. »Nach hinten! Heckluke sprengen und raus! Wir haben einen von ihnen auf dem Dach!«

Der Fahrer zog sich aus dem Sitz, und der *Skulker* verlor schnell an Fahrt. Shin ließ sich auf den freigewordenen Platz fallen, zog die Sicherheitsgurte fest und schloß die Schnalle auf seiner Brust. Er hörte ein dumpfes Poltern, als die Explosivbolzen der Heckluke explodierten, dann sah er Trümmerstücke durch den Wagen und aus der Lukenöffnung ins Freie fliegen.

Der Rückmonitor zeigte, daß alle drei Männer aus dem Wagen gekommen waren und zumindest einer von ihnen sich in Bewegung gesetzt hatte. Sin war allein mit dem Elementar, der sich von oben den Weg in den *Skulker* freihämmerte, allein und wild entschlossen. Bei seinem ersten Kampf gegen einen Elementar hatte der verfluchte Clanner sich geweigert zu sterben. »Mal sehen, ob du genauso robust bist wie dein Kollege!«

Der Tacho zeigte 112 km/h, als der *Skulker* gegen einen Erdhügel knallte und in die Luft geschleudert wurde. Shin riß das Steuer noch im Flug nach links und klammerte sich wie ein Ertrinkender daran fest. Ein, zwei Sekunden lang hörte er nichts außer dem Wind und dem Donnern des Motors.

Der *Skulker* schlug mit den Vorderrädern auf. Ein fürchterlicher Schlag warf Shin hart in die Gurte. Funken stoben durch die Kabine, Rauch wallte aus den Instrumenten, und die Scheinwerfer gaben in einem Kurzschluß den Geist auf, so daß Shin nicht mehr sehen konnte, wohin er fuhr. Das Heck des Wagens wurde durch den Aufprall nach rechts gedreht, und der *Skulker* überschlug sich.

Die Detonationen der Ausrüstung im hinteren Teil des Wagens wurden von dem tosenden Krachen erstickt, mit dem der Scoutwagen sich auf das Dach rollte. Das gewaltige Gewicht zerquetschte die Kuppel des Geschützturms und zertrümmerte die Ringkupplung, mit der sie am Rumpf des Fahrzeugs befestigt war. Als der Wagen in die Luft hüpfte, schoß der Geschützturm wie eine schwankende Untertasse davon, dann schlug der *Skulker* wieder auf den Boden und rollte weiter.

Shin konnte nicht sagen, wie viele Saltos der *Skulker* machte. Er klammerte sich mit weißen Knöcheln an das Steuerrad, riß es ab und bog es völlig aus der Form. Zahnsplitter knirschten in seinem Mund und Blut rann ihm aus der Nase. Aber als der *Skulker* schließlich auf der rechten Seite zum Stillstand kam, war Shin nicht schwer verletzt, und er dankte seinen Vorfahren mit einem stillen Stoßgebet dafür, daß sie den Tod von ihm abgewendet hatten.

Er löste die Gurte, kroch nach hinten und zog sich aus der Fluchtluke im Boden des Wagens ins Freie. Noch immer desorientiert und taumelnd rannte er davon. Auf einer Hügelkuppe fünfundzwanzig Meter westlich sank er auf die Knie. Hinter ihm explodierte der *Skulker,* als die Funken der zerstörten Ortungsgeräte Benzin aus dem zerborstenen Treibstofftank in Brand setzten.

Im Gegenlicht der Flammen glaubte er, die übrigen Besatzungsmitglieder des Wagens zu sehen, aber er war sich nicht sicher. Nur mit einer schweren Pistole bewaffnet, konnte er keinesfalls einem Elementar gegenübertreten, auch wenn ihm die Leichenteile rund um den zerquetschten Geschützturm zeigten, daß der Angreifer auf dem Wagendach ihm nicht mehr gefährlich werden konnte.

Shin tupfte sich mit dem Ärmel das Blut aus dem Gesicht, schätzte seine Position ab und überlegte, wo Rendezvouspunkt A2536 war. Noch bevor er sich auf den Weg machen konnte, hallte jedoch ein immer lauter werdendes Donnern über die Steppe. Mehr aus Instinkt und Training als aus Überlegung ließ er sich auf ein Knie fallen und schaute zum Himmel.

Mit Nachbrennern, die wie goldene Feuerkegel aufglühten, schoß die Luft/Raumstaffel des Ersten Schwert des Lichts knapp fünfzig Meter über dem Boden nach Osten. Ein Impulsregen aus blutrotem Laserfeuer zuckte durch die Dunkelheit. Wolken aus gelben und roten Flammen zeichneten die Raketenlafetten an den Tragflächen nach. Die LSR zischten davon, bis sie zu winzigen Lichtpunkten wurden, die in tosenden Bällen aus wütend rotem Feuer explodierten.

Noch während die Luft/Raumeinheiten des Kombinats auf die Clans einschlugen, fühlte Shin, wie der kurze Geschmack des Sieges in seinem Mund zu Asche wurde. Die Explosionen der Infernoraketen und Schwarmbomben zeigten eine Reihe feindlicher Mechs nach der anderen, bevor die Nacht sie eifersüchtig wieder verschluckte. Auch ohne den Versuch, ihre Anzahl zu schätzen, wußte Shin eines ganz sicher: Die Clans hatten die Absicht, Luthien einzunehmen, wieviel es auch kosten mochte, und sie hatten mehr als genug Mechs mitgebracht, um ihr Ziel zu erreichen.

39

MarNegro, Alyina
Trellshire, Mark Tamar, Vereinigtes Commonwealth

5. Januar 3052

Wenn ich keine Unterstützung bekomme, bin ich tot.

Die Erkenntnis kam Victor, während die Autokanone seines Mechs einen Metalltornado ausspie. Der Granatenhagel schnitt wie das Skalpell eines Chirurgen durch das Knie des feindlichen OmniMechs. Panzerfetzen flogen über das Schlachtfeld und prallten von der qualmenden Ruine des *Schütze* ab, in dem Don Gilmore den Tod gefunden hatte. Das Gelenk gab nach, und der Beinstumpf des stürzenden Mechs bohrte sich in den Boden, aber die Maschine fiel nicht um.

Victor zog seinen *Daishi* hinter einen Granitvorsprung in Deckung. Wegen seiner titanischen Größe und den Lasern als Hauptbewaffnung hatte er ihn zu Ehren des mythischen Lichtbringers *Prometheus* getauft. Als er sich auf dem Hilfsmonitor seinen Panzerungszustand ansah, wurde ihm klar, daß die an Geier erinnernden Clan-Mechs darauf brannten, seinen Mech zu zerreißen und verschlingen. *Das nächstemal suche ich mir für meinen Mech einen friedlichen Namen aus — zum Beispiel Bambi!*

Er schaltete das Funkgerät ein. »Zephyr Eins, bringen Sie den Rest Ihrer Lanze hier herüber.«

»Bill Davis ist tot, Kommandant. Nur Dave Jewell und ich sind noch übrig.«

Die Stimme in Victors Lautsprechern mußte Dennis Pesuti gehören. »Zephyr Zwo, ziehen Sie sich nach Nordosten zurück. Zephyr Zwo und Drei geben einander Deckung.«

»Verstanden, Tornado Eins.«

Galen Cox mischte sich ein. »Victor, das entblößt deine linke Flanke.«

»Nein, tut es nicht. Wir zwei werden die Clanner von der Seite angreifen, wenn die beiden sie hochziehen. Unser Schußfeld verengt sich, wenn wir uns den Klippen nähern. Wir können sie aufhalten, zumindest lange genug, um Hilfe zu holen. Gib die Befehle an den Rest der Kompanie weiter.«

In Galens Antwort schwang Besorgnis mit. »Victor, du weißt so gut wie ich, daß uns die Clans genau in die Richtung drängen. Wir können uns nicht auf ihre Taktik einlassen.«

»Verdammt, Galen, tu mir das nicht an.« Victor knirschte vor Wut mit den Zähnen. »Es wird uns Zeit verschaffen. Ich werde Unterstützung vom Regiment anfordern.«

»Verstanden, Tornado Eins. Ich will nur sichergehen, daß du dir der Risiken bewußt bist. Solange das der Fall ist, weiß ich, daß du einen Ausweg findest.«

»Okay, Schauer Eins. Und danke.« Victor schaltete auf die Unterstützungsfrequenz des Regiments um, hörte aber nichts als Rauschen. Auf der Zweitfrequenz ertönte ein babylonisches Sprachengewirr. Es schien, als würden Hunderte von Stimmen um dasselbe betteln, was er anzufordern plante. Plötzlich knatterte eine gespenstische Statik durch die Lautsprecher, und eine Stimme weniger forderte Hilfe an.

»Hier spricht Tornado Eins in Sektor 2660. Ich brauche Artillerieunterstützung.«

»Anforderung ist notiert, Tornado Eins.« Die Stimme klang matt und hoffnungslos.

»Regiment, was können Sie mir bieten?«

»Tornado Eins, wir haben zur Zeit keine Kapazität für Sie frei.«

Victor zog sich mit seinem Omni zurück und schmolz mit zwei gut gezielten Schüssen aus den schweren Armlasern seines Mechs Panzerung vom Rumpf eines

Clan-*Katamaran.* »Die Lage hier ist verzweifelt, Regiment. Ich brauche Unterstützung in 2660, und zwar sofort!«

»Die Lage ist überall verzweifelt, Tornado Eins! Der Feind hat 2750 und 2650. Wenn er nach 2550 durchbricht, sind Sie abgeschnitten — dann ist die ganze Halbinsel verloren. Wir halten die Stellung, aber dazu brauchen wir alles, was wir haben.«

»Gut. Wir kommen durch 2560.« Der Verlust von 2550 würde ihn von den Landungsschiffen abschneiden, die seine Leute im Notfall abtransportieren sollten, und so wie die Schlacht sich entwickelte, würde er sie bald benötigen. »Geben Sie mir etwas Deckung, und wir kommen Ihnen zu Hilfe.«

»Ihre Anforderung ist notiert, Tornado Eins.«

Victor sah Dennis Pesutis *Victor* nach hinten taumeln. An seiner linken Flanke verdampfte die Panzerung. »Das ist keine Anforderung, Regiment. Das ist ein Befehl!«

»Wer, zum Teufel, denken Sie eigentlich, daß Sie sind?« Die Stimme des KommTechs war wutentbrannt. »Machen Sie die Frequenz frei, Sie Idiot!«

Victor schlug mit der Faust auf die gepolsterte Armlehne der Pilotenliege. »Ich bin Prinz Victor Ian Steiner-Davion, verflucht noch mal! Mir gehört diese gottverdammte Armee, und meine Leute krepieren hier draußen. Wenn Sie nicht den nachdrücklichen Wunsch haben, meinem Vater zu erklären, warum mich dasselbe Schicksal ereilt hat, dann legen Sie ein Rautenmuster aus Artillerieminen, alternierend mit Schwarmbomben. Sofort! Diese Koordinaten. Bis zum Einschlag sind wir hier weg.«

Angst schoß durch die Stimme des KommTechs. »Sofort, Tornado Eins. Übermittle Koordinaten an Geschütz. Geschütz, AMs mit Schwarmladungen mixen. Wir müssen den Prinzen raushauen.«

Victor öffnete die Verbindung zu seinen Männern

wieder. »Sturmkompanie, Rückzug in Richtung null-vier-fünnef Grad, ich wiederhole null-vier-fünnef Grad. Schauer Eins, Sie spielen Nachhut. Wir rücken ab nach Sektor 2550.«

Er kümmerte sich nicht um die verschiedenen Bestätigungen seines Befehls und weigerte sich, auf dem Zweitschirm nachzusehen, welche Krieger sich meldeten. Zu Beginn des Gefechts hatte sein Bataillon auf dem Bildschirm drei Spalten gefüllt. Jetzt konnte er aus dem Augenwinkel sehen, daß nicht einmal mehr eine volle Spalte übrig war. Er wußte nicht, ob die Zurückgebliebenen noch lebten oder schon tot waren, und er hatte gerade einen Artilleriebeschuß befohlen, der alles vernichten würde, was sich in diesem Sektor noch regte.

Den Clansmännern schien es egal zu sein, ob er und seine Männer entkamen. Victor kämpfte darum, seinen Gegnern auf dem Rückzug ein möglichst schlechtes Ziel zu bieten, aber keiner nutzte die Gelegenheit zu einem Schuß. Die Clans bevorzugten den Zweikampf. Victor bewunderte das, hatte aber keine Absicht, dieses Spiel mitzumachen.

Er fühlte Omis Geschenk auf der Haut. Er hatte es an der Innenseite seiner Kühlweste angenäht. Er dachte an all die Samuraigeschichten, die er gelesen hatte. In den meisten von ihnen starb der Held bei der mutigen Verteidigung eines Gebirgspasses oder einer Brücke, während sein Lord entkam. *Gott helfe mir, Omi, das Kurita-Spiel will ich nicht mitmachen.*

Er schüttelte den Kopf. Auf genau diese Weise war Prinz Ian Davion, der Onkel, nach dem er seinen zweiten Vornamen erhalten hatte, vor über dreißig Jahren gestorben. Victor hoffte, die Tatsache, daß er denselben Namen trug, verdammte ihn nicht zum selben Schicksal. *Ich bin umgeben von großen Heldentraditionen.*

Er tastete das Jadeamulett ab, das Kai ihm gegeben hatte. *Diese Legende würde ich viel lieber nachvollziehen.*

Ohne Warnung schlug die erste der Artilleriesalven

ein. Die fleckig graugrüne Landschaft mit ihren dürren Bäumen und majestätischen Palmen verschwand in einem Flammenmeer. Die Schwarmbomben überschütteten das Gebiet mit zahllosen kleinen Sprengköpfen, die von allen Seiten auf die Clankrieger einhämmerten. Als er vor dem grellen Licht der Explosionen die Augen zusammenkniff, brannte sich das Bild eines zum Skelett reduzierten Mechs, der lautlos in sich zusammenfiel, in Victors Netzhaut ein.

Das Feuer verschwand wie eine Illusion und hinterließ einen Totenacker, ein rußschwarzes Feld, gespickt mit qualmenden Kratern. Lädierte Mechs bewegten sich wie aus Gräbern gestiegene Zombies durch den dichten Nebel. Einer von ihnen stolperte und verlor in einem grellen Lichtblitz ein Bein durch eine Mine. Der Mech stürzte zur Seite, aber seine Gefährten kamen nach.

Victor bewegte *Prometheus* nach Osten auf die Küste zu. Einmal dort angekommen, würden sie eine Chance haben, zum Rest der Zehnten Lyranischen Garde aufzuschließen. Der Gedanke, daß die Jadefalken sie genau auf dieses Gebiet zugetrieben hatten, nagte an seiner Ruhe. Er mußte mit einer Falle rechnen, oder vielleicht hatte das Regiment den Rest der Falken nicht mehr stoppen können, bevor sie das Erste Bataillon einkesselten.

Als seine schwer angeschlagene Kompanie die bewaldete Hochebene erreichte, fühlte sich Victor etwas sicherer. Genau im Osten, nur dreißig Meter von seiner Position entfernt, endete die Hochebene, als hätte ein gigantisches Messer sie zerteilt. Zwanzig Meter tiefer brandeten die dunklen Wellen des Mar Negro an die Küste und den Rand des Kontinentalschelfs.

Die Palme zu seiner Linken ging in Flammen auf, als der Impulslaser eines Jadefalken sie erfaßte. Victor riß die Fadenkreuze beider schwerer Laser auf die kantige Silhouette des Clan-Mechs. Der Punkt im Zentrum der Fadenkreuze blinkte einmal auf, und er preßte die Daumen auf die Feuerknöpfe. Die schillernden roten Lichtbahnen trafen sich an der rechten Waffenmanschette des *Katamaran* und trennten sie am Handgelenk ab.

»Zurück, Galen. Sie sind immer noch hinter uns her.« Mit seinen drei Impulslasern gab er Deckungsfeuer. Die Laser entzündeten das Laub, wo sie es trafen, und bildeten so einen Feuervorhang zwischen Victor und den nachrückenden Clannern, aber das hielt den Feind in keiner Weise auf. Victor bemerkte eine Veränderung in ihrer Angriffstaktik.

Zwei der geierähnlichen *Hagetaka*-Mechs brachen durch die Flammenbarriere und stießen ihre Arme in Richtung seines Omni. Sie trugen mit Impulslasern gepaarte Autokanonen an den Armen, und ihre Geschütze waren alle auf Victor gerichtet. Die Autokanonen nagten winzige Panzersplitter vom Torso des *Daishi,* dann brannten die Impulslaser die Breschen aus.

Prometheus stolperte unter der Aufprallwucht der Autokanonengranaten und den Gleichgewichtsstörungen durch den Verlust von mehr als einer Tonne Panzerung nach hinten. Trotzdem erkannte er mit Verwunderung, daß die Falken zusammengearbeitet hatten, um ihn zu verletzen. Wenn sie zu diesem Zeitpunkt der Schlacht dazu bereit waren, überlegte Victor, waren sie entweder verzweifelt oder hatten ihnen die ganze Zeit etwas vorgemacht. *Angesichts der Panik im Regiments-HQ sind wir tot!*

Galens *Kreuzritter* schob sich zwischen Victor und die Clansmänner. Die KSR-Lafetten in seinen Beinen schickten ein Dutzend Raketen in Spiralbahnen gegen einen der *Hagetakas.* Der vorspringende Torso und der rechte Arm des Mechs wurden von mehreren Explosionen getroffen, die den Kampfkoloß zurück in das brennende Unterholz warfen. Mit schlaff und nutzlos herabhängendem rechten Arm drehte der Mech sich um und setzte seinen Angriff fort.

Victor schaltete wieder auf die Regimentsfrequenz

um, aber diesmal antwortete ihm nur noch das Rauschen der Statik. Ohne sich um Sicherheitsvorkehrungen zu kümmern, stellte er das Funkgerät auf einen Rundruf über alle taktischen Frequenzen ein. »Hier ist Tornado Eins in Sektor 2560. Wir brauchen alle Hilfe, die wir bekommen können.«

Er glaubte, eine Antwort zu hören, aber die donnernden Detonationen einer Langstreckenraketensalve auf dem Kopf seines *Daishi* ließ seine Ohren klingen und erstickte die Stimme. Nach links herumwirbelnd, feuerte Victor die Autokanone ab. Er erwischte einen *Katamaran* exakt in der Mitte und warf ihn geradewegs auf den Rücken.

So schnell wie möglich zogen Galen und er sich zurück. Schon sah Victor auf dem Ortungsschirm, daß es der Rest seines Bataillons bis zum Paß geschafft hatte, wo sie Hoffnung hatten, die Clanner aufzuhalten. Hastig setzte er sich ab, Galen dicht an seinen Fersen, und erreichte eine Lichtung, auf der ein Granitausläufer einen schmalen Pfad von der Hochebene trennte. Die anderen Mechs hatten sich bereits entlang des Pfades aufgestellt, als Galen und er aus dem Dschungel brachen.

Geschafft! Als er sich umdrehte, um Galen Deckung zu bieten, gestattete sich Victor ein Lächeln. »Wir sind durch.«

Der panische Aufschrei eines der MechKrieger war Victors einzige Warnung vor dem Hinterhalt. Fünf OmniMechs mit Sprungtornistern auf den Rücken flogen vom Mar Negro auf die Höhe der Hochebene hinauf. Wasser fiel von den Rümpfen und Seetang hing an Armen und Beinen der Mechs, so daß sie wie Monster aus den Tiefen des Meeres wirkten.

Das Projektil eines Gaußgeschützes schlug in *Prometheus'* rechten Knöchel. Das Gelenk wurde durch den Aufprall zerschmettert, und als Victor den kippenden Mech zu halten versuchte, brach der klauenartige Fuß ab. Der Schock des Aufpralls, als der Beinstumpf auf den Boden schlug, schüttelte Victor durch, aber es gelang ihm, die Schwerkraft zu besiegen und den Mech senkrecht zu halten. Er erwiderte mit den Lasern das Feuer. Geschmolzene Panzerung rann vom Torso seines Peinigers, aber die Autokanone eines anderen Mechs traf ihn an der linken Schulter und warf ihn zu Boden.

Funken schlugen aus der Steuerkonsole, und die Kontrollampe für einen der Impulslaser im Torso seines *Daishi* erlosch. Die feindlichen Mechs deckten seinen umgeworfenen Omni weiter mit ihrem Feuer ein. Sie hielten ihn außer Balance und behinderten ihn beim Zielen. Als er sich wieder aufrichten wollte, ging er wie ein benommener Preisboxer sofort wieder zu Boden.

So sehr Victor auch die anderen Krieger um Hilfe bitten wollte, er konnte sehen, daß ihre Lage um nichts einfacher war. Die Löcher in der Panzerung ließen Galens *Kreuzritter* wie einen von Würmern zerfressenen Leichnam erscheinen. Auf dem Vorsprung waren die übrigen Mitglieder der Sturmkompanie Zielscheiben für die neu aufgetauchten Clanmaschinen. Sie schlugen zurück, aber ihr mitgenommener Zustand und Mangel an Munition machten ihre Verteidigungsbemühungen zu einer pathetischen Parodie der Kampfkraft, mit der die feindlichen Mechs aufwarteten.

Victor schaltete das Funkgerät ein. »Sturmkompanie, Kampf abbrechen. Rennt um euer Leben. Galen, Bewegung.« Er zog *Prometheus'* Beine unter den Rumpf. »Hau ab. Ich gebe dir Deckung.«

»Nein! Das mache ich nicht, Victor.«

»Verschwinden Sie, Hauptmann Cox. Das ist ein Befehl.«

»Zum Teufel mit der Disziplin, ich bleibe.«

Der *Kreuzritter* brachte den Granitausläufer zwischen sich und die aus dem Meer aufgetauchten Mechs. Galen feuerte aus allen Rohren auf die vom Festland kommenden Maschinen. Dampf stieg von geborstenen Wärmetauschern auf, als er eine Raketensalve um die andere abfeuerte. Die Läufe der Maschinengewehre in den Armen des *Kreuzritter* glühten kirschrot, weil sie den Gegner ohne Pause beschossen.

In der Hocke bot Victor den Clannern ein kleineres Ziel. Seine schweren Laser durchschlugen die Panzerung und lösten in einem der fünf fliegenden Mechs interne Explosionen aus. Der Kampfkoloß sank in die Tiefe, aber sein Ausscheiden half kein bißchen. Anstatt die Reste der Sturmkompanie zu verfolgen, konzentrierten sich die vier verbliebenen Maschinen völlig auf Victor. Als sie sich auf den Boden senkten, dachte Victor an seinen Onkel Ian, der ebenfalls gestorben war, als er den Rückzug seiner Männer deckte.

»Danke, Galen. Ich wollte nie alleine sterben.«

»Ich auch nicht, Hoheit. Ich auch nicht.«

»Da kommen sie.«

Noch als Victor den ersten Clan-Mech ins Visier nahm und sämtliche Auslöser betätigte, sah er auf dem Felsausläufer einen fleckig grünen Blitz auftauchen. Schneller als Victor je einen Mech hatte laufen sehen, warf sich ein kampfgezeichneter *Centurion* in die Schlacht. Ohne auch nur etwas zu verlangsamen, riß er den rechten Arm mit dem Gaußgeschütz hoch. Mit einem elektrischen Blitz schoß eine silberne Kugel aus der Mündung und schlug mitten im Ziel ein.

Sie traf einen gegnerischen Mech genau dort, wo bei einem Menschen das rechte Ohr gesessen hätte, und zerschmetterte das Cockpit. Der Mech flog herum, und seine Arme schlugen gegen die Maschine neben ihm. Beide Kampfkolosse kippten in der Luft nach hinten und stürzten sich überschlagend ins Meer. Der tote Mech stieß senkrecht in die Fluten und verschwand in der Tiefe des Ozeans. Sein Begleiter versuchte die Kontrolle wiederzugewinnen, vollführte einen Salto, war aber bereits zu tief, um noch auf der Hochebene zu landen. Seine Sprungdüsen warfen ihn vorwärts und rammten ihn in die Klippen.

Entgeistert hauchte Victor. »Mein Gott, das ist *Yen-lo-wang!*«

Die nachfolgende Detonation der Maschine ihres Kameraden erschwerte den beiden verbliebenen Clansmännern die Landung. Einer von ihnen flog mitten durch den Feuerball und setzte auf, aber bis dahin war der *Centurion* vom Felsausläufer zum Boden gesprungen und an den Landeplatz gesprintet. Tief und schnell schoß *Yen-lo-wang* auf seinen Gegner zu, die Finger der linken Hand zu Krallen gekrümmt. Im Vorbeirennen riß er mit den Fingern die Torsounterseite des Clan-Mechs auf und feuerte aus den am Unterarm montierten Impulslasern geradewegs in die Breschen.

Ohne langsamer zu werden, rannte der *Centurion* weiter am Rand der Klippe entlang. Der letzte Clan-Mech setzte in der Rauchwolke auf, die von seinem unglückseligen Begleiter übriggeblieben war. Der Clanpilot drehte sich eben zu seinem Kollegen um, dessen Maschine langsam mit zertrümmerter Torsomitte zusammenbrach, als *Yen-lo-wang* ihn mit voller Geschwindigkeit rammte. Victor sah die Panzerung buckeln, als die Schulter des *Centurion* sich voll in die Brustpartie des Feindmechs grub.

Unter dem kombinierten Gewicht der beiden Kampfmaschinen bröckelte der Rand der Klippe ab. Victor streckte die Arme aus, als könne Prometheus das drohende Unheil irgendwie abwenden. Der Clan-Mech schlang die Arme um *Yen-lo-wang*, und beide Maschinen schienen am Rand der Klippe erstarrt. Victor schrie Kai an, den Clanner fortzustoßen und sich zu retten, aber mit einer Verbissenheit, die an Besessenheit grenzte, pumpten *Yen-lo-wangs* Beine immer weiter, stampften den Klippenrand zu Staub und rissen die letzte Bedrohung für den Erben Hanse Davions in den Abgrund.

»Kai, nein! Kai!«

Beide Mechs verschwanden aus der Sicht. Wäre nicht der Rauch in der Luft und der verkrüppelte Mech auf dem Boden gewesen, nichts hätte darauf hingedeutet, daß der *Centurion* je existiert hatte.

Heiße Tränen brannten auf Victors Wangen, als er seinen Mech auf dem beschädigten Bein drehte. Impulslaser peitschten auf die Clanner ein, die sich durch den Dschungel näherten, und Victor hielt die Finger auf den Auslösern, ohne sich um die Hitzewellen zu kümmern, die ihn im Innern seiner Pilotenkanzel zu rösten drohten. Neben ihm fügte Galens *Kreuzritter* seine Feuerkraft hinzu. Ohne einen Gedanken an Vorsicht schien ihre Trauer und Wut sich direkt in ihren Angriffen niederzuschlagen und die Clanner zu vertreiben.

Eines nach dem anderen schaltete der Computer Victors Waffensysteme ab, als die von ihnen erzeugte Hitze die Schaltkreise röstete. Er sah die Lichter auf seinen Armaturen erlöschen, aber er feuerte immer mehr Raketen und Laserstrahlen ab, um die Clantruppen abzuwehren. Eine halbe Sekunde lang glaubte Victor, er sei in eine jener Legenden geraten, in denen ein Mech aus eigener Kraft kämpfte, ohne Rücksicht darauf, was die Instrumente anzeigten. Dann hörte er Stimmen und erkannte, daß sie Verstärkung bekommen hatten.

»Blizzard Zwo hier, Tornado Eins. Wir halten Ihnen den Hinterausgang frei. Ziehen Sie ab.«

Victor warf einen Blick auf die Hologrammanzeige und sah den halbmondförmigen Einbruch am Klippenrand. »Negativ, Blizzard Zwo. Wir haben einen Mann im Wasser. Kai Allard ist über die Klippe gestürzt. Wir müssen ihn holen.«

»Tornado Eins, Sie bekommen Verstärkungen.« Auf Victors Hilfsmonitor erschienen Telemetriedaten eines Spionagesatelliten. Der Computer zeigte eine Kompanie Clan-Mechs auf direktem Kurs zu ihrem Sektor. »Sie wissen, daß Ihr hier seid, Hoheit. Sie wollen Euch. Ihr müßt hier weg. Lieutenant Allard hat uns befohlen, Euch hier rauszuholen, was auch geschieht.«

»Nein! Wir müssen Kai finden!«

»Victor, schau auf deinen Monitor!« Galens Stimme war unheilschwanger, aber Victor konnte ihr Drängen nicht ignorieren. »Sieh hin, Victor. Es gibt kein Rettungssignal von Kais Mech. Es gibt kein ID-Signal. Das Meer ist hier einen Kilometer tief. Er ist verloren. Laß sein Opfer nicht umsonst gewesen sein.«

Victor hämmerte mit der Faust auf das Funkgerät ein. Es fiel mit einem Kurzschluß aus. Mit zusammengebissenen Zähnen, um den Schrei zu unterdrücken, der sich in seiner Brust staute, hinkte er mit *Prometheus* zurück. Als er am Klippenrand entlanghumpelte, suchte er das Wasser nach einem Zeichen ab, wo Kai untergegangen war, aber das Grab seines Freundes war nicht zu erkennen.

40

Tairakana-Ebene, Luthien
Militärdistrikt Pesht, Draconis-Kombinat

5. Januar 3052

Seine Kleider waren schweißdurchnäßt, aber Shin Yodama zwang sich, weiter in Richtung der Koordinaten zu rennen, die er vor der Explosion des *Skulker* erhalten hatte. Als er in Sicht des kleinen Vorpostens war, den er erreichen wollte, waren die Lufteinheiten auf schweren Widerstand gestoßen, und die brennenden Trümmer von Luft/Raumjägern waren über das gesamte Schlachtfeld verstreut. Er hatte sich zwei Absturzstellen genähert, aber die infernalische Hitze hatte ihn jedesmal zurückgetrieben. Hier konnte nichts und niemand überlebt haben, und die Trümmer gaben ihm auch keinen Hinweis darauf, zu welcher Seite die Maschinen gehört hatten.

Er hatte anhalten wollen, als die Seitenstiche begannen, dann noch einmal, als er das Gefühl hatte, jemand schiebe ein Messer tief in seine Eingeweide und drehe es in der Wunde herum. Aber immer, wenn er sich umsah, wurden die Umrisse der ihn verfolgenden Mechs größer. Wie Dämonen aus einem Kindheitsalptraum stampften die Clan-Mechs Schritt für Schritt näher, schienen die Geschütze, die auf sie einhämmerten, kaum zu bemerken. Er rannte, so schnell er konnte, um ihnen zu entkommen, aber sie blieben in seinem Rücken.

Das erste, was Shin von A2536 sah, war ein nervöser junger Soldat, der halb hinter einem umgestürzten Baum verborgen war. »Halt, oder ich schieße!« Die Stimme des Jungen war aufgeregt. Er war entschlossen, seine Drohung wahrzumachen, aber das Schwanken des Gewehrlaufs sagte dem Yakuza, daß er nicht um sein Leben zu fürchten brauchte.

Er hob die Hände. »Ich bin Sho-sa Shin Yodama. Wer hat hier den Befehl?«

Der Soldat deutete mit einem Kopfrucken auf einen niedrigen Hügel. »Chu-i Ashai. Ich bringe Sie zu ihm.«

Als sie um den Hügel bogen, sah Shin, daß dieser vorgeschobene Beobachtungsposten nur aus zwei Soldaten, ihrem Chef und einem Suchfernglas auf einem Dreibeinständer bestand. Von hier aus wurden Informationen zurück ans Hauptquartier gesandt. Ashai wirkte intelligent und eifrig. Wahrscheinlich ein vorzeitig graduierter Absolvent der Militärakademie. Seine beiden jungen Begleiter hielten ihre Automatikgewehre ungeschickt genug, um Shin davon zu überzeugen, daß sie das Kriegshandwerk auch noch nicht lange ausübten.

»Chu-i Ashai, wir müssen zurück zum Hauptquartier.«

Der Junioroffizier nickte höflich. »Hai, Sho-sa. Bald muß ein *Skulker* hier eintreffen, der uns mitnehmen soll. Er war vor ...«

Shin schüttelte den Kopf. »Ich saß in dem *Skulker.* Er kommt nicht mehr.« Shin streckte den Arm aus. »Geben Sie mir Ihr Funkgerät.«

Ashais Gesicht wurde bleich. »Das kann ich nicht. Das Mikrophon ist ausgefallen.« Er deutete auf das Suchfernglas, das sie auf der Hügelkuppe aufgestellt hatten. »Wir wurden angewiesen, diese Einheit an Ort und Stelle zu lassen, weil die optische Übertragung noch funktioniert.«

»Gut.« Shin rannte den Hügel hinauf, so schnell seine müden Beine ihn trugen. Oben angekommen, stellte er sich vor das Fernglas. Er wartete, bis die Motoren des Geräts die Linsen fokussiert hatten, dann führte er schnell eine Serie von Handzeichen aus. Er wiederholte die Signale zweimal und betete, daß zumindest einer der Yakuza-KommTechs Dienst hatte.

Als er aus der Sichtlinie trat, stellte sich das Fernglas automatisch wieder auf die anrückenden Mechs der Nebelparder ein. Ihre Bemalung zeigte schwarze, kreisförmige Flecken auf einem grauen Hintergrund und war wie das Fell ihres Namenstieres gehalten. Der Staub, den sie im blutroten Licht der Morgendämmerung aufwarfen, verbarg das, was sich hinter ihren Reihen befand. Rauch hing schwer in der stillen Morgenluft, und Shin kam es so vor, als habe ihn der Clan-Kommandeur weniger zur Verschleierung seines Vorstoßes, sondern als Warnung an seine Truppen eingesetzt, daß es nur den Weg nach vorne gab und ein Rückzug nicht möglich war.

Shin sah Luft/Raumjäger am Himmel martialische Kunststückchen ausführen. Gelegentlich stürzten sie sich herab, um ihre Feinde zu bombardieren. Mehr als eine Maschine stieß durch den Hagel des Abwehrfeuers und vernichtete einen Mech, aber Shin konnte nicht feststellen, daß diese Angriffe irgendeinen Einfluß auf den Kampfverlauf hatten.

Im Westen tauchten Reihen von BattleMechs des Kombinats auf, die der dämmernden Sonne entgegenmarschierten, um die Invasoren zu stellen. Die Mitte der Schlachtreihe nahmen die blutroten Maschinen des Ersten Schwert des Lichts ein. Die Otomo, deren königsblaue Mechs in gestaffelten Reihen antraten, bildeten den nördlichen Flügel, die beiden Genyosha-Regimenter den südlichen. Die schwarzsilbernen Kolosse ihres zweiten Regiments waren in einem Winkel von fünfundvierzig Grad zur draconischen Hauptstreitmacht aufgestellt und bildeten an der Südflanke einen Haken, der die Clantruppen zur Mitte treiben sollte.

Die Clankrieger nutzten die größere Reichweite ihrer Geschütze und griffen die Kurita-Einheiten auf Distanz an. Shin erkannte sofort, daß die Clans ihre Taktik des Einzelkampfes aufgegeben hatten. Sie konzentrierten ihr Feuer auf einzelne Ziele und richteten ihre schwersten Angriffe auf Mechs mit LSR-Lafetten. Sie rückten während des Angriffs weiter vor und näherten sich langsam einer Entfernung, bei der auch die Kombinatsmaschinen das Feuer effektiv erwidern konnten.

Die Disziplin seiner Kameraden erstaunte Shin. Niemand bewegte sich oder brach aus der Formation aus. Es trieb Shin zum Wahnsinn, aus der Ferne zusehen zu müssen, wie sie nur dastanden und eine Breitseite nach der anderen einsteckten, aber für die Männer und Frauen in den BattleMechs mußte es tausendmal schlimmer sein. Auch wenn die Angriffe nur Panzerung abschälten, Shin hätte an ihrer Stelle seine ganze Kraft benötigt, um an seinem Platz zu bleiben. Trotzdem, ein starres Festhalten an Theodores Plan war der Schlüssel zum Sieg, und dieses Wissen hätte auch ihm geholfen, sein Äußerstes zu geben.

Ashai trat neben Shin auf die Hügelkuppe. »Sehen Sie, Sho-sa, die Otomo ist angeschlagen.«

Ein schneller Blick bestätigte Ashais Beobachtung. Die Langstreckenattacken hatten die Ränge der Otomo verwüstet. Ein Dutzend Mechs war zu Boden gegangen, und viele andere taugten höchstens noch zum Ausschlachten. Noch bevor sich die Schlacht voll entwickelt hatte, schien die Nordflanke der Kombinatstruppen zusammenzubrechen.

Shin bemerkte, daß er und Ashai nicht die einzigen waren, denen der Kollaps der Otomo aufgefallen war. Nebelparder-Mechs stürmten vor. Die Otomo stand am weitesten von Imperial City entfernt, und der Sturmangriff lenkte die Clantruppen von ihrer ursprünglichen Zielrichtung ab. Die Nebelparder fielen in einen Galopp, als die Otomo nur sporadisch und ohne große Treffsicherheit das Feuer erwiderte.

Ashai konnte die Furcht in seiner Stimme nicht unterdrücken. »Sie schießen wie alte Weiber! Ein Wunder, daß sie nicht davonlaufen!«

Shin lächelte. »Passen Sie gut auf, Chu-i. Sie können etwas lernen.«

Der schnellste der Nebelparder brach durch die Reihen der Otomo. Die vordersten Maschinen waren bereits zur dritten und vierten Otomo-Reihe vorgedrungen, als der erste Clan-Mech eine Vibrabombe auslöste. In einem Gewitter von Feuer und Stahl verlor er die untere Hälfte des rechten Beins, stolperte, fiel und warf einen *Schütze* um.

Der *Schütze* explodierte. Schrapnell schoß frontal aus seinen Trümmern, hob den gestürzten Clan-Mech von seinem Torso und sprengte dessen linken Arm davon. Wie eine Schnur von Knallfröschen explodierten auch die übrigen Otomo-Maschinen. Einer Schockwelle gleich flogen alle blauen Kriegsmaschinen von der ersten Reihe bis zur letzten auseinander. Die dünne Panzerung über dem Torso der Mechs brach auf und überschüttete den Feind mit einem tödlichen Hagel.

Bei der ersten Explosion warf sich Shin zu Boden und zerrte Ashai mit. »Theodore hat IndustrieMechs mit Panzerung ausstaffiert, damit sie wie BattleMechs aussehen, und sie dann mit Sprengstoff beladen. Eine Variante der Strategie ›Trojanisches Pferd‹. Anstatt sie dazu zu bringen, das Pferd in ihre Burg zu schleppen, mußten wir sie in unsere Herde locken, aber es hat trotzdem funktioniert.«

In das Chaos dort, wo das falsche Otomo-Regiment auf seine Opfer gewartet hatte, stürmten jetzt die echten Otomo-MechKrieger und die Zweite Legion Wega. Ihr plötzliches Auftauchen in den Bergen hinter den Kurita-Linien war deutlich ein Schock für die Nebelparder. Ihre gesamte Schlachtreihe mußte stoppen, um sich wieder auf das Zentrum der Kurita-Linien auszurichten. Während sie sich neu gruppierten, feuerten die Draconier alles ab, was sie an Langstreckenwaffen aufzubieten hatten.

Die Angriffe machten durch Intensität wett, was ihnen an Organisation fehlte. Hier und da stürzten einzelne Clanmaschinen, aber der Beschuß hatte vor allem Breitenwirkung. Kaum eine der fleckiggrauen Kriegsbemalungen blieb unversehrt. An der Nordflanke, wo sich die Legion und Otomo auf den Flügel der Parder stürzten, trieb die bloße Wucht des Angriffs die Clansmänner in die Flucht. Als die Parder langsam auf die Ausgangsstellungen zurückgedrängt wurden, konnte Shin sich vorstellen, wie die Genyosha an der anderen Flanke dasselbe tat.

Das donnernde Rauschen eines Helikopterrotors drang an Shins Ohren. Er drehte sich auf den Rücken. Etwa einhundert Meter hinter der Hügelkette setzte ein Kombinatshubschrauber auf. Shin und die Scouts stürzten begeistert auf die stromlinienförmige Maschine zu. Als sie eingestiegen waren und sich angeschnallt hatten, zog der Pilot den Hubschrauber wieder hoch.

Er hielt die Maschine dicht über dem Boden, aber als sie über die Hügel stiegen, konnte Shin das Schlachtfeld wieder sehen. Die Formation der Parder war auf einen schmalen Keil zusammengedrückt. Die Spitze des Keils kämpfte gegen das Erste Schwert, und die übrigen Kombinatstruppen schlugen hart auf die Flanken ein. Doch war es den Clans, auch wenn sie zu Beginn Boden verloren hatten und trotz der Verluste durch die Otomo-Falle, gelungen, ihre Position zu festigen.

In diesem Moment dachte Shin, er habe in dem Rauch jenseits der Clanlinien etwas gesehen, aber ein Hügel schnitt ihm die Sicht ab. Es dauerte kostbare zehn Sekunden, den Piloten zu überzeugen, seine Maschine wieder hochzuziehen, und auch dann erfüllte er Shin diesen Wunsch nur zögernd. Als der Hubschrauber wieder aufstieg, kam das Schlachtfeld erneut in Sicht, aber es unterschied sich gewaltig von der Situation nur Sekunden zuvor.

Die Bewegung, die Shin im Rauch bemerkt hatte, war der Angriff der Novakatzen gewesen. Ihre Mechs waren schwarz wie die Nacht, bis auf ein leuchtendbuntes Sternmuster in der Torsomitte. Sie stießen mitten durch den Keil der Parder und brachen an der Spitze aus. Ihr

Sturmangriff durchschlug die Schlachtreihen des Ersten Schwerts, als wäre sie gar nicht vorhanden. Die Nebelparder teilten ihren Keil in zwei parallele Reihen und trieben die Kombinatseinheiten nach Osten. Gleichzeitig stießen Clan-Luft/Raumjäger aus der Luft und bombardierten die Beobachtungsposten.

Shin nahm dem Copiloten Mikrophon und Kopfhörer ab und legte sie an. Das statische Kreischen eines Störsenders bohrte sich in seinen Kopf. »Hanson«, sprach er den Piloten an, dessen Namen er auf dessen Overall gelesen hatte, »bringen Sie diesen Hubschrauber unverzüglich zum Hauptquartier nach Imperial City!«

»Ich habe meine Befehle.«

»Zum Teufel mit Ihren Befehlen. Die Clans brechen durch. Wenn wir dem Kanrei nicht mitteilen, was hier los ist, ist Imperial City verloren. Und ganz Luthien dazu.«

41

Konsulat des St.-Ives-Paktes, New Avalon
Mark Crucis, Vereinigtes Commonwealth

5. Januar 3052

»Nein, Candace, ich halte deine Angst um Kai nicht für dumm.« Er trat hinter sie, legte die Hand auf ihre rechte Schulter und drückte sie beruhigend. »Immerhin ist er ein Soldat im Kriegsgebiet.«

Candace blickte zu Justins Reflexion im Spiegel ihres Schminktischs auf. »Wir kennen uns zu lange, Geliebter, als daß mir das Zögern in deiner Stimme entgehen könnte.«

Justin lächelte und senkte den Kopf. »Weißt du, wenn du es damals nicht vorgezogen hättest, eine diplomatische Lösung für die Differenzen zwischen der Konföderation Capella und den Vereinigten Sonnen zu suchen, hättest du mich dazu bringen können, gegen Hanse Davion zu arbeiten.«

Candace nahm seine Hand in die ihre. »Machst du dir keine Sorgen um unseren Sohn?«

»Natürlich tu ich das.«

»Siehst du.«

»Aber er ist bei den besten Truppen, die wir haben. Er sitzt in einem Mech, der mit der modernsten Technologie ausgerüstet ist. Und er ist wahrscheinlich der beste MechKrieger, der sich je in einem Cockpit angeschnallt hat.« Justin löste seine Hand aus ihrem Griff und wanderte durch die Suite zur Kommode. »Ich mache mir mehr Sorgen um Victor Steiner-Davion und seine Tendenz, die eigene Sicherheit zu vergessen. Sicher, wir haben bei der Schlacht um Twycross alle dem ›kämpfenden Prinzen‹ zugejubelt, aber dem armen Hanse hat die ganze Zeit das Herz im Hals geschlagen. Ich bin sicher, jedesmal, wenn Hanse Victor in die Schlacht ziehen sieht, erinnert er sich auch an den Tod seines Bruders Ian.«

Candace wandte sich in ihrem Stuhl um und zeigte mit einem schwarzen Eyelinerstift in seine Richtúng. »Du hast schon recht, daß Victor impulsiv ist, aber Galen Cox und Kai sind bei ihm, um ihn zu beruhigen. Und um ihn zu schützen. Aber wer beschützt die, die den Prinzen bewachen?«

Justin nahm zwei Manschettenknöpfe von der Kommode und trat wieder an ihre Seite. Er hielt sie ihr hin und grinste verlegen. »Wärst du so nett?«

»Wirst du alt, mein Lieber, oder braucht dein Arm neue Batterien?«

Er sah das belustigte Funkeln ihrer Augen und mußte lachen. »Ich bin weder alt noch benötige ich neue Batterien, Herzogin. Mit Manschettenknöpfen hatte ich schon immer Probleme, selbst als meine Hände noch gleich waren.« Justin stand stockstill, während sie pflichtbewußt seine Manschetten schloß. »Und wenn meine Lady einen Beweis meiner jugendlichen Energie braucht, schlage ich vor, sie läßt sich eine Entschuldigung für uns einfallen, den Empfang so früh wie möglich zu verlassen.«

Mit melodramatischer Pose legte Candace den rechten Handrücken an die Stirn und seufzte. »O je, verführt vom Champion von Solaris ...«

Justin schüttelte den Kopf. »Ich bin schon lange nicht mehr Solaris-Champion.«

»Wie heißt es noch — einmal Champion, immer Champion?«

»Und dafür gehört dir auf ewig mein Herz.« Er zog sie hoch und küßte sie, drückte sie an sich. »Vertrau mir, Geliebte. Kai wird bald wieder bei uns sein.«

Er gab sie frei und blickte auf die Uhr. »Verdammt, wir sind schon zu spät.« Justin nahm sein schwarzes Jackett vom Bett. »Ich hasse Wohltätigkeitsveranstaltungen. Wäre da nicht deine Gesellschaft, würde ich es vorziehen, den Abend mit dem Durchsehen der Frontmeldungen zu verbringen.«

Bis der Laserstrahl Candace Liao in die linke Brust traf und zu Boden warf, hatte Justin geglaubt, sie seien allein in ihren Gemächern. Glücklicherweise stürzte seine Frau auf die andere Seite des Bettes, so daß nur noch der Saum ihres Abendkleids und die schwarzen Lederschuhe sichtbar waren. Die weiße Rauchwolke, die wie ein dunstiger Pilz emporstieg, und der beißende Geruch verbrannter Wolle vertrieb den Duft ihres Parfüms, den er so liebte.

Mit der Laserpistole in der Hand trat der Attentäter aus dem Kleiderschrank, in dem er sich versteckt gehalten hatte. Er blickte auf Candace hinab, dann sah er zu Justin hoch und lächelte. »Romano wollte, daß sie zuerst stirbt, damit Sie in dem Bewußtsein sterben, sie nicht gerettet zu haben.«

Als der schwarzgekleidete Mörder seine Pistole auf Justin richtete, duckte sich der Geheimdienstminister nach rechts. Seine schwarze Metallhand klappte bis zum Anschlag zurück. Etwas zerrte an der Unterseite des Handgelenks und riß den Manschettenknopf los. Mit der Geschmeidigkeit jahrelanger Übung stieß Justin den linken Arm in Richtung des Attentäters und löste den Mechanismus aus.

Der grüne Strahl des Armlasers traf den Meuchelmörder mitten in die Brust. Er bohrte ein Loch durch seinen Körper und hinterließ einen schwarzen Brandkreis auf der Spiegeltür des Schrankes hinter ihm. Das nach oben reflektierte Licht traf den Kristallkronleuchter, doch der dadurch entstehende Wald von Regenbogenfarben war harmlos. Aber so schnell Justin auch war, der Attentäter krümmte noch im Fallen den Zeigefinger um den Abzug der Laserpistole.

Höllische Schmerzen durchfuhren Justin, als der rubinrote Strahl in seine Kehle fuhr. Er stolperte ein paar Schritte nach vorn, dann stürzte er neben seiner Frau auf die Knie. Seine rechte Hand fuhr zum Hals. Er fühlte warme Nässe. Als er nach unten sah, stellte er fest, daß Blut den Ärmel durchnäßte. Trotz der Schmerzen preßte Justin die Rechte fester auf die Wunde und versuchte, den kostbaren Lebenssaft aufzuhalten, der zwischen seinen glitschigen Fingern hervorströmte.

Mit der Klarheit, die nur der unmittelbar bevorstehende Tod bringt, wußte Justin, daß er Alarm geben mußte. Aber das Visiphon auf dem Nachttisch hätte ebensogut zwei Lichtjahre entfernt sein können. Die schallgedämpften Wände des Konsulats machten Hilferufe sinnlos.

Eine Woge der Übelkeit schlug über ihm zusammen, Punkte tanzten vor seinen Augen. Justin durfte keine Zeit verlieren, hob den linken Arm. Er löste den Laser aus und zog eine schwarze Brandspur über die Decke. Er feuerte drei Sekunden lang, bis der Strahl erlosch, dann kippte er erschöpft nach vorne.

Erst als er das kühle Wasser der Sprinkleranlage auf seinem Gesicht fühlte, wußte Justin, daß sein verzweifelter Hilferuf Erfolg gehabt hatte. Er hörte den Alarm nicht, der durch die Gänge heulen mußte. Er streckte die Hand aus, um Candace noch einmal ermutigend die Hand zu drücken, dann verschwand der Raum und mit ihm die Welt vor seinen Augen.

42

Tairakana-Ebene, Luthien
Militärdistrikt Pesht, Draconis-Kombinat

5. Januar 3052

Shins Magen vollführte einen Salto, als der Pilot den Helikopter herumriß. Noch bevor Shin eine Erklärung für das plötzliche Manöver verlangen konnte, explodierten zwei Kurzstreckenraketen unter ihnen.

Der Pilot riß den Steuerknüppel nach hinten und gab vollen Schub. »Clanjäger. Hat uns als Beobachter identifiziert.«

»Können Sie ihm entkommen?«

»Wenn nicht, werden Sie's als erster wissen.«

»Was kann ich tun?«

Der Pilot deutete mit dem Daumen hinter sich in den Mannschaftsbereich. »Gehn Sie ans Zwölf-Fünf. Ich versuche, Ihnen eine Schußmöglichkeit zu geben.«

Shin warf dem Copiloten die Kopfhörer zu und legte eine Bordschützenweste an. Er befestigte sie an den Haltegurten neben der linken Tür der Maschine und zog das Maschinengewehr aus seiner Stauposition. Indem er es einschnappen ließ und den Munitionsgurt in die Kammer einlegte, machte er das schwere MG feuerklar. Ashai zog die Tür auf und gab Shin einen Schußwinkel von 170 Grad.

Shin zog den Bordschützenhelm über den Kopf und rückte das Mikro zurecht. Er klappte das Visier nach unten und schaltete den Ziellaser der Waffe ein. Sofort erschien auf dem Visier über seinem rechten Auge ein Fadenkreuz. Er wußte, daß ein Lichtpunkt in der Mitte des Kreuzes pulsieren würde, sobald das MG ein Ziel erfaßt hatte — genau wie in einem Mech. Anders als in seinem *Feuerfalke* mußte er die Waffe jedoch von Hand ausrichten.

»Ich bin soweit, Anjin-san.«

»Hai, Sho-sa. Halten Sie sich fest.«

Der Pilot riß den Hubschrauber senkrecht hoch, dann ließ er ihn in einem Manöver, das Shin nach vorne schleuderte, seitlich abkippen. Trotz der Warnung wäre Shin Ashais Mütze hinab aufs Schlachtfeld gefolgt, wären da nicht sein fester Griff an dem 12,5-mm-Maschinengewehr und die Haltegurte an seiner Weste gewesen. Er konnte sich kaum noch rechtzeitig fangen, um die Waffe auf den anfliegenden Luft/Raumjäger zu richten, als der Pilot die Maschine wieder gerade ausrichtete.

Shins Daumen stieß den Auslöser durch. Das Singen der Waffe übertönte das Donnern des Helikopterrotors. Teile des Munitionsgurts rasselten durch die Kabine, als die sechs rotierenden Geschützläufe innerhalb von zwei Sekunden 100 Schuß abfeuerten. Shin kämpfte gegen den Rückstoß der Waffe an, aber da er den Zielpunkt nur eine halbe Sekunde nach seinem Auftauchen wieder verloren hatte, war er sich ziemlich sicher, daß er nicht getroffen hatte.

Dann explodierte der Luft/Raumjäger.

Schwarz auf Rot und Rot auf Schwarz donnerten die Luft/Raumjäger der Kell Hounds und Wolfs Dragoner wie intelligente Gewitterwolken über den Himmel. Die LSR-Salve eines der heranbrausenden Jäger fegte die Clanmaschine aus der Luft. Eine dichte Rauchspur hinter sich herziehend, stürzten die Trümmer in einer Spiralbahn zu Boden, und der Helikopterpilot brachte seine Maschine wieder auf den schnellsten Kurs nach Imperial City.

Von seiner Position aus konnte Shin das Schlachtfeld komplett überblicken. Die Nebelparder hielten ihre Gegner noch immer auf, aber soweit Shin das beurteilen konnte, war das eher Glück als Strategie. Da die Kombinatskräfte auf beiden Seiten der Linie ihrem Gegner zahlenmäßig überlegen waren, hatten die Kurita-

Krieger weniger Gegner und weniger Schußgelegenheiten. Eifrige Krieger in den hinteren Rängen drängten ihre Kameraden näher an die Clanlinien, als denen lieb war. Es schien bereits, daß die Kurita-Generäle neue Befehle ausgaben, um dieses Problem zu lösen, aber der bereits angerichtete Schaden hatte den Clans die notwendige Zeit zur Aufstellung der Novakatzen gegeben.

Die Novakatzen waren geradewegs in die Stellungen der Dragoner und Kell Hounds gelaufen. Aus der Luft konnte Shin erkennen, wie die Söldner ihre Reihen aufgebaut hatten, um die vorrückenden Clans zu stoppen. Ein Regiment der Dragoner hielt die Straße zur Hauptstadt, während die beiden Kell Hounds-Regimenter auf den Hügeln links und rechts verteilt waren. Hinter diesen drei Regimentern wiederholten drei Dragoner-Regimenter die Aufstellung. Die Dragoner hatten ihr letztes Regiment in Reserve gehalten, aber jetzt rückte auch dies vor, um das Erste Bataillon der Kell Hounds zu unterstützen.

Die Kämpfe auf der Straße schienen besonders hart. Das Feuer der Raketenexplosionen wetterleuchtete vor dem Rauch, der über dem Schlachtfeld hing. Das glühendrote Licht der Laser und die elektrisch blauen Lichtblitze der PPKs füllten den grauen Dunst mit Farben, aber sie waren nichts gegen den novagrellen Feuerball eines außer Kontrolle geratenen Fusionsreaktors.

Auf der Nordflanke schlugen die Novakatzen und das Erste Bataillon der Kell Hounds mit wahnwitziger Gewalt aufeinander ein. Mit Extremweitenwaffen bestückte Mechs überschütteten die Reihen der Clanner mit einer mörderischen Breitseite nach der anderen. Für den Nahkampf ausgelegte Mechs rückten gegen den Gegner vor, vermieden aber direkte Berührung. Sie konzentrierten ihr Feuer auf Clan-Mechs, die bereits angeschlagen waren, und brachten sie schnell und effektiv zu Boden.

Die Rache der Clans kam schnell, aber sie zeigte nicht

die ausgeklügelte Organisation, die den Söldnern eine solche Effektivität verlieh. Shin konnte die Verwirrung überhaupt nicht verstehen, bis er einen einzelnen Kell Hound-Mech praktisch allein auf einer Bodenwelle neben der Straße stehen sah. Selbst aus dieser Entfernung erkannte er den kantigen Rumpf eines *Schütze*. Er feuerte ständig neue Raketensalven auf seine heranstürmenden Gegner und lenkte das Feuer mehrerer Artillerielanzen, dann pflückte er die herangekommenen Gegner mit den Lasern auseinander. Allein und doch tödlich bot er ein perfektes Ziel.

Die Clankrieger schienen alles zu versuchen, um den Piloten dieser Maschine für seine Arroganz zu strafen, aber ihre Anstrengungen zeigten keinen sonderlichen Erfolg. Der Raketenbeschuß der Kell Hounds hatte mörderische Wirkung und warf die Novakatzen den Hang hinab. Als die Clanner vorstürmten, kesselten die Nahkampflanzen der Hounds sie ein, suchten sich ein Ziel aus und verwüsteten es, bis sein qualmendes Skelett dem *Schütze* zu Füßen lag. Der *Schütze* selbst bewegte sich mit einer solchen Geschmeidigkeit, daß nur ein Meisterkrieger an den Kontrollen des riesigen Stahlkolosses sitzen konnte. Als er sich unter Raketensalven wegduckte oder in die Hocke ging, um ein kleineres Ziel zu bieten, schloß Shin, daß Morgan Kell, der Kommandeur der Kell Hounds, im Cockpit sein mußte.

Der Hubschrauber flog durch einen schmalen Canyon, dann stieg er wieder hoch und gab Shin einen weiteren Blick auf das Kampfgeschehen. Die Novakatzen und Dragoner waren auf der Straße aufeinandergetroffen, und verwüstete Mechs beider Seiten bedeckten den Boden. So wie sich die Lage der Trümmer darstellte, mußten die Söldner den Schwung der Novakatzen gebremst und sie etwa hundert Meter zurückgetrieben haben. Danach hatten die Dragoner mit einem ordentlichen Rückzug begonnen und die Novakatzen gezwungen, sich den Boden, den sie im ersten Ansturm schon einmal gewonnen gehabt hatten, mühsam zurückzuerobern.

Als sich die Kolonne der Novakatzen-Mechs langsam vorbewegte, schlugen die Dragoner hart auf sie ein. Von seiner erhöhten Position aus sah Shin die zweite Dragonerlinie vorrücken. Er nahm an, die Dragoner würden vorstürmen und den Feind stoppen, sobald die Novakatzen mit ihrer ganzen Streitmacht wieder nach Imperial City vorstießen. Das würde die Reihen wieder zum Stillstand bringen. Dieses ruckartige Vor und Zurück frustrierte die Clanner nicht nur, es bot den Flugstaffeln der Söldner zusätzliche Gelegenheiten zum Angriff.

Der Helikopterpilot ließ die Maschine hinter einer Hügelkette absinken und schoß in gerader Linie auf Imperial City zu. Shin ließ ihn bei einer HQ-Einheit in der Nähe eines BattleMechregiments aufsetzen. Der Pilot bat um Landeerlaubnis, erhielt sie und setzte den Hubschrauber zwischen den Kampfkolossen und einem nahegelegenen Zelt auf.

Shin schnallte sich los und stieg aus. Er gab dem Piloten mit dem Daumen das ›Klar‹-Zeichen und rannte davon. Eine Ordonnanz fing ihn ab und überreichte ihm versiegelte Befehle. Shin erkannte Theodores Zeichen auf dem Reispapier und riß es auf. Seine Kinnlade fiel herab, als er den Inhalt las, dann faltete er das Blatt und rannte hinüber zu den Mechs.

Shin zitterte, als er die Strickleiter hinaufstieg, die aus dem Cockpit des *Feuerfalke* hing. *Soviel Verantwortung ist zuviel für mich, Theodore!* Im Innern der Kanzel betätigte er den Schalter, der die Leiter wieder einzog und schloß das Visier des Mechs. Er zog den Overall aus, legte Kühlweste und Helm an, schnallte sich fest und fuhr die Maschine hoch.

In der Sekunde, in der sein Bordcomputer den *Feuerfalke* einsatzbereit hatte, donnerte Takashi Kuritas Stimme durch die Helmlautsprecher. »Ich warne Sie, ich werde mich nicht von einem der Schläger meines Sohnes herumkommandieren lassen. Für ihn sind Sie vielleicht etwas Besonderes, aber für mich sind Sie ein Yakuza! Ich bin schon früher mit Gestalten Ihres Schlages fertig geworden, und es wird mir auch in Zukunft gelingen. Ich verlange, daß Sie meinen Mech freigeben!«

Shin schluckte schwer. Theodores Befehle, nach denen er Verbindungsoffizier der Reserveeinheit war, die Takashi zusammengestellt hatte, enthielten den Freigabecode, der es dem Koordinator und seinen Kameraden gestatten würde, ihre Mechs voll funktionsfähig zu machen. Aber sie machten ihm auch klar, von welcher entscheidenden Bedeutung es war, daß sie zurückgehalten wurden, bis ein anderslautender Befehl kam. Zehn Kilometer hinter den ursprünglichen Linien standen sie zwischen Imperial City und der Front. Es war keine optimale Verteidigungsstellung, aber das Tal, zu dessen Verteidigung sie eingesetzt waren, gab ihnen die Möglichkeit, schnell jeden Punkt zu verstärken, an dem der Gegner durchbrechen mochte. Theodores Botschaft hatte ihm all das und mehr mitgeteilt, und Shin fühlte sich wie ein Reiskorn unter dem Mühlstein.

»Iie, Kurita Takashi-sama. Ich habe genaue Anweisungen erhalten. Ich kann Euch leider noch nicht freigeben.«

»Verdammt sollen Sie sein, Shin Yodama, und mein Sohn mit Ihnen. Er überläßt das Kombinat Banditen und Söldnern. Geben Sie uns frei!«

Takashis hochmütiger Ton war ein Schlag ins Gesicht für Shins Stolz, aber er kämpfte die aufsteigende Wut nieder. »Nein! Euer Sohn hat Euch aus einem ganz bestimmten Grund hier aufgestellt.«

»Ha! Er hat mich nur aus einem Grund wehrlos hier hingestellt: Er hofft, daß die Clans mich umbringen, damit er Koordinator des Kombinats werden kann.«

»Er hat Euch hier eingesetzt, weil Ihr seiner Meinung nach das Notwendige tun könnt.«

»Er hat Sie hinters Licht geführt, Yakuza.« Takashi

spie das letzte Wort aus wie ein Stück bittere Wurzel. »Mein Sohn vertraut mir nicht. Zum dritten und letzten Mal, geben Sie uns frei.«

»Iie!« Shin wendete seinen *Feuerfalke* dem *Großdracon* mit Takashis Mon auf der linken Brustseite zu. »Ich habe meine Befehle und werde sie befolgen.«

»Sie werden mir gehorchen, Yakuza! Ich bin der Koordinator des Draconis-Kombinats!«

»Koordinator, ich weiß, wer Ihr seid, und ich verspüre nur den höchsten Respekt für Euer Amt.« Shin knirschte mit den Zähnen, um seinen Zorn im Zaum zu halten. »Ich verstehe Eure Forderung, aber ich kann ihr nicht nachgeben, bis ich den Befehl dazu erhalte. Wenn Sie mir oder Ihrem Sohn für diesen Ehrverlust befehlen wollen, Seppuku zu begehen, werden wir dies nach Beendigung der Kampfhandlungen tun. Ich werde Euch freigeben, wenn der Kanrei mir mitteilt, daß die Zeit gekommen ist.«

»Die Zeit ist gekommen«, triumphierte der Koordinator. »Ich habe die Software von meinen Technikern untersuchen lassen und kenne den Freigabecode. Dreimal habe ich Sie aufgefordert, und dreimal haben Sie sich geweigert. Meine Ehre ist unbeschädigt. Ich bin frei zu handeln.«

»Falls Ihr das tut«, erklärte Shin mit leiser Stimme, »zwingt Ihr mich, einen zweiten Code zu benutzen. Sollte ich ihn abstrahlen, werden Sie alle sterben, und mit Ihnen geht Imperial City unter.«

»Das ist Wahnsinn. Mein Sohn ist geisteskrank!«

»Iie, Koordinator. Er ist nicht verrückt, nur jemand, der seinen Vater gut kennt.« Shins Hand hing über der Zahlentastatur an der rechten Seite des Cockpits. »Er wußte, daß es Euch gelingen würde, seine Sicherheitsvorkehrungen zu umgehen. Er wußte auch, daß Ihr diesen zweiten Code bei der Analyse nicht auffinden konntet, solange Ihr nichts von seiner Existenz ahntet. Er meint es ernst. Ihr sollt auf Eurer Position bleiben, bis

Ihr gebraucht werdet. Er konnte das Risiko, daß Ihr vorzeitig abrückt, nicht eingehen.«

»Er hatte Angst, ich könnte ihm den Sieg stehlen.«

Shin schüttelte den Kopf. »Nein, Koordinator, keineswegs. Er traut niemand anderem das zu, was hier zu tun ist.«

Takashis Ungeduld schnitt durch die Lautsprecher. »Wie können Sie mir immer weiter erzählen, mein Sohn vertraue mir, wenn Sie genau wissen, daß es nicht stimmt?«

»Ich sage es, Kurita Takashi-sama, weil es die Wahrheit ist.« Shin fühlte das Schriftstück mit den Befehlen auf seiner Haut. »Ich sage es, weil er mir mitgeteilt hat, daß Eure Enkelin sich geweigert hat, Imperial City zu verlassen. Ihr und Eure Männer seid alles, was zwischen Omi und den Clans steht, und Euer Sohn möchte Euch hier wissen, um sie aufzuhalten.«

43

Satalice
Freie Republik Rasalhaag

5. Januar 3051

»Verstanden, Feuervogel Eins. Sie können den *Ostsol* nicht sehen.« Phelan Wolf fluchte verhalten. »Suchen Sie weiter. Er muß hier irgendwo stecken.«

»Verstanden, Lupus Alpha.« Carew klang nicht sonderlich erfolgsgewiß.

»Lupus Alpha an Lupusstern. Irgendwas?« Phelan schaute auf seinen Hilfsmonitor und die darauf abgebildete Karte der Umgebung. Der Computer zeigte ihm die Position der übrigen Maschinen seiner Einheit, einschließlich des hinterherhumpelnden Lupus Gamma. Das Gelände war zerklüftet und unwegsam, wie man es von einer Lavaebene erwartete, und mit einer verräterischen Eisschicht überzogen. Dampfgeysire stießen Nebel in die Luft wie ätherische Wale, die aus dem Fels aufstiegen, um zu atmen. Der Nebel kristallisierte in der kalten Luft augenblicklich, und Phelan mußte den *Wolfshund* warmlaufen lassen, nur um zu verhindern, daß das Eis die Sensoren überzog.

Alle Meldungen waren negativ, aber Phelan hatte das bestimmte Gefühl, daß der Rest des Sterns sich bewußt bedeckt hielt. Obwohl Natascha ihren Wolfsspinnen einen hitzigen Vortrag über Zusammenarbeit gehalten hatte, waren die anderen Mitglieder des Lupussterns Veteranen, die sich nicht in einen Kampf einmischten, den sie als Phelans rechtmäßigen Abschuß sahen. Der *Ostsol* hatte ihn zuerst angegriffen, was nach den alten Regeln bedeutete, daß das Ziel ihm gehörte. Die anderen waren bereit, ihn zu verfolgen, aber sie würden ihn nicht abschießen, solange Phelan nicht bei dem Versuch umgekommen war.

Phelan schüttelte angewidert den Kopf. Er wußte, warum sie hinter ihn zurücktraten, aber eine Gruppenanstrengung wäre ihm lieber gewesen. Weil er ihr Sterncommander war, jünger als jeder andere in seinem Stern, und alleine Günzburg erobert hatte, boten sie ihm eine weitere Chance, sich Ehre zu verdienen. *Na gut, so eine Veränderung braucht ihre Zeit. Der Sternenbund wurde auch nicht an einem Tag geschaffen!*

Der Sekundärschirm bot Phelan eine Aufstellung der Schäden an seinem Mech. Der rechte Arm des *Wolfshund* hatte den größten Teil der Panzerung verloren, aber der schwere Extremweitenlaser war unbeschädigt. *Grinser* hatte auch etwas Panzerung an der Brustpartie und am linken Bein verloren, aber davon abgesehen war der BattleMech in bester Verfassung. Der *Ostsol* mochte fünfundzwanzig Tonnen schwerer sein als der *Wolfshund,* aber in puncto Feuerkraft waren sich die beiden Maschinen ebenbürtig.

Der humanoide *Ostsol* hatte vollmodellierte Arme, von denen einer durch einen Treffer des schweren Lasers glatt abgeschnitten worden war. Das besagte jedoch gar nichts, weil der Mech seine gesamte Bewaffnung im Torso trug. Der Pilot hatte sich schnell erholt und war geflohen, aber nicht, bevor Phelan seine Torsopanzerung zerschossen hatte. Soweit er es hatte beurteilen können, waren die beiden schweren Laser und die zwei nach vorne gerichteten mittelschweren Laser noch einsatzbereit. Der *Ostsol* verfügte über zwei weitere mittelschwere Laser im Rücken seines faßförmigen Torsos, aber Phelan war dem Mech nicht dicht genug auf den Fersen, um dem Piloten eine Chance zu ihrem Einsatz zu geben.

Phelan warf einen erneuten Blick auf die Karte und schaltete von Normaloptik auf Infrarot. Sofort verwandelte sich die Landschaft in ein kühles Blau. Dampffontänen schossen Tentakel aus gelbem Feuer in die Luft, und in roten Wirbeln stieg Wärme von den Wärmetauschern des *Wolfshund* auf. Der Farbenwirrwarr mit Schlieren aus Rot und Gold, die Bodenwärme anzeigten, war nicht so verwirrend, als daß es unmöglich gewesen wäre, einen Mech an der von den Maschinen erzeugten Abwärme zu entdecken, aber die Dampfgeysire machten es schwierig, echte Ziele von falschen zu unterscheiden.

Phelan marschierte weiter. Langsam arbeitete er sich zu einem Tal vor, das stark an einen mit einem stumpfen Messer in die Kruste des Planeten gerissenen Schnitt erinnerte. Die Seitentäler, in denen sich ein oder zwei Mechs hätten verbergen können, waren kaum zu zählen. Der kalte Wind, der durch den Canyon blies, konnte die heiße Abluft eines Mechs schnell mit kühleren Luftschichten verwirbeln und jeden Hinweis auf einen Hinterhalt verbergen. Bei der Schläue, die sein Gegner bisher gezeigt hatte, zweifelte Phelan nicht daran, daß der andere Mechpilot dort unten wartete.

»Feuervogel Eins an Lupus Alpha.«

»Ich höre, Feuervogel.«

»Hitzeortung negativ. MAD ist wegen des hohen Eisengehalts des Bodens unbrauchbar. Tut mir leid.«

»Verstanden, Feuervogel. Gib mir Deckung, soweit möglich. Lupusstern, ich gehe in das Tal. Beta und Delta, bitte Nordausgang abschneiden. Gamma bleibt in Position. Epsilon deckt mich.«

Phelan wischte sich an der Außenseite der Kühlweste den Schweiß von der Hand. Er begann mit dem Abstieg, hielt aber an, bevor er den Boden erreichte. Er haßte den Gedanken, dem *Ostsol* den ersten Schuß zu überlassen, besonders, wenn der Gegner nur auf eine Hitzesilhouette zu warten brauchte. *Es muß eine Möglichkeit geben, ihn zu täuschen, ihn aus der Deckung zu locken.*

Unter dem linken Fuß des *Wolfshund* gab ein Steinbrocken nach, aber Phelan hielt die Maschine aufrecht, indem er den Mech mit der linken Hand an der Talwand abstützte. Als er den Stein hinunter zum Talboden rollen sah, kam ihm eine Idee. Er bückte den Mech und nahm einen Brocken Vulkanstein auf. Vorsichtig hielt er ihn mit Daumen und Zeigefinger der linken Mechhand, richtete alle drei Impulslaser auf ihn, senkte ihre Leistung auf einen drei Sekunden-Feuerstoß und löste sie aus.

Die drei Strahlbahnen überzogen den Fels mit Feuer. Auf Phelans holographischer IR-Anzeige glühte er weiß. Er bog den linken Arm des *Wolfshund* zurück, dann warf er ihn mit einer leichten Unterhandbewegung. Der Fels flog wie eine Kugel auf einer surrealen Bowlingbahn das Tal entlang, prallte in der Mitte des Canyons ab und sprang etwa sieben Meter hoch in die Luft.

Vier Laserstrahlen zuckten zu ihm hoch. Die beiden schweren Laser trafen ihn voll und schleuderten ihn nach hinten gegen die Talwand. Die beiden mittleren Laser schossen unter ihm hindurch, aber wäre der *Wolfshund* an Stelle des Felsens gewesen, hätten sie sich in die Panzerung der unteren Torsohälfte gebohrt. Der Fels verhielt sich so, wie es der *Wolfshund* bei solchen Treffern getan hätte: Er stürzte zu Boden.

Der *Ostsol* trat aus seinem Versteck, nur zwei Schritte, dann blieb er stehen. Phelan wußte, daß der Pilot auf Normaloptik umgeschaltet und seinen Fehler bemerkt hatte. Er riß den schweren Laser hoch und drückte den Feuerknopf auf dem rechten Steuerknüppel durch. Der hastige Schuß traf das entferntere Bein des *Ostsol* und kochte von der Hüfte bis zum Fußgelenk die Panzerung ab.

Der *Ostsol*-Pilot drehte seinen Mech nach links und richtete alle Waffen auf den *Wolfshund*. Ein schwerer und ein mittelschwerer Laser nahmen *Grinsers* rechtes Bein gemeinsam unter Feuer und ließen die Panzerung wie Wasser zu Boden laufen. In der kalten Luft erstarrte die Metallkeramikverbindung schnell wieder, und Warnlämpchen auf Phelans Kontrollkonsole zeigten an, daß Knie und Fußgelenk blockiert waren. Der zweite mittelschwere Laser schnitt Panzerung von der rechten Torsoseite des *Wolfshund*. Der verbliebene schwere Laser richtete den größten Schaden an. Er bohrte sich durch die Panzerung in der Torsomitte. Eine Hitzewelle brandete durch das Cockpit und teilte Phelan mit, daß ein Teil der Reaktorabschirmung beschädigt war.

Phelan konzentrierte sich, obwohl er das Gefühl hatte, in seinem Cockpit lebendig gebraten zu werden. Er senkte beide Fadenkreuze auf die konische Silhouette des *Ostsol* und löste sämtliche Waffen aus, die er besaß. Der schwere Laser strich erneut über das rechte Bein des Rasalhaag-Mechs. Der Speer aus gebündelter Lichtenergie schnitt die letzten Panzerreste ab und zerkochte die Myomermuskeln, die alle Beinbewegungen kontrollierten. Der Mech sackte ab und fiel, machtlos mit dem verbliebenen Arm um sich schlagend, zu Boden. Die drei Impulslaser peitschten Panzerung von anderen Rumpfsektionen des BattleMechs, aber als die Maschine sich auf die Brustpartie legte, wußte Phelan, daß ihre aktive Zeit zu Ende war.

Er schaltete das Funkgerät ein. »Lupus Gamma, geben Sie an Schwarze Witwe Alpha weiter, daß wir unser Zielobjekt erledigt haben. Wir bitten um einen neuen Auftrag.«

Er schaltete das Gerät um und schickte per Richtstrahl auf den Frequenzen, von denen er wußte, daß sie von Truppen der Freien Republik verwendet wurden, eine Botschaft an seinen Gegner ab. »Wer immer Sie sind, Sie haben meinen Respekt. Ich habe es nur einem Moment der Inspiration zu verdanken, daß unsere Rollen nicht vertauscht sind. Sie sind jetzt mein Gefangener.«

Die jugendliche Stimme des MechKriegers überraschte Phelan. »Ich bin vielleicht Ihr Gefangener, aber ich werde mich Ihnen niemals ergeben.«

»Machen Sie keine Dummheiten. Überladen Sie nicht

den Reaktor. Es würde niemandem etwas nutzen, wenn Sie sich so zum Helden machen.«

»Keine Bange. Das würde es Ihnen zu leicht machen.« Eine feurige Verbissenheit trat in die Stimme. »Wenn ich tot bin, kann ich mein Volk nicht in die Freiheit führen.«

Bevor Phelan eine passende Antwort einfiel, drang Lupus Gammas Antwort an seine Ohren. »Der Sterncolonel läßt Ihnen gratulieren. Satalice ist befriedet. Wir sollen uns am Bau einfinden und auf eine Inspektion vorbereiten.«

Phelan runzelte die Stirn. »Eine Inspektion?«

»Ja. Sie sagte, der ilKhan wird uns in zwei Tagen besuchen, und er bringt einen ganz besonderen Besuch mit. Jemand, den wir beeindrucken sollen.«

»Hat der Besuch einen Namen?«

»Keiner von uns, also wen kümmert es?«

»Mich kümmert es.«

»Kein Name, Sterncommander, nur ein Titel.« Lupus Gamma zögerte, dann seufzte er. »Sagt Ihnen ›die Prima ComStars‹ etwas?«

44

Imperial City, Luthien
Militärdistrikt Pesht, Draconis-Kombinat

5. Januar 3052

Intensive Frustration kosteten den Koordinator auch den letzten Rest Toleranz, den er für seinen Sohn oder Shin Yodama empfand. Was Shin betraf, so fühlte dieser sich in dem Streit zwischen Vater und Sohn gefangen und mußte um seine Beherrschung kämpfen. Er wußte, daß Theodore ihn gerade deswegen als Prellbock gegen den Vater eingesetzt hatte, weil Shin sich nicht durch den alten Samurai erpressen ließ.

Gerade weil ich kein Teil der jahrhundertealten Samuraitradition bin, wütet Takashi so gegen mich. Shin zuckte in Anbetracht der Ironie seiner Lage die Achseln, dann seufzte er resigniert, als ein blinkendes Signallämpchen einen ankommenden Funkspruch auf Takashis Frequenz meldete.

Shin nahm den Spruch an. »Hai.«

»Läßt uns mein Sohn *jetzt* endlich kämpfen? Wir stehen fast an den Toren der Stadt, die wir verteidigen sollen.«

»Meine letzten Befehle lauteten, daß wir hier bleiben sollen. Ich warte auf den Angriffsbefehl des Kanreis.«

Mit einem schnellen Tastendruck schnitt Shin Takashis Protest ab. Shin hatte den Computerbefehl gegeben, der es Takashis Reserveeinheit gestattete, die Waffen einsatzbereit zu machen, aber sie hatten noch keine Erlaubnis erhalten, in den Kampf einzugreifen. Theodore war bei der Zweiten Legion Wega und koordinierte von dort die Antwort des Kombinats auf den Clanangriff. Die Reserve war von einer Position zur nächsten verlegt worden, immer bereit, einen Durchbruch durch die Kombinatslinien abzufangen.

Bisher war der Kampf für die Clans nicht so positiv verlaufen, wie man befürchtet hatte. Die Novakatzen und Nebelparder waren zwar in die Berge zwischen ihrer Landezone und der Stadt vorgestoßen, aber dieses Manöver hatte es den Kombinatseinheiten gestattet, ihnen in den Rücken zu fallen. Unter den ständigen Angriffen der Söldner im Hügelgebiet kamen die Clanner nur sehr langsam voran, und die notwendigen Abwehraktionen gegen Angriffe von hinten verlangsamten sie noch mehr.

Shin wurde klar, daß Takashi nicht genau verstand, wie die Clans operierten. Der Koordinator glaubte, die Clans würden keine Verstärkungen mehr anfordern, wenn sie ihre Einheiten einmal in die Schlacht geworfen hatten. Aus den Verhören von Gefangenen war jedoch deutlich geworden, daß ihr Gebotssystem es sehr wohl zuließ, weitere Truppen herabzurufen, wenn sich dies als notwendig erweisen sollte. Dadurch war Theodore gezwungen, die Claneinheiten wenigstens unter Schwierigkeiten weiter vorrücken zu lassen, bis er sie in einer Position hatte, in der er sie völlig aufreiben konnte. Da Verstärkungen etwa zwei Stunden bis zur Landung benötigen würden, mußte die Entscheidung sehr schnell kommen, sonst bestand die Gefahr, daß noch rechtzeitig Clanverstärkungen eintrafen.

Natürlich, machte Shin sich klar, *könnten sie die Stadt jederzeit durch ein planetares Bombardement in Schutt und Asche legen, wie sie es auf Turtle Bay mit Edo getan haben.* Der Yakuza erschauerte und schickte ein kurzes Gebet zu seinen Ahnen, mit der Bitte, das zu verhindern.

Shin schaltete den auf Theodores taktischer Frequenz einlaufenden Spruch sofort auf die Helmlautsprecher. »Hai, Kanrei.«

»Yodama-san, die Novakatzen kommen in Ihre Richtung. Die Kell Hounds haben sich zu einem überstarken Regiment gesammelt und rücken zur Unterstützung Ihrer Südflanke an. Oberst Kell meint, wenn Sie die Clanner in seine Richtung drängen, ist er bereit, alles abzuschmettern, was Sie ihm zuwerfen.«

»Hai, Kanrei. Wir werden sie aufhalten.«

»Viel Glück, Shin. Wir kommen von Norden, und Wolf kommt von hinten. Jetzt oder nie.«

»Verstanden.« Shin schaltete auf die Frequenz der Klauen des Drachen. »Die Novakatzen gehören uns. Die Kell Hounds kommen von Süden, und der Rest unserer Truppen von Norden. Wir haben Anweisung, die Katzen in Richtung der Hounds zu treiben.«

Takashis Stimme übertönte Shin. »Folgt mir, Kameraden. Wir werden diesen Eindringlingen zeigen, wie echte Samurai kämpfen.«

»Nein!« Shin ließ seine ganze Wut über Takashis Machtmißbrauch über die Frequenz gehen. »Hört mir zu. Wir können und dürfen die Tradition nicht vergessen, aber ein Selbstmordangriff wird die Clans nicht aufhalten. Wir sind der Hammer, und die Kell Hounds sind der Amboß.«

»Ich bin ein Samurai, Shin Yodama.« Die Stimme des Koordinators kochte vor Wut. »Ich muß dem Diktat meiner Ehre folgen.«

»Ihr müßt aber auch Eure Pflicht tun. Beruhigt Eure Ehre, indem Ihr Eure *Pflicht* Eurem Sohn und dem Kombinat gegenüber erfüllt. Sonst werdet Ihr in die Geschichte eingehen als der Mann, der Luthien verlor.«

Shins rechte Hand hing über dem Nummernblock der Befehlstastatur, über den er den Selbstzerstörungsbefehl für Takashis *Großdracon* eingeben konnte. Er versuchte, die Finger ruhig zu halten, aber er konnte ein Zittern nicht unterdrücken. Er hatte keine Angst, eventuell unfähig zu sein, den Code einzugeben und zu senden, aber er wollte Takashi jede denkbare Chance geben, ein solches Schicksal zu vermeiden.

»Damit ist die Angelegenheit nicht ausgestanden, Shin Yodama.«

»Das weiß ich, Koordinator. Wie ich bereits erklärte,

könnt Ihr später meinen Tod befehlen.« Shin sah eine Bewegung auf seiner Hologrammanzeige: Novakatzen, die das Kado-guchi-Tal hinter Imperial City betraten. »Jetzt ist es Zeit, die Eindringlinge aufzuhalten.«

Takashi brach in einen Schlachtruf aus: »Wir sind der Kamikaze, der vor fast zwei Jahrtausenden die Mongolen von den Küsten Japans vertrieb!«

Mit grimmer Entschlossenheit versetzte Shin den *Feuerfalke* in einen schwerfälligen Trab, der nach etwa zwölf Schritten zu einem sauberen, schnellen und mächtigen Galopp wurde. Der BattleMech hatte nach hundert Metern seine Höchstgeschwindigkeit von 97,2 km/h erreicht. Jeder Schritt schlug ein metertiefes Loch in den Boden. Hinter ihm folgte, wie ein Wolf an der Spitze des Rudels, Takashi mit den Klauen des Drachen.

In der Mitte der oberen Bildzeile meldete Shins Bordcomputer die Entfernung zu den Clan-Mechs. Die Ziffern verschwammen, als die Distanz rapide abnahm. Die goldenen Fadenkreuze der Waffen hüpften wild über das Bild und machten es praktisch unmöglich, über diese Entfernung und bei dieser Geschwindigkeit einen sicheren Schuß abzugeben. Trotzdem spielte Shin an den Steuerknüppeln und versuchte, die Kreuze auf dem Ziel zu halten. Gelegentlich erschien ein gelber Punkt in der Mitte eines Fadenkreuzes und bestätigte eine Zielerfassung, aber die Entfernung war noch zu groß.

Aufgrund seiner Geschwindigkeit war es für die Clanner fast ebenso schwer, ihn anzuvisieren. In den vier Sekunden, die sein *Feuerfalke* benötigte, um von der äußersten Reichweite der Clan-Mechs bis zur maximalen effektiven Reichweite seiner Geschütze zu kommen, gelang nur einer Novakatze ein Angriff. Eine LSR-Lafette sandte ihm ein Dutzend Raketen über das Schlachtfeld entgegen, aber weniger als die Hälfte schlugen bei ihm ein. Diese genügten jedoch, um dem rechten Arm des *Feuerfalke* nahezu die gesamte Panzerung zu rauben. Die Detonationen schüttelten den Mech und drohten, ihn aus dem Gleichgewicht zu werfen, aber Shin glich die Schläge aus und rannte weiter.

Acht Sekunden später hatte er eine bequeme Zielentfernung für seine Waffen erreicht. Er schaltete die Feuerkontrolle aller Waffen auf das Fadenkreuz des rechten Steuerknüppels und senkte es über die Silhouette des *Hagetaka,* dessen Raketen ihn getroffen hatten. Sein schwerer Laser feuerte zu hoch, aber beide mittelschweren Laser des *Feuerfalke* bohrten sich durch eine Bresche in der Panzerung des Clan-Mechs. Sie pumpten die rechte Schulter voll Feuer, und eine Folge von Sekundärexplosionen blies schwarze Rauchwolken aus der Mündung der im rechten Arm montierten Autokanone. Der Arm flog ein paar Sekunden wild umher, dann fiel er herab wie eine Fahne an einem windstillen Tag.

Auf den letzten hundert Metern mußte der *Feuerfalke* Treffer von zwei weiteren Clanmaschinen einstecken, aber die Schäden beschränkten sich auf die Panzerung. In letzter Minute änderte Shin seinen Kurs und kam auf die rechte Seite des *Hagetaka.* Er senkte die linke Schulter des *Feuerfalke* und rammte den an einen Vogel erinnernden OmniMech mit voller Wucht.

Die Kollision warf Shin nach vorne in die Haltegurte seiner Pilotenliege. Mit metallischem Kreischen grub sich die linke Schulter des *Feuerfalke* in den rechten Torso des *Hagetaka.* Die schiere Masse der beiden Kriegsmaschinen pulverisierte die Stahlkeramikpanzerung an beiden Aufschlagflächen, und die Wucht des Angriffs brach den Arm des *Hagetaka* an der Schulter ab. Der *Feuerfalke* rutschte an der leeren Schulterpfanne vorbei und traf das Hüftgelenk seines Gegners dort, wo es am vorgebeugten Torso ansetzte.

Der *Hagetaka* sank mit einer Drehbewegung zu Boden, als der *Großdracon* des Kordinators ihn in voller Fahrt rammte. Der schwere Mech zertrennte den Rumpf des Clan-Mechs, und dessen Kopf und Cockpit wirbelten über den Boden davon.

Ohne die Kontrolle durch die Cockpitcomputer tobte der Fusionsreaktor des *Hagetaka* ungebremst. Ein schillernder, silbriger Ball aus brodelndem Plasma schoß wie ein Komet zwischen den Schultern des Mechs hervor. Einem Geist ähnlich, der seinen Körper aufgibt, peitschte er mit zahlreichen Tentakeln nach dem *Großdracon,* aber Takashis Sturmangriff hatte ihn bereits außer Reichweite getragen. Der Energiegeist implodierte, und zurück blieben die leblosen, qualmenden Überreste des *Hagetaka.*

Shin gewann die Kontrolle über seinen Mech in dem Augenblick zurück, als er die ursprüngliche Kampflinie der Clans überschritt. Er bremste ab. Inmitten der wachsenden Clanformation hatte er mehr als genug Ziele. Hinzu kam, daß seine Aufgabe darin bestand, die Novakatzen zurück in die Arme der Kell Hounds zu treiben, und das war nur möglich, wenn seine Einheit eine Schlachtreihe bildete.

Ein schneller Blick auf die Hologrammanzeige machte Shin deutlich, daß der Überraschungsangriff die Clanreihen auf breiter Front durchbrochen hatte. Die Clan-Mechs fielen bereits zurück, als die Mechs des Kombinats sich um ihn sammelten, um die Position des Reserveregiments zu festigen. Das mittlere Bataillon konzentrierte sein Feuer in einem Bogen, der die nördliche Flanke stützte.

»Yodama«, funkte Takashi ihn dringend an. »Ich bringe das Zentralbataillon herum, um sie aufzuhalten.«

Shin blickte auf die taktische Karte. »Wenn Ihr das tut, konzentrieren sie sich ganz auf uns. Wenn sie durchbrechen, liegt Imperial City ganz schutzlos vor ihnen.«

»Aber wenn ich ihnen gestatte, in unsere Flanke zu kommen, greifen sie die Stadt an.«

»Die Crescent Hawk-Kompanie der Kell Hounds deckt unsere Flanke, Koordinator.«

»Wirklich? Ich sehe nichts von ihnen.«

»Sie sind da.« Shin faltete die Hände. »Sie sind da.«

Haß erfüllte Takashis Stimme. »Wenn nicht, werde ich Sie persönlich umbringen.«

»Wenn die Hounds nicht da sind, werdet Ihr Euch mit den Clans um diese Ehre prügeln müssen, Takashi. Ich kenne meine *Pflicht!* Ich werde sie erfüllen!«

Als das mittlere Bataillon nach Süden abdriftete, beschleunigten die Clanner ihren Rückzug und entfernten sich aus der effektiven Reichweite der Kombinatskrieger. Die Reserven rückten schnell nach, und die Novakatzen gingen sparsam mit ihren Raketen um, so daß der Rückzug nur wenige Opfer bei den Kurita-Mechs und noch weniger bei den Clansmännern forderte. Trotzdem gelang es den Clantruppen, Shins Einheit weiter auseinanderzuziehen, als ihm lieb war. Er bremste seine Leute etwas ab, um die Linien zu konsolidieren, und Takashi herrschte ihn augenblicklich an, weil er den Clans die Gelegenheit bot, die Linie südlich zu umgehen.

»Sie sind ein Narr, Yakuza, und ein Feigling. Und für meinen Sohn gilt dasselbe, weil er Leuten Ihrer Sorte vertraut.«

Shin sah auf seiner Kommandokonsole ein Signallämpchen aufblinken. *Heb dir die Rhetorik für die Geschichtsschreiber auf, Takashi. Jetzt wird es Zeit für die Krieger, ihren Sold zu verdienen.* Shin gab einen Befehl ein, der allen Mechs seiner Einheit eine taktische Karte überspielte. In geschlossener Reihe rückten sie vor, als wollten sie einen zweiten Sturm auf die Clanlinien ausführen.

Sobald die Novakatzen sich auf den Ansturm vorbereiteten, stürmte das neugebildete Kell Hounds-Regiment über die Hügel in ihrem Rücken. Wie eine Welle eine Sandburg überschwemmt, kamen die Hounds über die Clantruppen. Es schien Shin, daß die Clanner weniger überrascht als überwältigt waren. Im Gegensatz dazu, wie er die Kell Hounds zuvor hatte kämpfen sehen, hielten sie sich diesmal nicht zurück, um auf Distanz zu kämpfen. Statt dessen stürmten sie vor und verwüsteten ihre Gegner mit Lasern und PPKs aus nächster Nähe.

Die nach Süden gerichtete Bewegung der Novakatzen geriet ins Stocken, als die Clanner sich neu zu gruppieren versuchten. Im Norden sah Shin die Zweite Legion Wega und die Überreste der Otomo und des Ersten Schwert des Lichts ankommen. Als sie eine Mauer formten, die den Clans den Rückzug abschnitt, schloß das nördliche Bataillon der Reserve zum mittleren Bataillon auf, um dessen Position zu stärken. Scouts der Novakatzen flohen nach Osten, hinauf in die Berge zwischen ihnen und ihrer Landezone, kehrten aber ebenso hastig wieder zurück, als Wolfs Dragoner dieses Gelände besetzten.

Shin wußte, was als nächstes kommen würde, und arbeitete sich zur Front der Reserve durch. Die Clans kamen zu dem Schluß, daß die Reserveeinheit die schwächste Seite des Kessels war. Mit einer aus der sicheren Niederlage geborenen Verzweiflung drehten die Novakatzen um und stürmten auf die Reserven vor, während die übrigen Einheiten der Kombinatsformation zum Angriff übergingen.

»Achtung«, rief Takashi. »Jetzt sind wir der Amboß!«

Ein *Masakari* in voller Fahrt rammte seine Schulter mitten in die Brustpartie des *Feuerfalke.* Durch Shins Cockpit flogen die Funken, als sein Mech sich krümmte und nach hinten gerissen wurde. Shin hing in den Halteguren, dann schlug der *Feuerfalke* auf den Boden, und er knallte zurück in die Pilotenliege. Ihm war klar, daß es seinen Tod bedeutete, wenn er liegenbleib, also beugte er den Rücken und nutzte den Schwung des Mechs, um ihn zu drehen und leichter aufstehen zu können.

Er wußte, es war unmöglich, eine so akrobatische Bewegung durchzuführen, aber er wäre schon zufrieden gewesen, vom Rücken auf den Bauch zu kommen. Die

Wirklichkeit sah jedoch ganz anders aus als seine Wünsche oder auch nur seine Vorstellung. Als der *Feuerfalke* zu rollen begann, gerieten seine Beine zwischen die eines rennenden Clan-*Daishi.* Die Tritte des OmniMechs zerschmetterten die Beine des *Feuerfalke,* der wie eine Schildkröte hilflos auf dem Rücken davonschlitterte.

Shin fühlte sich wie in einer Wäscheschleuder. Er wußte, daß die heftige Bewegung drohte, seine Sicherheitsgurte zu zerreißen und ihn gegen die Wände seiner Kanzel zu schleudern. Er streckte den linken Arm des Mechs aus und stoppte die Drehbewegung. Dann richtete er seine Maschine in eine sitzende Position auf, aber bevor er sich noch orientieren konnte, hatte ein Novakatzen-Mech bereits mit gespaltenem Huf zugetreten und die rechte Hand des *Feuerfalke* ebenso gründlich zerstört wie den schweren Laser.

Seiner Stütze beraubt, schlug der *Feuerfalke* wieder flach hintüber. Shin fummelte nach dem Auslöser für den Schleudersitz, hielt aber inne, bevor er ihn auslösen konnte. Der erhobene Fuß des *Daishi* verdunkelte den Himmel, und Shin sah genau, wo er aufschlagen würde, wenn er den Rettungsmechanismus auslöste.

Das war's.

Elektrischblaues Licht füllte sein Cockpit, und das statische Krachen, das für die Entladung einer Partikelprojektorkanone so typisch war, dröhnte durch seinen Helm. Der dunkle Schatten des Mechfußes schwankte, dann verschwand er, als der *Daishi* nach hinten wegkippte. Ein schneller Blick zeigte Shin, daß Qualm aus den zerschmolzenen Trümmern des Mech-Kopfes aufstieg, und als der *Daishi* aufschlug, explodierte die an der Schulter montierte LSR-Lafette.

Shin rollte den *Feuerfalke* nach rechts und richtete sich auf den Stummeln seiner Beine und des rechten Arms auf. Vorgebeugt wie ein Schimpanse, hob Shin den linken Mecharm, bereit, dessen Maschinengewehr und mittelschweren Laser zum Einsatz zu bringen. Als er seine Hologrammanzeige nach einem Ziel absuchte, schmeckte er Blut, das aus seiner Nase tropfte.

Hinter seinem Mech sah er einen *Großdracon.* Der Kampfkoloß wies Panzerungsschäden und andere Kampfspuren auf, aber das Wappen auf der rechten Brustpartie war unbeschädigt. Der goldene Drache auf rotem Grund, das Maul geöffnet und bereit, seine Feinde zu verschlingen, sagte ihm, wer am Steuer dieser Maschine saß und ihn gerettet hatte.

»Warum, Takashi?«

»Ich hasse Sie und Ihre Art, Shin Yodama, aber Sie sind ein Bürger des Kombinats. Nichts und niemand wird mich davon abhalten, meine Pflicht zu tun und die Bürger meines Reiches zu schützen.«

»Das gilt auch für den Rest von uns, Koordinator. Unsere Taktik mag verschieden sein, aber unser Ziel ist identisch.« Shin leckte das Blut von den Lippen. »Wenn Ihr also so freundlich wärt, ein paar Novakatzen hierher zu locken, könnten wir beide unsere Pflicht tun.«

45

Landungsschiff *Barbarossa,* auf dem Flug zum Sprungpunkt Alyina, Jadefalken-Besatzungszone (Mark Tamar, Vereinigtes Commonwealth)

6. Januar 3052

Victor sah kaum auf, als Galen den Aufenthaltsraum betrat. Er sah das Licht in allen Farben des Regenbogens auf der Oberfläche einer Holodisk tanzen, maß dem jedoch keine Bedeutung bei. Als er bemerkte, wie Galen die anderen Offiziere hinausschickte, wurde ihm klar, daß die Disk mehr enthielt als Daten aus dem Hauptquartier des Planeten, den sie gerade aufgegeben hatten. Die düstere Miene Galens durchbrach Victors Verwirrung. Er wußte, daß etwas von ihm erwartet wurde.

Victor, der sich tief im Sessel nach hinten gelegt und die Knie an die Brust gezogen hatte, wickelte die dunkle Wolldecke fester um sich. »Das kann warten, Galen.«

Galens Augen funkelten wie Eissplitter. »Ich fürchte nein, Kommandant.« Die Verachtung in seiner Stimme, als er Victor mit dessen Rang ansprach, traf den Prinzen, aber der Schmerz schien weit entfernt. »Diese Holodisk enthält eine ComStar-Nachricht der Priorität Alpha. Sie ist an Sie gerichtet, nur zur persönlichen Einsichtnahme.«

Galen hielt ihm die Disk entgegen, aber Victor schüttelte den Kopf. »Das bedeutet, Sie ist von oder über meinen Vater. Ich will sie jetzt nicht sehen.«

Angewidert schob Galen die Disk in den Betrachter in der Schiffswand und drehte Victors Sessel zum Bildschirm. »Die Nachricht war dringend, und Ihr Vater hat Sie ComStar anvertraut. Unter den gegebenen Umständen wissen Sie ganz genau, daß sie extrem wichtig sein muß. Lassen Sie es mich wissen, wenn Sie fertig sind, dann komme ich wieder und zerstöre die Disk.«

Galen ging zur Luke, aber Victor rief ihn zurück. »Warte, Galen. Bleib hier.«

Der blonde MechKrieger schüttelte den Kopf. »Die Nachricht ist ›nur zur persönlichen Einsichtnahme‹. Diese Art von Sicherheitseinstufung habe ich nicht. Ich muß gehen.«

»Ich will, daß du bleibst.«

»Ich habe nicht die nötige Sicherheitsstufe, Kommandant.«

»Jetzt hast du sie!« Victor konnte an der sauren Miene Galens sehen, dessen Protest war nicht der eigentliche Grund dafür, daß er nicht bleiben wollte. »Bleib hier. Das ist ein Befehl, Hauptmann.«

»Wie Sie befehlen, Kommandant.«

Victor streckte die Hand aus und schaltete den Betrachter ein. Der Schirm zeigte zunächst nur statisches Flimmern, dann erschien eine Nahaufnahme Hanse Davions, der vor seinem Thron sehr klein wirkte. Als er sah, wie alt und müde sein Vater aussah, riß das Victor halbwegs aus seiner Lethargie.

Hanse Davion versuchte tapfer zu lächeln, aber der Versuch schien an mangelnder Energie zu scheitern. »Hallo, Victor. Ich wünschte, ich hätte eine angenehmere Mitteilung für dich, aber daran läßt sich leider nichts ändern. Es tut mir leid, das von dir verlangen zu müssen, aber es wäre ein schweres Unrecht, täte ich es nicht.«

Victor sah seinen Vater schlucken und fühlte einen Kloß im Hals.

Mit zitternder Unterlippe sprach Hanse weiter. »Am fünften Januar gelang es einem Attentäter, Herzogin Candace Liao und Minister Allard zu ermorden. Er schlich sich in das Konsulat des St.-Ives-Paktes und wartete dort auf seine Chance. Zuerst erschoß er Candace, dann verwundete er Justin tödlich. Trotz seiner Verwundung konnte Justin den Attentäter töten und Hilfe rufen, aber es war schon zu spät.«

Victors Kinnlade fiel herunter. »Nein, das ist unmöglich! Nicht gestern. Nein!« Er sah hinüber zu Galen, auf dessen bleichem Gesicht derselbe Unglauben stand. »Mein Gott, nein.«

Hanse Davion ballte die Fäuste. »Wir wissen, daß der Attentäter ein Agent in den Diensten Romano Liaos war. Er lebte auf Shipka in der Mark Sarna, zog jedoch 3042 nach New Avalon um. 3048 wurde er Vollbürger. Wir hatten wirklich keine Ahnung, daß er ein Schläfer war.

Tormano Liao ist zum Regenten des St.-Ives-Pakt ernannt worden, auch wenn die tatsächliche Regierungsarbeit von Kais Schwester Kuan Yin übernommen wurde. Ich habe mehrere Reserveeinheiten zum Pakt geschickt, um militärischen Abenteuern von Romanos Seite vorzubeugen. Kai ist damit natürlich Herzog von St. Ives und wird mit sofortiger Wirkung der Dienstpflicht enthoben, um den Thron besteigen oder sich, wenn er will, an die Spitze der Truppen stellen zu können, die Candace uns für den Krieg gegen die Clans zur Verfügung gestellt hat.«

Hanse kniff die Augen zusammen. »Wir haben eine Operation mit dem Ziel, Justin und seine Frau zu rächen, in die Wege geleitet. Sie wird jedoch erst in einigen Monaten Ergebnisse zeigen. Wenn Kai eine militärische Lösung dieser Situation wünscht, muß ich ihm davon abraten. Ich werde ihn jedoch auf jeden Fall unterstützen. Seine Eltern bleiben zwei Tage hier in der Hauptstadt aufgebahrt, dann werden sie nach Kestrel verschifft, um in der Familiengruft der Allards beigesetzt zu werden. Cassandra und Quintus Daniel befehligen die Ehrengarde, die ihre Leichen nach Kestrel begleitet.

Ich weiß, daß es dir nicht leichtfallen wird, Kai diese Nachricht zu überbringen, Victor. Ich entschuldige mich dafür, daß ich es von dir verlangen muß, aber ich denke, er sollte es von einem Freund erfahren. Hätte ich die

Möglichkeit, zu euch zu kommen, würde ich es ihm persönlich sagen.«

Victor schmeckte bittere Tränen auf den Lippen. Er wollte die Botschaft abschalten, aber gleichzeitig wollte er seinen Vater bis zu Ende hören.

»Victor, sag Kai, daß der Verlust seiner Eltern uns alle trifft, als Nation und Volk. Meine Beziehung zu seinem Vater und Großvater war etwas ganz Besonderes. Ohne sie wäre die Geschichte der Inneren Sphäre grundlegend anders verlaufen. Deine Mutter und ich sind stolz auf deine Freundschaft mit Kai, weil wir wissen, daß er dir dieselbe Unterstützung und Weisheit anbieten kann, die seine Vorfahren uns geboten haben.«

Der Schirm wurde dunkel. Victor starrte auf den schwarzen Schirm und schlug sich immer wieder mit der Faust auf den Oberschenkel. »Verdammt, verdammt, verdammt, verdammt! Warum mußte er sterben, Galen? Warum hat er sein Leben vergeudet?«

»Wie kannst du es wagen?!«

Der unverhüllte Zorn in Galens Stimme riß Victors Kopf herum, als hätte er einen Schlag ins Gesicht erhalten. »W-was?«

»Wie kannst du behaupten, Kai habe sein Leben vergeudet!«

Das wütende Funkeln in Galens Augen und die Rage in seiner Stimme ließen Victor entsprechend reagieren. »Es war eine Vergeudung, verdammt noch mal. Fünfzehn Minuten nach Kais Tod haben wir Alyina aufgegeben, oder hast du das vergessen? Kai ist umsonst gestorben!«

Galen stand auf und blickte auf den Prinz hinab. »Ist das dein Urteil oder eine Prophezeiung, die du erfüllen willst? Wir haben Alyina vielleicht verloren, aber Kai ist nicht gestorben, um Alyina zu retten. Du warst da, du hast seine Männer gehört. Er hat ihnen befohlen, dich zu retten, und er wußte, daß er ihnen dazu die Zeit verschaffte, die nur er mit diesen neuen Myomeren ihnen liefern konnte. Die Clanner auf der Klippe oder die Clanner im Wald, das war egal. Er hat nicht gezögert, weil er wußte, daß er tot war. Er wollte dich da herausbringen, und, verflucht sollst du sein, das hat er geschafft.«

Galen packte die Decke und riß sie Victor weg. »Sieh dich nur an. Du hast noch immer Kühlweste und Shorts an. Du sitzt hier wie ein Säugling eingerollt herum, seit wir an Bord gekommen sind. Wenn Kai sein Leben vergeudet hat, dann nur, weil du hier herumsitzt und schmollst.«

»Ich trauere! Ich trauere um einen sehr engen Freund — meinen besten Freund.« Victors rechte Hand streichelte den Jadeaffen an seinem Hals. »Vielleicht verstehst du das nicht.«

»Victor, wenn du glaubst, ich würde nicht um Kai und die anderen trauern, die wir auf Alyina verloren haben, dann hoffe ich nur, daß dein Vater niemals den Thron verläßt«, knurrte Galen. Dann schloß er die Augen und ließ seine Anspannung abklingen. »Willkommen im Leben, Hoheit. Willkommen im Bewußtsein, daß Krieg mehr ist als Spielzeugsoldaten und große Strategien.«

»Du verstehst es nicht!« Victor strich sich die Tränen aus dem Gesicht. »Ich kann nicht vergessen, was Kai und ich uns versprochen haben. In zwanzig Jahren wollten wir uns wieder treffen. Wir hatten eine Übereinkunft, und irgendwie habe ich das Gefühl, daß ich ihn im Stich gelassen habe.« Victor stieß mit dem Daumen auf seine Brust. »Kai ist meinetwegen gestorben.«

Galen ging vor ihm in die Hocke. »Kai ist gestorben, weil er glaubte, daß dein Leben für das Commonwealth wichtiger ist als seines. Du hast ihn nicht im Stich gelassen. Aber du läßt ihn im Stich, wenn du seinem Opfer den Wert nimmst. Du wirst ihn in zwanzig Jahren nicht treffen können, aber wenn du das Beste aus deinem Leben machst, kannst du in dem Bewußtsein in den Spiegel schauen, daß er stolz auf dich wäre. Er hat genug an dich geglaubt, um für diese Chance sein Leben zu geben. Du bist es ihm schuldig, dieses Opfer zu rechtfertigen.«

Als Galen sprach, hörte Victor die Worte mit Kais Stimme durch seine Gedanken hallen. Erinnerungen an Kai zogen an ihm vorbei, von ihrem einen gemeinsamen Jahr an der Militärakademie New Avalon über die Zeit auf Outreach bis zu den letzten Sekunden auf der Klippe. Seine rechte Hand schloß sich wieder um den Jadeaffen, und er erinnerte sich, was Kai gesagt hatte, als er ihm das Geschenk überreichte. *Dieses Totem soll dich daran erinnern, immer du selbst zu bleiben, was auch geschieht.*

Victor biß die Zähne zusammen, um die Tränen zurückzuhalten, dann drehte er sich zu Galen um. »Du hast recht. Kai hatte recht.« Er stand auf und öffnete die Kühlweste. »Ich werde duschen und mich umziehen gehen. Warte mit frischem Kaffee im Besprechungsraum und besorge uns alle Lageberichte. Wir werden diese Schlacht genau analysieren. Wir werden herausfinden, wie und warum sie uns schlagen konnten. Wir werden sie besser kennenlernen, als sie sich selbst kennen.«

Galen stand auf und grinste. »Ja, Sir.«

Victor blickte an ihm vorbei und nickte dem Geist Kais zu, den er auf dem Sichtschirm vor der Weltkugel sah, die hinter ihrem Schiff kleiner wurde. »Ich werde es tun. Ich werde ich selbst bleiben. Ich werde mich meines Namens würdig erweisen. Was auch geschieht, beim nächstenmal werde ich den Clannern ihre Köpfe servieren.«

46

Sian
Kommunalität Sian, Konföderation Capella

6. Januar 3052

Der Luftzug der offenen Tür trieb eine dünne Staubwolke über den Boden des Büros, als Sun-Tzu Liao eintrat. Er drückte die Tür sorgfältig hinter sich zu und ließ den Türknopf so vorsichtig los, daß das Schloß keinen Laut von sich gab. Mit dem Rücken zur Tür verriegelte er die Kammer wieder. Ein zufriedenes Grinsen trat auf sein Gesicht, als ihm die Fußspuren auf dem Boden bewiesen, daß seit seinem letzten Besuch niemand anderer den Raum betreten hatte.

Natürlich wagt niemand sonst, hier einzudringen, weil meine Mutter, die allmächtige Romano Liao, Madam Kanzlerin der Konföderation Capella, ihn vor zwanzig Jahren versiegeln ließ. Er musterte das mit Spinnweben behangene Mobiliar. Die efeuumrankten Glastüren zum Garten ließen gerade genug Sonne eindringen. Der Raum war nicht verändert worden, seit Justin Xiang Allard Maximilian Liao verraten und zusammen mit Candace Sian den Rücken gekehrt hatte.

Es hatte Jahre gedauert, bis Sun-Tzus Neugierde und Mut stärker waren als die Angst, seine Mutter zu verärgern. Als er aber schließlich festgestellt hatte, daß er sie um den Finger wickeln konnte, war er auch zu der Überzeugung gekommen, daß sie vollkommen wahnsinnig war. Um sich seine Unabhängigkeit zu beweisen und einem ihrer Wutausbrüche zu entfliehen, hatte er eines Tages Justins altes Büro geöffnet.

Selbst jetzt kann ich nicht glauben, daß er tot ist. Was hast du getan, Mutter? Sun-Tzu trat an den Tisch und starrte auf Justins Stuhl. »Du hattest eine Metallhand als Ersatz für die im Kampf verlorene, aber dein Schreibtisch zeigt keine Bevorzugung der rechten Hand. Du hast an deiner Behinderung gearbeitet, bis sie zu einem Vorteil wurde. Dieses ganze Büro ist so aufgebaut. Es ist kein Wunder, daß du die Konföderation in die Knie zwingen konntest. Das einzige Wunder ist, daß sie dich je entdeckt haben.«

Sun-Tzu schüttelte den Kopf und warnte sich davor, mit Geistern zu reden. *Überlaß die Gespräche mit Unsichtbaren deiner Mutter und Kali.* Er schauderte. »Wie konntest du mir das antun, Mutter?«

Candace und Justin umzubringen, war purer Wahnsinn. Ja, für seine Mutter stellte es das Begleichen einer alten Rechnung dar. In ihren Augen rächte es den Tod ihres Vaters und half die Ehre der Konföderation wiederherzustellen. Aber es schwächte die Feinde der Konföderation in keiner Weise, und Sun-Tzu schauderte bei dem Gedanken an Hanse Davions Vergeltung. Der Prinz der Vereinigten Commonwealths war momentan vielleicht zu beschäftigt mit den Clans, um sofort zurückzuschlagen, aber Sun-Tzu hatte nicht den geringsten Zweifel, daß Hanse Davion Romano für diesen Mord würde bezahlen lassen.

Sun-Tzu hatte keine Angst vor Hanse Davion selbst. Nicht einmal der Fuchs ahnte etwas von dem Spiel, das er auf Outreach getrieben hatte. Es stimmte, sein Plan, Kai bei der letzten Prüfung auf Outreach zu blamieren, hatte nicht funktioniert, weil er seinen Vetter gewaltig unterschätzt hatte. Aber letztendlich würde dies alles für Sun arbeiten, weil *ihn* nun alle noch mehr unterschätzen würden.

Er hatte seine Rolle auf Outreach perfekt gespielt. Nach seinem seltsamen Benehmen würde ihm keiner seiner Feinde noch trauen, aber sie würden auch seine wahren Absichten nicht ergründen. Sie hielten ihn für ebenso verrückt wie seine Mutter und würden ihm seine in Kürze zu erwartenden Schachzüge nie zutrauen. *Ja, die Dinge entwickeln sich trefflich.*

Sun-Tzu wünschte nur, er hätte mehr Zeit gehabt,

seinen Vetter zu studieren und dessen Schwachstellen zu ergründen, wie er es bei seinem Onkel Tormana getan hatte. Bei all seinem Gebrüll war Tormana vor allem ein Holovid-Revoluzzer. Mit lauter Selbstdarstellung sorgte Tormana dafür, daß ihn paranoide Commonwealth-Politiker in den Marken Sarna und Capella bezuschußten. Ein Teil des Geldes ging direkt an revolutionäre Zellen in der Konföderation, aber der größte Teil floß in Tormanas eigenes Regiment, die Mutig Herz-Kavallerie.

»Tormana ist leicht zu kontrollieren. Die Kämpfe vor zwanzig Jahren haben ihn ausgelaugt. Er hat nicht wirklich den Wunsch, die Konföderation Capella zu regieren. Aber er ist schlau genug, ein ständiges Interesse vorzutäuschen, um den Respekt seiner Bekannten im Vereinigten Commonwealth nicht zu verlieren. Wenn sich die Eroberung als schwierig erweist, wenn er das Gefühl bekommt, verwundbar zu sein, wird er kein Risiko eingehen. So gesehen ist Candaces Tod eine so eindringliche Erinnerung an die Gefahr, in der er selbst schwebt, daß er möglicherweise doch einen Zweck erfüllt.«

Sun-Tzu wandte sich wieder Justins Stuhl zu. »Bei Kai sieht die Sache anders aus. Solange er gegen die Clans kämpft, wird er mich in Ruhe lassen. Ich habe Glück, daß er die Clans für eine größere Bedrohung als die Konföderation Capella hält. Kai ist mit Sicherheit kein Feigling. Seine Herkunft stärkt ihn. Wenn er endlich soweit ist, sich mir zu widmen, wird das Spiel interessant. Ich muß soviel Macht sammeln, wie ich kann, um mich ihm zu widersetzen. Mit der Unterstützung Victors und Hanses könnte Kai unbesiegbar werden.«

Sun-Tzu spielte in seinem Geiste eine Reihe Optionen und politische Schachzüge durch, um sich zu entscheiden, was er zu tun hatte, um sein Überleben und das der Konföderation Capella zu sichern. Plötzlich erkannte er eine klare Handlungslinie. Mit einem Nicken legte er sich auf einen Plan fest, der mindestens fünf Jahre Arbeit erforderte. Das Risiko war groß, aber verlieren konnte er höchstens das Leben, und der Tod erschien ihm um einiges wünschenswerter als ein Leben, wie er es in den letzten zwanzig Jahren gekannt hatte.

Ein hohles Lachen riß ihn aus seinen Gedanken, aber als er sich umblickte, sah er nur einen Sonnenstrahl auf Justins Stuhl tanzen. Sun-Tzu nickte in Übereinstimmung mit den Phantomen des Zimmers. »Irgend etwas in diesem Raum fördert den Gedanken an Verrat.«

Er lächelte und ging zur Tür. »Wenn der Thron erst mein ist, werde ich dieses Zimmer vernichten lassen.«

47

Imperial City, Luthien
Militärdistrikt Pesht, Draconis-Kombinat

6. Januar 3052

Shin Yodama zuckte zusammen, als der Kell Hounds-MechKrieger mit einem in Whiskey getauchten Stoffetzen die Schnittwunde an seinem Bein abtupfte.

»Tut mir leid.« Der weißhaarige Krieger grinste. »Eingenommen ist er besser als äußerlich angewendet. Aber im Namen der Medizin müssen wir alle Opfer bringen.« Er säuberte die Wunde geschickt von Schmutz und getrocknetem Blut, dann rückte er die Brille zurecht. »Nicht allzu tief, abgesehen vom Anfang. Ein paar Schmetterlinge, und Sie behalten nicht mal eine Narbe.«

Shin runzelte dir Stirn und las den Namen auf der Brust der Kühlweste seines Sanitäters. »Sumimasen, Murray Jack-san. Schmetterlinge?«

Der Söldner zog zwei kleine Bandagen aus der Tasche an seiner linken Hüfte. Shin erinnerten sie an Hanteln. Jack drückte ein Ende auf die Haut oberhalb der Wunde und zog das kleine Verbindungsstück aus Elastikmaterial lang, bevor er das andere Ende unterhalb des Schnitts befestigte. Die elastische Verbindung zog sich zusammen und preßte die Ränder der Wunde zusammen. Der zweite Schmetterling wurde tiefer angesetzt und schloß die Wunde noch fester.

»Wir nennen sie Schmetterlingsbandagen, weil sie zwei Flügel haben. Bei solchen Schnitten sind sie besser als Nähte.« Er sah sich in der Menge bandagierter Krieger um, die durch die Ruinen am Stadtrand von Imperial City streiften. »Außerdem habe ich keinen Faden mehr.«

Shin nickte grimmig. Ein paar vereinzelte Novakatzen hatten es bis in die Stadt geschafft und einige Gebäude in den Außenbezirken verwüstet, aber ein Luftangriff der Dragoner hatte sie flachgelegt. Das Kado-guchi-Tal hatte sich in einen Schlachthof verwandelt, und der Rauch, der immer noch von den lodernden Mechs aufstieg, überzog den Himmel mit Dutzenden tintenschwarzer Streifen. Die wenigen überlebenden Clanner waren zusammengetrieben und in ein provisorisches Gefängnis gesteckt worden. Ihre Landungsschiffe waren abgeflogen, noch bevor die Schlacht zu Ende war. Gerüchteweise hatten ihre Kommandeure sie — angewidert vom Versagen ihrer Kameraden — zurückbeordert.

Shin half Jack, seinen Oberschenkel zu verbinden. »Für einen MechKrieger beherrschen Sie die Heilkunst sehr gut.«

»Na ja, ich war in einem früheren Leben Arzt.« Er zwinkerte Shin zu. »Morgan Kell hält uns ständig an, auf dem laufenden zu bleiben, was Erste Hilfe-Techniken angeht. Bei den Gefahren dieses Berufes ist das nur vernünftig.«

»Hai!« Shin stand auf und verlagerte sein Gewicht auf das verletzte Bein. »Vielen Dank.«

Jack zuckte die Schultern. »War mir ein Vergnügen. Ich war Ihnen ohnehin etwas schuldig. Wenn Sie den *Katamaran* nicht umgenietet hätten, hätte er mich in meinem *Kampfschütze* geröstet. Und das in einem Mech ohne Beine.« Er schüttelte den Kopf. »Ich bin verdammt froh, daß Sie auf unserer Seite waren.«

»Und wir waren froh, daß Sie uns zu Hilfe gekommen sind.« Hohiro Kurita klopfte Shin auf die Schulter. »Sie sind nicht schwer verwundet, hoffe ich?«

»Nur ein Kratzer. Ich kann doch gehen, oder?«

Jack nickte. »Nur nicht laufen. Halten Sie die Wunde sauber, dann werden Sie keine Probleme bekommen.«

»Domo arigato, Murray Jack-san.« Shin schüttelte seinem Helfer die Hand, dann holte er Hohiro ein. »Hoheit, ich habe Gerüchte gehört, nach denen Ihr fünf Abschüsse erzielt habt.«

Hohiro zuckte abwesend die Schultern. »Wirklich? Ich habe nicht mitgezählt. Dafür waren zu viele Ziele um mich herum.«

Shin nickte. Die Berichte sprachen von einer Invasionsstreitmacht, die über achthundert BattleMechs umfaßte. Das Kombinat hatte sich ihnen mit etwas mehr als dreizehnhundert Mechs entgegengestellt. Ohne die zusätzliche Luftunterstützung der Söldner hätten alle Mechs des Kombinats nicht ausgereicht, die Clans zu besiegen. Die Schlacht um Luthien war knapper ausgegangen, als Shin es sich in seinen schlimmsten Alpträumen ausgemalt hatte.

Mit Shin im Schlepptau traf Hohiro seine Schwester Omi, und die drei machten sich auf den Weg zum Hauptquartier. Unterwegs grüßten die Kinder des Kanrei ständig die MechKrieger, an denen sie vorbeikamen, und dankten ihnen. Sie machten keinen Unterschied zwischen Draconiern und Söldnern, und soweit Shin es beurteilen konnte, galt für die Krieger dasselbe. Der Kampf Seite an Seite hatte eine geistige Gemeinschaft geschmiedet, die all ihre früheren Differenzen trivial erscheinen ließ.

Unten im Tal sah Shin, wo die Mecheinheiten stationiert waren. Von den zwei Kell Hounds-Regimentern waren nur noch etwas mehr als zwei Bataillone einsatzbereit. Wolfs Dragoner waren mit fünf kompletten Regimentern gekommen und besaßen nur noch zweieinhalb. Die sechs Regimenter des Kombinats waren ähnlich schwer getroffen. Die Genyosha und Zweite Legion Wega waren mit nur dreiundfünfzig Prozent Verlusten noch gut davongekommen. Das Reserveregiment hatte es am schlimmsten erwischt: Am Ende des Gefechts waren nur noch drei Mechs einsatzbereit gewesen.

Als sie sich den Zelten des provisorischen Hauptquartiers näherten, stockte Shin der Atem. Theodore

Kurita stand bei den beiden Söldnerkommandeuren Morgan Kell und Jaime Wolf, während Takashi Kurita sich im Hintergrund hielt. In der Nähe sah er MacKenzie Wolf, dessen Fuß in einem Kissenverband steckte, und Dan Allard, der den rechten Arm in der Schlinge trug. Hauptmann Jason Youngblood von der Crescent Hawk-Kompanie der Kell Hounds war ebenfalls zu sehen, ebenso andere Söldneroffiziere, die offenbar ohne größere Verletzungen davongekommen waren.

Theodore warf den drei Neuankömmlingen einen kurzen Blick zu, versuchte aber nicht, seine Unterhaltung vertraulich zu halten. »Es gibt keine Möglichkeit für mich, Sie so für Ihre Dienste zu belohnen, wie ich es eigentlich tun müßte.«

Morgan Kell grinste breit. »Bezahlung ist kein Problem, Kanrei. Wie Sie sich erinnern, stehen wir bei Hanse Davion im Sold. Ihr Angebot, uns das erste Bergungsrecht zu gewähren, ist mehr als großzügig.«

»Teufel, es war schon mehr, als ich erwartet hatte, als Sie uns bei unserer Ankunft nicht vom Himmel gefegt haben«, mischte sich Jaime Wolf ein. »Und eine Chance, wieder gegen die Novakatzen zu kämpfen, war die Erfüllung eines alten Wunschtraums für mich. Daß wir um Luthiens Freiheit gegen sie gekämpft haben, macht das Erlebnis noch schöner.«

Theodore ließ seine beiden Gesprächspartner seine Dankbarkeit spüren. »Ich weiß, daß die Beziehung zwischen dem Kombinat und Ihren Einheiten nicht gerade freundlich war. Daß Sie hierher gekommen sind und uns so beigestanden haben, ist für viele unfaßbar.«

Morgan Kells dunkle Augen funkelten im Licht des frühen Morgens. »Seine Wut zwanzig Jahre aufrechtzuerhalten, ist schwer, auch wenn mancher es ohne Schwierigkeiten schafft. Von entscheidender Bedeutung war der Wert unseres Sieges beim gemeinsamen Kampf gegen die Clans. Das war kein Sieg für das Kombinat. Es war eine Niederlage der Clans gegen die Innere

Sphäre. Wenn es sonst nichts erreicht hat, werden sie uns jetzt zumindest respektieren.«

»Der heutige Tag ändert nichts an dem alten Konflikt, Kanrei, aber dieser Konflikt betrifft weder Sie noch das Volk des Kombinats.« In Wolfs Stimme lag unverbrüchlicher Zorn, und Shin spürte, daß seine Worte nicht nur für die Ohren des Kanrei bestimmt waren. »Das Problem zwischen den Dragonern und dem Kombinat können Sie nicht lösen, und ich habe es Ihnen nie vorgehalten. Die Nebelparder und Novakatzen hatten es verdient, und ich schließe deren Konto hiermit gerne als ausgeglichen ab.«

Morgan reichte Theodore die Hand. »Ich bin sicher, wir sehen uns noch einmal. Im Augenblick muß ich allerdings ein paar Bergungstrupps organisieren.«

»Ich auch.« Nach Morgan schüttelte auch Jaime Theodore die Hand. »Ihre Truppen sind verdammt gut, Kanrei. Früher hätten euch die Katzen bei lebendigem Leib gefressen.«

Als die Söldnerführer sich entfernten, wandte sich Theodore seinen Kindern und Shin zu. »Wie siehst du die Lage, Hohiro?«

»Die Moral ist gut. Wir haben über fünfzig Prozent unserer Ausrüstung verloren, aber wir hatten unter zwanzig Prozent Verluste an Menschenleben. In einem Monat sollten wir in der Lage sein, 75 Prozent unserer Anfangskräfte aufzubieten, und danach pro Monat weitere fünf Prozent einzusetzen. Jetzt, wo wir gesehen haben, daß die Clans nicht unschlagbar sind, brennen alle darauf, es ihnen zu zeigen.«

»Es gab keinen Zweifel, daß wir diese Schlacht gewinnen würden.« Takashi Kurita trat zwischen Theodore und Omi in ihren Kreis. »Wir hatten keine Wahl.«

Theodore drehte sich zu seinem Vater um. »Ich stimme mit der zweiten Hälfte deiner Aussage überein, aber nicht mit der ersten. Ohne die Söldner wäre Luthien jetzt in den Händen des Feindes.«

Takashis Miene wurde verschlossen. »Wir hätten uns niemals ergeben.«

»Das stimmt, Koordinator, aber wir hätten den Kampf von einer anderen Operationsbasis aus fortgesetzt.« Auf Theodores Stirn standen tiefe Falten. »Kannst du dich nicht dazu überwinden, deinen Konflikt mit den Söldnern beizulegen? Du schuldest ihnen Luthien, und du schuldest ihnen deinen Respekt. Solltest du nicht langsam zugeben, daß du im Unrecht warst, und mit Wolf und Kell Frieden schließen?«

»Sie haben meine Dankbarkeit und meinen Respekt, und das wissen Sie. Wenn ich jedoch ihren Respekt behalten will, kann ich nicht erklären, im Unrecht gewesen zu sein, weil das nicht stimmt. Sowohl Morgan Kell wie auch Jaime Wolf glauben, daß es Unrecht ist, von edlen Kriegern zu erwarten, daß sie Selbstmord begehen, weil sie den Anforderungen von Pflicht und Ehre nicht nachgekommen sind. Sie glauben, ich hätte tapfere Krieger, die sie kannten, daran hindern können, ein solches Ende zu wählen. Das ist der Ursprung ihrer Feindschaft mir gegenüber, auch wenn sie durch andere Zwischenfälle vertieft wurde. Sicherlich hat ihr Arbeitgeber, Hanse Davion, nicht versucht, die Lage in einem anderen Licht erscheinen zu lassen.«

Theodore stemmte die Fäuste in die Hüften. »Es war Hanse Davion, der ihre Einheiten hierher beordert hat. Weil er versprach, keine Einheiten des Vereinigten Commonwealth in das Kombinat zu schicken, hat er uns statt dessen seine Söldner geliehen. Er war in der Lage, in den letzten zwanzig Jahren sein Denken zu verändern. Warum bist du so … so …«

»Starrköpfig?« Nicht einmal die Andeutung von Amüsiertheit glitt über Takashis Miene. »Ich bin resolut, weil ich recht habe. Ich habe Yorinaga Kurita oder Minobu Tetsuhara ebenso wenig verurteilt wie irgendeinen anderen Menschen, der Seppuku begangen hat. Es ist ein Akt der persönlichen Buße und die Rückgewinnung der persönlichen Ehre. Es ist eine individuelle Entscheidung, die ich respektiere. Dies nicht zu tun, würde jetzt nicht minder wie damals die Ehre jener beschmutzen, die den Mut haben, sich auf diese Weise zu reinigen.

Ich bestreite jedoch deine Beschuldigung, mein Sohn, ich sei unfähig, mich zu ändern.« Takashi schaute an Hohiro vorbei auf das Schlachtfeld. »Oberst Wolf hatte recht, als er erklärt, daß die Clans uns vernichtet hätten, hätten wir nach den alten Regeln gekämpft. Du hattest recht, als du Shin Yodama als Bremse für meinen Zorn und meinen Drang nach Ruhm eingesetzt hast. Die Verteidigung Luthiens ist kein Sieg der Söldner, es ist ein Sieg deiner Voraussicht und deiner Generation.«

Takashis Worte, in denen nichts mehr von der Schärfe lag, mit der er über die Söldner gesprochen hatte, schockierten Theodore sichtlich. »Was sagst du da, Vater?«

»Ich sage, daß ich die Weisheit deiner Vision für das Kombinat einsehe. Es tut mir leid, daß ich mich dir widersetzt habe, weil dies die Veränderungen, die du angestrebt hast, erschwert hat. Aber ich freue mich über die Kraft, die du aus meinem Widerstand gezogen hast. In Zukunft wirst du dich ohne meine Einwände durchsetzen müssen, aber ich hoffe, daß du von Zeit zu Zeit meinen Rat annimmst.«

Der Koordinator des Draconis-Kombinats legte den Arm um die Schultern seines Sohnes. »In sich gespalten hat dieses Haus die Clans schon zweimal geschlagen. Nun müssen sie verzweifeln, denn wir werden von nun an all unsere Kraft darauf verwenden, sie gemeinsam zu bekämpfen.«

48

Solsveda
Satalice, Wolfsclan-Besatzungszone

7. Januar 3052

Phelan betrachtete den jungen Mann, den er gefangengenommen hatte. Der Junge verließ das Lager in gerader Haltung und hocherhobenen Hauptes. Der Clan-MechKrieger erkannte den Stolz des jungen Mannes und wußte, daß er ihn benutzte, um den Schmerz zu unterdrücken. *So muß ich auch ausgesehen haben, als ich Nagelring verließ. Mit dem gleichzeitigen Gefühl, verraten worden und ein Verräter zu sein.*

»Gut gemacht, Ragnar Magnusson. Danke, daß du mir geholfen hast, die Unruhen im Lager beizulegen.«

Die Augen des blonden Jungen versprühten Funken. »Mußte ich ja wohl, damit sie nicht alle abkratzen, oder?«

»Nein.« Phelan schüttelte den Kopf. »Du bist jetzt Mitglied des Wolfsclans.« Er deutete auf die geflochtene weiße Kordel um Ragnars rechtes Handgelenk. »Das kennzeichnet dich als Leibeigenen der Wölfe. Du mußt unsere Sitten lernen. Der erste Punkt ist eine größere Sorgfalt im Sprachgebrauch.«

Ragnar zupfte unbehaglich an der Kordel. »Heißt das, ich bin Ihr Besitz, Phelan Kell?«

Phelan hob den Kopf. *Er ist schnell.* »Du bist ein Leibeigener. Weil ich dich gefangen habe, bin ich verantwortlich für dich, aber du bist nicht mein Besitz.«

»Gut. Ich könnte es nicht ertragen, Sklave eines Verräters zu sein.« Ragnars Miene und Stimme wurden hart. »Ich kannte Sie nicht, aber einige der Männer im Lager erinnerten sich an Ihren Besuch auf Günzburg vor einigen Jahren. Ich hätte gedacht, ein Kell Hound würde eher sterben, als sich dem Feind anzuschließen. Ich hätte es besser wissen müssen. Schließlich sind Sie nur ein Söldner.«

Phelan sah, daß Ragnar ihn verletzen wollte, aber er gab dem Jungen keine weitere Gelegenheit, seine Wut an ihm auszulassen. »Hör zu, Ragnar: Ich wurde gefangengenommen und war, wie du, ein Leibeigener des Wolfsclans. Ich habe mir die Chance verdient, ein Krieger zu werden, und ich habe meine Gelegenheit genutzt. Als Krieger konnte ich innerhalb der Clanstruktur helfen, die einheimische Bevölkerung der eroberten Welten vor dem zu beschützen, was ihnen sonst wiederfahren wäre. Es gibt keine Möglichkeit, diesen Koloß aufzuhalten, und so habe ich beschlossen, seinen Tritt zu dämpfen.

Im Augenblick spricht der Zorn aus dir, und ich verstehe das. Ich begrüße deine Unabhängigkeit und werde nicht versuchen, sie auszulöschen.« Er packte die weiße Kordel und drehte sie, bis sie sich in Ragnars Arm grub. »Ich freue mich auf den Tag, an dem ich diese Kordel durchtrennen und dich in der Kriegerkaste willkommen heißen kann. Mit dir, Natascha und ein paar anderen glaube ich, die Clans davon überzeugen zu können, daß ihre Einschätzung der Inneren Sphäre falsch war. Vielleicht können wir diesen Krieg dann beenden.«

Ragnar rieb sich das Handgelenk, als Phelan die Kordel freigab. »Wenn Sie Ihren Absichten treu bleiben, werde ich mich Ihnen anschließen. Wenn nicht, werde ich ein Krieger und Sie töten.«

Phelan lächelte. »Gut. Genau das wollte ich hören.«

Phelan führte Ragnar zurück zum Biwak der Dreizehnten Wolfsgarde, aber bevor sie ihr Ziel durch die verwüsteten Straßen des Drikaviertels erreichen konnten, trafen sie auf den ilKhan und sein Gefolge. Neben der üblichen Phalanx von Elementaren blegleiteten Natascha Kerensky, der Präzentor Martialum und eine Frau in langer goldener Robe den ilKhan. Phelan erkannte sie sofort als die Prima ComStars. Das erstickte

Keuchen Ragnars zeigte ihm, daß auch sein Leibeigener sie erkannt hatte.

Ulric grüßte Phelan, und der MechKrieger erwiderte den Gruß. »Prima Myndo Waterly, dies ist Sterncommander Phelan Wolf. Sie kennen ihn vielleicht besser unter dem Namen, den er trug, bevor er sich unserem Volk anschloß. In jenen Tagen nannte er sich Phelan Kell.«

Die Prima nickte höflich und hielt Phelan die Hand entgegen. »Ich entsinne mich an den Namen Phelan Wolf aus den Berichten des Präzentors Martialum über seine Leistungen, ilKhan Ulric. Meine Reise von Terra hierher ging schnell vonstatten, aber ich habe mich über Ihre Taten informiert.«

Phelan nahm Myndos Hand und berührte die Knöchel mit den Lippen. »Ich bin sehr geehrt, daß Ihr mich der Aufmerksamkeit für wert erachtet, Prima.«

Sie lächelte ihn weiter an und steckte die Hände in die Ärmel ihrer Robe. »Wer könnte einen Krieger vergessen, der die Übergabe einer ganzen Welt ohne einen einzigen Schuß erreichte? Insbesondere eine Welt, die von einem eingeschworenen Feind regiert wurde. Ich finde, Sie gehören nicht in die Kriegerkaste des Wolfsclans, sondern in einen Zaubererclan.«

Myndos Blick verlagerte sich von Phelan auf Ragnar. »Und das ist der ehemalige Prinz von Rasalhaag. Ich sehe an seinem Armreif, daß Sie ihn zu ihrem Sklaven gemacht haben.«

Phelan schüttelte den Kopf. »Er ist ebensowenig ein Sklave, wie ich es war, als die Clans mich gefangennahmen.«

Ulric gab ihm recht. »Sein Status Phelan oder einem anderen Krieger gegenüber entspricht in etwa der Position des Präzentor Martialum Ihnen gegenüber, Prima.«

»Ach«, stellte sie mit deutlichem Zweifel fest. »Dann hoffe ich, daß er sich für Sie als ebenso nützlich erweist, wie Sie es für Ulric waren.« Sie lächelte dem ilKhan zu.

»Und ich nehme an, Phelan wird in der Zukunft noch sehr viel nützlicher werden.«

»Daran habe ich keinen Zweifel, Prima.«

Offensichtlich ganz mit ihren eigenen Absichten beschäftigt, führte die Prima ihre Gedanken fort. »Sie dürfen sich Ihre Strategie nicht durch die Niederlage auf Luthien verderben lassen. Ich kann Ihnen alle notwendigen Informationen liefern, und mit Phelans Hilfe sollte Ihr nächstes Ziel schnell fallen.«

»Das nächste Ziel?« Soweit Phelan sehen konnte, waren Ulric, Natascha und der Präzentor Martialum ebenso ratlos wie er.

»Ja, der Plan ist so einfach und wagemutig, daß er gar nicht fehlschlagen kann.« Myndo strahlte mit der Zuversicht göttlicher Erleuchtung. »IlKhan, ich sage, wir schlagen jetzt zu und erobern Tharkad!«

»Tharkad?« Die Panik in der Stimme des Präzentors Martialum verdoppelte noch das unheilschwangere Gefühl in Phelans Brust. »Die Zentralwelt des Lyranischen Commonwealth? *Den* Tharkad?«

Myndo fixierte Focht mit überraschter Miene. »Natürlich den Tharkad. Gibt es noch einen anderen?« Sie blickte Ulric an. »Sie haben die Streitmacht, Tharkad einzunehmen. Mit Phelans Wissen über den Planeten aus seiner Zeit am Nagelring und der Hilfe des Präzentors Martialum sollte er viel leichter zu erobern sein als Luthien.«

Auf Ulrics Gesicht stand ein Ausdruck von Belustigung. »Ein interessanter Vorschlag, aber ich fürchte, das ist nicht möglich, Prima.«

Sie lächelte zuversichtlich. »Glauben Sie mir, ilKhan, Sie besitzen die Truppen und Erfahrung, die notwendig sind, Tharkad zu erobern.«

Ulric nickte. »Sicher, ich glaube Ihnen, aber Tharkad einzunehmen, würde uns von unserem Ziel ablenken, und das kann ich nicht zulassen.«

Die Prima runzelte die Stirn und warf dem Präzentor

Martialum einen schnellen zurechtweisenden Blick zu. »Ihrem Ziel?«

»Das kennen Sie nicht?« Ulric täuschte völlige Überraschung vor, während die Miene des Präzentors Martialum sich in eine einzige Frage verwandelte. »Sie kennen es wirklich nicht?«

Die Prima schüttelte den Kopf. »Nein.«

Als er Myndos trotzigen Tonfall vernahm, huschte ein wölfisches Grinsen über Ulrics Gesicht. »Unser Ziel ist die Eroberung Terras, meine liebe Prima. Es war einstens der Sitz des Sternenbundes, und es wird wieder dem Sternenbund gehören. Das ist unser Wille, unser Ziel, und niemand in der Inneren Sphäre kann uns daran hindern, es zu erreichen.«

EPILOG

Bethel
Mark Capella, Vereinigtes Commonwealth

17. März 3052

Nicholas Chung traf fast der Schlag, als die behandschuhte Hand seine Schulter berührte. Er ließ die kleine Kiste auf den Stahlbeton des Raumhafens fallen, wirbelte herum und griff nach dem Messer, das er auf dem Rücken versteckt hatte. Er versuchte angestrengt, die Dunkelheit der Kapuze zu durchdringen. Er fühlte, wie sein Herz einen Schlag aussetzte, dann beugte er sich für einen zweiten, eindringlicheren Blick vor.

»Mein Gott, ich dachte, Ihr wärt tot.«

»Soweit ich mich entsinne, ist Ihnen das auf Spica schon einmal passiert.«

Chung nickte langsam. »Aber Ihr habt uns überrascht, so wie viele Male seitdem. Warum seid Ihr hier?«

Die in einen Kapuzenumhang gehüllte Gestalt deutete auf das eiförmige Landungsschiff auf dem Feld. »Sie haben ein Schiff, und ich muß eine Reise machen, ohne daß irgend jemand weiß, wer ich bin und wohin ich fliege.«

Chungs Willkommen erstarb in seiner Kehle, als er die Bedeutung dieser Worte erriet. »Ihr könnt nicht planen, *dorthin* zu fliegen! Das wäre purer Wahnsinn. Ich habe Euch schon wagemutig erlebt, leichtsinnig sogar, aber noch nie verrückt.«

»Sie hat die Melodie bestellt, Chung, und jetzt ist es an der Zeit, den Spielmann zu bezahlen.« Die Gestalt griff mit der behandschuhten Linken in den Umhang und holte einen Stoß C-Noten heraus. »Das reicht aus, einen Sprung nach Daniels und von dort aus zum Pakt zu kaufen. Es muß geschehen, und niemand sonst kann es tun.«

Chung nahm das Geld und senkte den Kopf. »Ihr habt mir auf Spica das Leben gerettet, deshalb bin ich Euch diesen Dienst schuldig. Aber Ihr werdet feststellen, daß sich viel verändert hat.«

»Was für manche nur zwanzig Jahre sind, ist ein Leben für andere. Ich wurde in der Konföderation geboren, und ein Teil von mir hat sie nie verlassen.« Die Stimme der verhüllten Gestalt war leise und unbewegt, von einer tödlichen Ruhe. »Es ist Zeit, nach Hause zu kommen, und ich garantiere, daß Romano Liao diese Heimkehr nie vergessen wird.«

ANHANG

Rangentsprechungen im Militär der Inneren Sphäre um 3050 bei den Kell Hounds, im Vereinigten Commonwealth, im Draconis-Kombinat und in der freien Republik Rasalhaag

Karte der Inneren Sphäre kernwärtiger Sektor

Karte der Inneren Sphäre

Glossar

Schiffs- und BattleMech-Typen

RANGENTSPRECHUNGEN

im Militär der Inneren Sphäre des Jahres 3050

KELL HOUNDS	VEREINIGTES COMMONWEALTH
Offiziersränge:	
	Marshal of the Armies
	Feldmarschall
	Marschall
Oberst	Generalhauptmann
Oberstleutnant	Lieutenant General
Kommandanthauptmann	Kommandant
Hauptmann	Hauptmann
Oberleutnant	Lieutenant
Mannschaftsränge:	
Hauptfeldwebel	Hauptfeldwebel
Stabsfeldwebel	
Feldwebel	Sergeant
Obergefreiter	Corporal
Gefreiter	
Schütze	Schütze

DRACONIS-KOMBINAT	FREIE REPUBLIK RASALHAAG
Tai-shu (Kriegsherr)	Överbefälhavere
Tai-sho	General
Sho-sho	Generalmajor
Tai-sa	Överste-Löjtnant
Chu-sa	Överste
Sho-sa	Major
Tai-i	Kapten
Chu-i	Löjtnant

Sho-ko	Fanjunkare
Kashira	
Shujin	
Gunso	Sergeant
Go-cho	Korpral
Gunjin	
Heishi	Menig
Hojujei	

Karte der Inneren Sphäre
kernwärtiger Sektor

Karte der Inneren Sphäre

Eleusische Felder
Oberon-Konföderation
Oberon VI
Ellissa
Santander V
Größeres Walküriat
Götterdämmerung
Star's End
Rasalhaag
Freie Republik Rasalhaag
Wotan
Hot Springs
Blackjack
Twycross
Chahar
Neerabup
Adelaide
Tsarahavana
Tamar
Radstadt
Laurent
Qanatir
Abbadiyah
Santana
Koniz
Benfled
Skandia
Alshain
Xin Jang
Rubigen
Coventry
Summit
Kelenfold
Alekseyevka
Vorzel
Cameron
Pherkad
Baldur
Noisiel
Thafkad
Donegal
Buckinster
Accrington
Alarion
Porrima
Alexandria
Benjamin
Vereinigtes Commonwealth
Chukchi III
Wega
Algedi
Venaria
Carlisle
Neckar
Ryde
Kessel
Florida
Ashio
Soilihull
Trent
Skye
Al Na'ir
Lyons
Herzberg
Dieron
Bolan
Dar-es-Salaam
Gacrux
Addicks
Teyvareb
Denebola
Terra
Epsilon Eridani
Dixie
Penobscot
Terra Firma
Achernar
Tikonov
Stewart
Nanking
Liao
Marik
Valexa
Tamarind
Maxwell
Wei
Palos
Corey
Sarna
Kaifeng
Hammer
Atreus
Regulus
Capella
Oriente
St. Ives
Sian
Gibson
St. Ives-Pakt
Liga Freier Welten
Mosiro
Beteigeuze
Sirdar
Andurien
Bellatrix
Konföderatio
Capella
Canopus IV
Magistrat Canopus
Hardcore
Addasar

KARTE DER INNEREN SPHÄRE

UND WICHTIGER PERIPHERIESTAATEN

MILITÄRISCH/POLITISCHE UNTERTEILUNGEN DES JAHRES 3050

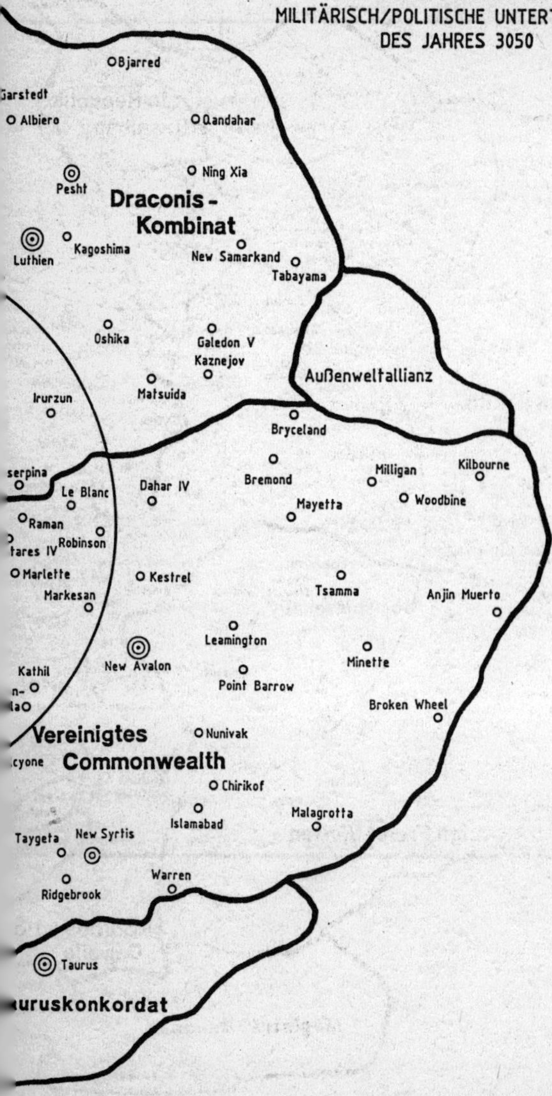

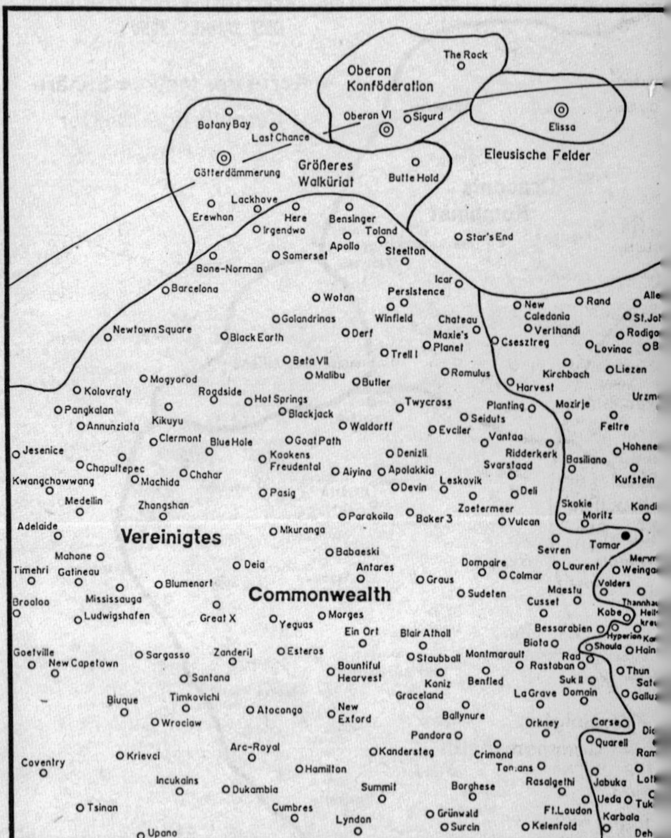

Oberon Konföderation
The Rock
Oberon VI
Sigurd
Elissa
Eleusische Felder
Botany Bay
Last Chance
Götterdämmerung
Größeres Walküriat
Butte Hold
Lackhove
Erewhon
Here
Bensinger
Toland
Irgendwo
Apollo
Steelton
Star's End
Somerset
Bone-Norman
Icar
Barcelona
Wotan
Persistence
Golandrinas
Winfield
Chateau
New Caledonia
Rand
Newtown Square
Black Earth
Derf
Maxie's Planet
Verlhandi
Cseszlreg
Lovinac
Trell I
Beta VII
Malibu
Kirchbach
Liezen
Mogyorod
Romulus
Butler
Harvest
Kolovraty
Roadside
Hot Springs
Twycross
Planting
Mozirje
Pangkalan
Blackjack
Seiduts
Annunziata
Kikuyu
Waldorff
Evciler
Feltre
Clermont
Blue Hole
Goat Path
Vantaa
Jesenice
Kookens Freudental
Denizli
Ridderkerk
Basiliano
Chapultepec
Svarstaad
Kwangchowwang
Machida
Chahar
Aiyina
Apolakkia
Leskovik
Kufstein
Pasig
Devin
Deli
Medellin
Zhangshan
Zoetermeer
Skokie
Moritz
Parakoila
Baker 3
Vulcan
Adelaide
Vereinigtes
Mkuranga
Sevren
Tamar
Mahone
Babaeski
Dompaire
Laurent
Timehri
Gatineau
Deia
Antares
Colmar
Graus
Volders
Blumenort
Maestu
Brooloo
Mississauga
Commonwealth
Sudeten
Cusset
Great X
Morges
Kobe
Ludwigshafen
Yeguas
Bessarabien
Ein Ort
Blair Atholl
Hyperion
Biota
Shoula
Goetville
Sargasso
Zanderij
Esteros
Staubball
Montmarault
New Capetown
Rad
Rastaban
Thun
Bountiful Hearvest
Santana
Koniz
Benfled
Suk II
Graceland
La Grave
Domain
Bluque
Timkovichi
Atocongo
New Exford
Ballynure
Wroclaw
Orkney
Carse
Pandora
Quarell
Arc-Royal
Kandersteg
Crimond
Krievci
Coventry
Hamilton
Incukains
Borghese
Rasalgethi
Jabuka
Dukambia
Summit
Ueda
Tsinan
Cumbres
Grünwald
Ft.Loudon
Karbala
Lyndon
Surcin
Kelenfold
Upano

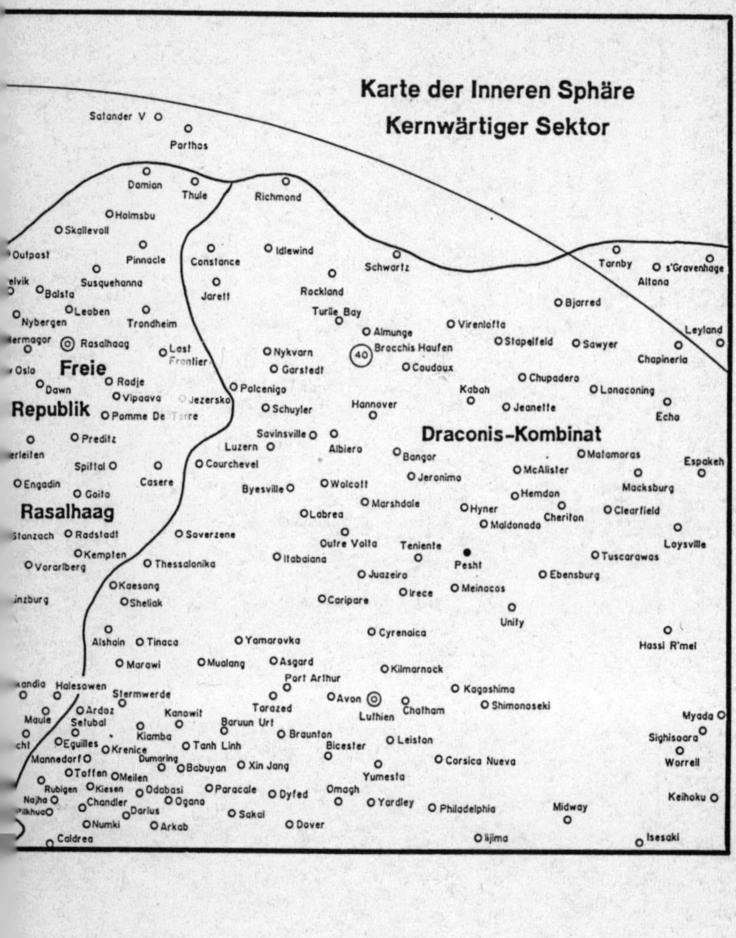
Karte der Inneren Sphäre
Kernwärtiger Sektor
Satander V
Porthos
Damian
Thule
Richmond
Holmsbu
Skallevoll
Outpost
Pinnacle
Constance
Idlewind
Schwartz
Tarnby
s'Gravenhage
Altona
Susquehanna
Balsta
Jarett
Rockland
Bjarred
Leoben
Nybergen
Trondheim
Turtle Bay
Almunge
Virenlofta
Leyland
Rasalhaag
Last Frontier
Nykvarn
Brocchis Haufen
Stapelfeld
Sawyer
Chapineria
Oslo
Freie
Garstedt
Coudoux
Chupadero
Dawn
Radje
Polcenigo
Kabah
Lonaconing
Vipaava
Jezersko
Schuyler
Hannover
Jeanette
Echo
Republik
Pomme De Terre
Preditz
Savinsville
Albiero
Draconis-Kombinat
Luzern
Bangor
Matamoras
Espakeh
Spittal
Courchevel
McAlister
Engadin
Casere
Byesville
Wolcott
Jeronimo
Macksburg
Goito
Marshdale
Hemdon
Rasalhaag
Labrea
Hyner
Cheriton
Clearfield
Maldonado
Stanzach
Radstadt
Soverzene
Outre Volta
Teniente
Loysville
Kempten
Itabaiana
Pesht
Tuscarawas
Vorarlberg
Thessalonika
Juazeiro
Ebensburg
Kaesong
Irece
Meinacos
Sheliak
Caripare
Unity
Alshain
Tinaca
Yamarovka
Cyrenaica
Hassi R'mel
Marawi
Mualang
Asgard
Kilmarnock
Halesowen
Port Arthur
Stermwerde
Kagoshima
Ardoz
Tarazed
Avon
Luthien
Chatham
Shimonoseki
Maule
Kanowit
Myada
Setubal
Baruun Urt
Kiamba
Braunton
Sighisoara
Eguilles
Krenice
Tanh Linh
Bicester
Leiston
Mannedorf
Dumaring
Worrell
Toffen
Meilen
Babuyan
Xin Jang
Corsica Nueva
Yumesta
Rubigen
Kiesen
Odabasi
Paracale
Dyfed
Omagh
Najha
Chandler
Ogano
Yardley
Philadelphia
Midway
Keihoku
Pilkhua
Darius
Sakai
Numki
Arkab
Dover
Iijima
Isesaki
Caldrea

GLOSSAR

Autokanone: Eine automatische Schnellfeuerkanone. Leichte Fahrzeugkanonen haben Kaliber zwischen 30 und 90 mm, während eine schwere Mechautokanone ein Kaliber von 80 bis 120 mm oder mehr besitzen kann. Die Waffe feuert in schneller Folge panzerbrechende Hochexplosivgranaten ab. Durch die Beschränkungen in der Zielerfassungstechnik der BattleMechs sind Autokanonen in ihrer effektiven Reichweite auf 600 Meter begrenzt.

BattleMech: BattleMechs sind die gewaltigsten Kriegsmaschinen, die je von Menschen erbaut wurden. Diese riesigen humanoiden Panzerfahrzeuge wurden ursprünglich vor über 500 Jahren von terranischen Wissenschaftlern und Technikern entwickelt. Sie sind schneller und manövrierfähiger in jedem Gelände, besser gepanzert und schwerer bewaffnet als jeder Panzer des 20. Jahrhunderts. Sie ragen zehn bis zwölf Meter hoch auf und sind bestückt mit Partikelprojektorkanonen, Lasergeschützen, Schnellfeuer-Autokanonen und Raketenlafetten. Ihre Feuerkraft reicht aus, jeden Gegner mit Ausnahme eines anderen BattleMechs niederzumachen. Ein kleiner Fusionsreaktor liefert ihnen nahezu unbegrenzt Energie. BattleMechs können auf Umweltbedingungen so verschieden wie glühende Wüstenei und arktische Eiswüsten eingestellt werden.

ComStar: Das interstellare Kommunikationsnetz ComStar ist dem Hirn Jerome Blakes entsprungen, der in den letzten Jahren des Sternenbunds das Amt des Kommunikationsministers innehatte. Nach dem Zusammenbruch des Bundes eroberte Blake Terra und organisierte die Überreste des Sternenbund-Kommunikationsnetzes in eine Privatorganisation um, die ihre Dienste mit Profit an die fünf Häuser weiterverkaufte. Seitdem hat sich ComStar zu einem mächtigen Geheimbund entwickelt, der sich in Mystizismus und Rituale hüllt. Initiaten des ComStar-Ordens müssen sich zu lebenslangen Diensten verpflichten.

KSR: Abkürzung für ›Kurzstreckenrakete‹. Es handelt sich um ungelenkte Raketen mit hochexplosiven oder panzerbrechenden Sprengköpfen.

LSR: Abkürzung für ›Langstreckenrakete‹, zum indirekten Beschuß entwickelte Raketen mit hochexplosiven Gefechtsköpfen.

Nachfolgefürsten: Die fünf Nachfolgerstaaten werden von Familien regiert, die ihre Herkunft von einem der ursprünglichen Lordräte des Sternenbunds ableiten. Alle fünf Hausfürsten erheben Anspruch auf den Titel des Ersten Lords. Sie kämpfen seit Ausbruch der Nachfolgekriege im Jahre 2786 gegeneinander. Ihr Schlachtfeld ist die riesige Innere Sphäre, bestehend aus sämtlichen einstmals von den Mitgliedsstaaten des Sternenbunds besetzten Sonnensystemen.

New Avalon Institut der Wissenschaften (NAIW): Im Jahre 3015 erließ Hanse Davion die Gründung einer neuen Universität auf New Avalon, der Zentralwelt der Vereinigten Sonnen. Das Ziel dieser als New Avalon-Institut der Wissenschaften (NAIW) bekannten Einrichtung ist die Wiederentdeckung verlorengegangener Technologien und wissenschaftlicher Erkenntnisse der Vergangenheit. Sowohl Haus Kurita wie auch Haus Marik haben mit Gründung eigener Universitäten nachgezogen.

PPK: Abkürzung für ›Partikelprojektorkanone‹, einen magnetischen Teilchenbeschleuniger in Waffenform, der hochenergiegeladene Protonen- oder Ionenblitze verschießt, die durch Aufschlagskraft und hohe Temperatur Schaden anrichten. PPKs gehören zu den effektivsten Waffen eines BattleMechs.

SPRUNG- UND LANDUNGSSCHIFFE

Sprungschiffe: Interstellare Reisen erfolgen mittels sogenannter Sprungschiffe, deren Antrieb im 22. Jahrhundert entwickelt wurde. Der Name dieser Schiffe rührt von ihrer Fähigkeit her, ohne Zeitverlust in ein weit entferntes Sonnensystem zu ›springen‹. Es handelt sich um ziemlich unbewegliche Raumfahrzeuge aus einer langen, schlanken Antriebsspindel und einem enormen Solarsegel, das an einen gigantischen Sonnenschirm erinnert. Das gewaltige Segel besteht aus einem Spezialmaterial, das gewaltige Mengen elektromagnetischer Energie aus dem Sonnenwind des jeweiligen Zentralgestirns zieht und langsam an den Antriebskern abgibt, der daraus ein Kraftfeld aufbaut, durch das ein Riß im Raum-Zeit-Gefüge entsteht. Nach einem Sprung kann das Schiff erst weiterreisen, wenn es durch Aufnahme von Sonnenenergie seinen Antrieb wieder aufgeladen hat.
Sprungschiffe reisen mit Hilfe ihres Kearny-Fuchida-Antriebs in Nullzeit über riesige interstellare Entfernungen. Das K-F-Triebwerk baut ein Raum-Zeit-Feld um das Sprungschiff auf und öffnet ein Loch in den Hyperraum. Einen Sekundenbruchteil später materialisiert das Schiff am Zielsprungpunkt, der bis zu 30 Lichtjahre weit entfernt sein kann.
Sprungpunkte sind die Positionen innerhalb eines Sonnensystems, an denen die Anziehung des Systems nahezu Null beträgt, eine der Grundvorausset-

zungen für das Funktionieren des K-F-Antriebs. Die Entfernung vom Zentralgestirn eines Systems ist abhängig von dessen Masse und beträgt im Regelfall einige zehn Millionen Kilometer. Jeder Stern besitzt zwei Hauptsprungpunkte. Diese befinden sich am Zenit des Systems, über dem Nordpol der Sonne, und am Nadir, über dem Südpol. Es existieren eine unbegrenzte Zahl weiterer Sprungpunkte, die aber nur selten benutzt werden.
Sprungschiffe landen niemals auf einem Planeten und reisen nur sehr selten in die inneren Bereiche eines Systems. Interplanetarische Flüge werden von Landungsschiffen ausgeführt, Raumschiffen, die bis zum Erreichen des Zielpunktes an das Sprungschiff gekoppelt bleiben. Die meisten zur Zeit im Dienst befindlichen Sprungschiffe sind bereits Jahrhunderte alt, da die Nachfolgerfürsten nur sehr wenige neue Schiffe bauen können. Aus diesem Grunde gibt es eine unausgesprochene Übereinkunft selbst zwischen den erbittertsten Gegnern, Sprungschiffe nicht zu zerstören.

Landungsschiffe: Da Sprungschiffe die inneren Bereiche eines Sonnensystems generell meiden müssen und sich dadurch in erheblicher Entfernung von den bewohnten Planeten einer Sonne aufhalten, werden für interplanetare Flüge Landungsschiffe eingesetzt. Diese werden während des Sprungs an die Antriebsspindel des Sprungschiffes angekoppelt. Landungsschiffe besitzen selbst keinen Überlichtantrieb, sind jedoch sehr beweglich, gut bewaffnet und aerodynamisch genug, um auf Planeten mit einer Atmosphäre aufzusetzen bzw. von dort aus zu starten.

Sternenbund: Im Jahre 2571 wurde der Sternenbund gegründet, um die wichtigsten nach dem Aufbruch ins All von Menschen besiedelten Systeme zu vereinen.

Der Sternenbund existierte annähernd 200 Jahre, bis 2751 ein Bürgerkrieg ausbrach. Als das Regierungsgremium des Sternenbunds, der Hohe Rat, sich in einem Machtkampf auflöste, bedeutete dies das Ende des Bundes. Jeder der Hausfürsten rief sich zum neuen Ersten Lord des Sternenbunds aus, und innerhalb weniger Monate war die gesamte Innere Sphäre im Kriegszustand. Dieser Konflikt hält bis zum heutigen Tage, knapp drei Jahrhunderte später, an. Die Jahrhunderte nahtlos ineinander übergehender Kriege werden in toto als die ›Nachfolgekriege‹ bezeichnet. Als Resultat dieser Auseinandersetzungen ist ein Großteil der Technologie, die der Menschheit ihre bisher höchste Entwicklungsstufe ermöglicht hat, zerstört, verloren oder vergessen.

SCHIFFS- UND BATTLEMECH-TYPEN

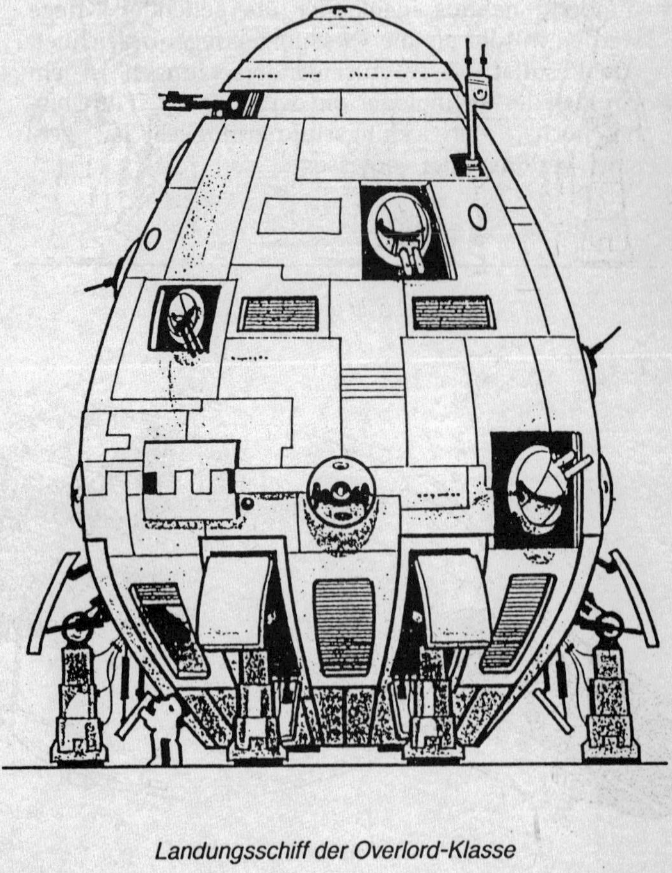

Landungsschiff der Overlord-Klasse

Landungsschiff der Union-Klasse

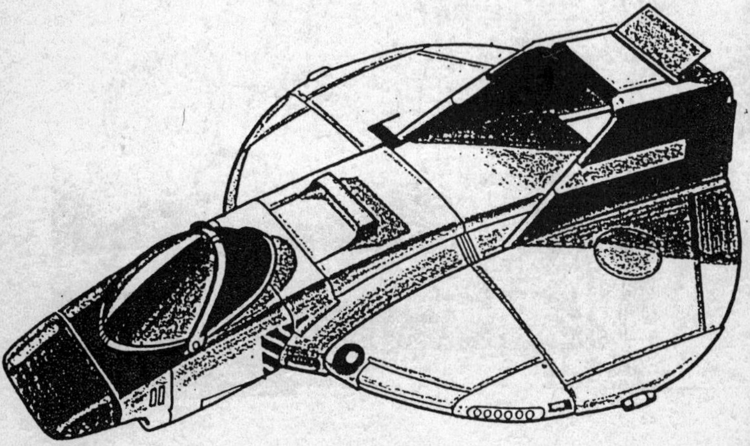

Drossel

Feuerfalke

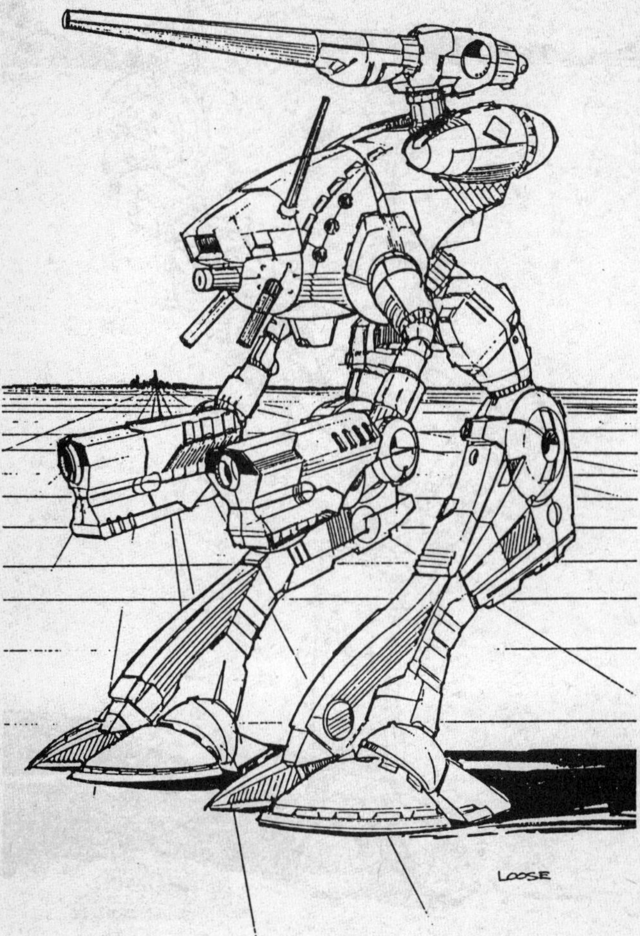

Marodeur

Ostsol

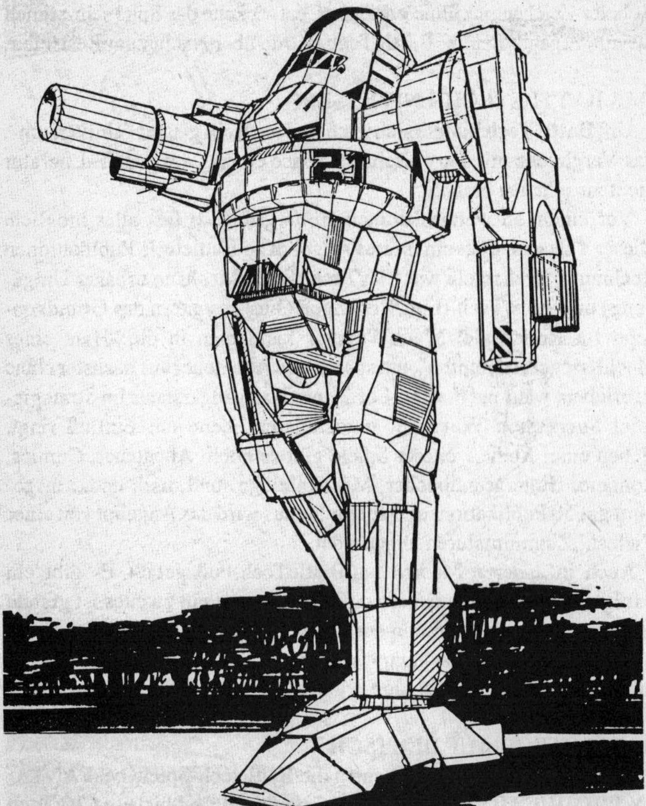

Totschläger

BATTLETECH - DAS SPIEL

"Das heißeste Spiel seit Erfindung der Würfel" hat Matthew Costello **BattleTech** in einer euphorischen Rezension im SF-Magazin *Analog* genannt und 1985 wohl schon den Erfolg vorausgeahnt, den die "Kampfkolosse des 4. Jahrtausends" haben würden. Von Jordan K. Weisman und L. Ross Babcock als spielerische Umsetzung japanischer Roboter-Zeichentrickfilme konzipiert, entwickelte das Spiel sehr schnell rasante Eigendynamik. **BattleTech** wurde über Nacht zum Bestseller.

DAS BATTLETECH-UNIVERSUM

Um **BattleTech** bildete sich nach und nach ein ganzes "Universum", das Vergleiche mit den epischsten Space Operas aus der SF-Literatur nicht zu scheuen braucht.

Vor einem so weitgespannten Hintergrund ist fast alles möglich. Dieser Tatsache trägt ein breites Angebot an Battletech-Publikationen Rechnung: Brettspiele wie **CityTech** (BattleMechs in urbaner Umgebung) und **AeroTech** (Luft/Bodengefechte) erweitern das Grundkonzept. Im Rollenspiel **MechWarrior** kann man in die "Haut eines MechKriegers schlüpfen", um spannende Abenteuer aus nächster Nähe zu erleben, während man als Lord eines Nachfolgerstaats im Strategiespiel **Succession Wars** auf interstellarer Ebene um Einfluß ringt. Neben einer Reihe weiterer Spiele gibt es noch Abenteuer, Comics, Romane, Hintergrundbücher, Mechkataloge und, und, und... insgesamt gut 50 Publikationen. Darüber hinaus wird das Angebot von einer Vielzahl Zinnminiaturen abgerundet.

Auch in anderen Medien hat BattleTech Fuß gefaßt. Es gibt ein erfolgreiches Computerspiel von Infocom, und ein zweites ist gerade erschienen. Letzter Schrei in den USA: Battletech-Arcadezentren, die BattleMechcockpits nachempfunden sind, und in denen Spieler eine futuristische Kampfsimulation erleben können.

BATTLETECH AUF DEUTSCH

In deutscher Sprache erscheinen die Battletech-Spiele bei **FANTASY PRODUCTIONS.** Neben dem Grundspiel sind bislang **CityTech** (DM 49,80) und zwei Bände mit Battletech-Abenteuern erhältlich: **Der Biß der Schwarzen Witwe** (ISBN 3-89064-901-7 DM 24,80) und **Die Gray Death Legion** (ISBN 3-89064-903-3, DM 24,80). Mit letzterem lassen sich übrigens die Gefechte aus der vorliegenden Romantrilogie nachspielen...